BULLAIRE
DU PAPE CALIXTE II

1119-1124

ESSAI DE RESTITUTION

PAR

ULYSSE ROBERT

INSPECTEUR GÉNÉRAL DES BIBLIOTHÈQUES ET ARCHIVES,
MEMBRE DE LA SOCIÉTÉ DES ANTIQUAIRES DE FRANCE, ETC.

ༀ

TOME PREMIER

1119-1122

Conserver la couverture

PARIS

IMPRIMERIE NATIONALE

ALPHONSE PICARD | PAUL JACQUIN
LIBRAIRE, RUE BONAPARTE, 82, À PARIS. | IMPRIMEUR-LIBRAIRE, À BESANÇON

M DCCC XCI

E

BULLAIRE

DU PAPE CALIXTE II

BULLAIRE

DU PAPE CALIXTE II

1119-1124

ESSAI DE RESTITUTION

PAR

ULYSSE ROBERT

INSPECTEUR GÉNÉRAL DES BIBLIOTHÈQUES ET ARCHIVES
MEMBRE DE LA SOCIÉTÉ DES ANTIQUAIRES DE FRANCE, ETC.

TOME PREMIER

1119–1122

PARIS

IMPRIMERIE NATIONALE

ALPHONSE PICARD	PAUL JACQUIN
LIBRAIRE, RUE BONAPARTE, 82, À PARIS	IMPRIMEUR-LIBRAIRE, À BESANÇON

M DCCC XCI

A

MONSIEUR GASTON PARIS

MEMBRE DE L'INSTITUT

PROFESSEUR AU COLLÈGE DE FRANCE

INTRODUCTION.

Calixte II est un pape français; par sa naissance, il appartient à la Franche-Comté et, pendant plus de trente ans, il a administré l'église de Vienne. Élevé à la chaire de saint Pierre, il combattit les abus qui désolaient l'Église, notamment la simonie; il défendit les monastères et les églises contre les empiétements des laïques; il rétablit la discipline ecclésiastique et religieuse, réunit le premier concile œcuménique d'Occident, songea à organiser une croisade en Espagne, tenta l'union des Églises grecque et latine; enfin, il eut l'honneur insigne d'achever l'œuvre de Léon IX et de Grégoire VII, en terminant, par le concordat de Worms, la première querelle des investitures. Aux qualités de l'homme politique et de l'administrateur, Calixte II semble avoir joint des vertus qui lui ont fait donner le titre de saint dans le Ménologe des Bénédictins et, selon quelques-uns, dans l'ordre de Cîteaux[1].

Il a de nombreux traits de ressemblance avec Grégoire VII et Innocent III. Il a eu leurs vues élevées et leur persévérance, avec plus d'énergie peut-être. Il ne connut ni les faiblesses, ni les complaisances. On peut citer comme un exemple rare, presque unique, la fermeté de l'archevêque de Vienne, qui ne craignait pas de reprocher dans des termes dignes, mais sévères, au pape Pascal II ses concessions à l'empereur Henri V[2], et

---

[1] Voir aussi le ms. lat. 12589 de la Bibliothèque nationale, fol. 17 v°. — [2] La lettre de Gui, archevêque de Vienne, au pape Pascal II est dans Labbe, *Sacrosancta concilia*, XI, 785.

IMPRIMERIE NATIONALE.

d'excommunier celui-ci, dont il était le parent et le vassal[1].
Cependant la vie et le rôle historique de Calixte II sont à peine
connus; il n'avait pas eu jusqu'ici de biographie un peu com-
plète[2]. Cette lacune vient d'être comblée; je laisse à d'autres
le soin de décider si elle l'a été heureusement.

Avant d'aborder définitivement cette tâche, j'ai dû me pré-
occuper de rassembler le plus grand nombre qu'il m'a été possible de bulles et de lettres de Calixte II, dispersées dans les
bibliothèques et les dépôts d'archives. Déjà, en 1874, j'avais
recueilli et mis au jour plus de quatre-vingts de ses bulles et
lettres inédites, tirées pour la plupart des collections manu-
scrites de la Bibliothèque nationale[3]. Depuis, je n'ai cessé de
poursuivre mes recherches dans ce sens et j'ai été heureux de
pouvoir fournir aux éditeurs de la nouvelle édition des *Regesta
pontificum Romanorum* l'indication de vingt bulles inédites, pro-
venant presque toutes de dépôts des départements. Ces bulles
représentent environ le cinquième de celles qui sont connues
jusqu'à ce jour.

La publication de la deuxième édition des *Regesta pontificum
Romanorum*, un des plus beaux monuments de l'érudition con-
temporaine, et les travaux de M. le docteur de Pflugk-Harttung,
actuellement professeur d'histoire à l'Université de Leipzig,
m'ont suggéré l'idée d'essayer de reconstituer, autant qu'il est
possible de le faire, le Bullaire de Calixte II. D'une part, les *Regesta* donnent le moyen de connaître à peu près toutes les bulles
de ce pape qui ont été publiées; d'autre part, l'*Iter italicum* de

[1] Le siège archiépiscopal de Vienne
était fief de l'Empire, comme dépen-
dance de l'ancien royaume de Bourgogne, et Calixte II était le parent, au
cinquième degré, de Henri V.

[2] Sous le titre de : *Pabst Calixt II*,
M. Markus Maurer a publié une dis-

sertation inaugurale, qui comprend la
biographie de Gui de Bourgogne jusqu'à son élection à la papauté. Munich,
1886, in-8° de 82 pages.

[3] *Étude sur les actes du pape Calixte II.* Paris, 1874, in-8° de 132-
cxcvi pages.

M. de Pflugk-Harttung[1] et ses *Päpstliche Original-Urkunden*[2], sans parler des *Acta pontificum Romanorum inedita*[3], qui contiennent quarante et une bulles de Calixte, permettent de savoir où sont conservés, dans une partie de la France, en Suisse, en Allemagne, dans presque toute l'Italie et l'Autriche, un grand nombre d'originaux et de copies de bulles de Calixte II, et, par là même, d'arriver à en avoir des textes d'une correction parfaite et, dans certains cas, relative. Car, il faut bien le dire, dans beaucoup des bulles de ce pape qui ont été publiées, l'exactitude semble avoir préoccupé médiocrement les éditeurs. Il en est résulté des erreurs qui sont capables de fausser les règles de la diplomatique; j'en ai fait l'expérience avec la bulle, du 29 novembre 1120, pour Sainte-Sophie de Bénévent, publiée par Ughelli. Les noms de lieux, qui sont si nombreux dans les bulles pancartes et fournissent un secours inappréciable pour les études géographiques et topographiques, ont été souvent dénaturés au point d'être rendus méconnaissables; beaucoup d'énumérations ont été supprimées arbitrairement, comme n'ayant pas d'importance, et remplacées par un simple *etc.* Aucun autre document ne saurait mieux que la bulle pour Sainte-Sophie de Bénévent montrer combien il est dangereux d'utiliser des documents traités de la sorte.

Pendant que je collationnais dans les bibliothèques et dans les dépôts d'archives de France les bulles de Calixte II qui y sont gardées et que je faisais transcrire ou reviser avec le plus grand soin celles qu'il ne m'a pas été possible de voir personnellement, le même travail s'exécutait pour moi à l'étranger, principalement dans les collections signalées par M. de Pflugk-Harttung. Presque partout où je me suis adressé, mes demandes

---

[1] Stuttgart, 1883-1884, 2 vol. in-8° de xiv-908 pages.

[2] S. l. n. d., in-8° de 87 pages.

[3] Tubingue et Stuttgart, 1880-1888, 3 vol. in-4° de viii-476, ii-492 et i-506 pages.

ont été accueillies avec un véritable empressement et une bonne grâce exquise. Les gouvernements et les administrations publiques ont aussi rivalisé de complaisance; c'est à tous ces collaborateurs d'un jour que je dois d'avoir pu réaliser en partie mon dessein. Qu'il me soit permis de leur exprimer publiquement ma sincère reconnaissance et, en citant leurs noms, d'attribuer à chacun la part de mérite que peut offrir l'essai de restitution du *Bullaire de Calixte II* et qui lui revient légitimement :

MM. Allen, bibliothécaire de la ville de Porto;

    Auvray, archiviste paléographe, ancien élève de l'École française de Rome, sous-bibliothécaire à la Bibliothèque nationale;

    Barrès, ancien bibliothécaire de la ville de Carpentras;

    le Dr Becker, directeur des Archives de l'État, à Coblentz;

    Beer, membre de l'Académie royale de l'histoire, à Madrid;

Feu Mgr Besson, évêque de Nîmes;

MM. Bligny-Bondurand, archiviste du Gard, à Nîmes;

    Bougenot, archiviste paléographe;

    Boutchkoff, à Saint-Pétersbourg;

    Boyer, archiviste du Cher, à Bourges;

    le Dr Burkhardt, directeur des Archives du grand-duché, à Weimar;

    Castan, conservateur de la Bibliothèque, à Besançon;

    Delaville Le Roulx, ancien élève de l'École des chartes et de l'École française de Rome;

    Delisle, membre de l'Institut, administrateur général de la Bibliothèque nationale;

    Demaison, archiviste de la ville, à Reims;

    Desjardins, chef du bureau des Archives, au Ministère de l'instruction publique;

    Digard, ancien élève de l'École des chartes et de l'École française de Rome;

    le Directeur des Archives de l'État, à Stuttgart;

Feu Duchemin, archiviste de la Sarthe, au Mans;

Le P. Fidel Fita, à Madrid;

MM. Gauthier, archiviste du Doubs, à Besançon ;

Giry, professeur à l'École des chartes ;

l'abbé Goiffon, vicaire général, à Nîmes ;

Guigue fils, archiviste du Rhône, à Lyon ;

le Dr Janicke, archiviste de l'État, à Hanovre ;

Jolibois, archiviste du Tarn, à Albi ;

de la Cour de la Pijardière, archiviste de l'Hérault, à Montpellier ;

Landy, Ministre de la Confédération suisse, à Paris ;

dom Latil, bibliothécaire de l'abbaye du Mont-Cassin ;

Lex, archiviste de Saône-et-Loire, à Màcon ;

de Löher, directeur des Archives royales, à Munich ;

le Dr Loewenfeld, le principal auteur de la nouvelle édition des *Regesta pontificum Romanorum*, privat-docent à l'Université, à Berlin ;

don Antonio Lopez y Ferreiro, chanoine de la cathédrale de Compostelle ;

Loriquet, archiviste du Pas-de-Calais, à Arras ;

le comte de Marsy, archiviste paléographe, à Compiègne ;

Meyer, membre de l'Institut, directeur de l'École des chartes ;

Le Ministère de l'instruction publique d'Italie ;

MM. Omont, bibliothécaire au département des manuscrits, à la Bibliothèque nationale ;

Pasquale Papa, à Florence ;

Pfannenschmid, archiviste de la Haute-Alsace, à Colmar ;

de Pflugk-Harttung, professeur à l'Université de Leipzig ;

Port, membre de l'Institut, archiviste de Maine-et-Loire, à Angers ;

Prou, ancien élève de l'École des chartes et de l'École française de Rome, sous-bibliothécaire à la Bibliothèque nationale ;

Feu le comte Riant, membre de l'Institut ;

MM. Richard, archiviste de la Vienne, à Poitiers ;

Sauer, archiviste de l'ancien département de la Moselle, à Metz ;

le baron de Schreckenstein, directeur des Archives du grand-duché de Bade, à Carlsruhe ;

de Sickel, directeur de l'Institut historique, à Vienne ;

le P. de Smedt, bollandiste, à Bruxelles ;

le Dr Prof. Young, conservateur du Museum-Hunterianum, à Glasgow ;

M. le Dr ZANGEMEISTER, bibliothécaire en chef de l'Université de Heidelberg.

Laissant de côté les copies anciennes, quelques-unes contemporaines et beaucoup d'une bonne époque, qui m'ont servi à établir mes textes et qui proviennent, d'une part, des communications de mes collaborateurs et, d'autre part, du dépouillement que j'ai fait d'une quantité considérable de manuscrits de la Bibliothèque nationale, je signalerai seulement les bulles originales qui entrent dans la présente publication. Celles qui ont été transcrites ou collationnées par moi ou pour moi sont accompagnées d'un astérisque; les autres figurent presque toutes dans les *Acta* de M. de Pflugk-Harttung. L'origine de chacune sera indiquée dans le sommaire placé en tête des documents :

1119

20 avril*; pour l'église de Carpentras (n° 8);

2 juin*; pour l'abbaye de Blesle (n° 18);

19 juin*; pour l'hôpital Saint-Jean de Jérusalem (n° 20);

28 juin*; pour l'abbaye de Saint-Gilles (n° 22);

28 juin*; pour l'église de Vienne (n° 25);

20 juillet*; pour l'abbaye de la Grasse (n° 41);

9 septembre*; lettre à Turgise, évêque d'Avranches, etc. (n° 60);

16 septembre*; pour l'abbaye de Fontevraud (n° 62);

3 octobre*; pour l'abbaye Saint-Ghislain de Zell (n° 67);

11 octobre*; pour l'abbaye de Déols (n° 69);

16 octobre*; pour l'abbaye Saint-Pierre de Loo (n° 71);

29 octobre*; pour l'abbaye de Marbach (n° 79);

30 octobre*; pour Thierry, évêque de Naumbourg (n° 85);

31 octobre*; pour l'église de Cambrai (n° 88);

31 octobre*; au clergé et au peuple de Hildesheim (n° 89);

2 novembre; à Geoffroy, évêque de Chartres (n° 97);

5 novembre*; pour l'abbaye d'Étruu-lès-Arras (n° 99);

10 novembre*; pour l'abbaye Saint-Remi de Reims (n° 103);

27 novembre*; pour le prieuré de Saint-Martin-des-Champs (n° 110);
29 décembre*; au doyen et aux chanoines de l'église de Beaune (n° 117).

1120

3 janvier*; pour l'église de Trèves (n° 120);
3 janvier*; à Bruno, archevêque de Trèves (n° 121);
3 janvier; pour l'abbaye Saint-Sauveur de Schaffouse (n° 124);
25 février*; pour l'église de Vienne (n° 145);
11 mars*; pour l'église Sainte-Madeleine de Besançon (n° 153);
19 mars*; (faux) pour l'abbaye de Saint-Blaise (n° 158);
11 avril*; pour l'église de Monza (n° 163);
16 avril*; pour le monastère Saint-Sauveur de Pavie (n° 166);
12 mai*; pour le monastère de Saint-Saturne en Sardaigne (n° 170);
14 mai; pour les églises Saint-Martin et Saint-Frédien de Lucques (n° 172);
21 mai*; pour les Camaldules (n° 173);
7 juin*; lettre à Roger, évêque de Volterra (n° 175);
25 juin*; lettre à Othon, comte palatin (n° 179);
9 août*; pour l'abbaye du Mont-Cassin (n° 181);
6 novembre; pour l'église de Trani (n° 190).

1121

7 janvier; pour l'église de Ravenne (n° 213);
22 janvier*; pour l'abbaye des Saints-Jacques et Philippe de Heiligen-forst (n° 216);
4 mars*; pour l'église de Modène (n° 219);
30 mars*; lettre à Othon d'Iringe (n° 223);
9 mai*; pour l'église de Berchtesgaden (n° 229);
14 juin*; pour l'église de Vérone (n° 237);
15 juin; pour l'église de Veroli (n° 238);
22 juin*; pour les habitants de Saint-Gilles du Gard (n° 244);
10 novembre*; pour l'église Saint-Jean de Besançon (n° 262).

1122

28 janvier*; pour l'abbaye Saint-Germain-des-Prés (n° 275);
22 février; pour l'église de Brindisi (n° 281);

24 mars*; pour l'abbaye Notre-Dame de Zwiefalten (n° 286);

24 mars*; pour l'abbaye d'Echenbrunn (n° 287);

24 mars*; pour l'abbaye Notre-Dame de Gottesau (n° 288);

27 mars*; pour le monastère Saint-Sauveur de Millstadt (n° 290);

4 avril*; pour l'église de Lucques (n° 291);

15 avril; pour l'église Sainte-Agathe de Crémone (n° 292);

17 avril; pour l'abbaye Saint-Sauveur de Settimo (n° 293);

24 avril; pour l'abbaye Saint-Sauveur de Montamiata (n° 294);

1er mai*; pour l'abbaye Notre-Dame de Praglia (n° 295);

3 mai*; pour l'abbaye de Castres (n° 296);

9 mai*; pour l'abbaye de Fulda (n° 299);

13 mai; pour l'église de Spolète (n° 300);

16 septembre*; pour l'abbaye du Mont-Cassin (n° 311);

6 octobre*; pour l'église de Saint-Omer (n° 316).

1120-1123

27 décembre; lettre à l'archevêque de Milan (n° 328).

1123

31 janvier*; pour l'abbaye d'Anchin (n° 334);

5 février*; pour l'abbaye Saint-Silvin d'Auchy (n° 336);

10 février*; pour l'église de Carpi (n° 340);

19 février*; pour l'église Saint-Robert de Salzbourg (n° 343);

19 février*; lettre à Jean, évêque de Nîmes (n° 344);

19 février*; bulle à Bertrand, abbé de Psalmody (n° 345);

26 mars*; pour les religieux d'Usenhoven et Schiren (n° 357);

28 mars*; lettre à Udalric, évêque de Constance (n° 358);

28 mars*; lettre à Girbert, évêque de Paris (n° 359);

mars*; lettre au peuple de Hambourg (n° 369);

1er avril*; pour l'église de Padoue (n° 372);

1er avril*; pour l'abbaye de Gellone (n° 374);

2 avril*; pour l'église de Palerme (n° 375);

2 avril*; pour l'abbaye de Senones (n° 376);

2 avril*; pour l'abbaye Saint-Arnould de Metz (n° 377);

3 avril*; pour les monastères de Regensdorf, Michielfeld, etc. (n° 378);

3 avril*; pour l'église Saint-Benoît de Crême (n° 379);

3 avril*; pour l'église de Saint-Dié (n° 382);

3 avril*; pour l'église de Payerne (n° 383);

4 avril*; pour l'église Saint-Outrille de Bourges (n° 386);

15 avril*; pour l'archevêché de Pavie (n° 397);

18 avril*; lettre à Barthélemy, évêque de Laon (n° 399);

23 avril; pour l'église Saint-Pierre de Triefenstein (n° 400);

22 mai; pour l'abbaye de Saint-Jean-d'Angély (n° 405);

12 septembre; pour l'abbaye de Tous les saints de Bari (n° 411);

1er novembre*; pour l'abbaye de Marchiennes (n° 415).

1119-1124

s. d.; pour l'église Saint-Jean et Saint-Faustin de Colle (n° 435).

1121-1124

2 avril*; lettre à Judith, abbesse de Remiremont (n° 455);

11 avril*; lettre à Judith, abbesse de Remiremont (n° 459);

2 mai*; pour l'abbaye Saint-Jean-des-Vignes de Soissons (n° 463).

1124

5 avril*; pour le monastère Notre-Dame d'Engelberg (n° 490);

13 avril*; lettre à Othon, évêque de Bamberg (n° 492);

13 avril*; pour l'abbaye de Moutier-en-Der (n° 494);

26 mai; pour l'église Saint-Frédien de Lucques (n° 496);

26 mai; autre pour l'église Saint-Frédien de Lucques (n° 497);

16 octobre*; pour l'abbaye Notre-Dame de Pomposia (n° 512);

29 octobre*; pour l'abbaye Saint-Bénigne de Dijon (n° 513);

20 novembre; pour l'abbaye Sainte-Félicité de Florence (n° 518).

Les bulles originales de Calixte II, publiées dans la présente édition, sont au nombre de quatre-vingt-dix-neuf et forment un peu moins du cinquième de celles qui sont connues à ce jour.

LA CHANCELLERIE PONTIFICALE SOUS CALIXTE II.

Jusqu'en 1123, le fonctionnaire placé à la tête de la chancellerie pontificale, sous Calixte II, eut le titre de bibliothécaire. Il avait la même charge et les mêmes attributions que le chancelier. C'est sous sa direction que se faisaient la rédaction, l'expédition et aussi l'enregistrement des actes. Voici les noms des bibliothécaires, avec l'époque et la durée de leurs fonctions.

GRISOGONE (*Grisogonus*), désigné quelquefois dans les copies de bulles, sous le nom de *Chrysogonus*, *Crisobonus* ou *Grisobonus*, bibliothécaire, figure du 7 avril 1119 au 26 juin 1122. C'est probablement lui que nous voyons d'abord remplir les fonctions de notaire du sacré palais sous Pascal II[1] et remplacer le chancelier Jean, dans les bulles de ce pape, du 7 juin 1114, pour l'église de Nice[2], du 10 juin 1114, pour Saint-Vanne de Verdun[3], du 29 janvier 1116, pour l'abbaye de Pfeffers[4], et dans une bulle à Conrad, archevêque de Salzbourg[5]. Il était venu en France avec Gélase II et délivrait les bulles de ce pape avec le titre de *sanctæ Romanæ Ecclesiæ diaconus cardinalis*. Sous le pontificat de Calixte II, il prend toujours le titre de *sanctæ Romanæ Ecclesiæ diaconus cardinalis ac bibliothecarius*. Il y a cependant une bulle où Grisogone a la qualité de chancelier, donnée *in territorio Palianensi, xviii kal. julii, indictione xiiii*, *per manum Grisogoni, diaconi et cancellarii sanctæ apostolicæ sedis*[6]. La date de cette bulle ainsi présentée est inexacte : la dénomination de chancelier donnée à Grisogone dans ce cas pourrait sembler l'être aussi, mais dans la bulle, du 31 mars 1123, à l'abbé de Montierneuf de Poitiers, il est mentionné avec ce titre[7].

---

[1] Nᵒˢ 6332, 6333, 6336, 6340, 6353, 6357, 6376 de Jaffé-Loewenfeld.

[2] Pflugk-Harttung, *Acta*, II, 207, n° 6391 de Jaffé-Loewenfeld.

[3] Pflugk-Harttung, *Acta*, I, 107, n° 6393 de Jaffé-Loewenfeld.

[4] Pflugk-Harttung, *Acta*, I, 111, n° 6504 de Jaffé-Loewenfeld.

[5] N° 6622 (4878) de Jaffé-Loewenfeld.

[6] L'original de cette bulle, qui est un privilège pour l'église de Vérone, est conservé aux Archives du chapitre de cette ville.

[7] N° 367, dans le texte.

Enfin, nous lui trouvons le titre d'archiviste, dans la bulle, du 5 août 1119, pour l'abbaye de Tourtoirac (n° 49), dans le texte manuscrit et dans le texte imprimé.

Le prétendu bibliothécaire Sico, qui figure dans la bulle, du 29 novembre 1120, pour Sainte-Sophie de Bénévent, publiée par Ughelli[1], doit être identifié avec Grisogone. C'est en effet le nom de ce dernier que donne le manuscrit 4939 de la Bibliothèque du Vatican, du XIIe siècle. Ce n'est malheureusement pas la seule erreur grave que contienne le texte publié par Ughelli; aucun, autant que celui-ci, ne pourrait montrer combien il est dangereux pour les études diplomatiques d'utiliser des textes mal ou insuffisamment publiés. En effet, la plupart des exceptions aux règles pourtant assez précises de la diplomatique de Calixte II sont fournies par le texte d'Ughelli.

Il faut aussi évidemment attribuer à une faute de copiste le nom de RIDOLPHUS, que nous trouvons, avec la dénomination de *sanctæ Romanæ Ecclesiæ diaconus cardinalis ac bibliothecarius*, dans la bulle, du 17 avril 1121, à Jean, cardinal-prêtre du titre de Saint-Chrysogone, publiée par Monsignanus, dans son *Bullarium Carmelitanum* (n° 227). RIDOLPHUS doit être identifié avec Grisogone. Je ferai la même remarque pour un prétendu GRÉGOIRE, cardinal-diacre et bibliothécaire, mentionné par les Bénédictins[2], comme ayant délivré des bulles en 1119 et 1120. Son nom ne se trouve d'ailleurs dans aucune des bulles de Calixte II parvenues à ma connaissance.

HUGUES (*Hugo* ou *Ugo*), bibliothécaire, du 16 septembre 1122 au 26 avril 1123. Il est qualifié *sancte Romane Ecclesie subdiaconus*, et deux fois, sans doute à tort, *subdiaconus cardinalis* (n° 330 et 375). Dans la bulle, du 6 mars 1123, à l'archevêque de Compostelle, son nom est précédé de la formule:

[1] Ughelli, *Italia sacra*, VIII, 104. — [2] *Nouveau traité de diplomatique*, V, 262.

Scripta per manus, ce qui l'a fait ranger par M. Loewenfeld parmi les archivistes, à côté de Gervais et de Rainier[1].

Gui (*Guido*) délivre une seule bulle, le 6 avril 1123, relative à la consécration des évêques de Corse. Il a le titre de *Romanæ curiæ camerarius*. M. Quantin, dans son *Dictionnaire de diplomatique*[2], dit que cette qualité a été donnée au notaire rédacteur des bulles des papes et qu'on la voit usitée, pour la première fois, sous Étienne IX (X), au xIe siècle. Ce fonctionnaire apparaît fort rarement dans les bulles; on le voit bien mentionné dans la bulle d'Étienne IX, du 22 novembre 1057, pour l'église d'Arezzo[3], mais il ne figure pas dans les listes de chanceliers dressées par Jaffé depuis le pontificat d'Adrien Ier, en 772, et, sauf les cas que je signale, il ne doit pas y en avoir beaucoup d'autres exemples.

Aimery (*Aimericus*), nommé quelquefois, dans les copies ou éditions, *Almericus*, *Emericus* ou *Emmericus*, à partir du 28 avril 1123. Il est le seul chancelier du pontificat de Calixte II. Il prend le titre de *sanctæ Romanæ Ecclesiæ diaconus cardinalis et cancellarius*.

Parmi les fonctionnaires de la chancellerie, il y avait, au-dessous du bibliothécaire ou du chancelier, l'archiviste régionnaire et notaire du sacré palais. C'est lui qui écrit les actes. Sous le pontificat de Calixte, on trouve trois archivistes : Gervais, Rainier et Alexis, ou quatre, si l'on doit considérer comme archiviste Hugues, dont le nom paraît dans la bulle, du 6 mars 1123, à l'archevêque de Compostelle.

Gervais (*Gervasius*), *scriniarius regionarius et notarius sacri palatii*. Il occupait déjà cette fonction à la chancellerie de Pascal II, au moins depuis l'an 1114. Son nom figure dans une bulle de 1120, qui est sans date de jour; dans des bulles du 3 janvier,

---

[1] *Regesta*, p. 781. — [2] T. XLVII de l'*Encyclopédie théologique* de Migne, col. 145. — [3] Jaffé-Loewenfeld, n° 4375 (3318).

du 7 mars, du 29 mars et du 6 juillet 1121; du 19 mars, du
24 avril, du 1ᵉʳ mai, du 5 mai, du 9 mai, du 13 mai et du
22 novembre 1122; du 10 février, du 20 février, du 26 février, du 6 mars, du 3 avril et du 11 avril 1123.

Rainier (*Rainerius*), *scriniarius regionarius et notarius sacri palatii*, dans deux bulles, du 7 janvier 1121 et du 1ᵉʳ avril 1123.
Il était attaché à la chancellerie de Pascal II au moins depuis
l'an 1102.

Alexis (*Alexius*), *scriniarius regionarius et notarius sacri palatii*, dans une bulle, du 10 juillet 1123, relative aux biens
des porticans [1].

Hugues (*Hugo*), considéré par M. Loewenfeld [2], comme notaire ou archiviste, parce que, dans la bulle, du 6 mars 1123,
à l'archevêque de Compostelle, son nom est précédé de la formule : *Scripta per manus*.

Les noms des notaires sont précédés de la formule : *Scriptum
per manum*. Après Gervais, Rainier et Alexis, « il ne reste pas
dans les dates des bulles la moindre trace des formules par-
ticulières aux archivistes et notaires, distinguées de celles des
dataires ». Il n'en faut pourtant pas conclure que leur charge
fut supprimée, puisque sous Innocent III et longtemps depuis,
ils dressèrent des actes fort différents des bulles. Peut-être
même ne cessèrent-ils, sous Calixte II, que d'y marquer leurs
noms et leurs formules, sans pour cela cesser d'écrire ces pièces [3].
Enfin, après Gervais et Alexis, on ne retrouve plus le titre
d'archiviste, *scriniarius* [4].

REGISTRE DES BULLES DE CALIXTE II.

J'ai dit plus haut que le bibliothécaire ou le chancelier de-

[1] Nº 410.
[2] *Regesta*, p. 781.
[3] *Nouveau traité de diplomatique*, V,
261; N. de Wailly, *Éléments de paléographie*, I, 266.
[4] N. de Wailly, *Éléments de paléo-

vait avoir dans ses attributions l'enregistrement des bulles de
Calixte II. Car, sous son pontificat, on se conforma à un usage
suivi depuis longtemps, à la cour de Rome, en faisant inscrire
sur un registre spécial les actes émanés de sa chancellerie.
Malheureusement ce registre a disparu. Il existait encore au
xve siècle. Ce qui le prouve, c'est une série d'indications, qui
sont dans un bullaire de Tolède, transcrit à cette époque[1].
En effet, chacune des lettres de Calixte II, qui y sont contenues, est précédée de cette mention : *in registro domni Calixti
pape*. Une seule fois, un des livres du registre, le troisième,
est indiqué, avant une bulle, du 23 juin 1124, pour l'église de
Compostelle. Il est donc probable que ce registre n'aura été
composé que de trois livres, puisque le troisième répond à la
dernière année du pontificat, et si, comme cela a eu lieu plus
tard, chaque division du registre correspondait à une période
déterminée, un livre aurait compris deux années : le premier
livre, les années 1119 et 1120; le deuxième, les années 1121
et 1122; enfin, le troisième, les années 1123 et 1124.

Le manuscrit C 23 de la Bibliothèque Vallicellane à Rome
contient aussi des mentions du registre de Calixte II, sous la
même forme : *in registro domni Calixti pape*[2].

DIFFÉRENTES ESPÈCES D'ACTES DE CALIXTE II.

Les actes de Calixte II peuvent se ramener à deux genres
principaux : les privilèges et les lettres.

Sous le nom de privilèges, il faut comprendre tous les actes
qui sont généralement connus en diplomatique sous le nom de

---

graphie, I, 266. — Cf. Pflugk-Harttung, *die Urkunden der päpstlichen
Kanzlei von X bis XIII Jahrhundert*,
p. 15.

[1] Ms. lat. 12925 de la Bibliothèque
nationale, fol. 29, 32 v° et 34 v°.
[2] Pflugk-Harttung, *Iter italicum*,
p. 103.

grandes bulles ou solennelles, par opposition aux petites bulles ou actes moins solennels et aux lettres ordinaires.

Les grandes bulles se divisent elles-mêmes en bulles pancartes et en bulles privilèges. Les bulles pancartes sont celles qui, en confirmant des donations faites à une église ou à un monastère, énumèrent tout qui s'y trouvait compris et quelquefois même ratifient des donations antérieures et confirment l'église ou le monastère dans la possession de tous leurs biens. Les bulles privilèges ont pour objet, comme leur nom l'indique, la concession ou la confirmation de certains droits, de certaines prérogatives, surtout dans l'ordre spirituel. Dans les bulles pancartes, il est souvent aussi fait mention de divers privilèges. Ces deux classes d'actes se distinguent des lettres ordinaires par certains caractères que je vais signaler.

Les Bénédictins[1] disent qu'à partir du pontificat de Gélase II et de Calixte II, la distinction des deux formules *in perpetuum* et *salutem et apostolicam benedictionem*, selon que les bulles étaient ou n'étaient pas en forme de privilèges, devient toujours plus constante et plus invariable. Cette règle est trop absolue, et le nombre des bulles pancartes et des bulles privilèges, dont la suscription est terminée par la formule *salutem et apostolicam benedictionem*, est assez grand pour qu'on ne puisse pas admettre cette règle sans restriction. Il est préférable de considérer comme privilèges les bulles qui contiennent la formule : *Scriptum per manum,* la roue et la devise, le monogramme *Bene valete,* la souscription du pape, la date indiquant le lieu, le nom du bibliothécaire ou du chancelier, le jour, l'indiction, l'année de l'incarnation et celle du pontificat. Mais on rencontre assez rarement tous ces caractères dans les privilèges de Calixte II, surtout la formule *Scriptum per manum* et

---

[1] *Nouveau traité de diplomatique*, V, 263.

les souscriptions des cardinaux; il suffirait de prendre pour
signe de la distinction la souscription du pape, qui n'est pas
non plus toujours nécessaire, et la date avec le nom du lieu,
celui du bibliothécaire ou du chancelier, le jour, l'indiction,
l'année de l'incarnation et celle du pontificat[1]. Les privilèges
de Calixte II se reconnaissent encore à d'autres caractères. Le
mot *privilegium* y est presque toujours exprimé dans des phrases
comme celle-ci : *Per presentis privilegii paginam apostolica auctoritate statuimus.* Ils se terminent par cette clause finale : *Si
qua igitur,* etc., tandis que dans les bulles moins solennelles,
on trouve plutôt la formule, quand formule il y a : *Si quis
autem,* etc. [2]

Les principaux caractères des lettres de Calixte II sont les
suivants. La suscription est terminée par la formule *salutem et
apostolicam benedictionem.* Elles ont rarement un préambule et
des clauses finales. L'objet de la lettre y est exposé aussi simplement et aussi brièvement que possible. De même, la date est
très courte et très simple.

Les lettres ordinaires de Calixte se divisent en plusieurs
classes, selon leur objet. Il y a d'abord les donations, les concessions et les confirmations de divers droits, etc. Ces lettres
sont relativement rares; elles sont le plus souvent désignées
par ces mots : *donatio, concessio, confirmatio, constitutio,* etc.

Les lettres administratives de Calixte sont plus nombreuses
et plus variées dans leur objet. Par ces lettres, il recommande
à la protection d'un prince ou d'un personnage puissant une
église ou un monastère; il nomme des arbitres pour terminer
les différends; il s'élève contre les abus et les scandales; il confirme les décisions prises par les évêques; il invite les rois, les

[1] Voir les *Éléments de paléographie*
de N. de Wailly, I, 175.

[2] Voir, au chapitre des formules,

la différence qu'il y a entre les formules
imprécatoires des bulles ordinaires et
celles des privilèges.

évêques, les abbés, etc., à se soumettre à ses ordres; il notifie
aux églises et aux prélats les décisions des conciles; il leur enjoint d'obéir à ses légats, de reconnaître un métropolitain, etc.
On comprend à combien d'actes de ce genre ont donné lieu les
abus qui existaient alors et les réformes qu'il s'agissait d'opérer.
Ces actes contiennent des formules comme : *Rogamus prudentiam vestram et in Christi caritate monemus; fraternitati tue precipimus; presentibus litteris precipiendo mandamus; mandamus atque
precipimus*, etc.

FORMULES DES ACTES DE CALIXTE II.

Les actes de Calixte II commencent toujours par ces mots :
Calixtus episcopus, servus servorum Dei[1]; puis viennent le nom
et la qualité du personnage auquel l'acte est envoyé. La qualification n'est pas la même pour tous. Quand il s'adresse à un
patriarche, à un archevêque ou à un évêque, il l'appelle *venerabilis frater*, mais seulement au commencement de la bulle; dans
le corps de l'acte, il se sert de l'épithète *carissime*. On trouve
rarement d'autres qualifications. Dans la bulle, du 14 janvier
1121, adressée à Jean, évêque de Tretaberne, il lui donne le
titre de *venerabilis vir frater* (n°. 215). Il appelle Boson, un de
ses légats, *venerabilis dilectus in Christo filius* (n° 253). Lorsque
les évêques ne sont pas désignés par leur nom, il ne leur
donne aucune qualification, ou bien il se sert de la formule
dilectus in Christo frater (n° 261). S'il s'adresse à plusieurs,
il suit toujours l'ordre hiérarchique; par exemple, dans une
lettre au clergé et aux fidèles d'Espagne, il écrit : ... *archiepiscopis, episcopis, abbatibus, prepositis, nec non et ceteris, tam
clericis quam laicis*, etc. (n° 260); autre exemple : *Calixtus epi-*

[1] On trouve une fois seulement, et dans un texte imprimé, la formule : *Domnus papa Calixtus, servus*, etc. (n° 427).

scopus, servus servorum Dei, venerabili fratri Anserico, Manasse de-
cano, Stephano archidiacono, Stephano thesaurario, etc. (n° 283).
Les abbés, prévôts, prieurs, chanoines, religieux sont appelés
dilecti filii ou *dilecti in Christo filii*[1] et les abbesses sont appelées
dilecte filie ou *dilecte in Christo filie*. L'épithète *venerabile*[2] est
souvent donnée à certains monastères, comme la Chaise-Dieu,
Saint-Gilles, Saint-Denis, etc. Quand une lettre est adressée à
un prélat ou à un abbé, en même temps qu'à un laïque, la
suscription porte la formule *dilectis fratribus et filiis* (n° 249).

Pour la qualification donnée aux rois et aux personnages de
distinction, il n'y a pas de règles fixes. Voici quelques formules
que j'ai relevées : *Calixtus*, etc., *charissimo in Christo filio Hen-*
rico, illustri Anglorum regi (n° 44), ou *illustri et glorioso An-*
glorum regi (n° 94); *dilectis in Christo filiis Aistano et Siwardo,*
Norwegiæ regibus (n° 107); *illustri atque charissimo filio et con-*
sanguineo nostro Balduino regi [*Hierosolymitano*] (n° 249); *illustri*
regine U[*rrace*] (n° 256); *karissimo nepoti suo* [*Ildefonso*], *stre-*
nuo et glorioso Hispaniarum regi (n° 257); *karissimo in Christo*
filio Ludovico, illustri et gloriosissimo Francorum regi (n° 263); *il-*
lustri et glorioso Scottorum regi Alexandro (n° 271); *nobili et illustri*
viro Ottoni de Castro Iringi (n° 223); *illustri viro O*[*ttoni*], *comiti*
palatino (n° 179). Il ne donne que le titre de roi à Henri V,
avant sa soumission : *Calixtus*, . . . *consanguineo suo H*[*enrico*]
regi (n° 278); après sa soumission : *karissimo in Christo filio*
H[*enrico*], *glorioso Romanorum imperatori augusto* (n° 322).

On voit, par ces exemples, que Calixte ne se sert de *suus* ou
de *noster* que lorsqu'il écrit à des princes ses parents.

Quand Calixte II s'adresse à une seule personne, il emploie
toujours le singulier. La formule de salutation est : *salutem et*
apostolicam benedictionem pour les lettres, et : *in perpetuum* pour

----

[1] Passim. — [2] Par ex., nᵒˢ 9, 22, 70.

les privilèges[1]. La bulle originale, du 22 janvier 1121, pour Heiligenforst, porte *in posterum*[2].

Le salut est omis dans une des lettres que Calixte écrivit à l'empereur Henri V, avant la fin de la querelle des investitures. Cette omission était volontaire, car le pape déclare à l'empereur, au commencement de la lettre, qu'il regrette de ne pouvoir pas le saluer : *Dolemus valde quia visitare te apostolicæ salutationis alloquio secundum cordis nostri desiderium non audemus* (n° 278).

Dans les simples lettres, il n'y a presque jamais de préambule, tandis que les privilèges commencent toujours par l'exposition d'une considération religieuse, ou d'une considération morale, ou par quelques réflexions relatives au sujet de l'acte. Ce préambule se présente sous des formes diverses; cependant, dans les actes de Calixte II, il y en a un certain nombre qui sont fréquemment employées. Telles sont les suivantes : *Justis votis assensum prebere justisque petitionibus aures accommodare nos convenit, qui, licet indigni, justitie custodes atque precones in excelsa apostolorum principum Petri et Pauli specula positi, Domino disponente, conspicimur. — Apostolicæ sedis auctoritate debitoque compellimur pro universarum ecclesiarum statu satagere et earum quieti, quæ specialius Romanæ adherent Ecclesiæ, auxiliante Domino, providere. — Piæ postulatio voluntatis effectu debet prosequente compleri, quatenus et devotionis sinceritas laudabiliter enitescat et utilitas postulata*

---

[1] Les copies présentent quelques exceptions à cette règle. Dans une bulle à Géraud, prieur de Cahors, la formule est : *salutem et apostolicam benedictionem in perpetuum;* la bulle pour l'église de Tricarico, du 7 octobre 1123, porte : *salutem in Domino sempiternam;* dans un privilège pour Saint-Amand, du 20 novembre 1119, il y a : *in Christum;* enfin, la formule *in posterum* se rencontre dans la bulle pour Notre-Dame d'Étampes (n° 111). Il y a lieu de croire qu'un copiste aura pris l'abréviation de *in perpetuum* pour les mots *in Christum.*

[2] N° 216, et Pflugk-Harttung, *Chartarum pontificum Romanorum specimina,* pl. 58.

vires indubitanter assumat. — *Officii nostri nos hortatur auctoritas pro ecclesiarum statu sollicitos esse et quæ recte statuta sunt stabilire.* — *Sicut injusta poscentibus nullus est tribuendus effectus, sic legitima desiderantium non est differenda petitio.* — *Divinis præceptis instruimur et apostolicis monitis informamur, ut pro ecclesiarum statu impigro invigilemus affectu.* Ces préambules et quelques autres n'ont pas été employés pour la première fois à la chancellerie de Calixte II; il en est qui, comme les formules *Justis votis, Apostolicæ sedis auctoritate, Officii nostri,* paraissent venir de la chancellerie d'Urbain II; les autres remontent encore plus haut, mais avec des variantes qui s'accentuent avec le temps. Grâce à la liste des *initia,* qui termine le deuxième volume des *Regesta,* il est facile, pour celles de ces formules qui se répètent le plus souvent, de voir quand elles ont pris naissance, comment et jusqu'à quand elles se sont transmises. Mais, autant qu'il est permis d'en juger dans l'état actuel des publications de bulles, il en est qui semblent avoir pris naissance à la chancellerie de Calixte II, notamment depuis que la direction en fut confiée à Aimery. Voici quelques-unes des principales : *Ad hoc universalis Ecclesiæ cura nobis a provisore omnium bonorum Deo commissa est, ut religiosas diligamus personas et bene placentem Deo religionem studeamus modis omnibus propagare* (n° 515). — *Equitatis et justicie ratio persuadet nos ecclesiis perpetuam rerum suarum firmitatem et vigoris inconcussi munimenta conferre. Non enim convenit Christi servos, divino famulatui deditos, perversis pravorum hominum molestiis agitari et temerariis quorumlibet vexationibus fatigari* (n° 416). — *Commissæ nobis apostolice sedis auctoritas nos hortatur ut locis et personis ei subjectis legitime defensionis vel tuitionis presidium impendere debeamus* (n° 316). — *Cum omnibus ecclesiis et ecclesiasticis personis debitores ex apostolice sedis auctoritate ac benevolentia existamus, illis tamen personis que infra nostram Romanam a Deo protectam et pre omnibus exaltatam urbem sunt, propensiori nos convenit affectionis studio imminere* (n° 408). — *In apostolice sedis regimine constituti, necesse habemus venerabilibus locis et personis manum protectionis extendere et illis precipue que specialius ad Romanam videntur Ecclesiam pertinere* (n° 18). — *Quoniam sine veræ cultu religionis nec caritatis unitas potest subsistere, nec Deo gratum exhiberi servitium, expedit apostolicæ authoritati religiosas personas diligere et religiosa loca sedis apostolicæ munimine confoveri* (n° 501), etc.

Voici d'ailleurs une liste des premiers mots des bulles de Calixte II, qui comprend tous les privilèges et lettres de la présente publication. Les numéros qui suivent les *initia* renvoient à ceux des documents :

Le préambule est relié au dispositif par les conjonctions *idcirco, itaque, quapropter, eapropter, quamobrem,* ou autres de ce genre. Vient ensuite l'énumération des biens ou des privilèges accordés ou confirmés. Cette énumération est quelquefois très longue.

Les formules imprécatoires suivent le dispositif. De même que divers préambules, elles sont empruntées, quelques-unes au formulaire de la chancellerie d'Urbain II, mais la plupart au formulaire de la chancellerie de Pascal II, dont Grisogone, Gervais et Rainier perpétuaient les traditions.

Dans les bulles ordinaires de Calixte II, on trouve des formules comme celle-ci : *Si quis igitur, scripti hujus tenore cognito, temere, quod absit, contraire temptaverit, honoris et officii periculum patiatur aut excommunicationis ultione plectatur, nisi presumptionem suam digna satisfactione correxerit,* ou encore : *Si quis igitur hujus nostre confirmationis temerator extiterit et, secundo tertiove commonitus, minime satisfecerit, si quidem clericus fuerit honore, si vero laicus communione privetur.* Comme on le voit, ces formules s'éloignent un peu des formules ordinaires. Elles sont plus solennelles encore dans les privilèges. Voici la plus fréquente, communément employée sous Pascal II et assez souvent sous Urbain II : *Si qua igitur in futurum ecclesiastica secularisve persona hanc nostræ constitutionis paginam sciens contra eam temere venire temptaverit, secundo tertiove commonita, si non satisfactione congrua emendaverit, potestatis honorisque sui dignitate careat reamque se divino judicio existere de perpetrata iniquitate cognoscat et a sacratissimo corpore ac san-*

guine Dei et Domini Redemptoris nostri Jesu Christi aliena fiat atque in extremo examine districtæ ultioni subjaceat. Cunctis autem eidem loco justa servantibus sit pax Domini nostri Jesu Christi, quatenus et hic fructum bonæ actionis percipiant et apud districtum judicem premia æternæ pacis inveniant. Amen. Le mot *Amen* est en général répété trois fois, mais on le trouve aussi une seule fois.

Calixte II paraît avoir rarement employé ces menaces terribles qui se rencontrent dans les actes pontificaux des siècles précédents jusqu'à Grégoire VII. En voici un exemple assez curieux : *Si quis igitur ausu temerario impiaque presumptione contra Deum et sanctos ejus apostolos contraque animam suam hoc nostre apostolice auctoritatis privilegium in aliquo infringere temptaverit, incunctanter se noverit nostre apostolice maledictionis aculeo transpunctum, nostre apostolice excommunicationis telo perfossum, nostri etiam apostolici anathematis gladio transverberatum, nec nisi per dignam satisfactionem saluti pristine reparandum* (n° 214). Quoique ces formules d'anathème n'aient plus été usitées depuis la fin du xie siècle, ce n'est pas, je crois, une raison pour regarder comme faux cet acte et ceux qui contiendraient des menaces exprimées à peu près de cette sorte.

Les lettres ordinaires sont terminées par la date, dont il sera parlé plus loin, mais la fin des privilèges est plus compliquée. Outre la formule : *Scriptum per manum N., scriniarii regionarii et notarii sacri palatii*, qu'on trouve dans plusieurs actes de Calixte II[1], il y a d'abord la roue ou cercle (*rota*), remplacée quelquefois par le chrisme, une fois par une croix, dont j'aurai à m'occuper tout à fait en détail, au chapitre des particularités paléographiques, le monogramme BENE VALETE, et, entre celui-ci et la roue, la souscription du pape.

La formule de cette souscription a peu varié, presque tou-

---

[1] En voir l'indication, p. XII et XIII, sous les noms des notaires.

jours elle est : *Ego Calixtus, catholicæ Æcclesiæ episcopus, subscripsi*. Ce dernier mot est abrégé par *ss*.

Parmi les originaux parvenus à ma connaissance, je n'ai
trouvé que six exceptions :

1° Bulle, du 28 juin 1119, pour l'abbaye de Saint-Gilles
(n° 22) :

Ego Calixtus, catholicæ Ecclesiæ episcopus, confirmo et ss.;

2° Bulle, du 29 décembre 1119, pour l'église de Beaune
(n° 117) :

Ego Calixtus, chatholicæ (sic) Æcclesie episcopus, confirmavi et ss.;

3° Lettre, du 30 mars 1121, à Othon d'Iringe (n° 223) :

Ego Calixtus, catholicæ Æcclesiæ episcopus, collaudans confirmavi;

4° Dans les bulles, du 24 mars 1122, pour les abbayes de
Zwiefalten (n° 286), d'Echenbrunn (n° 287) et de Gottesau
(n° 288) :

Ego Calixtus, catholicæ Æcclesiæ episcopus, laudans [1].

Les copies et les éditions donnent des souscriptions, avec les
formules *subscribo et confirmo*, *confirmavi et subscripsi*, *laudavi* ou
laudans subscripsi. Les copistes et les éditeurs ont-ils voulu inter-
préter ainsi certains signes qui suivent la souscription, signes
qu'ils auraient pris pour des notes tironiennes ou des caractères
tachygraphiques?

Un certain nombre de bulles de Calixte II ont été souscrites
par des témoins. Les témoins ordinaires étaient les cardinaux-

---

[1] Cf. Kaltenbrunner, *op. l.*, p. 387; — Pflugk-Harttung, *die Urkunden...*,
p. 35.

évêques d'Albano, d'Ostie, de Porto, les cardinaux-prêtres de Palestrina, de Sabine et de Tusculum, les cardinaux-diacres, qui composaient le sacré collège d'alors, et peut-être des fonctionnaires inférieurs de la cour pontificale, comme des sous-diacres. Il sera parlé plus loin des autres témoins qui ne rentrent pas dans cette catégorie.

En règle générale, les souscriptions des témoins ordinaires se composent d'une croisette, du pronom *Ego*, de leur nom, de leur qualité et de *ss*. Je prends pour exemple les souscriptions de la bulle, du 14 mai 1120, à l'évêque et aux chanoines de l'église de Lucques (n° 172) :

† *Ego Deusdedit, cardinalis presbiter tituli Sancti Laurentii in Damaso, ss.*
† *Ego Petrus, cardinalis presbiter tituli Sanctæ Susannæ, ss.*
† *Ego Johannes, presbiter cardinalis tituli Sancti Grisogoni, ss.*
† *Ego Petrus, diaconus cardinalis Sanctorum Cosme et Damiani, ss.*
† *Ego Gregorius, diaconus cardinalis Sancti Angeli, ss.*
† *Ego Petrus, diaconus cardinalis Sancti Adriani, ss.*

Dans les copies, même les plus anciennes, on a ajouté, après la qualité des témoins, *interfui* (bulle, du 5 janvier 1120, pour Cheminon, n° 126) :

† *Ego Lambertus, episcopus Hostiensis, interfui et ss.*
† *Ego Petrus, diaconus cardinalis Sanctorum Cosme et Damiani, interfui et ss.*

De même dans la bulle, du 4 juin 1124, pour l'abbaye Saint-Cyriaque de Rome, etc. Ailleurs, *interfui* est remplacé par *consensi* (bulle, du 24 septembre 1120, pour Aversa (n° 185). Enfin ailleurs on trouvera les deux formes réunies :

† *Ego Bonifatius, presbiter cardinalis Sancti Marci, interfui et consensi, ss.*
† *Ego Crescentius, Sabinensis episcopus, interfui et consensi.*
† *Ego Gregorius, presbiter cardinalis tituli Apostolorum, interfui et consensi, ss.*

† *Ego Crescentius, presbiter cardinalis tituli Sanctorum Marcellini et Petri, consensi et consentiens ss.*, etc. (Bulle, du 1ᵉʳ avril 1124, pour l'évêque de Sienne, n° 489).

Les listes de témoins constituent un important élément de critique et permettent, comme il sera possible de s'en assurer plus loin, de discerner une bulle fausse d'une bulle authentique. C'est pourquoi il me paraît utile de grouper les noms des témoins, en indiquant les dates des bulles où ils figurent :

Aldo, diaconus cardinalis Sanctorum Sergii et Bacchi. 1121 : 3 janvier, 5 janvier, 7 janvier, 14 janvier, 17 avril, 15 juin, 28 décembre.

Amico, Amicus ou Amelius, presbter cardinalis tituli Sancte Crucis in Jerusalem. 1121 : 3 janvier, 7 janvier, 14 janvier, 17 avril, 25 mai, 28 décembre.

Anastasius, cardinalis presbyter tituli Beati Clementis. 1120 : 24 septembre. 1123 : 6 avril. 1124 : 4 juin.

Angelus, diaconus cardinalis Sanctæ Mariæ in Dominica. 1123 : 6 avril.

Benedictus, presbiter cardinalis ... 1120 : 24 septembre. 1121 : 17 avril.

Benedictus, tituli Eudoxie presbiter cardinalis. 1121 : 3 janvier, 7 janvier, 25 mai, 28 décembre. 1123 : 6 avril. 1124 : 1ᵉʳ avril, 4 juin.

Benedictus, presbyter cardinalis tituli Sanctæ Mariæ. 1121 : 14 janvier.

Bonifatius, tituli Sancti Marci presbiter cardinalis. 1121 : 3 janvier, 5 janvier, 7 janvier, 14 janvier, 4 mars, 25 mai, 28 décembre. 1124 : 1ᵉʳ avril, 26 mai, 4 juin.

Boso, presbiter cardinalis tituli Sanctæ Anastasiæ. 1119 : 18 juin, 15 juillet. 1120 : 27 février, 11 mars, 19 mars (acte faux ou douteux).

Comes, presbyter cardinalis tituli Sancte Sabine. 1123 : 11 avril.

Comes, diaconus cardinalis Sancte Marie in Aquiro. 1123 : 6 avril.

Cono, Prenestinus episcopus. 1119 : 20 mars, 18 juin, 15 juillet. 1120 : 11 mars, 19 mars (acte faux ou douteux). 1121 : 17 avril, 25 mai. 1122 : 15 avril, 16 mai. 1123 : 6 avril, 1ᵉʳ novembre.

Conradus, presbiter cardinalis tituli Pastoris. 1121 : 17 avril, 25 mai. 1124 : 1ᵉʳ avril.

CRESCENTIUS, Sabinensis episcopus. 1121 : 3 janvier, 5 janvier, 7 janvier, 14 janvier, 17 avril, 25 mai, 28 décembre. 1123 : 6 avril. 1124 : 1er avril, 26 mai, 4 juin.

CRESCENTIUS, presbiter cardinalis tituli Sanctorum Marcellini et Petri. 1121 : 4 mars. 1123 : 6 avril. 1124. 1er avril.

DESIDERIUS, presbiter cardinalis tituli Sancte Praxedis. 1120 : 24 septembre. 1121 : 3 janvier, 7 janvier, 14 janvier, 4 mars, 17 avril, 28 décembre. 1123 : 6 avril. 1124 : 1er avril.

DEUSDEDIT, presbiter cardinalis tituli Sancti Laurentii in Damaso. 1119 : 18 juin, 15 juillet. 1120 : 14 mai, 21 mai. 1121 : 3 janvier, 5 janvier, 7 janvier, 14 janvier, 4 mars, 25 mai, 15 juin, 10 novembre, 28 décembre. 1123 : 6 mars, 6 avril (tit. Sancti Grisogoni).

DIVIZO, Tusculanus episcopus. 1121 : 4 mars, 17 avril, 25 mai, 15 juin, 10 novembre. 1122 : 16 mai (CLUNZO).

DIVIZO, presbiter cardinalis tituli Equitii. 1121 : 3 janvier, 7 janvier, 28 décembre.

EGIDIUS, Tusculanus episcopus. 1121 : 28 décembre (CLINITIUS). 1123 : 6 avril.

FORMOALDUS, diaconus cardinalis Sanctorum Sergii et Bacchi. 1121 : 14 janvier.

GEORGIUS, presbiter cardinalis tituli Sancte Suxane. 1121 : 4 mars (doit être le même que PETRUS, presbyter cardinalis Sanctæ Susannæ).

GERARDUS, presbiter cardinalis tituli Sanctæ Crucis. 1124 : 1er avril, 26 mai.

GIRARDUS, presbiter cardinalis tituli Sanctarum Prisce et Aquile. 1123 : 6 avril. 1124 : 1er avril, 4 juin. Voir GREGORIUS.

GIRARDUS, diaconus cardinalis ecclesie Sancte Lucie. 1121 : 3 janvier, 7 janvier, 4 mars. 1122 : 15 avril.

GREGORIUS, presbiter cardinalis tituli Lucine. 1120 : 27 février, 11 mars. 1121 : 3 janvier, 5 janvier, 7 janvier, 14 janvier, 25 mai. 1122 : 16 mai. 1123 : 6 avril, 11 avril.

GREGORIUS, presbiter cardinalis tituli Sancte Prisce : 1121 : 3 janvier, 7 janvier, 14 janvier, 4 mars, 17 avril, 25 mai. Voir GIRARDUS.

GREGORIUS, cardinalis presbiter tituli Apostolorum. 1123 : 6 avril. 1124 : 1er avril, 26 mai, 1er juin, 4 juin.

GREGORIUS, diaconus cardinalis Sancti Angeli. 1119 : 18 juin, 15 juillet. 1120 : 5 janvier, 27 février, 14 mai, 21 mai, 22 juin (acte faux), 1er dé-

cembre. 1121 : 17 avril, 25 mai. 1122 : 16 mai. 1123 : 6 avril,
11 avril, 1ᵉʳ novembre.

Gregorius, diaconus cardinalis ecclesiæ Sancti Eustachii. 1121 : 3 janvier, 7 janvier.

Gregorius, diaconus cardinalis Sancti Laurentii. 1122 : 15 avril.

Gregorius, diaconus cardinalis Sancte Lucie septem solii. 1123 :
6 avril.

Gregorius, diaconus cardinalis Sanctorum Sergii et Bacchi. 1123 :
6 avril.

Gregorius, diaconus cardinalis Sancti Viti. 1123 : 6 avril.

Gregorius, subdiaconus sancte Romane Ecclesie. 1120 : 27 février.

Gualterius, diaconus cardinalis ecclesie Sancti Theodori. 1121 : 3 janvier, 7 janvier, 14 janvier, 15 juin, 28 décembre.

Guillelmus, Prenestinus episcopus. 1123 : 6 avril. 1124 : 1ᵉʳ avril,
26 mai, 1ᵉʳ juin.

Hermannus, subdiaconus. 1124 : 1ᵉʳ avril.

Hugo. Voir Ugo.

Hugo, sacræ basilicæ subdiaconus. 1121 : 4 mars. 1122 : 16 mai.

Jacinctus, subdiaconus prior. 1121 : 4 mars. 1122 : 16 mai.

Joannes, presbiter cardinalis. 1121 : 17 avril.

Johannes, cardinalis . . . 1123 : 6 mars.

Johannes, presbiter cardinalis tituli Sancte Cecilie. 1121 : 3 janvier,
7 janvier, 14 janvier, 17 avril, 28 décembre. 1123 : 6 avril. 1124 :
1ᵉʳ avril.

Johannes, presbiter cardinalis tituli Sancti Grisogoni. 1119 : 18 juin,
15 juillet, 20 juillet. 1120 : 19 mars (acte faux ou douteux), 14 mai,
21 mai, 22 juin (acte faux), 24 septembre, 10 octobre, 1ᵉʳ décembre.
1121 : 3 janvier, 5 janvier, 7 janvier, 14 janvier, 4 mars, 24 mai (acte
faux), 10 novembre, 28 décembre. 1122 : 16 mai. 1123 : 6 avril,
11 avril.

Johannes, presbiter cardinalis tituli Sancti Eusebii. 1120 : 24 septembre. 1121 : 3 janvier, 5 janvier, 7 janvier, 14 janvier.

Johannes, diaconus cardinalis Sancti Nicolay ad Carceres. 1123 :
15 avril.

Jonatas, diaconus cardinalis ecclesie Sanctorum Cosme et Damiani.
1121 : 3 janvier, 7 janvier, 14 janvier, 4 mars, 17 avril, 25 mai, 28 décembre. 1123 : 6 avril. 1124 : 1ᵉʳ avril.

LAMBERTUS, Hostiensis æcclesiæ episcopus. 1119 : 18 juin, 15 juillet. 1120 : 3 janvier, 5 janvier, 11 mars, 19 mars (acte faux ou douteux), 21 mai, 28 décembre (ALBERTUS). 1121 : 5 janvier, 7 janvier, 17 avril, 25 mai. 1122 : 16 mai. 1123 : 1er novembre. 1124 : 1er avril, 26 mai, 1er juin.

MATTHÆUS, diaconus cardinalis Sancti Adriani. 1123 : 6 avril, 11 avril. 1124 : 1er avril.

OTHALDUS ou ODALDUS, presbyter cardinalis Sanctæ Balbinæ. 1120 : 1er décembre. 1121 : 15 juin. 1122 : 16 mai. *Voir* UBALDUS.

PETRUS, Portuensis episcopus. 1120 : 24 septembre, 10 octobre, 1er décembre. 1121 : 3 janvier, 5 janvier, 7 janvier, 14 janvier, 4 mars, 25 mai, 28 décembre. 1123 : 6 avril, 11 avril. 1124 : 30 mars, 26 mai, 1er juin, 4 juin.

PETRUS, presbyter cardinalis. 1120 : 24 septembre.

PETRUS, cardinalis ... 1123 : 6 mars.

PETRUS, presbiter cardinalis tituli Calixti. 1121 : 25 mai. 1122 : 28 décembre. 1123 : 6 avril, 11 avril.

PETRUS, presbiter cardinalis tituli Equitii. 1124 : 1er avril.

PETRUS, presbiter cardinalis tituli Sancti Marcelli. 1120 : 24 septembre. 1121 : 3 janvier, 5 janvier, 7 janvier, 14 janvier, 17 avril, 10 novembre, 28 décembre. 1123 : 6 avril. 1124 : 1er avril.

PETRUS, presbyter cardinalis tituli Sanctæ Mariæ Ara cœli. 1120 : 24 septembre.

PETRUS, presbiter cardinalis tituli Sanctorum Nerei et Achillei. 1123 : 1er novembre.

PETRUS, presbyter cardinalis tituli Sancte Prisce. 1121 : 28 décembre.

PETRUS, presbiter cardinalis tituli Sancti Sixti (?). 1121 : 17 avril.

PETRUS, cardinalis presbiter tituli Sanctæ Susannæ. 1120 : 27 février, 11 mars, 14 mai, 21 mai. 1121 : 5 janvier, 7 janvier, 14 janvier, 17 avril, 25 mai. 1124 : 4 juin.

PETRUS, diaconus cardinalis Sancti Adriani. 1120 : 14 mai. 1121 : 7 janvier, 17 avril.

PETRUS, diaconus cardinalis Sanctorum Cosme et Damiani. 1119 : 18 juin, 15 juillet, 20 juillet. 1120 : 5 janvier, 11 mars, 21 mai, 22 juin (acte faux).

RAINERIUS, cardinalis presbiter tituli Sanctorum Petri et Marcellini.

I. c

1121 : 3 janvier, 5 janvier, 7 janvier, 14 janvier, 4 mars (Rainaldus), 17 avril, 28 décembre.

Robertus, cardinalis presbiter tituli Sancti Eusebii. 1123 : 6 avril, 15 avril.

Robertus, presbiter cardinalis tituli Sancte Sabine. 1120 : 24 septembre, 1ᵉʳ décembre. 1121 : 3 janvier, 7 janvier, 14 janvier, 17 avril, 25 mai, 28 décembre. 1122 : 15 avril. 1123 : 6 avril, 11 avril. 1124 : 1ᵉʳ avril.

Romanus, diaconus cardinalis Sancte Marie in Porticu. 1120 : 5 janvier. 1121 : 3 janvier, 7 janvier, 14 janvier, 17 avril, 25 mai, 28 décembre. 1122 : 15 avril. 1123 : 6 avril, 11 avril. 1124 : 1ᵉʳ avril.

Romanus, subdiaconus sancte Romane Ecclesie. 1120 : 27 février. 1121 : 4 mars. 1122 : 16 mai.

Romoaldus, diaconus cardinalis ecclesie Sancte Marie in Via lata. 1120 : 24 septembre. 1121 : 3 janvier, 7 janvier, 4 mars, 17 avril, 28 décembre.

Rossemannus, diaconus cardinalis Sancti Georgii ad Velum aureum. 1120 : 22 juin (acte faux). 1123 : 6 avril (Ronsse).

Saxo, presbiter cardinalis tituli Sancti Stephani. 1121 : 17 avril. 1122 : 16 mai.

Sigizo, presbiter cardinalis Sancti Sixti. 1121 : 3 janvier, 5 janvier, 7 janvier, 14 janvier, 4 mars, 17 avril, 28 décembre. 1123 : 6 avril. 1124 : 1ᵉʳ avril.

Stephanus, diaconus cardinalis Sancte Marie de Scola greca (al. Sancte Marie sedis gratie). 1120 : 24 septembre. 1121 : 3 janvier, 7 janvier. 1123 : 6 avril.

Teobaldus, cardinalis presbiter tituli Sancte Anastasie. 1123 : 6 avril. 1124 : 1ᵉʳ avril.

Teobaldus, presbiter cardinalis tituli Panmachii. 1121 : 3 janvier, 5 janvier, 7 janvier, 14 janvier, 4 mars, 25 mai, 28 décembre. 1123 : 6 avril.

Teobaldus, diaconus cardinalis Sanctæ Mariæ nove. 1121 : 17 avril, 15 mai.

Theobaldus, presbiter cardinalis tituli Sancti Sixti (?). 1121 : 17 avril.

Ubaldus (Odaldus?), presbiter cardinalis tituli Sanctæ Sabinæ (Balbinæ?). 1121 : 17 avril. Voir Odaldus.

Ubertus, diaconus cardinalis Sancte Marie in Via lata. 1123 : 6 avril.

Uco, tituli Sanctorum Apostolorum presbiter cardinalis. 1121 : 3 janvier, 7 janvier, 17 avril, 25 mai, 10 novembre.

Vitalis, Albanus episcopus. 1121 : 3 janvier, 5 janvier, 7 janvier, 14 janvier, 4 mars, 17 avril, 25 mai, 28 décembre. 1122 : 16 mai. 1123 : 6 avril. 1124 : 30 mars, 4 juin.

W. ou Wigelmus, Prenestinus episcopus. *Voir* Guillelmus.

Les bulles qui portent les souscriptions des témoins ci-dessus sont les suivantes :

1119, 18 juin : pour l'abbaye de Saint-Blaise (n° 19);
—   20 juillet : pour l'abbaye de la Grasse (n° 41);
1120, 3 janvier : pour Bruno, archevêque de Trèves (n° 120);
—   5 janvier : pour l'abbaye de Cheminon (n° 126);
—   27 février : pour Compostelle (n° 146);
—   11 mars : pour l'église d'York (n° 154);
—   19 mars : (fausse ou douteuse) pour l'abbaye de Saint-Blaise (n° 156);
—   14 mai : pour l'église de Lucques et les chanoines de Saint-Frédien (n° 172);
—   21 mai : pour les Camaldules (n° 173);
—   21 mai : pour l'abbaye Notre-Dame de Morrone (n° 174);
—   24 septembre : pour l'église d'Aversa (n° 185);
—   10 octobre : pour l'abbaye Saint-Pierre sur le Mont-Vulturne (n° 188);
—   1er décembre : pour le Désert de San-Gavino (n° 192);
1121, 3 janvier : aux évêques de la Corse (n° 209);
—   5 janvier : pour l'église de Lyon (n° 212);
—   7 janvier : pour l'église de Ravenne (n° 213);
—   14 janvier : pour l'église de Tretaberne (n° 215);
—   4 mars : pour l'église de Modène (n° 219);
—   17 avril : pour l'église de Saint-Chrysogone (n° 227);
—   24 mai : (faux) pour Aynard de Clermont (n° 232);
—   25 mai : pour la basilique Constantinienne (n° 233);
—   15 juin : pour l'église de Veroli (n° 238);
—   10 novembre : pour l'église Saint-Jean de Besançon (n° 262);
—   28 décembre : à tous les fidèles (n° 267);

1122, 15 avril : pour l'église Sainte-Agathe de Crémone (n° 292);

— 16 mai : pour l'abbaye Saint-Remi de Reims (n° 301);

1123, 6 avril : aux évêques de la Corse (n° 388);

— 15 avril : pour l'église de Pavie (n° 397);

— 1er novembre : pour l'abbaye de Marchiennes (n° 415);

1124, 1er avril : pour l'église de Sienne (n° 489);

— 26 mai : pour l'église Saint-Frédien (n°s 496 et 497);

— 4 juin : pour l'abbaye Saint-Cyriaque de Rome (n° 500).

D'autres témoins, que j'appellerai « accidentels », parce qu'ils ont été mis en présence de Calixte II par le hasard des circonstances, notamment lors de son voyage dans le midi de la France, en 1119, après son élection, et en Italie, en 1121, ont souscrit avec les cardinaux et les personnes de sa suite. Ce sont :

AMICUS, abbas Sancti Laurentii foris muros, diaconus cardinalis. 1119 : 15 juillet.

ARDUINUS, abbas Sancti Savini. 1119 : 15 juillet.

ASCO, Aquensis episcopus. 1121 : 28 décembre.

ATO, Arelatensis episcopus. 1119 : 15 juillet.

AUGERIUS, Catanensis episcopus. 1121 : 28 décembre.

Barensis archiepiscopus. 1121 : 28 décembre.

BERNARDUS, archiepiscopus Ausciensis. 1119 : 15 juillet.

FULCO, Aquensis archiepiscopus. 1119 : 15 juillet.

GAGO. 1119 : 20 mars.

GALTERIUS, Magalonensis episcopus. 1119 : 15 juillet.

GERVASIUS, Unbriacensis episcopus. 1121 : 28 décembre.

GIRARDUS, Potentie episcopus. 1121 : 28 décembre.

GOFFREDUS, episcopus Mexanæ. 1121 : 28 décembre.

GREGORIUS, Sancte Severine archiepiscopus. 1121 : 28 décembre.

GREGORIUS, Terracinensis episcopus. 1122 : 16 mai.

HENRICUS, episcopus Neocastri. 1121 : 28 décembre.

HUBERTUS, Sancte Eufemie (Ephon.) abbas. 1121 : 28 décembre.

JOANNES, Anglionensis episcopus. 1121 : 28 décembre.

JOANNES, Catacensis episcopus. 1121 : 28 décembre.

JOHANNES, Cremonensis episcopus. 1119 : 20 mars. 1120 : 23 février.

LAMBERTUS, magister Heremitarum. 1121 : 28 décembre.

LEONTIUS, Geracensis episcopus. 1121 : 28 décembre.

NANTELMUS. 1119 : 20 mars.

NICOLAUS, Sancti Angeli Militensis ecclesie abbas. 1121 : 28 décembre.

OLDEGARIUS, Terraconensis ecclesie dispensator. 1119 : 15 juillet.

PETRUS, Malven. episcopus. 1121 : 28 décembre.

PETRUS, Squillacensis episcopus. 1121 : 28 décembre.

POLICRONIUS, Genecocastrensis episcopus. 1121 : 28 décembre.

P., Provincialis. 1119 : 20 mars.

RADULPHUS, Martirani episcopus. 1121 : 28 décembre.

RADULPHUS, Rheginus archiepiscopus. 1121 : 28 décembre.

RAIMUNDUS, Barbastrensis episcopus. 1119 : 15 juillet.

RAINALDUS, Militensis episcopus. 1121 : 28 décembre.

RAINERUS, Ariminensis episcopus. 1122 : 16 mai.

RASCAS. 1119 : 20 mars.

RICHARDUS, Narbonensis episcopus. 1119 : 15 juillet.

ROGERIUS, Sancti Juliani abbas. 1121 : 28 décembre.

SOFERDE B., presbyter. 1119 : 20 mars.

VELARDUS, Agrigentinus episcopus. 1121 : 28 décembre.

VILLELMUS, Albertinensis episcopus. 1121 : 28 décembre.

Les actes souscrits par les témoins de cette seconde catégorie sont les suivants :

1119, 20 mars : lettre relative à la consécration de l'église Saint-Antoine (n° 3) ;

— 15 juillet : bulle pour l'abbaye d'Aniane (n° 35) ;

1120, 23 février : bulle relative à Mont-Saint-Jean (n° 142) ;

1121, 28 décembre : lettre à tous les fidèles, relativement au rétablissement de la paix entre Guillaume, duc de Pouille, et Roger, comte de Sicile (n° 267) ;

1122, 16 mai : privilège pour l'abbaye Saint-Remi de Reims (n° 301).

Enfin, il y a une troisième catégorie de témoins, que j'appellerai « imaginaires », car ils n'ont jamais existé que dans l'imagination des faussaires qui ont fabriqué les documents et qui n'ont pas peu contribué ainsi à faire découvrir leur supercherie. Voici les noms, avec leurs qualités, de ces prétendus témoins :

ALBERTUS, sacerdos et cardinalis. 1120 : 11 avril.

AMBROSIUS, presbyter. 1119-1124 : 9 mars.

GERARDUS, Albanensis episcopus. 1119-1124 : 9 mars.

GODEFRIDUS, cardinalis presbyter. 1119-1124 : 9 mars.

GREGORIUS, Ortensis (Ostiensis?) episcopus. 1119-1124 : 9 mars.

GUIDO, presbyter cardinalis Sanctæ Balbinæ. 1120 : 22 juin. 1121 : 24 mai[1].

JOHANNES, cancellarius et sacerdos. 1120 : 11 avril.

JOHANNES, sacerdos et cardinalis. 1120 : 11 avril.

OTTO, diaconus. 1119-1124 : 9 mars.

PETRUS, cardinalis et cancellarius. 1119-1124 : 9 mars.

PETRUS, Sabinensis episcopus. 1119-1124 : 9 mars.

PETRUS, sacerdos et cardinalis. 1120 : 11 avril.

UDO, Pisanus episcopus. 1119-1124 : 9 mars.

Ils figurent dans les bulles de :

1120, 11 avril : pour l'abbaye Saint-Pierre «in Cœlo aureo» (n° 165);

— 22 juin, et 1121, 24 mai : pour Aynard de Clermont (n°ˢ 177 et 232);

1119-1124, 9 mars : pour l'église de Worms (n° 440).

DATES.

Dans les lettres et les bulles ordinaires de Calixte II, la date se compose du mot *Dat.*[2], ainsi écrit en abrégé dans les originaux, avec le signe de l'abréviation, et traduit par *data* ou *datum* dans les copies et les éditions; du nom du lieu, du jour et du mois; l'indiction y est quelquefois ajoutée. Ex. : *Dat. in territorio Tiburtino, x kal. julii*, ou : *Dat. apud Sanctum Teudar-*

---

[1] Gui figure comme témoin dans des bulles de Pascal II, du 21 décembre 1116 au 20 avril 1117, et de Gélase II, du 13 et du 26 septembre 1118.

[2] Cette forme, qui était auparavant *Data* ou *datū*, est devenue définitive sous Calixte II. Kaltenbrunner, *op. l.*, p. 392.

dum, XIII kal. augusti, indict. XII[1]. Les bulles, du 24 mars
1122, pour le monastère Saint-Sauveur de Millstadt (n° 290),
et du 13 mai 1122, pour l'église de Spolète (n° 300), contiennent aussi l'année de l'incarnation et celle du pontificat.
Mais, dans les privilèges, la date se compose du mot *Dat.*, en
abrégé, du nom du lieu, de celui du bibliothécaire ou du
chancelier, du jour, du mois, de l'année de l'incarnation et de
celle du pontificat, le tout plus ou moins abrégé. Ex. : *Dat.*
apud Sanctum Theodardum per manum Grisogoni, sanctæ Romane
Ecclesiæ diaconi cardinalis ac bibliothecarii, XIII kalendas augusti,
indictione XII[a], *Dominicæ incarnationis anno* M° C° XX°, *pontificatus*
autem domni Calixti secundi pape anno primo.

Les Bénédictins[2] ont déjà fait remarquer qu'il y a des dates
dont l'arrangement est différent; telle est, par exemple, la suivante, qui termine la bulle, du 14 juin 1121, pour l'église de
Vérone (n° 237) : *Datum in territorio Palianensi, XVIII kal. julii,*
indict. XIIII[a], *incarnationis Dominice anno* M° C° XX° II, *pontificatus*
autem domni Calixti secundi pape anno III, *per manum Grisogoni,*
diaconi et cancellarii sanctæ apostolicæ sedis. Comme je l'ai fait
remarquer plus haut[3], cette bulle est la seule où Grisogone
prenne le titre de chancelier. C'est aussi la seule où l'on trouve:
sanctæ apostolicæ sedis. Cette forme de la date et les deux particularités que je viens de signaler sont anormales, mais, ainsi
que je l'exposerai plus loin, il ne faudrait pas conclure que
cette date est fausse.

Les Bénédictins[4] signalent également une bulle datée du
lieu, de l'année de l'incarnation, du jour, du mois, de l'indiction, du jour de la semaine et de la lune. C'est la bulle,
du 5 avril 1124, pour le monastère Notre-Dame d'Engelberg
(n° 490). Dans l'original, que j'ai eu sous les yeux, la date est

---

[1] N°ˢ 18, 41, 162. — [2] *Nouveau traité de diplomatique*, V, 262. — [3] P. X.
— [4] *Nouveau traité de diplomatique*, V, 262.

ainsi conçue : *Data Laterani, anno Dominicæ incarnationis millesimo c. xx. iiii°, nonas aprilis, indictione secunda.* Sous cette forme, elle diffère déjà sensiblement de la date ordinaire. Mais les autres éléments dont parlent les Bénédictins, savoir : *Sabbatum sanctum paschæ, luna xvi°,* ont été ajoutés par une main postérieure. La formule : *Ab incarnatione autem omnipotentis Salvatoris nostri Jesu Christi* de la fameuse bulle pour Sainte-Sophie de Bénévent n'existe que dans l'édition d'Ughelli; le manuscrit 4939 de la Bibliothèque du Vatican, du xii° siècle, donne purement et simplement la formule ordinaire. Enfin, dans les copies et les éditions, si l'on ne trouve pas toujours le nom du lieu, c'est qu'il aura été omis par le copiste ou l'éditeur, ou encore il aura été altéré d'une façon grossière, comme dans l'exemple suivant : *Ego Calixtus, catholicæ Ecclesiæ episcopus, collaudans confirmavi hanc litteram per manum Chrysogoni,* etc. (Migne, n° 129, col. 1203, mon. n° 203). Dans ce cas, on a pris *Dat. Laterani* pour *hanc litteram.* En effet, si l'on se reporte à l'original conservé aux Archives royales, à Munich, on trouve : *Ego Calixtus, catholicæ Æcclesiæ episcopus, conlaudans confirmavi. Datum Laterani per manum Grisogoni,* etc. Remarque importante : le nom du bibliothécaire ou chancelier, de celui qui figure dans les dates des bulles, n'y était pas toujours marqué. On en trouve plusieurs exemples : dans les bulles originales, du 11 mars 1120, pour l'église Sainte-Madeleine de Besançon (n° 153); du 1er mai 1122, pour le monastère Notre-Dame de Praglia (n° 295); d'autres, dans des copies de bulles, du 25 février 1120, pour l'église de Vienne (n° 145); du 15 mars 1120, pour Saint-Hilaire de Carcassonne (n° 157); du 19 mars 1122, pour Saint-Jean de Besançon (n° 283); du 14 mai 1122-1124, pour le monastère de Hugeshofen (n° 469)[1].

____

[1] Cf. Pflugk-Ha.ttung, *die Urkunden.* ., p. 23.

Parmi les éléments qui composent les dates, il y en a surtout un qui est de la plus grande importance : c'est la date du
lieu. Elle permet de « corriger beaucoup de dates altérées, de
ranger les actes dans un ordre rigoureux, et, par là même,
de découvrir le véritable système chronologique usité à la chancellerie pontificale[1] ». C'est ce qui explique la nécessité et
l'avantage des itinéraires, où la date du lieu et celle du jour,
de l'indiction et de l'année peuvent se compléter ou se rectifier
l'une par l'autre.

En tenant compte des dates de lieu, on saura, par exemple,
qu'un acte de Calixte II, daté d'une localité française, est an-
térieur à la fin du mois de mars 1120, et que tout acte posté-
rieur à cette époque n'a pu être donné qu'en Italie. Il sera facile de voir qu'il y a erreur dans la date suivante donnée par
le *Gallia christiana*[2] : *Datum apud Sanctum Florentinum* (*in diœcesi
Senonensi* [sic]), *tertio nonas septembris*, et qu'il faut lire *Sanctum Florentium*, si l'on sait qu'à la fin du mois d'août, Calixte
était dans le Poitou et que, le 3 septembre, il était à Saint-
Maur de Glanfeuil. Il s'agit en effet de Saint-Florent-le-Vieil,
près de Saumur, et non de Saint-Florentin, dans le diocèse
de Sens.

Dans une bulle, du 13 février 1120, pour l'abbaye de Saint-
Culgat[3], et dans une autre, du 15 février suivant, pour l'église
Saint-Jean de Besançon[4], on trouve cette date de lieu : *Datum
Romæ*. Or, au commencement de l'année 1120, Calixte II
n'était pas encore à Rome, mais il était, à cette époque, dans
le Dauphiné, entre Vienne et Valence. Il est donc évident qu'au
lieu de Rome, il s'agit de Romans, et qu'il faut lire : *Datum
Romanis*. La bulle, du 13 février, pour le monastère Saint-André

---

[1] Delisle, *Mémoire sur les actes
d'Innocent III*, p. 52.

[2] X, instr. 210.

[3] D'après Marca, *Marca hispanica*,
col. 1253.

[4] D'après Mansi, XXI, 197.

de Vienne, en fournit la preuve, d'après le manuscrit 75 de
la collection Baluze et d'après la copie du cartulaire de Saint-
André de Vienne. On y lit en effet : *Datum Romanis per manum
Grisogoni, sancte Romane Ecclesie diaconus* (sic) *cardinalis ac bibliothecarii, xvii kalendas marcii, indictione xiii, incarnationis
Dominice anno m°.c°.xx°, pontificatus autem domni Calixti secundi
pape anno secundo.* Je m'en tiens à ces quelques exemples, qui
suffisent, je crois, pour montrer combien il importe de faire
attention aux dates de lieu et surtout de se défier, comme pour
tant d'autres éléments de critique, de l'ignorance ou du sans-
gêne des copistes et des éditeurs.

Voici, d'après la date des bulles et les indications fournies
par les chroniques, l'itinéraire de Calixte II. Les indications
données par les chroniques et les éléments étrangers aux bulles
sont placées entre crochets.

1119

[Février. — Vienne; entre le 5 et le 9, à Lyon; le 9, à Vienne.]

Mars. — Le 2, à Crest; le 20, à la Motte-Saint-Didier.

Avril. — Le 7, à Vienne; le 15, le 16 et le 20, au Puy; [le 28, entre
le Puy et Brioude].

Mai. — Le 1er et le 4, à Brioude; le 10, à Sauxillanges; le 19, à Clermont;
le 24, à Mauzac.

Juin. — Le 1er, à Brioude; le 2, à Saint-Flour; le 18 et le 19, à Saint-
Gilles; [entre le 19 et le 28, à Saint-Julien, à Psalmody(?) et à Mont-
pellier]; le 28 et le 30, à Maguelone.

Juillet. — Le 1er, à Béziers; le 6, à Avignonet en Lauragais; le 8, le 13,
le 14, le 15 et le 17, à Toulouse; [entre le 17 et le 20, à Fronton et
à Saint-Théodard]; le 20, à Saint-Théodard; le 30, à Saint-Léon-
sur-Vezère(?).

Août. — Le 3 et le 5, à Périgueux; le 6, à Brantôme; le 11, à Angou-
lème; le 27 et le 28, à Poitiers; le 30, à Loudun; [le 31, à Fonte-
vrault].

Septembre. — Le 3, à Saint-Florent [et à Glanfeuil]; le 7 et le 9, à

Angers; [entre le 9 et le 15, à Bourgueil]; le 15; le 16, le 23 et le 24; à Tours; [entre le 24 septembre et le 3 octobre, à Orléans].

Octobre. — Le 3, à Étampes et à Morigny; le 8, à Paris; le 11, à Saint-Denis; le 13, à Senlis; le 16, à Soissons; le [18], le 19, le 20, le 21 et le 22, à Reims; [le 23], le 24 [et le 25], à Mouson; le 26, le 27, le 28, [le 29], le 30 et le 31, à Reims.

Novembre. — Le 1er, le 2, le 4, le 5, le 8, le 9 et le 11, à Reims; [entre le 11 et le 18, à Laon]; le 18, à Breteuil; le 20 et le 22, à Beauvais; [entre le 20 et le 27, à Gisors]; le 27, à Saint-Denis.

Décembre. — [Entre le 27 novembre et le 4 décembre, à Paris, Corbeil, Melun, Ferrières]; le 4 et le 5, à Sens; le 7, le 11 et le 14, à Auxerre; le 23, à Saulieu; [le 25 et] le 29, à Autun; [le 31, à Cluny].

1120

Janvier. — [Le 1er], le 3, le 5, le 6 [et le 7], à Cluny; le 12, à Tournus; le 14, à Mâcon; le 23, à Lyon.

Février. — [Le 2], le 3, le 5, le 7 et le 10, à Vienne; le 13, le 14, le 15 et le 17, à Romans; le 18, le 22, le 23, le 25, le 26 et le 27, à Valence.

Mars. — Le 2, à Valence et à Crest; le 4 et le 5, à Viviers; le 11, à Gap; le 15, à Embrun; [entre le 15 et le 28, à Oulx et à Sant'Ambrogio]; le 28, à Asti.

Avril. — Le 7, à Melazzo; le 8, le 9, le 10, le 11 et le 12, à Tortone; le 16, le 21 et le 23, à Plaisance; le 23, à Ronco Vecchio; [entre le 23 avril et le 12 mai, à Lucques].

Mai. — Le 12 et le 14, à Pise; le 20 et le 21, à Volterra; [fin de mai, à Roselle].

Juin. — [Le 3, à Saint-Pierre de Rome et à Latran]; le 7 et le 11, à Latran; le 22 (?) et le 25, à Latran.

Juillet. — [Le 1er, à Rome]; le 16, à Palestrina; [entre le 16 juillet et le 8 août, dans la Campanie et au Mont-Cassin].

Août. — [Le 8], le 9, le 10 [et le 19], à Bénévent.

Septembre. — [Le 18, le 19], le 24 et le 28, à Bénévent.

Octobre. — Le 10 et le 16, à Bénévent; [entre le 16 octobre et le 6 novembre, sur le mont Gargano et à Troia].

Novembre. — Le 6, à Troia; [entre le 6 et le 29, à Bari]; le 29, à Bénévent.

Décembre. — Le 1er, à Capoue; le 3 et le 4, à San-Germano; [entre le
4 et le 15, dans les Maremmes et à Rome]; le 15, le 17 et le 18,
à Saint-Pierre de Rome; [le 25], le 28 et le 31, à Latran.

1121

Janvier. — Le 2, le 3, le 5, le 7, le 14 et le 22, à Latran.

Février. — Le 4, à Latran; le 11, à Saint-Pierre de Rome.

Mars. — Le 4, le 7, le 14, le 29 et le 30, à Latran.

Avril. — Le 6, à Latran; [le 10, à Rome]; le 17, à Latran; [entre le 17
et le 23, à Sutri]; [le 23] et le 27, à Sutri.

Mai. — Le 9, à Latran; le 18 et le 24, à Albe; le 25, à Latran; le 29,
à Arnara.

Juin. — Le 14 et le 15, à Paliano; le 21 et le 22, à Tivoli; [le 24, à Farfa].

Juillet. — Le 5 et le 6, à Latran; le 24, à Aversa.

Septembre. — [Le 5 et le 15, à Salerne].

Octobre. — Le 4 et le 7, à Amalfi.

Novembre. — Le 3, à Matera; [novembre-décembre, sur les bords du
lac Sainte-Euphémie].

Décembre. — Le 9, à Nicastro; le 21, le 23 et le 28, à Catanzaro.

1122

Janvier. — [Crotone]; le 6, à Rossano; le 15, à Tarente; le 26, à Aqua-
viva; le 28, à Bitonto.

Février. — Le 18, à Bénévent; le 19, à San-Leutio; le 20, le 22 [et le
23], à Bénévent.

Mars. — Le 10, le 19, le 24, le 25 et le 27, à Latran.

Avril. — Le 2, le 4, le 6, à Latran; le 15, à Saint-Pierre de Rome; le
17 et le 24, à Latran.

Mai. — Le 1er, le 3, le 5, le 9, le 13 et le 16, à Latran.

Juin. — Le 25 et le 26, à Latran.

Août. — Le 26, à Latran; [entre le 26 août et le 16 septembre, à Velle-
tri (?)].

Septembre. — Le 16, à Veroli; le 18, le 23 et le 24, à Anagni.

Octobre. — Le 6 et le 13, à Albe; le 21, à Latran.

Novembre. — Le 12 et le 22, à Latran.

Décembre. — Le 13, le 24 et le 28, à Latran.

1123

Janvier. — [Le 1ᵉʳ, à Rome]; le 3 et le 8, à Latran; le 15, à Saint-Pierre de Rome; [le 28, à Rome]; le 31, à Latran.

Février. — Le 5, le 6, le 10, le 17, le 19, le 20, le 26 et le 27, à Latran.

Mars. — Le 6, le 15, le 16, le 18, le 19, le 26, [le 27], le 28, le 29, le 30 et le 31, à Latran.

Avril. — Le 1ᵉʳ, le 2, le 3, le 4, le 5, le 6, le 7, le 8, le 9, le 10, le 11, le 15, le 18, le 23, le 26 et le 28, à Latran.

Mai. — [Le 6], le 8, le 15, le 22 et le 25, à Latran.

Juin. — Le 7, à Latran; [entre le 7 juin et le 10 juillet, à Maenza et au Mont-Cassin].

Juillet. — Le 10, à Albe.

Septembre. — Le 12 et le 30, à Bénévent.

Octobre. — Le 7 (?) et le 12, à Bénévent.

Novembre. — Le 1ᵉʳ, au Mont-Cassin; le 3, à Ceprano; le 10, à Tarente; [le 11, à San-Valentino]; le 20; à Tarente; le 29, à San-Fabiano.

Décembre. — Le 3, à Acquapendente.

1124

Janvier. — Le 3, à Latran.

Février. — Le 1ᵉʳ, le 3, le 6 et le 19, à Latran.

Mars. — Le 14, à Pérouse; le 22 et le 30, à Latran.

Avril. — Le 1ᵉʳ, le 5, le 11, le 13 et le 14, à Latran.

Mai. — Le 26, à Latran.

Juin. — Le 1ᵉʳ et le 4, à Latran; le 11, à Corneto; le 23, à Latran; le 24, à Orti.

Août. — Le 26, à Latran.

Septembre. — Le 27, à Latran.

Octobre. — Le 11, le 12, le 16 et le 29, à Latran.

Novembre. — Le 2, le 10, le 15, le 16, le 20 et le 24, à Latran.

La date du jour est constamment exprimée par calendes, par nones ou par ides. Si, dans les copies ou les éditions, une bulle n'est pas datée de la sorte, c'est qu'il y a erreur ou omission.

Dans les bulles de Calixte II, l'indiction commence au 1er septembre. Les Bénédictins et M. de Wailly disent[1] qu'elle commence quelquefois au 1er janvier ou au 25 mars; je n'en ai vu d'exemple que jusqu'au 15 mars 1120. Enfin, M. Quantin[2] prétend qu'elle commença à Pâques, combinée avec le calcul pisan. C'est une erreur. Il faut donc compter :

L'indiction 12, depuis l'élection de Calixte, jusqu'au 1er septembre 1119.		
13, du 1er septembre 1119		1120.
14	1120	1121.
15	1121	1122.
1	1122	1123.
2	1123	1124.
3	1124 jusqu'à sa mort.	

Selon les Bénédictins et M. de Wailly[3], l'année aurait généralement commencé, dans les actes de Calixte II, au 1er janvier. Ces mêmes auteurs ajoutent qu'il suivit rarement le style pisan. Mais si l'on passe en revue la série des bulles de Calixte II, on verra qu'il a commencé l'année au moins aussi souvent au 25 mars qu'au 1er janvier, surtout pendant les années 1119, 1120 et 1121. Comme, dans le calcul pisan, il y a une avance de neuf mois, c'est-à-dire qu'on compte, par exemple, l'année 1120 du 25 mars 1119 au 24 mars 1120, il faut, dans les bulles datées d'après ce système, retrancher une année, pour l'espace compris entre le 25 mars et le

---

[1] *Nouveau traité de diplomatique*, V, 262. — *Éléments de paléographie*, I, 267.

[2] *Dictionnaire raisonné de diplomatique chrétienne*, au mot INDICTION, col. 478.

[3] *Nouveau traité de diplomatique*, V, 262. — N. de Wailly, *Éléments de paléographie*, I, 267. — Voir aussi Quantin, *Dictionnaire raisonné de diplomatique chrétienne*, au mot ANNÉE PISANE, col. 63.

1er janvier qui suit, afin d'obtenir la date réelle. Pour le pontificat de Calixte II, l'année pisane finit le 24 mars 1119; l'année pisane

| 1120 commence le 25 mars 1119 et finit le 24 mars 1120. |
1121	1120	1121.
1122	1121	1122,
1123	1122	1123.
1124	1123	1124.
1125	1124	1125.

Enfin, le style florentin, dans lequel l'année est au contraire reculée d'un an, pour l'espace compris entre le 1er janvier et le 25 mars, a été aussi quelquefois employé par le chancelier Aimery.

Jaffé et M. Loewenfeld, dans la deuxième édition des *Regesta pontificum Romanorum*, et M. de Mas Latrie [1] font commencer l'année pontificale de Calixte II le 9 février, jour de sa consécration. Ces trois savants ont donc compté la première année du 9 février 1119 au 8 février 1120; la deuxième, du 9 février 1120 au 8 février 1121, etc. Mais c'est du 2 février, jour de l'élection de Calixte, et non du 9, qu'il faut compter les années de son pontificat. La preuve en est fournie par cinq bulles, qui sont comprises entre le 2 et le 9 février. La première est du 7 février 1120; d'après le système chronologique adopté par MM. Jaffé, Loewenfeld et de Mas Latrie, elle devrait être encore de la première année du pontificat, mais la date est ainsi conçue : *Data Vienne, ... vii idus februarii, indictione xiii, incarnationis Dominice anno m° c° xx°, pontificatus autem domni Calixti secundi pape anno ii°* (n° 134). La deuxième et la troisième, pour Saint-Silvin d'Auchy et pour Marchiennes, du 5 février 1123, sont datées ainsi : *Dat. Laterani, ... nonis*

_____

[1] *Annuaire historique pour l'année 1852,* publié par la Société de l'histoire de France, 16e année, p. 122.

februarii, indictione 1, *incarnationis Dominice anno* M C XXIII, *pontificatus autem domni Calixti secundi pape anno quinto* (n⁰ˢ 336 et 337). Enfin, la quatrième, du 3 février, et la cinquième, du 6 février 1124, sont datées : *Datum Laterani per manum Aimerici, sancte Romane Ecclesie diaconi cardinalis et cancellarii,* III *nonas* (et VIII *idus*) *februarii, indictione secunda, incarnationis Dominice anno* M C XXIII, *pontificatus autem domini Calixti secundi pape anno sexto* (n⁰ˢ 483 et 484). Dans ces deux dernières bulles, on a suivi le style florentin. La preuve qu'elles sont bien de 1124, c'est qu'elles ont été données par Aimery, chancelier en fonction depuis le 8 mai 1123.

Il faudra donc compter :

La 1ʳᵉ année, du 2 février 1119, au 2 février 1120.

2ᵉ	1120	1121.
3ᵉ	1121	1122.
4ᵉ	1122	1123.
5ᵉ	1123	1124.
6ᵉ	1124, au 13 déc. 1124.	

L'année du pontificat est exprimée, dans les originaux, tantôt en toutes lettres, tantôt en chiffres.

Pour fixer la date véritable d'une bulle de Calixte II, dans laquelle on a employé le style pisan ou le style florentin, il est indispensable de faire attention aux dates de l'indiction et de l'année du pontificat. Le tableau synoptique suivant permet de voir d'un seul coup d'œil à quelle année appartient une bulle :

ANNÉE DE L'INCARNATION.	INDICTION.	ANNÉE DU PONTIFICAT.
1119	12–1ᵉʳ septembre–13.	1.
1120	13–1ᵉʳ septembre–14.	1–2 février–2.
1121	14–1ᵉʳ septembre–15.	2–2 février–3.
1122	15–1ᵉʳ septembre– 1.	3–2 février–4.
1123	1–1ᵉʳ septembre– 2.	4–2 février–5.
1124	2–1ᵉʳ septembre– 3.	5–2 février–6.

BULLES.

Au bas des privilèges et des lettres de Calixte II est une bulle de plomb, appendue à des lacs de diverses couleurs. Ces lacs traversent le parchemin par trois incisions. En général, ces incisions forment le triangle, deux sur une même ligne horizontale et une au-dessous[1]. Cependant on trouve des documents où ces incisions sont en ligne droite : bulle, du 16 septembre 1122, pour le Mont-Cassin (n° 311); du 5 février 1123, pour l'abbaye Saint-Silvin d'Auchy (n° 336); du 19 février 1123, pour Saint-Robert de Salzbourg (n° 343); du 26 février 1123, pour Saint-Césaire de Wilzacara (n° 347); du 26 mars, pour Schiren (n° 357). Les lettres et bulles ordinaires n'ont que deux incisions : 31 octobre 1119, pour Hildesheim (n° 89); 3 janvier 1120, à Bruno, archevêque de Trèves (n° 121); 7 juin 1120, à Roger, évêque de Volterra (n° 175); 25 juin 1120, à Othon, comte palatin (n° 179); 28 mars 1123, à Udalric, évêque de Constance (n° 358); à l'évêque et aux chanoines de Paris (n° 359); mars 1123, au peuple de Hambourg (n° 369); 3 avril 1123, pour l'église de Payerne (n° 383). Enfin, une bulle, du 9 mars (1119-1124), pour l'église de Worms (n° 440), a quatre incisions en forme de carré, mais cette bulle est fausse.

Les lacs sont, en général, en soie plus ou moins fine. L'emploi des couleurs semble, contrairement à ce qui eut lieu plus tard, n'avoir eu aucune signification et il a été tout à fait arbitraire à la chancellerie de Calixte II. Le rouge domine, avec le jaune et le blanc, soit employés isolément, soit combinés.

[1] Sur soixante documents environ, dont M. de Pflugk-Harttung donne l'indication dans ses *Päpstliche Original-* *Urkunden*, il y en a une quarantaine où il en est ainsi. (Voir p. 23-26, 56, 57, 59, 62, 64, 65 et 84.)

1.

M. de Pflugk-Harttung, dans ses *Päpstliche Original-Urkunden* [1], a fait connaître ces couleurs et leurs diverses nuances : rouge, rouge brun, rouge brique, brun gris, brun jaunâtre, brun couleur terre, brun et blanc, rose, rose foncé, rose et jaune, rose, jaune verdâtre et blanc, lilas, lilas et rouge, jaune, jaune d'or, jaune et blanc, jaune et vert, jaune safran, gris verdâtre. Les couleurs des lacs seront mentionnées, lorsqu'il y aura lieu, à la suite des bulles.

Le chanvre a été employé dans la fausse bulle, du 9 mars (1119-1124), pour l'église de Worms (n° 440), et dans la lettre, du 25 juin 1120 (n° 179), dans laquelle Calixte II loue Othon, comte palatin, du repentir qu'il éprouve d'avoir combattu le pape Pascal et lui ordonne de bâtir une église.

La bulle de Calixte II répond à peu de chose près au type adopté à la chancellerie de Pascal II et de Gélase II, conservé encore assez longtemps après, type qui comprend d'un côté, à l'endroit, le nom du pape, disposé à peu près ainsi :

CALI
XTVS
P̄P̄.II.

de l'autre, les têtes des apôtres Pierre et Paul, séparées par une croix allongée et surmontées par les lettres SPA et SPE. A l'endroit, autour des lettres, il y a une circonférence formée de petits points très fins et très rapprochés les uns des autres : les têtes des apôtres sont également entourées de petits points très fins et très rapprochés.

Les caractères de la bulle, de même que les traits des apôtres, sont grossiers. S. Paul regarde à gauche; il a la barbe en pointe, figurée le plus souvent par six traits; il a les cheveux

---

[1] Voir la note de la page précédente.

rares. S. Pierre est presque de face et regarde vers la droite.
Sa barbe et ses cheveux sont figurés par des points; l'oreille est
très développée[1].

Jusqu'à ce jour, on a reconnu six exemplaires différents de
bulles de Calixte II, non compris une bulle fausse. M. de Pflugk-
Harttung en a donné des reproductions dans le recueil qui
forme la troisième partie des *Specimina*[2]. Les dimensions varient
de 30 à 40 ou 41 millimètres, selon le degré de conservation.

Ce qui distingue le premier exemplaire, dont le n° 1 des
Specimina de M. de Pflugk-Harttung et le n° 1 de M. Diekamp[3],
celui-ci d'après la bulle, du 27 mars 1122, pour Millstadt
(n° 290), représentent le type, c'est d'abord la dimension du C,
qui est sensiblement plus petit que les autres lettres, à l'exception cependant de la lettre X, qui est très basse, très allongée
et a la forme de deux C exagérés dans le sens de la largeur,
qui seraient accolés. Le V est plus haut que T et S. Les points
de la circonférence sont moins serrés que ceux des exemplaires 5 et 6 des *Specimina*.

A ce propos, je ferai observer que M. Diekamp[4] a dû com-
mettre une légère erreur, bien excusable d'ailleurs, mais qui
pourrait faire supposer qu'il existe un exemplaire présentant
cette particularité, lorsqu'il dit que la bulle n° 1, reproduite
par lui, est entourée d'une ligne circulaire. Ce qu'il a pris pour
une ligne est la circonférence de petits points que le frotte-
ment a usés. On peut voir dans la bulle, du 20 juillet 1119,
pour l'abbaye de la Grasse (n° 41), une partie usée, qui ressemble à un filet, tandis que les points de la partie droite de
la bulle sont intacts. — Les lettres P̄P̄. sont précédées et suivies
d'un point.

[1] Cf. Diekamp, *Zum päpstlichen Ur-
kundenwesen des XI, XII und der ersten
Hälfte des XIII Jahrhunderts*, p. 49-50.

[2] Pl. 10 et 16.
[3] *Ibid.*, p. 50, et pl. n° 7.
[4] *Ibid.*

Au revers, les lettres SPA SPE; la première moins haute que les autres; les deux S sont coupés, par le milieu, par un trait horizontal. La bulle, du 11 avril (1121-1124), pour Judith, abbesse de Remiremont, semble se rapporter à ce type; seulement la croix est plus massive; la partie supérieure est plus courte et le second S est plus déformé.

Le n° 3 de M. de Pflugk-Harttung ressemble beaucoup au n° 1; le C paraît un peu plus haut et les courbes de la lettre X sont bien moins exagérées. A cet exemplaire peuvent être rattachées les bulles, du 3 janvier 1120, pour l'abbaye Saint-Sauveur de Schaffouse (n° 124); du 17 avril 1122, pour Settimo (n° 293).

La bulle, du 20 juillet 1119, pour l'abbaye de la Grasse (n° 41); présente une variété de cet exemplaire : les PP ne sont pas précédés d'un point.

Le n° 6 diffère des nos 1 et 3 en ce que la bulle paraît d'un module plus petit; le trait de gauche qui termine la traverse du T est exagéré; l'I est plus petit; les lettres sont moins hautes, mais plus nourries; le trait qui surmonte les PP est terminé à ses deux extrémités par un petit trait oblique; les points de la circonférence sont plus fins et plus serrés; ils ressemblent plutôt à des hachures. Au revers, la lettre A est plus développée que les autres.

A cet exemplaire peuvent être rattachées les bulles, du 10 novembre 1119, pour l'abbaye Saint-Remi de Reims (n° 103); du 27 novembre 1119, pour le prieuré de Saint-Martin-des-Champs (n° 110); du 11 mai 1120, pour l'église de la Madeleine de Besançon (n° 153); peut-être celle du 19 février 1123, pour l'église Saint-Robert de Salzbourg (n° 343); du 3 avril 1123, pour l'église de Saint-Dié (n° 382); du 4 avril 1123, pour l'église Saint-Outrille de Bourges (n° 384); du 1er novembre 1123, pour l'abbaye de Marchiennes (n° 415); du 2 avril (1121-1124), à Judith, abbesse de Remiremont (n° 455).

Le n° 5 se rapproche du n° 6. La lettre A est surmontée d'un trait transversal exagéré : l'I est petit; la lettre X a la forme d'une croix de S. André; le V est plus grand que le T; mais les lettres sont plus maigres que celles du n° 6.

Les n°ˢ 2 et 4 présentent cette particularité que toutes les lettres, sauf la lettre X, qui se rapproche du type des n°ˢ 1, 3 et 6, sont de hauteur à peu près égale. Il n'y a pas de point avant les PP. Le n° 2 n'est pas surmonté du trait abréviatif. Ce qui constitue l'originalité de ces deux exemplaires, c'est la figuration des apôtres. Ils sont vus de buste, entourés d'une auréole qui forme assez régulièrement le cercle, tandis que, dans les autres exemplaires, l'auréole suit les contours de la tête. S. Pierre tient la croix par le bas. La tête de S. Paul est plus large dans le n° 2 que dans le n° 4; plus chevelue que dans les n°ˢ 1, 3, 5 et 6. Ce type, adopté par Pascal II, n'a pas survécu à Calixte II.

De plus, les lettres du revers se distinguent par des particularités tout à fait caractéristiques. Les deux groupes S P sont surmontés d'un trait abréviatif horizontal; il y a un V conjugué avec la lettre A, de cette sorte Ʌ; enfin, un point sépare les deux noms. Au n° 2 semble se rattacher la bulle, du 24 avril 1122, pour l'abbaye Saint-Sauveur de Montamiata (n° 294); au n° 4 se rattache la bulle, du 13 avril 1124, pour Montier-en-Der (n° 494).

La bulle fausse signalée par M. de Pflugk-Harttung est en caractères beaucoup plus fins, plus réguliers, qui dénotent une époque plus récente. La lettre A du revers est surmontée d'un trait beaucoup plus large que dans les bulles authentiques; la croisette, au lieu d'être unie, est renflée à la branche du bas et surmontée d'un globule. Ce genre de croisette se trouve déjà employé sous Pascal II, mais il l'a été davantage à partir d'Innocent II, puisqu'il est devenu le type presque exclusivement adopté. M. de Pflugk-Harttung[1] mentionne plusieurs bulles fausses : du 19 mars 1120, pour l'abbaye de Saint-Blaise (n° 158); du 24 mars 1122, pour l'abbaye d'Echenbrunn (n° 287); du 3 avril 1123, pour Payerne (*Apostolice*); du 9 mars (1119-1124), pour l'église de Worms (n° 440).

PARTICULARITÉS PALÉOGRAPHIQUES.

L'écriture des bulles de Calixte II est en général belle et régulière et ne présente aucune difficulté de déchiffrement, si ce n'est peut-être pour les bulles écrites par Gervais et Rainier, qui ont un aspect plus archaïque et étrange, résultant de l'emploi de l'*a* ouvert par le haut, se composant de trois jambages qui le font ressembler à un *m* renversé ou à un *ω*; si ce n'est aussi pour la suscription des privilèges.

Cette suscription, quand elle forme plusieurs lignes, est en capitale lombardique allongée, pour la première ligne seulement; le reste, jusqu'à la formule *in perpetuum* ou *salutem et apostolicam benedictionem* inclusivement, est en petite capitale. Le mot *Calixtus* commence par une initiale à jour, le plus souvent rétrécie et plus ou moins agrémentée vers le milieu; les mots *episcopus* et *Dei* sont aussi le plus souvent en toutes lettres, mais on les trouve abrégés sous la forme *eps* et *Dī*. Après *Dei* ou *Dī*, il y a trois points ou virgules disposés verticalement; par exception, on trouve un seul point, comme, par exemple, dans la bulle, du 11 octobre 1119, pour Déols (n° 69). Les mots *in perpetuum* sont quelquefois écrits en toutes lettres, comme, par exemple, dans les bulles, du 11 octobre 1119, pour Déols (n° 69, et Pflugk-Harttung, *Specimina*, pl. 57); du 29 octobre

---

[1] *Päpstliche Original-Urkunden*, p. 83.

1119, pour l'abbaye de Marbach (n° 79); du 9 octobre 1120, pour le Mont-Cassin (n° 181, et Pflugk-Harttung, *Specimina*, pl. 57), etc.; presque toujours, ils sont écrits *in ppm*; on trouve aussi *in ppetuum*. La formule *salutem et apostolicam benedictionem* est également en abrégé, mais les abréviations varient. Après *in perpetuum* ou *apostolicam benedictionem* sont des points ou des virgules dont le nombre et la disposition dépendent, comme beaucoup d'autres détails d'ailleurs, du caprice des scribes. En voici quelques exemples : dans la bulle, du 20 novembre 1124, pour Sainte-Félicité de Florence (n° 518, et Pflugk-Harttung, *Specimina*, pl. 60), il y a neuf points et une virgule, placés 4, 3, 2 et 1; dans les bulles, du 4 mars 1121, pour l'église de Modène (n° 219), et du 19 février 1123, pour l'église Saint-Robert de Salzbourg, il y a cinq points et une virgule, disposés 3, 2 et 1; dans la bulle, du 16 octobre 1124, pour l'abbaye Notre-Dame de Pomposia (n° 512, et Pflugk-Harttung, *Specimina*, pl. 60), il y a quatre points et une virgule, disposés 3, 1 et 1; dans les bulles, du 28 janvier 1122, pour Saint-Germain-des-Prés (n° 275, et Pflugk-Harttung, *Specimina*, pl. 58), et du 31 janvier 1123, pour Anchin (n° 334, et Pflugk-Harttung, *Specimina*, pl. 60), il y a trois points et une virgule, disposés 2, 1 et 1; dans les bulles, du 11 octobre 1119, pour Déols (n° 69, et Pflugk-Harttung, *Specimina*, pl. 57), et du 22 janvier 1121, pour l'abbaye de Haguenau (n° 216, et Pflugk-Harttung, *Specimina*, pl. 58), il y a deux points et une virgule, disposés 2 et 1; d'autres fois, il y a seulement un point, comme dans les bulles, du 31 octobre 1119, pour l'église de Cambrai (n° 88, et Pflugk-Harttung, *Specimina*, pl. 57); du 10 novembre 1119, pour l'abbaye Saint-Remi de Reims (n° 103, et Pflugk-Harttung, *Specimina*, pl. 58); du 2 avril 1123, pour l'abbaye de Senones (n° 376, et Pflugk-Harttung, *Specimina*, pl. 60); la bulle, du 9 mai 1122, pour

Fulda (n° 299, et Pflugk-Harttung, *Specimina*, pl. 59), porte
un point et une virgule qui se suivent; celle du 9 août 1120,
pour le Mont-Cassin (n° 181, et Pflugk-Harttung, *Specimina*,
pl. 57), un point et virgule ordinaire; les bulles, du 3 janvier
1120, pour Schaffouse (n° 124, et Pflugk-Harttung, *Specimina*, pl. 57); du 7 janvier 1121, pour Ravenne (n° 213, et
Pflugk-Harttung, *Specimina*, pl. 58); du 3 avril 1123, pour
Saint-Benoît de Crême (n° 379, et Pflugk-Harttung, *Specimina*,
pl. 60), ont trois virgules, disposées verticalement; celle du
29 octobre 1124, pour l'abbaye Saint-Bénigne de Dijon
(n° 513, et Pflugk-Harttung, *Specimina*, pl. 60), porte deux
virgules superposées, etc.

Les lettres majuscules qui commencent les diverses formules,
le dispositif, etc., sont plus hautes — les unes pleines, les
autres à jour — que les autres majuscules du texte. Si je
m'étends, plus peut-être qu'il ne convient, sur certains de ces
détails paléographiques, c'est pour montrer combien la fan-
taisie tenait une large place dans l'écriture des actes émanés
de la chancellerie de Calixte II. En comparant l'écriture des
suscriptions surtout, on constate des différences notables, qui
ne permettent pas d'établir des rapprochements rigoureux et
d'attribuer tel document à telle main plutôt qu'à telle autre.
Ces différences semblent indiquer qu'il y avait à la chancellerie de Calixte II un personnel de notaires et de scribes assez
nombreux, dont chacun avait ses procédés propres.

M. de Pflugk-Harttung, qui a vu un nombre assez considérable de bulles originales de Calixte II, arrive aux mêmes con-
clusions et avoue qu'il serait difficile de les déterminer, si l'on
n'avait les monogrammes, le mot *Amen* et les quelques formules
Scriptum per manum qui restent[1]. Il a reconnu au moins quinze

---

[1] *Die Schreiber der päpstlichen Kanzlei bis auf Innocenz II*, p. 227.

mains différentes. En dehors des bulles écrites par Rainier et Gervais (classées sous les n⁰ˢ 1 et 2), qui portent le *Scriptum per manum* et dont l'écriture est d'ailleurs caractéristique, à cause de la forme particulière de la lettre *a* minuscule, il a essayé de grouper ensemble celles des bulles qui ont à peu près le même aspect. Voici le résultat de son classement :

Au n° 3, il attribue les bulles, du 11 octobre 1119, pour l'abbaye de Déols (n° 69, et *Specimina*, pl. 57); du 10 novembre 1119, pour l'abbaye Saint-Rémi de Reims (n° 103, et *Specimina*, pl. 58), et du 27 novembre 1119, pour le prieuré de Saint-Martin-des-Champs (n° 110).

Au n° 4, les bulles, du 30 octobre 1119, pour Thierry, évêque de Naumbourg (n° 85), et du 9 août 1120, pour l'abbaye du Mont-Cassin (n° 181, et *Specimina*, pl. 57).

Au n° 5, la bulle, du 3 janvier 1120, pour l'abbaye Saint-Sauveur de Schaffouse (n° 124, et *Specimina*, pl. 57).

Au n° 6, les bulles, du 15 juin 1121, pour l'église de Veroli (n° 238), et du 16 octobre 1124, pour l'abbaye Notre-Dame de Pomposia (n° 512, et *Specimina*, pl. 60).

Au n° 7, la bulle, du 3 avril 1123, pour l'église Saint-Benoît de Crême (n° 379, et *Specimina*, pl. 60).

Au n° 8, les bulles, du 30 mars 1121, à Othon d'Iringe (n° 223); du 9 mai 1123, pour l'église de Berchtesgaden (n° 229), et du 26 mars 1123, pour les religieux d'Usenhoven (n° 357).

Au n° 9, la bulle, du 5 février 1123, pour l'abbaye Saint-Silvin d'Auchy (n° 336).

Au n° 10, la bulle, du 31 janvier 1123, pour l'abbaye d'Anchin (n° 334, et *Specimina*, pl. 60).

Au n° 11, les bulles, du 19 février 1123, pour l'église Saint-Robert de Salzbourg (n° 343), et du 4 avril 1122 (?), pour l'église de Lucques (n° 291).

Au n° 12, les bulles, du 13 avril 1124, à Othon, évêque de Bamberg (n° 492), et du 29 octobre 1124, pour l'abbaye Saint-Bénigne de Dijon (n° 513, et *Specimina*, pl. 60).

Au n° 13, les bulles, du 28 juin 1119, pour l'abbaye de Saint-Gilles (n° 22); du 20 juillet 1119, pour l'abbaye de la Grasse (n° 41); du 31 octobre 1119, pour l'église de Cambrai (n° 88, et *Specimina*, pl. 57);

du 3 janvier 1120, pour l'église de Trèves (n° 120); du 11 mars 1120, pour l'église Sainte-Madeleine de Besançon (n° 153); du 21 mai 1120, pour les Camaldules (n° 173); du 28 janvier 1122, pour l'abbaye Saint-Germain-des-Prés (n° 275, et *Specimina*, pl. 58); du 24 mars 1122, pour l'abbaye Notre-Dame de Zwiefalten (n° 286); du 24 mars 1122, pour l'abbaye Notre-Dame de Gottesau (n° 288); du 1er novembre 1123, pour l'abbaye de Marchiennes (n° 415); la bulle, non datée, pour l'église Saint-Jean et Saint-Faustin de Colle (n° 435).

Au n° 14, les bulles, du 29 décembre 1119, pour l'église de Beaune (n° 117); du 14 juin 1121, pour l'église de Vérone (n° 237); du 10 novembre 1121, pour l'église Saint-Jean de Besançon. (n° 262); du 27 mars 1122, pour le monastère Saint-Sauveur de Millstadt (n° 290); du 15 avril 1122, pour l'église Sainte-Agathe de Crémone (n° 292); du 17 avril 1122, pour l'abbaye Saint-Sauveur de Settimo (n° 293); du 16 septembre 1122, pour l'abbaye du Mont-Cassin (n° 311); du 15 avril 1123, pour l'église de Pavie (n° 397); du 22 mai 1123, pour l'abbaye de Saint-Jean-d'Angély (n° 405).

Au n° 15, les bulles, du 5 novembre 1119, pour l'abbaye d'Étrun-lès-Arras (n° 99); du 26 mai 1124, pour l'église Saint-Frédien de Lucques (n° 496 ou n° 497); du 20 novembre 1124, pour l'abbaye Sainte-Félicité de Florence (n° 518, et *Specimina*, pl. 60).

Voici quelques règles à peu près fixes et communes aux privilèges. Parmi les signes d'abréviation, celui qui est le plus usité a la forme d'un 8 renversé et ouvert par le bas; la conjonction *et* est représentée par un signe qui ressemble à un 7; la lettre *r* est très allongée par le bas; les lettres à hastes prennent un grand développement; les *f* et les *s* forment, à leur partie supérieure, une boucle qui se prolonge en un trait recourbé et ressemble à un signe abréviatif. Le mot *pro* est souvent représenté par un *p*, dont le jambage est coupé par une ligne courbe; le *que* conjonction, par un *q*, suivi d'un point et virgule; la terminaison en *us*, comme *amplius*, *Calixtus*, etc., est figurée par un petit 9 placé au-dessus de la ligne, mais, dans les datifs et ablatifs pluriels terminés en *bus*, l'abréviation est représentée par un *b*, suivi immédiatement de la lettre *s*. La terminaison en *ur* est quelquefois abrégée. L'*i*, placé après *r* et *t*, paraît être un prolongement de la barre de ces deux lettres, qui les ferait ressembler à un *n*, dont le deuxième jambage serait exagéré.

L'emploi de l'*e* cédillé est très commun; il sert, avec l'*e* simple, à remplacer l'*œ*, qui lui-même n'est pas rare et que l'on trouve dans des cas où nous n'employons que l'*e* simple; ex. : *œcclesia*, dans les bulles, du 11 octobre 1119, pour l'abbaye de Déols (n° 69); du 4 avril 1123, pour l'église Saint-Outrille de Bourges (n° 384), etc. Dans cette dernière bulle, nous le trouvons employé pour *e* simple, au vocatif *dilectœ*.

Il n'y a pas de point sur les *i*, mais la ponctuation proprement dite est régulière. A la fin des lignes, lorsqu'un mot est coupé, il y a un trait d'union.

Quand il est fait mention d'un ou de plusieurs papes, le nom de ce pape ou de ces papes est écrit en petites majuscules, et le mot *papa* ou *pape* est écrit *pp*, avec un signe d'abréviation, qui est généralement un trait recourbé vers le milieu. On trouve aussi en petites majuscules les noms de certains personnages marquants; par ex. : FREDERICUS, dans les bulles, du 10 novembre 1119, pour l'abbaye Saint-Remi de Reims (n° 103, et Pflugk-Harttung, *Specimina*, pl. 58); EVERHARDO, dans la bulle, du 3 janvier 1120, pour Schaffouse (n° 124, et Pflugk-Harttung, *Specimina*, pl. 57); HELENA, dans la bulle, du 9 août 1120, pour le Mont-Cassin (n° 181, et Pflugk-Harttung, *Specimina*, pl. 57), etc.

En ce qui concerne le mot *Amen* final du texte de la bulle, voici quelques-unes des formes sous lesquelles il se présente. Dans la bulle, du 7 janvier 1121, pour l'église de Ravenne, de la main de Rainier (n° 213, et Pflugk-Harttung, *Specimina*, pl. 58), et dans celle du 9 mai 1122, pour l'abbaye de Fulda, de la main de Gervais (n° 299, et Pflugk-Harttung, *Speci-mina*, pl. 59), le mot *Amen* est écrit une seule fois de la même façon avec l'*e* arrondi (Є) et *n*, au second jambage exagéré (Ŋ) par le bas.

Il est reproduit trois fois : 1° avec *e* arrondi; 2° avec *e* en capitale ordinaire; 3° avec H grec dans les bulles, du 22 janvier 1121, pour l'abbaye des Saints-Jacques et Philippe de Heiligenforst (n° 216, et Pflugk-Harttung, *Specimina*, pl. 58); du 28 janvier 1122, pour l'abbaye Saint-Germain-des-Prés (n° 275, et Pflugk-Harttung, *Specimina*, pl. 58); du 31 janvier 1123, pour l'abbaye d'Anchin (n° 334, et Pflugk-Harttung, *Specimina*, pl. 60); du 19 février 1123, pour l'église Saint-Robert de Salzbourg (n° 343); du 16 octobre 1124, pour l'abbaye Notre-Dame de Pomposia (n° 512, et Pflugk-Harttung, *Specimina*, pl. 60); du 20 novembre 1124, pour l'abbaye Sainte-Félicité de Florence (n° 518, et Pflugk-Harttung, *Specimina*, pl. 60).

Dans les bulles, du 11 octobre 1119, pour l'abbaye de Déols (n° 69, et Pflugk-Harttung, *Specimina*, pl. 58); du 10 novembre 1119, pour l'abbaye Saint-Remi de Reims (n° 103, et Pflugk-Harttung, *Specimina*, pl. 58), l'*e* du premier et du troisième *Amen* est arrondi; le deuxième est représenté par H. Quelquefois, *Amen* est de la même écriture que le texte et abrégé de la sorte Aṁ, comme dans la bulle, du 4 avril 1123, pour l'église Saint-Outrille de Bourges (n° 384).

Cinq bulles originales nous présentent le *Scriptum per manum* de Gervais. Ce sont : les bulles, du 24 avril 1122, pour l'abbaye Saint-Sauveur de Montamiata (n° 294); du 1er mai 1121, pour le monastère Notre-Dame de Praglia (n° 295); du 9 mai 1122, pour l'abbaye de Fulda (n° 299, et Pflugk-Harttung, *Specimina*, pl. 59); du 13 mai 1122, pour l'église de Spolète (n° 300), et du 3 avril 1123, pour les monastères de Regensdorf, Michielfeld, etc. (n° 378). Le nom de Gervais ne paraît, antérieurement à Calixte II, que dans des bulles de 1115. M. de Pflugk-Harttung[1] fait remarquer assez judicieusement qu'il est étonnant qu'il soit resté si longtemps inoccupé.

La bulle, du 7 janvier 1121, pour l'église de Ravenne (n° 213, et Pflugk-Harttung, *Specimina*, pl. 58), est le seul original de la chancellerie de Calixte II, connu jusqu'ici, qui porte le *Scriptum per manum* de Rainier.

Je passe maintenant à la roue, un élément important des privilèges, que l'on trouve à gauche de la souscription. Je l'ai abrégée ainsi (R.) dans l'édition du *Bullaire*. La roue aussi présente des particularités dignes d'être signalées, ne fût-ce que pour bien montrer que, à la chancellerie de Calixte II, il n'y avait pas encore de traditions bien établies.

Les *Specimina* de M. de Pflugk-Harttung donnent des divers types connus de la roue un fac-similé plus ou moins parfait, mais suffisant pour en faire distinguer les différences.

Voici les caractères généraux de la roue. Elle se compose de deux circonférences concentriques, dans l'intervalle desquelles est inscrite la devise de Calixte, qui est : FIRMAMENTUM EST DOMINUS TIMENTIBUS EUM. Au milieu du cercle intérieur est tracée une croix, qui partage l'aire de ce cercle en quatre parties égales. Au haut de la croix, on lit, dans le premier quart de cercle : SC̆S, et au-dessous : PETRVS. A côté, dans le deuxième quart de cercle, est écrit : SC̆S, et au-dessous : PAVLVS. Au-dessous du mot PETRVS, est écrit CALI, et au-dessous du mot PAVLVS, sont les lettres XTVS. Le mot *papa* est en abrégé. Il est figuré par les lettres PP., surmontées d'un trait horizontal, et il est placé dans le premier quart de cercle inférieur, au-dessous des lettres CALI. Dans l'autre quart

[1] *Die Schreiber der päpstlichen Kanzlei*, p. 228.

est le nombre *secundus*, en chiffres romains. Les noms de S. Pierre et de S. Paul sont à peu près ainsi disposés[1] :

SC̃S PETRVS	SC̃S PAVLVS
CALI P̄P	XTV̄S Ī̄I

Dans les bulles, du 3 janvier 1120, pour l'abbaye Saint-Sauveur de Schaffouse (n° 124, et Pflugk-Harttung, *Specimina*, pl. 57); du 1ᵉʳ mai 1122, pour l'abbaye Notre-Dame de Praglia (n° 295); du 9 mai 1122, pour Fulda (n° 299, et Pflugk-Harttung, *Specimina*, pl. 59); du 29 octobre 1124, pour Saint-Bénigne de Dijon (n° 513, et Pflugk-Harttung, *Specimina*, pl. 60), sans parler d'un certain nombre de copies et peut-être bien d'autres originaux, le nom CALIXTVS est coupé selon la forme normale CALIX TVS.

La roue, dans la bulle, du 7 janvier 1121, pour l'église de Ravenne (n° 213, et Pflugk-Harttung, *Specimina*, pl. 58), présente la disposition suivante :

SC̃S PETRVS.	SC̃S PAVLVS.
CALIX TVS	P̂P. II.

Particularité à noter : le signe d'abréviation qui surmonte SCS, est renversé.

Enfin, nous trouvons cette autre disposition dans la bulle,

---

[1] Cf. Pflugk-Harttung, *Chartarum pontificum Romanorum specimina*, pl. 57-58 et 60.

du 11 octobre 1119, pour Déols (nº 69, et Pflugk-Harttung, *Specimina*, pl. 57) :

SC̃S	PETRVS
SC̃S	PAVLVS
CALI	XTVS·
·P̃P	·II·

Les divers éléments qui composent la roue présentent aussi chacun des différences qu'il peut être intéressant de signaler. Par exemple, les bras de la grande croix intérieure sont quelquefois tout simplement formés par deux lignes droites, dans les bulles, du 16 avril 1120, pour le monastère Saint-Sauveur de Pavie (nº 166); du 7 janvier 1121, pour l'église de Ravenne (nº 213, et Pflugk-Harttung, *Specimina*, pl. 58); du 29 octobre 1124, pour le monastère Saint-Bénigne de Dijon (nº 513, et Pflugk-Harttung, *Specimina*, pl. 60), etc. Souvent, ces bras sont comme évasés à leurs extrémités, en forme de triangle plein, avec, au centre, un losange plein, dans les bulles, du 19 juin 1119, pour l'hôpital Saint-Jean de Jérusalem (nº 20); du 11 mars 1120, pour l'église de la Madeleine de Besançon (nº 153); du 11 avril 1120, pour l'église de Monza (nº 163); du 22 janvier 1121, pour l'abbaye Saint-Jacques et Saint-Philippe de Heiligenforst (nº 216, et Pflugk-Harttung, *Specimina*, pl. 58); du 4 mars 1121, pour l'église de Modène (nº 219); du 17 avril 1122, pour l'abbaye Saint-Sauveur de Settimo (nº 293); du 3 mai 1122, pour l'abbaye de Castres (nº 296); du 6 octobre 1122, pour l'église de Saint-Omer (nº 316); du 31 janvier 1123, pour l'abbaye d'Anchin (nº 334); du 5 février 1123, pour l'abbaye Saint-Silvin d'Auchy (nº 336); du 19 février 1123, pour l'église Saint-Robert de Salzbourg (nº 343); du 1ᵉʳ novembre 1123, pour l'abbaye de Marchiennes (nº 415).

Le losange central est quelquefois évidé, comme, par exemple,
dans les bulles, du 5 novembre 1119, pour l'abbaye d'Étrun-
lès-Arras (n° 99); du 12 mai 1120, pour le monastère de Saint-
Saturne en Sardaigne (n° 170); du 28 janvier 1122, pour
l'abbaye Saint-Germain-des-Prés (n° 275, et Pflugk-Harttung,
Specimina, pl. 57); du 31 janvier 1123, pour l'abbaye d'Anchin
(n° 324, et Pflugk-Harttung, *Specimina*, pl. 60).

D'autres fois, l'extrémité de chacun des bras de la croix intérieure est terminée par un demi-cercle plein et le centre est
alors formé par un cercle plein. On peut observer cette particularité dans les bulles suivantes : du 11 octobre 1119, pour
l'abbaye de Déols (n° 69, et Pflugk-Harttung, *Specimina*,
pl. 57); du 31 octobre 1119, pour l'église de Cambrai (n° 88,
et Pflugk-Harttung, *Specimina*, pl. 57); du 9 août 1120, pour
le Mont-Cassin (n° 181, et Pflugk-Harttung, *Specimina*, pl. 57);
du 9 octobre 1122, pour Fulda (n° 299, et Pflugk-Harttung,
Specimina, pl. 60); du 1er avril 1123, pour l'abbaye de Gellone
(n° 374); du 3 avril 1123, pour l'église Saint-Benoît de
Crême (n° 379, et Pflugk-Harttung, *Specimina*, pl. 60); du
13 avril 1124, pour l'abbaye de Montier-en-Der (n° 494).
Enfin, on trouve aussi, à la place du losange et du petit cercle
intérieur, une espèce de quadrilobe, dans les bulles, du 10 novembre 1119, pour l'abbaye Saint-Remi de Reims (n° 103, et
Pflugk-Harttung, *Specimina*, pl. 57); du 27 novembre 1119,
pour le prieuré de Saint-Martin-des-Champs (n° 110); du
4 avril 1123, pour l'église Saint-Outrille de Bourges (n° 384).

Les mots SANCTVS PETRVS, SANCTVS PAVLVS,
CALIXTVS PP II sont en capitale plus ou moins rustique.
Le mot *sanctus* est écrit, comme on l'a vu plus haut, SCS,
avec, au-dessus, un signe abréviatif, qui est un trait, formant
au milieu un arc de cercle. SCS est quelquefois précédé et
suivi d'un point, de même que les mots PETRVS et PAVLVS,

toujours écrits en toutes lettres. On peut voir cependant dans la
bulle, du 29 octobre 1124, pour Saint-Bénigne de Dijon (n° 513,
et Pflugk-Harttung, *Specimina*, pl. 60), que le jambage de
gauche du V a été combiné avec la lettre R du mot PETRVS.
De même, dans les bulles, du 1er avril 1123, pour Gellone
(n° 374); du 3 avril 1123, pour Saint-Benoît de Crême
(n° 379, et Pflugk-Harttung, *Specimina*, pl. 60); du 4 avril
1123, pour l'église Saint-Outrille de Bourges (n° 384), les
lettres T et R sont combinées. Le scribe emploie le V, au lieu
de l'U [1], mais dans le mot CALIXTVS, il a quelquefois employé l'U, par exemple, dans les bulles, du 11 octobre 1119,
pour Déols (n° 69, et Pflugk-Harttung, *Specimina*, pl. 57); du
10 novembre 1119, pour l'abbaye Saint-Remi de Reims (n° 103,
et Pflugk-Harttung, *Specimina*, pl. 58); du 12 mai 1120, pour
le monastère de Saint-Saturne (n° 170); du 7 janvier 1121, pour
l'église de Ravenne (n° 213, et Pflugk-Harttung, *Specimina*,
pl. 58); du 19 février 1123, pour Saint-Robert de Salzbourg
(n° 343); du 3 avril 1123, pour l'église Saint-Benoît de Crême
(n° 379, et Pflugk-Harttung, *Specimina*, pl. 60).

En comparant très attentivement le mot CALIXTVS tracé
dans l'intérieur de la roue, avec le mot CALIXTI qui figure
dans la date de la même bulle, on sera obligé de reconnaître
qu'ils ont, en général, des points de ressemblance étonnants.
Je crois qu'il est permis d'en conclure qu'ils sont tous deux de
la main de celui qui a écrit la date.

Entre les deux cercles qui forment la roue, il y a la devise :
FIRMAMENTUM EST DOMINUS TIMENTIBUS EUM et une croisette placée
à la partie supérieure de la roue, entre le premier et le dernier mot de la devise. Dans un certain nombre des bulles données par Grisogone, la croisette a un point dans chacun de ses

[1] Je trouve un exemple du contraire dans la bulle, du 12 mai 1120, pour le
monastère de Saint-Saturne (n° 170).

cantons, mais il n'y a pas ou presque jamais de point dans les
fac-similés ou les originaux de bulles données par Hugues et
Aimery, qui me sont passés sous les yeux. Voir cependant la
bulle, du 1er novembre 1123, pour l'abbaye de Marchiennes
(n° 415).

M. Kaltenbrunner[1] pense que Calixte II a peut-être tracé
lui-même cette croix et qu'on pourrait lui appliquer ce texte du
règlement de la chancellerie qui fut plus tard en vigueur : «In
rota nihil scribatur, quousque sit lectum privilegium et signatum
per papam signo crucis[2].»

La devise est en cursive : dans les bulles données par Grisogone, le mot *firmamentum* est écrit en abrégé : *firmamentũ*.
Cependant, dans la bulle, déjà citée, du 12 mai 1120, pour le
monastère de Saint-Saturne (n° 170), dont l'écriture a un aspect quelque peu gothique qui paraît étrange, il est écrit
firmam̄tum. Dans les bulles données par Hugues et Aimery, il
est généralement, je dirai même presque toujours, en toutes
lettres. *Est* est très rarement abrégé; dans la bulle, du 28 janvier 1122, pour Saint-Germain-des-Prés (n° 275, et Pflugk-
Harttung, pl. 58), il est écrit : *ē*. *Dominus* est toujours écrit :
dñs. Eum est quelquefois, mais rarement, abrégé; c'est quand il
ne reste pas assez d'intervalle entre *timentibus* et la croisette pour
qu'il puisse être écrit entièrement. L'espace qui reste après *eum*
est rempli par le prolongement plus ou moins exagéré du dernier jambage de la lettre *m*, sans point, ni *comma* (triple point,
disposé 2 et 1, celui du bas allongé, ou plutôt virgule), comme
dans les bulles, du 7 janvier 1121, pour l'église de Ravenne
(n° 213, et Pflugk-Harttung, *Specimina*, pl. 58); du 4 mars
1121, pour l'église de Modène (n° 219); du 1er avril 1123,

[1] *Ueber die äusseren Merkmale der Päpsturkunden des XII Jahrh.*, dans les *Mittheilungen des Instituts für oester-* *reichische Geschichtsforschung*, p. 383.

[2] Delisle, *Mémoire sur les actes d'Innocent III*, p. 73.

pour Gellone (n° 374); avec un point, dans les bulles, du
3 janvier 1120, pour l'abbaye de Schaffouse (n° 124, et
Pflugk-Harttung, *Specimina*, pl. 58); du 19 février 1123, pour
Saint-Robert de Salzbourg (n° 343), etc.; avec le *comma*, dans
la bulle, du 9 mai 1122, pour Fulda (n° 299, et Pflugk-Harttung, *Specimina*, pl. 59).

L'espace resté libre est rempli par un double *comma* (. , . , .)
dans les bulles, du 10 novembre 1119, pour Saint-Remi de
Reims (n° 103, et Pflugk-Harttung, *Specimina*, pl. 58); du
13 avril 1124, pour l'abbaye de Montier-en-Der (n° 494).
Quelquefois, il y a un *comma*, comme dans la bulle, du 5 novembre 1119, pour Étrun-lès-Arras (n° 99), etc.; tout simplement un point comme dans les bulles, du 5 février 1123,
pour Auchy (n° 336); du 3 avril 1123, pour Saint-Benoît de
Crême (n° 379, et Pflugk-Harttung, *Specimina*, pl. 60), etc.;
un point et virgule, comme dans la bulle, du 29 octobre 1124,
pour Saint-Bénigne de Dijon (n° 513, et Pflugk-Harttung,
Specimina, pl. 60); enfin souvent il n'y a rien.

La roue est quelquefois remplacée par le chrisme ⚹ , qui est
placé avant la souscription du pape, mais alors il n'y a pas le
monogramme BENE VALETE dont il sera parlé plus loin.
Je trouve huit exemples de l'emploi du chrisme; sept sont fournis
par des bulles originales et un par une copie du xiiᵉ siècle :
1° 14 mai 1120, pour l'église de Lucques (n° 172); 2° 21 mai
1120, pour les Camaldules (n° 173); 3° 30 mars 1121, lettre
à Othon d'Iringe (n° 223); 4°, 5° et 6° 24 mars 1122, pour les
monastères de Zwiefalten (n° 286) ⚹ ; d'Echenbrunn (n° 287)
et de Gottesau (n° 288); 7° 3 avril 1123, pour l'église de Saint-
Dié (n° 382); 8° une copie du xiiᵉ siècle, du 1ᵉʳ avril 1124,
pour l'église de Sienne (n° 489).

Enfin, la bulle, du 29 octobre 1119, pour l'abbaye de Marbach, conservée aux Archives départementales à Colmar, porte, au lieu de la roue et du chrisme, une croix ╬, dans chacun des cantons de laquelle il y a un point.

La forme de souscription du pape, de beaucoup la plus fréquente, est celle-ci : *Ego Calixtus, catholicæ Æcclæ eps, ss.* Quelquefois, le mot *Calixtus* est abrégé ainsi : *Calixt ; ecclesie* et *episcopus* sont en toutes lettres, mais ces cas sont l'exception. Je connais un exemple, dans la bulle pour l'abbaye d'Anchin, du 31 janvier 1123 (n° 334), où il y a *æcclesiæ* et *episcopus*, et un dans la bulle, du 1er novembre 1123, pour l'abbaye de Marchiennes (n° 415).

M. de Pflugk-Harttung a signalé, à la suite de quelques-unes des bulles qu'il a publiées dans ses *Acta*, ceux de ces documents dans lesquels la croisette, la devise et la souscription sont ou lui ont paru être de la même encre et de la même main : telles sont, par exemple, les bulles, du 15 mai 1121, pour l'église de Veroli (n° 238); du 10 novembre 1121, pour Saint-Jean de Besançon (n° 153); du 24 avril 1122, pour l'abbaye Saint-Sauveur de Montamiata (n° 294), etc. C'est une particularité qui n'est pas rare et que j'ai constatée ailleurs[1]. Faut-il en conclure que le pape traçait lui-même la croisette et écrivait lui-même et la devise et la souscription? Je ne le crois pas; le pape a pu souscrire lui-même quelques-unes des bulles qui portent les mots : *Ego Calixtus*, etc.; il a même dû souscrire les actes les plus solennels, ceux qui sont revêtus de la souscription des cardinaux ou des autres témoins, mais je doute fort qu'il se soit donné la peine de tracer de sa main la devise : Firmamentum est Dominus timentibus eum; je n'hésite pas à affirmer que toutes les souscriptions de Calixte II ne sont pas autographes. Mon affirmation ne repose pas seulement sur des différences minimes

[1] Cf. aussi Diekamp, *Zum päpstlichen Urkunden*, p. 12.

d'écriture, même relativement essentielles, comme celles que l'on peut constater, par exemple, dans la bulle, du 20 juillet 1119, pour l'abbaye de Saint-Gilles (n° 41); elle s'appuie sur une particularité tout à fait caractéristique. Pendant la période où Grisogone fut à la tête de la chancellerie, le mot *subscripsi* est abrégé par deux *ss;* sous Hugues, du 16 septembre 1122 au 26 avril 1123, il n'y a pas de système fixe. Tandis que, dans les bulles, du 16 septembre 1122, pour le Mont-Cassin (n° 311); du 6 octobre, pour l'église de Saint-Omer (n° 316); du 15 avril 1123, pour l'église de Pavie (n° 397), il est abrégé *ss;* il l'est par *sss*, deux fois : bulle, du 3 février 1123, pour l'abbaye d'Auchy (n° 334), et bulle, du 3 avril 1123, pour les monastères de Regensdorf, Michielfeld, etc. (n° 378); le reste du temps, la lettre *s* est répétée quatre fois. De même, sous Aimery, à partir du 28 avril 1123; cependant, la bulle, du 22 mai, pour l'abbaye de Saint-Jean-d'Angély (n° 405), ne porte que trois *s*. De deux choses l'une, ou le pape aura modifié sa manière de souscrire à chaque changement de chancelier, ce qui n'est guère probable, ou le bibliothécaire ou le chancelier, remplissant une fonction analogue à celle des *secrétaires de la plume* ou *de la main*, de la chancellerie royale, au xviie et au xviiie siècle, aura le plus souvent souscrit au lieu et place du pape, en imitant autant que possible l'écriture de celui-ci.

Voici une liste de bulles qui confirment ma thèse :

GRISOGONE (7 avril 1119-26 juin 1122).

1119

28 juin : pour l'abbaye de Saint-Gilles (n° 22);

28 juin : pour l'église de Vienne (n° 25);

20 juillet : pour l'abbaye de la Grasse (n° 41);

3 octobre : pour l'abbaye Saint-Ghislain de Zell (n° 67);

11 octobre : pour l'abbaye de Déols (n° 69, et Pflugk-Harttung, *Specimina*, pl. 57);

16 octobre : pour l'abbaye de Saint-Pierre de Loo (n° 71);

29 octobre : pour l'abbaye de Marbach (n° 79);

31 octobre : pour l'église de Cambrai (n° 88, et Pflugk-Harttung, *Specimina*, pl. 57);

3 novembre : à Geoffroy, évêque de Chartres (n° 97);

5 novembre : pour l'abbaye d'Étrun-lès-Arras (n° 99);

10 novembre : pour l'abbaye Saint-Remi de Reims (n° 103, et Pflugk-Harttung, *Specimina*, pl. 58);

27 novembre : pour le prieuré de Saint-Martin-des-Champs (n° 110);

29 décembre : pour l'église de Beaune (n° 117).

1120

3 janvier : pour l'église de Trèves (n° 120);

3 janvier : pour l'abbaye de Schaffouse (n° 124, et Pflugk-Harttung, *Specimina*, pl. 57);

25 février : pour l'église de Vienne (n° 145);

11 mars : pour l'église Sainte-Madeleine de Besançon (n° 153);

11 avril : pour l'église de Monza (n° 163);

16 avril : pour le monastère Saint-Sauveur de Pavie (n° 166);

12 mai : pour le monastère de Saint-Saturne (n° 170);

14 mai : pour les églises Saint-Martin et Saint-Frédien de Lucques (n° 172);

21 mai : pour les Camaldules (n° 173);

9 août : pour l'abbaye du Mont-Cassin (n° 181, et Pflugk-Harttung, *Specimina*, pl. 57).

1121

7 janvier : pour l'église de Ravenne (n° 213, et Pflugk-Harttung, *Specimina*, pl. 58);

22 janvier : pour l'abbaye de Heiligenforst (n° 216, et Pflugk-Harttung, *Specimina*, pl. 58);

4 mars : pour l'église de Modène (n° 219);

9 mai : pour l'église de Berchtesgaden (n° 229);

14 juin : pour l'église de Vérone (n° 237);

15 juin : pour l'église de Veroli (n° 238);

10 novembre : pour l'église Saint-Jean de Besançon (n° 262).

1122

28 janvier : pour l'abbaye Saint-Germain-des-Prés (n° 275, et Pflugk-Harttung, *Specimina*, pl. 58);

24 mars : pour l'abbaye Notre-Dame de Zwiefalten (n° 286);

24 mars : pour l'abbaye Notre-Dame de Gottesau (n° 288);

4 avril : pour l'église de Lucques (n° 291);

15 avril : pour l'église Sainte-Agathe de Crémone (n° 292);

17 avril : pour l'abbaye Saint-Sauveur de Settimo (n° 293);

24 avril : pour l'abbaye Saint-Sauveur de Montamiata (n° 294);

1er mai : pour le monastère Notre-Dame de Praglia (n° 295);

3 mai : pour l'abbaye de Castres (n° 296);

9 mai : pour l'abbaye de Fulda (n° 299, et Pflugk-Harttung, *Specimina*, pl. 59);

13 mai : pour l'église de Spolète (n° 300).

HUGUES (16 septembre 1122-26 avril 1123).

31 janvier : pour l'abbaye d'Anchin (n° 334, et Pflugk-Harttung, *Specimina*, pl. 60);

5 février : pour l'abbaye Saint-Silvin d'Auchy (n° 336);

19 février : pour l'église Saint-Robert de Salzbourg (n° 343);

26 mars : pour les religieux d'Usenhoven (n° 357);

1er avril : pour l'église de Padoue (n° 372);

1er avril : pour l'abbaye de Gellone (n° 375);

2 avril : pour l'abbaye de Senones (n° 376, et Pflugk-Harttung, *Specimina*, pl. 60);

2 avril : pour l'abbaye Saint-Arnould de Metz (n° 377);

3 avril : pour les monastères de Regensdorf, Michielfeld, etc. (n° 378);

3 avril : pour l'église Saint-Benoît de Crême (n° 379, et Pflugk-Harttung, *Specimina*, pl. 60);

3 avril : pour l'église de Saint-Dié (n° 382);

4 avril : pour l'église Saint-Outrille de Bourges (n° 386).

AIMERY (à partir du 28 avril 1123).

22 mai : pour l'abbaye de Saint-Jean-d'Angély (n° 405);

1er novembre : pour l'abbaye de Marchiennes (n° 415).

1124

13 avril : pour l'abbaye de Montier-en-Der (n° 494);

26 mai : pour l'église Saint-Frédien de Lucques (n° 496);

16 octobre : pour l'abbaye Notre-Dame de Pomposia (n° 512, et Pflugk-Harttung, *Specimina*, pl. 60);

29 octobre : pour l'abbaye Saint-Bénigne de Dijon (n° 513, et Pflugk-Harttung, *Specimina*, pl. 60);

20 novembre : pour l'abbaye Sainte-Félicité de Florence (n° 518, et Pflugk-Harttung, *Specimina*, pl. 60).

Les observations que j'ai faites plus haut[1] sur la croisette et la devise, notamment sur le mot *Firmamentum*, corroborent encore jusqu'à un certain point mon opinion.

La souscription est suivie d'un ou deux *comma;* les bulles données par Grisogone n'en ont généralement qu'un; la bulle, du 9 mai 1122, pour Fulda (n° 299, et Pflugk-Harttung, *Specimina*, pl. 59), en a deux.

Les souscriptions des cardinaux sont d'une encre et d'une écriture différentes.

Le monogramme BENE VALETE comprend, comme éléments principaux, deux jambages et une barre transversale qui affectent la forme de la lettre N. Au haut du jambage gauche est un B; à l'intérieur, sont trois traits horizontaux, formant un E; au bas de la barre transversale, un A, dont les deux traits transversaux intérieurs font le V. Le jambage de droite comprend, extérieurement, trois traits horizontaux formant un E, et intérieurement, deux traits horizontaux formant aussi un E. Les deux traits horizontaux du jambage droit font le T. Voici une reproduction réduite du monogramme de la bulle, du 9 mai 1122, pour l'abbaye de Fulda (n° 299, et Pflugk-Hart-

[1] P. LXV et LXVI.

tung, *Specimina*, pl. 59), qui représente le type le plus simple,
les notaires et les scribes ayant naturellement agrémenté celui
des détails de la bulle qui se prêtait davantage aux ornements:

Pour n'établir de comparaison qu'entre ceux dont M. de
Pflugk-Harttung a donné un fac-similé dans ses *Specimina*, je
signalerai, comme ayant beaucoup de rapports entre eux, les
monogrammes des bulles, du 28 janvier 1122, pour l'abbaye
Saint-Germain-des-Prés (n° 275, et Pflugk-Harttung, *Specimina*, pl. 56); du 16 octobre 1124, pour l'abbaye Notre-Dame
de Pomposia (n° 512, et Pflugk-Harttung, *Specimina*, pl. 60),
et, du 20 novembre 1124, pour l'abbaye Sainte-Félicité de
Florence (n° 518, et Pflugk-Harttung, *Specimina*, pl. 60). Leur
caractéristique est le B à jour, la double traverse et le double
trait transversal gauche de l'A, ou, pour mieux dire, du jambage gauche du V. Le monogramme étant une des parties les
moins importantes de la bulle, il n'est pas intéressant de relever
les diverses particularités, dont beaucoup sont des infiniment
petits, qu'il présente.

L'écriture de la date n'est pas la même que celle de l'acte
ou celle des souscriptions, et il est généralement admis qu'elle
est de la main du dataire, qui, comme je l'ai dit, prend, dans
les bulles, le titre de bibliothécaire ou celui de chancelier.
Aussi, pour juger cette dernière question, il est utile d'établir une comparaison entre l'écriture et les procédés des dataires, en prenant surtout pour base leurs propres noms; il
sera aussi bon de recueillir les preuves externes qui peuvent se

rencontrer. M. Kaltenbrunner s'est occupé assez longuement de la date des bulles de Calixte II [1]; il a d'abord indiqué les principales particularités de l'écriture des noms de Grisogone, de Hugues et d'Aimery et du nom de Calixte II. En ce qui concerne le premier, les consonnes, surtout les deux G et le S, dépassent sensiblement en hauteur les autres lettres; souvent aussi le deuxième jambage de la lettre N est démesurément haut (cf., par exemple, la bulle, du 9 mai 1122, pour l'abbaye de Fulda [n° 299], dans les *Specimina* de M. de Pflugk-Hart-tung, pl. 59). On peut voir dans les *Specimina* diverses formes du nom de Grisogone; malgré des différences assez prononcées, elles se rapportent à un type unique. Il faut cependant en excepter la bulle, du 28 janvier 1122, pour l'abbaye Saint-Germain-des-Prés (n° 275, et Pflugk-Harttung, *Specimina*, pl. 58), qui s'en éloigne considérablement.

Les autres particularités de la date, de la façon d'écrire le nom *Calixti* en petite majuscule, l'abréviation de *per*, dont le *p*, qui a proportionnellement une panse exiguë, dépasse de beaucoup la ligne par le haut et par le bas; les conjonctions des lettres *ri*, *fi* et *ct*, dans les mots *bibliothecarii*, *pontificatus* et *indictione*; le signe d'abréviation sur *pp* (*pape*), formé d'un petit demi-arc de cercle, terminé à chacune de ses deux extrémités par un trait ou ligne plus ou moins développés; l'emploi constant en chiffres des nombres, à l'exception du mot *secundi*, abrégé, qui indique l'ordre numérique du pape, sauf aussi quelquefois le nombre de l'année du pontificat, toutes ces particularités se rencontrent aussi bien dans les bulles données sous les noms de Hugues ou d'Aimery que sous celui de Grisogone. M. Kaltenbrunner fait, en d'autres termes, à peu près la même remarque.

[1] *Ueber die äusseren Merkmale der Päpsturkunden des XII Jahrhunderts*, p. 393-394.

Les noms *Hugonis* et *Aimerici* sont généralement écrits en petite capitale, mais dans la bulle, du 2 avril 1123, pour Senones, par exemple (n° 376, et Pflugk-Harttung, *Specimina*, pl. 60), on trouve *Hugonis* écrit en caractères ordinaires.

Il semble que, à la chancellerie de Calixte II, on a dû observer l'article 11 du formulaire cité et traduit ainsi par M. Delisle, dans son *Mémoire sur les actes d'Innocent III :* « Dans toutes les lettres pontificales, la date doit être sur une seule ligne, ou bien sur deux; mais, dans ce dernier cas, il faut que les mots exprimant la date du jour soient tous sur la même ligne[1]. »

Dans les originaux, les dates du jour, de l'indiction et de l'année de l'incarnation sont exprimées en chiffres romains. Je n'en ai trouvé qu'un exemple du contraire, dans la bulle, du 5 avril 1124, pour le monastère Notre-Dame d'Engelberg, où la date est ainsi exprimée : *millesimo. c. xx. iiii*° (n° 490). La date du pontificat est tantôt en toutes lettres, tantôt en chiffres romains.

Pour en terminer avec la paléographie, j'ajouterai que les petites bulles ou lettres, même le nom du pape, sont entièrement en caractères ordinaires; elles ne se distinguent en rien des autres documents paléographiques de cette époque. Le nom *Calixtus* est écrit *Cal.*

M. Kaltenbrunner semble avoir soupçonné que la date n'est peut-être pas de la main des bibliothécaires ou du chancelier de Calixte II, mais il n'ose pas se prononcer pour ou contre[2]. Si l'on veut bien admettre la vraisemblance de la thèse que j'ai soutenue et que je crois avoir prouvée plus haut, savoir que Grisogone, Hugues et Aimery ont souscrit les grandes bulles, au lieu et place du pape, il faudra aussi admettre qu'à cela se bornait généralement leur rôle et que le soin d'écrire la formule

---

[1] P. 25. — [2] *Ueber die äusseren Merkmale der Papsturkunden*, p. 395.

de la date était abandonné à des notaires ou à des scribes de la chancellerie.

Nous avons, dans la bulle de Pascal II, du 4 novembre 1113, pour les Camaldules (Jaffé-Loewenfeld, n° 6357, et Pflugk-Harttung, *Specimina*, pl. 55), un spécimen de l'écriture de Grisogone, de la main de qui est écrite la bulle, comme en fait foi la formule : *Scriptum per manum Grisogoni, notarii sacri palatii*. L'écriture de cette formule, aussi bien que celle du reste de la bulle, diffère beaucoup de l'écriture de la formule *Datum ... per manum Grisogoni*, que nous trouvons dans les dates.

La date de la bulle de Pascal II, du 29 janvier 1116, pour le monastère de Pfäffers (n° 6504 de Jaffé-Loewenfeld, et Pflugk-Harttung, *Specimina*, pl. 56), porte la mention : *Datum Laterani per manum Grisogoni subdiaconi* ... Elle diffère, pour l'écriture, assez sensiblement de celle de la bulle pour les Camaldules dont il vient d'être fait mention, pour qu'il soit permis de conclure que celle de Grisogone notaire n'est pas la même que celle de Grisogone dataire. Enfin, celle de Grisogone dataire sous Pascal II et dataire sous Calixte II présente elle-même des différences notables, par exemple, dans le signe d'abréviation de *datum*, de *manum*, où ce signe a la forme d'un 8 ouvert par le bas, tandis que, sous Calixte II, il consiste en un trait; le nom *Grisogoni* est en caractères ordinaires, comme il semble, il est vrai, que ce fut l'usage à la chancellerie de Pascal II, mais la différence la plus caractéristique est celle que présente le mot *pontificatus*, qui, dans la bulle de Pascal II, est écrit en lettres tout à fait ordinaires, tandis que dans celles de Calixte II, la conjonction des lettres *fi* a un aspect tellement frappant qu'il saute aux yeux.

Enfin, que faut-il penser des différences plus ou moins essentielles, mais réelles, que l'on constate dans les dates qui sont sous le nom du même bibliothécaire? Peut-on attribuer à

Grisogone, cardinal, personnage naturellement grave, les ca-
prices du *calamus* qui a tracé son nom et celui du pape dans
la bulle, du 28 janvier 1122, pour Saint-Germain-des-Prés
(n° 275, et Pflugk-Harttung, *Specimina*, pl. 58)? Je ne le pense
pas.

En comparant ensemble les dates des bulles données sous les
noms de Hugues et d'Aimery, on sera bien obligé de reconnaître que, dans la plupart d'entre elles, il y a des différences
qui sont le fait du changement de mains.

D'autres indices semblent confirmer mon hypothèse. Dans
des bulles qui sont, il est vrai, une très minime exception, le
nom de Grisogone est omis : ce qui serait singulier, si la formule de la date avait été réellement écrite par lui. Il y en a des
exemples, dans les bulles originales, du 25 février 1120, pour
l'église de Vienne (n° 145); du 11 mars 1120, pour l'église
Sainte-Madeleine de Besançon (n° 153); du 1er mai 1122, pour
le monastère Notre-Dame de Praglia (n° 295); du 27 mars
1122, pour le monastère Saint-Sauveur de Millstadt (n° 290);
dans les bulles, en copie ou imprimées, du 15 mars 1120,
pour le monastère Saint-Hilaire de Carcassonne (n° 157); du
19 mars 1122, pour l'église Saint-Jean de Besançon (n° 283);
du 14 mai (1122-1124), pour le monastère de Hugeshofen
(n° 469).

Peut-on admettre encore que Grisogone, le bibliothécaire
qui aurait omis son nom, aurait aussi modifié la date, comme
elle l'est, dans la bulle originale suivante, du 14 juin 1121,
pour l'église de Vérone (n° 237), dont l'authenticité ne saurait
être pour cela révoquée en doute : *Datum in territorio Palianensi, xviii kal. julii, indictione xiiii^a, incarnationis Dominice
anno m° c° xxii°, pontificatus autem domini Calixti secundi pape
anno iii° per manum Grisogoni, diaconi et cancellarii sanctæ apostolicæ sedis;* qu'il aurait substitué à son titre de bibliothécaire celui

de chancelier, que nous ne lui voyons que cette fois, ou encore celui d'archiviste qu'il a dans la bulle, du 5 août 1119, pour l'abbaye de Tourtoirac (n° 49)? Cela me semble impossible. Si les bulles qui présentent ces anomalies ne sont pas fausses, il faut admettre qu'elles ont été datées par des notaires ou des scribes de la chancellerie et non par le bibliothécaire lui-même. Mais si, de ces anomalies, on conclut que les bulles qui les renferment sont fausses, il faudrait également rejeter, comme non authentiques, celles qui s'écartent plus ou moins des types ordinaires; alors, on irait peut-être loin, pour une période où la diplomatique pontificale n'est pas encore définitivement fixée.

EXAMEN DE QUELQUES BULLES FAUSSES ATTRIBUÉES À CALIXTE II.

Il n'y a pas lieu de considérer comme fausses les prétendues bulles de Calixte à l'empereur Henri V, à P., archevêque de Vienne, et à B., archevêque de Cologne, publiées sous les n°⁵ 441, 442 et 471. Ce sont des *dictamina* ou exercices épistolaires, qui figurent purement et simplement dans ce recueil à titre de documents. Je ne leur appliquerai donc pas les règles que j'ai exposées plus haut, et je passe à l'examen de celles qui sont notoirement fausses.

La première est celle du 19 mars 1120, pour le monastère de Saint-Blaise dans la Forêt-Noire. Ce privilège, dont l'original, avec bulle et lacs de soie jaune, est conservé aux Archives de l'État à Carlsruhe, serait la confirmation d'un acte du 1ᵉʳ janvier 1123 [1]. On y trouve ces mots : *quam filius noster carissimus imperator Heinricus*, que Calixte n'aurait certainement pas employés avant le concordat de Worms. Car il est loin de témoigner autant de sympathie à Henri V, qu'il appelle, dans sa lettre,

[1] Voir Migne, col. 1336, note 73.

du 27 avril 1121 (n° 228), à tous les fidèles : *Teutonicorum rex*, et qu'il refuse de saluer dans la lettre qu'il lui écrit, le 19 février 1122 (n° 278). De plus, Calixte ne le reconnaissait pas alors comme empereur. Cet acte est ainsi daté : *Dat. Laterani per manum Grisogoni, sanctæ Romanæ Æcclesiæ diaconi cardinalis ac bibliothecarii, xiiii kal. aprilis, indictione xii, Dominice incarnationis anno m°.c°.xx°, pontificatus autem domni Calixti secundi pape anno i. Amen, Amen.* Plusieurs des éléments de cette date sont faux. A la date donnée par cet acte supposé, Calixte II n'était pas à Rome. Il se dirigeait vers l'Italie et était encore dans les montagnes du Dauphiné. La bulle la plus rapprochée de cette date est du 15 mars; elle fut donnée à Embrun. D'autres documents nous apprennent que Calixte était, entre le 15 et le 28 mars, à Oulx et à Sant'Ambrogio. A partir du 1er septembre 1119, l'indiction xiii est généralement adoptée à la chancellerie pontificale. Cependant l'indiction xii ayant été encore quelquefois suivie après le 1er septembre 1119, on pourrait, à la rigueur, admettre, dans ce cas, l'indiction xii. Si l'on maintient la date de lieu, telle qu'elle est donnée dans la bulle, la date de 1120 est fausse, comme je l'ai démontré plus haut : si l'on prend une des années postérieures du pontificat, il sera tout à fait impossible de concilier l'indiction et l'année du pontificat; dans le cas présent, elle est fausse, car la première année du pontificat va du 2 février 1119 au 2 février 1120. Enfin, on ne trouve jamais le mot *Amen* à la fin de la date des bulles de Calixte II.

Si la formule de salutation et la date de la bulle pour Saint-Pierre d'Aire (n° 118) n'ont pas été altérées par un scribe inintelligent, ce qui n'est pas probable, il ne faut pas hésiter à considérer cette bulle comme fausse. Car la date ne présente pas un seul des éléments que l'on est habitué à trouver dans les bulles.

La bulle, du 11 avril 1120, pour l'abbaye Saint-Pierre « in

Cœlo aureo » de Pavie, contient dans la suscription l'épithète *venerabili*, donnée à l'abbé; elle est réservée spécialement aux évêques. *Et per te in cunctis successoribus tuis abbatibus* est une formule insolite, comme quelques-uns des privilèges attribués à l'abbé. Parmi plusieurs autres caractères de fausseté, je m'arrêterai à ceux que présente la fin de la bulle ... *Anno ab incarnatione Domini nostri Jesu Christi* M C XXI.

(R.) *Johannes, cancellarius et sacerdos. Johannes, sacerdos et cardinalis. Petrus, sacerdos et cardinalis. Albertus, sacerdos et cardinalis.* (M.)

† *Datum Laterani, III idus aprilis, anno domini Calixti II pape, indictione XIII.*

La date s'éloigne trop de la forme ordinaire pour qu'il soit même utile de la discuter. Quant aux témoins, j'ai prouvé plus haut qu'ils n'avaient jamais existé que dans l'imagination du faussaire.

La bulle, du 22 juin 1120, par laquelle Calixte II aurait anobli Aynard de Clermont et lui aurait concédé des armoiries, est peut-être celle qui, diplomatiquement, se rapprocherait le plus de la vérité. Mais le faussaire, qui avait assez bien choisi sa liste de témoins parmi les cardinaux, y a introduit *Guydo, presbiter cardinalis Sanctæ [B]albinæ,* que nous trouvons comme témoin dans des bulles de Pascal II, du 21 décembre 1116 au 20 avril 1117, et de Gélase II, du 13 et du 26 septembre 1118. Il ne figure dans aucune autre bulle de Calixte II et le titre de cardinal-prêtre de Sainte-Balbine appartient à Othaldus, dès avant le 20 décembre 1120. A vrai dire, cette raison est peu spécieuse et les légères erreurs de la date, où nous lisons *in Laterano, ... anno incarnati Verbi,* ne seraient pas non plus une preuve certaine de fausseté, si elles n'étaient confirmées par une autre mention du même Gui, dans une bulle, du 24 mai 1121, accordant également des privilèges au même Aynard de

Clermont. A ces deux bulles, il convient d'en rattacher deux autres, l'une, du 18 décembre 1120, l'autre, du 2 janvier 1121, aux formules singulières. Elles avaient, au moins la première, dans la suscription de laquelle figure une comtesse de Clermont, pour objet de confirmer encore davantage la prétendue noblesse accordée à Aynard.

C'est encore la liste des témoins de la bulle, du 9 mars 1119-1124, pour l'église de Worms (n° 440), qui nous en révèle la fausseté. En effet, nous y voyons un *Petrus, cardinalis et cancellarius,* qui ne figure que là comme chancelier; *Johannes, Sabinensis episcopus,* quand l'évêque actuel de Sabine se nommait Crescent; *Gerhardus, Albanensis episcopus,* quand l'évêque actuel d'Albano se nommait Vital; *Gregorius, Ortensis (Ostiensis?) episcopus,* quand l'évêque d'Ostie se nommait Lambert, etc. Le faussaire fait coïncider l'année 1123 avec l'indiction 10 et il termine la date par ces mots : *Feliciter Amen.* La démonstration est, je crois, suffisante.

La bulle n° 445 porte cette suscription : *Calixtus,* etc., *sanctissimo conventui Cluniacensis basilice, sedis apostolice sue electionis heroibusque famosissimis Guillelmo, patriarche Jerosolimitano, et Didasco, Compostellanensi archiepiscopo, cunctisque ortodoxis, salutem et apostolicam benedictionem.* Le style de cette suscription en prouve la fausseté. Le reste de la lettre est aussi ridicule; elle est certainement l'œuvre d'un faussaire qui aura voulu essayer d'assurer le succès du *Liber de miraculis S. Jacobi.*

La bulle n° 449, qui aurait eu pour but l'organisation d'une croisade, présente aussi plusieurs caractères de fausseté. La suscription porte ces mots *ceterisque sancte Ecclesie personis.* Or, Calixte, écrivant à tous les fidèles, se sert constamment du mot *fidelibus.* Il y est assez longuement parlé de Charlemagne et de Turpin. On peut en conclure que cette lettre a la même origine que la chronique de Turpin. Comme il a été suffisamment démontré que Calixte II n'est pas l'auteur de cet ouvrage [1], il faut rejeter la bulle comme apocryphe. La clause finale des bulles solennelles de Calixte se termine par le mot *Amen* et non pas par *fiat, fiat, fiat*, que l'on voit à la fin de cette lettre. Enfin, la date ainsi conçue : *Data Laterani, Letare Jherusalem, astantibus centum episcopis in consilio*, est entièrement contraire aux règles suivies à la chancellerie de Calixte II.

ÉTAT DU BULLAIRE DE CALIXTE II.

La présente publication comprend 532 bulles, si on tient compte de quelques mentions de lettres et d'actes divers dont je n'ai pas pu découvrir les textes. J'y ai joint en appendice 26 lettres adressées à Calixte II; plusieurs sont des exercices épistolaires, des *dictamina*. Voici une liste sommaire des pièces qui forment le *Bullaire de Calixte II*, tel qu'il m'a été possible de le reconstituer :

1119

1. — Février. Lettre à Adalbert, archevêque de Mayence.
2. — 2 mars. Lettre à Diego, évêque de Compostelle.
3. — 20 mars. Consécration de l'église Saint-Antoine.
4. — 7 avril. Privilège pour l'église Saint-Paul de Besançon.
5. — 15 avril. Bulle adressée à Bernard, archevêque d'Auch.
6. — 15 avril. Lettre aux religieux d'Aniane.
7. — 16 avril. Lettre à Frédéric, archevêque de Cologne.
8. — 20 avril. Privilège pour l'église de Carpentras.
9. — 28 avril. Privilège pour la Chaise-Dieu.
10. — 1er mai. Lettre au clergé et au peuple de Lucques.
11. — 1er mai. Lettre à Hugues, évêque de Grenoble, et à Pierre, évêque de Die.

---

[1] Voir la savante dissertation de M. Paulin Paris, en réponse à un article de M. Génin, dans la *Bibliothèque de l'École des chartes*, II, 3ᵉ série, p. 314-317, et la dissertation qui est dans l'*Histoire littéraire de la France*, X, 352. — Cf. Gaston Paris, *de Pseudo-Turpino*, p. 2-38.

12. — 4 mai. Lettre à Adelgot, archevêque de Magdebourg.

13. — 10 mai. Privilège pour l'abbaye de Tournus.

14. — 19 mai. Privilège pour l'église de Térouane.

15. — 24 mai. Privilège pour le monastère de Vaux-sur-Poligny.

16. — 1er juin. Privilège pour l'église Saint-Julien de Brioude.

17. — 2 juin. Privilège pour l'abbaye d'Aurillac.

18 — 2 juin. Privilège pour l'abbaye de Blesle.

19. — 18 juin. Privilège pour le monastère de Saint-Blaise.

20. — 19 juin. Privilège pour l'hôpital Saint-Jean de Jérusalem.

21. — 19 juin. Privilège pour le monastère Notre-Dame d'Alet.

22. — 28 juin. Privilège pour l'abbaye de Saint-Gilles.

23. — 28 juin. Lettre en faveur de l'abbaye de Saint-Gilles.

24. — 28 juin. Lettre à l'archevêque d'Arles, aux évêques de Nîmes, de Maguelone, d'Uzès et d'Avignon.

25. — 28 juin. Privilège pour l'église de Vienne.

26. — 30 juin. Bulle aux chanoines de Saint-Jean de Besançon.

27. — Juin. A Raoul, archevêque de Cantorbéry.

28. — 1er juillet. Bulle à Raoul, abbé de Saint-Victor de Marseille.

29. — 6 juillet. Privilège pour l'abbaye Notre-Dame de Sorèze.

30. — 13 juillet. Lettre à Hugues, évêque de Grenoble.

31. — 14 juillet. Bulle pour l'abbaye d'Alet.

32. — 14 juillet. Lettre à Diego, évêque de Compostelle.

33. — 14 juillet. Lettre à Raymond, évêque d'Uzès.

34. — 15 juillet. Bulle pour l'abbaye de la Chaise-Dieu.

35. — 15 juillet. Bulle pour l'abbaye d'Aniane.

36. — 15 juillet. Lettre aux évêques de Viviers et de Maguelone.

37. — 15 juillet. Lettre à Atton, archevêque d'Arles.

38. — 15 juillet. Lettre au prévôt, au clergé et au peuple de Hildesheim.

39. — 17 juillet. Privilège pour l'abbaye de la Grasse.

40. — 17 juillet. Privilège pour le monastère de Conques.

41. — 20 juillet. Bulle à Bérenger, abbé de la Grasse.

42. — 20 juillet. Bulle à Josseline et à ses fils Pierre Sicard et Rainard.

43. — 30 juillet. Privilège pour l'église Saint-Étienne de Cahors.

44. — Juillet. Lettre à Henri, roi d'Angleterre.

45. — Juillet. A Raoul, archevêque de Cantorbéry.

46. — Juillet. A Thurstin, archevêque d'York.

175. — 7 juin. Lettre à Roger, évêque de Volterra.

176. — 11 juin. Lettre à Étienne, légat du pape à Trèves.

177. — 22 juin. Privilège pour Aynard de Clermont. (Faux.)

178. — 25 juin. Bulle pour Éginon, abbé de Saint-Udalric et de Sainte-Afra d'Augsbourg.

179. — 25 juin. Lettre à Othon, comte palatin.

180. — 16 juillet. Bulle à Silvion, archidiacre de Vienne.

181. — 9 août. Bulle pour l'abbaye du Mont-Cassin.

182. — 10 août. Lettre à Gonnier, à Hélène, sa femme, etc.

183. — 10 août. Lettre à Roger, évêque de Volterra.

184. — Août. A Gauthier, évêque de Maguelone.

185. — 24 septembre. Bulle pour l'église d'Aversa.

186. — 28 septembre. Privilège pour l'église de Raguse.

187. — 28 septembre. Lettre aux évêques de Dalmatie.

188. — 10 octobre. Privilège pour l'abbaye Saint-Pierre sur le mont Vulturne.

189. — 16 octobre. Lettre aux archevêques, évêques, abbés, princes, etc., des provinces ecclésiastiques de Bourges, Bordeaux, Auch, Tours et de Bretagne.

190. — 6 novembre. Privilège pour l'église de Trani.

191. — 29 novembre. Privilège pour l'abbaye Sainte-Sophie de Bénévent.

192. — 1er décembre. Privilège pour le Désert de San Gavino.

193. — 3 décembre. Lettre à Wulgrin, archevêque de Bourges.

194. — 4 décembre. Lettre au clergé et au peuple de Bourges.

194 bis. — Lettre aux évêques suffragants de l'archevêché de Bourges.

195. — 4 décembre. Privilège pour le monastère Saint-Melaine de Rennes.

196. — 15 décembre. Lettre aux clercs de l'église Notre-Dame de Suse.

197. — 15 décembre. Lettre à Aubin, abbé de Notre-Dame de la Roue.

198. — 15 décembre. Lettre à Geoffroy, évêque de Chartres.

199. — 17 décembre. Privilège pour l'abbaye de Vierzon.

200. — 18 décembre. Bulle pour le monastère de Lérins. (Faux.)

201. — 31 décembre. Lettre à Diego, archevêque de Compostelle.

202. — Privilège pour le monastère Saint-Pierre et Saint-Paul de Cantorbéry.

203. — Lettre à Raoul, archevêque de Cantorbéry.

204. — Privilège pour le monastère de Marcigny.

267. — 28 décembre. Lettre à tous les fidèles.

268. — Lettre à Alpherade, abbesse de Notre-Dame de Capoue.

1122

269. — Pour Bertrand, évêque de Bazas.

270. — 6 janvier. Lettre à Hugues le Rouge.

271. — 15 janvier. Lettre à Alexandre, roi d'Écosse.

272. — 15 janvier. Lettre à Jean, évêque de Glasgow.

273. — 15 janvier. Lettre aux évêques d'Écosse.

274. — 26 janvier. Bulle pour l'abbaye de Saint-Denis.

275. — 28 janvier. Privilège pour l'abbaye Saint-Germain-des-Prés.

276. — Janvier. Lettre à Alpherade, abbesse de Notre-Dame de Capoue.

277. — 18 février. Privilège pour l'abbaye Saint-Florent de Saumur.

278. — 19 février. Lettre à Henri V.

279. — 20 février. Bulle pour les religieux de Saumur et de Tournus.

280. — Février. A des personnages nobles de Brindisi.

281. — 22 février. Privilège pour l'église de Brindisi.

282. — 10 mars. Privilège pour l'abbaye de Melk.

283. — 19 mars. Privilège pour l'église Saint-Jean de Besançon.

284. — 19 mars. Privilège pour l'église Saint-Paul de Besançon.

285. — 24 mars. Privilège pour l'abbaye Notre-Dame de Reichenbach.

286. — 24 mars. Privilège pour l'abbaye Notre-Dame de Zwiefalten.

287. — 24 mars. Privilège pour l'abbaye d'Echenbrunn.

288. — 24 mars. Privilège pour l'abbaye Notre-Dame de Gottesau.

289. — 25 mars. Privilège pour l'église Saint-Gabriel de Rolduc.

290. — 27 mars. Privilège pour le monastère Saint-Sauveur de Millstadt.

291. — 4 avril. Privilège pour l'église de Lucques.

292. — 15 avril. Privilège pour l'église Sainte-Agathe de Crémone.

293. — 17 avril. Privilège pour l'abbaye Saint-Sauveur de Settimo.

294. — 24 avril. Privilège pour l'abbaye Saint-Sauveur de Montamiata.

295. — 1er mai. Privilège pour l'abbaye Notre-Dame de Praglia.

296. — 3 mai. Privilège pour l'abbaye de Castres.

297. — 5 mai. Privilège pour le monastère de la Trinité de Mauléon.

298. — 5 mai. Privilège pour l'église Saint-Pierre de Poitiers.

299. — 9 mai. Privilège pour l'abbaye de Fulda.

300. — 13 mai. Privilège pour l'église de Spolète.

332. — 8 janvier. Privilège pour l'hôpital Saint-Jean de Jérusalem.

333. — 15 janvier. Privilège pour l'abbaye de Chaumouzey.

334. — 31 janvier. Privilège pour l'abbaye d'Anchin.

335. — Janvier. Aux religieux du Mont-Cassin.

336. — 5 février. Privilège pour l'abbaye Saint-Silvin d'Auchy.

337. — 5 février. Privilège pour l'abbaye de Marchiennes.

338. — 6 février. Bulle à Guillaume, abbé de Marmoutier.

339. — 10 février. Privilège pour l'abbaye Sainte-Euphémie de Brescia.

340. — 10 février. Privilège pour l'église Notre-Dame de Carpi.

341. — 17 février. Privilège pour l'abbaye de Savigny.

342. — 19 février. Lettre à tous les fidèles en faveur de l'abbaye de Savigny.

343. — 19 février. Privilège pour l'église Saint-Robert de Salzbourg.

344. — 19 février. Lettre à Jean, évêque de Nîmes.

345. — 19 février. Bulle pour l'abbaye de Psalmody.

346. — 20 février. Privilège pour l'abbaye de Psalmody.

347. — 26 février. Privilège pour l'église Saint-Césaire de Wilzacara.

348. — 27 février. Bulle pour l'église Saint-Ambroise de Milan.

349. — 6 mars. Privilège pour l'abbaye Notre-Dame de Vangadici.

350. — 6 mars. Lettre à Diego, archevêque de Compostelle.

351. — 6 mars. Privilège pour l'église Notre-Dame de Crémone.

352. — 6 mars(?). Privilège pour le monastère Saint-Pierre de Crémone.

353. — 15 mars. Privilège pour l'abbaye Sainte-Justine et Saint-Prosdocime de Padoue.

354. — 16 mars. Privilège pour l'abbaye de Leno.

355. — 18 mars. Privilège pour les chanoines de l'église de Mende.

356. — 19 mars. Bulle pour l'église Notre-Dame de Blois.

357. — 26 mars. Bulle pour les religieux d'Usenhoven et Schiren.

358. — 28 mars. Lettre à Udalric, évêque de Constance.

359. — 28 mars. Lettre à Girbert, évêque de Paris.

360. — 29 mars. Lettre à Judith, abbesse de Remiremont.

361. — 30 mars. Bulle à Andron, abbé de Sainte-Croix de Bordeaux.

362. — 30 mars. Privilège pour l'abbaye de Saint-Bertin.

363. — 30 mars. Lettre à Jean, évêque de Térouane.

364. — 30 mars. Lettre au clergé et aux habitants d'Augsbourg.

365. — 31 mars. Lettre à Adalbert, archevêque de Mayence.

IMPRIMERIE NATIONALE.

1124

480. — 10 septembre. Lettre à R., évêque de Liège. (Exercice épisto-
laire.)

481. — 3 janvier. Bulle pour l'église Saint-Jean de Besançon.

482. — 1ᵉʳ février. Privilège pour l'église de Crémone.

483. — 3 février. Privilège pour l'abbaye de Chaumouzey.

484. — 6 février. Privilège pour l'église Notre-Dame de Leton.

485. — 19 février. Lettre à Louis, roi de France.

486. — 14 mars. Lettre à Manfred, évêque de Mantoue, et à Bernard,
évêque de Vérone.

487. — 22 mars. Bulle pour l'église de Crémone.

488. — 30 mars. Lettre au clergé et au peuple de Sienne.

489. — 1ᵉʳ avril. Lettre à Gualfred, évêque de Sienne.

490. — 5 avril. Privilège pour le monastère Notre-Dame d'Engelberg.

491. — 11 avril. Privilège pour l'abbaye Saint-Benoît de Biforco.

492. — 13 avril. Lettre à Othon, évêque de Bamberg.

493. — 13 avril. Privilège pour le monastère de Nonantola.

494. — 13 avril. Privilège pour l'abbaye de Montier-en-Der.

495. — 14 avril. Lettre à Josseran, évêque de Langres, à Atton, évêque
de Troyes, etc.

496. — 26 mai. Privilège pour l'église Saint-Frédien de Lucques.

497. — 26 mai. Autre privilège pour la même église.

498. — 26 mai. Lettre à Benoît, évêque de Lucques.

499. — 1ᵉʳ juin. Privilège pour l'abbaye Saint-Benoît de Paderborn.

500. — 4 juin. Privilège pour l'abbaye Saint-Cyriaque de Rome.

501. — 11 juin. Bulle pour l'abbaye de la Sauve-Majeure.

502. — 23 juin. Lettre à Diego, archevêque de Compostelle.

503. — 23 juin. Lettre à l'évêque de Salamanque.

504. — 23 juin. Lettre à l'évêque de Coïmbre.

505. — Lettre aux archevêques, évêques, etc., de France et d'Allemagne.

506. — A Henri, évêque de Verdun.

507. — 26 août. Lettre à Geoffroy, évêque de Chartres, à Jean, évêque
d'Orléans, et à Étienne, évêque de Paris.

508. — 27 septembre. Privilège pour l'abbaye de Rasted.

509. — 11 octobre. Privilège pour l'abbaye de Saint-Bertin.

LETTRES ADRESSÉES À CALIXTE II.

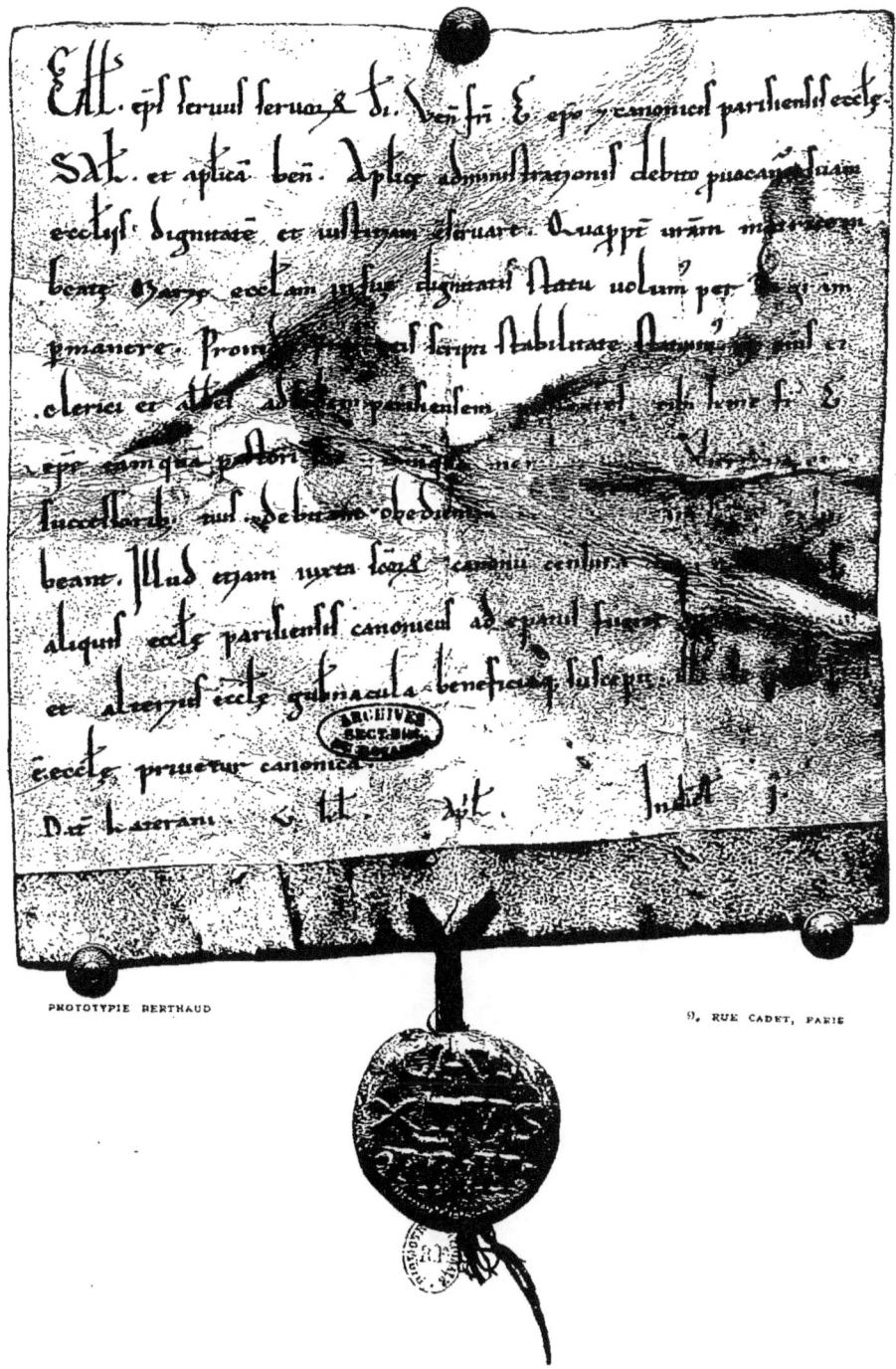

LETTRE A GIRBERT, ÉVÊQUE DE PARIS. 28 MARS 1123

BULLE A BÉRENGER, ABBÉ DE LA GRASSE. 20 JUILLET 1119

(Or. Bibl. nat., Collection Baluze, 380, nº 14. — Dim. de l'or., 260 sur 300 mm)

BULLE POUR SAINT-GERMAIN-DES-PRÉS, 28 JANVIER 1122

(Or. Arch. nat., L 224. — Dim. de l'or., 270 sur 450 m/m)

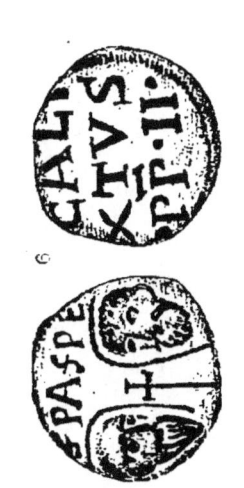

FAUSSE

(Extrait des *Specimina selecta chartarum pontificum Romanorum*, pars tertia, de M. le Dr von Pflugk-Harttung, pl. 134 et 140).

PHOTOTYPIE BERTHAUD

9, RUE CADET, PARIS

BULLAIRE

DU PAPE CALIXTE II

1

Février 1119.

*Lettre de Calixte à Adalbert, archevêque de Mayence, pour lui annoncer la mort
du pape Gélase et sa propre élection au souverain pontificat* [1].

Ms. Dom Coustant, *Epistolæ Romanorum pontificum*, ms. lat. 16996 de la Bibliothèque nationale,
du xviie ou du commencement du xviiie siècle, fol. 353 v°.
Éd. Mansi, *Conciliorum amplissima collectio*, XXI, 190. — *Pertz, Monumenta Germaniæ historica :
Scriptores* (Ekkehardus, *Chronicon*, 1119), VI, 254. — Wätterich, *Pontificum Romanorum
vitæ*, II, 121. — Migne, *Patrologiæ cursus completus* (lat.), CLXIII, n° 1, col. 1093.
Cat. Robert, *Étude sur les actes du pape Calixte II* (Catalogue), n° 1. — Jaffé-Loewenfeld, *Regesta
pontificum Romanorum*, n° 6682 (4912).

Domnus noster felicis memoriæ GELASIUS a Vienna discedens, in-
junxit michi ut ad ejus presenciam festinarem, postquam ipse Cluniacum pervenisset. Quod cum post dies aliquot implere satagerem, in
itinere de ejus obitu michi nuntiatum est. Ego, ut fratribus qui cum
domino eodem venerant, prout ratio exigebat, solatium exhiberem,
Cluniacum cum gravi dolore perrexi. Dum autem super eorum conso-
latione attentius cogitarem, ipsi gravissimum michi onus et vires meas
omnino transcendens imposuerunt. Congregati namque in unum die
altero post adventum meum episcopi, cardinales et clerici et laici Romanorum invitum me ac penitus renitentem in Romanæ Ecclesiæ pontificem Calistum unanimiter assumpserunt.

[1] Les textes utilisés sont accompagnés d'un *.

IMPRIMERIE NATIONALE.

2

a mars 1119.

Calixte recommande à Diego, évêque de Compostelle, un de ses parents.

Ms. *Historia Compostellana*, du xiv° siècle, à la Bibliothèque royale de Madrid, 2D2, VII·H·2, n° 2423, fol. 55 v°.
Éd. Florez, *España sagrada*, XX, 273. — Migne, n° 2, col. 1093.
Cat. Robert, n° 2. — Jaffé-Loewenfeld, n° 6683 (4913).

CALIXTUS episcopus, servus servorum Dei, venerabili DIDACO, Compostellano episcopo, salutem et apostolicam benedictionem. Hunc virum nobilem et familiarem nostrum pro quibusdam negotiis ad te direximus, quem rogamus ut honeste suscipias et his que tibi ex parte nostra dixerit fiducialiter acquiescas. Per ipsum etiam si Romane Ecclesie consilio vel auxilio indiges, vel nobis significare procures, quia nos te sicut filium in Christo karissimum et juvare et fovere, in quantum permiserit Dominus, parati sumus.

Datum apud opidum Cristam, vi nonas marcii.

3

20 mars 1119.

Consécration de l'église de Saint-Antoine en Viennois.

Éd. *Acta sanctorum ordinis S. Benedicti*, janvier, II, 155. — *Gallia christiana*, XVI, instr. 31. — Migne, n° 3, col. 1093.
Cat. Robert, n° 3. — Jaffé-Loewenfeld, n° 6684 (4914).

Dominus noster Jesus Christus ante secula permanens, unus cum Patre et Spiritu sancto Deus, in fine seculorum, ex vera matre verus homo factus, omnibus in severa fide et digna operatione credentibus cœlestis vitæ aditum, humana mediante natura, aperire est dignatus. Qui etiam ad magnæ indicium pietatis Apostolis suis eadem qua et nos terrena materia creatis, nec ullius carnalis sapientiæ vel dignitatis excellentia fultis, ligandorum et solvendorum peccatorum potestatem concessit beato Petro apostolo, in personam universalis Ecclesiæ, ita inquiens : *Tibi do c̃ es regni cœlorum, et quæ ligaveris ligata sunt et quæ solveris soluta erunt.* Cujus vices nos, licet indigni, agentes, ecclesiam beati confessoris Antonii corpore venerabilem, ad laudem et nomen sanctæ et individuæ Trinitatis et honorem beatæ Mariæ semper virginis sub patrocinio tanti patroni xiii kal. aprilis die consecravimus. Omnibus ergo ad eum spe impetrandæ misericordiæ confugientibus salutem et apostolicam benedictionem remissionemque peccatorum, si ex corde pœniteant, auctoritate beatorum Petri et Pauli apostolorum, exoptamus et concedimus. Invasores autem et violatores cœmiterii sive rerum monachorum et clericorum in ea Deo servientium ceterorumque hominum ad eam pertinentium, ab omni christianitate segregatos, sub anathematis excommunicationem ponimus, donec ad satisfactionem veniant et male pervasa restituant. Adfuit huic decreto laudator et confirmator Guigo Desiderii cum filiis suis, qui, manu sua manui nostræ supposita, jure sacramenti firmavit quod in rebus monachorum vel clericorum ecclesiæ nullam invasionem aut violentiam in reliquum exerceret : et si forte faceret, infra xiii dies admonitus emendaret, terminos cœmiterii præfixos a se suisque inviolatos teneret.

. Hostiensis episcopus; Joannes Cremensis nostrique cardinales interfuere. G., prior; B., capellanus; D., canonicus Romonensis, etc.; Soferde B., presbyter; Nantelmus, Gago, P. Provincialis, G. Raschas, cum ceteris clericis sive laicis. Anno Domini millesimo centesimo decimo nono ab incarnatione.

4

7 avril 1119.

Confirmation des possessions et des privilèges de l'abbaye Saint-Paul de Besançon.

Mss. *Vidimus, du 23 mai 1532, aux Archives départementales du Doubs, à Besançon, fonds de Saint-Paul, H, 1 bis. — Cartulaire de Saint-Paul de Besançon; copie du xviiie siècle; collection Moreau, à la Bibliothèque nationale, n° 868, fol. 57 v°-60. — Id., Bibliothèque de Besançon, D, 38, fol. 55-57.
Ed. Fragment, dans Viellard, *Documents pour servir à l'histoire du territoire de Belfort*, p. 196.
Cat. Jaffé-Loewenfeld, n° 6685.

CALIXTUS episcopus, servus servorum Dei, dilectis in Christo filiis Bisuntine ecclesie Sancti Pauli canonicis tam presentibus quam futuris,

1.

in perpetuum. Ex divinis preceptis instruimur et apostolicis monitis
informamur ut pro Ecclesie statu, largiente Deo, impigro vigilemus
effectu. Proinde, filii in Christo carissimi, petitionibus vestris clementer
annuimus et, domini predecessoris nostri sancte memorie Pascalis pape
vestigiis insistentes, Bisuntine Sancti Pauli ecclesie, in qua omnipotenti Domino militatis, protectione sedis apostolice communimus.
Vobis enim vestrisque successoribus in eadem ecclesia religiose viventibus antiqui juris possessiones presentis decreti pagina confirmamus;
insuper tertiam partem de theloneo civitatis quod exigitur a negocia-
toribus in annuis et quothidianis mercatis, sicut constitutum est et
datum ab Hugone archiepiscopo, et medietatem decimarum ecclesie
Luniensis et altare totum et capellarum ejusdem omnia altaria; de
decimis apud Villare Sancti Lazari medietatem et altare; apud Ossens
quartam partem; apud Salinas calderias duas, sicut bone memorie
Hugo archiepiscopus suis pecuniis acquisitas tradidit supradicte ecclesie; et altare apud Rengavillam medietatem; et calderiam quam
Hugo de Argenzay pro anime sue remedio vestre ecclesie contulit;
in villa quoque que vocatur Nancray altare Sancti Valerii cum omnibus suis pertinentiis; apud Nasey altare cum omnibus appendiciis
suis, quod pertinet ad hospitale pauperum; altare de Balmeta, altare
de Rosario, altare de Gisiaco cum capellis appendentibus; altare de
Nigrunta, tertiam partem decimarum de Longa villa, ecclesiam de
Stirpigniaco et ecclesiam de Oris; ecclesiam Sancti Georgii, ecclesiam de Memiroles et duo nemora; falcherias de Verney; preterea
monasterium Sancte Marie et Sancti Germani de Lanthenans cum
omnibus appenditiis collatis et conferendis vestre subjectioni confirmamus. Quecumque etiam in presenti vestra ecclesia juste possidet sive
in posterum, Deo miserante, poterit adipisci, firma vobis vestrisque
successoribus et illibata permaneant. Sepulturam quoque ejusdem
loci omnino liberam esse decernimus, ut eorum qui illic sepeliri
deliberaverint devotioni et extreme voluntati, nisi forte excommunicati sint, nullus obsistat. Ad hec adjicientes statuimus ecclesiam vestram ecclesiis Sancti Johannis et Sancti Stephani, item ecclesias ipsas
ecclesie vestre solemnes processiones et officia in posterum inviolabiliter exhibere et bonos abbatie usus deinceps integre conservari, sicut
a tempore Salinensis Hugonis archiepiscopi usque ad tempora fratris
mei Hugonis, ejusdem ecclesie archiepiscopi, qui in Hierosolimitana

peregrinatione migravit ad Dominum, exhibita sunt et conservata noscuntur. Si qua igitur ecclesiastica secularisve persona hanc nostre
constitutionis paginam sciens contra eam temere venire tentaverit,
secundo tertiove monita, si non satisfactione congrua emendaverit,
potestatis honorisque sui dignitate careat reamque se divino judicio
existere de perpetrata iniquitate cognoscat et a sacratissimo corpore et
sanguine Dei Redemptoris nostri Jesu Christi aliena fiat atque in extremo examine districte ultioni subjaceat. Cunctis autem eidem ecclesie
jura servantibus sit pax Domini nostri Jesu Christi, quatenus et hic
fructum bone actionis percipiant et apud districtum judicem premia
pacis eterne inveniant. Amen.

(R.) Calixtus, catholice Ecclesie episcopus, ss. (M.)

Datum Vienne per manum Chrisogoni, sancte Romane Ecclesie
diaconi cardinalis et bibliothecarii, vii. idus aprilis, indictione xii,
dominica (sic) incarnationis Domini m c xx, pontificatus vero domni
Calixti secundi anno primo.

5

15 avril 1119.

*Calixte accorde à Bernard, archevêque d'Auch, la libre sépulture des morts
dans l'église Notre-Dame d'Auch.*

Éd. *Brugèles, *Les chroniques ecclésiastiques du diocèse d'Auch*, pr., I, 29, d'après le cartulaire
ms. du chapitre, c. 77, v°. — *Recueil des historiens des Gaules et de la France*, XIV, 322. —
Migne, n° 4, col. 1094.
Cat. Robert, n° 4. — Jaffé-Loewenfeld, n° 6686 (4915).

CALIXTUS, servus servorum Dei, venerabili fratri B[ERNARDO], Ausciensi
archiepiscopo, salutem et apostolicam benedictionem. Apostolicæ sedis
administratio, cui, licet indigni, largiente Domino, deservimus, facit
nos ecclesiis omnibus debitores. Idcirco petitioni tuæ, frater in Christo
charissime, annuendum censuimus ut Ausciensi Beatæ Mariæ matrici
ecclesiæ, cui, Deo authore, præsides, liberam concesserimus in posterum sepulturam. Præsentis igitur decreti authoritate statuimus ut
mortuorum corpora libere deinceps apud eamdem Beatæ Mariæ matricem sepeliantur ecclesiam. Siquidem beatissimus pater et magister

noster papa Gregorius Joannem, Urbis veteris episcopum, quia in monasterio sepeliri mortuos prohibebat, horum exhibitione verborum corripere procuravit. Ait enim : «Si ita est, a tali vos hortor immanitate recedere, et sepeliri mortuos ibidem vel celebrari missas, nulla ulterius habita contradictione, permittas, ne denuo querelam de his quæ dicta sunt, Agapitus, vir venerabilis, ad me deponere compellatur.» Nemini ergo facultas sit vestram super hoc amodo ecclesiam infestare, sed liberam habeat in posterum sepulturam, ut eorum qui illic sepeliri deliberaverint, devotioni et extremæ voluntati, nisi forte excommunicati sint, nullus obsistat. Si quis igitur, decreti hujus tenore cognito, temere, quod absit, contraire tentaverit, honoris et officii periculum patiatur aut excommunicationis ultione plectatur, nisi præsumptionem suam digna satisfactione correxerit.

Datum Anicii per manum Chrysogoni, sanctæ Romanæ Ecclesiæ diaconi cardinalis ac bibliothecarii, xvii kalendas maii, indictione xii, Dominicæ incarnationis anno 1120, pontificatus domini Calixti II papæ anno I.

6

15 avril 1119.

Calixte ordonne à l'abbé et aux religieux d'Aniane de venir le trouver, pour terminer le différend qui s'était élevé entre eux et les religieux de la Chaise-Dieu, au sujet de la celle de Goudargues.

Mss. *Cartulaire de l'abbaye d'Aniane, des xiii° et xiv° siècles, aux Archives départementales de l'Hérault, à Montpellier, série H, fol. 38 v°. — Collection de dom Le Michel, du xvii° siècle, ms. lat. 13816 de la Bibliothèque nationale, fol. 74. — Collection de dom Estiennot, du xvii° siècle, ms. lat. 12772, ibid., p. 24.
Éd. Robert, app., p. 1, n° 5. — Chaix de Lavarène, *Monumenta pontificia Arverniæ; decurrentibus ix°, x°, xi°, xii° sæculis*, p. 145.
Cat. Robert, n° 5. — Jaffé-Loewenfeld, n° 6687.

CALIXTUS episcopus, servus servorum Dei, dilectis filiis Anianensi abbati et monachis, salutem et apostolicam benedictionem. Fratres Case Dei querelam suam super cellam de Gordanico adhuc repetere non desistunt. Quamobrem fraternitati vestre per presencia scripta precipimus ut, in proximis octavis Pentecostes, vos omnino ad cause

hujus accionem paratos nostro conspectui presentetis, quatenus, querela tanto jam tempore agitata, judiciali tandem sentencia, prestante
Domino, terminetis.

Data Anicii, xvii kalendas mai[i].

7

16 avril 1119.

Notification à Frédéric, archevéque de Cologne, de la célébration,
à l'automne prochain, d'un concile à Reims.

Mss. *Martène, Anecdota, ms. lat. 11894 de la Bibliothèque nationale, fol. 69 v°; copie du xvii°
ou du xviii° siècle, «ex ms. S. Laurentii Leodiensis.» — Epist. Roman. pontif., ms. lat. 16992
de la Bibliothèque nationale, fol. 186.
Éd. Martène et Durand, Veterum scriptorum et monumentorum amplissima collectio, I, 651. — Rec.
des hist. des Gaules et de la France, XV, 228. — Migne, n° 5, col. 1093.
Cat. Robert, n° 6. — Jaffé-Loewenfeld, n° 6688 (4916).

CALIXTUS episcopus, servus servorum Dei, venerabili fratri F[RIDE-
RICO], Coloniensi archiepiscopo, salutem et apostolicam benedictionem.
Quandiu mundi hujus pelagum navigamus, necesse est ut tempestates
et collisiones fluctuum patiamur. Unde magnam nos oportet habere
custodiam, ut commissi nobis navigii cursum sic, præstante Domino,
dirigamus, quo ad quietis portum cum navis et... integritate pertin-
gere valeamus. Esto igitur providus, frater carissime, atque sollicite,
sicut cœpisti, circumspice, quoniam præsto est Dominus Deus noster,
qui ventis et mari potenter imperat et subito tranquillum facit. Novi-
mus quidem Domini et Ecclesiæ inimicos adversus Ecclesiam posse
latratus emittere; illud autem omnino nec divinis, nec humanis
legibus reperitur, ut ab aliquo sedes apostolica judicetur, nedum ab
illis qui Ecclesiæ judicio condemnati sunt. Verumtamen ne populus
Domini alicujus blandiciis, persuasionibus, fallaciis seducatur, si quis
adversus Ecclesiam Dei se habere confidit, ad concilium quod in proximo autumno circa Remos per Dei gratiam celebraturi sumus accedat. Ibi enim magistri Ecclesiæ, viri religiosi et sapientes, intererunt;
ibi de statu Ecclesiæ tractatus habebitur; ibi Ecclesiæ status, cooperante Domino, consurget et hostilis incursio destruetur et ibi, præstante Domino, sufficiens dabitur cum Patrum auctoritate responsio.

Constanter igitur age, strenue miles Christi, atque in propositi stadii certamine donec ad bravium pervenias, currere non desistas. Penitus etiam caveas ne pessima investitorum a tyranno illo putredine tua sinceritas contingatur. Pugnator enim fortis Dominus tecum est, neque nostrum tibi consilium et auxilium deerit, quod nobis misericordia divina contulerit.

Datum Anicii, xvi kalendas maii.

8

20 avril 1119.

Confirmation des biens et des privilèges de l'église de Carpentras.

Ms. *Original à la Bibliothèque de Carpentras dans le *Cartulaire de l'évêché de Carpentras*, ms. 537, fol. 322.

Cat. Jaffé-Loewenfeld, n° 6689.

Calixtus episcopus, servus servorum Dei, venerabili fratri Gaufrèdo, Carpentoratensi episcopo, salutem et apostolicam benedictionem. Dominus predecessor noster sanctę memorię Paschalis papa ea quę predecessores tui vel per se vel per feudarios suos in jure suo tenuerant, litterarum suarum munimine confirmavit. Si qua vero a quibuslibet usurpata essent, reddi precepit et prohibuit acquisita simoniace non valere. Statuit etiam ut nulli alicujus dignitatis aut ordinis personę facultas sit domum tuam vel canonicorum matricis ecclesię et canonicorum Sanctę Marię injusta hospiciorum consuetudine aggravare, quę nimirum a nobis quoque firmari tua fraternitas postulavit. Nos ergo postulacioni tuę benignitate debita annuentes tam supradicta omnia quam et illa quę in decimis, in oblationibus vivorum vel defunctorum sive in possessionibus et theloneis aliisque consuetudinibus villę tuę tibi ab eodem domino confirmata sunt, litteris presentibus confirmamus. Ampliori preterea religionis tuę gratia incitati sancimus ut si quę causę inter ecclesiam tuam et adversarios ejus emerserint, intra provinciam terminentur. Porro si quę auctoritates ab adversariis contra jus canonicum impetrate sunt, ecclesię tuę in judiciis nequaquam prejudicent, nec aliquis in episcopatu tuo sine tuo assensu vel successorum tuorum ecclesiam edificandi habeat potestatem. Sane de

parrochianis tuis qui se apud monasteria sepeliri vel ad conversionem ire deliberaverint, predecessorum nostrorum pontificum Romanorum sententiam confirmamus.

Datum Anicii per manum Grisogoni, sanctę Romane Ǽcclesię diaconi cardinalis ac bibliothecarii, xii° kalendas maii, indictióne xii°,
Dominicę incarnationis anno м°. c°. xx°, pontificatus autem donni Calixti secundi papę anno primo.

9

28 avril 1119.

*Confirmation des privilèges de l'abbaye de la Chaise-Dieu et permission aux re-
ligieux, en cas d'interdit général, de célébrer les offices divins dans les églises
en dépendant, les portes étant fermées.*

Ms. *Chronica monasterii Casæ Dei*, ms. lat. 12820 de la Bibliothèque nationale, du xvii° siècle,
    p. 159-162.
Éd. Robert, app., p. ii, n° 7. — Chaix de Lavarène, *Mon. pont. Arverniæ*, p. 146.
Cat. Robert, n° 7. — Jaffé-Loewenfeld, n° 6690.

CALIXTUS episcopus, servus servorum Dei, dilecto in Christo filio
STEPHANO, abbati venerabilis monasterii Cazæ Dei, ejusque successoribus regulariter substituendis, in perpetuum. Ad hoc in apostolicæ
sedis regimen, Domino disponente, promoti conspicimur, ut, ipso
præstante, religionem augere et ejus servis tuitionem debe[a]mus impendere. Proinde, fili in Christo carissime STEPHANE, tuis petitionibus
annuentes, venerabile Cazæ Dei monasterium cui, Deo authore,
præsides, ad exemplar prædecessorum nostrorum sanctæ memoriæ
URBANI secundi et PASCHALIS secundi pontificum, protectione sedis
apostolicæ specialiter confovemus et tam caput quam membra cætera
præsentis decreti authoritate munimus. In quibus nimirum membris
hæc propriis duximus nominibus annotanda : abbatiam videlicet
Sancti Marini Papiensis, abbatiam Fraxinorensem, abbatiam Sancti
Sixti apud Placentiam. Ecclesias quoque sive possessiones ex episcoporum vobis donatione concessas, donamus atque confirmamus.
Decernimus ergo ut nulli omnino hominum liceat idem cœnobium
modis quibuslibet perturbare aut ei subditas possessiones auferre
vel ablatas retinere, minuere vel contrariis vexationibus fatigare, sed

omnia integra conserventur, eorum pro quorum sustentatione ac
gubernatione concessa sunt usibus omnimodis profutura. Hoc etiam
capitulo præsenti subjungimus, ut, in communi interdicto, liceat
fratribus vestris, qui per vestras abbatias vel ecclesias commorantur,
clausis januis, divina officia celebrare. Si qua igitur in futurum ecclesiastica sæcularisve persona hanc nostræ constitutionis paginam sciens
contra eam quoquo modo venire tentaverit, secundo tertiove commonita, si non satisfactione congrua emendaverit, potestatis honorisque
sui dignitate careat [r]eamque se divino judicio existere de perpetrata
iniquitate cognoscat et a sacratissimo corpore ac sanguine Dei et Domini Redemptoris nostri Jesu Christi aliena fiat atque in extremo
examine districtæ ultioni subjaceat. Cunctis autem eidem loco sua jura
servantibus sit pax Domini nostri Jesu Christi, quatenus et hic fructum bonæ actionis percipiant et apud districtum judicem præmia
æternæ pacis inveniant. Amen. Amen. Amen.

Datum..... per manum Crysogoni, sanctæ Romanæ Ecclesiæ
diaconi cardinalis ac bibliothecarii, quarto calendas maii, indictione
duodecima, Dominicæ incarnationis anno millesimo centesimo vigesimo, pontificatus autem domini Calixti papæ secundi anno primo.

10

1ᵉʳ mai 1119.

*Calixte recommande au clergé et au peuple de Lucques de ne pas laisser molester
les religieux de Saint-Frédien.*

Ms. *Bullarium ecclesiæ et canonicæ Sancti Frigdiani*, ms. 116 de la Bibliothèque de Lucques, du
  xvıᵉ siècle, fol. 18 v°.
Éd. Baluze, *Miscellanea*, éd. Mansi, IV, 587. — Migne, n° 6, col. 1096.
Cai. Robert, n° 9. — Jaffé-Loewenfeld, n° 6691 (4917).

CALIXTUS episcopus, servus servorum Dei, clero et populo Lucano,
salutem et apostolicam benedictionem. Adversus fratres Sancti Fridiani
quosdam vestrum scandalum nimis temere concitasse audivimus. Unde
dilectionem vestram litteris presentibus visitantes rogamus et præcipimus, sicut et confratri nostro B., vestro episcopo, mandasse meminimus, ut predictos fratres vexari ab aliquibus nullo modo permittatis,

donec ad partes vestras, prestante Domino, accedamus. Tunc enim si qui contra eos causam habent, ad nostram poterunt venire presentiam et nos eis auctoritatem, quod justum fuerit, exequemur.

Datum Brivati, kalendis maii.

11

1ᵉʳ mai 1119.

Calixte charge Hugues, évêque de Grenoble, et Pierre, évêque de Die, de terminer le différend qui s'était élevé entre les religieux de Saint-Chaffre du Monestier et le prieur de l'église de Vizille.

Mss. *A. *Cartulaire du Monestier en Velay*, ms. lat. 5456 A de la Bibliothèque nationale, du xvıɪ° siècle, fol. 1 v°.— B. Collection Moreau, *Chartes et diplômes*, n° 49, copie du xvıɪɪ° siècle, fol. 200, *ibid*. — C. *Monasticon benedictinum*, ms. lat. 12702, copie du xvıɪ° siècle, fol. 220 v°, *ibid*. — D. Collection de dom Estiennot, ms. lat. 12765, copie du xvıɪ° siècle, p. 88, *ibid*.
Ed. Robert, app., p. ııı, n° 8. — U. Chevalier, *Chronicon-chartularium monasterii Sancti Theofredi Calmiliensis*, dans les *Documents inédits relatifs au Dauphiné* (II), non publié.
Cat. Robert, n° 8. — Jaffé-Loewenfeld, n° 6692.

CALIXTUS episcopus, servus servorum Dei, venerabilibus fratribus HUGONI Gratianopolitano, P[ETRO] Diensi episcopis, salutem et apostolicam benedictionem. Fratres monasterii Sancti Theofredi, constituto a nobis termino pro Vilgiliensis[1] ecclesiæ controversia, nostro se conspectui[2] præsentarunt[3]. Nos, pluribus[4] negotiis impediti, causam discutere non valuimus. Idcirco eam sollicitudini vestræ commisimus finiendam. Præcipimus ergo fraternitati vestræ ut in præsentia utriusque partis idem negotium usque ad proximam Nativitatem[5] Sancti Juliani, omni occasione postposita, canonico judicio terminetis. Quodsi prior Vigilensis[6] judicium effugerit[7], vos prædictos fratres Sancti Theofredi, sicut ratio exigit, de eadem ecclesia in integrum revestite[8], salva alterius jurisdictione. Si qua igitur, etc.

Datum Brivati[9], kalendis maii.

---

[1] *Vigiliensis,* C. D. — [2] *Aspectui,* C. — [3] *Præsentatur,* C. D. — [4] *Et quoniam pluribus,* D. — [5] *Festivitatem,* C. D. — [6] *Vicilensis,* C. *Vigiliensis,* D. — [7] *Quodsi prior Vicilensis ad causam venire ut judicibus repræsentetur,* C. *Quodsi prior Vigiliensis venire et judicium subire contempserit,* D. — [8] *Investite,* D. — [9] *Privati,* D.

12

4 mai 1119.

Calixte invite Adelgot, archevêque de Magdebourg, à assister, avec ses suffragants,
au concile qui devait être célébré à Reims le 18 octobre suivant.

Ms. Cod. S. Maur, aux Archives ducales de Bernburg, fol. 30 v°.
Éd. *E.-G. Gersdorf, Urkundenbuch des Hochstifts Meissen (Codex diplomaticus Saxoniæ regiæ), I,
46.
Cat. Jaffé-Loewenfeld, n° 6693.

KALIXTUS episcopus, servus servorum Dei, venerabili fratri A[DELGOTO],
Magdeburgensi archiepiscopo, salutem et apostolicam benedictionem.
Pro Ecclesiæ necessitatibus, quæ gravius hoc videntur tempore imminere, Remis in beati Lucæ festivitate synodalem decrevimus celebrare
conventum. Tuam ergo fraternitatem litteris præsentibus præmone-
mus, ut ei, omni occasione seposita, cum suffraganeis tuis interesse
studeas, quatenus communi deliberatione ad honorem Dei Ecclesiæ
necessitatibus providere, corrigenda corrigere, exstirpanda exstirpare
et roboranda possimus, præstante Domino, roborare.
Datum Brivati, IIII nonas maii.

13

10 mai 1119.

Confirmation des possessions et des privilèges de l'abbaye de Tournus.

Mss. *Copie du xvi° siècle, aux Archives départementales de Saône-et-Loire, à Mâcon, H, 178,
n° 1. — Autre du xviii° siècle, *ibid.,* d'après Chifflet, dans le registre C, 538 (États du Mâ-
connais), fol. 4 et 5. — Analyse dans la collection Decamps, à la Bibliothèque nationale, n° 13,
fol. 206.
Éd. Chifflet, Histoire de l'abbaye royale et de la ville de Tournus, pr., p. 400. — Juenin, Nouvelle
histoire de l'abbaie royale de Saint-Filibert de la ville de Tournus, pr., p. 145. — Cocquelines,
Bullarum, privilegiorum ac diplomatum Romanorum pontificum amplissima collectio, II, 162. —
Mansi, Concil., XXI, 203. — Migne, n° 7, col. 1096.
Cat. Robert, n° 10. — Jaffé-Loewenfeld, n° 6694 (4918).

CALIXTUS episcopus, servus servorum Dei, dilecto in Christo filio
FRANCONI, Trenorchiensi abbati, ejusque successoribus regulariter pro-

movendis, imperpetuum. Justis votis assensum prebere justisque peticionibus aures accommodare nos convenit, qui, licet indigni, justicie
precones, in excelsa apostolorum Petri et Pauli specula positi, Domino
disponente, conspicimur. Idcirco petitionibus tuis clemencius annuentes, Trenorchiensi cenobio cui, Deo auctore, presides, ad exemplar
predecessoris nostri sancte memorie Pascalis pape, presidium apostolice protectionis impendimus et loca illa que vel antecessorum tuorum
vel tue strenuitatis industria aut rationabiliter acquisivit aut legitime
recuperavit vel antiquorum principum seu episcoporum liberalitate
eidem cenobio concessa sunt, presentis decreti pagina vobis vestrisque
successoribus confirmamus : in episcopatu videlicet Claromontensi,
monasterium Sancti Porciani cum ecclesiis de Beson, de Quintiniaco,
de Polines, de Celsiaco, de Travallio, de Fellinia, de Monte Aureo,
de Sustris, de Charel, de Liriniaco, de Martiliaco, de Montfanc, de
Boiaco, de Barbariaco, de Vernei, de Villena, de Lupiaco, de Pa-
redo, de Brialis, de Varinnas, de Voroi, de Sancto Lupo; eclesias de
Beziaco, de Nuiliaco, de Capelz, de Branciaco, de Floriaco cum cappella de Cavarocta; eclesiam de Salvilis, de Libiaco; eclesiam Sancti
Nycolai et ecclesiam de Vernolio; in Cabilonensi, Pristiacum, Agulia-
cum, eclesiam de Baldreas, eclesiam Sancti Andree, Lambras, Man-
ciacum; eclesiam de villa Ginniaco, de Ver; eclesiam Sancti Martini
de Griviliaco, de Cusiriaco; in Lugdunensi, ecclesiam Sancti Andree
de Balgiaco, Vastiacum, Briennam, Juvenciacum; ecclesiam Sancti
Jacobi de Grasiaco, Sancti Benigni; eclesiam de Cabrosio, ecclesiam
de Cavanis, Bisiacum; eclesiam Sancte Marie de Soliniaco, Sancti
Martini de Butella; eclesiam Sancti Andree que vulgo vocatur Pannos;
eclesiam de Monte Raculfo, ecclesiam de Sasiriaco, ecclesiam de Pe-
roniaco, capellam de castro Corgenon, eclesiam Sancti Lidii que
vulgo vocatur Olive, Lovincum, Silviniatum; in Matisconensi, ecclesiam Villare, Plotas, Belniacum; eclesiam de Ly, Donziacum; cellam
Sancti Romani, Sancti Mauricii, Sancti Simphoriani, Sancte Marie
de Capella Reverias, Sancti Petri de Romaniscas; eclesiam de
Aziaco, de Fisiaco, Sancti Juliani de Lanciaco, Sancti Vitalis de
Lennas; in Bituricensi, ecclesiam de Saciaco; in Augustudunensi,
eclesiam de Palmiaco cum cappella; ecclesia de Petraficta cum capella Sancti Justi; in Nannentensi, monasterium Sancti Philiberti,
ecclesiam Sancti Vitalis de Raas, ecclesiam de Machicol, Sancti Mar-

tini de Paciaco, Sancti Liminii, ecclesiam de Limozineria, Sancti Columbani, ecclesiam de Corcoiaco, ecclesias de More, mansiones de Legiaco, de Tolvei, ecclesias de Monasteriis; in Pictavensi, Herum insulam, ecclesias de Bellovidere cum cimiterio; cellam Sancte Marie Lausduni, ecclesiam Sancti Nicolai, Sancti Petri, ecclesias de Basilicis, Sancte Crucis; ecclesias de Berniziaco, de Aziaco, Maciacum, Taciacum; ecclesias de Modernas, ecclesias de Bernazei, de Monte Sancti Leodegarii, de Estivalibus; in Turonensi, Ponciacum, Verneolum, Corcoriacum; in Andegavensi, cellam Cunaldi cum appendenciis; ecclesias de Doadi Castri, Sancti Dionisii, Sancti Petri; Sancti Johannis, Sancti Leodegarii, ecclesia Sancti Laurentii, villam Landrum, Terenciacum; ecclesias de Varinas, Sancte Marie de Taneys cum cappella; in Gebenensi, ecclesiam de Perois; in Aniciensi, monasterium Sancti Philiberti, ecclesiam Sancti Petri de Salitas, Sancti Felicis de Landons, Sancte Marie Pratalium, Sancti Martini Cocornensis, capellam Sancti Philiberti, Sancti Cirici, Sancti Mauricii Amblavensis, Sancti Vincentii, cappellam in castro Syroi, Sancte Marie de Vasat, capellam de castro Rocos, Sancti Juliani Caspiniati, cappellam de castro Mercolio, ecclesiam Sancti Quintini; in Diensi, ecclesiam de castro Grainam, Sancti Vincentii, Sancti Romani, ecclesiam de Toroites; in Tricastrinensi, ecclesia de Valle Nimphis, Sancti Martini, Sancte Marie, Sancti Petri, Sancti Romani, capellam Sancti Michaelis de Gada, ecclesiam de Helemosina, Sancte Marie de Grainam; in Aurasicensi, ecclesias de Donzera; Sancte Marie, Sancti Benedicti, Sancti Christofori, Sancti Saturnini; in Vasionensi, ecclesia Sancti Germani, Sancti Petri de Falco, Sancte Marie de Purpurea; in Viennensi, cellam Sancte Agnetis de Mota, Sancti Martini de Aziaco cum cimiterio, Sancti Verani de Rivas, ecclesiam de Fei, Sancti Johannis de castro Miron, ecclesia de Villa nova, cappellam Sancti Michaelis de Albon, ecclesiam Sancti Saturnini cum parochia; ecclesiam Sancti Philiberti de Minniaco, ecclesia Sancti Romani, Sancti Andree, ecclesia Sancti Ferreoli; in episcopatu Bisuntino, Sancti Cornelii, Sancti Desiderii, ecclesia de Arzon. Quecunque preterea in futurum, largiente Deo, juste poteritis adipisci firma vobis vestrisque successoribus et illibata permaneant. Decernimus ergo ut nulli omnino hominum liceat idem cenobium temere perturbare aut ejus possessiones aufferre vel ablatas retinere, minuere vel temerariis vexationibus fatigare, sed omnia integra conserventur, eorum pro quorum sustentatione et gubernacione concessa sunt usibus omnimodis profutura. Ad hec adicimus ut idem locus, in quo beati Valeriani martiris et sancti Philiberti confessoris corpora requiescunt, ab omni jugo secularis potestatis liber imperpetuum conservetur. Nec episcopo liceat cujuscunque dyocesis eundem locum excommunicationis vel absolucionis vel cujuslibet dispositionis occasionibus perturbare, aut cruces seu quaslibet exactiones novas burgo et ceteris monasterii possessionibus irrogare. Missas quoque in eodem monasterio publicas celebrari vel stationem ab episcopo, preter abbatis et fratrum voluntatem, fieri prohibemus. Cetera etiam que per reverende memorie Johannis et predicti domini Pascalis II pontificum privilegium Trenorciensi monasterio confirmata sunt confirmamus. Preterea pro reverentia beate Marie semper virginis, cujus nomine locus vester insignis est, in Annunciacione Domini Salvatoris nostri hymnum angelicum inter missarum solemnia, abbati vel fratribus pronunciare concedimus. Obeunte te, nunc ejusdem loci abbate, vel tuorum quolibet successorum, nullus ibi qualibet surrepcionis astucia seu violencia preponatur, nisi quem fratres communi consensu vel fratrum pars consilii sanioris secundum Dei timorem et beati Benedicti regulam elegerint, ab apostolice sedis episcopo vel ejus legato propter difficultatem itineris consecrandum. Si qua igitur in futurum ecclesiastica secularisve persona hanc nostre constitucionis paginam sciens contra eam temere venire temptaverit, secundo terciove commonita, si non satisfactione congrua emendaverit, potestatis honorisque sui dignitate careat reamque se divino judicio existere de perpetrata iniquitate cognoscat et a sacratissimo corpore ac sanguine Dei et Domini Redemptoris nostri Jesu Christi aliena fiat atque in extremo examine districte ulcioni subjaceat. Cunctis autem eidem loco justa servantibus sit pax Domini nostri Jesu Christi, quatenus et hic fructum bone actionis percipiant et apud districtum judicem premia eterne pacis inveniant. Amen. Amen. Amen.

Datum apud Celsinianiam per manum Grisogoni, sancte Romane Ecclesie dyaconi cardinalis ac bibliothecarii, vi° idus maii, indicione xii, Dominice incarnationis anno m° c° xx°, pontificatus autem domni Calixti secundi pape anno primo.

14

19 mai 1119.

Confirmation des possessions de l'église de Térouane.

Ms. Copie de 1541, d'après l'original, aux Archives de Boulogne-sur-Mer, G, 16.
Éd. *Haigneré, dans les *Mémoires de la Société académique de Boulogne*, XII, 5. — Duchet et
Giry, *Cartulaires de l'église de Térouane*, p. 429.
Cat. Jaffé-Loewenfeld, n° 6695.

CALIXTUS episcopus, servus servorum Dei, dilectis filiis Teruanensis
ecclesie canonicis tam presentibus quam futuris, in perpetuum. Ad hoc
nos, disponente Domino, in apostolice sedis servitium promotos
agnoscimus ut ejus filiis auxilium implorantibus efficaciter subvenire,
prout Dominus dederit, debeamus. Eapropter, filii in Christo carissimi,
devotionis vestre precibus per dilectum filium Herbertum priorem,
archidiaconum vestrum, clementer annuimus et tam vos quam vestra
omnia munimine sedis apostolice confovemus. Statuimus enim ut
universa que in presenti legitime possidetis vel in futurum, largiente
Deo, juste atque canonice poteritis adipisci, firma vobis vestrisque
successoribus et illibata permaneant. In quibus hec propriis visa sunt
nominibus annotanda, videlicet : ecclesia Sancti Nicolai in foro
Taruanne, Sancti Martini de Ultra aquam, Sancti Martini de Monte,
Sancti Martini de Villers, Sancti Maximi de Delectes, ecclesia de In-
gnegat, ecclesia de Blessy, ecclesia de Gamy, ecclesia de Pihen, eccle-
sia [de] Aingehem, ecclesia de Helvedingehem, ecclesia de Harsella,
ecclesia de Guibra cum appendiciis earum sine soniatis; ecclesia
Sancti Martini de Nelles, de Bommy, de Cheriestede, de Rokestoir,
de Gueldreka, [de] Ringnennescura a magna soniata penitus libera;
ecclesia de Blaringhen et pars decima quam Rosiella reddidit; medietas
reddituum ecclesie de Balliolo cum appendiciis suis; ecclesia de Guast,
altare de Pulinguhehova, de Holtcekerca, de Crotes, terra apud
Stenes, ecclesia de Piticam; de terra que est super Lisburgum [et]
de Donvest census duorum solidorum; apud Pernas due partes decime et quatuor hospites, et due partes decime de Saisem, et qua-
drans ville et terre de Ellencourt, tam de nemoribus quam de
campis, et quinta pars allodii de Fofin, et medietas ville de Lenzeus,

et medietas quadrantis ejusdem ville, et duo hospites apud Lehericourt; apud Mazinghem due partes decime, apud Kernas duo hospites, apud Relly unus hospes, apud Hamel terra a qua singulis annis foro (?) persolvitur; apud Baliulet unus hospes et terra duos solidos reddens; apud Stutdeus (?) unus hospes; ecclesia de Monella, de Sperleca cum terra; de Alcecca cum terra; de Gallonis cum terra; de Mortecampo, de Elambon, due partes decime de Jorny, ecclesia de Lothesse; de Landringehem, de Reolinghen; de Freelinghen, de Campaignes, de Guisnes cum appendiciis suis; de Fenles, de Heldrigeham, de Landringhetum, de Katfers, de Fratum cum terra, de Pipelinghehen cum quartario totius ville; de Rinninghesem, de Helvuenghehen cum terra; de Guimilla cum appendiciis suis; de Hiseca cum magna terra; de Guiliguina, de Biscopem, de Kestreca, de Deverna, de Alto Fosseit, de Praura, de Hucelers, de Guikinghen, de Willra, de Bortes, due partes decime de Falcenberga et Damello et de Fournehove, de Dardinguehem, de Thembronella, due partes decime de Hilbudenghem, Villa episcopi, ecclesia de Obtinghetun, de Enella cum terra et hospitibus ad eam pertinentibus; de Gaverans cum terra et hospitibus; de Rumilly cum hospitibus; de Garchim, de Gomma (?); apud Lennacum cultura que dicitur Sancte Marie, quam dedit Gallo, pater Lamberti militis; allodium Carnodie quod dedit Eustacius advocatus et Osto, frater ejus, et Hildebur (?) et Allosa, sorores eorum; medietas omnium molendinorum Taruenne, preter Ostonis molendinum. Decernimus ergo ut nulli omnino hominum liceat hanc vestram ecclesiam temere perturbare aut ejus possessiones auferre vel ablatas retinere, imminuere vel temerariis vexationibus fatigare, sed omnia integra conserventur, eorum pro quorum sustentatione et gubernatione concessa sunt, usibus omnimodis profutura. Porro atrium, claustrum et mansiones canonicorum, preter eas que ad episcopum pertinent, ab omni comitatu et seculari potestate libera conserventur, ita ut nec in ipsis, nec in facultatibus aut servitoribus eorum, preter ipsorum voluntatem, aliquis manum presumat mittere; terram quoque, nemora, hospites et mansiones custodit (sic) ecclesie vestre ab omni laicorum dominatu et inquietatione libera esse sancivimus. Preterea in parochia de Fleternes et de Penes partes minute decime vobis confirmamus. Si qua igitur in futurum ecclesiastica secularisve persona hanc nostre constitutionis paginam sciens contra eam temere

venire. temptaverit, secundo tertiove commonita, si non satisfactione
congrua emendaverit, potestatis honorisque sui dignitate careat reamque se Domini judicio existere de perpetrata iniquitate cognoscat et a
sacratissimo corpore ac sanguine Dei et Domini Redemptoris nostri
Jesu Christi aliena fiat atque in extremo examine districte ultioni
subjaceat. Cunctis autem eidem ecclesie justa servantibus sit pax Domini nostri Jesu Christi, quatenus et hic fructum bone actionis percipiant et apud districtum judicem premia eterne pacis inveniant.
Amen. Amen. Amen.

(R.) Ego Calixtus, catholice Ecclesie episcopus.

Datum apud Claremontem per manum Grisogoni, sancte Romane
Ecclesie diaconi cardinalis ac bibliothecarii, iiii kalendas juniis (sic),
indictione xii, anno incarnationis Domini[ce] m° c° xx°, pontificatus
autem domini Calixti II pape [anno primo].

15

24 mai 1119.

Confirmation des possessions du monastère de Vaux-sur-Poligny.

Mss. *Chassignet, Histoire de plusieurs prieurés franc-comtois, ms. fr. 18750 de la Bibliothèque na-
tionale, copie de 1708, «ex ipso autographo», fol. 91. — Id., Archives nationales, Q, 417.
Éd. Chevalier, Mémoires historiques de Poligny, I, 320. — Chéreau, Abrégé de l'histoire du prieuré
conventuel de Notre-Dame de Vaux-sur-Poligny..., 1708, par le R. P. dom Chassignet, p. 54. —
Migne, n° 8, col. 1098.
Cat. Robert, n° 11. — Jaffé-Loewenfeld, n° 6696 (4919).

CALIXTUS episcopus, servus servorum Dei, dilectis filiis monachis
monasterii Sanctæ Mariæ de Valle quæ in Bisuntino episcopatu juxta
Poloniacum sita est, tam presentibus quam futuris, in perpetuum.
Officii nostri nos hortatur auctoritas pro ecclesiarum statu satagere et
earum quieti, auxiliante Domino, providere. Eapropter petitioni vestræ clementius annuentes, vobis vestrisque successoribus in perpetuum
confirmamus quæcumque monasterio vestro a nobilis memoriæ Ottone comite, cognomento Guillelmo, abavo nostro, et filio ejus Rainaldo collata sunt : quatuor videlicet ferreas caldarias situsque earum
in Salinis et vineas quæ fuerunt Beatricis; villam Glanonem cum ecclesia et decimis et omnibus ad eam pertinentibus; villam Mediolanum

et ecclesiam cum decimis et omnibus suis pertinentiis, et consuetudinem in silva Maidunensi; villam Besanensem cum ecclesia et decimis et cunctis ad eam pertinentibus; locum qui dicitur Mutua et ad se omnia pertinentia; donum quod de Gunteryo et terram quam tenuit, factum est; piscariam Givryacensem cum omni terra ad eam pertinenti, et quidquid in burgo Grosonensi acquisitum est. Confirmamus etiam vobis ecclesiam de Menryaco cum decimis; ecclesiam de Frontoniaco cum decimis; ecclesiam de Mintryo cum decimis; ecclesiam de Sans cum decimis; ecclesiam de Mosnai, de Monte Sancti Benigni, de Tormonte cum decimis earum, et quæcumque monasterio vestro aut per vos legitime adquisita aut a quibusque fidelibus de suo jure oblata sunt, sive in futurum, largiente Deo, juste atque canonice adquiri offerrive contigerit. Decernimus ergo ut nulli omnino hominum liceat idem cenobium temere perturbare aut ejus possessiones auferre vel ablatas retinere, minuere vel temerariis vexationibus fatigare, sed omnia integra conserventur, eorum pro quorum sustentatione et gubernatione concessa sunt, usibus omnimodis profutura. Si qua igitur in futurum ecclesiastica secularisve persona hanc nostræ constitutionis paginam sciens contra eam temere venire temptaverit, secundo tertiove commonita, si non satisfactione congrua emendaverit, potestatis honorisque sui dignitate careat reamque se divino judicio existere de perpetrata iniquitate cognoscat et a sacratissimo corpore et sanguine Dei et Domini Redemptoris nostri Jesu Christi aliena fiat atque in extremo examine districtæ ultioni subjaceat. Cunctis autem eidem loco justa servantibus sit pax Domini nostri Jesu Christi, quatenus et hic fructum bonæ actionis percipiant et apud districtum judicem præmia æternæ pacis inveniant.

(R.) Ego Calixtus, catholicæ Ecclesiæ episcopus, ss. (M.)

Datum Mauziaci per manum Grisogoni, sanctæ Romanæ Ecclesiæ diaconi cardinalis ac bibliothecarii, viii kalendas junii, indictione xii, Dominicæ incarnationis anno m° c° xx°, pontificatus autem domni Calixti II papæ anno primo.

16

1ᵉʳ juin 1119.

Calixte prend sous la protection du Saint-Siège le chapitre Saint-Julien de Brioude et confirme ses possessions et ses privilèges, moyennant un cens annuel d'un sou d'or.

Ms. Ms. XXX, 145 de la Bibliothèque Barberine, à Rome, n° 4; copie de 1663.
Éd. *Gallia christ.*, II, instr., 132. — Migne, n° 9, col. 1099. — Chaix de Lavarène, *Mon. pont. Arverniæ*, 150.
Cat. Robert, n° 12. — Jaffé-Loewenfeld, n° 6697 (4920).

Calixtus episcopus, servus servorum Dei, dilectis in Christo filiis Brivatensis ecclesiæ Sancti Juliani canonicis tam præsentibus quam futuris, in perpetuum. Cum universis Ecclesiæ filiis ex apostolicæ sedis auctoritate ac benevolentia debitores existamus, illis tamen locis atque personis quæ specialius ac familiarius Romanæ adhærent Ecclesiæ, propensiori nos convenit charitatis studio imminere. Eapropter petitionibus vestris annuendum censuimus ut Beati Juliani Brivatensem ecclesiam protectione sedis apostolicæ muniremus per præsentisque privilegii paginam apostolica auctoritate statuimus ut quæcunque bona, quascunque possessiones concessione pontificum, liberalitate principum, oblatione fidelium vel aliis justis modis ecclesia eadem in præsenti possidet sive in futurum, præstante Deo, juste atque canonice poterit adipisci, firma vobis vestrisque successoribus illibata permaneant. In quibus hæc propriis duximus nominibus annotanda : videlicet abbatiam Sancti Germani de Embron, abbatiam Sancti Marcellini de Cantogila, abbatiam Sanctæ Mariæ de Pebrac, abbatiam Sancti Juliani Turonensis, ecclesiam Sancti Ferreoli, ecclesiam de Brassac, ecclesiam de Valle cum decima; ecclesiam de Solignac cum decima; ecclesiam de Despalenco cum decima; villam Tarraza, ecclesiam de Faveirolas cum decima; ecclesiam de Lorlange cum decima; ecclesiam de Bellomonte cum decima; ecclesiam de Fontibus. Decernimus ergo ut nulli omnino hominum liceat eamdem ecclesiam temere perturbare aut ei possessiones auferre vel ablatas retinere, minuere vel temerariis vexationibus fatigare, sed omnia integra observentur, eorum pro quorum sustentatione et gubernatione concessa sunt, usibus omnimodis profutura. Porro ecclesia ac prædia quæ per præpositorum vel per aliarum ecclesiasticarum personarum temeritatem vel per laicorum violentiam distracta sunt, in usus ecclesiæ reducantur et sine contradictione alicujus personæ illibata in posterum observentur; sane ut vestra ecclesia sub tutela et jurisdictione sanctæ nostræ Romanæ cui, Deo auctore, deservimus, Ecclesiæ constituta, libera semper et quieta permaneat, omnem cujuslibet ecclesiæ sacerdotem jurisdictionem quamlibet habere præter rectorem sedis hujus apostolicæ prohibemus. Chrisma, oleum sanctum, consecrationes altarium vel ecclesiarum, ordinationes clericorum qui ad sacros ordines fuerint promovendi, a quo malueritis catholico suscipietis episcopo. Obeunte loci ejusdem abbate sive præposito, nullus ibi qualibet subreptionis astutia seu violentia præponatur, nisi quem fratres communi consensu vel fratrum pars consilii sanioris secundum Deum providerint eligendum. Ad indicium autem juris et proprietatis Romanæ Ecclesiæ et libertatis vestræ, aureum unum quotannis Lateranensi palatio persolvetis. Si qua igitur in futurum ecclesiastica sæcularisve persona hanc nostræ constitutionis paginam sciens temere contra eam venire tentaverit, secundo tertiove commonita, si non satisfactione congrua emendaverit, potestatis honorisque sui dignitate careat reamque se divino judicio existere de perpetrata iniquitate cognoscat et a sacratissimo corpore ac sanguine Dei et Domini Redemptoris nostri Jesu Christi aliena fiat atque in extremo examine districtæ ultioni subjaceat. Cunctis autem eidem ecclesiæ jura servantibus sit pax Domini nostri Jesu Christi, quatenus et hic fructum bonæ actionis percipiant et apud districtum judicem præmia æternæ pacis inveniant.

Ego Calixtus, catholicæ Ecclesiæ episcopus.

Datum Brivatæ per manum Grisogoni, sanctæ Romanæ Ecclesiæ diaconi cardinalis ac bibliothecarii, kalendis junii, indictione xii, Dominicæ incarnationis anno 1120, pontificatus autem domini Calixti II papæ anno primo.

17

2 juin 1119.

*Confirmation des possessions et des privilèges de l'abbaye d'Aurillac,
moyennant une redevance annuelle au Saint-Siège de dix sous de monnaie poitevine.*

Mss. *Collection Moreau, Chartes et diplômes,* n° 211, fol. 45. Vidimus dans une bulle du pape
Nicolas IV, du 27 septembre 1291.— Vidimus, de l'an 1450, aux Archives départementales de
Tarn-et-Garonne, à Montauban, très mutilé et très incomplet, fonds du doyenné de Cayrac,
G, 465. — Copie récente aux Archives communales d'Aurillac.
Éd. Mgr Bouange, évêque de Langres, *S. Géraud d'Aurillac et son illustre abbaye,* II, 467. — Ro-
bert, app., p. IV, n° 13. — Chaix de Lavarène, *Mon. pont. Arverniæ,* p. 158.
Cat. Robert, n° 13. — Jaffé-Loewenfeld, n° 6698.

..... CALIXTUS episcopus, servus servorum Dei, dilecto filio Gos-
BERTO, Aureliacensi abbati, ejusque successoribus regulariter substituendis, in perpetuum. Officii nostri nos hortatur auctoritas pro ecclesiarum statu sollicitos esse et quæ recte statuta sunt stabilire. Eapropter
petitionibus tuis, fili in Christo carissime GOSBERTE abbas, non immerito annuendum censuimus ut Aureliacense monasterium cui, Deo
auctore, præsides, quod videlicet ab ipso fundatore beato Geraldo
sanctæ Romanæ Ecclesiæ oblatum est, ad exemplar prædecessorum
nostrorum sanctæ memoriæ URBANI et PASCALIS secundi pontificum
apostolicæ sedis privilegio muniremus. Per præsentis igitur privilegii
paginam apostolica auctoritate statuimus ut quæcumque prædia sive
possessiones, vel ipse beatus Geraldus vel alii quilibet ex suo jure
præfato monasterio contulerunt et quæcumque hodie possidet sive in
futurum concessione pontificum, liberalitate principum vel oblatione
fidelium juste atque canonice poterit adipisci, firma tibi tuisque successoribus et illibata permaneant. In quibus hæc propriis duximus
nominibus exprimenda : ecclesiam Sancti Marcellini de Ebreduno,
Sanctæ Mariæ de Beureiras, Sancti Martini de Lecchas, Sancti Petri
et Sancti Christophori de Augusta, abbatiam de Maurzio, abbatiam de
Buxa; Poliniacensem quoque et Sancti Pantaleonis de Toronensi castro
ecclesias, quarum una a GREGORIO septimo, altera ab URBANO secundo,
reverentissimis Romanæ Ecclesiæ pontificibus, loco vestro concessæ
sunt, et ecclesiam Sancti Petri de Ripa, Dalmariacum et Montesalvium.
Decernimus ergo ut nulli omnino hominum liceat idem cenobium

temere perturbare aut ejus possessiones auferre vel ablatas retinere,
minuere aut temerariis vexationibus fatigare, sed omnia integra conserventur, eorum pro quorum sustentatione ac gubernatione concessa
sunt, usibus omnimodis profutura. Obeunte te, nunc ejusdem loci abbate, vel tuorum quolibet successorum, nullus ibi qualibet subreptionis astucia seu violentia præponatur, nisi quem fratres communi
consensu vel fratrum pars consilii sanioris secundum Dei timorem et
beati Benedicti regulam providerint eligendum. Electus autem a Romano pontifice consecretur. Decernimus etiam ut nulli episcoporum
vel episcopalium ministrorum facultas sit in locum vestrum vel ejus
monachos ulcionem excommunicationis extendere, nec cellas ei subditas præter apostolicæ sedis appellationem interdictioni vel excommunicationi subicere. Tibi quoque ac successoribus tuis facultatem
adimimus ne ultra mansum unum de possessione ecclesiæ alicui militum vel cuilibet alii personæ sub beneficii nomine dare possitis, nisi
communis fratrum utilitas regulariter degentium postulaverit. Consecrationes altarium seu basilicarum, ordinationes monachorum sive
clericorum qui ad sacros fuerint ordines promovendi, crisma etiam et
oleum sanctum ab episcopis in quorum estis diœcesibus accipietis,
siquidem ipsi gratiam et communionem apostolicæ sedis habuerint.
Alias liceat vobis quemcumque malueritis catholicum adire antistitem,
qui nostra fultus auctoritate quæ postula[n]tur indulgeat. Ad hec adicientes statuimus ut ipsum monasterium abbates ejus, rectores locorum et monachi ab omni secularis servitii sint infestatione securi omnique gravamine mundanæ oppressionis remoti, in sanctæ religionis
observatione quieti ac seduli permanentes, nulli alii, nisi Romanæ et
apostolicæ sedi, cujus juris sunt, aliqua teneantur conditione subjecti. Ad indicium autem hujus perceptæ a Romana Ecclesia libertatis, decem Pictavensis monetæ solidos quotannis Lateranensi palatio
persolvetis. Si qua igitur in futurum ecclesiastica secularisve persona
hanc nostræ constitutionis paginam sciens contra eam temere venire
temptaverit, secundo tertiove commonita, si non satisfactione congrua
emendaverit, potestatis honorisque sui dignitate careat reamque se divino judicio existere de perpetrata iniquitate cognoscat et a sacratissimo
corpore ac sanguine Dei et Domini Redemptoris nostri Jesu Christi
aliena fiat atque in extremo examine districtæ ulcioni subjaceat.
Cunctis autem eidem loco justa servantibus sit pax Domini nostri Jesu

Christi, quatenus et hic fructum bonæ actionis percipiant et apud districtum judicem præmia æternæ pacis inveniant. Amen.

Ego Calixtus, catholicæ Ecclesiæ episcopus, ss.

Datum apud Sanctum Florum per manum Grisogoni, sanctæ Romanæ Ecclesiæ diaconi cardinalis ac bibliothecarii, IIII nonas junii, indictione XII, Dominicæ incarnationis anno millesimo c° XX, pontificatus autem domini Calixti secundi papæ anno quinto.

18

2 juin 1119.

Calixte confirme les privilèges de l'abbaye Saint-Pierre de Blesle, à laquelle il impose une redevance annuelle de cinq sous et il accorde la rémission de leurs péchés à ceux qui visiteront l'église de l'abbaye aux trois fêtes de saint Pierre.

Ms. *Copie du XIII° siècle, aux Archives départementales du Puy-de-Dôme, à Clermont, fonds du chapitre cathédral, arm. 2, sac A, C. 3.
Éd. Chassaing, *Spicilegium Brivatense*, p. 12.
Cat. Jaffé-Loewenfeld, n° 6698 a.

CALIXTUS episcopus, servus servorum Dei, dilecte in Christo filie FLO-RENTIE, abbatisse monasterii Sancti Petri de Blasilia, salutem et apostolicam benedictionem. In apostolice sedis regimine constituti, necesse habemus venerabilibus locis et personis manum protectionis extendere et illis precipue que specialius ad Romanam videntur Ecclesiam pertinere. Volumus ergo ut annualiter nobis pensionem persolvatis, id est v solidos monete vestre quam nobis vestrum erat perhenniter erat solvendam (*sic*). Eapropter petitioni vestre clementius annuentes, locum vestrum protectione sedis apostolice communimus. Statuimus igitur ut liber in perpetuum ab omni gravamine conservetur, nec in ecclesia vestra, que beati Petri juris esse dinoscitur, a Claromontensi episcopo divina interdicantur officia, sed et ejusdem loci clericos ad ordines promovere nonnisi et abbatissas tibi cum gregibus sibi commissis succedentes tam alicui alii quam Claromontensi episcopo precipimus consecrare. Sane homines vestros ad depredationem cogi penitus prohibemus. Porro illam peccatorum remissionem quam in tribus beati Petri sollempnitatibus domini predecessores nostri sancte memorie

Urbanus et Paschalis pontifices fidelibus devote ad ecclesiam vestram convenientibus constituerunt, nos, auctore Deo, presentis scripti pagina confirmamus ut et vos deinceps omnipotentis Domini serviciis devotius instituatis. Si quis igitur, scripti hujus tenore cognito, temere, quod absit, contraire temptaverit, honoris et officii sui pericula patiatur aut excommunicatione plectatur, nisi presumptionem suam digna satisfactione correxerit.

Datum apud Sanctum Florum, quarto nonas junii, indictione XII.

19

18 juin 1119.

Confirmation des biens et des privilèges du monastère de Saint-Blaise.

Éd. *Neugart, *Codex diplomaticus Alemanniæ*, II, 407. — Migne, n° 10, col. 1100.
Cat. Robert, n° 14. — Jaffé-Loewenfeld, n° 6699 (4921).

Calixtus episcopus, servus servorum Dei, dilecto filio Rustino, abbati monasterii Sancti Blasii, quod in Constantiensi episcopatu, in loco videlicet qui Nigra Silva dicitur, situm est, ejusque successoribus regulariter substituendis, in perpetuum. Religiosis desideriis dignum est facilem præbere consensum, ut fidelis devotio celerem sortiatur effectum. Eapropter nos supplicationi tuæ clementer annuimus et Beati Blasii monasterium cui, Deo auctore, præsides, cum omnibus ad ipsum pertinentibus sub tutela apostolicæ sedis excipimus. Per præsentis igitur privilegii paginam apostolica auctoritate statuimus ut quæcunque hodie idem cœnobium possidet sive in futurum concessione pontificum, liberalitate principum vel oblatione fidelium juste atque canonice poterit adipisci, firma tibi tuisque successoribus et illibata permaneant. Nulli ergo omnino hominum liceat idem monasterium temere perturbare aut ejus possessiones auferre vel ablatas retinere, minuere vel temerariis vexationibus fatigare, sed omnia integra conserventur, eorum pro quorum sustentatione ac gubernatione concessa sunt, usibus omnimodis profutura. Consecrationes altarium sive basilicarum, ordinationes monachorum, chrisma, oleum sanctum et cætera ad episcopale officium pertinentia a Constantiensi episcopo, in cujus estis diocesi, accipietis,

si tamen catholicus fuerit et gratiam et communionem habuerit et si
ea gratis et sine pravitate voluerit exhibere. Alioquin liceat vobis
catholicum quem malueritis adire antistitem et ab eo consecrationum
sacramenta suscipere, qui apostolicæ sedis fultus auctoritate quæ pos-
tulantur indulgeat. Sepulturam quoque ejusdem loci omnino liberam
esse decernimus et eorum qui illic sepeliri deliberaverint devotioni et
extremæ voluntati, nisi forte excommunicati sint, nullus obsistat. Porro
clericos sive laicos sæculariter viventes ad conversionem suscipere nullius episcopi et præpositi contradictio vos inhibeat. Obeunte te, nunc
ejusdem loci abbate, vel tuorum quolibet successorum, nullus ibi qualibet surreptionis astutia seu violentia præponatur, nisi quem fratres
communi consensu vel fratrum pars consilii sanioris secundum Dei timorem et beati Benedicti regulam providerit eligendum. Si qua igitur
in futurum ecclesiastica secularisve persona hanc nostræ constitutionis
paginam sciens temere contra eam venire temptaverit, secundo tertiove commonita, si non satisfactione congrua emendaverit, potestatis
honorisque sui dignitate careat reamque se divino judicio existere de
perpetrata iniquitate cognoscat et a sacratissimo corpore ac sanguine
Dei et Domini Redemptoris nostri Jesu Christi aliena fiat atque in extremo judicio atque examine districtæ ultioni subjaceat. Cunctis autem
eidem loco justa servantibus sit pax Domini nostri Jesu Christi, quatenus et hic fructum bonæ actionis percipiant et apud districtum judicem
præmia æternæ pacis inveniant. Amen. Amen. Amen.

　　Ego Calixtus, catholicæ Ecclesiæ episcopus, ss.
　　Ego Conus, Prænestinus episcopus, ss.
　　Ego Lambertus, Ostiensis episcopus, ss.
　　Ego Petrus, diaconus cardinalis Sanctorum Cosmæ et Damiani, ss.
　　Ego Boso, presbyter cardinalis tituli Sanctæ Anastasiæ, ss.
　　Ego Gregorius, diaconus cardinalis Sancti Angeli, ss.
　　Ego Deusdedit, presbyter cardinalis tituli Sancti Laurentii in Da-
maso, ss.
　　Ego Johannes, presbyter cardinalis tituli Sancti Chrysogoni, ss.
　　Datum apud Sanctum Ægidium per manum Chrysogoni, sanctæ
Romanæ Ecclesiæ diaconi cardinalis et bibliothecarii, xiiii kalendas
julii, indictione xii, Dominicæ incarnationis anno m. c. xx, pontificatus
autem domini Calixti secundi papæ anno primo.

20

19 juin 1119.

Confirmation des possessions et des privilèges de l'hôpital de Saint-Jean de Jérusalem.

Ms. *Original aux Archives de Malte, div. I, vol. VI, pièce 1.
Éd. Codice diplomatico del sacro militare ordine Gerosolimitano, I, 269. — Prutz, Malteser Studien, dans Archivalische Zeitschrift, VIII, 100-101.
Cat. Robert, n° 15. — Jaffé-Loewenfeld, n° 6700 (4922).

Calixtus episcopus, servus servorum Dei, venerabili filio Giraldo, institutori ac preposito Jerosolymitani xenodochii, ejusque legitimis successoribus, in perpetuum. Ad hoc nos, disponente Domino, in apostolice sedis servitium promotos agnoscimus ut ejus filiis auxilium implorantibus efficaciter subvenire et loca venerabilia, prout Dominus dedit, protegere debeamus. Quamobrem, dilecte in Christo fili Giralde preposite, piis hospitalitatis tue studiis incitati, petitionem tuam debita benignitate suscipimus et institutum a te in civitate Jerusalem juxta ecclesiam Beati Johannis Babtiste xenodochium, ad exemplar domni predecessoris nostri sancte memorie Pascalis pape, protectione sedis apostolice communimus. Siquidem concessionem fratris nostri Pontii, Tripolitani episcopi, quam predecessorem suum Herbertum secutus, xenodochio vestro contulit et cyrographo stabilivit, presentis decreti pagina confirmamus. Qui nimirum concessit eidem hospitali et tibi tuisque legitimis successoribus, consilio et favore Berengarii, Aurasicensis episcopi, illis in partibus sedis apostolice tunc legati, decimas omnes totius terre quam tenuit Guillelmus Rostagni, et post eum Pontius de Mezenes, a castro scilicet Gaucefredi de Agolt nominato usque ad Calamonem. Ecclesiam quoque parochialem habentem baptisterium, cimiterium, oblationes vivorum ac defunctorum et cetera omnia que parochiali ecclesie conveniunt omnesque alias ecclesias que intra fines illius suprascripte terre sunt que fuit Pontii de Medenes et quicquid et aliud quod debeat esse juris Tripolitane ecclesie, salva tamen reverentia et obedientia episcopi in illis presbiteris quos prior suprascripti hospitalis stabiliet in prenominatis ecclesiis. Preterea dedit eidem hospitali ecclesiam Sancti Johannis Babtiste in Monte peregrino

cum omnibus quę habere debet et cum decimis molendinorum Guillelmi Beraldi, sive etiam cum decimis omnium possessionum ac rerum
quas prefata domus tunc habet in toto Tripolitano episcopatu. Hanc
itaque concessionem, sicut ab eodem episcopo facta a domno predecessore nostro sanctę memorię Paschale papa confirmata est, et universa quę ad sustentandas peregrinorum et pauperum necessitates vel
in Jerosolimitanę ecclesię vel in aliarum ecclesiarum parochiis et civitatum territoriis per sollicitudinis tuę instantiam eidem xenodochio
acquisita vel a quibuslibet fidelibus viris oblata sunt aut in futurum,
largiente Deo, offerri vel aliis justis modis acquiri contigerit, quęque
a venerabilibus fratribus Jerosolimitanę vel Antiocenę seu aliarum se-
dium episcopis concessa sunt tam tibi quam successoribus tuis et fratribus peregrinorum illic curam gerentibus, quieta semper et integra
precipimus conservari. Donationes etiam quas religiosi reges et cęteri
principes de tributis seu vectigalibus suis eidem xenodochio delibera-
verunt ratas haberi decernimus. Preterea xenodochia sive ptochia in
occidentis partibus apud burgum Sancti Egidii, apud Asten, Pisam,
Barum, Ydrontum, Tarentum, Messanam, Jerosolimitani nominis
titulo celebrata, et villas de Castelone, Beati Christofori, Podii Cipriani, de Fontibus orbis, Bergolli, Pontis, Monasterioli et Villam
Dei et honores omnes sive possessiones quę vestrum xenodochium
ultra seu citra mare in Asia videlicet vel Europa, aut in presenti habet
aut in futurum, largiente Domino, poterit adipisci, tam tibi quam
successoribus tuis hospitalitatis pio studio imminentibus et per vos
eidem xenodochio in perpetuum confirmamus et in tua tuorumque
successorum subjectione ac dispositione, sicut hodie sunt, manutene-
mus. Nulli ergo omnino hominum liceat idem xenodochium temere
perturbare aut ejus possessiones auferre vel ablatas retinere, minuere
vel temerariis vexationibus f[atig]are, sed omnia integra conserventur,
eorum pro quorum substentatione ac gubernatione concessa sunt,
usibus omnimodis profutura. Sane fructuum vestrorum decimas, quos
ubilibet vestris sumptibus laboribusque colligitis, preter episcoporum
vel episcopalium ministrorum contradictionem, xenodochio vestro ha-
bendas possidendasque sancimus. Obeunte te, nunc sepedicti xenodochii provisore atque preposito, nullus ibi qualibet surreptionis astutia
seu violentia preponatur, nisi quem fratres ibidem professi secundum
Domini timorem providerint eligendum. Si qua igitur in futurum ec-

clesiastica secularisve persona hanc nostrę constitutionis paginam
sciens contra eam temere venire temptaverit, secundo tertiove commonita, si non satisfactione congrua emendaverit, potestatis honorisque sui dignitate careat reamque se divino judicio existere de perpetrata iniquitate cognoscat et a sacratissimo corpore ac sanguine Dei
et Domini Redemptoris nostri Jesu Christi aliena fiat atque in extremo
examine districtę ultioni subjaceat. Cunctis autem eidem loco justa
servantibus sit pax Domini nostri Jesu Christi, quatenus et hic fructum bonę actionis percipiant et apud districtum judicem premia ęternę
pacis inveniant.

(R.) Ego Calixtus, catholice Ecclesie episcopus, ss. (M.)

Datum apud Sanctum Egidium per manum Grisogoni, sanctę Romanę Æcclesię diaconi cardinalis ac bibliothecarii, xiii. kalendas julii,
indictione xiiª, Dominicę incarnationis anno m.c.xx., pontificatus autem
domni Calixti secundi pape anno primo.

21

19 juin 1119.

*Confirmation des possessions et des privilèges de l'abbaye Notre-Dame d'Alet,
moyennant le paiement d'une redevance triennale d'une livre d'argent au palais
de Latran.*

Mss. *Collection Baluze, à la Bibliothèque nationale, n° 380, *Chartes*, n° 15; copie du xiiiᵉ siècle.
— Collection de Languedoc, n° 76, copie du xviiiᵉ siècle, fol. 138, *ibid.*
Éd. *Histoire générale de Languedoc,* 1ᵉʳ éd., II, pr., p. 408; 2ᵉ éd., V, 876. — Migne, n° 12,
col. 1102.
Cat. Robert, n° 16. — Jaffé-Loewenfeld, n° 6701 (4923).

Calixtus episcopus, servus servorum Dei, dilecto filio Raimundo,
Electensi Beate Marie monasterii abbati, ejusque successoribus regulariter substituendis, in perpetuum. Officii nos ortatur auctoritas pro
ecclesiarum statu sollicitos esse et que recte statuta sunt stabilire.
Propterea petitionibus tuis, fili in Christo karissime Raimunde abba,
non inmerito annuendum censuimus ut Electense Beate Marie monasterium cui, Deo auctore, presides, quod videlicet ab ipso fundatore
nobilis memorie Bera comite beato Petro sub censu libre unius argenti singulis trienniis persolvende oblatum est, ad exemplar prede-

cessoris nostri noni Leonis pape, apostolice sedis privilegio muniremus. Per presentis igitur privilegii paginam apostolica auctoritate
statuimus ut quecumque bona, quascumque possessiones idem cenobium in presenti duodecima indictione legitime possidet sive in futurum, largiente Deo, juste atque canonice poterit adipisci, firma tibi
tuisque successoribus et illibata permaneant. In quibus hec propriis
duximus nominibus adnotanda : monasterium videlicet Sancti Pauli
quod dicitur Valolas, super ripas Aquilini, cum appendiciis suis;
ecclesiam Sancti Policarpi, super ripam Rivi grandis, cum pertinentiis
suis, sicut monasterio vestro domni predecessoris nostri sancte memorie Paschalis pape judicio confirmata est; ecclesiam Sancte Marie
de Urbione et ecclesiam Sancte Columbe de Chercobes, super ripam
Erz; ecclesiam de Pairano et Sancti Papuli monasterium et ecclesiam
de terra Copelata de Villa nova; villam Flaciani, villam Cornelliani,
ecclesiam Sancti Martini de Cella cum apendiciis suis; ecclesiam de
Castro Rasindo et ecclesiam Sancte Marie d'Esperazano; castrum
Puncianum et ecclesiam: castrum de Vezzola cum duabus ecclesiis;
castrum Cornelianum et castrum Blancafort. Decernimus ergo ut nulli
omnino hominum liceat idem cenobium temere perturbare aut ejus
possessiones auferre vel ablatas retinere, minuere vel temerariis vexationibus fatigare, sed omnia integra conserventur, eorum pro quorum
gubernatione et sustentatione concessa sunt, usibus omnimodis profutura. Obeunte te, nunc ejus loci abbate vel tuorum quolibet successorum, nullus ibi qualibet subreptione, astutia seu violentia preponatur, nisi quem fratres com[m]uni consensu vel fratrum pars consilii
sanioris secundum Dei timorem et beati Benedicti regulam providerit
eligendum. Electus a diocesano consecretur episcopo, siquidem ille
gratis ac sine pravitate consecrationem voluerit exhibere; alioquin a
catholico quem maluerit episcopo consecrationem accipiat. Hoc etiam
capitulo presenti subjungimus ut, quia locus vester beati Petri oblatio
et ejus Romane Ecclesie juris est, nulli omni modo archiepiscopo vel
episcopo facultas sit super eum vel super vos vel super aliquem vestrorum
excommunicationis aut interdictionis proferre sententiam, sed liberi
semper et quieti sub jure et protectione sedis apostolice persistatis et
argenti libram singulis trienniis, sicut a prefato comite institutum est,
Lateranensi palatio persolvatis. Si qua igitur in futurum ecclesiastica
secularisve persona hanc nostre constitutionis paginam sciens contra

eam temere venire temptaverit, secundo tertiove commonita, si non
satisfactione congrua emendaverit, potestatis honorisque sui dignitate
careat reamque se divino judicio existere de perpetrata iniquitate cognoscat et a sacratissimo corpore ac sanguine Dei et Domini Redemptoris nostri Jesu Christi aliena fiat atque in extremo examine districte
ultioni subjaceat. Cunctis autem eidem loco jura servantibus sit pax
Domini nostri Jesu Christi, quatenus hic fructum bone actionis percipiant et apud districtum judicem premia eterne pacis inveniant.
Amen.

Datum apud Sanctum Egidium per manum Grisogoni, sancte Romane Ecclesie diaconi cardinalis et bibliothecarii, III kalendas julii,
indictione XII*, incarnationis Dominice M. C. XX.

22

28 juin 1119.

Confirmation des droits et des biens de l'abbaye de Saint-Gilles.

Ms. *Bullaire de l'abbaye de Saint-Gilles*, ms. lat. 11018 de la Bibliothèque nationale, du XII* siècle,
fol. 43.
Éd. Ménard, *Histoire de Nismes*, I, pr., p. 28. — Goiffon, *Bullaire de l'abbaye de Saint-Gilles*,
p. 55. — Migne, n° 13, col. 1103.
Cat. Robert, n° 17. — Jaffé-Loewenfeld, n° 6702 (4924).

CALIXTUS episcopus, servus servorum Dei, dilecto in Christo filio
UGONI, abbati venerabilis monasterii Beati Egydii, ejusque successoribus regulariter substituendis, in perpetuum. Inter ceteras que per
Goticam provinciam continentur ecclesias, Beati Egydii monasterium
specialius atque familiarius ad sedem cognoscitur apostolicam pertinere. Idem enim ipse venerabilis pater Egydius locum illum beato
Petro ejusque Romane Ecclesie obtulit ac jure proprietario sedi apostolice mancipavit, prout scripturarum veterum munimenta evidentius
manifestant. Eapropter nos idem monasterium pleniori affectione diligere et propensiori decrevimus caritatis studio confovere. Omnem igitur libertatem seu immunitatem vobis ac vestro cenobio per antecessorum nostrorum privilegia contributam presentis privilegii pagina

roboramus, statuentes ut nulli omnino archiepiscopo vel episcopo liceat super idem cenobium vel abbatem sive monachos ibidem Domino servientes, manum excommunicationis aut interdictionis extendere, sed tam vos quam monasterium cum villa quieti semper ac liberi ab omni episcopali exactione vel gravamine per omnipotentis Dei gratiam maneatis. Monachos vero et presbiteros seu clericos, qui in vestris obedientiis commorantur, pro delictis suis a quibuslibet laicis capi, verberari aut ad redemptiones cogi penitus prohibemus. Porro universa que in presenti. xii". indictione monasterium vestrum concessione pontificum, liberalitate principum, oblatione fidelium vel aliis justis modis possidet sive in futurum, largiente Deo, poterit adipisci, quieta semper tibi tuisque successoribus et illibata permaneant. In quibus hec propriis visa sunt nominibus adnotanda : abbatie videlicet Sancti Egydii de Ungaria, Sancti Eusebii de Provintia et ecclesie Sancti Egydii de Aceio, Sancti Egydii de Duno, Sancti Egydii de Limantio, Sancti Egydii de Supervia, Sancti Eusebii de Longobardia, Sancti Baudilii de Yspania, Sancte Eulalie de Barbasta; ecclesie de Reuminas cum ipsa villa; ecclesia de Boccona cum villa; ecclesia Sancti Andree de Lucapello; ecclesia Sancti Egydii de Tholmone; ecclesia Sancti Egydii de Cresciaco cum villa; Sancti Ypoliti de Melzeo cum villa; Sancti Lupi, Sancte Marie de Fraxineto, Sancti Johannis de Gardoneca cum villa; Sancte Crucis de Molezano, Sancti Martini de Cervario, Sancti Stephani de Corconna, Sancti Amantii cum villa; Sancti Martini de Orianiches, Sancti Martini de Sinthiano, Sancti Andree de Berniz, Sancti Saturnini de Sevra cum villa; villa de Bion, ecclesia Sancte Cecilie de Stagello cum villa; Sancti Felicis de Aspirano cum villa; Sancte Columbe cum media villa; Sancti Andree de Campo Mariniano, Sancte Marie de Saturanigues, Sancti Egydii de Missiniaco, Sancti Stephani de Calesves, Sancti Petri de Prevencheriis cum villa; Sancti Andeoli de Robiaco cum villa; Sancti Victorini de Villa forte, Sancti Petri de Vannis cum villa; Sancte Marie de Monte alto cum villa; Sancti Baudilii de Somerio, Sancti Servii ultra Rodanum cum villa; Sancti Petri et Sancti Micahelis justa castrum Rossilionis, Sancti Privati cum villa; Sancti Stephani de Menerba cum villa; Sancti Christofori de Vacheriis cum villa, Sancti Johannis de Albennatis cum villa; Sancte Marie de Rodosc cum villa; Sancte Columbe de Wapinco, Sancti Egydii de Padernas, Sancti Maxi-

mini de Medenas, Sancti Petri de Intermontes cum villa; Sancti Petri
de Trincateallas, Sancti Johannis de Negano, Sancti Sebastiani de
Alsatis, Sancti Petri de Launiaco, Sancti Salvatoris de Caisaniges et
Sancti Eugenii de Orbesat cum capellis et aliis po[s]sessionibus ad eas
pertinentibus. Decernimus ergo ut nulli omnino hominum liceat sepedictum cenobium temere perturbare aut ejus posse[s]siones auferre vel
ablatas retinere, minuere vel temerarie fatigare, sed omnia integra
conserventur, eorum pro quorum sustentatione et gubernatione concessa sunt usibus omnimodis profutura. Sane illam Tholosani comitis
nobilis memorie Raimundi abdicationem auctoritate sedis apostolice
confirmamus. Siquidem comes ipse honores omnes ad Beatum Egy-
dium pertinentes tam in valle Flaviana quam in extrinsecis, qui[d]quid
juste vel injuste videbatur tenere, omnes rectas sive pravas consuetudines quas ipsius antecessores aut ipse habuerant, ob honorem Dei et
Beati Egydii reverentiam apud Nemausense cenobium in manu domini
predecessoris nostri sancte memorie Urbani pape jurans Odiloni abbati et ejus fratribus dereliquit et se atque universos successores suos,
si forte hoc donum irritum facere pertemptarent, quod ad se erat
dampnatione ac maledictione mulctavit atque a predicto domino nostro
excommunicationis inde sentenciam in concilio dari fecit. Ad hoc adicientes pro ampliori Beati Egydii veneratione statuimus ut infra terminos a nostris predecessoribus constitutos et a nobis etiam confirmatos,
nemo prorsus aut super ipsam Beati Egydii villam depredationem vel
assultum facere aut graviorem persone cuilibet inferre audeat lesionem. Si qua igitur in futurum ecclesiastica secularisve persona hanc
nostre constitutionis paginam sciens contra eam temere venire temptaverit, secundo terciove commonita, si non satisfactione congrua
emendaverit, potestatis honorisque sui dignitate careat reamque se
divino judicio existere de perpetrata iniquitate cognoscat et a sacratissimo corpore et sanguine Dei et Domini Redemptoris nostri Jesu
Christi aliena fiat atque in extremo examine districte ultioni subjaceat.
Cunctis autem eidem loco justa servantibus sit pax Domini nostri Jesu
Christi, quatenus hic fructum bone actionis percipiant et apud districtum
tum judicem premia eternæ pacis inveniant. Amen. Amen. Amen.

Ego Calixtus, catholice Ecclesie episcopus, ss.

Datum apud Magalonam per manum Grisogoni, sancte Romane
Ecclesie diachoni cardinalis ac bibliothecarii, III. kalendas julii, in-

dictione xii, Dominice incarnationis anno м°.c°.xx°, pontificatus autem domni Calixti. II. pape anno i°.

23

28 juin 1119.

Interdiction de l'aliénation des biens de l'abbaye de Saint-Gilles par l'abbé et les religieux, excepté pour le rachat des captifs en cas de famine, etc.

Mss. *Original à la Bibliothèque nationale, collection Baluze, *Chartes*, 380, n° 13. — *Bullaire de Saint-Gilles*, ms. lat. 11018, fol. 46. — Collection de Languedoc, n° 76, fol. 187.
Éd. *Histoire de Languedoc*, 1re éd., II, pr., p. 408; 2e éd., V, 78. — Goiffon, *Bullaire de l'abbaye de Saint-Gilles*, p. 53. — Migne, n° 14, col. 1106.
Cat. Robert, n° 18. — Jaffé-Loewenfeld, n° 6703 (4925).

CALIXTUS episcopus, servus servorum Dei, dilectis filiis HUGONI, abbati, et monachis monasterii Sancti Egydii, salutem et apostolicam benedictionem. Propter dissensiones et scandala que frequenter inter locum vestrum et comitem et item inter abbatem et monachos emersere, monasterium vestrum grave admodum sustinuit in bonis temporalib[u]s detrimentum. Ad hoc etiam ventum est ut inter cetera major thesauri pars distracta sit et dispersa, sicut ex relationis vestre assertione comperimus. Quod profecto tanto amplius nos gravare noveritis, quanto specialius atque familiarius locus vester ex ipsius Beati Egydii oblatione ad Romanam cognoscitur Æcclesiam pertinere. Ne igitur malum hoc vires ulterius ullas obtineat, mansuro in perpetuum decreto statuimus et omnimodis ex auctoritate sedis apostolice prohibemus ut nullus abbas vel monachus thesaurum vel honores ecclesie qui aut modo habentur aut in futurum, Domino largiente, adquirentur, alienare, distrahere vel inpignorare audeat, nisi forte pro his tribus causis, pro redemptione videlicet captivorum, pro communi et graviori famis inopia et pro emptione seu redemptione honorum. Id ipsum autem si contigerit, tocius fiat communi deliberatione capituli, ut nichil dolo vel surreptione aliqua, si predictarum necessitatum instantia committatur. Si quis igitur abbas vel monachus, decreti hujus tenore cognito, contraire temptaverit, abbas quidem abbatie regimine careat et sentenție excommunicationis subjaceat. Monachus vero a monasterio penitus et ab ejus honoribus excludatur et eadem excomunicationis sententia teneatur, nisi presumptionem suam tam abbas quam monacus secundum comune capituli juditium digna satisfactione correxerit. Eandem etiam excommunicationis se[n]tentiam super eos qui thesaurum vel honores monasterii, preter quam superius definitum est, acceperit, promulgamus.

Ego Calixtus, catholicę Æcclesię episcopus, confirmo et ss.

Data apud Magalonam per manum Grisogoni, sancte Romanę Æcclesię diachoni cardinalis ac bibliothecarii, IIII. kalendas julii, indictione XIIª, Dominice incarnationis anno M°.C°.XX°, pontificatus autem domni Calixti secundi pape anno I°.

·24·

28 juin 1119.

Recommandation à l'archevêque d'Arles et aux évêques de Nîmes, de Maguelone, d'Uzès et d'Avignon d'empêcher toute déprédation ou incursion sur le territoire de Saint-Gilles tel qu'il avait été délimité par Urbain II et Gélase II.

Ms. *Bullaire de Saint-Gilles, ms. lat. 11018, fol. 42 vº.
Éd. Robert, app., p. VI. — Goiffon, *Bullaire de l'abbaye de Saint-Gilles*, p. 58.
Cat. Robert, nº 19. — Jaffé-Loewenfeld, nº 6704.

CALIXTUS episcopus, servus servorum Dei, venerabilibus fratribus et coepiscopis Arelatensi, Nemausensi, Magalonensi, Uzeticensi, Avinionensi, salutem et apostolicam benedictionem. Dominus predecessor noster sancte memorie URBANUS papa terminos quosdam circa villam Sancti Egydii statuit. Quos et dominus papa GELA[SIUS], dum ibi esset, constituit et confirmavit, precipiens ut nullus infra eosdem terminos super ipsam Sancti Egydii villam predam vel assultum facere aut temere inferre cuilibet audeat lesionem. Unde rogamus sollicitudinem vestram et precipimus ut si quis de parrochianis vestris adversus ista presumpserit, vos in eum tanquam sacrilegum exer[ce]atis canonice justicie ultionem.

Data apud Magalonam, IIII. kalendas junii [a].

[a] L. *julii.*

25

28 juin 1119.

Confirmation de possessions, des privilèges et de la primatie de l'église de Vienne sur les églises de Bourges, Bordeaux, Auch, Narbonne, Aix et Embrun[a]. — Cf. n° 145.

Mss. *Original aux Archives départementales de l'Isère, à Grenoble, série G, fonds de l'église de Vienne. — Ms. 1547 de la Bibliothèque de Grenoble, du XVII° siècle, fol. 71.

CALIXTUS episcopus, servus servorum Dei, dilectis filiis PETRO, decano, et canonicis sive clericis Viennens[is] æcclesię tam presentibus quam futuris, in perpetuum. [Etsi ecclesiarum omnium] c[ura] nobis ex apostolicę sedis administratione immineat, Viennensi tamen ecclesię propensiori nos convenit caritatis studio providere. Ipsa enim primum, disponente Deo, sollici[tudini nostrę commissa est] et ad ejus regimen nos episcopalis gratiam consecrationis accepimus. Et communis igitur et singularis dilectionis debito incitati, matrem vestram, filii in Christo karissimi, sanctam [Viennensem ecclesiam dilig]ere, honorare et beati Petri patrocinio decrevimus confovere. Omnem itaque dignitatem et omnem munitionem ac libertatem quę vel per autentica predecessorum nostrorum SILVESTRI, NYKOLAI, LEONIS, GREGORII et ceterorum pontificum Romanorum privilegia vel per imperatorum, regum, principum et ceterorum fidelium largitionem eidem ecclesię concessa est, nos quoque, auctore Deo, concedimus et presentis privilegii pagina confirmamus, ut videlicet super septem provincias primatum obtineat, super ipsam Viennensem, super Bituricam, Bu[rdega]lam, Ausionem quę Novempopulana [dicitur], super Narbonam, Aquas, Ebredun[um] et in eis Viennensis archiepiscopus Romani pontificis vices agat, synodales conventus indicat et negotia eccles[iastica juste] ca[noni]ceque diffiniat. Porro illa [sex oppida vel] civitates, Gratianopolis v[ideli]cet, Valentia, Dia, Albavivarium, Geneva, Maurienna, in ejus tamquam in proprię

---

[a] La bulle originale est très endommagée; ce qui est entre crochets est emprunté à la bulle du 25 février 1120 (n° 145), qui est conçue dans des termes identiques, sauf la date.

metropolitanę obedientia et subjectione permaneant. Darentasiensis [autem archiepisco]pus, licet aliquibus habeatur ex apostolicę sedis liberalitate prelatus, Viennensi archiepiscopo tamquam primati suo subjectus obediat. Sane in Salmoracensi archidiaconia consecrationes [vel ordinatio]nes et quicquid ad pontificale officium pertinet, Viennensis ęcclesia preter alicujus inquietationem seu diminutionem habeat. Abbatia quoque Sancti Petri foras portam [Vienne] sita, et infra eandem urbem abbatię Sancti Andreę, una monachorum, altera sanctimonialium, abbatia Sancti Theuderii et abbatia Sanctę Marię de Bona valle, quę, prestante Deo, nostris sumptibus et nostris est fundata laboribus in jam sepe dictę Viennensis ęcclesię jure ac subjectione persistant. In ipsa etiam Romanensi ęcclesia, quamvis Romanę se faciat libertatis, visis tamen predecessorum nostrorum privilegiis et imperatorum preceptis, tam in secularibus quam et in regularibus clericis et canonicis inibi ordinatis et ordinandis, pontifices Viennenses omnem habere decernimus potestatem. Similiter in ęcclesia Beati Donati et Beati Valerii et in ęcclesia Beati Petri de Campania et Beatę Marię de Annonaico et in ęcclesia Beati Antonii. Castra [preterea quę per no]s recuperata sunt vel acquisita, scilicet Pompeiacum, Saxcolum et castrum de Mala valle Viennensi ęcclesię in perpetuum confirmamus. Cimiterium vero [quod domnu]s predecessor noster sanctę mem[orię Pascu]alis papa circa Beati Mauricii ecclesiam cons[ecr]avit, liberum esse sancimus, ut eorum qui ill[ic sepeli]ri deliberaverint, devotioni et extremę voluntati, nisi forte e[xcommun]icati sint, nullus obsistat, salvo nimirum [proprię] jure parochię. Ad hec pro ampliori V[iennensis ec]clesię dilectione, ante Viennensem archiepiscopum per provinciam suam crucem deferri concedimus. Si qua igitur in futurum ęcclesiastica secularisve persona hanc nostrę confirmationis vel concessionis paginam sciens contra eam temere venire temptaverit, secundo tertiove commonita, si non satisfactione congrua emendaverit, potestatis honorisque sui dignitate careat reamque se divino judicio existere de perpetrata iniquitate cognoscat et a sacratissimo corpore ac sanguine Dei et Domini Redemptoris nostri Jesu Christi aliena fiat atque in extremo examine districtę ultioni subjaceat. Cunctis autem eidem ęcclesię justa servantibus [sit pa]x Domini nostri Jesu Christi, quatenus et hic fructum bonę actionis percipiant et apud districtum judicem premia æternę pacis inveniant. Amen.

(R.) Ego Calixtus, catholicę E[cclesię] episcopus, ss. (M.)

[Datum apud Magalonam per manum] Grisogoni, sanctę Romanę Ecclesię diaconi cardinalis ac bibliothecarii, iii° kalendas julii, indictione xii°, [incarnationis Dominicę anno m° c° xx°], pontificatus autem domni Calixti secundi pape anno primo.

(Lacs de soie rose; la bulle n'existe plus.)

26

3o juin 1119.

Calixte délie les chanoines de Saint-Jean et les chanoines de Saint-Étienne de Besançon du serment qu'ils avaient prêté au sujet de la communauté de leurs possessions.

Ms. *Epistolæ Romanorum pontificum*, ms. lat. 16996 de la Bibliothèque nationale, fol. 360. — *Éd.* Chifflet, *Histoire de l'abbaye royale et de la ville de Tournus*, pr., p. 378. — Cocquelines, *Bullarum*, II, 163. — Mansi, *Concil.*, XXI, 197. — Migne, n° 15, col. 1106. — *Cat.* Robert, n° 20. — Jaffé-Loewenfeld, n° 6705 (4926).

Calixtus episcopus, servus servorum Dei, dilectis filiis Bisuntinæ ecclesiæ Sancti Joannis Evangelistæ canonicis, salutem et apostolicam benedictionem. Inter vestram et Beati Stephani ecclesiam quædam possessionum unitas per confratrem nostrum Humbaldum, Lugdunensem archiepiscopum, facta est, quæ grave admodum inferre videbatur utrique ecclesiæ detrimentum, nec omnino sine animarum periculo, quæ inde facta fuerant juramenta poterant conservari. Quæ supradictus frater noster, una cum archiepiscopo vestro Anserico, diligenter nostra etiam commonitione perspiciens, utriusque partis juramenta, ex reservata sibi et eidem archiepiscopo vestro licentia et potestate, prorsus absolvit. Et nos itaque absolutionem ipsam utrique ecclesiæ necessariam providentes, præsentis decreti pagina confirmamus, et ratam in perpetuum manere decernimus, auctoritate sedis apostolicæ statuentes et omnimodis præcipientes ut neque vos Sancti Stephani canonicos, neque ipsi aut quælibet persona vos deinceps super juramento illo præsumat impetere. Nulli etiam omnino hominum liceat sibi honores vestros, prædia et possessiones et quæcunque juris ecclesiæ vestræ sunt, pro illius unitatis vinculo vendicare aut ea ulterius commiscere, sed omnia vobis vestrisque successoribus ita semper quieta et integra conserventur, sicut a tempore bonæ memoriæ Salinensis Hugonis, Bisuntini archiepiscopi, usque ad tempora fratris Hugonis archiepiscopi, qui in Jerosolymitana peregrinatione ad Dominum migravit, conservata noscuntur. Si qua igitur in futurum ecclesiastica sæcularisve persona hanc nostræ constitutionis paginam sciens contra eam temere venire tentaverit, secundo tertiove commonita, si non satisfactione congrua emendaverit, potestatis honorisque sui dignitate careat reamque se divino judicio existere de perpetrata iniquitate cognoscat et a sacratissimo corpore ac sanguine Dei et Domini Redemptoris nostri Jesu Christi aliena fiat atque in extremo examine districtæ ultioni subjaceat.

Ego Calixtus, catholicæ Ecclesiæ episcopus, confirmo et subscribo.

Datum apud Magalonam per manum Chrysogoni, sanctæ Romanæ Ecclesiæ diaconi cardinalis ac bibliothecarii, ii kalendas julii, indictione xii, Dominicæ incarnationis anno m c xx, pontificatus autem domini Calixti ii papæ anno primo.

27

Juin 1119.

Éd. *Stubbs, *Actus pontificum Eboracensium*, dans Twysden, *Historiæ anglicanæ scriptores X*, II, 1715.
Cat. Jaffé-Loewenfeld, n° 6706.

« Guido, Viennensis archiepiscopus, in papam Kalixtum est assumptus. Qui cognita electi Eboracensis habitudine, misit Radulpho archiepiscopo literas in quibus eum superbum vocat, et de contemptu prædecessorum suorum Paschalis et Gelasii acriter redarguit. »

28

1ᵉʳ juillet 1119.

Permission à Raoul, abbé de Saint-Victor de Marseille, et à ses religieux de célébrer l'office divin dans l'église Saint-Nicolas de Tarascon et de faire consacrer cette église par l'évêque d'Avignon ou par un autre évêque.

Mss. *Sancti Victoris bullarium*, ins. du xvᵉ siècle, aux Archives départementales des Bouches-du-Rhône, à Marseille, fonds de Saint-Victor, H, 103, fol. 26 v°. — *Anecdota*, ins. lat. 11894 de la Bibliothèque nationale, copie du xvııᵉ siècle, fol. 78. — *Epistolæ Romanorum pontificum*, fol. 187.
Éd. Martène et Durand, *Veterum scriptorum et monumentorum amplissima collectio*, I, 663. — *Recueil des historiens des Gaules et de la France*, XV, 229. — Migne, n° 16, col. 1107.
Cat. Robert, n° 21. — Jaffé-Loewenfeld, n° 6707 (4927).

CALIXTUS episcopus, servus servorum Dei, dilectis filiis R., Massiliensi abbati, et ejus fratribus, salutem et apostolicam benedictionem. Dominus predecessor noster sancte memorie URBANUS papa, uti ex ejus et ex domini pape GELASII litteris intelleximus, Ricardo, Narbonensi archiepiscopo, tunc Massiliensi abbati, auctoritatis sue favorem dedit ut apud Terrasconem, in loco videlicet donacionis comittisse Stephanie ad honorem Dei ecclesiam edificaret. Ipsemet eciam pontifex in eodem loco crucem fixit et aquam benedictam sparsit. Et nos itaque monasterio vestro suam volentes justiciam conservari, licenciam vobis damus ut in loco ipso fratres vestri divina officia celebrent, et postquam ecclesia perfecta fuerit, si Avinionensis archiepiscopus eam consecrare aut noluerit aut propter clericorum contradictionem nequiverit, a quo malueritis catholico consecrari episcopo faciatis.

Datum Biterris, kalendis julii.

29

6 juillet 1119.

*Protection du Saint-Siège accordée à l'abbaye Notre-Dame de Sorèze
et confirmation de ses possessions.*

Ms. *Collection de dom Estiennot, ms. lat. 12760, p. 379, *ex originali*. — Indiqué dans le ms.
lat. 12697 de la Bibliothèque nationale, fol. 256.
Éd. Robert, app., p. VII, n° 21. — Analysé dans le *Gallia christiana*, XIII, instr., p. 266, et par
Migne, n° 17, col. 1108.
Cat. Robert, n° 22. — Jaffé-Loewenfeld, n° 6708. (4928).

CALIXTUS episcopus, servus servorum Dei, dilecto filio PETRO, Beatæ
Mariæ Soricinensis monasterii abbati, suisque successoribus regulariter
substituendis, in perpetuum. Sicut injusta poscentibus nullus est tribuendus effectus, sic legitima desiderantibus non est differenda petitio.
Proinde nos, fili in Christo carissime PETRE abbas, tam tuæ quam venerabilis fratris nostri Amelii, Tolosani episcopi, petitioni annuentes,
Beatæ Mariæ Soricinense cœnobium [*] cui, Deo auctore, præsides,
cum omnibus ad ipsum pertinentibus, sub apostolicæ sedis tutelam
suscipimus et contra pravorum hominum nequitiam protectionis ejus
patrocinio communimus. Statuimus enim ut quæcumque bona, quascumque possessiones idem cœnobium in præsenti legitime possidet aut
in futurum, largiente Domino, juste atque canonice poterit adipisci,
firma tibi tuisque successoribus et illibata permaneant. In quibus hæc
propriis duximus exprimenda nominibus : ipsam videlicet villam Sori-
cinensem cum ecclesiis Sancti Martini et Sancti Michaelis, nec non et
decimis, oblationibus et aliis pertinentiis earum; ecclesiam Sancti Vincentii de Gandels cum pertinentiis suis; ecclesias Sanctæ Mariæ de
Blan, Sancti Martini de Podio Laurentii cum pertinentiis suis; Sancti
Petri de Podicio, Sancti Salvii, Sancti Saturnini de Cadicio, Sancti
Martini de Maderio, Sancti Pardulphi; ecclesiam de Cocoringo cum
earum pertinentiis; villam de Palajaco, cum ecclesiis Sancti Martini et
Sancti Joannis; ecclesias Sancti Martini de Supecio, Sanctæ Mariæ de
Cauce, Sancti Genesii de Peirenchis cum pertinentiis earum; villam
pictam cum ecclesia Sancti Joannis et omnibus ad ipsam pertinenti-

[*] En marge : *Monasterium.*

bus; Villam Mauri. In pago Auxiensi, monasterium Sancti Petri, quod dicitur Menulphi, cum appendiciis suis. Decernimus ergo ut nulli omnino hominum liceat idem cœnobium temere perturbare aut ejus possessiones auferre vel ablatas retinere, minuere vel temerariis vexationibus fatigare, sed omnia integra conserventur, eorum pro quorum sustentatione et gubernatione concessa sunt, usibus omnimodis profutura. Obeunte te, nunc ejusdem loci abbate, vel tuorum quolibet successorum, nullus ibi qualibet subreptionis astutia vel violentia præponatur, nisi quem fratres communi consensu vel fratrum pars consilii sanioris secundum Dei timorem et beati Benedicti regulam providerint eligendum. Si qua igitur in futurum ecclesiastica sæcularisve persona hanc nostræ constitutionis paginam sciens contra eam temere venire præsumpserit, secundo tertiove commonita, si non satisfactione congrua emendaverit, potestatis honorisque sui dignitate careat reamque se divino judicio existere de perpetrata iniquitate cognoscat et a sacratissimo corpore et sanguine Dei et Domini Redemptoris nostri Jesu Christi aliena fiat atque in extremo examine districtæ ultioni subjaceat. Cunctis autem eidem [loco] justa servantibus sit pax Domini nostri Jesu Christi, quatenus et hic fructum bonæ actionis percipiant et apud districtum judicem præmia æternæ pacis inveniant. Amen.

Datum apud castellum Avinionum per manum Grisogoni, sanctæ Romanæ Ecclesiæ diaconi cardinalis ac bibliothecarii, ii nonas julii, indictione xii, Dominicæ incarnationis anno m c xx, pontificatus autem domini Calixti ii papæ anno [primo].

30

13 juillet 1119.

Approbation de l'accord entre Hugues, évêque de Grenoble, et le comte Guigues fait par Léger, évêque de Viviers, et Pierre, évêque de Die.

Mss. *Cartulaire de S. Hugues*, du xii° siècle, aux Archives départementales de l'Isère, à Grenoble, fonds de l'évêché de Grenoble, série G, fol. 56. — Copie du xix° siècle à la Bibliothèque de Grenoble, n° 1547.
Ed. Du Boys, *Vie de saint Hugues, évêque de Grenoble*, p. 477. — Marion, *Cartulaires de l'église de Grenoble, dits de S. Hugues*, p. 231-232. — Robert, app., p. cxlviii, n° 22 A.
Cat. Robert, n° 22 A. — Jaffé-Loewenfeld, n° 6709.

CALIXTUS episcopus, servus servorum Dei, venerabili fratri HUGONI,

Gratianopolitano episcopo, salutem et apostolicam benedictionem. De
querelis que inter te et illustrem virum Guigonem comitem versabantur,
venerabiles fratres nostros Leodegarium Vivariensem et Petrum, Dien-
sem, episcopos, ex ipsorum scripto comperimus fecisse concordiam,
quam fraternitas tua litteris auctoritatis nostre petiit confirmari. Et nos
itaque peticioni tue clementius annuentes, concordiam ipsam presentis
scripti pagina confirmamus et ratam in posterum manere decernimus,
sicut in predictorum fratrum et coepiscoporum cyrographo continetur.
Quoslibet preterea laicos potestatem sibi super clericos vendicare et
super Beati Donati ecclesiam et ceteras tui episcopatus ecclesias et bona
earum penitus prohibemus; sed tam clerici episcopatus tui quam ecclesie ad te pertinentes cum bonis suis, cimiteria et decime in tua tuorumque successorum subjeccione, potestate et dispositione permaneant.
Porro te, tamquam karissimum Romane Ecclesie filium, et ecclesiam
tuam et que ad te pertinent, ita sub beati Petri ac nostra seu successorum nostrorum protectione suscipimus, ut qui vestra leserit nostra
lesisse videatur. Si quis igitur nostre hujus pagine tenore cognito,
temere, quod absit, contraire temptaverit, honoris et officii sui periculum patiatur aut excommunicationis ultione plectatur, nisi presumptionem suam digna satisfactione correxerit.

  Data Tolose, III idus julii.

31

.14 juillet 1119.

Donation de l'église de Saint-Polycarpe à l'abbaye d'Alet.

Mss. *A. *Anecdota*, ms. lat. 11899 de la Bibliothèque nationale, copie du XVIIᵉ siècle, «ex archivis
  archiep. Narbon.», fol. 43. — B. Collection de Languedoc, à la Bibliothèque nationale,
  n° 76, fol. 139.
Éd. *Gallia christiana*, VI, instr. 108.— *Histoire de Languedoc*, 1ʳᵉ éd., II, pr., p. 409; 2ᵉ éd., V,
  pr., p. 879. — Mansi, *Concil.*, XXI, 231. — Mahul, *Cartulaire et archives des communes de
  l'ancien diocèse de Carcassonne*, II, 247. — Migne, n° 18, col. 1108.
Cat. Robert, n° 23. — Jaffé-Loewenfeld, n° 6710 (4929).

Calixtus episcopus, servus servorum Dei, dilecto filio Raimundo,
Electensi abbati, salutem et apostolicam benedictionem. Super ecclesia
Sancti Policarpi jam diu a praedecessore nostro sanctae memoriae Pas-

CHALE papa inter vestrum et Crassense monasterium definitio facta est. Nuper autem in concilio quod per Dei gratiam Tolosæ celebravimus, Crassensis abbas Berengarius querelam deposuit quod in definitione illa Crassense fuerit monasterium aggravatum, pro eo quod in unius tantum Crassensis fratris præsentia judicium fuerit promulgatum. Ne igitur aliqua ei conquerendi relinqueretur occasio, ex abundanti querimoniam ejus audivimus. Causa tamen diligentius indagata, nihil aliud in ea invenire potuimus[1] quam quod prædicti domini nostri sententia definivit. Eapropter nos, auctore Deo, quod a sede apostolica de ipsa Beati Polycarpi ecclesia constitutum est, ejusdem sedis apostolicæ auctoritate firmamus et ratum in perpetuum manere decernimus, præcipientes ut nulli omnino hominum liceat locum illum ab Electensis monasterii subjectione subtrahere aut temerariis vos inde vexationibus fatigare. Si quis ergo, decreti hujus tenore cognito, temere, quod absit, contraire temptaverit, honoris et officii sui periculum patiatur aut excommunicationis ultione plectatur, nisi præsumptionem suam digna satisfactione correxerit. Fratres qui nostræ huic retractationi et decisioni interfuerunt, hi sunt : Cono Prænestinus et Lambertus Hostiensis episcopi; Boso, Deusdedit, presbyteri; Petrus et Gregorius, diaconi cardinales; Ricardus Narbonensis, Ato Arelatensis, Bernardus Auxiensis archiepiscopi; Raimundus Barbastrensis, Gualterius Magalonensis, Arnaldus Carcassensis, Amelius Tolosanus, Berengarius Gerundensis, Gregorius Bigorritanus episcopi; Bernardus Atonis, vicecomes Biterrensis; Centullus, comes Bigorritanus.

Ego Calixtus, catholicæ Ecclesiæ episcopus.

Datum Tolosæ per manum Grisogoni, sanctæ Romanæ Ecclesiæ diaconi cardinalis ac bibliothecarii, II idus julii, indictione XII, Dominicæ incarnationis M.C.XX, pontificatus autem domini Callixti II papæ anno priori (sic).

---

[1] *Potuerimus*, B.

32

14 juillet 1119.

Invitation à Diego, évêque de Compostelle, d'assister au concile de Reims.

Ms. *Historia Compostellana,* fol. 55 v°.
Éd. Florez, *España sagrada,* XX, 278. — Migne, n° 19, col. 1109.
Cat. Robert, n° 24. — Jaffé-Loewenfeld, n° 6711 (4930).

CALIXTUS episcopus, servus servorum Dei, venerabili fratri DIDACO, Compostellano episcopo, salutem et apostolicam benedictionem. Ante susceptum apostolice sedis ministerium fraterna te caritate dileximus; nunc divina dispositione in ejusdem regimine constituti, tanto amplius te diligere volumus, quanto plenius id facere commissa nobis administratio persuadet. Quamobrem fraternitatem tuam litteris presentibus visitantes, rogamus atque monemus ut secundum concessam tibi a Domino facultatem matrem tuam Romanam Ecclesiam studeas adjuvare. Nos enim et te et ecclesiam tuam, in quantum permiserit Dominus, honore debito volumus honorare. Rogamus etiam pro rege nepote nostro, ut eum pro dilectione nostra ita viriliter et constanter adjuves et sustentes, quatenus te nos libentius in tuis possimus petitionibus exaudire. Que minus litteris continentur, filiis tuis et fidelibus utrique Petro, Girardo et A. plenius referenda commisimus. Concilio quod, prestante Deo, Remis in festivitate beati Luce celebrare disposuimus, fraternitatem tuam interesse mandamus, si quo modo fieri possit. Quodsi prepeditione canonica fueris prepeditus, priusquam montes transeamus, nostro te conspectui representes.

Datum Tolose, II idus julii.

33

14 juillet 1119.

Calixte mande à Raymond, évêque d'Uzès, d'ordonner à la femme de Pons Guillelmi de Barjac et à son fils Raymond de rendre au monastère de Goudargues, dans le délai de trente jours et sous peine d'excommunication, les biens qu'ils lui avaient enlevés.

Mss. *Cartulaire de l'abbaye d'Aniane,* fol. 39. — Collection Estiennot, ms. lat. 12672, p. 24.
Éd. Robert, app., p. IX.
Cat. Robert, n° 25. — Jaffé-Loewenfeld, n° 6712.

Calixtus episcopus, servus servorum Dei, dilecto fratri R[aimundo], Uzeticensi episcopo, salutem et apostolicam benedictionem. Fratrum Anianensis monasterii querela nos adhuc pulsare non desinit super uxore Pontii Guillelmi de Bariaco et super Raimundo filio ejus, quia honores, quos pater ipsius R. Gordanicensi monasterio violenter auferebat, ipsi eciam auferre ac detinere non desinant, nec inde velint justiciam, ab antecessoribus nostris sepe admoniti, exhibere. Unde tibi per presencia scripta precipimus ut eos iterum ad justiciam faciendam officii tui auctoritate commoneas. Quodsi infra xxx dies post admonicionem justiciam exhibere contempserint, nos ex tunc in eos, sicut in sacrilegos et contumaces et in fautores eorum, sentenciam excommunicacionis proferimus. Ipsum vero judicium venerabili fratri nostro Avinianensi[a] episcopo diffiniendum committimus.

Datum Tholose, pridie idus julii.

[a] Il faut *Vivariensi*.

34

15 juillet 1119.

Confirmation à l'abbaye de la Chaise-Dieu de la donation
de l'église de Sainte-Livrade faite à ce monastère par Hildebert, évêque d'Agen.

Mss. *A. Dom Gaspar Dumas, *Abrégé chronologique de l'histoire du prieuré de Sainte-Livrade,* ms. lat. 12678 de la Bibliothèque nationale, copie de 1711, p. 226. — B. Collection Baluze, *ibid.,* n° 206, copie du xviii° siècle, p. 258.
Éd. Gallia christiana, II, instr. 428. — Chaix de Lavarène, *Mon. pont. Arverniæ,* p. 167.
Cat. Robert, n° 26. — Jaffé-Löwenfeld, n° 6713 (4931).

Calixtus episcopus, servus servorum Dei, dilecto filio Stephano, abbati monasterii Casæ Dei, salutem et apostolicam benedictionem. In ecclesia Beatæ[1] Liberatæ, quæ in Agennensi parrochia sita est, clerici quondam sæculari[2] nimium conversatione vivebant. Nuper vero divina gratia aspirati, pro vitæ suæ correctione et se et locum suum vestro monasterio contulerunt, quatenus ibi deinceps omnipotenti Deo sub monastici ordinis regula serviatur. Verum ne frater noster Hildebertus, Aginnensis episcopus, gravari super hoc videretur, eum præsentem rogavimus ut præfatam ecclesiam ad honorem Dei et monasticæ religionis disciplinam deinceps inibi conservandam cœnobio vestro concederet : aliter enim fratres tui eam suscipere recusabant. Ille vero nostris precibus inclinatus, pro desiderio et pura, ut credimus, voluntate, eandem Beatæ Liberatæ ecclesiam cum pertinentiis[3] Beato Roberto vestrisque monachis præsentibus atque futuris per manus nostras plenaria donatione concessit, salvo episcopali jure quod in eadem ecclesia hactenus visus est habuisse. Nos igitur hanc prædicti episcopi concessionem tanquam per nos factam apostolicæ sedis auctoritate firmamus et sæpe dictam Beatæ Liberatæ ecclesiam in tua tuorumque successorum tuitione ac dispositione per omnia perpetua stabilitate manere decernimus[4]. Sane si quis huic nostro decreto, quod absit, contraire tentaverit, honoris et officii sui periculum patiatur aut excommunicationis pœna plectatur, nisi præsumptionem suam digna satisfactione correxerit.

---

[1] *Sanctæ,* B. — [2] *Sæculares,* B. — [3] *Pertinenciis suis,* B. — [4] *Decrevimus,* B.

Datum Tolosæ, idibus julii, indictione duodecima, Dominicæ incarnationis anno millesimo centesimo vigesimo, pontificatus autem domini Calixti papæ secundi primo.

35

15 juillet 1119.

Attribution à l'abbaye d'Aniane de la celle de Notre-Dame de Goudargues.

Mss. *Cartulaire de l'abbaye d'Aniane*, fol. 33-14. — *Epist. Roman. pontif.*, ms. lat. 16996, fol. 374. — Collection Baluze, n° 4, p. 78.
Éd. D'Achery, *Spicilegium*, I, 635. — *Rec. des hist. des Gaules et de la France*, XV, 229. — Mansi, *Concil.*, XXI, 227. — Coequelines, *Bullarum*, II, 164. — Migne, n° 21, col. 1110. *Cat.* Robert, n° 27. — Jaffé-Loewenfeld, n° 6714 (4932).

CALIXTUS episcopus, servus servorum Dei, dilecto filio Poncio, Anianensis monasterii abbati, salutem et apostolicam benedictionem. Super cella Sancte Marie de Gordanicis jam diu apud sedem apostolicam facta questio invenitur. Siquidem domini nostri sancte memorie PASCALIS pape temporibus et vos nostro [a], monachi Case Dei suo eam vendicare monasterio sepius temptaverunt. Post multas autem querimonias, cum predictus dominus allegaciones vestras diligencius constituto tempore audivisset, veritate tandem sagaciter indagata, cellam ipsam monasterio vestro adjudicavit et in questione illa monachis Case Dei perpetui silencii taciturnitatem indixit, sicut in definicionis ejus scripto plenius continetur. Ceterum fratres illi, etsi ex tunc toto ejusdem domini tempore quievisse visi sunt, ante nos tamen apud Clarum montem eandem querimoniam [b] renovarunt, asserentes se in judicio pregravatos, eo quod ipsorum justicia non ad plenum fuit inquisita. Nos, ut nulla eis adversus apostolicam sedem clamoris relinqueretur [c] occasio, eorum scripta et raciones perscrutati sumus et nichil roboris, nichil in eis momenti reperientes, fratribus ipsis desistere ab hac deinceps inquietacione precepimus. Hoc frater noster Atto, Arelatensis archiepiscopus, audiens et ipse clamare cepit, dicens Arelatensem

[a] *Vestros* dans le ms. — [b] *Querimonias* dans le ms. — [c] *Reliquerunt* dans le ms.

ecclesiam injuste suis possessionibus spoliatam ; quoniam predicta cella
de Gordanicis cum rebus suis ad jus Arelatensis ecclesie pertinebat,
et per eas monachi Case Dei locum illum sub censu annuo detinue-
rant. Cumque id frequencius inculcaret, ne aliquam ei videremur
inferre injuriam, diem agende cause apud Montem pessulanum statuimus, ubi pars utraque conveniens suas protulit raciones. Quibus
sufficienter inspectis, ex fratrum nostrorum sentencia judicatum est
archiepiscopum debere super eadem ecclesia revestiri, si Arelatensem ecclesiam locum illum ante domini nostri judicium possedisse
idoneis testibus comprobaret. Judicio itaque adimpleto, mox ei restituta est possessio, salvo nimirum Anianensis monasterii jure, si quod
esset. Tunc eciam terminus constitutus est, in quo de proprietatis
jure apud Tolosam in utriusque partis presencia tractarent. In ipso
ergo concilio questio mota est. Et quidem Anianenses monachi cellam
illam per Lodoici imperatoris, Caroli Magni imperatoris filii, et filii
ejus Karoli regis scripta et largiciones Anianensi monasterio vendica-
bant. Archiepiscopus vero se Lodoici, filii Bosonis regis Vienne, cyrographo tuebatur. Causa itaque aliquandiu coram omnibus ventilata,
nos fratribus nostris Cononi Prenestino et Lamberto Hostiensi episcopis et cardinalibus, Bosoni Sancte Anastasie, Deusdedit Sancti
Laurencii in Damaso et Johanni Sancti Grisogoni presbiteris et diaconibus, Petro Sanctorum Cosme et Damiani, Gregorio Sancti Angeli
et Grisogono Sancti Nicolay de Carcere et archiepiscopis Oldegario
Tarragonensi et Bernardo Auxiensi et item episcopis Raimundo Bar-
bastrensi, Guidoni Lascurrensi, Gauterio Magalonensi et Galoni Leonensi et abbatibus Arduino Sancti Savini et Amico Sancti Laurencii
foras muros, precepimus ut in partes secederent et controversiam [a]
ipsam judicio canonico definirent. Egressi de concilio fratres inter se
diucius contulerunt. Novissime discussis utrimque racionibus et cartarum monumentis sepius revolutis, hujusmodi sentenciam in concilii
audiencia ediderunt. Donacionis scripta, que Arelatensi ecclesie a predicto rege Ludoyco, Bosonis filio, post Ludoyci imperatoris, Magni Karoli filii, et filii ejus Karoli regis confirmaciones de cella de Gordanicis
collata sunt, robur nullum [b] obtinere. Quod enim Deo semel oblatum
fuerat ab aliis, ulterius aliis [c] non potuit erogari. Hoc eciam ex abun-

---

[a] *Controversias* dans le ms. — [b] *Nullus* dans le ms. — [c] *Alii* dans le ms.

IMPRIMERIE NATIONALE.

danti additum est ut Anianienses monachi trium idoneorum testium
assercione probarent, Anianiense monasterium cellam de Gordanicis
per triginta annorum spacium sine interrupcione legitima possedisse,
antequam monachi eam Case Dei, per quos Arelatensis ecclesia in
possessionem intraverat, obtinerent, et sic locus idem in jure deinceps
ac possessione Anianensis monasterii permaneret. Hanc profecto sentenciam toto concilio complacere a fratribus nostris archiepiscopis,
episcopis, abbatibus acclamatum est. Confestim Anianenses in medium
tres senes monachos protulerunt, qui, tactis sacrosanctis evangeliis,
firmaverunt Anianenses monachos cellam de Gordanicis per xxx annorum spacium sine interrupcione legitima possedisse, antequam
eam Case Dei monachi obtinerent. Prolatam igitur a fratribus supra
nominatis de jam sepe dicta cella sentenciam et tocius assensu concilii
approbatam[a], nos, auctore Deo, assercionis nostre munimine confirmamus, et Anianensi monasterio super ea in posterum inferri ca-
lumpnias auctoritate sedis apostolice penitus prohibemus. Quecunque
preterea Anianense monasterium per autentica predecessorum nostrorum JOHANNIS, NICOLAY, ALEXANDRI, URBANI, PASCHALIS, pontificum Romanorum, privilegia possidet, tibi tuisque successoribus in perpetuum
confirmamus. Idem enim locus specialiter sub beati Petri jure ac protectione consistit. Predictam cellam de Gordanicis Arelatensis archiepiscopus in manu nostra, per virgam quam gestabat, in conspectu
tocius concilii refutavit. Nos vero eam tibi, fili in Christo karissime
PONTI, et per te Anianensi monasterio, per eandem virgam protinus
restituentes, tam Arelatensi ecclesie quam et monasterio Case Dei
perpetuum super eadem cella silencium sub anathematis obligacione
indiximus; et instrumenta cartarum ab archiepiscopo et monachis
Case Dei vobis reddi precipimus, ne illorum occasione aliquis denuo
querimonie scrupulus oriatur. Si qua igitur in futurum ecclesiastica
secularisve persona hanc nostre restitucionis paginam sciens contra
eam[b] temere venire temptaverit, secundo terciove commonita, si non
satisfaccione congrua emendaverit, potestatis honorisque sui dignitate
careat reamque[c] se divino judicio existere de perpetrata iniquitate
cognoscat et a sacratissimo corpore ac sanguine Dei et Domini Redemptoris nostri Jesu Christi aliena fiat atque in extremo examine

---

(a) *Approbatas* dans le ms. — (b) *Eas* dans le ms. — (c) *Reasque* dans le ms.

districte ulcioni subjaceat. Cunctis autem eidem loco justa servantibus sit pax Domini nostri Jesu Christi, quatinus et hic fructum bone accionis percipiant et apud districtum judicem premia eterne pacis inveniant: Amen. Amen. Amen.

Ego Calixtus, catholice Ecclesie episcopus, ss.

† Ego Cono, Prenestinus episcopus, ss.

† Ollegarius, Terraconensis ecclesie dispensator, ss.

† S. Raimundi, Barbastrensis episcopi.

† Ego archiepiscopus Bernardus Ausciensis subscripsi.

† Ego Lambertus, Hostiensis episcopus, ss.

† Ricardus, Narbonensis archiepiscopus.

† Ego Petrus, cardinalis Sanctorum Cosme et Damiani, ss.

† Ego Boso, tituli Sancte Anastasie presbiter cardinalis, ss.

† Ego Ato, Arelatensis episcopus, ss.

† Ego Gregorius, diaconus cardinalis Sancti Angeli, ss.

† Ego Deusdedi, tituli Sancti Laurencii in Damaso presbiter cardinalis, ss.

† Ego Fulco, Aquensis archiepiscopus, subscripsi.

† Ego Galterius, Magalonensis episcopus, ss.

† Ego Johannes, presbiter cardinalis, tituli Sancti Grisogoni, huic judicio interfui et ss.

† Ego Amico, abbas Sancti Laurencii foris muros, ss.

† Ego Arduinus, abbas Sancti Savini, ss.

Datum Tholose per manum Grisogoni, sancte Romane Ecclesie cardinalis ac bibliothecarii, idibus julii, indiccione xii, Dominice incarnacionis anno m°.c°.xx°, pontificatus autem domni Calixti secundi pape anno primo.

36.

15 juillet 1119.

Invitation à Léger, évêque de Viviers, et à Gauthier, évêque de Maguelone, de terminer le différend qui s'était élevé entre les religieux d'Aniane et l'archevêque d'Arles au sujet de l'église de Saint-Martin.

Mss. *Cartulaire de l'abbaye d'Aniane, fol. 39. — Collection Le Michel, ms. lat. 13816, fol. 75 v°. — Collection Estiennot, ms. lat. 12672, p. 338.
Éd. Robert, app., p. x.
Cat. Robert, n° 29. — Jaffé-Loewenfeld, n° 6715.

Calixtus episcopus, servus servorum Dei, venerabilibus fratribus L[eodegario] Vivarensi et G[ualtero] Magalonensi episcopis, salutem et apostolicam benedictionem. Ab Anianensis monasterii fratribus, presentibus vobis, contra Arelatensem de ecclesia Sancti Martini querelam accepimus. Unde fraternitati vestre per presencia scripta mandamus ut, competenti loco et tempore, querimoniam ipsam plenius audiatis eamque diligenter discussam canonico fine, prestante Domino, terminetis.

Date Tholose, idibus julii.

37

15 juillet 1119.

Ordre à Atton, archevêque d'Arles, de s'en rapporter au jugement de Léger, évêque de Viviers, et de Gauthier, évêque de Maguelone, pour donner satisfaction aux religieux d'Aniane au sujet de l'église de Saint-Martin.

Mss. *Cartulaire de l'abbaye d'Aniane, fol. 39. — Collection Le Michel, ms. lat. 13816, fol. 75 v°. — Analyse dans le ms. lat. 12660, fol. 66 et 129.
Éd. Robert, app., p. x.
Cat. Robert, n° 30. — Jaffé-Loewenfeld, n° 6716.

Calixtus episcopus, servus servorum Dei, venerabili fratri A[ttoni][*], Arelatensi archiepiscopo, salutem et apostolicam benedictionem. Ania-

[*] R. dans le cartulaire.

nensis monasterii fratres apud Montem pessulanum super ecclesia Sancti Martini, te presente, in conspectu nostro querimoniam suam exposuerunt. Unde dilectioni tue per presencia scripta precipimus ut judicio Vivariensis et Magalonensis episcoporum de eadem ecclesia predictis fratribus plenam justiciam exequaris.

Date Tholose, idibus julii.

38

15 juillet 1119.

Lettre à Berthold, prévôt, au clergé et au peuple de Hildesheim pour les informer de la condamnation de l'investiture prononcée au concile de Toulouse et pour leur mander d'élire, dans un délai de vingt jours, un évêque au lieu et place de celui qui, grâce à l'appui séculier, avait usurpé leur église.

Ms. *Cop. VI, n° 11, p. 647, n° 1241, aux Archives de Hanovre, copie du xiv° siècle.
Éd. Jaffé, *Regesta pont. Roman.*, 1ʳᵉ éd., n° 4933. — Sudendorf, *Registrum oder merkwürdige Ur-kunden*, III, 51. — Migne, n° 22, col. 1113.
Cat. Robert, n° 28. — Jaffé-Loewenfeld, n° 6717 (4933).

CALIXTUS episcopus, servus servorum [Dei], B., preposito, clero et populo Hildesimensi, salutem et apostolicam benedictionem. In octavis apostolorum Tolose cum fratribus nostris archiepiscopis et episcopis et abbatibus provincie Goczie (*sic*), Guasconie celebravimus. Ibi per Dei gratiam investitura penitus dampnata est. Quamobrem universitatem vestram visitatione sedis apostolice visitantes rogamus et precipimus ut illum qui per secularem potenciam vestram invasit ecclesiam, a vobis repellatis, et infra xx dies, postquam litteras istas susceperitis, canonicam electionem facere maturetis.

Date Tolose, nonis junii (*sic*).

39

17 juillet 1119.

Confirmation des biens et des privilèges de l'abbaye de la Grasse.

Mss. *Collection Baluze, *Chartes,* 380, n°s 39 (A) et 40 (B), copie du xive siècle. — Vidimus dans
une bulle de Grégoire IX, du 4 juillet 1228, dans le *Livre vert* de l'abbaye de la Grasse, aux
Archives départementales de l'Aude, à Carcassonne, n° 2, fol. 18-20.
Éd. Mahul, *Cartulaire de Carcassonne,* II, 248. — Robert, app., p. xi.
Cat. Robert, n° 81. — Jaffé-Loewenfeld, n° 6718.

Calixtus episcopus, servus servorum Dei, dilecto filio Berengario, abbati Crassensis monasterii Beate Marie, quod in Carcassensi parrochia situm est, ejusque successoribus regulariter substituendis in perpetuum. Ex domini nostri sancte memorie Gelasii pape privilegio cognovimus in thomis Lateranensis palatii repperiri Karolum imperatorem beato Petro Crassensi Beate Marie monasterium obtulisse, cum universis que loco eidem ab eo edificato contulerat. Eapropter nos, ad ejusdem domini nostri exemplar, locum ipsum cum omnibus ad eum pertinentibus beati Petri patrocinio communimus. Statuimus enim ut quecumque aut ab eodem rege aut ab aliis catholicis principibus ei collata vel aliis justis modis aquisita sunt, firma semper et illibata permaneant. In quibus hec propriis duximus nominibus annotanda. In Narbonensi episcopatu, ecclesiam Sancti Laurentii de Capraricia, Sancti Felicis de Capite stagni, Sancti Petri de Licii, Sancte Eulalie de Rubiano, Sancti Felicis et Sancti Nazarii de Liziniano, Sancti Juliani de Fonte cooperto, Sancti Saturnini de Villa rubea, Sancte Eulalie de Tezano, Sancti Adriani de Tornezarno, Sancti Sebastiani de Ripa alta, Sancti Petri de Pratis, Sancti Aciscli de Villa Bercianis, Sancti Martini de Triviaco, Sancte Marie Magdalene de Quintiliano, Sancti Adriani et Sancte Marie de Mairolas, Sancti Martini de Novellas, Sancti Johannis de Palma, Sancti Petri de Paderno, Sancti Martini de Molleto, Sancti Martini de Puteo, Sancti Felicis de Malverio, Sancti Stephani de Sepiano, Sancti Romani de Laireia, Sancti Petri de Capraspina cum villis et pertinentiis earum. Et in eodem episcopatu, castrum de Leto, castrum de Laco cum pertinentiis suis et plagis marinis, Liziniani, Rubiani, Capud montis Luci, Rivi putidi, Campi longi, Ville rubee, Calzcastelli, Novellas cum villis et pertinentiis earum. In episcopatu Carcassensi, ecclesiam Sancti Michaelis de Anausa, Sancti Martini de Podio lato, Sancti Juliani de Rabedoso, Sancti Cucufati de Lausa, Sancti Martini de Curtes, Sancte Marie de Cuminiano, Sancti Petri et Sancti Andree ..... liano [a], Sancti Pauli et Sancte Ananie de Bozoniaco, Sancti Fulchii, Sancte Marie de Virigiliano, Sancti Johannis de Agrifolio inferiore, Sancti Stephani de Valle aquitanica, Sancti Genesii de Septembriano, Sancti Felicis de Mirallias cum villis et pertinentiis earum; Castrum Malarici [b] cum pertinentiis suis. In episcopatu Tolosano, monasterium Sancte Marie de Cambone cum omnibus pertinentiis suis; ecclesiam Sancte Marie et Sancti Pauli de Alta ripa, Sancte Marie de Mozenes, Sancti Saturnini de Silcans, Sancti Saturnini de Heremo villa [c], Sancti Petri de Baso villa, Sancte Marie de Solario, Sancti Andree de Ponte pertusato [d], Sancti Marcelli, Sancti Petri de Mazerias, Sancte Marie de Ravat, Sancti Martini de Petra sicca, Sancte Marie [e] de Porzello grisi, . Sancti Stephani de Sopplezenco, Sancti Lupi [f], Sancte Marie de Beccet cum villis et ceteris pertinentiis earum. In episcopatu Elenensi, ecclesiam Sancti Stephani et Sancti Vincentii [g] de Stagello, Sancti Martini de Corneliano, Sancte [h] Marie de Fonte, Sancti Felicis et Sancti Saturnini de Pediliano, Sancti Stephani [i], Sancti Mametis, Sancte Marie et Sancti Andree de Ripis altis, Sancte Columbe [j], Sancti Quirici de Canoas, Sancti Petri de Pratas, monasterium Sancti Martini de Canegou, monasterium Sancti Andree de Subereta cum villis et ceteris pertinentiis earum. In Gerundensi episcopatu, ecclesiam Sancti Felicis de Lagustaria, monasterium Sancte Marie de Rivo de Azer, Sancti Sepulchri de Paleira cum villis et ceteris pertinenciis eorum. In episcopatu Urgellensi, ecclesiam Sancti Petri de Burgulo, Sancti Petri de Linars et villam Cinsur et Roset cum pertinentiis earum. In

---

(a) Le parchemin est endommagé dans A et B.

(b) rici n'existe plus dans A.

(c) o villa n'existe plus dans A.

(d) Ponte per n'existe plus dans A.

(e) Martini de Petra sicca, Sancte Marie n'existe plus dans A.

(f) Sancti Lupi n'existe plus dans A.

(g) Ceteris pertinentiis earum. In episcopatu Elenensi, ecclesiam Sancti Stephani et Sancti Vincentii n'existe plus dans A.

(h) Sancte n'existe plus dans A.

(i) phani n'existe plus dans A.

(j) Sancti Quirici n'existe plus dans A.

episcopatu Albiensi, ecclesiam Sancti Petri de Roseu cum pertinentiis suis. Quecumque preterea in futurum concessione pontificum, libera- litate principum vel oblacione fidelium juste atque canonice poteri[ti]s adipisci quieta semper vobis vestrisque successoribus et integra con- serventur. Decernimus ergo ut nulli omnino hominum liceat pre- fatum monasterium temere perturbare aut ejus possessiones auferre vel ablatas retinere, minuere vel temerariis vexationibus fatigare, sed omnia integra conserventur, eorum pro quorum sustentatione et gu- bernatione concessa sunt usibus omnimodis profutura. Porro ut idem Crassense monasterium sub tutela et jurisdictione sancte nostre Ro- mane cui, Deo auctore, deservimus, Ecclesie constitutum, nullius alte- rius juris ecclesie ditionibus supmittatur, omnem cujuslibet ecclesie sacerdotem in eo ditionem quamlibet, preter rectorem sedis hujus apostolice, habere prohibemus, adeo ut, nisi ab abbate fuerit invitatus, nec missarum ibi sollempnia celebrare presumat. Obeunte te, nunc ejusdem loci abbate, vel tuorum quolibet successorum, nullus ibi qua- libet surreptionis astutia seu violentia preponatur, nisi quem fratres communi consensu vel fratrum pars consilii sanioris secundum Dei timorem et beati Benedicti regulam elegerint a Romano pontifice vel cui ipse commiserit consecrandum. Crisma, oleum sanctum, consecra- tiones altarium sive ecclesiarum, ordinationes monachorum qui ad sacros fuerint ordines promovendi a diocesanis suscipietis episcopis, si quidem gratiam atque communionem apostolice sedis habuerint et si ea gratis ac sine pravitate voluerint exhibere. Alioquin liceat vobis catholicos, quos malueritis adire, antistites et ab eis consecrationum sacramenta suscipere, qui apostolice sedis fulti auctoritate que pos- tulantur indulgeant. Nec pro adjacentium parrochiarum interdictis fratres vestri, qui per vestras ecclesias commorantur, a divinis officiis suspendantur vel a mortuorum suorum exequiis prohibeantur, sed ipsi tantum cum eorum clientibus, clausis ecclesiarum januis, divine servitutis officii peragant et sepulture debita exsolvant. Illorum quo- que sepulturam liberam esse censemus, qui apud loca vestra sepeliri deliberaverint, ne devotioni et extreme voluntati eorum, nisi forte ex- communicati sint, nullus obsistat. Sane de presbyteris, qui per par- rochias ad monasteria vestra pertinentes in ecclesiis constituuntur, predecessoris nostri sancte memorie Urbani secundi pape sententiam confirmamus, ut videlicet abbates in parrochialibus ecclesiis quas tenent episcoporum consilio presbyteros collocent. Episcopi autem parrochie curam cum abbatum consensu sacerdoti committant, ut ejusmodi sacerdotes de plebis quidem cura episcopo racionem reddant; abbati vero pro rebus temporalibus ad monasterium pertinentibus debitam subjectionem exhibeant et sic sua cuique jura serventur. Ad hec adicientes universa que monasterio vestro per autentica predecessorum nostrorum privilegia vel principum scripta concessa sunt, nos quoque concedimus et firmamus. Ad indicium autem percepte a Romana Ecclesia libertatis, quinque aureos quotannis Lateranensi palatio persolvetis. Si qua igitur in futurum ecclesiastica secularisve persona hanc nostre constitutionis paginam sciens contra eam temere venire temptaverit, secundo tertiove commonita, si non satisfactione congrua emendaverit, potestatis honorisque sui dignitate careat reamque se divino judicio existere de perpetrata iniquitate cognoscat et a sacratissimo corpore ac sanguine Dei et Domini Redemptoris nostri Jesu Christi aliena fiat atque in extremo examine districte ultioni subjaceat. Cunctis autem eidem loco justa servantibus sit pax Domini nostri Jesu Christi, quatenus et hic fructum bone actionis percipiant et apud districtum judicem premia eterne pacis inveniant. Amen. Amen. Amen.

Datum Tolose per manum Grisogoni, sancte Romane Ecclesie diaconi cardinalis ac bibliotecarii, xvi kalendas augusti, indictione xii°, Dominice incarnationis anno m°.c°.xx°, pontificatus autem domini Calixti secundi pape anno primo.

40

17 juillet 1119.

Pour Conques.

Ms. *Collection Doat, à la Bibliothèque nationale, n° 144, fol. 240 v°. — Cf. ibid., fol. 11 v°.

«Bulla Calixti secundi continens qualiter dictus Calixtus, juxta exemplar domini URBANI secundi, monasterium Conchense apostolicæ sedis gremio confoveri decrevit. In eadem exprimuntur ecclesiæ ad dictum monasterium pertinentes.

« Datum Tholosæ, decimo sexto kalendas augusti, Dominicæ incarnationis millesimo centesimo vicesimo, pontificatus anno primo. »

41

20 juillet 1119.

Calixte accorde à Bérenger, abbé de la Grasse, et à ses successeurs l'église Saint-Pierre de Valleras, moyennant un cens annuel de deux sous d'or.

Mss. *Original à la Bibliothèque nationale, collection Baluze, 380, *Chartes*, n° 14. — *Livre vert de l'abbaye de la Grasse*, du xv° siècle, aux Archives départementales de l'Aude, H, 1, fol. 13 et 147. — Collection Doat, n° 66, fol. 229.

Éd. Baluze, *Miscellanea*, III, 13. — Mahul, *Cartulaire de Carcassonne*, II, 248. — Migne, n° 23, col. 1114.

Cat. Robert, n° 32. — Jaffé-Loewenfeld, n° 6719 (4934).

Calixtus episcopus, servus servorum Dei, dilecto filio Berengario, Crassensis monasterii abbati, salutem et apostolicam benedictionem. Et justitiæ ratio et rationis ordo nos admonet et compellit ecclesiarum destitutioni paterna sollicitudine providere, illarum maxime quæ specialiter ad sedem videntur apostolicam pertinere. Siquidem Beati Petri de Valeriis ecclesia, quæ sancte Romanæ Ecclesiæ juris est, interius exteriusque attrita et tam in spiritualibus quam etiam in temporalibus plurimum diminuta est. Eapropter nos loco eidem affectione debita providentes, tibi, dilecte in Christo fili Berengari abbas, tuisque successoribus sub censu annuo duorum aureorum regendum disponendumque committimus, cum omnibus ad ipsum pertinentibus et cum omni libertate atque immunitate quam ei dominus predecessor noster sanctæ memoriæ Paschalis papa per privilegii sui paginam concessisse dinoscitur, quandiu videlicet vos apostolicæ sedis communionem et gratiam habueritis et in monasterio vestro monastici ordinis disciplina, Domino prestante, viguerit. Confidimus enim de omnipotentis Dei misericordia et religione vestra, quia per industriam vestram locus ille in religionis statum reduci et in temporalibus etiam debeat per Dei gratiam augmentari. Vestra igitur interest et in Romanæ deinceps Ecclesiæ obedientia et servitio devotius et enixius permanere et de loci illius incremento ita sollicitudinem gerere ut, largiente Deo, hac semper habeamini gratia digniores. Si qua sane persona temere, quod absit, nostrę huic commissioni obviare temptaverit, honoris et officii sui periculum patiatur aut excommunicationis ultione plectatur, nisi presumptionem suam digna satisfactione correxerit.

Ego Calixtus, catholicę Ecclesie episcopus, ss.

Ego Johannes, presbyter cardinalis de titulo Sancti Grisogoni.

† Ego Petrus, diaconus cardinalis Sanctorum Cosme et Damiani.

Datum apud Sanctum Theodardum per manum Grisogoni, sanctę Romanę Ecclesię diaconi cardinalis ac bibliothecarii, xiii kalendas augusti, indictione xii*, Dominicę incarnationis anno м°. c°. xx°, pontificatus autem domni Calixti II pape anno primo.

(Bulle appendue à une cordelette moderne.)

42

20 juillet 1119.

Calixte informe dame Jussoline et ses fils, bienfaiteurs de l'église Saint-Pierre de Valleras, qu'il donne cette église à l'abbaye de la Grasse et les engage à lui continuer leur protection.

Ms. *Collection Doat, n° 66, fol. 227; copie de 1667.

Éd. Baluze, *Miscellanea*, III, 13. — Martène et Durand, *Thesaurus novus anecdotorum*, I, 347.— Mahul, *Cartulaire de Carcassonne*, II, n° 249. — Migne, n° 24, col. 1114.

Cat. Robert, n° 33. — Jaffé-Loewenfeld, n° 6721 (4936).

CALIXTUS episcopus, servus servorum Dei, dilectæ filiæ JUSSOLINÆ, illustri feminæ, et filiis ejus PETRO SICARDI et RAINARDO DE PERIGNANO, salutem et apostolicam benedictionem. Gratias omnipotenti Deo et nobilitati vestræ referimus quod Beati Petri de Valeriis ecclesiam, quæ Romanæ Ecclesiæ juris est, sicut boni patroni et juvistis hactenus et fovistis. Rogamus autem ut idipsum deinceps melius per Dei gratiam faciatis. Nos enim destitutioni ejusdem loci affectione debita condolentes, cum dilecto filio nostro Berengario, Crassensi abbati, et successoribus ejus regendum disponendumque commisimus, cum omnibus honoribus et possessionibus suis et cum omni libertate et immunitate, sicut in domini prædecessoris nostri sanctæ memoriæ PASCHALIS papæ privilegio continetur. Confidimus enim de omnipotentis Dei misericordia, quia per ejus industriam locus idem tam in spiritualibus quam in temporalibus etiam poterit restaurari. Iterum ergo dilectionem vestram rogamus et vobis in peccatorum vestrorum remissionem injungimus ut, secundum datam divinitus facultatem, prædictam ecclesiam juvare amplius et sustentare curetis. Si quis autem adversus hanc commissionem nostram agere temptaverit, vos eundem locum protectionis vestræ auxilio deffendatis. Omnipotens Dominus beatorum apostolorum Petri et Pauli precibus vos, quæ ei placita sunt operantes, ab omnibus peccatis absolvat et ad vitam perducat æternam.

Datum apud Sanctum Teudardum, xiii kalendas augusti, indictione xii.

43

3o juillet 1119.

Confirmation de la discipline, de la règle et des biens de l'église Saint-Étienne de Cahors.

Éd. *De la Croix, *Series et acta episcoporum Cadurcensium*, p. 68. — Migne, n° 25, col. 1113. Cat. Robert, 34. — Jaffé-Loewenfeld, n° 6721 (4936).

CALLIXTUS episcopus, servus servorum Dei, dilectis filiis GERALDO priori et ejus fratribus in Caturcensi Beati protomartyris Stephani ecclesia regularem vitam professis, tam præsentibus quam futuris, salutem et apostolicam benedictionem in perpetuum. Præceptum Domini habemus : *Intrate per angustam portam, quia angusta via est quæ ad vitam ducit.* Quia igitur vos, o filii in Christo charissimi, per divinam gratiam aspirati, mores vestros sub regularis vitæ disciplina coercere et ut angustam portam ingredi valeatis, communiter secundum sanctorum Patrum institutionem omnipotenti Deo deservire proposuistis, nos votis vestris paterno congratulamur affectu. Unde et jam petitioni vestræ benignitate debita impartientes assensum, religionis propositum præsentis privilegii auctoritate firmamus. Statuimus enim ut nulli omnino hominum liceat vitæ canonicæ ordinem quem professi estis in vestra ecclesia commutare. Nemini etiam professionis vestræ facultas sit alicujus levitatis instinctu vel arctioris religionis obtentu sine prioris vel congregationis licentia de statu discedere. Quod si discesserit, nullus eum episcoporum, nullus abbatum, nullus monachorum sine communium litterarum cautione suscipiat, quamdiu videlicet in ecclesia vestra canonici ordinis tenor, Deo prestante, viguerit. Nullus præterea vobis in episcopum, in priorem, in archidiaconum vel in ministrum cujuslibet ecclesiasticæ dignitatis qualibet subreptione, astutia seu violentia præponatur, nisi cum fratrum communi consensu vel fratrum partis consilii sanioris secundum Dei timorem provideatur regulariter eligendus. Sane archidiaconorum electio consilio prioris et sanioris partis capituli facta episcopo præsentetur, qui ei regulariter factæ ad honorem Dei et sustentationem ecclesiæ accommodabit assensum. Porro si archidiaconorum aliquis temere, quod absit, vitæ canonicæ obviare aut communi utilitati domus contumaciter obesse præsumpserit et canonice monitus satisfacere contempserit, ejus loco, altero substituto, in claustro quietus cum fratribus aliis permanebit. Ad hæc tibi, dilecte in Christo fili GERALDE prior, per præsentis decreti paginam confirmamus quidquid juris vel honoris vel reverentiæ in disciplina ordinatione Caturcensis ecclesiæ prædecessor tuus bonæ memoriæ Gosbertus, canonici ordinis in vestra ecclesia institutor, rationabili providentia cognoscitur habuisse. Universos insuper fratres communi vita viventes, cum omnibus rebus ipsorum qui nunc sunt aut etiam fuerunt, protectionis apostolicæ privilegio communimus; vobis vestrisque successoribus confirmantes ecclesiam Sancti Agapiti de Pairinihaco et cuncta communia Caturcensis ecclesiæ quiete hactenus usque ad tempora hæc habita et possessa et cætera omnia quæ prædecessores nostri sanctæ memoriæ URBANUS et PASCHALIS papæ II vestræ noscuntur ecclesiæ confirmasse de communi. Ergo nulli omnino hominum liceat eandem ecclesiam temere perturbare aut ejus possessiones auferre vel ablatas retinere, minuere vel temerariis vexationibus fatigare, sed omnia integra conserventur, eorum pro quorum sustentatione et gubernatione concessa sunt, usibus omnimodis profutura, salva in omnibus Caturcensis episcopi reverentia. Illud quoque capitulo præsenti subjungimus ut firmitas quæ a bonæ memoriæ Geraldo episcopo in Caturcensi ecclesia constituta et ab ejus successoribus confirmata est, firma in posterum et inviolata perduret, ut videlicet suis, in quibuslibet locis fuerint, nisi forte culpa propria excommunicati sint, missas in II feria audiant, et sepultura eis, cum defecerint, non negetur. Si qua igitur in futurum ecclesiastica secularisve persona hanc nostræ constitutionis paginam sciens contra eam venire tentaverit,

secundo tertiove commonita, si non satisfactione congrua emendaverit, etc.

Ego Calixtus, catholicæ Ecclesiæ episcopus.

Datum apud Sanctum Leontium per manum Chrysogoni, sanctæ
Romanæ Ecclesiæ diaconi cardinalis ac bibliothecarii, III kalendas augusti, indictione XII, Dominicæ incarnationis anno 1120, pontificatus
autem domni Callixti II papæ an. II.

44

(?) Entre le 30 juillet et le 3 août 1119.

*Prière à Henri, roi d'Angleterre, de laisser venir au concile, qui devait être célé-
bré à Reims, Thurstin, élu archevêque d'York, et Raoul, archevêque de Cantorbéry, pour qu'il soit mis un terme à leur rivalité.*

Éd. *Monasticon anglicanum*, 1ʳᵉ éd., III, 143, et nouv. éd., VIII, 1185, ex registro Ebor. eccl. cat.,
  part. 3, fol. 48ᵛ. — Migne, n° 26, col. 1117.
Cat. Robert, 35. — Jaffé-Loewenfeld, n° 6722 (4937).

CALIXTUS episcopus, servus servorum Dei, charissimo in Christo filio
HENRICO, illustri Anglorum regi, salutem et apostolicam benedictionem.
Quæstio quæ tam diu de professione illa inter Cantuariensem archiepiscopum et Eborum electum agitatur et sedi apostolicæ gravis est et
Eboracensi ecclesiæ non modicum ingerit detrimentum. Eapropter nobilitatem tuam rogamus ut eosdem fratres nostros ad concilium pro quo
eos vocavimus, sicut aliis jam his rogavimus, venire permittas, quatenus, auctore Deo, in nostra et fratrum nostrorum præsentia diutina
illa quæstio finem debitam sortiatur. Si quis etiam eorum antea nos
visitare noluerit, eamdem ei tribuas facultatem.

45

(?) Entre le 3o juillet et le 3 août 1119.

Invitation à Thurstin, élu archevêque d'York, de se rendre au concile qui devait être célébré à Reims.

Éd. *Stubbs, *Actus pontificum Eboracensium*, dans Twysden, *Historiæ anglicanæ scriptores X*, II, 1715.
Cat. Jaffé-Loewenfeld, n° 6723.

46

(?) Entre le 3o juillet et le 3 août 1119.

Invitation à Raoul, archevêque de Cantorbéry, de se rendre au concile qui devait être célébré à Reims.

Éd. *Stubbs, *ibid.*
Cat. Jaffé-Loewenfeld, n° 6724.

47

(?) Entre le 3o juillet et le 3 août 1119.

Invitation aux archevêques de Reims, de Rouen, de Tours, de Dol, de Bordeaux et d'Auch de se rendre au futur concile de Reims.

Ms. *Documents relatifs à l'histoire de Bretagne*, ms. fr. 22322 de la Bibliothèque nationale, du xviii° siècle, p. 49.
Éd. Robert, app., p. xxx.
Cat. Robert, n° 51. — Jaffé-Loewenfeld, n° 6725.

CALIXTUS episcopus, etc., Remensi, Rothomagensi, Senonensi, Bituricensi, Turonensi, Dolensi, Burdegalensi et Auxiensi archiepiscopis, et ceteris tam clericis quam laicis per easdem provincias constitutis. Ecclesiarum omnium Romana Ecclesia mater et caput ab ipso Domino constituta omnes per orbem terrarum positas ecclesias tanquam propria membra debet uberibus caritatis confovere. Unde nos qui, licet indigni, in ejus per Dei gratiam regimine ordinati, beati Petri vicarii esse conspicimur, paterno affectu omnibus simul Ecclesiæ filiis prope seu longe positis, debitores, etc.

48

3 août 1119.

Invitation à Hervé, abbé de Redon, de rendre aux religieux de Quimperlé l'argent qu'il leur avait extorqué ou de venir au concile de Reims pour rendre compte de sa conduite.

Mss. *Cartularium Sancte Crucis Kemperlegiensis*, nouv. acq. lat. 1427, fol. 88, copie récente de l'original, des xiiᵉ-xiiiᵉ siècles, appartenant à lord Beaumont, Carlton towers (Angleterre). — Collection Baluze, n° 74, p. 20; «ex cartulario monasterii Kemperlégiensis». — Collection sur l'histoire de Bretagne, ms. fr. 22329, p. 260; extrait du cartulaire de Quimperlé.
Éd. Morice, *Mémoires pour servir de preuves à l'histoire de Bretagne*, I, 538. — *Rec. des hist. des Gaules et de la France*, XV, 231. — Migne, n° 27, col. 1117.
Cat. Robert, n° 36. — Jaffé-Loewenfeld, n° 6726 (4938).

CALIXTUS episcopus, servus servorum Dei, dilecto filio HERVEO, Rotonensi abbati, salutem et apostolicam benedictionem. Abbatis et fratrum monasterii Sancte ✠ de Kemperlegio adversus te querelam accepimus quod pecuniam de Bella Insula, quam per violentiam abstulisti, eis minime restitueris : super qua videlicet a confratre nostro Gerardo Engolismensi, tunc apostolice sedis legato, judicium datum est. Precipimus ergo dilectioni tue ut aut sine dilatione pecuniam reddas aut si quam te justiciam habere confidis, ad Remense concilium venias, rationem ibi super hoc, prestante Domino, plenarie redditurus.

Data Petragoricis, iii nonas augusti.

49

5 août 1119.

Confirmation des biens et des privilèges de l'abbaye de Tourtoirac.

Ms. *Collection de Périgord, à la Bibliothèque nationale, n° 77, fol. 117, copie du xviii° siècle, d'après l'original.
Éd. Gallia christiana, II, instr. 491. — Migne, n° 28, col. 1117.
Cat. Robert, n° 37. — Jaffé-Loewenfeld, n° 6727 (4939).

CALIXTUS episcopus, servus servorum Dei, dilecto filio GUIDONI, Turturiacensi abbati, ejusque successoribus regulariter substituendis, in perpetuum. Turturiacense monasterium, quod a bonæ memoriæ Guidone vicecomite in allodio suo ad honorem Dei et beatorum apostolorum Petri et Pauli constructum est, specialiter ad Romanam Ecclesiam, ex ipsius vicecomitis oblatione cognoscitur pertinere. Quamobrem nos illud beati Petri tuitione protegere ejusque apostolicæ sedis munimine decrevimus confovere. Tibi ergo tuisque successoribus, dilecte in Christo fili GUIDO abbas, et per vos eidem monasterio in perpetuum confirmamus quæ in præsenti aut ex prædicti vicecomitis largitione aut ex alia qualibet acquisitione legitime possidetis, ecclesiam videlicet Sancti Martini de Granges cum decimis et cæteris pertinentiis suis; ecclesiam Sancti Stephani de Naillac . . . . de Castris, in qua Sancti Johannis ecclesia continetur; ecclesiam Sancti Trojani cum decimis et pertinentiis suis; capellam de Castro Felicis, ecclesiam Sancti Raphaelis archangeli cum pertinentiis suis, et donum quod a Petro Bertramno archipresbytero de cimiterio ejusdem ecclesiæ in manu Rainaldi episcopi factum est; ecclesiam Sancti Johannis de Valentino cum pertinentiis earum; ecclesiam Sancti Raphaelis quæ infra muros Castri Gelosii sita est, sicut eam Bertramnus, Vasatensis episcopus, et ejus clerici nostro (*l.* vestro) monasterio tradiderunt et ejus cimeteria quæ intus vel extra muros posita sunt; capellam Sanctorum Magni et Medardi, quæ infra muros castri Excidolii posita est; ecclesiam Sancti Saturnini de Majac, ecclesiam Sancti Christophori de Saviniaco, ecclesiam Sancti Michaelis de la Penduda, ecclesiam Sanctæ Eulaliæ, ecclesiam Sancti Martini de Boscira cum appenditiis suis; ecclesiam Sancti Pantaleonis, eccle-

siam Sancti Bartholomei de Bausens, ecclesiam Sancti Petri de Bars
cum decimis et appenditiis suis; ecclesiam Sancti Petri de Sarlhac.
Quæcumque præterea in futurum concessione pontificum, liberalitate
principum vel oblatione fidelium juste atque canonice, præstante Domino, adipisci poteritis, firma vobis vestrisque successoribus et illibata
permaneant. Decrevimus ergo ut nulli hominum liceat idem monasterium temere perturbare aut ejus possessiones auferre aut ablatas
retinere, minuere vel temerariis vexationibus fatigare, sed omnia integra conserventur, eorum pro quorum sustentatione et gubernatione
concessa sunt usibus omnimodis profutura. Obeunte te, nunc hujus
loci abbate, vel tuorum quolibet successorum, nullus ibi qualibet
subreptionis astutia seu violentia præponatur, nisi quem fratres communi consensu vel fratrum pars consilii sanioris secundum Dei timorem et beati Benedicti regulam providerint eligendum. Sepulturam
quoque monasterii vestri, secundum antiquam consuetudinem, liberam permanere censemus. Ad indicium autem protectionis hujusmodi,
quam a sede apostolica obtinetis, aureum unum quotannis Lateranensi palatio persolvetis. Si quis igitur in futurum archiepiscopus aut
episcopus, comes, vicecomes aut ecclesiastica quælibet secularisve persona hanc nostræ constitutionis paginam sciens contra eam temere venire tentaverit, secundo et tertio commonita, si non satisfactione congrua emendaverit, potestatis honorisque sui dignitate careat reamque
se divino judicio existere de perpetrata iniquitate cognoscat et a sacratissimo corpore ac sanguine Dei et Domini Redemptoris nostri Jesu
Christi aliena fiat atque examini districtæ ultionis subjaceat. Cunctis
autem eidem loco justa servantibus sit pax Domini nostri Jesu Christi,
quatenus et hic fructum bonæ actionis percipiant et apud districtum
judicem præmia æternæ pacis inveniant. Amen.

(R.) Ego Calixtus, catholicæ Ecclesiæ episcopus. (M.)

Datum Petragoricis per manum Grisogoni, sanctæ Romanæ Ecclesiæ
diaconi cardinalis ac bibliothecarii et archivis ..... nonis augusti,
indictione XII, Dominicæ incarnationis anno millesimo centesimo vigesimo, pontificatus autem domini Calixti II papæ anno primo.

50

6 août 1119.

Confirmation des possessions de l'église de Périgueux et élection de l'évêque laissée aux chanoines.

Ms. *Collection de Périgord, n° 30, Évéché de Périgueux, fol. 211; copie de l'abbé Lépine, de la fin du xviii° siècle.
Cat. Jaffé-Loewenfeld, n° 6728.

CALIXTUS, etc., ... venerabili fratri GUILLELMO, Petragoricensi episcopo ..... Porro ecclesiam Sancti Frontonis tibi tuisque successoribus regendam, disponendam et possidendam singulariter confirmamus, sicut a tuis antecessoribus possessa noscatur (*sic*), ut illic, abbatis nomine præsidentes, redditus qui ad abbatis gubernationem deliberati sunt, integre quieteque suscipiatis ..... Interdicimus etiam ut te ad Dominum evocato vel tuorum quolibet successore, nullus omnino, invitis ecclesiæ vestræ clericis, episcopum violenter imponat, sed electio episcopi juxta canonicas xanctiones in clericorum deliberatione permaneat. Ad hæc decernimus ut nemini tandem Petragoricensem ecclesiam temere perturbare aut ejus possessiones aufferre vel ablatas retinere .....

Datum apud villam Brontomum[1], viii idus augusti, indictione xii, Dominicæ incarnationis anno 1120, pontificatus domni Kalixti papæ anno 1°.

51

11 août 1119.

Invitation à Gui, évêque de Coire, de se rendre au futur concile de Reims.

Ms. *Ms. Ottoboni, n° 3008, à la Bibliothèque du Vatican, du xii° siècle, fol. 82 v°.
Éd. Ewald, dans le *Neues Archiv*, III, 178.
Cat. Jaffé-Loewenfeld, n° 6729.

CALIXTUS episcopus, servus servorum Dei, venerabili fratri W[IDONI],

[1] En marge *Granconium*. Je crois qu'il faut lire *Brantomum*.

5.

Curiensi episcopo, salutem et apostolicam benedictionem. Quam obediens quamque devotus circa sanctę Romanę Æcclesię servicium hactenus extitisti multorum relatione et precipue fratris nostri Johannis cardinalis attestatione comperimus, pro quo te in ejusdem Æcclesię gratiam et antecessorum nostrorum familiaritatem receptum fore cognovimus. Nos quoque eorum vestigiis inhærentes te ut virum catholicum et Æcclesię Dei utilem amplioris dilectionis brachiis amplectentes honorare cupimus et in servicio Æcclesię ac familiaritate volumus conservare. De cetero fraternitatem tuam in Domino commonemus et rogamus ut matrem tuam, Romanam videlicet Æcclesiam, sicut bene cepisti, defendere semper studeas et juvare. Etenim nos paci et concordię omnimodis operam damus, et si secundum Deum eam habere possumus, te socium et participem fore desideramus. Ad cujus compositionem reli[gi]osorum virorum et tuo potissimum volumus uti consilio. Unde presentiam tuam una cum aliis fratribus Remensi volumus interesse concilio, quatenus de liberatione et pace Æcclesię communi audientia plenius, prestante Domino, pertractetur.

Data Engolismi, iii idus augusti.

52

27 août 1119.

Confirmation des possessions de l'église de Toul.

Ms. *Epist. Roman. pontif., ms. lat. 16991, fol. 221.
Cat. Jaffé-Loewenfeld, n° 6730.

Calixtus [episcopus], servus servorum Dei, dilectis filiis Tullensis matricis ecclesiæ canonicis, Stephano primicerio, Berengario decano, Goberto cantori et cæteris tam præsentibus quam futuris, in perpetuum. Ex divinis præceptis instruimur et apostolicis monitis informamur ut pro ecclesiarum statu affectu impigro vigilemus. Eapropter nos tam vestris per confratres vestros Gobertum cantorem et Hunaldum scholasticum, viros utique sapientes et industrios quos ad nostram præsentiam direxistis, quam et venerabilis fratris nostri Ricuini episcopi vestri petitionibus annuentes, ecclesiam vestram cum omnibus ad eam pertinentibus protectione sedis apostolicæ communivimus. Vobis enim vestræque in perpetuum ecclesiæ confirmamus quæcumque in præsenti duodecima indictione legitime possidere dignoscitur, videlicet Vischeriacum cum omnibus appendiciis suis et ecclesia; ecclesiam de Basonis monte, Vidum cum omnibus appendiciis suis et ecclesia; Troceium cum omnibus suis appendiciis et ecclesia; Domnum Martinum cum dicitur (*sic*) abbatia, cum appendiciis suis et ecclesia; ecclesiam de Sorceio, ecclesiam de Castello, Corniacam villam, cum appendiciis suis; Dominicam viam cum appendiciis suis et quod habetis apud Onades cum ecclesia; quod apud Rineium; item ecclesiam de Longort, ecclesiam de Boch, ecclesiam de Luceio, ecclesiam de Franca villa, ecclesiam de Gondulfi villa, Videliacum cum omnibus appendiciis suis et ecclesia; Domnum Martinum super Mosellam cum appendiciis suis et ecclesia; Franculfi villam cum ecclesia; Mundrival cum ecclesia; ecclesiam de Calmisiaco ad thesauri vestri custodiam; ecclesiam de Fontiniaco, ecclesiam de Balneolo, ecclesiam de Caldeniaco, virgam unam de theloneo civitatis, medietatem decimæ lignorum quæ advehuntur per Mosellam fluvium. Dona etiam altarium prædictarum omnium parochiarum, in quibus qui ordinandi fuerint vicarii per vos episcopo præsententur, ut de manu ejus curam tantum suscipiant animarum: Præterea confirmamus vobis donum quod Riquinus et uxor ejus Riquicia ad mansam vestram de suo alodio contulerunt, totam videlicet turrim de Commarceio et medietatem ipsius castelli cum omnibus appendiciis ejus, præter quartam ipsius medietatis partem quam idem Riquinus pro pecunia centum librarum Tullensis monetæ a fratre suo Hugone in vadimonium habens, sub ejusdem vadimonii nomine, vestræ cognoscitur ecclesiæ contulisse. Appendicia vero cum eodem castro collata hæc sunt : medietas suffluentis aquæ cum piscaria et banno supra et infra; et medietas in terris, pratis, silvis et mancipiis et forestis et banno horum omnium, præter Molismensium monachorum oblationem. Collatum est etiam cum ipso castro quidquid præfatus Riquinus et uxor ejus Riquicia possidere videbantur apud Milineium, apud Valles, apud Salces, apud Lorovillam, apud Punt, apud Chunvillam et medietas nauti navis ibidem, et quod habebant apud Fontanum, apud Morvillam, apud Tatonis villam, apud Vineium, apud Macerovillam, apud Geronvillam et apud Laium. Hæc quidem omnia collata sunt vobis eo jure, ea integritate qua ipsi ambo ea sin-

gula videbantur possidere, in mancipiis scilicet utriusque sexus, in
terris cultis et incultis, pratis, aquis, molendinis, piscariis, silvis et
banno horum omnium. Ad hæc adjicientes judicium quod de Blesiensi
archidiaconatu a bonæ memoriæ Richardo, Albano episcopo, tunc apostolicæ sedis legato datum, et a domno nostro sanctæ memoriæ Paschale papa confirmatum est, nos quoque præsentis privilegii pagina
confirmamus. Siquidem prædictus frater noster, cum ex apostolicæ
sedis auctoritate Trecensi concilio præsideret, mota contra vos a Tre-
censibus clericis quæstione, rationibus tandem utrimque diligentius
inquisitis, ex episcoporum judicio sententiam protulit ut archidiaco-
natus idem in vestræ Tullensis ecclesiæ jure ac possessione perpetua
conservetur. Quæcumque insuper in futurum, largiente Deo, juste
atque canonice vestra ecclesia poterit adipisci, firma vobis vestrisque
successoribus et illibata permaneant. Decernimus ergo ut nulli hominum liceat eandem ecclesiam temere perturbare aut ejus possessiones
auferre vel ablatas retinere, minuere vel temerariis vexationibus fatigare, sed omnia integra conserventur, eorum pro quorum sustentatione
et gubernatione concessa sunt usibus omnimodis profutura. Si qua
igitur in futurum ecclesiastica sæcularisve persona hanc nostræ constitutionis paginam sciens contra eam venire temptaverit, secundo tertiove commonita, si non satisfactione congrua emendaverit, potestatis
honorisque sui dignitate careat reamque se divino judicio existere [de]
perpetrata iniquitate cognoscat et a sacratissimo corpore ac sanguine
Dei et Domini Redemptoris nostri Jesu Christi aliena fiat atque in extremo examine districtæ ultioni subjaceat. Cunctis autem eidem ecclesiæ
justa servantibus sit pax Domini nostri Jesu Christi, quatenus et hic
fructum bonæ actionis percipiant et apud districtum judicem præmia
æternæ pacis inveniant. Amen. Amen. Amen.

Data Pictavi per manum Grisogoni, sanctæ Romanæ Ecclesiæ dia-
coni cardinalis ac bibliothecarii, vi kalendas septembris, indictione xii,
Dominicæ incarnationis anno m°.c°.xviii°, pontificatus autem domni
Calixti secundi papæ anno primo.

53

27 août 1119.

Confirmation des possessions de l'abbaye Saint-Èvre-lès-Toul.

Ms. *Monasticon benedictinum, t. IV, ms. lat. 12661, fol. 27 v°; copie du xvi° siècle.
Éd. Robert, app., p. xiv.
Cat. Robert, n° 38. — Jaffé-Loewenfeld, n° 6731.

CALIXTUS episcopus, servus servorum Dei, dilecto filio PETRO, abbati monasterii Sancti Apri, ejusque successoribus regulariter substituendis, imperpetuum. Justis votis assensum prebere justisque peticionibus aures accomodare nos convenit, qui, licet indigni, justitie custodes atque precones, in excelsa apostolorum principum Petri et Pauli specula positi, Domino prestante, conspicimur. Propter quod precibus tuis per dilectum filium nostrum Hunaldum, Tullensem scolasticum, inclinati, Beati Apri monasterium cui, Deo actore, presides, sub apostolice sedis tutelam suscepimus confovendum, statuentes ut quecumque idem cenobium in presenti legitime possidet sive in futurum, largiente Deo, juste atque canonice poterit adipisci, firma tibi tuisque successoribus et illibata permaneant. In quibus hec propriis visa sunt nominibus exprimenda : vicus Sancti Apri cum proprio banno et vineis, pratis, silvis, farinariis et servitoribus suis et ceteris appendiciis ejus; vinee in Barro monte et Barrino et in Valleriis constitute et quicquid de parte Sancti Apri habetur in Bruniriaco et in Saponariis; villa que dicitur Videliacus, Alanum cum appendiciis suis, et ecclesia Cripeium cum appendiciis suis et ecclesia Silinicurtis cum ecclesia; villa Stephani cum appendiciis suis et ecclesia; Moslonis villa cum appendiciis suis, et ecclesia Salsurie cum banno et appendiciis et ecclesia; decime Waldonis curtis pertinentes ad matrices Salsurias, Martiniacum cum ecclesia; quod possidetis in Domno Bricio, in Ulmeto, in Adoleni villa et apud Sanctum Germanum, apud Willerm, apud Pont, apud Walles, apud Rosirias, apud Nanceium, Manoncurtis cum omni integritate sua et ecclesia; Stadonium, Bladenacum cum ecclesia; possessio de Rogeringis, de Mandrisi, de Incluseriis, de Artengiis, Totonis villa cum appendiciis suis; ecclesia de Colombario cum omnibus

pertinentiis suis; ecclesia de Domevero, capella de Oscherio, capella
de Germinei et alia ibidem nostra possessio; capella de Engisvilla.
Item cella de Gondrecort cum pertinentiis suis; cella Casteniacensis
cum omnibus appendiciis suis, quemadmodum in domni predecessoris nostri sancte memorie Pascualis pape definicionis cyrographo
continetur; cella Baniville cum omnibus appendiciis suis. Decernimus
ergo ut nulli omnino hominum liceat vestrum monasterium temere
perturbare aut ejus possessiones auferre vel ablatas retinere, minuere vel temerariis vexationibus fatigare, sed omnia integra conserventur, eorum pro quorum sustentatione et gubernatione concessa
sunt usibus omnimodis profutura. Si qua igitur in futurum ecclesiastica secularisve persona hanc nostre constitutionis paginam sciens
contra eam temere venire temptaverit, secundo tertiove commonita,
si non satisfactione congrua emendaverit, potestatis honorisque sui
dignitate careat reamique se divino judicio existere de perpetrata iniquitate cognoscat et a sacratissimo corpore et sanguine Dei et Domini
Redemptoris nostri Jesu Christi aliena fiat atque in extremo examine
districte ultioni subjaceat. Cunctis autem eidem loco justa servantibus
sit pax Domini nostri Jesu Christi, quatenus et hic fructum bone actionis percipiant et apud districtum judicem premia eterne pacis inveniant. Amen.

Datum Pictavi per manum Grisogoni, sancte Romane Ecclesie diaconi cardinalis ac bibliothecarii, vi kalendas septembris, indic[t]ione
xii[a], Dominice incarnationis anno m°.c°.xviii°, pontificatus autem
domni Calixti secundi pape [anno primo].

54

27 août 1119.

Confirmation des possessions et des droits de l'abbaye Notre-Dame de Saintes et protection du Saint-Siège, moyennant une redevance annuelle de cinq sous de monnaie saintongeoise.

Mss. Ms. 138, t. 27 *ter* de la collection Fonteneau, à la Bibliothèque de Poitiers, p. 359; copie du xviii° siècle. — Ms. lat. 18404, t. 27 *ter* de la collection Fonteneau, à la Bibliothèque nationale, p. 359; copie du xix° siècle. — *Collection Moreau, Chartes et diplômes*, n° 49, fol. 71.
Éd. Grasilier, *Cartulaire de l'abbaye royale de Notre-Dame de Saintes*, p. 11. — Robert, app., p. xvi.
Cat. Robert, n° 39. — Jaffé-Loewenfeld, n° 6732.

CALIXTUS episcopus, servus servorum Dei, dilecte filiæ SIBILLÆ, Sanctonensis cenobii, quod Sanctæ Mariæ dicitur, abbatissæ, ceterisque in ejusdem loci religione regulariter promovendis in perpetuum. Officii nostri nos hortatur auctoritas pro ecclesiarum statu sollicitos esse et que recte statuta sunt stabilire. Quamobrem, dilecta in Christo filia SIBILLA abbatissa, tuis peticionibus clementer annuimus, et Sanctonense monasterium cui, Deo auctore, presides, sub apostolice sedis protectionem specialiter confovendum suscipientes, que a predecessore nostro sanctæ memoriæ URBANO papa ei confirmata sunt, præsentis privilegii pagina confirmamus. Idem enim cenobium a nobilis memorie Goffredo, Andegavensi comite, et Agnete comitissa in honore beatæ Dei genitricis semperque virginis Mariæ fundatum et beato Petro ejusque sanctæ Romanæ Ecclesiæ in jus proprium oblatum cognoscitur. Apostolica igitur auctoritate statuimus ut quæcumque dona, quascumque possessiones predictus comes et comitissa Agnes eidem monasterio contulerunt, quicquid etiam concessione pontificum, liberalitate principum, oblatione fidelium vel aliis justis modis aut in presenti acquisita sunt aut in futurum, Deo largiente, juste atque canonice acquiri contigerit, firma tibi semper tibique successuris et illibata permaneant. Ecclesia videlicet Sancti Petri cum parrochianis suis et appendiciis tam terrarum quam aquarum et molendinorum; ecclesia Sanctæ Mariæ de Balentiaco, Sancti Supplicii cum integris earum parrochiis; ecclesia de Broa cum tota decima; ecclesia Sancti

Juliani, Sancti Palladii cum appendiciis earum; terra de Marennia
cum ecclesiis quatuor; terra Corme cum ecclesiis; terra de Mompolim
cum ecclesia; insula de Vis cum ecclesia et earum appendiciis; Pons
lapidum cum tribus ecclesiis; terra de Capcerum cum ecclesia et parrochia; tota terra de Nantiaco; decima nove terre de campania Guillelmi Fredelandi, decima decimarum tocius insule Olerani, excepta
parrochia Sancti Georgii. Ecclesiæ Sancti Johannis de Angulis cum
decima ejusdem parrochiæ; decima nove terre Sancti Sulpicii de
Bosco; decima terre Loerii; terra Burlei cum augmentis saline Sancti
Aniani; terra Gaimcombrati cum ecclesia. Decernimus ergo ut nulli
omnino hominum liceat idem cenobium temere perturbare aut ejus
possessiones auferre vel ablatas retinere, minuere vel temerariis vexationibus fatigare, sed omnia integra conserventur, tam vestris quam
pauperum usibus profutura. Ad hæc adicientes prohibemus ne, pro
Sanctonensis parrochiæ interdictione vel excommunicatione, locus-ves-
ter a divinis interdicatur officiis, ita tamen ut qui excommunicati vel
interdicti fuerint, nullatenus admittantur, set, clausis januis, debita
omnipotenti Deo servicia persolvatis. Ad inditium autem percepte hujus
a Romana Ecclesia tuicionis, quinque solidos vestre monete quotannis
Lateranensi palacio persolvetis. Si qua igitur in futurum ecclesiastica
secularisve persona hanc nostre constitutionis paginam sciens contra
eam temere venire temptaverit, secundo terciove commonita, si non
satisfactione congrua emendaverit, potestatis honorisque sui dignitate
careat reamque se divino judicio existere de perpetrata iniquitate cognoscat et a sacratissimo corpore ac sanguine Dei et Domini Redemptoris nostri Jesu Christi aliena fiat atque in extremo examine districte
ultioni subjaceat. Cunctis autem eidem loco justa servantibus sit pax
Domini nostri Jesu Christi, quatenus et hic fructum bone actionis percipiant et apud districtum judicem premia eterne pacis inveniant.
Amen. Amen.

(R.) Ego Calixtus, catholicæ Ecclesiæ episcopus, ss. (M.)

Datum Pictavi per manum Grisoboni, sanctæ Romanæ Ecclesiæ diaconi cardinalis ac bibliothecarii, vi kalendas septembris, indictione xiiª,
Dominice incarnationis anno mcxviii, pontificatus autem domini Calixti secundi pape anno primo.

55

28 août 1119.

*Confirmation des possessions de l'abbaye de la Trinité de Poitiers,
prise sous la protection du Saint-Siège.*

Mss. *Copie figurée du xiv⁰ siècle aux Archives départementales de la Vienne, à Poitiers, série II,
fonds de la Trinité, liasse 3. — *Monasticon benedictinum*, ms. lat. 12700, fol. 156 et 160. —
Collection Estiennot, ms. lat. 12755, p. 482. — Ms. 138, t. 27 de la collection Fonteneau, à
la Bibliothèque de Poitiers, p. 67. — Ms. lat. 18402, t. 27 de la collection Fonteneau, à la
Bibliothèque nationale, copie du xix⁰ siècle, p. 67. — Collection Moreau, *Chartes et diplômes*,
n° 49, fol. 71.
Éd. Robert, app., p. xix. — Fragment dans *Gallia christiana*, II, instr. 362. — Migne, n° 29,
col. 1119.
Cat. Robert, n° 40. — Jaffé Loewenfeld, n° 6733 (4940).

CALIXTUS episcopus, servus servorum Dei, dilecte filie HELIZABETH,
abbatisse Pictavensis monasterii Sancte Trinitatis, et hiis que post eam
regulariter successerint, in perpetuum. Pie postulatio voluntatis effectu
debet prosequente compleri. Quia igitur dilectio tua ad sedis apostolice
portum confugiens ejusque tuitionem devotione debita requisivit, nos
supplicationi tue clementer annuimus et Sancte Trinitatis monasterium cui, Deo auctore, presides, in apostolice sedis tutelam excipimus. Per presentis igitur previlegii paginam apostolica autoritate statuimus, ut quecunque bona, quascunque pocessiones idem cenobium
in presenti legitime possidet sive in futurum, largiente Deo, juste atque canonice poterit adipisci, firma semper tibi atque hiis que post te
successerint et illibata permaneant. In quibus hec propriis duximus
nominibus annotanda : videlicet ecclesiam Sancti Petri de Amberria
cum decima sua; ecclesiam Sancti Martini de Paille cum decima sua;
ecclesiam Sancti Juliani arsi cum curte sua; ecclesiam Sancti Nicholay
de Prato maledicto cum curte sua; ecclesiam Sancti Petri de Segondi-
gnec cum curte sua; ecclesiam Sancti Maximi de Contre cum curte
sua; ecclesiam Sancti Hillarii de Villafolet cum curte sua; ecclesiam
Sanctorum Gervasii et Protasii cum curte sua; ecclesiam Sancte Marie
de La Fourest cum integritate sua; ecclesiam Sancte Marie de Murnay
cum integritate sua; ecclesiam Sancti Gregorii in suburbio Pictavis
cum integritate sua; ecclesiam Sancti Pellagii in suburbio cum integritate sua; infra ipsam civitatem Pictavensem Sancti Petri Puellare

monasterium cum integritate sua. Ita etiam ut celerarius officium et canonici prebendas de manu abbatisse in capitulo accipiant et servicium debitum atque obedienciam, sicut actenus fecisse noscuntur monasterio vestro et abbatisse prorsus exhibeant et quecunque vel in personis vel in rebus aliquibus ad vestrum noscuntur monasterium pertinere. Decernimus ergo ut nulli omnino hominum liceat idem cenobium temere perturbare aut ejus pocessiones aufferre vel ablatas retinere, minuere vel temerariis vexacionibus fatigare, sed omnia integra conserventur, sororum ibidem Domino servientium usibus profutura. Si qua igitur in futurum ecclesiastica secularisve persona hanc nostre constitucionis paginam sciens contra eam temere venire temptaverit, secundo tertiove commonita, si non satisfactione congrua emendaverit, potestatis honorisque sui dignitate careat reamque se divino judicio existere de perpetrata iniquitate cognoscat et a sacratissimo corpore ac sanguine Dei et Domini Redemptoris nostri Jesu Christi aliena fiat atque in extremo examine districte ultioni subjaceat. Cunctis autem eidem loco justa servantibus sit pax Domini nostri Jesu Christi, quathenus et hic fructum bone actionis percipiant et apud districtum judicem premia eterne pacis inveniant. Amen.

(R.) Ego Calixtus, catholice Ecclesie episcopus, ss. (M.)

Datum Pictavis per manum Grisogoni, sancte Romane Ecclesie diaconi cardinalis ac bibliothecarii, v kalendas septembris, indictione XIIª, Dominice incarnacionis anno M°C°XVIII, pontificatus autem domni Calixti secundi pape anno primo.

56

27 ou 28 août 1119.

Confirmation des biens et des privilèges de l'abbaye de Bonneval, diocèse de Chartres, placée sous la protection du Saint-Siège moyennant une redevance annuelle de deux sous chartrains.

Ms. *Collection Baluze, n° 38, fol. 16.
Éd. Robert, app., p. 149.
Cat. Robert, n° 40 A. — Jaffé-Loewenfeld, n° 6734.

CALIXTUS episcopus, servus servorum Dei, dilecto in Christo filio

Bernerio, abbati monasterii SS. martyrum Marcellini et Petri, quod de Bona valle dicitur, in comitatu Dunensi, ejusque successoribus regulariter promovendis, in perpetuum. Sicut injusta poscentibus nullus est tribuendus effectus, sic legitima desiderantium non est differenda petitio. Tuis igitur, fili in Christo carissime Berneri, justis petitionibus annuentes, Bonæ vallis monasterium, cui, Deo auctore, præesse dinosceris, sub tutela apostolicæ sedis excipimus. Per præsentis igitur privilegii paginam apostolica auctoritate statuimus ut quæcumque prædia, quæcumque bona, vestrum hodie monasterium legitime possidet, quæcumque etiam in futurum concessione pontificum, liberalitate principum vel oblatione fidelium canonice poterit adipisci, firma tibi tuisque successoribus et illibata permaneant. Illud etiam egregii Chlotarii regis præceptum, eidem cœnobio comitis Odonis precibus datum, ratum et stabile manere censemus, ut videlicet in omnibus quæ in præsenti idem cœnobium possidet vel possessurum est, neque comes, neque judex seu quælibet alia persona aliquid horum quæ aut legum dictatione aut ipsa usuali consuetudine ad judices, comites, vicecomites vel vicarios seu ad quoslibet multiplicum professionum officiales dicuntur respicere in cunctis finibus ad prædicti monasterii ditionem sive possessionem pertinentibus ulla ratione, ullo tempore præsumat exigere. Nulli igitur omnino hominum liceat idem cœnobium temere perturbare aut ejus possessiones aufferre vel ablatas retinere, minuere vel temerariis vexationibus fatigare, sed omnia integra conserventur, eorum pro quorum sustentatione et gubernatione concessa sunt, usibus omnimodis profutura. Præcipimus etiam ut Sancti Salvatoris Braiacensis ecclesia, quæ beati Petri censualis est, et ab ipso fundationis exordio tuitioni sedis apostolicæ commissa, vestro cœnobio, tanquam capiti membrum, semper adhæreat et ejus dispositio in tua successorumque tuorum manu absque alicujus contradictione persistat, salvo duorum Carnotensium solidorum censu, qui singulis annis est Lateranensi palatio persolvendus. Præterea confirmamus vobis ecclesiam Beati Petri in Dunensi castro sitam, sicut jam vobis venerabilis frater noster Yvo, Carnotensis episcopus, præsente et concedente Odone milite, tradidit, qui nimirum miles eam eatenus occupaverat et quod eadem vobis traditione concessum est, videlicet quicquid eatenus monasterii vestri fratres de casamento Carnotensis concessione possidentium per annum et diem quiete possederant, salvo in omnibus jure

Carnotensis ecclesiæ. Confirmamus etiam vobis capellam Sancti Vincentii, quæ Carnoti sita est juxta portam Cinerosam, quam idem frater noster Yvo eadem vobis traditione concessit. Ecclesiam quoque de Themaro, in honore beatorum apostolorum Petri et Pauli constitutam, vobis vestrisque successoribus statuimus sine vicario perpetualiter habendam, a synodo et circada sive ab omni consuetudine et inquietatione atque exactione liberam et quietam, et ut est beatorum martyrum Marcellini et Petri atque Florentii ecclesia de Bona valle, cujus cella est, penitus absolutam, quemadmodum præfati episcopi concessione et clericorum Carnotensium consensu et subscriptione sancitum est. Obeunte autem te, nunc ejus loci abbate, vel tuorum quolibet successorum, nullus ibi qualibet subreptionis astutia seu violentia præponatur, nisi quem fratres communi consensu vel fratrum pars consilii sanioris vel de suo vel de alieno, si oportuerit, collegio, secundum Dei timorem et beati Benedicti regulam elegerint. Electus autem a Carnotensi episcopo benedicatur, si tamen idem episcopus communionem et gratiam apostolicæ sedis habuerit et si ordinationem ipsam gratis ac sine pravitate voluerit exhibere; alioquin ad Senonensem archiepiscopum recurratur. Sane si quis in crastinum archiepiscopus aut episcopus, imperator aut dux, princeps aut rex, comes aut vicecomes, judex aut quælibet potens persona aut impotens hujus privilegii paginam sciens contra eam temere venire tentaverit, secundo tertiove commonita, si non satisfactione congrua emendaverit, potestatis honorisque sui dignitate careat reamque se divino judicio existere de perpetrata iniquitate cognoscat et a sacratissimo corpore ac sanguine Dei et Domini Redemptoris nostri Jesu Christi aliena fiat atque in extremo examine districtæ ultioni subjaceat. Cunctis autem eidem loco justa servantibus sit pax Domini nostri Jesu Christi, quatenus et hic fructum bonæ actionis percipiant et apud districtum judicem præmia æternæ pacis inveniant. Amen. Amen.

(Dat. Pictavis, anno incarnationis Dominicæ m cxx, pontificatus domni Calisti II papæ anno i.)

57

3o août 1119.

Confirmation des possessions de l'abbaye Saint-Cyprien de Poitiers.

Mss. *Cartulaire de Saint-Cyprien*, ms. lat. 10122 de la Bibliothèque nationale, xiiᵉ siècle, fol. 7.
— Copie de ce cartulaire, ms. lat. 12896, p. 10; xviiᵉ siècle. — René du Cher, *Histoire de Saint-Cyprien*, 1680, ms. lat. 12897, p. 38. — *Recueil de pièces relatives à Saint-Cyprien*, ms. lat. 17148, fol. 133; xviiᵉ siècle. — Ms. 138, t. 7 de la collection Fonteneau, à la Bibliothèque de Poitiers, p. 477. — Ms. lat. 18382, t. 7 de la collection Fonteneau, à la Bibliothèque nationale, p. 477. — Collection Moreau, *Chartes et diplômes*, nᵒ 49, fol. 72.
Éd. Robert, app., p. xxi. — *Archives historiques du Poitou*, III, 17.
Cat. Robert, nᵒ 41. — Jaffé-Loewenfeld, nᵒ 6735.

CALIXTUS episcopus, servus servorum Dei, dilecto filio PETRO, abbati monasterii Sancti Cypriani Pictavis constituti, ejusque successoribus regulariter substituendis, in perpetuum. Sicut injusta[a] poscentibus nullus est tribuendus effectus, sic legitima desiderantium non est differenda peticio. Quamobrem, dilecte in Christo fili PETRE abbas, peticionibus tuis annuendum censuimus, ut Beati Cypriani monasterium, cui, Deo auctore, presides, ad exemplar predecessoris nostri sanctę memorię GREGORII septimi pape, apostolice sedis privilegio muniremus. Per presentis igitur privilegii paginam apostolica auctoritate statuimus ut idem monasterium et abbates ejus et monachi ab omni secularis servitii infestatione sint securi omnique mundane oppressionis gravamine sint remoti. Porro quecunque bona, quascunque possessiones vel in presenti legitime possidet vel in futurum, largiente Deo, juste atque canonice poterit adipisci, firma tibi tuisque semper successoribus et illibata permaneant. In quibus hec propriis duximus nominibus annotanda : ecclesias videlicet de Vitvonia; ecclesiam Sancti Georgii, Sancti Micahelis, ecclesiam de Seis, ecclesiam Sancti Albini, ecclesiam Sancti Silvani, ecclesiam de Evolduno, ecclesiam de Praaliis, ecclesiam de Avum, de Agrionesio, de Chirec, de Cissec, ecclesiam Sancti Christofori infra Pictavim, ecclesiam Sancti Saturnini extra Pictavim, ecclesias de Castro Airaudi, Sancti Romani, Sanctę Marię, Sancti Johannis, Sanctę Marię de Postumiaco, de Antoniaco,

[a] *Multa* dans le ms.

ecclesiam de Auriniaco, ecclesiam Sanctorum Gervasii et Protasii, ecclesiam de Senone, de Bornesio, ecclesiam Sancti Hylarii de Montibus,
de Seniliaco, de Voonolio, de Boonolio, ecclesias de Gentiaco, de
Brione, de Uthone, de Maireniaco, ecclesias de Dompetro, Sancti
Petri de Cenaio, ecclesias de Oias, ecclesiam Sancti Laurentii super
Sevram, ecclesias de Salvia, de Poliniaco, de Turagellio, de Suliaco,
de Caraio, ecclesias de Chiniaco, Sancti Cirini, providentiam ordinationis ecclesie Sancte Crucis de Ingla, ecclesias de Mortemaris, Sancti
Christofori, Sancte Marie, ecclesiam de Vereriis. In pago Sanctonensi,
ecclesiam de Johec, ecclesiam Sancti Leodegarii, Sancte Marie de
Insula, Sancti Sigismundi et omnia que ad predictas ecclesias pertinent. Decernimus ergo ut nulli omnino hominum liceat idem cenobium temere perturbare aut ejus possessiones auferre vel ablatas retinere, minuere vel temerariis vexationibus fatigare; sed omnia que a
quibuslibet fidelibus de suo jure vel jam donata sunt vel in futurum
donari contigerit, integra conserventur, eorum pro quorum sustenta-
tatione et gubernatione concessa sunt, usibus omnimodis profutura,
salvo jure debito Pictavensis ecclesie, quod in abbatia vestra cognoscitur habere et obtinere. Hoc etiam adicientes subjungimus ut si vos
in judicio cognoveritis pregravari, licenter apostolice sedis audientiam
appelletis. Sane de presbiteris, qui per parrochias ad monasteria pertinentes in ecclesiis constituuntur, predecessoris nostri sancte memorie
Urbani secundi pape sententiam confirmamus, ut videlicet abbas in
parrochialibus ecclesiis quas tenent, episcoporum consilio presbyteros
collocent. Episcopi autem parrochie curam cum abbatum consensu
sacerdoti committant, ut ejusmodi sacerdotes de plebis quidem cura
episcopo rationem reddant, abbati vero pro rebus temporalibus ad
monasterium pertinentibus debitam subjectionem exibeant et sic sua
cuique jura serventur. Obeunte te, nunc ejusdem loci abbate vel tuorum quolibet successorum, nullus ibi qualibet surreptionis astutia seu
violentia preponatur, nisi quem fratres communi consensu vel fratrum
pars consilii sanioris secundum Dei timorem et beati Benedicti regulam elegerint, a Pictavensi episcopo consecrandum, si quidem episcopus gratiam atque communionem apostolice sedis habuerit et si
consecrationem ipsam gratis hac (sic) sine pravitate voluerit exhibere.
Alioquin liceat vobis vel ad apostolicam sedem recurrere vel catholicum quem malueritis adire antistitem et ab eo consecrationem ordi-

nationemve suscipere. Si qua igitur in futurum ecclesiastica secularisve
persona hanc nostre constitutionis paginam sciens contra eam temere
venire temptaverit, secundo terciove commonita, si non satisfactione
congrua emendaverit, potestatis honorisque sui dignitate careat reamque se divino judicio existere de perpetrata iniquitate cognoscat et
a sacratissimo corpore ac sanguine Dei et Domini nostri Jesu Christi
aliena fiat atque in extremo examine districte ultioni subjaceat. Cunctis
autem eidem loco justa servantibus sit pax Domini nostri Jesu Christi,
quatinus et hic fructum bone actionis percipiant et apud districtum
judicem premia eterne pacis inveniant. Amen.

(R.) Ego Calixtus, catholice Æcclesie episcopus, ss. (M.)

Datum Losduni per manum Grisogoni, sancte Romane Ecclesie
diaconi cardinalis ac bibliothecarii, iii° kalendas septembris, indictione xii², Dominice incarnationis anno m°.c°.xviii°, pontificatus autem
domni Calixti secundi pape anno primo.

58

3o août 1119.

*Confirmation de la règle et des possessions de l'église Notre-Dame
et Saint-Laon de Thouars.*

Ms. Ms. 87 de la collection Fonteneau, à la Bibliothèque de Poitiers, p. 284.
Éd. *Imbert, *Cartulaire de l'abbaye de Saint-Laon de Thouars*, p. 2.
Cat. Jaffé-Loewenfeld, n° 6786.

CALIXTUS episcopus, servus servorum Dei, dilectis ecclesie Beate Marie
et Beati Launi confessoris canonicis regularem vitam professis, tam
presentibus quam futuris, in perpetuum. Perceptum Domini habemus :
Intrate per angustam portam, quia angusta via est que ducit ad vitam. Quia
igitur vos, o filii in Christo karissimi, per divinam graciam aspirati
mores vestros sub regularis vite disciplina coercere, et ut angustam
valeatis ingredi portam, communiter, secundum sanctorum patrum
institutionem, omnipotenti Domino deservire proposuistis, nos votis
vestris paterno congratulamur affectu. Unde etiam tam vestre quam
venerabilis fratris nostri Guillelmi, Pictavensis episcopi, peticioni benignitate debita impertientes assensum, religionis propositum presentis

privilegii auctoritate firmamus. Statuimus enim ut nulli omnino hominum liceat vite canonice ordinem, quem professi estis, in vestra ecclesia immutare. Interdicimus etiam ne alicui vestrum, post professionem exhibitam, proprium quid habere, neve sine preposili vel congregacionis licencia de claustro discedere liceat, et tam vos quam vestra omnia sedis apostolice protectione munimus. Vobis itaque vestrisque successoribus in eadem religione per Dei gratiam permansuris ea omnia in perpetuo possidenda sancimus que in presentiarum pro communis victus sustentatione legitime possidere videmini : ecclesiam videlicet Beati Petri de Bello loco juxta castrum Marolii cum decima et omnibus pertinenciis suis; ecclesiam Sancti Romani de Romania cum pertinenciis suis; ecclesias de Rothaiaco cum terra que cum ipsis ecclesiis data est a bone memorie Cadalone, milite de medio Toarcii, qui et supradicta dedit; terram de Caime cum mansionibus et aliis que Achardus, ejus hereditarius filius, tradidit; borderiam et alia que Adam Normanus, predicti Achardi frater, vestre ecclesie tribuit; molendinum quod dedit Landricus Bercus; masuram terre quam dedit Goffredus, Landrici filius; molendinum quod Johannes, cognomento Nepos, et ejus filii contulerunt. Quecumque preterea in futurum concessione pontificum, liberalitate principum, oblatione fidelium vel aliis justis modis vestra ecclesia poterit adipisci, firma vobis vestrisque successoribus et illibata permaneant. Decernimus ergo ut nulli omnino hominum liceat eandem ecclesiam temere perturbare aut ejus possessiones auferre vel ablatas retinere, minuere vel temerariis vexationibus fatigare, sed omnia integra conserventur, eorum pro quorum sustentatione ac gubernatione concessa sunt, usibus omnimodis profutura. Si qua igitur in futurum eclesiastica secularisve persona hanc nostre constitucionis paginam sciens contra eam temere venire temptaverit, secundo tertiove commonita, si non satisfactione congrua emendaverit, potestatis honorisque sui dignitate careat rea[m]que se divino judicio existere de perpetrata iniquitate cognoscat et a sacratissimo corpore ac sanguine Dei et Domini Redemptoris nostri Jesu Christi aliena fiat atque in extremo examine districte ultioni subjaceat. Cunctis autem vestre ecclesie justa servantibus sit pax Domini nostri Jesu Christi, quatenus et hic fructum bone actionis percipiant et apud districtum judicem premia eterne pacis inveniant. Amen.

Datum Lauduni per manum Chrysogoni, sancte Romane Ecclesie

diaconi cardinalis ac bibliothecarii, iii kalendas septembris, indictione xii^a, Dominice incarnationis anno 1118, pontificatus autem domini Calisti pape secundi anno 1°.

59

3 septembre 1119.

Confirmation des biens et des privilèges de l'abbaye de Saint-Vincent de Senlis.

Mss. *Copie du 10 mai 1424, aux Archives départementales de l'Oise, à Beauvais, II, 520, fonds de Saint-Vincent de Senlis. — Autre copie du xviie siècle, *ibid.* — *Recueil Afforty*, à la Bibliothèque de Senlis, t. XIII, p. 619; copie du xviiie siècle.
Éd. Gallia christiana, X, instr. 210. — Migne, n° 30, col. 1119.
Cat. Robert, n° 42. — Jaffé-Loewenfeld, n° 6737 (4941).

CALIXTUS episcopus, servus servorum Dei, dilecto filio BALDUINO, ecclesie Beati Vincentii abbati, salutem et apostolicam benedictionem. Ecclesiam Beati Vincentii in suburbio Silvanectensi, in allodio regali, a rege Francorum Philipo et matre sua Anna fundatam, multis possessionibus dotatam et omni libertate ad instar ecclesiarum regalium Sancte Genovefe Parisiensis Sanctique Frambaldi Silvanectensis donatam cognovimus. Hanc autem ecclesiam negligentia inhabitantium ad summam penitus miseriam deductam in tempore nostri apostolatus oculo pietatis et misericordie respicientes sub tutela beati Petri suscipimus et has quas juste obtinet, ut semper obtineat libertates, auctoritate apostolice dignitatis confirmamus, quatinus eadem ecclesia in omni libertate cum atrio et omnibus ejus habitatoribus ac suis servientibus permaneat et ab eis oblationes, decimas et omnes sui juris redditus repetens, officia christianitatis ejusdem ecclesie clerici honeste ac solemniter omnibus impendere studeant; in eadem eciam ecclesia ut clerici regulares sub professione beati Augustini perpetualiter Deo deserviant, precipimus. Et ne quis ipsum ordinem immutare vel disturbare presumat, sub anathemate interdicentes omnibus fidelibus qui causa devocionis bona eis largiri voluerint, in remissionem peccatorum suorum injungimus. Tibi autem, fili BALDUINE, cui commissa est cura et sollicitudo predicte ecclesie, auctoritate apostolice dignitatis concedimus ut possessiones ecclesie, quas in tempore antecessorum tuorum tibi malefactores vel seculi potestates preoccupaverint, in quolibet episcopatu fuerint, libera voce valeas repetere et modis omnibus recuperare, nec eis valeat presumpcio sue invasionis, cum tibi et ecclesie tue maneat auctoritas juste et regie donacionis. [In ecclesiis vero Beatæ Mariæ, Sancti Reguli Sanctique Frambaldi ac Sancti Evremundi de Credulio, ut clerici ejusdem ecclesiæ omnium indifferenter reddituum canonicam portionem obtineant, præcipimus. Ne quis autem ecclesiæ jam dictæ injuriosus existere præsumat, sub anathemate interdicimus et omnibus eidem loco justa servantibus apostolicæ benedictionis gratiam impendimus][e].

Datum apud Sanctum Florencium, iii° nonas septembris.

60

9 septembre 1119.

Calixte informe Turgise, évêque d'Avranches, Hildebert, évêque du Mans, le comte de Mortain et les seigneurs de Fougères, de Mayenne et de Saint-Hilaire qu'il a pris sous la protection du Saint-Siège l'abbaye de la Trinité de Savigny et il la leur recommande, ainsi que ses possessions.

Mss. *Original aux Archives départementales de la Manche, à Saint-Lô, série H, 3, fonds de Savigny. — *Cartulaire de Savigny*, du xiii⁰ siècle, *ibid.*, fol. 149. — *Anecdota*, ms. lat. 11894 de la Bibliothèque nationale, copie par dom Martène, fol. 81. — *Epist. Roman. pontif.*, ms. lat. 16991, fol. 188.
Éd. Martène et Durand, *Veterum scriptorum et monumentorum amplissima collectio*, I, 659. — *Rec. des hist. des Gaules et de la France*, XV, 231. — Migne, n° 31, col. 1120.
Cat. Robert, n° 44. — Jaffé-Loewenfeld, n° 6738 (4942).

Calixtus episcopus, servus servorum Dei, venerabilibus fratribus Abrincensi et Cenomannensi episcopis et Moritoniensi comiti et dominis castellorum Filgeriarum et Meduanę et Sancti Ylari, salutem et apostolicam benedictionem. Notificamus dilectioni vestrę nos dilectum filium nostrum Vitalem, virum sapientem ac religiosum, abbatem Sanctę Trinitatis de Savigneo, et monasterium ejus in beati

[e] La copie de 1424 et celle du xvii⁰ siècle ne contiennent pas ce qui est entre crochets.

Petri tutelam et patrocinium suscepisse. Et locus enim idem, ub accepimus, venerabilis est et monastice in eo religionis observantia per Dei gratiam custoditur. Rogamus itaque caritatem vestram, monemus atque precipimus ut pro beati Petri reverentia et dilectione nostra idem cenobium cum omnibus ad ipsum pertinentibus et fratres in eo Domino servientes diligere amplius deinceps et adjuvare curetis atque secundum datam vobis a Domino facultatem viriliter defendatis. Sane si qua forte persona, quod absit, sepefati monasterii bona minuere, auferre vel inquietare presumpserit, donec satisfecerit, excommunicationis sententia feriatur. Porro quicunque locum eundem juvare ac suis bonis honorare curaverit, omnipotentis Dei et apostolorum ejus benedictionem et gratiam et peccatorum suorum indulgentiam consequatur.

Datum Andegavis, v idus septembris.

61

15 septembre 1119.

Confirmation des possessions et des privilèges de l'abbaye de Fontevraud.

Mss. A. Copie du XVIIe siècle, aux Archives départementales de l'Oise, à Beauvais, série H, fonds du prieuré de Wariville. — B. Copie du XVIIe siècle, à la suite du *Cartulaire de Fontevraud* aux Archives départementales de Maine-et-Loire, à Angers. — C. Collection Decamps, à la Bibliothèque nationale, [...] 4 copie du XVIIIe siècle.
[...] pp. 313. — Payen, [...] III, [...] [...] p. 521. [...]
C. A. Robert, in A[...] [...]

CALIXTUS episcopus, servus servorum Dei, dilectæ filiæ Petronillæ abbatissæ monasterii Sanctæ Mariæ de Fonte Ebraudi, et iis quæ post eam regulariter in eodem regimine successerint, in perpetuum. Cum per Pictaviensem parochiam pro Ecclesiæ servitio, transitum haberemus, venerabilis fratris nostri Guilelmi, Pictaviensis episcopi, suggestione, ad Beatæ Mariæ de Fonte Ebraudi monasterium declinavimus; ubi monastici ordinis disciplinam vigere per omnipotentis Dei misericordiam cognoscentes, locum ipsum cum omnibus ad eum pertinentibus Beati Petri decrevimus patrocinio confovere. Unde etiam nostris, tanquam beati Petri manibus, in honore beatissimæ et gloriosissimæ Dei genitricis semperque virginis Mariæ oratorium dedicavimus, altare ipsius reliquiis beatorum martyrum Felicis et Adaucti, Saturnini et Sisinnii [1] et beatæ Cæciliæ virginis, quæ in nostris habentur scriniis, condientes. Omnibus autem, cooperante Deo, solemniter celebratis, ad populum, cujus undique illuc multitudo effluxerat, verbum ex more habuimus; et devotionem ejus diligentius attendentes, ex omnipotentis Dei et beati Petri auctoritate, cujus, licet indigni, vices in Ecclesia [a] gerimus, universis qui ad dedicationem convenerant, a quatuor annis et supra, unum; a tribus vero et infra, dies quadraginta de suis pœnitentiis relaxavimus. Idipsum et de illis statuimus, qui a jejuniorum capite usque ad octavas Paschæ per sequentes annos, quandiu in eodem loco religionis monasticæ ordo viguerit, monasterium debita devotione visitare ac de suis facultatibus curaverint adjuvare. Ea insuper immunitate præfatum cœnobium ex apostolicæ sedis benignitate donavimus ut omne illud spatium quod cruces in circuitu, ex præcepto nostro dispositæ comprehendunt, exterius quietum deinceps inviolatumque permaneat, quatenus quicumque hominem in eo aut occiderit aut læserit vel prædam fecerit vel grave aliquod forisfactum commiserit, donec satisfaciat, reus sacrilegii habeatur. Sequenti sane die in capitulum venientes, in pleniori tam fratrum quam sororum conventu præcepta venerabilis memoriæ Roberti presbyteri de Arbresello et loci et religionis institutoris, rata censuimus et illibata servari; illud omnimodis sancientes ut fideles quique, qui pro animarum suarum remedio in Dei et ecclesiæ vestræ servitio vel apud monasterium vestrum vel in locis ad ipsum pertinentibus persistere devoverint vel in futurum devoverint, in eodem bono perseverent proposito et juxta dispositionem et obedientiam ipsius loci abbatissæ aut priorissarum quæ per loca ad monasterium Fontis Ebraudi pertinentia disponuntur, ad honorem Dei sororibus fideliter et religiose deserviant, sicut etiam a bonæ memoriæ prædicto Roberto presbytero de Arbresello noscitur institutum. Ad hæc, ut quietius ac devotius debita omnipotenti Deo servitia exsolvere valeatis, possessiones et loca [2] monasterii vestri contra pravorum hominum nequitiam sedis apostolicæ privilegio duximus mu-

---

[1] *Insignii*, B. — [2] *Bona*, B.

[a] *In ecclesia* omis dans B.

nienda. Universa igitur quæ vel in præsenti xɪɪɪ indictione legitime possidetis vel in futurum concessione pontificum, liberalitate principum,
oblatione fidelium vel aliis justis modis poteritis adipisci, vestro in
perpetuum monasterio confirmamus : locum videlicet Agreria, ex dono
Berlaii de Monsterello, Rainaldi, filii Ugonis et Fulchreii Fexardi;
locum Raalai, ex dono Raginaudi de Salmuntiachaico; locum Cava-
naici, ex dono Aimerici de Bernezaio et Gironii, filii Gainerii; locum
de Gaina, ex dono Radulphi de Sancto Joanne, Stephani de Maixime
ac filii ejus Parciendi; locum Mongoguerii, ex dono Aimerici Flocelli;
locum Varentis, ex dono Pagani de Nozilliaco; locum Cantalupi, ex
dono Fulconis junioris, Andegavensis comitis; locum Savoliæ, ex dono
Petri de Brisiaco; locum Girundæ, ex dono Raginaudi de Piollant,
Salomonis, hominis vicecomitissæ de Castello Ayraldi, et Hugonis de
Vivona; locum Boisrotardi, ex dono Fulconis, comitis Andegavensis,
et Lisiardi de Sabrollio; locum Mauthaici, ex dono Aubereti de Munta
Joani; locum Lajariæ et Chevrerii, ex dono Guillelmi de Mirebello;
locum Astrici, ex dono Reemffreiæ ac filiorum ejus Petri, Achardi et
Airaudi; locum Podiæ, ex dono Petri Senebaudi; locum Villesalem,
ex dono Gaufridi Gastinelli; locum Preth, ex dono Cothardi et filii
ejus; locum Flathaici, ex dono Gauffredi de Emglis; locum Landæ
de Belloverio, ex dono Petri de Gasnachia, Gothelini, fratris ejus, et
Petri de Thoueia, nepotis eorum; locum Lagrolæ, ex dono Brientii
de Comiquers et fratrum ejus; locum Landæ de Apremonte, ex dono
Guillelmi et fratris ejus de Aspero monte; locum Landæ de Machecol,
ex dono Garsaii de Raes; locum Jafras, ex dono Radulphi Maliclavi et
Isderici; locum Dentis, ex dono Giraudii de Sostel, Arberti, filii ejus,
[et Guillelmi de Rocca forti] [*]; locum Tucio, ex dono Fulcaudi Fre-
nicardi et Aimerici, fratris ejus, Bernardi Cantagrell [et Aimerici,
fratris ejus, Aimari Villani, Dalmatii de Monte Borulpho et Aimerici
de Ranconi, de cujus feodo erat, ita liberum et quietum, sicut in venerabilis fratris nostri Geraldi, Engolismensis episcopi, tunc apostolicæ sedis legati, definitione et domni prædecessoris nostri sanctæ memoriæ Paschalis papæ II privilegio continetur]; locum la Gasconeriæ,
ex dono Arberti de Burno, [Guillelmi de Cella et Guillelmi de Borno];
locum Arblenth, ex dono Guillelmi Aimerici; locum Montazetum, ex

---

(*) Tout ce qui est entre crochets est omis dans A.

dono Aimerici·Bernardi; locum Aufoillos, locum Cohoul, locum Lò-
billeii, ex dono Petri de Vars [et fratris ejus]; locum Calumne vel Ne-
moris comitis, ex dono Simonis Avisant; concedente Fulcone, Andegavensi comite; locum Sancti Bonifacii, ex dono Petri, Pictavorum
episcopi, et capituli monachorum Sancti Cypriani; locum Ajars vel
Adarci, ad Montem Sancti Joannis, ex dono Stephani de Magnac;
locum Bobun, ex dono Petri de Montifreebo, Iterii Bernardi [et Aimerici Bruni]; locum Argenteriam, ex dono Milesendis de Monasterio novo. Hæc tria loca prædicta sunt in Lemovicensi episcopatu.
In episcopatu Bituricensi, locum Ursani et locum Parthaici et Vil-
lulæ, ex dono Aalardi Guillebaudi; locum Jarzaici, ex dono Huberti
de Barsella et Saturninæ, matris ejus; locum Villebratæ, ex dono
Rainaudi de Scurels [et Rogerii Senescau]; locum Letardi, ex dono
Erchembaudi de Borbun; locum Montaudum, ex dono Giraudi de
Corb et Giraudi Coraus; locum Villæ Osmerii; ex dono Arvei presbyteri
et Arthaudi, fratris ejus; locum Villæ Corb, ex dono Gaudefridi de
Blanqueffort, [Guimonsbed et Supplicii de Conhartau], Agnetis, comitissæ de Assis [et Guimunsbeth]; locum Martauges, ex dono Radulphi Becuns et Elisabeth, uxoris ejus, et filiorum eorumdem; locum
Funuernum, ex dono Agnetis, comitissæ Desosassis; locum Funtar-
cherii, ex dono Patricii de Brulleio; locum Sangosæ, ex dono Joannis
de Lineriis et Hugonis de Monasterio; locum Taes, ex dono Joannis
de Lineriis; locum Molins, ex dono Odonis de Duis. In Turonensi,
locum Raleii, ex dono Pagani de Mirambello et uxoris ejus Belutiæ
[et filiorum eorum]; locum Calfurneii, ex dono Leonii, uxoris et filii;
locum Larunciæ, ex dono Ogerii Fabri, Guillelmi de Tinsthai et [om-
nium fratrum eorum; locum Columberols, ex dono Raginaudi Rufi et
Gautherii Jesu; locum Barbæ novæ, ex dono Fulconis junioris, Andegavensis comitis; locum Beffos, ex dono Bartholomæi, filii Rahardi et
Gili de Mota; locum Vallis Sicardi, ex dono Audeburgis de Monsterello; locum Pissabo, ex dono Guillelmi de Rullei; hæc duo prædicta
quæ loca] sunt in Cenomanica patria; locum Choseaci, ex dono Au-
berti de Ligeri [et multorum aliorum], concedente Fulcone, comite
Andegavensi; molendinum, exclusam de Chinone, prata de Verron,
terram de Doe, prata et census suos, ex dono Fulconis junioris, Andegavensis comitis; portum de Chailleii, ex dono Alonis adolescentis
et fratris ejus in Andegavensi; portum de Rest, censum, decimam et

vinagium, ex dono Gauffredi Fulcrei; locum Logias, ex dono Sanitæ et filii Roberti; locum Curleo, ex dono Hersendis et Stephani de Monte Sorelli, filii ejus; locum Chanzeilas, ex dono Girorii de Chinziaco, [Galeth et Ugonis, duorum fratrum, et matrum eorum ac sororum]; locum Borennas, ex dono Fulconis junioris, Andegavensis comitis; locum Pignoneria et terram Arcalors et terram Petri de Monte Sciberti; terram et census Fulqueii quos emit ecclesia Fontis Ebraudi, concedente Fulcone comite; terram quam Adam habebat ad Pignoneriam, ab Achaia usque ad Andegavum, ex dono ipsius Adæ, per manum episcopi Raginaudi, concessione comitis et comitissæ, cum charitate quam dedit Petronilla abbatissa, consanguinea ejus; locum Sancti Carileffi, ex dono Chalonis de Blazone[a]; locum Perillera, ex dono Philippi de Blazone et uxoris ejus; nemus etiam et prata quæ habebat a nemore Roho usque ad Alodia; locum Segnes, ex dono Grisciæ de Doe et filii ejus; locum Escoblant, ex dono Oggerii, Martrerii et filii ejus Deri; locum Sanctæ Mariæ de Hospitio juxta Aurelianum, ex dono episcopi Aurelianensis et capituli canonicorum Sanctæ Crucis ac Lodoici, regis Franciæ; Closum Auberi, ex dono Lodoici, regis Franciæ; locum Alta Brueria; ex dono predicti regis et Bertreæ, novercæ ejus, de cujus dote erat, et ea quæ Philippus rex apud Turonem dederat ei in dote, concedente Lodoico rege et uxore ejus. Decernimus ergo ut nulli omnino hominum liceat idem cœnobium temere perturbare aut ejus possessiones auferre vel ablatas retinere, minuere vel temerariis vexationibus fatigare, sed omnia integra conserventur, eorum pro quorum sustentatione et gubernatione concessa sunt, usibus omnimodis profutura. Si qua igitur in futurum ecclesiastica sæcularisve, etc.[b]

Datum Turoni apud Majus Monasterium, per manum Grisogoni, sanctæ Romanæ Ecclesiæ diaconi cardinalis ac bibliothecarii, xvii kalendas octobris, indictione xiii, Dominicæ incarnationis anno 1119, pontificatus autem domini Calixti papæ anno primo.

[a] La fin manque dans A. — [b] Tout ce qui précède depuis *Monsterello* n'est pas compris dans B et est remplacé par *etc.*

62

16 septembre 1119.

Lettre à tous les fidèles pour les engager à venir en aide aux religieuses de Fontevraud.

Ms. *Original aux Archives départementales de Maine-et-Loire, à Angers, série H, fonds de Fontevraud.
Éd. Pavillon, *La vie de Robert d'Arbrissel,* p. 624.
Cat. Jaffé-Loewenfeld, n° 6740.

CALIXTUS episcopus, servus servorum Dei, fidelibus omnibus ad quos littere iste pervenerint, salutem et apostolicam benedictionem. Apud Beate Marie de Fonte Ebraudi monasterium monastice religionis disciplina, sicut ipsi presentes perspeximus, per omnipotentis Dei gratiam perseverat. Unde viri religiosi et Deum timentes, qui circa locum ipsum dilige..... venerand..... or..... precipua incl [a]..... quos venerabilis frater noster Guillelmus, Pictavensis episcopus, sororum oportunitatibus pro caritatis intuitu providere desiderans, fraternitatem quandam instituit, que si recte suscepta et conservata fuierit (*sic*), prestante Deo, saluti prodesse debeat animarum. Eandem igitur fraternitatis institutionem, nos ad honorem Domini, auctore Domino, confirmantes, fraternitatem vestram rogamus, monemus atque precipimus ut predicti loci sororibus ad Dei servitium congregatis bonorum vestrorum auxilia porrigatis. Non enim dubium est quin vere felicitatis mercedem a Domino habeatis, si ancillarum ejus indigentia facultatis vestre abundantia suppleatur. Iterum ergo atque iterum vos rogamus [atque] [b] in Domino commonemus ut predicto cenobio ex his que vobis a Deo colla[ta sunt] fraterne caritatis affectu adminicula conferatis, quatenus beate Dei genitricis semper virginis Marie meritis, in cujus honore idem monasterium cons[tit]utum est et predictarum sororum orationibus, Domini Dei nostri gratiam et remissionem vestrorum obtinere mereamini peccatorum. Obedientes vos monitis nostris misericordia divina custodiat et ad vitam perducat eternam.

[a] Cette partie de la 5e ligne se trouve sur un pli et est en partie effacée. —
[b] Il y a un trou dans le parchemin.

Datum Turoui, apud Majus monasterium; xvi kalendas octobris, indictione xiiiᵉ.

(Lacs de soie rouge et jaune; la bulle n'existe plus.)

63

23 septembre 1119.

A la demande d'Étienne, abbé de Saint-Florent de Saumur, Calixte charge Rainaud, évêque d'Angers, de consacrer l'église Saint-Macaire de « Spevano ». Il accorde l'indulgence de leurs péchés à ceux qui assisteront à cette consécration et il défend qu'il leur soit fait aucun mal, à l'aller et au retour.

Mss. *Livre d'argent de Saint-Florent de Saumur*, du xiiᵉ siècle, aux Archives départementales de Maine-et-Loire, à Angers, série H, fonds de Saint-Florent, fol. 13 vᵒ. — *Livre rouge de Saint-Florent*, du xiiiᵉ siècle, *ibid.*, fol. 6 vᵒ.

Éd. Marchegay et Mabille, *Chroniques des églises d'Anjou*, recueillies et publiées pour la Société de l'histoire de France, p. 267.

Cat. Jaffé-Loewenfeld, nᵒ 6742.

CALIXTUS episcopus, servus servorum Dei, venerabili fratri R[AINALDO], Andegavensi episcopo, salutem et apostolicam benedictionem. Veniens ad nos St[ephanus], abbas Sancti Florentii, postulavit ut consecrationem ecclesie Beati Macharii de Spevano fraternitati tue committere deberemus et nos ergo, ejus peticionibus annuentes, eam tibi ex nostra committimus licentia consecrandam. Porro illos qui ad ipsius consecrationis celebritatem devote convenerint, in eundo vel redeundo, infestari a quolibet ausu temerario prohibemus; remissionem quam eis de peccatis suis, juxta Ecclesie consuetudinem, tua providentia fecerit, auctore Domino, confirmantes.

Datum Turonis, ixᵒ kalendas octobris.

64

24 septembre 1119.

Confirmation de la bénédiction du monastère de Marmoutier et de l'indulgence des péchés accordée aux religieux par Urbain II.

Mss. *A. Marlène, *Histoire de Marmoutier*, pr., ms. lat. 12880 de la Bibliothèque nationale, fol. 278. — *Id.*, ms. lat. 12879, *ibid.*, fol. 34. — *Id.*, ms. 1384 de la Bibliothèque de Tours, p. 120. — B. Collection Housseau, à la Bibliothèque nationale, t. III, n° 982, et IV, n° 1392. — Indiqué dans le *Cartularium Majoris monasterii*, ms. lat. 5441, III, de la Bibliothèque nationale, p. 489.
Éd. Robert, app., p. xxv.
Cat. Robert, n° 46. — Jaffé-Loewenfeld, n° 6743.

Calixtus episcopus, servus servorum Dei, universis Ecclesiæ filiis, salutem et apostolicam benedictionem. Sicut certa religiosorum fratrum relatione didicimus, dominus prædecessor noster sanctæ memoriæ Urbanus papa, cum Galliarum ecclesias et monasteria visitaret, ad Majus Beati Martini monasterium, anno ab incarnatione Domini m°.lxxxx°.v°, venit et fratrum capitulum intrans, post ædificationis verba et monita dulcia, ejusdem loci monachos qui, vel jam ex hac luce, Deo vocante, discesserant vel adhuc superstites existebant, a peccatorum vinculis et negligentiis suis absolvit, ab illis præcipue quæ eatenus in emtionibus, redemtionibus, venditionibus ecclesiarum seu decimarum omniumve terrenarum rerum occupationibus ex [a] humana fragilitate contraxerant, benedictionemque[1] super eos dedit, præsentibus et collaudantibus religiosis et sapientibus fratribus Hugone Lugdunensi, Amato Burdegalensi archiepiscopis et tunc temporis Ecclesiæ Romanæ legatis, Brunone Segniensi, et Rangerio Regiensi Lucano episcopis, Johanne Cajetano, ejusdem Romanæ Ecclesiæ diacono cardinali ac bibliothecario. Hanc nimirum absolutionem et benedictionem prædicti monasterii fratres, cum ad locum ipsum per Dei gratiam venissemus, una cum fratribus nostris, Lamberto, videlicet [b] Hostiensi episcopo, et cardinalibus presbyteris Bosone, Deusdedit, Johanne, et diaconibus Petro, Gregorio, Grisogono, sedis nostræ bibliothecario, et Petro et [2]

[1] *Benedictionem quoque*, B. — [2] *Petro de*, B.

[a] *Ex* omis par A. — [b] *Videlicet* omis par A.

Gualone, Leonensi episcopo, nostris confirmari litteris postulaverunt.
Et nos itaque ipsorum petitioni clementius annuentes quod a prædicto
domino nostro de absolutione illa misericorditer factum est, auctore
Domino, confirmamus, ut ejusdem loci fratres salubriter per Dei gratiam sibi debeant in posterum providere.

Datum Turonis, viii kalendas octobris.

65

24 septembre 1119.

*Défense aux archevêques et évêques de France
d'inquiéter l'abbaye de Marmoutier dans la possession de ses biens.*

Ms. *Martène, *Histoire de Marmoutier,* ms. lat. 12879, 2ᵉ partie, t. II, fol. 33 v°.
Cat. Jaffé-Loewenfeld, n° 6744.

CALIXTUS episcopus, servus servorum Dei, venerabilibus fratribus
archiepiscopis et episcopis Galliarum, salutem et apostolicam benedictionem. In Arvernensi concilio, cui dominus et prædecessor noster
sanctæ memoriæ URBANUS papa, cum episcoporum multitudine præside-
bat, quæstionem motam comperimus de episcopis qui altaria monasteriis frequenter pecunia redimi compellebant. Super que idem dominus
venalitatem omnem tam ex rebus quam ex mysteriis ecclesiasticis removere desiderans, sententiam protulit in posterum id fieri prohibens
et præbendas omnes venundandas pariter interdicens. Altaria vero vel
decimas a monasteriis ab annis triginta et supra sub hujusmodi re-
demtione possessas quiete deinceps et sine molestia qualibet eis possidendas apostolicæ sedis auctoritate firmavit, salvo utique episcoporum censu annuo quem ex cisdem altaribus habere consueverant.
Rogamus itaque caritatem vestram, monemus atque præcipimus ne
abbati et monachis Majoris monasterii Beati Martini, quod specialiter
ad Romanam cognoscitur Ecclesiam pertinere, contra prædicti domini
nostri mandatum de vicariorum seu personarum relevatione molestias inferatis. Nos enim quod inde in supradicto concilio statutum est,
litterarum præsentium auctoritate firmamus et ratum atque inviolabile futuris temporibus permanere censemus.

Datum Turonis, viii calendas octobris.

66

24 septembre 1119.

Confirmation des possessions et des privilèges de l'abbaye de Marmoutier.

Ms. *Martène, *Histoire de Marmoutier,* n° 1384 de la Bibliothèque de Tours, pr., fol. 126.
Cat. Jaffé-Loewenfeld, n° 6745.

CALIXTUS episcopus, servus servorum Dei, dilecto in Christo filio GUILLELMO, Majoris Beati Martini monasterii abbati, ejusque successoribus regulariter substituendis, in perpetuum. Apostolicæ sedis auctoritate debitoque compellimur pro ecclesiarum statu satagere et earum quieti, maxime quæ specialius eidem sedi adhærent et tanquam jure proprio subjectæ sunt, auxiliante Domino, providere. Proinde, fili in Christo carissime GUILLELME abba, tam tuis quam fratrum tuorum petitionibus annuentes, cum pro beati confessoris Christi Martini devotione atque reverentia, tum pro vestræ religionis prærogativa, monasterium vestrum, quod Majus dicitur, a beato Martino quondam ædificatum, ad exemplar prædecessorum nostrorum sanctæ memoriæ URBANI et PASCHALIS II pontificum, in apostolicæ sedis tutelam et protectionem suscipimus specialiter confovendum. Statuimus enim ut quæcumque bona, quascumque possessiones idem cœnobium in præsenti XIII indictione legitime possidet sive in futurum, concessione pontificum, liberalitate principum, oblatione fidelium vel aliis justis modis poterit adipisci, firma tibi tuisque successoribus et illibata permaneant. Nulli ergo omnino hominum liceat idem monasterium temere perturbare aut ejus possessiones auferre vel ablatas retinere, minuere vel temerariis vexationibus fatigare, sed omnia integra conserventur, eorum pro quorum sustentatione et gubernatione concessa sunt usibus profutura. Obeunte te, nunc ejusdem loci abbate, vel tuorum quolibet successorum, nullus ibi qualibet surreptionis astutia seu violentia præponatur, nisi quem fratres communi consensu vel fratrum pars consilii sanioris secundum Dei timorem et beati Benedicti regulam providerint eligendum. Electus ad Romanum pontificem vel ad quem maluerit catholicum episcopum, secundum constitutionem prædicti domini nostri PASCHALIS papæ, consecrandus accedat, qui apostolicæ sedis fultus auctoritate, quod postulatur indulgeat. Chrisma, oleum sanctum, consecrationes altarium sive basilicarum, ordinationes monachorum, qui ad sacros fuerint ordines promovendi, locorum vestrorum fratres ab episcopis, in quorum diocesibus sunt, accipiant, si quidem gratiam et communionem apostolicæ sedis habuerint et si eas gratis ac sine pravitate voluerint exhibere : alioquin a quo maluerint catholico episcopo consecrationis sacramenta suscipiant. Sane missas publicas per archiepiscopum aut episcopum quemlibet in præfato monasterio celebrari aut stationem fieri omnimodo prohibemus, ne in servorum Dei recessibus popularibus occasio præbeatur ulla conventibus. Interdicimus etiam ne quis ejusdem loci monachos in aliquam ecclesiam ad stationem aut exsequias celebrandas, præter suam et abbatis voluntatem, compellat, adjicientes et præcipientes ne quisquam deinceps archiepiscopus aut episcopus Beati Martini Majus monasterium aut ipsius Majoris monasterii monachos pro ulla causa, ullo in loco excommunicare præsumat, sed omnis eorum causa gravior ex apostolicæ sedis judicio pendeat, nec cellarum vestrarum ubilibet positarum fratres pro qualibet interdictione vel excommunicatione divinorum officiorum suspensionem patiantur, sed tam monachi quam et famuli eorum et qui se monasticæ professioni devoverunt, clausis ecclesiarum januis, non admissis diocesanis, divini servitii [a] officia celebrent et sepulturæ debita peragant. Ad hæc adjicimus ut idem Beati Martini monasterium ab omnium mortalium subjectione liberum, Domino annuente, permaneat solique Romanæ Ecclesiæ subditum de tanta libertate atque auctoritate congaudeat, confirmantes universa quæ per authentica prædecessorum nostrorum Romanorum pontificum privilegia vobis confirmata sunt, nominatim vero in pago Carnotensi, cellam Sparnonis; in pago Meldensi, cellam de Bria, cellam Sanctæ Ciliniæ; in pago Trecassino, cellam Rameruti; in pago Suessionensi, capellam Sancti Maximi de Petro fonte; in pago Cenomanensi, cellam Castriledi, ecclesiam Sancti Albini sitam ante castrum Belli montis; ecclesiam Sancti Martini de Villeriis Caroli magni; in pago Andegavensi, cellam et ecclesiam Camiliaci, cellam Railliaci; in pago Pictavensi, cellam Rupis super Oioenem, cellam Brammi, ecclesiam Aisinei; in pago Magnetensi, ecclesiam Sancte Radegundis infra muros et ecclesiam Sanctæ

---

[a] Ms. *Divinæ servitutis.*

Crucis extra muros, ecclesiam Sancti Medardi, ecclesiam de Foreste, ecclesiam de Bessamatre; in pago Aletensi, cellam Castri Joscelini, cellam Sancti Maclovii de Insula, ecclesiam Dinanii, ecclesiam Beatæ Mariæ de Comburnio; in pago Redonensi, ecclesiam Sancti Andreæ de Entrenio; in pago Abrincatensi, cellam Moritonii, ecclesiam Sanctæ Mariæ de Romaniaco, ecclesiam Sancti Petri de Brione, ecclesiam de Ronceio; in pago Sagiensi, ecclesiam Sancti Leonardi de Belismo cum ecclesiis et omnibus pertinentiis eorum. Ad indicium autem perceptæ a Romana Ecclesia libertatis, auri unciam unam quotannis Lateranensi palatio persolvetis. Si qua igitur in futurum ecclesiastica secularisve persona hanc nostræ constitutionis paginam sciens contra eam temere venire tentaverit, secundo tertiove commonita, si non satisfactione congrua emendaverit, potestatis honorisque sui dignitate careat reamque se divino judicio existere de perpetrata iniquitate cognoscat et a sacratissimo corpore ac sanguine Dei ac Domini Redemptoris nostri Jesu Christi aliena fiat atque in extremo examine districtæ ultioni subjaceat. Cunctis autem eidem loco justa servantibus sit pax Domini nostri Jesu Christi, quatenus et hic fructum bonæ actionis percipiant et apud districtum judicem præmia æternæ pacis inveniant. Amen. Amen. Amen.

(R.) Ego Calixtus, catholicæ Ecclesiæ episcopus, ss.

Datum Turoni per manum Grisogoni, sanctæ Romanæ Ecclesiæ diaconi cardinalis et bibliothecarii, VIII calendas octobris, indictione XIII, Dominicæ incarnationis anno M C XVIIII, pontificatus autem domini Calixti papæ anno primo.

67

3 octobre 1119.

Confirmation des possessions de l'abbaye de Saint-Ghislain de Zell.

Ms. *Original aux Archives du royaume, à Bruxelles, fonds de Saint-Ghislain.
Éd. Dom Baudry, *Annales de l'abbaye de Saint-Ghislain*, dans les *Monuments pour servir à l'histoire des provinces de Namur, de Hainaut et de Luxembourg*, publiés par le baron de Reiffenberg, VIII, 345.
Cat. Robert, n° 47. — Jaffé-Loewenfeld, n° 6746 (4944).

CALIXTUS episcopus, servus servorum Dei, dilecto filio ODOINO, abbati monasterii quod in honore sanctorum apostolorum Petri et Pauli

et sancti Gisleni constructum est in pago Hainoensi, super Hagnam
fluvium, in loco qui vocatur Cella, ejusque successoribus regulariter
substituendis, in perpetuum. Justis votis assensum prebere justisque
petitionibus aures accommodare nos convenit qui, licet indigni, justitiæ custodes atque precones in excelsa apostolorum principum Petri et
Pauli specula positi, Domino disponente, conspicimur. Tuis igitur, fili
in Christo karissime Odoine, justis petitionibus annuentes, Cellense
monasterium cui, auctore Deo, presides, ad exemplar domini predecessoris nostri sanctæ memoriæ Gelasii papæ, apostolicæ sedis auctoritate munimus. Statuimus enim ut universa quæ in præsenti xiiiª
indictione concessione pontificum, liberalitate principum, oblatione
fidelium vel aliis justis modis idem monasterium possidet, firma vobis
vestrisque successoribus illibata permaneant. In quibus hec propriis
duximus nominibus annotanda, videlicet : villam Hornud cum appendicio suo Busud et cum cæteris pertinentiis suis, ab omni advocatione
liberam, sicut in regum privilegiis continetur; villare quod dicitur
Ultra montes cum pertinentiis suis, excepto comitatu; partem de Bus-
soit, in terris et curtilibus et cæteris pertinentiis suis; in villa Velle-
rele et in Harminiaco terras et curtilia; in Novella, terram arabilem
carrucatæ unius; quartam partem villæ Blelgeis cum districto; villam
Offineias totam cum pertinentiis suis; partem villæ Durni cum silva et
districto; in villa Slogia, curtem dominicatam cum terris et curtilibus;
villam Gualberias totam liberam; in villa Aldrineis, cum terris et curtilibus curtem dominicatam; in villa Cavren, curtem dominicatam cum
terris, pratis, silvis, aquis et curtilibus; molendina tria infra cenobii
ambitum; in æcclesiæ circuitu aquam piscatoriam cum pratis et districto; in Baudulio, curtem dominicatam cum terris et curtilibus;
villam Basecles cum appendiciis suis et pertinentiis, sicut in regum
privilegiis continetur; alodia de Imbrecies, de Villa, de Rumineis, de
Guileries, de Scornay, de Umberges, de Hersele, de Evrebech, de
Rosbais, de Perecasa, de Hysel, de Tongres, de Ottineis, de Jorbisa,
de Herbiolo, de Sirau, de Altrege, de Vileroth, de Olciis, de Simul-
geis, de Dimunt, de Renbrecies, de Hostrineis, de Roysin, de Angrel,
de Morteruis, de Ursiniis, de Sumwrch, de Gesineis, de Spiennes, de
Cyplis, de Fleyneis, de Obies, de Guamiolo, de Gussineis, de Hercana,
de Vileroth, de Seniz, de Campania Gualdini et de Alemannis; molendinum de Haad: octavam partem villæ Angre: altaria de Cella

I.   7

cum æcclesia et appendiciis suis Hornud et Quaregione; de Durno
cum æcclesia et appendiciis suis Blelgeis, Hercana, Asticies, Slogio,
de Monticulo; de Villari cum æcclesia et appendiciis suis Harminei,
Bawineis; de Guamia cum appendiciis suis Guamiolo, Resineis; de
Basecles cum æcclesia et appendiciis suis Guandelencurth, Heylies,
Gualdineis; de Altregio cum appendicio suo Villa, a personatu et
omni exactione libera, preter episcopi obsonia; altare de Bussud a
personatu et omni exactione liberum, preter annuum sex denariorum
redditum pro episcopi obsonio; altare de Baldurno cum appendicio
suo Villerello, a personatu et omni exactione liberum, preter annuum
trium solidorum redditum pro episcopi obsonio; lignorum quoque incisionem in silva Baudulii, sicut ab illustris memorię Balduino comite
monasterii vestri utilitatibus concessa est et universa quę a venerabili
fratre nostro Burcardo, Cameracensis æcclesię episcopo, collata sunt,
vobis in perpetuum confirmamus, videlicet : altaria de Helyniis et de
Tumaides et capellam de Ramineis, libera a personatu et omni exactione, preter episcopi obsonia; Abeceias quoque cum appendiciis suis
Bielchi, Molembais, Popiola, Peetrewezh et reliquis pertinentiis suis.
Quęcumque preterea in futurum, largiente Deo, juste atque canonice
poteritis adipisci quieta semper et integra conserventur. Decernimus
ergo ut neque Haynoensium comiti, neque ulli omnino hominum liceat
supradictum monasterium temere perturbare, exactiones ab eo extor-
quere, ejus servos vel ancillas, preter abbatis consensum, capere vel
incarcerare, possessiones auferre vel ablatas retinere, minuere vel temerariis vexationibus fatigare, sed omnia integra conserventur, eorum
pro quorum sustentatione et gubernatione concessa sunt usibus omnimodis profutura. Obeunte te, nunc ejus loci abbate, vel tuorum quolibet successorum, nullus ibi qualibet subreptionis astutia seu violentia
preponatur, nisi quem fratres communi consensu vel fratrum pars consilii sanioris vel de suo vel de alieno, si oportuerit, collegio secundum
Dei timorem et beati Benedicti regulam, providerint eligendum. Si
qua igitur in futurum æcclesiastica secularisve persona hanc nostrę
constitutionis paginam sciens contra eam temere venire temptaverit,
secundo tertiove commonita, si non satisfactione congrua emendaverit,
potestatis honorisque sui dignitate careat reamque se divino judicio
existere de perpetrata iniquitate cognoscat et a sacratissimo corpore
ac sanguine Dei et Domini Redemptoris nostri Jesu Christi aliena fiat

atque in extremo examine districtę ultioni subjaceat. Cunctis autem
eidem monasterio justa servantibus sit pax Domini nostri Jesu Christi,
quatenus et hic fructum bonę actionis percipiant et apud districtum
judicem premia æternę pacis inveniant. Amen. Amen. Amen.

(R.) Ego Calixtus, catholicę ecclesie episcopus, ss. (M.)

Datum Stampis per manum Grisogoni, sanctę Romanę Ecclesię dia-
·coni cardinalis ac bibliothecarii, v° nonas octobris, indictione xiiiª, Dominicę incarnationis ᴍ°.c°.xviiiᵒ, pontificatus autem domni Calixti secundi pape anno primo.

68

8 octobre 1119.

Confirmation des privilèges de l'abbaye de Vendôme.

*Mss. *Epist. Roman. pontif.*, ms. lat. 16996, fol. 359. — Copie moderne aux Archives départemen-
tales de Loir-et-Cher, à Blois. — Indiqué dans le ms. lat. 13820 de la Bibliothèque nationale,
p. 306.
Éd. Sirmond, *Opera*, III, 469. — Mansi, *Concil.*, XXI, 195. — Cocquelines, *Bullarum*, II, 165.
— Migne, n° 34, col. 1125.
Cat. Robert, n° 48. — Jaffé-Loewenfeld, n° 6747 (4945).*

CALIXTUS episcopus, servus servorum Dei, dilecto filio GOFFRIDO, Vindocinensis monasterii abbati, ejusque successoribus regulariter substituendis, in perpetuum. Cum universis Ecclesiæ sanctæ filiis ex apostolicæ sedis auctoritate ac benevolentia debitores existimamus (*sic*), illis
tamen locis atque personis quæ specialius atque familiarius Romanæ
adhærent Ecclesiæ, propensiori nos convenit caritatis studio imminere.
Quamobrem, carissime in Christo fili GOFFRIDE abbas, tuis petitionibus
non immerito annuendum censuimus ut Vindocinense monasterium cui,
Deo auctore, præsides, quod videlicet ab ipsis fundatoribus Goffrido,
Andegavensi comite, et Agnete, Pictavensi comitissa, sedi apostolicæ
oblatum est, ad prædecessorum nostrorum sanctæ memoriæ ALEXANDRI,
URBANI, PASCHALIS, Romanorum pontificum, exemplar, apostolicæ sedis privilegio muniremus. Sicut ergo iidem fundatores devoverunt et
in eorum chirographo continetur, sub apostolicæ sedis defensione ac
Romana libertate, ab omni conditione aliarum personarum absolutum

7·

semper et liberum idem monasterium permanere sancimus, ita videlicet ut inter Romanum pontificem et te tuosque successores nulla,
cujuscumque dignitatis vel ordinis persona sit, media habeatur, nec
ipse Vindocinensis abbas ad concilium ire ubi papæ persona non aderit,
ullatenus cogatur. Porro ecclesiam Beatæ Priscæ in monte Aventino sitam, quam cum universis pertinentiis suis prædicti domini nostri ALEX-
ANDRI papæ concessione prædecessores tui longo tempore possedisse noscuntur, tibi tuisque successoribus cum omni dignitate quæ ad eamdem
ecclesiam pertinet, confirmamus, sancti Spiritus judicio decernentes
ut nulla deinceps ecclesiastica sæcularisve persona prædictam Beatæ
Priscæ ecclesiam seu ecclesiæ dignitatem tibi tuisque successoribus
qualibet astutia vel occasione auferre præsumat. Quodsi forte contigerit Romanæ legatum Ecclesiæ prædictum Vindocinense monasterium
visitare, charitative ibi suscipiatur et ei juxta loci possibilitatem diligenter quæ corpori fuerint necessaria ministrentur. Porro legatus ipse
in eodem loco nihil per se disponere vel corrigere audeat neque occasione legationis rectorem loci vel fratres molestare præsumat. Sed si
quid forte corrigendum cognoverit, papæ notificare licebit. Si quis
autem adversus locum illum pro aliquibus rebus causari voluerit, nullatenus abbas vel fratres ei respondeant, antequam Romanum pontificem consulant, quia quod sine nostro vel successorum nostrorum judicio distractum vel diffinitum fuerit, irritum erit. Sane ad indicium
perceptæ hujus a Romana Ecclesia libertatis, duodecim solidos monetæ
vestræ patriæ quotannis Lateranensi palatio persolvetis. Si qua igitur
in futurum ecclesiastica sæcularisve persona hanc nostræ constitutionis
paginam sciens contra eam temere venire tentaverit, secundo tertiove
commonita, si non satisfactione congrua emendaverit, potestatis honorisque sui dignitate careat reamque se divino judicio existere de perpetrata iniquitate cognoscat et a sacratissimo corpore et sanguine Dei et
Domini Redemptoris nostri Jesu Christi aliena fiat atque in extremo
examine districtæ ultioni subjaceat. Cunctis autem eidem loco justa servantibus sit pax Domini nostri Jesu Christi, quatenus et hic fructum
bonæ actionis percipiant et apud districtum judicem præmia æternæ
pacis inveniant. Amen.

Ego Calixtus, catholicæ Ecclesiæ episcopus, subscripsi.

Datum Parisiis per manum Chrysogoni, sanctæ Romanæ Ecclesiæ
diaconi cardinalis ac bibliothecarii, VIII idus octobris, indictione XIII,

Dominicæ incarnationis anno M C XIX, pontificatus autem domini Calixti II papæ anno primo.

69

11 octobre 1119.

Confirmation des possessions et de l'immunité de l'abbaye de Déols.

Ms. *Original aux Archives nationales, à Paris, L, 224, n° 1.
Éd. Robert, app., p. xxvi.
Cat. Robert, n° 49. — Jaffé-Loewenfeld, n° 6748.

CALIXTUS episcopus, servus servorum Dei, dilecto filio HUGONI, Dolensis monasterii abbati, nostris per Dei gratiam manibus consecrato, ejusque successoribus regulariter substituendis, in perpetuum. Officii nostri nos hortatur auctoritas pro æcclesiarum statu sollicitos esse et quę recte statuta sunt stabilire. Quam ob rem, karissime in Christo fili HUGO abbas, tuis petitionibus annuentes, Dolense monasterium cui, auctore Deo, presides, apostolicę sedis privilegio communimus. Per presentis etenim [a] privilegii paginam eidem Dolensi monasterio confirmamus universa quę tam domni nostri sancte memorie PASCHALIS pape quam et ceterorum predecessorum nostrorum privilegiis concessa seu confirmata sunt : videlicet in episcopatu Bituricensi, monasterium Vodolionis cum æcclesia parochiali de Bormet; æcclesiam de Ambraus, æcclesiam de Chosclai, æcclesiam de Conde cum aliis appendiciis suis; monasterium de Cella cum parochia sua et cappella Sancti Petri; cappellam Sancti Jermani cum aliis appendiciis suis; æcclesiam de Meilent cum capella Sancti Romuli; monasterium de Uriaco cum æcclesiis [b] et ..... Sancti Martini de Castro, Sancti Nicholai, Sancti Christofori, Sancti Martiniani, Sancti Silvei ; æcclesiam de Olcas et novam æcclesiam; ęcclesiam de Curcę, Sancti Victoris cum parochia sua; æcclesiam de Sargiaco cum appendiciis suis; æcclesiam ..... de Orcenai, æcclesiam de Arfolio, æcclesiam de Parnai, æcclesiam des Osbers, æcclesiam de Arcuncio, cappellam Sanctę Marię, Sancti Hy-

---

[a] *Et de etenim* parait avoir été ajouté après coup. — [b] La fin des lignes 5-11 et 23-26 est détruite.

larii, æcclesiam de Favarzinis, æcclesiam Sancti Pauli foris muros civitatis Bi[turic]ę; æcclesiam de Vurle, æcclesiam de Prada cum cappellis de Cuslenc, Sanctę Marię, Sancti Ursini, Sancti Christofori cum æcclesiis de Visduno; æcclesiam Sancti Stephani de Castro Melano cum æcclesiis et cappellis ..... [Sancti] Silvani, Sancti Petri, Sancti Martini, æcclesiam Sancti Jenuarini, ęcclesiam de Urciaco, ęcclesiam de Vico cum cappella de Albeis; æcclesiam Sancti Petri de Bosco, æcclesiam Sancti Hylarii de Bornes ..... de Castro Lineriis, Sancti Martini de Burneis, cappellam de Cosnai, æcclesiam de Reziaco, Sancti Karterii, æcclesiam de Noent, æcclesiam de Vico juxta Sanctum Carterium, Sancti Aiulfi, Sancti Salva[toris] ..... suis; Sancti Stephani de Cansagnolis; æcclesiam de Maernio cum cappellis suis et parochia; ęcclesias de Ardenta, ecclesias de Campiliaco, Sancti Simphoriani de Creissec, ecclesiam de Novo vico p..., æcclesiam de Duno, æcclesiam Sanctę Sericulę et cappellam de Cumps, ęcclesiam de Buxolio, æcclesiam de Baldra, æcclesiam de Rovra, æcclesiam de Polignec, æcclesiam de Brittania, æcclesiam de Brium, æcclesias de Monasterio Cauma, ecclesiam de Vilers, ecclesias de Diort, ęcclesias de Nuce, ecclesiam de Floriaco, æcclesias et cappellas omnes utriusque Closis, ęcclesiam de Marcorniaco, æcclesiam de Grunai, ecclesiam de Beselgia, æcclesias de Caallac cum parochiis suis; ęcclesiam de Vigo, ecclesiam Celon, æcclesiam Luserec, æcclesiam de Mulnai cum ivernali; æcclesiam de Marnia cum Sutrinio; æcclesiam de Cambono cum parochia sua; ęcclesiam de Claudio Mach, ęcclesiam de Tausiliaco cum parochia sua; æcclesiam Sigiranni Camboth, æcclesiam Sancti Laurentii de Guarialesia, ecclesiam de Cuziun, ecclesiam de Barrecia, ęcclesiam de Danper, ęcclesiam de Orcena, æcclesiam Sancti Pantaleonis, æcclesiam de Pomerio, ęcclesiam de Crosenc cum capellis suis; ęcclesiam de Aguzun, ęcclesiam de Cipdaalia, æcclesiam Sancti Eligii cum appendiciis suis; æcclesiam de Ainoculo, æcclesiam Sancti Austregisili de Castello novo, ęcclesiam Sancti Jenitoris de Oblinco, cappellam Sanctę Marię, Sancti Petri, Sancti Sigiranni in eodem castro; ęcclesiam de Tremsals, æcclesiam de Artaum, ęcclesiam de Oratorio, ęcclesiam Sanctę Severę cum æcclesiis et cappellis suis. Confirmamus etiam donum quod fecit Guillelmus Bernardo, Dolensi abbati, sicut in ejusdem cartis continetur, de monasterio Spinoculo, ita ut ex eo quotannis duodecim denarios Romanę Æcclesię, sicut antiquitus con-

stitutum est, persolvatis. Virsionensis monasterii ordinationem tibi tuisque successoribus, perpetuo providendam et regendam committimus.
Donum quoque et concessionem Emenonis, Exuldunensis senioris, confirmamus, quod fecit Emenoni et Arberto, abbatibus Dolensibus, de
monasterio Beatę Marię apud Exuldunum castrum sito; ęcclesias de
Brunis, æcclesiam de Planchas, ęcclesias de Marun, ęcclesiam Sancti
Astresilii de Turre cum cappella Sancti Michaelis, et ecclesiam Sancti
Desiderii ejusdem castri; æcclesiam de Vigevilla cum parochia sua. Ex
sedis vero apostolicę liberalitate, Andesmensem æcclesiam, quę juris est
ipsius, tibi tuisque successoribus regendam disponendamque contradimus, sicut a predecessoribus nostris sancte memorie Urbano et Paschali
papa secundo, concessa est, ita ut ex ea quotannis duos solidos, es Dolense vero unum Lateranensi palatio persolvatis. Monasterium de Pra-
dellis cum parochia sua; capellam de Botiaco, æcclesiam de Noent, æcclesiam de Magniaco cum appendiciis suis; æcclesiam de Lata petra,
æcclesiam de Domo Fagina, capellam Sancti Petri ..... de Noualio,
æcclesiam de Musterio, ęcclesiam de Mosterol, ęcclesiam de Cercillac,
monasterium de Pontiaco cum capella Sanctę Marię; æcclesiam Sancti
Martini, Sancti Desiderii, ęcclesiam de Nozerolis, æccl ....
.... Michaelis, ecclesias de Sagiaco, æcclesiam de Bonis, ęcclesiam
de Fortio cum appendiciis suis; ęcclesias de Rocha Cerveria, de
Graula, ęcclesiam de Letge, ęcclesiam de Mala valle, æccl ....
.... golio; ecclesiam de Insula Buccardi, ęcclesiam Sancti
Flodovei; insulam cum æcclesia de Andria; capellam de Castro Bego-
nis, ecclesiam de Boia, ęcclesiam de Musterlensi cum capella sua; ęcclesiam Sancti Zenonis .... lianis; æcclesiam Sancti Vincentii.
Decernimus ergo ut nulli omnino hominum liceat idem cenobium temere perturbare aut ejus possessiones auferre vel ablatas retinere,
minuere vel temerariis vexationibus fatigare, sed omnia integra conserventur, eorum pro quorum sustentatione et gubernatione concessa
sunt, usibus omnimodis profutura. Preterea quod idem monasterium
ab in[i]tio fundationis suę nostrorum obtinuit privilegiis predecessorum, decernimus et apostolica auctoritate stabilimus ut nullus episcoporum, nec etiam Bituricensis presul, in cujus parochia situm est,
eundem locum abbatemve seu monachos excommunicare vel ad sinodum vocare judiciaria potestate vel divinum officium interdicere
presumat, sed, si necesse eidem presuli fuerit, totum comitatum Bitu-

ricensem excommunicare, omnes monachi et familia ejusdem monasterii immunes a sua excommunicatione semper maneant liceatque illic Deo famulantibus monachis divina officia celebrare, ita tamen ut excommunicati ad ea nullatenus admittantur et jam dictam familiam tumulare. Si qua igitur in futurum æcclesiastica secularisve persona hanc nostre constitutionis paginam sciens contra eam temere venire temptaverit, secundo tertiove commonita, si non satisfactione congrua emendaverit, potestatis honorisque sui dignitate careat reamque se divino judicio existere de perpetrata iniquitate cognoscat et a sanctissimo corpore ac sanguine Dei et Domini Redemptoris nostri Jesu Christi aliena fiat atque in extremo examine districte ultioni subjaceat. Cunctis autem eidem monasterio justa servantibus sit pax Domini nostri Jesu Christi, quatenus et hic fructum bone actionis percipiant et apud districtum judicem premia æterne pacis inveniant. Amen. Amen. Amen.

(R.) Ego Calixtus, catholice Ecclesie episcopus, ss. (M.)

Datum apud Sanctum Dionisium per manum Grisogoni, sancte Romane Ecclesie diaconi cardinalis ac bibliothecarii, v idus octobris, indictione xiiiª, Dominice incarnationis anno iu°.c°.xviii°, pontificatus autem domni Calixti secundi pape anno primo.

70

13 octobre 1119.

Confirmation des biens et des privilèges de l'abbaye de Saint-Denis [*].

Ms. *Cartulaire de Saint-Denis*, du xiiiᵉ siècle, aux Archives nationales, LL, 1156, fol. 81.

CALIXTUS episcopus, servus servorum Dei, dilectissimo filio ADE, abbati venerabilis monasterii quod in honore sancti Dyonisii martyris Parisius situm est, ejusque successoribus regulariter promovendis, in perpetuum. Apostolice sedis auctoritate debitoq[ue compellimur][b] pro universarum ecclesiarum sta[tu sat]agere et earum quieti maxi[me] que

[*] Ce doit être évidemment le même privilège que celui qui est cité par Doublet, *Hist. de l'abb. de S'-Denys*, p. 477 (Jaffé-Loewenfeld, n° 6749 [4946]).

[b] Le parchemin est, en de nombreux endroits, rongé par l'humidité; les lettres et les mots manquants ont été rétablis entre crochets.

specialius eidem sedi adh[erent], auxiliante Domino, providere. Eapropter peticionibus tuis, fili in Christo karissime ADAM abbas, non
inmerito annuendum censuimus ut beati Dyonisii martyris monasterium cui, Deo auctor[e, pre]sides, cum omnibus ad ipsum pertine[n]-
tibus apostolice sedis privilegio muniremus. Per presentis igitur privi-
legi[i] paginam apostolica auctoritate statuimus ut quecumque libertas,
quecumque dignitas autenticis nostrorum pre[decesso]rum ZACHARIE,
STE[P]HANI, LEON[IS], ALEXANDRI, PASCHALIS secundi privi[legiis] concessa
est, quecumq[ue] [aposto]licorum re[gum ..... legitimis obl]ationi-
bus ..... nobi[lium concessione ponti]ficum, liberalitate principum
vel oblatione fidelium juste atque canonice poterit adipisci, firma tibi
tuisque successoribus et illibata permaneant. Decernimus ergo ut nulli
omnino hominum liceat idem cenobium temere perturbare aut ejus
possessiones auferre vel ablatas retinere, minuere vel temerariis vexacionibus fatigare, sed omnia integra conserventur, eorum pro quorum
sustentatione et gubernatione conces[sa sunt, usibus om]nimodis profutura. Obeunte te, nunc ejus loci abbate, vel tuorum quolibet successorum, nullus ibi qualibet surreptionis astucia seu violentia preponatur, nisi quem fratres communi consensu vel fratrum pars consilii
. sanioris secundum Dei timorem et beati Benedicti regulam elegerint.
[El]ectus autem vel a Romano pontifice vel a quo malueritis catholico
episcopo consecretur. Crisma, oleum sanctum, consecrationes altarium
sive basilicarum, ordinationes monachorum seu clericorum eidem
[mon]asterio pertinentium a catholi[co] accipietis episcopo, [quemad-
modum predecessorum nostrorum canonice equitatis privilegiis institutum est. Missas sane publicas celebrare aut stationem in eodem
monasterio, preter abbatis voluntatem, fieri prohibemus, sed nec interdicere, nec excommunicare, nec] ad synodum vocare vel abbatem
vel ipsius loci monachos episcopis aut episcoporum ministris permittimus facultatem. Preterea tam tibi quam tuis successoribus licentiam
indulgemus in gravioribus negociis sedem apostolicam appellare, nec
appellantes ante negocii finem lesio ulla contingat, quatinus, auctore
Deo, in sancte religionis studiis quieti ac seduli permanere possitis.
Si qua igitur in futurum ecclesiastica secularisve persona hanc nostre
constitutionis paginam sciens contra eam temere venire temptaverit,
secundo terciove commonita, si non satis[facti]one congrua emendaverit, po[te]statis honorisque sui dignitate careat reamque se divino

judicio existere de perpetrata iniquitate cognoscat et a sacratissimo corpore ac sanguine Dei et Domini Redemptoris nostri Jesu [Christi] aliena fiat atque in extremo examine districte ultio[ni, sub]jaceat. Cunctis autem eide[m loco] juxta servantibus sit pa[x Domini nostri] Jesu Christi, quatenus et hic [fructum] bone actionis percipiant [et apud distric]tum judicem premia [eterne] pacis [inveniant. Amen.]

(R.) Ego Calixtus, catholice Ecclesie episcopus, ss. (M.)

Datum Silvanecti per manum Grisogoni, sancte Romane Ecclesie diaconi cardinalis ac bibliothecarii, III idus octobris, indictione XIII, incarnationis Dominice anno M.C.XIX, pontificatus autem domni Calixti secundi pape anno I.

71.

16 octobre 1119.

Confirmation des biens et des privilèges de l'abbaye de Saint-Pierre de Loo; dé-fense de changer la règle suivie dans l'abbaye et aux religieux de la quitter sans consentement.

Mss. *Original conservé au séminaire épiscopal de Bruges. — *Cartularium ecclesie Beati-Petri de Loo*, du XIV° siècle, *ibid.*, fol. 1.
Éd. Van Hollebeke, *Cartulaire de l'abbaye de Saint-Pierre de Loo, de l'ordre de Saint-Augustin*, p. 10.
Cat. Jaffé-Loewenfeld, n° 6750.

CALIXTUS episcopus, servus servorum Dei, dilectis filiis GERARDO, abbati, et ejus fratribus in Loensi ecclesia Beati Petri, que in Taruanensi episcopatu sita est, regularem vitam professis, tam presentibus quam futuris, in perpetuum. Preceptum Domini habemus : *Intrate per angustam portam, quia angusta via est que ducit ad vitam.* Quia igitur vos, o filii in Christo karissimi, per divinam gratiam aspirati mores vestros sub regularis vite disciplina coercere, et ut angustam portam ingredi valeatis communiter, secundum sanctorum Patrum institutionem, omnipotenti Domino deservire proposuistis, nos votis vestris paterno congratulamur affectu. Unde etiam, petitioni vestre benignitate debita impartientes assensum, religionis propositum presentis privilegii auctoritate firmamus. Statuimus enim ut nulli omnino hominum liceat vite canonice ordinem, quem professi estis, in vestra ecclesia immutare. Nemini etiam fratrum vestrorum facultas sit, alicujus levitatis instinctu vel artioris religionis obtentu sine abbatis vel congregationis licentia, de claustro discedere. Preterea per presentis decreti paginam apostolica vobis auctoritate firmamus universa quę in presentiarum legitime videmini possidere : æcclesiam scilicet ipsam Sancti Petri cum tertia parte decimę de annona et tota decima trium divisionum, sicut antiquitus dispertitę sunt in parochia, cum universa etiam decima lini, agnorum ceterorumque animalium vel fructuum, et terram quam Winnardus, Everardus, Reimbaldus, Dodo et Dodinus, Veinrannus et Erembaldus, canonici, atque Ingrannus, laicus, Sancto Petro, conversionis suę tempore, obtulerunt. Terram quoque quę vulgo Æcclesię terra dicitur, Stocheta, Roiameth et quę Preconis atque Oufridi terra vocatur omnemque simul terram tam a parochianis quam a ceteris fidelibus pro redemptione animarum suarum et parentum suorum predictę æcclesię Sancti Petri contributam, et quę Philippus, filius Rotberti marchionis, cognomento Frisonis, cum fratre suo Rotberto, comite Flandrię, eidem æcclesię concessit : comitatum videlicet et advocationem, stallum et teloneum et quicquid secularis juris super terram ac mansionarios Beati Petri habebat. Quęcunque etiam in futurum concessione pontificum, liberalitate principum, oblatione fidelium juste atque canonice poteritis adipisci, firma vobis vestrisque successoribus illibata permaneant. Decernimus ergo ut nulli omnino hominum liceat eandem æcclesiam temere perturbare aut ejus possessiones auferre vel ablatas retinere, minuere vel temerariis vexationibus fatigare, sed omnia integra conserventur, eorum pro quorum sustentatione et gubernatione concessa sunt usibus omnimodis profutura. Obeunte te, nunc ejusdem loci abbate, vel tuorum quolibet successorum, nullus ibi qualibet surreptionis astutia seu violentia preponatur, nisi quem fratres communi conssensu (sic) vel fratrum pars consilii sanioris vel de suo vel de alieno, si oportuerit, collegio, secundum Dei timorem, providerint eligendum. Si qua igitur in futurum æcclesiastica secularisve persona hanc nostrę constitutionis paginam sciens contra eam temere venire templaverit, secundo tertiove commonita, si non satisfactione congrua emendaverit, potestatis honorisque sui dignitate careat reamque se divino judicio existere de perpetrata iniquitate cognoscat et a sacratissimo corpore ac sanguine Dei et Domini Redemptoris nostri Jesu Christi aliena fiat atque in extremo examine districtç ultioni subjaceat. Cunctis autem eidem loco justa servantibus, sit pax Domini nostri Jesu Christi, quatenus et hic fructum bonç actionis percipiant et apud districtum judicem premia æterne pacis inveniant. Amen. Amen. Amen.

(R.) Ego Calixtus, catholicç Æcclesiç episcopus, ss. (M.)

Datum Suessioni per manum Grisogoni, sanctç Romane Ecclesiç diaconi cardinalis ac bibliothecarii, xvıı° kalendas novembris, indictione xııı°, incarnationis Dominicç anno м°с̄°xvııı°, pontificatus autem domni Calixti secundi pape anno primo.

72

16 octobre 1119.

Confirmation des possessions de l'église Saint-Pierre de Landaff, qui est mise sous la protection du Saint-Siège.

Éd. *Rees, *The liber Landavensis, llyfr Teylo, or the ancient register of the cathedral church of Llandaff*, p. 85. — Haddan and Stubbs, *Councils and ecclesiastical documents relating to Great Britain and Ireland*, I, 310.
Cat. Jaffé-Loewenfeld, n° 6751.

CALIXTUS episcopus, servus servorum Dei, venerabili fratri URBANO, Landavensis ecclesiæ episcopo, ejusque successoribus canonice substituendis, in perpetuo [a]. Piæ postulatio voluntatis effectu debet prosequente compleri, quatenus et devotio laudabiliter enitescat et utilitas postulata vires indubitanter assumat. Quia igitur dilectio tua, ad sedis apostolicæ portum confugiens, ejus tuitionem devotione debita requisivit, nos supplicationi tuæ clementer annuimus et beati Petri sanctorumque confessorum Dubricii, Teliavi, Oudocei, Landavensem ecclesiam cui, Deo auctore, præsides, in apostolicæ sedis tutelam excipimus. Per præsentis igitur privilegii paginam, apostolica auctoritate statuimus ut ecclesia vestra cum sua dignitate ab omni sæcularis servitii gravamine libera maneat et quieta. Quæcunque vero concessione pontificum, liberalitate principum, oblatione fidelium vel aliis justis modis ad eandem noscuntur ecclesiam pertinere, ei firma in posterum et integra conserventur. In quibus hæc propriis duximus nominibus

[a] L. *perpetuum.*

annotanda : Landaviam scilicet cum territorio suo; ecclesiam Elidon,
ecclesiam Sancti Hilarii, Sancti Nisien, Sancti Teliavi de Merthir
mynor, Sancti Teliavi de Lanmergualt, Lan Ilthit, Lann Petyr, Cula
Lan, Lann Cyngualan, Lann Teiliavi portulon, Lanteiliau Talypont,
Lann Gemei, Lann Dodei[ᵃ], Cilcynhinn, Cruchguernen, villam Lann
Catgualater cum ecclesia Sancti Cyvin; villam Sancti Tanauc cum ecclesia; villam Henriu cum ecclesia; villam Merthir Teudiric cum ecclesiis; villam Sancti Oudocei cum ecclesia; villam Sancti Niuven cum
ecclesia; villam Tynysan cum ecclesia; villam Lann Cinn cum ecclesiis;
villam Lann Guern Cynnuc cum ecclesia; villam Merthir dincat cum
ecclesia; Lanngarth, Sancti Teliavi de Porth balauc, Sancti Teliavi
de Cressinic, ecclesiam Sancti Cletauci, ecclesiam Sancti Sulbui, villam Penvei cum ecclesia; Lann Helicon, Lanmihacgel maur, villam
Cairduicil cum ecclesia; ecclesiam Sancti Catoci, Lann Coit, Talpont
escob, Lannguonhoill, Ruibrein, Caircastell, Penniprisc, Treifmei-
bion, Ourdevein, Tref main, Tref meibion guich trit, Tref rita,
Lanndinuul cum ecclesia et cum decimis, oblationibus, sepulturis,
territoriis, refugiis et libera communione earum. Quæcunque præterea in futurum, largiente Deo, juste atque canonice poterit adipisci,
quieta ei semper et illibata permaneant. Decernimus ergo ut nulli
omnino hominum liceat prædictam ecclesiam temere perturbare aut
ejus possessiones auferre vel ablatas retinere, minuere vel temerariis vexationibus fatigare, sed omnia ei, cum parochiæ finibus, integra conserventur, tam tuis quam clericorum et pauperum usibus
profutura. Si qua igitur in futurum ecclesiastica sæcularisve persona
hanc nostræ constitutionis paginam sciens contra eam temere venire
tentaverit, secundo tertiove tentatione commonita, si non satisfactione congrua emendaverit, potestatis honorisque sui dignitate careat
reamque se divino judicio existere de perpetrata iniquitate cognoscat et a sacratissimo corpore et sanguine Dei et Domini Redemptoris
nostri Jesu Christi aliena fiat atque in extremo examine districtæ
ultioni subjaceat. Cunctis autem eidem ecclesiæ justa servantibus sit
pax Domini nostri Jesu Christi, quatenus et hic fructum bonæ actionis percipiant et apud districtum judicem præmia æternæ pacis inveniant. Amen.

.ᵃ) *Dodri* dans le ms. de Jesus Collège à Oxford.

(R.) Ego Calixtus catholice Æcclesie episcopus, subscripsi. (M.)

Datum. Suessoni per manum Grisogoni, sanctæ Romanæ Ecclesiæ diaconi cardinalis ac bibliothecarii, xvii calendas novembris, indictione xiii, incarnationis Dominicæ anno millesimo centesimo decimo nono, pontificatus autem domini Calixti secundi papæ anno primo.

73

16 octobre 1119.

Invitation à Raoul, archevéque de Cantorbéry, de faire rendre justice à Urbain, évêque de Landaff, contre ceux qui l'avaient spolié, notamment contre les évêques de Saint-David et de Hereford.

Éd. *The liber Landavensis*, p. 89. — Haddan and Stubbs, *Councils*, I, 311.
Cat. Jaffé-Loewenfeld, n° 6752.

Calixtus episcopus, servus servorum Dei, venerabili fratri Radulpho, Cantuariensi archiepiscopo, salutem et apostolicam benedictionem. Sic fratrum quinam plenius id noverunt, suggestione cognovimus, Landavensis ecclesia ita bonis suis et per episcopos et per laicos expoliata est et redacta pene in nihilum videatur. Rogamus itaque sollicitudinem tuam et præcipimus, ut ei super iis qui bona ejus detinent justitiam facias, et præcipue super episcopo Sancti Devi et super episcopo Herefordiæ, qui injuste terras et parochias ejusdem dicuntur ecclesiæ obtinere.

Dat. Suessoni, xvii calendas novembris.

74

16 octobre 1119.

Ordre aux détenteurs des biens de l'église de Landaff de les restituer sans délai.

Éd. *The liber Landavensis*, p. 89. — Haddan and Stubbs, *Councils*, I, 312.
Cat. Jaffé-Loewenfeld, n° 6753.

Calixtus episcopus, servus servorum Dei, dilectis filiis monachis, cappellanis, canonicis, Waltero, filio Ricardi; Briano, filio comitis; Willelmo, filio Badrun; Roberto de Candos; Gefrido de Broi, Pagano, filio Jouannis; Bernardo de Novo Mercatu; Gumbaldo de Ludalou, Rogero de Berkele, Gulielmo, vicecomiti de Cairti; Gulielmo, filio Rogeri de Remu, Roberto, filio Rogeri; Roberto cum tortis manibus, et cæteris per Landavensem episcopatum nobilibus, salutem et apostolicam benevolentiam [1]. Matris vestræ Landavensis ecclesiæ ad nos querela pervenit, pro eo quod per vos bonis suis expoliata et fere in nihilum redacta sit. Unde nos, affectione debita condolentes, præsentes ad vos literas destinamus, monentes ac præcipientes ut terras, decimas, oblationes, sepulturas et bona cætera, quæ aut eidem ecclesiæ aut aliis de ipsius parochia ecclesiis nequiter abstulistis et detinetis, seposita dilatione, reddatis. Iniquum est enim ut filii matrem lacerent et illius bona diripiant, quam omnino tueri et de suis debuerant facultatibus adjuvare. Sane si nostris monitis obedire et prædictam matrem vestram curaveritis adjuvare, omnipotentis Dei et beati Petri et nostram poteritis gratiam obtinere. Alioquin nos, præstante Deo, in vos, tanquam in contemptores et sacrilegii reos, sententiam quam venerabilis frater noster Urbanus, episcopus vester, canonica æquitate protulerit, confirmamus.

Dat. Suessoni, xvii calendas novembris.

75

16 octobre 1119.

Calixte recommande Urbain, évêque de Landaff, aux clercs, aux moines et aux laïques de son diocèse et les engage à user de tout leur pouvoir pour lui faire rendre tous les biens qui avaient été enlevés à son église.

Éd. *The liber Landavensis,* p. 90. — Haddan and Stubbs, *Councils,* I, 312.
Cat. Jaffé-Loewenfeld, n° 6754.

Calixtus episcopus, servus servorum Dei, dilectis filiis clericis, monachis et laicis in Landavensis ecclesiæ parochia constitutis, salutem

[1] *Benedictionem,* O.

et apostolicam benevolentiam[1]. Venientem ad nos venerabilem fratrem nostrum Urbanum, episcopum vestrum, benigne suscepimus et oppressionem vestræ ecclesiæ audientes, debita ei affectione compassi sumus. Siquidem insinuavit nobis matrem vestram Landavensem ecclesiam usque adeo monachorum quorundam, clericorum, necnon et laicorum invasionibus et rapinis attritam, ut in ea episcopus manere vix possit. Quod profecto et nobis grave est et ad vestrarum spectat periculum animarum. Vestram itaque universitatem literis præsentibus visitantes, monemus atque præcipimus ut eundem fratrem nostrum affectione debita diligatis et debitam ei tanquam patri et pastori vestro reverentiam et obedientiam impendatis. Porro commissam sibi ecclesiam, matrem vestram, sicut boni filii adjuvare et ablatas ei possessiones et bona recuperare, secundum datam vobis a Domino facultatem, viriliter studeatis; aliis quoque ecclesiis Landavensis parochiæ debita persolventes relevationis et restaurationis eis manum apponere procuretis[2]; per hoc enim et omnipotentis Dei benedictionem et gratiam et remissionem vestrorum consequemini peccatorum.

Dat. Suessoni, xvii calendas novembris.

76

21 octobre 1119.

Confirmation à l'abbaye de Chaumouzey des possessions qui lui avaient été données par les évêques de Toul.

Mss. *Cartulaire de Chaumouzey, aux Archives départementales des Vosges, à Épinal, série H, 13, fonds de Chaumouzey, fol. 1; copie de 1427. — Copie de 1567, aux Archives départementale du Jura, à Lons-le-Saunier, G, 303, fonds du prieuré de Marast, n** 77 et 64.
Éd. Robert, app., p. xxxi.
Cat. Robert, n° 52. — Jaffé-Loewenfeld, n° 6756.

CALIXTUS episcopus, servus servorum Dei, dilectis filiis SEHERO, Calmosiacenci abbati et ejus fratribus, salutem et appostolicam benedictionem. Officii nostri nos hortatur auctoritas pro ecclesiarum quiete satagere et que a fratribus recte statuta sunt, auxiliante Domino,

---

[1] *Benedictionem*, O. — [2] *Studeatis*, O.

stabilire. Venerabilis siquidem frater noster Riquinus, Tullensis episcopus, significavit nobis a Pivone, predecessore suo, memorie felicis
episcopo, altare Calmosiacensis matricis parrochie vestro cenobio traditum perpetuo possidendum; ex qua videlicet parrochia quicquid juris
aut consuetudinis, quicquid annui redditus sive cujuscumque exactionis emolumentum tam ad episcopum quam ad archidiaconum pertinebat, idem Riquinus episcopus ad vestram vestrorumque successorum
mensam concesserit et perpetuo delegaverit. Significavit etiam se tibi et
vestro monasterio concessisse donum altaris matricis de Donno Petro,
donum altaris capelle de Donno Martino. Item donum altaris cappelle
de Orchavalle, consensu videlicet archidiaconorum et communi favore
canonicorum. Preter hec etiam significavit nobis quod ecclesiam de Ym-
berti curte, quam usque ad sua tempora liberi homines, licet injuste,
pro alodio tenuerant, de manu eorum susceptam et liberam factam
cum omni integritate dotis et omnium que ad ipsam pertinebant.
Donum eciam altaris ejusdem matricis ecclesie, sicut etiam trium
prenominatarum vestre perpetuo possidendum donaverat ecclesie; ex
quibus videlicet quatuor censum totum et universa, que solent aut
possunt aliquando exigi ab episcopo vel ab archidiaconis, omnino re-
miserit, exceptis decanorum exinde servitiis ad duas synodos antiquitus institutis; ea nimirum episcopalis sedis dignitate servata, ut
prenominatarum ecclesiarum vicarii vestri episcopo et ejus archidiaconis de sibi commissis animabus respondeant, ut in prenominatis
parrochiis synodalis actio super rusticos, more generali ab archidiaconis, salva pace vestra, transigatur. Presbiteri in eis de manu tua
successorumque tuorum abbatum domum vicarie recipiant, qui sine
refragatione de hiis que vobis prescribuntur concessa, sub vestra audientia habebunt respondere in domo vestra, per eos qui simili vobis
tenore subditi sunt judicandi, ac, si forte rebelles extiterint, prebende
parrochiarum, quas de manu vestra acceperint, eorumdem judicio
ipsis adjudicabuntur. Super hec, pro unaquaque de quatuor prenominatis matrice ecclesia sex denarios, pro cappella vero quaque tres
denarios Tullensis monete, ad altare beati prothomartiris Stephani, in
inventione ejus, pro continuandis luminaribus. Hec itaque universa
nos, juxta tuas et ipsius episcopi peticiones, presentis decreti pagina
confirmamus, precipientes ut nemini deinceps ecclesiastice secularive
persone liceat super hiis vestrum cenobium infestare, sed omnia, sicut

a supradictis episcopis concessa et tradita sunt, ita in perpetuum perseverent. Si quis autem, decreti hujus tenore cognito, temere, quod absit, contraire temptaverit, honoris et officii sui periculum patiatur aut excommunicationis ulcione plectatur, nisi presumptionem suam digna satisfactione correxerit. Amen. Amen. Amen.

Datum Remis per manum Grisogoni, sancte Romane Ecclesie diaconi cardinalis ac bibliothecari[i], duodecimo kalendas novembris, indictione XIII°, incarnationis Dominice, anno M° C° XVIII°, pontificatus autem domni Calixti pape anno karto (*sic*).

77

22 octobre 1119.

Confirmation des possessions et des privilèges de l'abbaye de Bourbourg, qui est placée sous la protection du Saint-Siège.

Mss. *A. Vidimus de l'an 1244 dans le ms. 192 de la collection de Flandre, à la Bibliothèque nationale, n° 12. — B. *Cartulaire de l'abbaye de Bourbourg*, ms. lat. 9921, fol. 2 du 2e livre. — *Copie de chartes de Bourbourg*, ms. lat. 9922, fol. 21. — Indiqué dans le ms. lat. 12664, fol. 276 v°.
Éd. Miraeus, *Opera diplomatica*, IV, 8. — Migne, n° 36, col. 1127. — Fragment dans la *Notice sur les archives de Bourbourg*, par M. de Coussemaker.
Cat. Robert, n° 53. — Jaffé-Loewenfeld, n° 6757 (4947).

KALIXTUS [1] episcopus, servus servorum Dei, dilecte filie GODILDI, Broburgensis monasterii Sancte Marie abbatisse, et hiis que post eam in eodem regimine regulariter successerint, in perpetuum. Sicut injusta poscentibus nullus est tribuendus effectus, sic legitima desiderantium non est differenda petitio. Quam ob rem, dilecta in Christo filia GODILDIS abbatissa, nos tam tuis quam karissime sororis nostre Clementie, Flandrensium comitisse, ipsius loci fundatricis, petitionibus annuentes, Beate Marie Broburgense monasterium cui, Deo auctore, presides, sub apostolice sedis tutela excipimus et beati Petri patrocinio communimus. Statuimus enim ut idem cenobium ab omni episcopali exactione et ab omnium secularium gravamine liberum per Dei gratiam semper quietumque permaneat. Porro, universa que vel a predicta

[1] *Calixtus*, B.

comitissa et viro ejus Roberto et filio Baldevino [1] comitibus vel ab aliis
quibusque fidelibus de suo jure loco eidem collata vel per tuam industriam acquisita sunt aut in futurum, largiente Deo, offerri vel aliis
modis acquiri contigerit, firma in perpetuum et illibata serventur. In
quibus hec propriis duximus nominibus annotanda, videlicet : berquariam unam ovium, que vocatur Bonhem, in parrochia Sancti Folquini cum omni terra que ibi deinceps accrescere poterit; berquariam
unam in villa Lon; berquariam unam in villa Slipe, super aquam
Suthan [2]; novam terram super flumen Ysaram, inter terram Sancte
Walburgis et Lammechinescnoch [3], et quicquid terre ibi deinceps accrescere poterit; altare de Fersnare, molendinum unum super Lodic.
In Dicasmuda [4] medietatem reddituum de omnibus molendinis que ibi
vel modo sunt vel postmodum erunt; Crummadich et Palendich cum
suis redditibus. In parrochia que Sancti Petri Broch dicitur, quinque
rep; in Clarembaldibruch terram cum xii vaccis; terram Folquini,
filii Malgeri; terram Roberti, filii Hugonis Parisiensis, cum vaccis xx[ti]
et una. In parrochia Erembaldi capelle terram cum xii vaccis; terram
novam, nunc de palude factam inter Watinensem ecclesiam et Bro-
burch, cum decimatione et totam decimam terre que de eadem palude
postea excreverit; decimationes nove terre castellani Theinardi; terram
Baldewini [5] Taxardi in parrochia Bulinghasela; terram apud Stapla
sexaginta sex jugera; quinque mansos terre de Ruhout; in parrochia
de Ferlingehem, terram de Petrihout cum decimatione; terram Godini
cum decimatione; decimationes nove terre in Pevila, tam culte quam
colende; ibidem viginti jugera terre; in parrochia de Chilhem terram
reddentem quadraginta hod avene; terram Dodonis et uxoris ejus
Gysle. In parrochia Loberga quinquaginta jugera terre; in Winnin-
gasele triginta jugera terre; in Greveningha unum last allecum; in
Broburgh unam pensam anguillarum; in Lon unam pensam butiri;
veterem terram ipsi ecclesie Sancte Marie adjacentem cum decimatione. Beneficia etiam que a vestre professionis monialibus ecclesie
vestre donata sunt, scilicet in Rubruch quartam partem decimationis;
in Bullingasela terram Berwaldi; in vicinia ville Crumbecha nonaginta
jugera terre; in Popringehem viginti jugera; item in Bullingasela,

---

[1] *Balduino*, B. — [2] *Sutha*, B. — [3] *Lammechinescnoc*, B. — [4] *Dicasmutha*, B. —
[5] *Balduini*, B.

terram Aluini et Blitmari et Thidmari. In Sigeri capella terram Alfert regis; in parrochia Sancti Folquini quadraginta jugera terre, ex dono Goffredi de Cassel; item in parrochia Sancti Folquini decem et octo jugera, ex dono Emme; in parrochia Broburg tria jugera et mansuram Godmari prepositi. In Scalcletha, unum mansum terre; in Liffingha jugera viginti; in Broburg et Craierwich [1] viginti jugera; in terra Orphanorum viginti octo jugera; in Piticham terram Roberti reddentem quotannis decem hod tritici et viginti hod avene; apud Egefridi capellam quatuordecim jugera et dimidium; terram Mancini sacerdotis; in Iblingehem terram omnemque substantiam Hildegardis, uxoris Balduini; in Drincham viginti sex jugera et terram de Proiastra. Decernimus ergo ut nulli omnino hominum liceat idem cenobium temere perturbare aut ejus possessiones auferre vel ablatas retinere, minuere vel temerariis vexationibus fatigare, sed omnia integra conserventur, earum pro quarum sustentatione et gubernatione concessa sunt, usibus omnimodis profutura, salva Teruanensis episcopi canonica reverentia. Obeunte autem hujus loci abbatissa, nulla ibi qualibet supreptionis astutia seu violentia preponatur, nisi quam sorores communi consensu vel sororum pars consilii sanioris secundum Dei timorem providerint regulariter eligendam. Ad hec adicientes statuimus ut si quando episcopalis parrochia a divinis fuerit officiis interdicta, liceat vobis, interdictis vel excommunicatis nullatenus admissis, divina officia, clausis januis, celebrare. Porro clerici seu laici, qui sedulis ecclesie vestre serviciis infra claustri ambitum mancipantur, super excessibus suis abbatisse tantum respondeant. Illud quoque subjungimus ut quicunque religionis causa se vel sua ecclesie vestre conferre voluerit, a nullo violenter aut injuste prohibeatur. Si qua igitur in futurum ecclesiastica secularisve persona hanc nostre constitutionis paginam sciens contra eam temere venire temptaverit, secundo tertiove commonita, si non satisfactione congrua emendaverit, potestatis honorisque sui dignitate careat reamque se divino judicio existere de perpetrata iniquitate cognoscat et a sacratissimo corpore et sanguine Dei et Domini Redemptoris nostri Jesu Christi aliena fiat atque in extremo examine districte ultioni subjaceat. Cunctis autem eidem loco justa servantibus sit pax Domini nostri Jesu Christi, quatenus et hic fructum bone actionis

[1] *Craiarwic*, B.

percipiant et apud districtum judicem premia eterne pacis inveniant. Amen.

Datum Remis per manum Grisogoni, sancte Romane Ecclesie diaconi cardinalis ac bibliothecarii, xi kalendas novembris, indictione xiii*, incarnationis Dominice anno m°.c°.xviii°, pontificatus autem dompni Kalixti[1] pape secundi anno primo.

<hr/>

78

22 octobre 1119.

Calixte recommande à Henri, roi d'Angleterre, Urbain, évêque de Landaff, ainsi que son église.

Éd. *The liber Landavensis*, p. 88. — Haddan and Stubbs, *Councils*, I, 313.
Cat. Jaffé-Loewenfeld, n° 6758.

Calixtus episcopus, servus servorum Dei, charissimo in Christo filio Henrico, illustri et glorioso Anglorum regi, salutem et apostolicam benevolentiam[2]. Venientem ad nos venerabilem fratrem nostrum Urbanum, Landavensem episcopum, virum, uti accepimus, honestum ac religiosum, benigne suscepimus et Landavensis ecclesiæ tribulationibus affectione debita compassi sumus. Eum itaque ad te cum literis præsentibus dirigentes, nobilitatem tuam rogamus et obsecramus in Domino ut eum pro beati Petri reverentia et honore et amore nostro, sicut regiam majestatem condecet, honorare et ei commissam ecclesiam, secundum datam tibi a Domino facultatem, defendere studeas [et] adjuvare, quatenus a Deo et a Petro retributionem et de peccatis tuis remissionem et indulgentiam consequaris.

Datum Remis, xi calendas novembris.

(1) *Calixti*, B. — (2) *Benedictionem*, O.

79

28 octobre 1119.

Confirmation des possessions de l'abbaye Saint-Léon de Toul.

Ms. *Collection Baluze, n° 47, fol. 30.
Éd. Robert, app., p. xxxiii.
Cat. Robert, n° 54. — Jaffé-Loewenfeld, n° 6759.

«Bulla Calixti papæ, qua Sebero, abbati ecclesiæ Sancti Leonis Tullensis, et fratribus suis in eadem ecclesia sub regula B. Augustini Deo militantibus, confirmat res eidem ecclesiæ concessas, inprimis quicquid Bartholomeus, Laudunensis episcopus, et Guido, archidiaconus et thesaurarius, concesserunt in insula Larziecurtis ..... Datum Remis per manum Grisogoni, S. R. E. diaconi cardinalis et bibliothecarii, v kalendas novembris, indictione xiii, incarnationis Dominicæ anno mcxx, pontificatus autem domni Calixti secundi papæ anno i.»

80

29 octobre 1119.

Confirmation des privilèges de l'abbaye de Murbach, qui est placée
sous la protection du Saint-Siège.

Ms. *Original aux Archives de la Haute-Alsace, à Colmar, série B, 18 B, fonds de Murbach.
Éd. Würdtwein, *Nova subsidia diplomatica*, VII, 33. — Grandidier, *Histoire d'Alsace*, II, ccxxxvi.
 — Migne, n° 38, col. 1130.
Cat. Robert, n° 57. — Jaffé-Loewenfeld, n° 6763 (4949).

Calixtus episcopus, servus servorum Dei, dilectis in Christo filiis in Marbacensi ecclesia canonicam vitam professis eorumque successoribus in eadem religione per omnipotentis Dei gratiam permansuris, in perpetuum. Officii nostri nos hortatur auctoritas pro ecclesiarum statu sollicitos esse et que recte statuta sunt stabilire. Quam ob rem venerabilis filii nostri Gerungi, vestri prepos. precibus non difficulter accommodamus effectum. Predecessorum siquidem nostrorum, vide-

licet sanctẹ memoriẹ Urbani secundi et Paschalis, item secundi, vestigiis insistentes, tam vos quam vestra omnia sub tuicione apostolicẹ
sedis excipimus et presentis privilegii auctoritate munimus. Quẹcunque
enim illi vobis ad libertatem loci vestri et munimentum religionis
concesserunt, nos quoque concedimus et confirmamus, videlicet ut
quẹcunque hodie vestra ẹcclesia juste possidet sive in futurum juste
atque canonice poterit adipisci, firma vobis vestrisque successoribus
et illibata permaneant. Quicquid preterea libertatis vel in prelati vestri electione vel in professorum illi stabilitate vel in sacramentorum
omnium susceptione seu in ceteris hujus modi professionis canonicẹ
religioni et stabilitati congruentibus, ẹcclesiẹ vestrẹ a predictis predecessoribus nostris canonica ẹquitate concessum est, nos etiam presentis scripti pagina stabilimus. Ad hẹc adicientes, circa cenobii vestri
ambitum occasione qualibet assultum fieri prohibemus. Si vero, quod
absit, in atrio vestro vel in effusione sanguinis vel in verberum ela-
tione sive in aliquo hujus modi violentiam irrogari forte contigerit,
nequaquam propter hoc a divinis ẹcclesia vestra prohibeatur officiis.
Porro laborum vestrorum vel animalium decimas, quẹ penes ipsum
locum vestris sumptibus et laboribus excoluntur vel nutriuntur, quietas vobis et illibatas manere censemus, nec vos super hoc aut ab ẹpi-
scopo ejusdem diocesis aut ab ejus ministris seu parrochialibus presbiteris inquietari permittimus. Communi enim vita viventibus, ut beatus
scribit Gregorius ad Augustinum, Cantuariorum episcopum, jam de
faciendis porcionibus vel exhibenda hospitalitate et adimplenda misericordia, nobis quid erit loquendum, cum omne quod superest in causis piis ac religiosis erogandum est. Sepulturam quoque ipsius cẹnobii
omnino liberam esse sancimus, ut eorum qui illic sepeliri deliberaverint devotioni et extremẹ voluntati, nisi forte excommunicati sint,
nullus obsistat. Porro clericos sive laicos seculariter viventes ad conversionem suscipere nullius episcopi vel prepositi contradictio vos inhibeat. Si quis ergo presentis decreti tenorem sciens contra id temere
venire temptaverit, apostolorum principis Petri et nostra animadversione multetur. Conservantibus autem hẹc pax a Deo et misericordia
perpetuis seculis conservetur. Amen. Amen. Amen.

† Ego Calixtus, catholicẹ Ecclesiẹ episcopus, ss.

Datum Remis per manum Grisogoni, sanctẹ Romanẹ Ecclesiẹ diaconi
cardinalis ac bibliothecarii, iiii. kalendas novembris, indictione xiiiª,

incarnationis Dominicę anno м°.c°.xviii; pontificatus autem domni Calixti secundi pape anno primo.

81

3o octobre 1119.

Calixte envoie à Laurent, abbé de Saint-Vanne, des lettres de recommandation pour Henri, évêque de Verdun.

*Mon. Germ. hist., Script., X, 5o5.
Cat. Jaffé-Loewenfeld, n° 6760.

82

3o octobre 1119.

Lettre à Godebaud, évêque d'Utrecht, l'excusant de n'avoir pas pu assister au concile pour cause de maladie. Calixte l'invite à punir les prévôts qui n'avaient pas assisté audit concile; il lui envoie la mitre épiscopale pour lui et ses successeurs.

Ms. *Collection Baluze, n° 269, fol. 123.
Éd. Heda, *Historia episcoporum Ultrajectensium*, p. 148. — Migne, n° 37, col. 1130.
Cat. Robert, n° 56. — Jaffé-Loewenfeld, n° 6762 (4948).

CALIXTUS episcopus, servus servorum Dei, venerabili fratri GODE-BALDO, Trajectensi episcopo, salutem et apostolicam benedictionem. Nos quidem personam tuam interesse concilio sperabamus. Ceterum, sicut ex fratrum tuorum quos ad nos misisti, assertione cognovimus, in itinere adeo impeditus es ut ad nos sine graviore periculo minime potueris pervenire. Propter quod absentiæ tuæ paternæ dilectionis intuitu parcimus, confidentes quod in Dei et ecclesiæ tuæ servitio deinceps secundum facultatem perseverare fideliter debeas. Porro præpositos illos qui, a te tua vice invitati ad concilium se minime præsentarunt, discretioni tuæ committimus, quatinus canonicam de eis justitiam exequaris. Quod enim, auctore Domino, inde a te factum fuerit, hoc ratum habebimus. Præterea pro commissæ tibi ecclesiæ re-

verentia et nostræ diutinæ ad invicem dilectionis affectu, episcopalem
mitram tibi tuisque successoribus conferendam concedimus.

Datum Remis, iii kalendas novembris, indictione xiii.

83

3o octobre 1119.

*Confirmation des possessions et des privilèges de l'église Saint-Martin de Tours,
qui est placée sous la protection du Saint-Siège.*

Mss. *A. Mélanges Colbert, Bibliothèque nationale, n° 46, fol. 122. — B. Lesueur, *Chartes de Saint-
Martin de Tours*, ms. lat. 13898, n° 114. — C. Monsnier, *Celeberrimæ Sancti Martini Turo-
nensis historia ecclesiæ*, ms. n° 1295 de la Bibliothèque de Tours, p. 219 de l'appendice ms.
Éd. *Défense de l'insigne église de Saint-Martin de Tours*, pr., p. 14. — Migne, n° 39, col. 1131.
Cat. Robert, n° 59. — Jaffé-Loewenfeld, n° 6764 (4950).

Calixtus episcopus, servus servorum Dei, dilectis in Christo filiis
Beati Martini Turonensis[1] ecclesiæ canonicis tam præsentibus quam
futuris, in perpetuum. Cum universis Ecclesiæ sanctæ filiis debitores
ex apostolicæ sedis auctoritate ac benevolentia existamus, illis tamen
locis atque personis quæ specialius Romanæ adhærent Ecclesiæ propensiori nos convenit affectionis studio imminere. Eapropter, filii in
Christo charissimi, vestris petitionibus annuentes, tanto libentius Beati
Martini ecclesiam in qua omnipotenti Domino deservitis, protectione
sedis apostolicæ communimus, quanto amplius locus idem et beatissimi confessoris Christi corpore insignis habetur et ad jus Romanæ
cognoscitur Ecclesiæ pertinere. Quidquid igitur libertatis, quidquid
immunitatis, quidquid beneficii et honoris eidem ecclesiæ vel per antecessorum nostrorum Deodati[2], Leonis, Adriani, Sergii, Gregorii,
Paschalis, Romanorum pontificum, privilegia vel per Turonensium
archiepiscoporum Crodberti, Ibonis[3] et Airardi scripta vel per regum
præcepta collatum est, per præsentis privilegii paginam vobis vestrisque successoribus et per vos prædictæ Beati Martini ecclesiæ confirmamus, statuentes ut claustrum vestrum usque ad muri cuneos liberum quietumque permaneat, sicut hactenus noscitur permansisse.
Presbyteri quoque infra ecclesiæ ambitum in cellulis, in oratoriis

---

[1] *Turonicensis*, B. — [2] *Adeodati*, B. — [3] *Chrodberti, Ibbonis*, B.

vestris, in ecclesia Sancti Venancii et in capella Sancti Petri quæ de Cardoneto dicitur commorantes, in ea qua præteritis temporibus mansisse noscuntur, libertate permaneant. Porro burgum et alia omnia quæ in Ludovici regis scripto continentur, ecclesia Sancti Pauli Cormaricensis, ecclesia Sanctæ Mariæ de Bello monte, ecclesia Sancti Cosmæ cum appendiciis earum et cætera omnia quæ vel in præsenti legitime possidetis vel in futurum, largiente Domino, juste poteritis adipisci, firma vobis vestrisque successoribus et illibata serventur. Nulli ergo omnino hominum liceat eamdem ecclesiam temere perturbare aut ejus possessiones auferre aut ablatas retinere, minuere vel temerariis vexationibus fatigare, sed omnia integra conserventur, eorum pro quorum sustentatione et gubernatione concessa sunt, usibus omnimodis profutura. Crisma, oleum sanctum, ordinationes canonicorum qui ad sacros fuerint ordines promovendi, a Turonensi accipietis archiepiscopo, si quidem gratiam atque communionem apostolicæ sedis habuerit et si ea gratis ac sine pravitate voluerit exhibere. Alioquin liceat vobis catholicum quem malueritis adire antistitem et eadem ab eo sacramenta suscipere. Sane canonicus vester, si ecclesiarum archiepiscopi canonicus fuerit, beneficio abdicato, excommunicandi eum archiepiscopus non habeat facultatem. Si qua igitur in futurum ecclesiastica secularisve persona hanc nostræ constitutionis paginam sciens contra eam [1] temere venire temptaverit, secundo tertiove commonita, si non [2] satisfactione congrua emendaverit, potestatis honorisque sui dignitate careat reamque se divino judicio existere de perpetrata iniquitate cognoscat et a sacratissimo corpore ac sanguine Dei et Domini Redemptoris nostri Jesu Christi aliena fiat atque in extremo examine districtæ ultioni subjaceat. Cunctis autem eidem ecclesiæ justa servantibus sit pax Domini nostri Jesu Christi, quatenus et hic fructum bonæ actionis percipiant et apud districtum judicem præmia æternæ pacis inveniant. Amen.

Ego Calixtus, catholicæ Ecclesiæ episcopus.

Datum Remis [3] per manum Grisogoni, sanctæ Romanæ Ecclesiæ diaconi cardinalis ac bibliothecarii, III kalendas novembris, incarnationis Dominicæ 1119, pontificatus autem domni Calixti secundi papæ anno primo.

---

[1] Eum, A. — [2] Sine, B. — [3] Romæ, A. B. et éd.

84

3o octobre 1119.

Confirmation à l'église Saint-Martin de Tours d'églises qui lui avaient été accordées par Gilbert, archevêque de Tours.

Mss. *A. *Carthæ* (sic) *et diplomata regum et aliorum monasterium Sancti Martini Turonensis spectantia*, n° 46 des Mélanges Colbert, à la Bibliothèque nationale, fol. 122; fin du xvi° ou commencement du xvii° siècle. — B. Lesueur, *Chartes de Saint-Martin de Tours*, ms. lat. 13898, n° 116; copie de 1643. — C. Collection Baluze, n° 76, fol. 247. — D. Collection Housseau, IV, n° 1392.
Éd. Robert, app., p. xxxv.
Cat. Robert, n° 58. — Jaffé-Loewenfeld, n° 6765.

Kalixtus episcopus, servus servorum Dei, dilectis filiis canonicis Sancti Martini Turonensis, salutem et apostolicam benedictionem. Officii nostri nos hortatur authoritas pro ecclesiarum statu satagere et quæ recte statuta sunt stabilire. Itaque tam vestris quam venerabilis fratris nostri Gisleberti, Turonensis archiepiscopi, et carissimi filii Lodoici, gloriosi Francorum regis, petitionibus annuentes, vobis vestrisque successoribus confirmamus altaria, quæ idem venerabilis frater noster et coepiscopus Beati Martini ecclesiæ cognoscitur concessisse, [salvo nimirum annuo centum solidorum censu archiepiscopo persolvendo.] Altare videlicet Ligolii[1], [altare Cursiaci, altare Seblaniæ, altare Vercisci, altare Gaudiaci, altare de Charantilleto, altare de Hoe.] Ecclesiam quoque Sancti Petri Puellaris vobis vestrisque successoribus confirmamus, salva in ea Turonensis archiepiscopi canonica reverentia. Si quis igitur [hanc nostræ confirmationis paginam sciens contra eam temere veniens prædicta altaria vel ecclesiam vobis auferre præsumpserit, honoris et officii sui periculum patiatur aut excommunicationis ultione plectatur, nisi præsumptionem suam digna satisfactione correxerit. [4]]

Ego Calixtus, catholicæ Ecclesiæ episcopus, subscripsi.

Datum Remis per manum Grisogoni, sanctæ Romanæ Ecclesiæ diaconi cardinalis ac bibliothecarii, iii kalendas novembris, indictione xiii°,

____

[1] *Ligogali*, C.

[4] Ce qui est entre crochets est omis dans B et remplacé par *etc.*

incarnationis Dominicæ anno м̇ċxviii, pontificatus autem domni Calixti papæ secundi anno primo.

85

3o octobre 1119.

Calixte accorde à Thierry, évêque de Naumburg, et à ses successeurs le droit de porter la mitre et de célébrer la messe les jours de fête avec le rational ou pectoral. Il confirme l'établissement de chanoines et de religieux dans des églises et des monastères fondés par Thierry.

Ms. *Original aux Archives grand-ducales de Weimar, Oo, 762, 1.
Éd. Lepsius, *Historische Nachricht vom Augustinerkloster S. Moritz zu Naumburg*, p. 93. — Lepsius, *Geschichte der Bischöfe des Hochstifts Naumburg*, p. 241.
Cat. Jaffé-Loewenfeld, n° 6766.

Calixtus episcopus, servus servorum Dei, venerabili fratri Theoderico, Nuenbergensi episcopo, salutem et apostolicam benedictionem. Sicut injusta poscentibus nullus est tribuendus effectus, sic legitima desiderantium non est differenda petitio. Proinde nos, frater in Christo karissime Theoderice, tuis petitionibus annuentes, tibi tuisque successoribus ad perpetuam sanctę Nuenbergensis ecclesie dignitatem mitram deferendam et in diebus festis cum rationali missas concedimus celebrandas. Sane in ecclesia Sancti Mauricii, prout a te institutum est, et in ecclesia Sancti Stephani Cicensis canonicas deinceps secundum beati Augustini regulam conversari decernimus. Porro in duobus monasteriis, Bosov videlicet et Reszoa, quę ad honorem Dei et Beatę Marię semper virginis et Sancti Johannis Baptistę tuis expendiis construxisti, monachi habeantur. Ipsis autem ecclesiis et monasteriis universa, quę vel a te vel ab aliis quibusque fidelibus de suo jure jam collata sunt aut in futurum, Deo largiente, conferri contigerit, stabilimus, id ipsum et commissę tibi Nuenbergensi ecclesię in decimis, oblationibus et possessionibus suis, quas modo legitime possidet vel in futurum, largiente Deo, juste adipisci poterit, confirmantes. Si quis igitur, decreti hujus tenore cognito, ecclesię cui, Deo auctore, presides aut etiam predictarum ecclesiarum et monasteriorum bona auferre, invadere aut temere infestare presumpserit, honoris et officii sui periculum patiatur aut excommunicationis ultione plectatur, nisi presumptionem suam digna satisfactione correxerit. Amen. Amen. Amen.

Datum Remis per manum Grisogoni, sanctę Romanę Ecclesię diaconi cardinalis ac bibliothecarii, III. kalendas novembris, indictione XIII[a], incarnationis Dominicę anno M°.c°.xvIIII°, pontificatus autem domni Calixti secundi pape anno [1] [a].

(Lacs de soie verte et jaune; la bulle existe encore.)

86

3o octobre 1119.

Calixte accorde le pallium à Thurstin, archevêque d'York.

Ms. *Livre d'ivoire*, ms. 1405 (Y. 27) de la Bibliothèque de Rouen, du XII° siècle, p. 59. — Cf. Stubbs, *Acta pontificum Eboracensium*, dans *Historiæ Anglicanæ scriptores X*, I, 1715. *Cat.* Jaffé-Loewenfeld, n° 6767.

CALIXTUS episcopus, servus servorum Dei, venerabili fratri TURSTINO, Eboracensi archiepiscopo, ejusque successoribus canonice substituendis, in perpetuum. Caritatis bonum est proprium gaudere provectibus aliorum, unde et Apostolus : *Tunc*, ait, *vivimus, si vos statis in Domino. Et iterum :* *Que est enim nostra spes aut gaudium aut corona glorie? Nonne vos ante Dominum nostrum Jesum Christum ?* Hoc igitur caritatis debito provocamur et apostolicę sedis auctoritate compellimur honorem debitum fratribus exhibere et sanctę Romanę Æcclesię dignitatem pro suo cuique modo cęteris ecclesiis impertiri. Proinde, karissime frater et coepiscope TURSTINE, tibi tuisque successoribus et per vos Eboracensi ecclesię cui, operante Deo, per manus nostrę impositionem preesse cognosceris, in perpetuum confirmamus, universos Eboracensis metropolis suffraganeos et quicquid parrochiarum, vel episcopali vel metropolitano jure, ad eandem cognoscitur ecclesiam pertinere. Pallei quoque usum, pontificalis videlicet officii plenitudinem, fraternitati tuę ex liberalitate sedis apostolicę confirmamus, diebus

---

[a] Le chiffre 1 est peu lisible dans l'original.

illis qui in ecclesie vestre privilegiis distinguntur. Antiquam preterea Eboracensis ecclesie dignitatem integram conservari, auctore Deo, cupientes et predecessorum nostrorum, sancte recordationis URBANI, PASCALIS et GELASII, Romanorum pontificum, sententiis adherentes, auctoritate apostolica prohibemus ne ulterius aut Cantuariensis archiepiscopus ab Eboracensi professionem quamlibet exigat aut Eboracensis Cantuariensi exhibeat. Neque quod penitus a beato Gregorio prohibitum est ullo modo Eboracensis Cantuariensis ditioni subjaceat, sed juxta ejusdem patris constitutionem ista inter eos honoris distinctio in perpetuum conservetur, ut prior habeatur qui prior fuerit ordinatus. Sane si Cantuarensis archiepiscopus ab Eboracensi electo consecrationis manum subtraxerit, quam videlicet juxta ecclesiarum suarum more ab HONORIO, apostolice sedis pontifice, institutum invicem sibi debent, liceat eidem Eboracensi secundum communem Æcclesie consuetudinem et predicta patris nostri GREGORII sanctionem et domini nostri sancte memorie PASCALIS pape mandatum a suis suffraganeis consecrari. Si qua igitur in futurum ecclesiastica secularisve persona hanc nostre constitutionis paginam sciens contra eam temere venire temptaverit, secundo terciove commonita, si non satisfactione congrua emendaverit, potestatis honorisque sui dignitate careat reamque se divino judicio existere de perpetrata iniquitate cognoscat et a sacratissimo corpore et sanguine Dei et Domini Redemptoris nostri Jesu Christi aliena fiat atque in extremo examine districte ultioni subjaceat. Cunctis autem eidem ecclesie justa servantibus sit pax Domini nostri Jesu Christi, quatenus et hic fructum bone actionis percipiant et apud districtum judicem premia eterne pacis inveniant. Amen.

87

31 octobre 1119.

Confirmation des possessions et des privilèges de l'abbaye de Saint-Bertin.

Mss. *Bullaire de Saint-Bertin, du xii° siècle, ms. 579 de la Bibliothèque de Saint-Omer, fol. 15 v°.
— Cartulaire de Saint-Bertin (de Simon), du xii° siècle, fol. 35. — Collection Moreau, Chartes
et diplômes, n° 49, fol. 85.
Éd. Miraeus, Opera diplomatica, III, 32. — Le Glay, Revue des Opera diplomatica de Miraeus,
p. 138. — Guérard, Cartulaire de l'abbaye de Saint-Bertin, p. 260. — Haigneré, Les chartes
de Saint-Bertin, d'après le grand cartulaire de dom Charles-Joseph Dewitte, I, 53.
Cat. Robert, n° 60. — Jaffé-Loewenfeld, n° 6769 (4951).

KALIXTUS episcopus, servus servorum Dei, dilecto filio LAMBERTO,
Sithiensis monasterii abbati, ejusque successoribus regulariter substituendis, in perpetuum. Justis votis assensum prebere justisque petitionibus aures accommodare nos convenit, qui, licet indigni, justitiç
custodes atque precones in excelsa apostolorum Petri et Pauli specula positi, Deo auctore, conspicimur. Proinde, dilecte in Christo fili
L[AMBERTE] abba, tuis petitionibus annuentes, Beati Bertini Sithiense
cenobium, quod in Taruanensi parochia situm est, cui, Deo auctore,
presides, sub tutelam et protectionem sedis apostolicç suscipimus et
contra pravorum hominum nequitiam auctoritatis ejus privilegio communimus. Statuimus enim universa ad idem monasterium legitime pertinentia vobis vestrisque successoribus quieta semper et illibata conservari, videlicet comitatus de omnibus terris quas Sanctus Bertinus
habet in castellaria de Broburc, sicut Balduinus comes per manum
Johannis episcopi vobis concessit, et de omnibus terris quç per se-
cessum maris sive ex locis palustribus proveniunt, in omnibus videlicet
parochiis quas Sanctus Bertinus habet in predicta castellaria duas
garbas decimç et de omnibus berquariis atque vaccariis decimationem,
sicut Balduinus, comes Insulanus, vobis concessit et omnia quç idem
suo scripto confirmavit; molendina in atrio monasterii vestri constructa, terram de Culham et Felcinel et Helescoltre quas per episcopum derationastis, preterea concordiam illam quç facta est ante
predictum venerabilem Johannem episcopum inter vos et Everardum
clericum videlicet de altare Helcin et capellis ejus omnino ratam
censemus; in Taruanensi quoque parochia, ecclesiam nuncupatam

Osclare et Warnestun et Havesquerke, altare de Merchem, ecclesiam de Eggefridi capella; in Tornacensi parochia, ecclesiam de Coclera et de Ruslethe et de Rumbecca cum capellis suis; ecclesiam de Lisguege et de Snelgerkerke et de Erninghem et de Bovenkerke; in Atrebatensi parochia, altare de Anasin; in Coloniensi, ecclesiam de Frekena et Wildestorp; in Belvacensi, terram Hubervisin dictam cum omnibus suis pertinentiis seu appendentiis; terram quoque Clarembaldi de Lustingehem, terram quam comes Robertus pro anime sue remedio et filii sui Guillelmi vobis dedit; similiter berquariam quam comes Balduinus, qui in monasterio vestro sepultus est, adhuc vivens vobis dedit et quam Carolus ei in comitatu succedens legali donatione concessit; item berquariam pro commutatione ville Ostresele datam et duas portiones decime de Brucsele. Omnes etiam decimationes annuatim fratrum industria colligantur, ne sub censualis occasione dationis res vestre inquietentur vel impediantur. Cyrtes quoque monasterii ita libere in dispositione fratrum manere sancimus, ut nullus pro eisdem servandis quicquam juris hereditarii habeat. Ipsum preterea monasterium juxta predecessorum nostrorum VICTORIS, URBANI, PASCHALIS paparum sanctiones et privilegia loco eidem collata in sua plenius libertate ac immunitate perpetuo conservetur, adeo ut nulli nisi Romano pontifici, salva tamen Taruanensis episcopi canonica reverentia, in aliquo respondeat, quamdiu illic regularis ordinis vigor ac disciplina permanserit. Porro abbatem in eodem monasterio, non alium, preesse censemus, nisi quem fratres communi consensu vel fratrum pars sanioris consilii secundum Dei timorem et beati Benedicti regulam elegerint. Ad hec religioni vestre concedimus in communi parrochie interdicto divina officia, clausis januis, celebrare. Decernimus ergo ut nulli omnino hominum liceat idem monasterium temere perturbare[a] aut ejus possessiones auferre vel ablatas retinere, minuere vel temerariis vexationibus fatigare, sed omnia integra conserventur, eorum pro quorum sustentatione ac gubernatione concessa sunt usibus omnimodis profutura. Si qua igitur ecclesiastica secularisve persona hanc nostre constitutionis paginam sciens contra eam temere venire temptaverit, secundo tertiove commonita, si non satisfactione congrua

---

[a] La formule finale est omise dans le ms. 579; elle est remplacée par ces mots : *Et cetera omnia usque in finem, sicut in superioribus privilegiis habetur.*

amendaverit, potestatis honorisque sui dignitate careat reamque se divino judicio existere de perpetrata iniquitate cognoscat et a sacratissimo corpore et sanguine Dei et Domini Redemptoris nostri Jesu Christi aliena fiat atque in extremo examine districte illi pni subjaceat. Cunctis autem eidem loco justa servantibus sit pax Domini nostri Jesu Christi, quatinus et hic fructum bone actionis percipiant et apud districtum judicem premia eterne pacis inveniant. Amen.

(R.) Ego Calixtus, catholice Ecclesie episcopus.

Datum Remis per manum Grisogoni, sancte Romane Ecclesie diaconi cardinalis ac bibliothecarii, iii kalendas novembris, indictione xiii, incarnationis Dominice anno M. C. xix, pontificatus autem domni Calixti secundi pape anno primo.

88

31 octobre 1119.

Confirmation des possessions et des privileges de l'église de Cambrai.

Original aux Archives départementales du Nord, à Lille, dans la fonds de l'église de Cambrai. — Collection Moreau, *Chartes et diplômes*, t. 49, fol. 51. — Le Glay, *Mémoire pour M. l'archevêque de Cambrai*, p. — Duvivier, *Recherches sur* ... p. 512. — Jaffé-Loewenfeld, n° 6770 (6732).

Calixtus episcopus, servus servorum Dei, venerabili fratri Burcardo Cameracensi episcopo, ejusque successoribus canonice substituendis, in perpetuum. Sicut injusta poscentibus nullus est tribuendus effectus, sic legitima desiderantium non est differenda petitio. Proinde nos petitioni tue, frater in Christo Burchardue Burcarde episcope, paterna benignitate accomodamus assensum. Tibi itaque tuisque successoribus in perpetuum confirmamus quicquid liberalitate principum, oblatione fidelium vel aliis justis modis cognoscitur possidere, videlicet justiciam civitatis, monetam, theloneum, districtum, molendina de Salis, molendinum ad portam aquarum, cambas et mansionarios, omnes pares et causas, castellaniam cum casatis suis. Extra civitatem, terras arabiles, prata, piscarias, puerorum villam cum terris sibi appendentibus, cum molendino et vivario, Santollam cum appendiciis suis, districtum de Reilencurt et de Bantineiis, Tumus et Palencurz; Strumum cum terris suis et cum silvis, pratis, aquis, molendinis cum districto et vivario de Navio; silvam de Nereio; Sausoit cum terris suis, pratis, aquis, molendinis et cum duabus partibus decime; Novum Castellum cum justitia, moneta, theloneo, districto, peagio, furnis, cambis, molendinis, aquis, pratis, silvis, terris arabilibus; Noufluz cum omnibus appendiciis suis; Ors cum appendiciis suis et familia; Rameries, Santiuri, Ferires, Watineies, partem de Gombles, cappellam Forest. In pago Brac[b]atensi, Melin cum ecclesia et altari ceterisque appendiciis suis et familia. In pago Suesionensi, Terni cum familia sua. In pago Coloniensi, Villare, Genewilrasal [*] cum familia sua. Quicquid etiam in futurum, prestante Deo, juste atque canonice poteritis adipisci, firma (*sic*) vobis et integra (*sic*) conserventur (*sic*). Decernimus ergo ut nulli omnino hominum liceat vos deinceps temere perturbare aut vestras possessiones auferre vel ablatas retinere, minuere vel temerariis vexationibus fatigare, sed omnia integra conserventur, tam vestris quam clericorum et pauperum usibus profutura. Si qua igitur in futurum ecclesiastica secularisve persona hanc nostre constitutionis paginam sciens contra eam temere venire temptaverit, secundo tertiove commonita, si non satisfactione congrua emendaverit, potestatis honorisque sui dignitate careat reamque se divino judicio existere de perpetrata iniquitate cognoscat et a sacratissimo corpore ac sanguine Dei et Domini nostri Redemptoris Jesu Christi aliena fiat atque in extremo examine districte ultioni subjaceat. Cunctis autem sepedicte ecclesie justa servantibus sit pax Domini nostri Jesu Christi, quatenus et hic fructum bone actionis percipiant et apud districtum judicem premia eterne pacis inveniant. Amen.

(R.) Ego Calixtus, catholice Ecclesie episcopus, ss. (M.)

Datum Remis per manum Grisogoni, sancte Romane Ecclesie diaconi cardinalis ac bibliothecarii, II° kalendas novembris, indictione XIII°, incarnationis Dominice anno M°.C°.XVIII°, pontificatus autem domni Calixti secundi pape anno primo.

(Lacs de soie jaune; la bulle n'existe plus.)

[*] Le nom *Genewilrasal* est accompagné d'une abréviation que je n'ai pas pu traduire.

89

3i octobre 1119.

*Calixte informe le clergé et le peuple de Hildesheim qu'il a approuvé,
au concile de Reims, l'élection de l'évêque Berthold.*

Ms. *Original aux Archives de l'État, à Hanovre.
Éd. Jaffé, *Regesta*, 1re éd., n° 4953. — Sudendorf, *Registrum oder merkwürdige Urkunden*, III,
51. — Migne, n° 42, col. 1134.
Cat. Robert, n° 91. — Jaffé-Loewenfeld, n° 6771 (4953).

CALIXTUS episcopus, servus servorum Dei, Hildenensis æcclesię clero
et populo, salutem et apostolicam benedictionem. Audita et cognita
obedientię vestrę constantia, quam in canonica electione vestri episcopi habuistis, apprime gavisi sumus. Idcirco dilectionem vestram litteris presentibus duximus visitandam, monentes atque precipientes ut
in Romanę semper Æcclesię et vestri episcopi obedientia persistatis.
Nos enim in concilio Remis habito canonicam electionem et liberam
consecrationem fratris nostri B[ertholdi] vestri, cum archiepiscopis,
episcopis, abbatibus et cuncto clero approbavimus et auctoritate apostolica roboravimus. Si qui ergo vel ex clero vel ex populo canonicę
vestrę electioni nondum consenserunt, commoniti a nobis id ipsum
sentire vobiscum non differant, ne in sua pertinacia permanentes æc-
clesiasticę subjaceant ultioni.

Data Remis, 11 kalendas novembris.

90

3i octobre 1119.

*Invitation à Turgise, évêque d'Avranches, de forcer un certain Harcouet à
rendre au monastère du Mont-Saint-Michel des possessions qu'il lui avait enlevées.*

Ms. Ms. 82 de la Bibliothèque d'Avranches, fol. préliminaire, du XIIe siècle.
Éd. *Loewenfeld, *Epistolæ pontificum Romanorum ineditæ*, p. 80.
Cat. Jaffé-Loewenfeld, n° 6772.

CALIXTUS episcopus, servus servorum Dei, venerabili fratri T[urgiso],

Abrincensi episcópo, salutèm et apostolicam benedictionem. Fratres monasterii Sancti Michaelis de periculo maris ad nos venientes conquesti sunt quod quidam parrochianus vester, Harcoitus nomine, tres villas ad eorum ecclesiam pertinentes, videlicet Crucem, Balevent et Sanctum Julium eis violenter abstulerit. Eapropter fraternitati tue precipimus ut eum per officii tui debitum moneas, quatinus predictis fratribus ablatas villas restituat et quiete dimittat, alioquin tanquam de sacrilego canonicam de eo justiciam facias.

Dat. Remis, ii kalendas novembris.

91

1ᵉʳ novembre 1119.

Confirmation des biens de l'abbaye de Tyron, qui est placée sous la protection du Saint-Siège.

Mss. Cartulaire de Tyron, du xiii° siècle, aux Archives départementales d'Eure-et-Loir, à Chartres, série II, fonds de Tyron, fol. 1. — *Copie des chartes contenues dans un ancien cartulaire de l'abbaye de la Saincte-Trinité de Thyron*, ms. du xviii° siècle, de la Bibliothèque de Nogent-le-Rotrou, p. 2. — *Grand cartulaire de l'abbaye de Tyron-en-Perche*, ms. lat. 10107 de la Bibliothèque nationale, xix° siècle, p. 24. — *Cartulaire de Tyron*, ms. 1311 de la Bibliothèque de Chartres, xix° siècle, fol. 43.
Éd. Robert, app., p. xxxvi. — *Merlet, Cartulaire de l'abbaye de la Sainte-Trinité de Tiron*, I, 36.
Cat. Robert, n° 65. — Jaffé-Loewenfeld, n° 6755.

Calixtus episcopus, servus servorum Dei, dilectissimo filio Guillermo, abbati monasterii Sancti Salvatoris de Tyronio, ejusque successoribus regulariter substituendis, in perpetuum. Religiosis desideriis dignum est facilem prebere consensum, ut fidelis devotio celerem sortiatur effectum. Proinde nos, dilecte in Christo fili Guillerme abbas, tam tuis quam venerabilis fratris nostri Gaufridi, Carnotensis episcopi, petitionibus annuentes, Sancti Salvatoris monasterium cui, Deo auctore, presides, in apostolice sedis tutelam excipimus et contra pravorum hominum nequitiam auctoritatis ejus privilegio communimus. Statuimus enim ut quecumque bona, quascumque possessiones idem cenobium in presenti legitime possidet sive in futurum, largiente Deo, juste atque canonice poterit adipisci, firma tibi tuisque successoribus et illibata permaneant. Nulli ergo omnino hominum liceat predictum monasterium temere perturbare aut ejus possessiones auferre vel ablatas retinere, minuere vel temerariis vexationibus fatigare, sed omnia integra conserventur, eorum pro quorum sustentatione et gubernatione concessa sunt, usibus omnimodis profutura, salva nimirum Carnotensis episcopi canonica reverentia. Idem enim locus in Carnotensi parrochia in ipsius videlicet ecclesie matricis alodio constitutus agnoscitur et nos illum in ejus obedientia et subjectione permanere censemus, ita tamen ut nullius vexationibus pergravetur. Si qua igitur in futurum ecclesiastica secularisve persona hanc nostre constitutionis paginam sciens contra eam temere venire temptaverit, secundo terciove commonita, si non satisfactione congrua emendaverit, potestatis honorisque sui dignitate careat reamque se divino judicio existere de perpetrata iniquitate cognoscat et a sacratissimo corpore ac sanguine Dei et Domini Redemptoris nostri Jesu Christi aliena fiat atque in extremo examine districte ultioni subjaceat. Cunctis autem eidem loco justa servantibus sit pax Domini nostri Jesu Christi, quatinus et hic bone fructum actionis percipiant et apud districtum judicem premia eterne pacis inveniant. Amen.

(R.) Ego Calixtus, catholice Ecclesie episcopus, ss. (M.)

Data Remis per manum Grisogoni, sancte Ecclesie Romane diaconi cardinalis ac bibliothecarii, kalendis novembris, indictione xiii°, incarnationis Dominice anno millesimo centesimo xix°, pontificatus autem domni Calixti secundi pape anno primo.

92

1ᵉʳ novembre 1119.

*Confirmation des possessions de l'abbaye Notre-Dame de Josaphat,
qui est placée sous la protection du Saint-Siège.*

Mss. *Cartulaire de l'abbaye de Josaphat*, du xiiᵉ siècle, ms. lat. 10102 de la Bibliothèque nationale, fol. 1 v°. — *Id.*, ms. lat. 5418, fol. 1 v°. — *Id.*, ms. 1310 de la Bibliothèque de Chartres, fol. 124, copie du xixᵉ siècle. — *Monasticon benedictinum*, ms. lat. 12677, fol. 64.
Éd. Baluze, *Miscellanea*, III, 13. — *Gallia christ.*, VIII, instr. 317. — Migne, n° 45, col. 1136.
Cat. Robert, n° 65. — Jaffé-Loewenfeld, n° 6768 (4956).

Calixtus episcopus, servus servorum Dei, dilecto filio Girardo, abbati monasterii Sancte Marie Josaphat juxta Leugas, [quod] in Carnotensi videlicet parrochia situm est ejusque successoribus regulariter substituendis, in perpetuum. Religiosis desideriis dignum est facilem prebere consensum, ut fidelis devotio celerem sortiatur effectum. Proinde nos, dilecte in Christo fili GIBARDE abbas, tam tuis quam venerabilis fratris nostri Gaufredi, Carnotensis episcopi, peticionibus annuentes, Beate Marie monasterium cui, Deo auctore, presides, in apostolice sedis tutelam excipimus et contra pravorum hominum nequitiam auctoritatis ejus privilegio communimus. Statuimus enim ut quecumque bona, quascumque possessiones idem cenobium in presenti legitime possidet sive in futurum, largiente Deo, juste atque canonice poterit adipisci, firma tibi tuisque successoribus et illibata permaneant : ecclesia scilicet Sancti Martini de Operatorio et ecclesia Sancti Arnulfi cum decimis et terra quam dedit Goislenus de Leugis. Nulli[a] ergo omnino hominum liceat idem monasterium temere perturbare aut ejus possessiones auferre vel ablatas retinere vel temerariis vexationibus fatigare, sed omnia integra conserventur, eorum pro quorum sustentatione et gubernatione concessa sunt, usibus omnimodis profutura, salva nimirum Carnotensis episcopi canonica reverentia. Si qua igitur in futurum ecclesiastica secularisve persona hanc nostre constitutionis pagina[m] sciens contra eam temere venire temptaverit, secundo terciove commonita, si non satisfactione congrua emendaverit, potestatis honorisque sui dignitate careat reamque se divino judicio existere de perpetrata iniquitate cognoscat et a sacratissimo corpore ac sanguine Dei et Domini Redemptoris nostri Jesu Christi aliena fiat atque in extremo examine districte ultioni subjaceat. Cunctis autem eidem loco justa servantibus sit pax Domini nostri Jesu Christi, quatenus et hic fructum bone actionis percipiant et apud districtum judicem premia eterne pacis inveniant. Amen.

(R.) Ego Calixtus, catholice Ecclesie episcopus, ss. (M.)

Datum Remis per manum Grisogoni, sancte Romane Æcclesie diaconi cardinalis ac bibliothecarii, kalendis novembris, indictione XIIII°, incarnationis Dominice anno M°.C°.XIX°, pontificatus autem domni Calixti secundi pape anno primo.

[a] *Nichil* dans le ms.

93

Octobre-novembre 1119.

Invitation à Gilbert, archevêque de Tours, de s'adjoindre Geoffroy, archevêque de Rouen, et d'aller trouver Henri, roi d'Angleterre, pour lui recommander Thurstin, archevêque d'York.

Éd. *Monastic. anglic.*, 1re éd., III, 144; 2e éd., VIII, 1185, *rex reg.* Ebor. eccl. cat., parte 3, fol. 502. — Migne, n° 43, col. 1135.
Cat. Robert, n° 62. — Jaffé-Loewenfeld, n° 6773 (4954).

CALIXTUS episcopus, servus servorum Dei, venerabili fratri G[ISLE-BERTO], Turonensi archiepiscopo, salutem et apostolicam benedictionem. Quia devotionis tuæ dilectionem et fidelitatis constancia[m] in beati Petri servitio sæpius probatam agnovimus, ejus tibi negotium potissimum duximus committenda. Siquidem prudenciam tuam pro venerabilis fratris nostri Thomæ [a], Eborum archiepiscopi, causa, ex fratrum nostrorum concilio, nostra volumus legatione perfungi, in quo quanta nobis et Romanæ Ecclesiæ injuria irrogetur ipse, ut credimus, non ignoras. Tuam itaque, frater charissime, sollicitudinem exoramus atque præcipimus ut illas quas pro eodem fratre nostro Th. dirigimus litteras in Normannia, ad regem Anglicum deferas et primo earum traditioni regem ipsum vice nostra tu et confrater vester G., Rothomagensis archiepiscopus, quem in hujus allegacionis exsecutione tibi socium exhibemus convenire, diligentissime studeatis. Cumque instancius deprecamini ut in prædicti fratris nostri restitutione, ita matris suæ Romanæ Ecclesiæ preces exaudiat, quatinus verus ejus filius.....

[a] L. Thurstini.

94

Octobre-novembre 1119.

Lettre à Henri, roi d'Angleterre, pour le réprimander de n'avoir pas protégé Thurstin, archevêque d'York, et pour l'informer qu'il a interdit Raoul, archevêque de Cantorbéry, qui n'avait pas consacré Thurstin et ne s'était pas rendu à l'appel du pape.

Éd. *Monastic. anglic.*, 1re éd., III, 144; 2e éd., VIII, 1185, «ex reg. Ebor. eccl. cat., parte 3, fol. 50». — Migne, n° 44, col. 1135.
Cat. Robert, n° 63. — Jaffé-Loewenfeld, n° 6774 (4955).

CALIXTUS episcopus, servus servorum Dei, charissimo in Christo filio HENRICO, illustri et glorioso Anglorum regi, salutem et apostolicam benedictionem. Sæpe jam dilectionem tuam pro venerabili fratre nostro Thoma, Eborum archiepiscopo, verbis et literis monuisse meminimus et nichil aliud in ejus negocio de honore Dei et Ecclesiæ apud te valuimus impetrare. Unde graviori profecto correptione dignus fueras, sed quia duplici te dilectione complectimur, personæ tuæ ad præsens in executione justiciæ duximus indulgendum. Cæterum confratris nostri R., Cantuariensis archiepiscopi, contemptum omnino diucius tolerare non possumus et a dominis enim fœlicis memoriæ PASCHALIS et GELASII, prædecessoribus nostris et nobis ipsis commonitus, nec electo Eboracensis ecclesiæ absque professionis exactione manus imponere, nec pro eodem negocio nostræ noluerit audienciæ præsentare. Et ipsi ergo episcopale atque sacerdotale officium interdicimus et in matrice Cantuariensi [a] ecclesia, nec non et Eborum propria parochia tota divina omnia celebrari officia et sepulturam mortuis prohibemus, præter infancium baptisma et moriencium pœnitencias, donec prædictus frater noster Thomas Eborum ecclesiæ restituitur, manere in ea quiecius dimittatur. Si enim prædictus dominus noster PASCHALIS papa eum adhuc in electione positum ab Eborum ecclesia nullatenus passus est, nos consecratum jam per Dei gratiam nostris, tanquam beati Petri manibus, exulare prorsus pati nec possumus, nec debemus.

[a] *Cantuariensis*, éd.

95

1ᵉʳ novembre 1119.

Confirmation des possessions et des privilèges de l'abbaye Saint-Médard de Soissons.

Ms. *Collection Grenier, à la Bibliothèque nationale, n° 243, fol. 312. — Indication dans le ms. lat. 13818, fol. 315.
Éd. Robert, app., p. xxxvi.
Cat. Robert, n° 64. — Jaffé-Loewenfeld, n° 6775.

«Par cette bulle, le pape confirme les biens de l'abbaye . . . . . Altare de Dameriaco . . . . . sicut ab Hugone, Suessionensi episcopo, traditum . . . . . Monasterium quoque Sanctæ Sophiæ cum canonicis ibi servientibus et ecclesia Sancti Salvatoris de Calciaco ab episcopalibus molestiis, sicut in preteritis temporibus consuevit, sic in posterum libere quieteque possidebit. Obeunte te, nunc ejus loci abbate, vel tuorum quolibet successorum, etc. Il veut que l'abbé de Saint-Médard soit élu par les frères, qu'il soit sacré par le pape ou par quelque autre évêque catholique à leur choix, qu'ils reçoivent aussi de quel évêque ils voudront le saint chrême, les saintes huiles, la consécration des autels et des ordres . . . . . Ego Calixtus, catholicæ Ecclesiæ episcopus. Datum Remis, calendis novembris, indict. 13, anno 1119, pontificatus anno 1. »

96

2 novembre 1119.

Confirmation des possessions et des privilèges de l'abbaye de Fécamp.

Ms. *Collection Moreau, n° 341, fol. 56 v°; copie de dom Le Noir, d'après l'original.
Cat. Jaffé-Loewenfeld, n° 6776.

Calixtus episcopus, servus servorum Dei, dilecto filio Rogerio, abbati Fiscannensi, ejusque successoribus regulariter substituendis, in perpetuum. Justis votis assensum prebere justisque petitionibus aures accommodare nos convenit qui, licet indigni, justitiæ custodes atque

precones in excelsa apostolorum principum Petri et Pauli specula
positi, Domino disponente, conspicimur. Eapropter petitionibus tuis,
fili in Christo karissime Rogeri, non immerito annuendum censuimus,
ut Beatę Trinitatis Fiscannense monasterium cui, Deo auctore, prè-
sides, apostolicę sedis privilegio, ad exemplar domini predecessoris
nostri sanctę memorię Paschalis pape, muniremus. Per presentis igitur privilegii paginam apostolica auctoritate statuimus ut quęcumque
predia, quęcumque bona justis fidelium donationibus seu possessione
legitima noscuntur ad idem monasterium pertinere, quieta vobis vestrisque successoribus et illibata permaneant. In quibus hec propriis visa
sunt vocabulis denotanda : ęcclesię videlicet totius parochię Fiscanni;
ęcclesia de Esledetor, ęcclesia de Limpivilla, ęcclesia de Turmotvilla
et de Güilefluer et de Paludel; ęcclesia Sancti Ricarii et de Ingulvilla;
ęcclesia Sancti Gualarici et de Magna villa et de Guellis et dụę quę
apud Dunum sunt. Apud Rotomagum ęcclesia Sancti Gervasii; ęcclesia Sanctę Marię de Wasto, ęcclesia Sancti Albini super Sedam et
ęcclesia de Turvilla. In episcopatu Luxoviensi, ęcclesia de Heldechin-
villa. In episcopatu Bajocensi, omnes ęcclesię de Argentiis et omnes
de Armundi villa et ęcclesia Sancti Gabrihelis. In Anglia, ęcclesia de
Staninges. In Francia, ęcclesia de Avisco monte. Quicquid preterea
in futurum concessione pontificum, liberalitate principum vel oblatione fidelium juste atque canonice idem monasterium poterit adipisci, ratum ei semper integrumque servetur. Decernimus ergo ut
nulli omnino hominum liceat idem monasterium temere perturbare
aut ejus possessiones auferre vel ablatas retinere, minuere vel aliquibus vexationibus fatigare, sed omnia integra conserventur, eorum pro
quorum sustentatione ac gubernatione concessa sunt, usibus omnimodis profutura. Obeunte te, nunc ejus loci abbate, vel tuorum quolibet successorum, nullus ibi qualibet surreptionis astutia seu violentia
preponatur, nisi quem fratres communi consensu vel fratrum pars
consilii sanioris vel de suo vel de alieno, si oportuerit, collegio secundum Dei timorem et beati Benedicti regulam elegerint. Electus autem ad sedem apostolicam aut ad quem maluerit catholicum episcopum benedicendus accedat. Crisma, oleum sanctum, ordinationes
monachorum, consecrationes ęcclesiarum vel altarium a quocumque
malueritis catholico accipietis episcopo, qui nostra fultus auctoritate
quod postulatur indulgeat. Ad hec adicientes statuimus ut ad nullius

concilium abbas accedere compellatur, nisi vel a Romano pontifice vel ab ejus legato fuerit evocatus, nec vestra æcclesia vel abbas per quemlibet, preter Romanum pontificem vel ejus legatum, a divinis interdicatur officiis. Quicquid preterea libertatis, dignitatis vel beneficii apostolicorum presulum authenticis privilegiis Fiscannense monasterium meruisse cognoscitur, nos quoque fratribus sub regulari disciplina illic Domino militantibus, eodem Deo auctore, concedimus et confirmamus. Nec episcopis, nec episcoporum ministris, nec personis quibuslibet liceat et actiones novas aut molestias vel Fiscannensi cenobio vel locis ad ipsum pertinentibus irrogare, sed sicut manserunt hactenus, sic in posterum libera et quieta persistant, quatenus omnipotenti Deo liberius valeant servitutis suę vota persolvere. Si qua igitur in futurum æcclesiastica secularisve persona hanc nostrę constitutionis paginam sciens contra eam temere venire temptaverit, secundo tertiove commonita, si non satisfactione congrua emendaverit, potestatis honorisque sui dignitate careat reamque se divino judicio existere de perpetrata iniquitate cognoscat et a sacratissimo corpore ac sanguine Dei et Domini Redemptoris nostri Jesu Christi aliena fiat atque in extremo examine districte ultióni subjaceat. Cunctis autem eidem loco justa servantibus sit pax Domini nostri Jesu Christi, quatenus et hic fructum bonę actionis percipiant et apud districtum judicem premia æternę pacis inveniant. Amen. Amen. Amen.

(R.) Ego Calixtus, catholicę Æcclesię episcopus, ss. (M.)

Datum Remis per manum Grisogoni, sanctę Romane Ecclesię diaconi cardinalis ac bibliothecarii, iii nonas novembris, indictione xiii, incarnationis Dominicę м° c° xviii°, pontificatus autem domni Calixti secundi pape anno primo.

97

2 novembre 1119.

Confirmation du décret de Geoffroy, évêque de Chartres, contre la simonie.

Mss. Original aux Archives départementales d'Eure-et-Loir, série G, fonds du chapitre de Chartres. — *Cartulaire de l'église de Chartres*, du xiii° siècle, ms. lat. 10094, p. 3. — *Id.*, ms. lat. 10095, du xiii° siècle, fol. 2 v°. — *Id.*, ms. 1162 de la Bibliothèque de Chartres, fol. 8 ; copie du xviii° siècle.

Éd. *De Lépinois et Merlet, *Cartulaire de Notre-Dame de Chartres*, I, 126. — *Gallia christiana*, VIII, instr., 318. — Migne, n° 46, col. 1137.

Cat. Robert, n° 67. — Jaffé-Loewenfeld, n° 6777 (4957).

CALIXTUS episcopus, servus servorum Dei, venerabili fratri GAUFRIDO, Carnotensi episcopo, salutem et apostolicam benedictionem. Quę religionis et honestatis prospectu in Dei Ecclesia statuuntur, inconcussa debent stabilitate servari. Siquidem, frater in Christo karissime, de commissa tibi ecclesia omnem symoniacam expellere desiderans pravitatem, assensu decani, precentoris, subdecani, succentoris et ceterorum prelatorum ecclesię statuisti, congregatione fratrum id ipsum approbante atque unanimiter postulante, ut nec decanus, nec precentor, nec subdecanus, nec succentor, nec ulla alia ecclesiastica persona vel canonicorum quisquam de honoribus ecclesię vel prebendis quicquam exigat vel accipiat vel per se vel per suppositam manum. Nullus etiam eorum qui canonici fiunt pro prebenda quicquam det vel promittat aut per se similiter aut per suppositam manum, neque post decessum prelatorum qui nunc in ecclesia vestra vivunt, ullus vel decanus vel precentor vel subdecanus vel succentor in locum ipsum statuatur, quousque in communi capitulo liquido juret pro officio suo se nichil dedisse vel promisisse, quousque etiam juret se pro prebendis nichil exacturum vel accepturum aut per se aut per suppositam manum. Similiter post decessum simplicium canonicorum qui modo in Carnotensi ecclesia vivunt, nullus in locum eorum canonicus efficiatur, nisi ante in communi capitulo juret vel tutor suus pro eo, si ipse infra annos fuerit, se pro prebenda nichil dedisse aut promisisse nec per se nec per suppositam manum. Hanc itaque constitutionem ad honorem Dei et animarum salutem a fraternitate tua provisam, nos, prestante Deo, auctoritate sedis apostolicę confirmamus et ratam in posterum permanere sancimus. Preterea debitam volentes ecclesię vestrę reverentiam conservari, decernimus ut canonici Sancti Martini de Valle ab obedientia episcopi Carnotensis et ecclesię non recedant, sicut ipsi eis in capitulo promiserunt. Si quis igitur, confirmationis hujus tenore cognito temere, quod absit, contraire temptaverit, honoris et officii sui periculum patiatur aut excommunicationis ultione plectatur, nisi presumptionem suam digna satisfactione correxerit. Prebendam leprosis et helemosinę Beatę Marię datam et divisionem prebendę duobus presbiteris ecclesię servitoribus distributam firmamus.

Ego Calixtus, catholicę Æcclesię episcopus, ss.

Datum Remis per manum Grisogoni, sanctę Romanę Ecclesię diaconi cardinalis ac bibliothecarii, iiii° nonas novembris, indictione xiii°, incarnationis Dominicę anno м° c° xviii°, pontificatus autem domni Calixti secundi pape anno primo.

98

4 novembre 1119.

Confirmation de l'institution et des privilèges des chanoines de l'église Notre-Dame de Springirsbach.

Ms. *Copie notariée du xvi° siècle, aux Archives de l'État, à Coblentz.
Éd. Beyer, *Urkundenbuch zur Geschichte der jetz die Preussischen Regierungsbezirke Coblenz und Trier bildenden mittelrheinischen Territorien,* I, 499. — Migne, n° 47, col. 1138.
Cat. Robert, n° 68. — Jaffé-Loewenfeld, n° 6778 (4958).

CALIXTUS episcopus, servus servorum Dei, dilectissimis in Christo fratribus sub canonice professionis regula Deo militantibus in ecclesia Beate Marie in territorio Treverensium regni, in silva Contel dicta, salutem et apostolicam benedictionem. Pię postulatio voluntatis effectu debet prosequente compleri, quatenus etiam devotionis sinceritas laudabiliter enitescat et utilitas postulata vires indubitanter assumat. Quia igitur vos, filii in Christo carissimi, per divinam gratiam aspirati mores vestros sub regularis vitę disciplina coercere et commoniti secundum sanctorum Patrum institutionem omnipotenti Deo deservire proposuistis, nos profectibus vestris paterno congratulamur affectu.

Unde etiam petitioni vestre benignitate debita prebemus assensum et nos ecclesiam et locum vestrum in tutelam apostolice sedis recipimus et presentis privilegii auctoritate munimus. Vite quoque canonice ordinem quem professi estis per presentis decreti paginam confirmantes, et quod secundum Apostoli preceptum et beati Augustini institutionem de opere manuum cum silentio exequi religiose proposuistis omnino approbantes, statuimus ut nemini inter vos, professione exhibita, proprium quid habere, nec sine prepositi aut communi congregationis licentia de claustro discedere liberum sit. Quod si discesserit et admonitus redire contempserit, preposito vestro ejusque successoribus facultas sit ejusmodi ubilibet, ne ab aliquo suscipiatur, interdicere et a divino officio suspendere; interdictum vero episcoporum vel abbatum nullus suscipiat. Obeunte vero loci vestri preposito vel quolibet successorum ejus, nullus ibi qualibet subreptionis astutia seu violentia preponatur, nisi quem fratres communi consensu vel fratrum pars sanioris consilii secundum Dei timorem regulariter providerint eligendum. Ordines clericorum, consecrationes altarium seu basilicarum ab episcopo, in cujus diocesi estis, accipietis, siquidem gratiam atque communionem apostolice sedis habuerit. Alioquin liceat vobis catholicum quem malueritis adire antistitem et ab eo sacramenta ipsa suscipere qui ea gratis, sedis apostolice fultus auctoritate, indulgeat. Porro laborum vestrorum vel animalium decimas que in cunctis possessionibus vestris, vestris sumptibus et laboribus excoluntur vel nutriuntur, quietas vobis et illibatas manere censemus, nec vos super hoc aut ab episcopo ejusdem diocesis vel ab alia qualibet persona inquietari permittimus, sequentes auctoritatem beati Gregorii qui scribit ad Augustinum, Cantuariorum episcopum, ita dicens : *Communi vita viventibus jam de faciendis portionibus vel exhibenda hospitalitate et implenda misericordia quod erit vobis loquendum cum omni quod superest in piis causis ac religiosis erogandum est.* Sepulturam quoque ipsius cenobii omnino liberam fore sanximus, ut eorum qui se illic sepeliri deliberaverint, devotioni et extreme voluntati, nisi forte excommunicati sint, nullus obsistat. Ad hec adicientes statuimus ut quecunque bona, quecunque possessiones ecclesie vestre vel a primo constructore vel ab aliis fidelibus de suo jure oblate vel aliis justis modis acquisite sunt et quecunque in futurum concessione pontificum, liberalitate principum, oblatione fidelium juste atque canonice acquirerentur, firma vobis vestrisque successoribus et illibata permaneant, quamdiu scilicet illic canonici ordinis tenor, prestante Domino, viguerit. Decernimus ergo ut nulli omnino hominum liceat eandem ecclesiam temere perturbare aut ejus possessiones auferre vel ablatas retinere, minuere vel temerariis vexationibus fatigare, salva in omnibus domini Trevirensis archiepiscopi canonica reverentia. Si qua autem, quod absit, in futurum ecclesiastica secularisve persona hanc nostrę constitutionis paginam sciens contra eam temere venire temptaverit, secundo terciove commonita, si non satisfactione condigna emendaverit, potestatis honorisque sui dignitate careat reamque se divino judicio de perpetrata iniquitate cognoscat et a sacratissimo corpore et sanguine Domini nostri Jesu Christi aliena fiat atque in extremo examine districtę ultioni subjaceat. Cunctis autem eidem loco jura servantibus sit pax Domini nostri Jesu Christi, quatenus et hic fructum bone actionis percipiant et apud districtum judicem premia ęternę pacis inveniant. Amen. Amen. Amen.

Ego Calixtus, catholice Æcclesię episcopus, laudavi et confirmavi.

Datum Remis per manum Grisogoni, sancte Romane Ecclesie diaconi cardinalis ac bibliothecarii, ii nonas novembris, indictione XIII, incarnationis Dominicę anno M.C.XVIIII, pontificatus autem domni Calixti II pape anno primo,

---

99

5 novembre 1119.

Confirmation des possessions et des privilèges de l'abbaye d'Étrun-lès-Arras.

Ms. *Original aux Archives départementales du Pas-de-Calais, à Arras, série H, fonds d'Étrun. — Collection Moreau, *Chartes et diplômes,* n° 49, fol. 89.
Éd. Robert, app., p. XXXVIII.
Cat. Robert, n° 69. — Jaffé-Loewenfeld, n° 6779.

CALIXTUS episcopus, servus servorum Dei, dilectę in Christo filię BEATRICI, abbatissę Strumensis monasterii Beatę Marię Magdalenę, et iis quę post eam regulariter successerint, in perpetuum. Ad hoc nos in apostolicę sedis regimen, Domino disponente, promoti conspicimur, ut per ejus gratiam religiosam vitam ducentibus tuitionem impendere debeamus. Quapropter, dilecta in Christo filia BEATRIX abbatissa, petitioni tuę clementer annuimus et Strumensi monasterio cui, Deo auctore, presides, universa quę in presenti legitime possidere dinoscitur, sedis apostolicę privilegio confirmamus : altare videlicet loci ipsius qui dicitur Strum sine persona, sine redemptione et ab omni exactione liberum cum atrio et decima ad idem pertinente; ipsum etiam locum quod Parvum Castellare dicitur, cum terra que inter montem et alveum aquę sita est; terram Alvileir, quę est ultra fluvium; terram Geroldisart; terram infra magnos montes, terram sex modiorum et totam terram quam Segardus tenuit cum uno curtili. Item altaria de Harmarvilla et de Norestel et de Halut; altare de Frusiis cum appendiciis suis, sine persona. Apud Fuscherias, ex dono Engelardi, septem curtilia et medietatem unius et terras arabiles; apud Succes duo curtilia et terram arabilem; apud villam Juvenci, ex dono Gerardi Paganelli, tria curtilia et terram arabilem, et in Frevin, ex dono Abbonis, duo curtilia et terram arabilem et vivarium de Longuez. In Henuncurte, ex dono Walburgis, unum curtile et terram arabilem. In Anzeng, ex dono Hermowere, septem curtilia et terram arabilem. Desuper Scufolth, unum curtile et duo molendina, unum dictum Tenrenel, alterum Arundel. Apud Atrebatum septem cambas, duas sedes cambarum et hospites octo; apud Baliol, ex dono Alelmi, terram arabilem; apud Bailus terram arabilem atque curtilia; in Belcampo, totum alodium Ogivę atque Hatonis; in Nigella et in Foscherias alodium Hermari et uxoris ejus; in Juvenci, ex dono Petri, nonam partem totius villę, et in Nigella similiter. In Reverohit, ex dono Hildeburgis, tria curtilia et terram arabilem; in Montegneio III^or curtilia et terram arabilem sextariorum viginti octo; in Illies et Juvenci, ex dono Milonis, terram arabilem; apud Floricurth, ex dono Roberti, Ogivę, Thidboldi, Hermewerę, Hadewidis et filiorum ejus, curtilia et terram arabilem; in Govio, ex dono Hugonis, medietatem unius vivarii et medietatem unius molendini atque unum hospitem; in villa quę dicitur Monz, terram arabilem, ex dono Bertę et sororis ejus; in Guanchentin, ex dono Hugonis et filiorum ejus, unum curtile et terram arabilem. In Aiast duo curtilia; apud Fasceca alodium Erenburgis; in villa Manin curtilia et arabilem terram atque nemus; in Hynnino super Cojol terram unius modii liberam; in Noerol tertiam partem alodii Helisabeth; apud Guarlois terram arabilem et

quinque curtilia; in Iriviler et in Poteria alodium Gontranni; apud
Flers unum curtile; in Magnicurt tres partes totius villę in terris,
aquis et silvis; in Alci et in Antin terram arabilem et curtilia; apud
Dixmuę, ex dono comitissę Clementię, terram quę per singulos annos
centum solidos reddit, et apud Formellas curtilia et terram arabilem.
In Perentiis, decimam quam tenuit Eustachius; in Iser, ex dono Il-
berti, unum curtile. Quęcumque preterea in futurum, largiente Deo,
idem cenobium juste atque canonice poterit adipisci, firma tibi semper tibique successuris et illibata permaneant. Decernimus ergo ut
nulli omnino hominum liceat predictum monasterium temere perturbare aut ejus possessiones auferre vel ablatas retinere, minuere vel
temerariis vexationibus fatigare, sed omnia integra conserventur, eis
pro quibus concessa sunt, auxiliante Domino, profutura, salva nimirum Atrebatensis episcopi canonica reverentia. Ad hec licentiam vobis
damus, in communi parochie interdicto, divina officia, clausis januis,
celebrare. Liceat etiam vobis laicas personas, melioris vitę causa venientes ad vos, absque alicujus contradictione suscipere, nisi forte
excommunicatę sint. Sane presbiteros, clericos vel servientes vestros
preter consensum vestrum ad alterius ire judicium prohibemus, nisi
de ordinibus et christianitate sua. Si qua igitur in futurum ecclesiastica secularisve persona hanc nostrę constitutionis paginam sciens
contra eam temere venire temptaverit, secundo tertiove commonita,
si non satisfactione congrua emendaverit, potestatis honorisque sui
dignitate careat reamque se divino judicio existere de perpetrata iniquitate cognoscat et a sacratissimo corpore ac sanguine Dei et Domini
Redemptoris nostri Jesu Christi aliena fiat atque in extremo examine
districte ultioni subjaceat. Cunctis autem eidem loco justa servantibus
sit pax Domini nostri Jesu Christi, quatenus et hic fructum bonę actionis percipiant et apud districtum judicem premia ęternę pacis inveniant. Amen. Amen. Amen.

(R.) Ego Calixtus, catholicę Æcclesię episcopus, ss. (M.)

Datum Remis per manum Grisogoni, sanctę Romanę Ecclesię diaconi cardinalis ac bibliothecarii, nonis novembris, indictione xiiiᵃ,
incarnationis Dominicę anno mᵒ.cᵒ.xviiiᵒ, pontificatus autem domni
Calixti secundi pape anno primo.

(Lacs de soie jaune, rouge et blanche; la bulle n'existe plus.)

100

8 novembre 1119.

Confirmation des biens de l'abbaye Sainte-Croix de Quimperlé, qui est placée sous la protection du Saint-Siège, moyennant un cens annuel de deux sous d'or.

Mss. **Cartul. Sancte Crucis Kemperleg.*, nouv. acq. lat. 1427, fol. 95 v°. — Collection Baluze, n° 74, p. 28.
Éd. Gallia christiana, XIV, instr. 189.
Cat. Jaffé-Loewenfeld, n° 6780.

CALIXTUS episcopus, servus servorum Dei, dilecto GURCHANDO, abbati monasterii Sancte ✠, quod in Britannia minori situm est, in villa que dicitur Anaurot, nunc autem Kemperlegium vocatur, ejusque successoribus regulariter substituendis, in perpetuum. Ad hoc nos, disponente Domino, in apostolice sedis servitium promotos agnoscimus ut ejus filiis auxilium implorantibus efficaciter subvenire et ei obedientes tueri ac protegere, prout Dominus dedit, debeamus. Quia igitur dilectio tua ad sedis apostolice portum confugiens, ejus tuitionem devotione debita requisivit, nos supplicationi tue clementer annuimus et Sancte ✠ monasterium cui, Deo auctore, presides, ad exemplar domini predecessoris nostri sancte memorie GREGORII pape septimi, cum omnibus ad ipsum pertinentibus, sub apostolice sedis tutelam excipimus et beati Petri communimus. Statuimus enim ut insula tota, que Guedel sive Bella Insula nuncupatur, et cetera omnia bona et possessiones que in presenti ad eundem locum videntur legitime pertinere et quecumque in futurum, concessione pontificum, liberalitate principum, oblatione fidelium vel aliis justis modis, largiente Deo, poteritis adipisci, firma vobis vestrisque successoribus et illibata permaneant. Nulli ergo omnino hominum liceat idem cenobium temere perturbare aut ejus possessiones auferre et ablatas retinere, minuere vel temerariis vexationibus fatigare et quasi piis de causis usibus propriis applicare, sed omnia integra conserventur, eorum pro quorum sustentatione ac gubernatione concessa sunt usibus omnimodis profutura, salva Corisopitensis episcopi canonica reverentia. Ad indicium autem accepte a Romana Ecclesia tuitionis, duos aureos quotannis Lateranensi palatio persolvetis. Si qua igitur in futurum ecclesiastica secularisve persona hanc nostre constitutionis paginam sciens contra eam temere venire temptaverit, secundo terciove commonita, si non satisfactione congrua emendaverit, potestatis et honoris sui careat dignitate reamque se divino judicio existere de perpetrata iniquitate cognoscat et a sacratissimo corpore ac sanguine Dei et Domini Redemptoris nostri Jesu Christi aliena fiat atque in extremo examine districte ultioni subjaceat. Cunctis autem eidem loco justa servantibus, sit pax Domini nostri Jesu Christi, quatinus et hic fructum bone actionis percipiant et apud districtum judicem premia eterne pacis inveniant. Amen.

(R.) Ego Calixtus, catholice Ecclesie episcopus, ss. (M.)

Datum Remis per manum Grisogoni, sancte Romane Ecclesie diaconi cardinalis ac bibliothecarii, vi° idus novembris, indictione xiii°, incarnationis Dominice anno m° c° xviii°, pontificatus autem domni Calixti secundi pape anno primo.

101

9 novembre 1119.

Ordre à Morven, évêque de Vannes, et à Brice, évêque de Nantes, de faire rendre à l'abbé de Sainte-Croix de Quimperlé l'argent qui lui avait été enlevé par Hervé, abbé de Redon, sous peine d'excommunication contre ce dernier et son monastère.

Mss. *Cartul. Sancte Crucis Kemperleg.*, nouv. acq. lat. 1427, fol. 88 v°. — Collection Baluze, n° 74, fol. 28. — Ms. fr. 22329, fol. 260.
Éd. Morice, *Mémoires pour servir à l'hist. de Bretagne*, I, 539. — *Rec. des hist. des Gaules et de la France*, XV, 231. — Migne, n° 48, col. 1138.
Cat. Robert, n° 70. — Jaffé-Loewenfeld, n° 6781 (4959).

CALIXTUS episcopus, servus servorum Dei, venerabilibus MORVANO, Venetensi, BRICTIO, Nannetensi episcopis, salutem et apostolicam benedictionem. Nuper Herveo, Rotonensi abbati, mandavimus ut pecuniam quam monasterio Sancte ✠ de Kemperlegio injuste abstulit, juxta datum a confratre nostro Gerardo, Engolismensi episcopo, tunc apostolice sedis legato, judicium, dilatione seposita, restitueret aut, super hoc responsurus, Remis se nostro conspectui presentaret. Ceterum, cum ipse ad Remense concilium pervenisset, infecto negocio, remeavit. Insuper, quod gravius est, culpam suam, uti accepimus, per comitis nititur defendere potestatem. Unde fraternitati vestre precipimus ut eum ex parte nostra commoneatis quatinus abbati Sancte ✠ usque ad proximas Epiphanie octavas eandem pecuniam integre reddat. Alioquin vos tandiu in abbatem ipsum et in abbatiam atque in obedientiis ejus que in vestris diocesibus site sunt, districtionem canonicam imponatis, donec ipse in nostra presentia et nobis de contemptu et abbati de illatis injuriis satisfaciat.

Data Remis, v idus novembris.

102

8 novembre 1119.

Confirmation de la discipline et des possessions des chanoines de l'abbaye d'Arouaise.

Ms. *Cartulaire de l'abbaye d'Arouaise,* du xiii° siècle, appartenant à M. le comte de Marsy, fol. 15 v°.
Cat. Jaffé-Loewenfeld, supplément, n° 6780 a.

CALIXTUS episcopus, servus servorum Dei, dilectis filiis RICHERO, priori et canonicis in ecclesia Sancte Trinitatis et Sancti Nicholai de Arida Gamantia regularem vitam professis, tam presentibus quam futuris, in perpetuum. Preceptum Domini habemus : *Intrate per augustam portam, quia angusta via est que ducit ad vitam.* Quia igitur vos, o filii in Christo karissimi, per divinam gratiam aspirati mores vestros sub regularis vite disciplina coercere et ut angustam portam ingredi valeatis, communiter secundum sanctorum Patrum institutionem omnipotenti Domino deservire proposuistis, nos votis vestris paterno congratulamur affectu. Unde etiam vestris per venerabilem fratrem nostrum Cononem, Prenestinum episcopum, loci ipsius institutorem, peticionibus benignitate debita impertimur assensum. Vite namque canonice ordinem, qui per eundem fratrem in vestra ecclesia institutus est, presentis privilegii auctoritate firmamus, et ne cui post professionem exhibitam proprium quid habere, neve sine prepositi vel congregationis licentia de claustro discedere liceat interdicimus et tam

vos quam vestra omnia sedis apostolice protectione munimus. Vobis
itaque vestrisque successoribus in eadem religione permansuris ea
omnia perpetuo possidenda sancimus que in presentiarum pro communis victus sustentatione legitime possidere videmini, videlicet : altaria de Goi et de Bavencort, alodium de Taiencort, terram quam
dedit canonicus vester Gervasius in villa que dicitur Wisant; terram
quam dedit Odo, castellanus de Perona, in villa que dicitur de Bekenies, et silvam Colroi. Item in Bekenies terram quam dederunt
canonici de Perona in annuo quinque solidorum censu, in festivitate
sancti Remigii persolvendo, cum silva. In Rokenies et in Bekenies
terram et silvam et hospites, ex dono Hadewidis, uxoris Johannis
Borelli; in villa Bessoloit terram, ex dono Gille, uxoris Odonis, filii
Ingranni. Apud Margellas terram liberam cum decima et aquam cum
adjacentibus pascuis, ex dono Odonis de Ham; in villis que dicuntur
Sanctus Leodegarius, Croisilles, Henin, alodium, ex dono Rogeri,
Atrebatensis canonici, et sororis ejus Hawidis, sua filia concedente.
Quecumque etiam in futurum concessione pontificum, liberalitate
principum vel oblatione fidelium juste atque canonice poteritis adipisci, firma vobis vestrisque successoribus et illibata permaneant.
Decernimus ergo ut nulli omnino hominum liceat vestram ecclesiam
temere perturbare aut ejus possessiones auferre vel ablatas retinere,
minuere vel temerariis vexationibus fatigare, sed omnia integra conserventur, eorum pro quorum sustentatione et gubernatione concessa
sunt, usibus omnibus profutura. Si qua igitur in futurum ecclesiastica
secularisve persona hanc nostre confirmationis paginam sciens contra
eam temere venire temptaverit, secundo terciove commonita, si non
satisfactione congrua emendaverit, potestatis honorisque sui dignitate
careat reamque se divino judicio existere de perpetrata iniquitate
cognoscat et a sacratissimo corpore ac sanguine Dei et Domini Redemptoris nostri Jesu Christi aliena fiat atque in extremo examine
districte ultioni subjaceat. Cunctis autem eidem loco justa servantibus
sit pax Domini nostri Jesu Christi, quatinus et hic fructum bone actionis percipiant et apud districtum judicem premia eterne pacis inveniant. Amen.

　Ego Calixtus, catholice Ecclesie episcopus, ss.

　Datum Remis per manum Grisogoni, sancte Romane Ecclesie diaconi cardinalis ac bibliothecarii, vi° idus novembris, indictione xiii°,

incarnationis Dominice anno m°.c°.xix°, pontificatus autem domni Calixti secundi pape anno primo.

103

10 novembre 1119.

Confirmation des possessions et des privilèges de l'abbaye Saint-Remi de Reims, qui est placée sous la protection du Saint-Siège.

Mss. *Original aux Archives municipales de Reims, fonds de Saint-Remi, liasse 1, n° 2. — Cartulaire A de Saint-Remi*, du xiv° siècle, *ibid.*, fol. 11. — *Cartulaire B*, du xiii° siècle, *ibid.*, fol. 4. — *Monasticon benedictinum*, ms. lat. 12694, fol. 1. — Indication dans le n° 27 de la Collection de Champagne à la Bibliothèque nationale, p. 113.
Éd. Robert, app., p. xli. — Fragment dans Marlot, *Metropolis Remensis historia*, II, 271, et dans Migne, n° 49, col. 1138.
Cat. Robert, n° 71. — Jaffé-Loewenfeld, n° 6782 (4960).

Calixtus episcopus, servus servorum Dei, dilecto in Christo filio Odoni, abbati venerabilis monasterii Sancti Remigii, quod secus urbem Remensem situm est, ejusque successoribus regulariter substituendis, in perpetuum. Apostolice sedis auctoritate debitoque compellimur pro universarum ecclesiarum statu satagere et earum quieti, que specialius Romane adherent Ecclesie, auxiliante Domino, providere. Ea propter, fili in Christo karissime Odo abbas, tuis petitionibus annuentes, Beati Remigii monasterium cui, Deo auctore, presides, ad exemplar domni predecessoris nostri sancte memorie Paschalis pape, decreti presentis auctoritate munimus. Statuimus enim ut quecumque predia, quecumque bona idem cenobium in presenti legitime possidet vel in futurum, largiente Deo, concessione pontificum, liberalitate principum vel oblatione fidelium juste poterit adipisci, firma vobis vestrisque successoribus et illibata permaneant. In quibus hæc propriis duximus nominibus exprimenda, videlicet : ecclesiam Sancte Marie que sita est extra muros castelli, cui Regis testis vocabulum est, cum omnibus ad eam pertinentibus, sicut eam venerabilis frater noster Rodulfus, Remensis archiepiscopus, a comite Hugone dimissam vestro monasterio contulit et scripti sui munimine confirmavit; ecclesiam Sancti Timothei cum parochia burgi et suis appenditiis et burgum. In episcopatu Leodiensi, alodium Mersenam cum æcclesiis et omnibus ad alodium pertinentibus. Item in eodem, Litam cum æc-

clesia et omnibus quę ad alodium pertinent. In episcopatu Maguntino,
Coslam cum æcclesiis et appenditiis alodii. In ter[r]itorio Fretensi, in
episcopatu Avenionensi et in episcopatu Aquensi, alodia Beati Remigii cum æcclesiis et possessionibus suis; censum Codiciaci castri
sexaginta solidorum; mansiones Pontis Vidularii, in alodio Beati Remigii sitas, quas Fredericus, ejusdem loci institutor, vestro monasterio contulit. Decernimus ergo ut nulli omnino hominum liceat idem
cenobium temere perturbare aut ejus possessiones et bona quęlibet
auferre vel injuste habita retinere, alienare, minuere vel temerariis
vexationibus fatigare seu aliquo repentino incessu abbatem vel fratres
in suis causis perturbare. Illud preterea districtius interdicimus ne
quis deinceps in mercato, quod duodecimo kal. novembris penes
burgum Beati Remigii fieri consuevit, preter abbatem aut abbatis
ministros, quicquam violenter accipiat, ne quis eo convenientes ledere
aut bonis suis expoliare presumat. Cenam etiam, quam in duabus
Beati Remigii sollemnitatibus apud cenobium vestrum Remenses archiepiscopi immodeste accipere consueverunt cum suis sumptibus, ab
eodem cenobio removemus. Hæc enim venerabilis frater noster Rodulfus, æcclesię Remensis antistes, in presentia predicti domini nostri
sanctę memorię PASCHALIS papę, concessit, sicut in ejusdem domini
nostri cyrografo continetur. Si qua igitur in futurum æcclesiastica secularisve persona hanc nostrę constitutionis paginam sciens contra
eam temere venire temptaverit, secundo tertiove commonita, si non
satisfactione congrua emendaverit, potestatis et honoris sui careat
dignitate reamque se divino judicio existere de perpetrata iniquitate
cognoscat et a sacratissimo corpore ac sanguine Dei et Domini Redemptoris nostri Jesu Christi aliena fiat atque in extremo examine
districte ultioni subjaceat. Cunctis autem eidem loco justa servantibus
sit pax Domini nostri Jesu Christi, quatenus et hic fructum bonę actionis percipiaut et apud districtum judicem premia æternę pacis inveniant. Amen. Amen. Amen.

(R.) Ego Calixtus, catholicę Æcclesię episcopus, ss. (M.)

Datum Remis per manum Grisogoni, sanctę Romanę Ecclesię diaconi cardinalis ac bibliothecarii, iiii° idus novembris, indictione xiiiª,
incarnationis Dominicę anno м°.с°.xviiiiº, pontificatus autem domni
Calixti secundi papę anno primo.

(Lacs de soie rouge; la bulle existe encore.)

104

18 novembre 1119.

Confirmation des possessions et des privilèges de l'abbaye de Saint-Denis en Brocqueroie.

Ms. Cartulaire de l'abbaye de Saint-Denis en Brocqueroie, aux Archives de l'État, à Mons, fol. 33 v°.
Éd. *Duvivier, Recherches sur le Hainaut ancien, p. 519.
Cat. Robert, n° 72. — Jaffé-Loewenfeld, n° 6783.

CALYXTUS episcopus, servus servorum Dei, dilecto filio BALDUINO, abbati venerabilis monasterii Sancti Dyonisii, quod dicitur prope Montes, ejusque successoribus regulariter promovendis, in perpetuum. Sicut injusta petentibus sunt neganda, ita justa querentibus sunt concedenda. Quamobrem venerabilium fratrum nostrorum Henrici Leodiensis, Gerardi, Odonis, Burchardi, Cameracensium pontificum, nec non et comitis Hainoensium, Balduini Jherosolimitani, constitutionem firmantes, presenti decreto statuimus ut vestri cenobii locus, sicut etiam a bone memorie PASCHALI papa emancipatus est, ab omni advocatia et laica dominatione liber in perpetuum perseveret. Porro quecumque bona vestro cenobio pertinentia supradictorum episcoporum et comitis cyrographo enumerata sunt, nos quoque, fili karissime BALDUINE, dilectioni tue concedimus et presentis privilegii pagina confirmamus : altare scilicet Sancti Dyonisii, sine persona et redditu vel consuetudine omnino liberum, et allodium ejusdem ville cum servis et ancillis; ecclesiam quoque Sancti Petri de Montibus cum omni possessione sua vobis confirmamus et nostri decreti auctoritate corroboramus; similiter allodium de Alburg cum duobus decime manipulis, servis et ancillis; in Montiniaco unum mansum terre cum duobus decime manipulis; partem allodii de Bugniis et de Lestinis; dimidium Castelli ville cum servis et ancillis dimidiumque allodii de Thineis in Hasbanio et dimidium altare liberum sine persona, salvo jure episcopali; allodium quod est infra Hamatie rivum, usque ad allodium de Gotignies et de Tielgies. Confirmamus etiam vobis totum allodium de Obreciis cum servis et ancillis; unum mansum in Triveria, allodium de Artra, allodium apud Sanctum Lambertum, allodium de Baulen-

gien et mansum de Masnui partemque allodii de Hamberlii vobis assi-
gnamus; item altare de Alburg, altare quoque de Havrech cum duobus decime manipulis. Confirmamus vobis altare de Lembecca liberum
et sine persona, solutis episcopo quotannis duobus solidis; altare quoque de Canatha, solvens per annum denarios duodecim, concedimus;
similiter altaria de Gotignies et de Tyer, de Hosdeng quoque et de
Tiosies libera vobis corroboramus. Confirmamus etiam vobis quod
comes Balduinus Jherosolimitanus servis et ancillis suis et hominibus terre sue cum pecunia et terris omnibus sibi subditis in ecclesia
Sancti Dyonisii, liberum dedit ingressum in villa Sancti Dyonisii,
incisionem lignorum in silva de Havrech ad omnes ecclesie usus, tam
in fomentis ignium quam in structura edificiorum. Omnes itaque chris-
tianos Leodiensis et Cameracensis episcopii, tam in morte quam in
vita, nisi excommunicati fuerint, in memorata ecclesia Beati Dyonisii ad officium christianitatis et ad conversionem, pecunias quoque
et terras omnes posse recipi, preter feodales extra terram jamdicti
comitis Jherosolimitani : hoc enim Henrici Leodiensis, Gerardi Cameracensis pontificum et vicinarum ecclesiarum assensu factum nostri
decreti auctoritate corroboramus. Obeunte abbate vel tuorum quolibet
successorum, nullus ibi per aliquam violentiam constituatur, sed quem
fratres canonice elegerint a Cameracensi episcopo consecretur et exa-
minetur. Ad comprimendos igitur malefactores, excommunicationis
facultatem eidem contradimus, ut quidquid canonice excommunica-
verit episcopali colligatione innodetur. Si autem cujuscumque culpa
terra in banno fuerit posita, ejusdem ecclesie fratres divinum officium
per omnia celebrare concedimus, remotis excommunicatis. Preterea
quecumque vestrum hodie cenobium juste possidet sive in futurum
concessione pontificum, liberalitate principum vel oblatione fidelium
juste atque canonice poterit adipisci, firma vobis vestrisque successoribus et illibata permaneant. Decernimus ergo ut nulli omnino hominum liceat eandem ecclesiam temere perturbare aut ejus possessiones
auferre vel ablatas retinere vel injuste data suis usibus vendicare, minuere vel temerariis vexationibus fatigare, sed omnia integra conserventur, eorum pro quorum sustentatione et gubernatione concessa
sunt, usibus omnimodis profutura. Si qua igitur ecclesiastica secularisve persona hanc nostre constitutionis paginam sciens contra eam
temere venire temptaverit, secundo tertiove commonita, si non satis-

factione congrua emendaverit, potestatis honorisque sui dignitate careat reamque se divino judicio existere de perpetrata iniquitate cognoscat et a sacratissimo corpore ac sanguine Dei et Domini nostri Jesu Christi aliena fiat atque in extremo examine districte ultioni subjaceat. Cunctis eidem loco justa servantibus sit pax Domini nostri Jesu Christi, quatenus et hic fructum bone actionis percipiant et apud districtum judicem premia eterne pacis inveniant. Amen. Amen. Amen.

Ego Calyxtus, catholice Ecclesie episcopus.

Datum Briteoli per manum Grisogoni, sancte Romane Ecclesie diaconi cardinalis ac bibliothecarii, xiiii kalendas decembris, indictione xii, incarnationis Dominice anno m° c° xviiii°, pontificatus autem domni Calyxti secundi pape secundo.

105

20 novembre 1119.

Confirmation des possessions et des privilèges de l'abbaye de Saint-Amand.

Mss. *Cartulaire de Saint-Amand*, du xiiie siècle, aux Archives départementales du Nord, à Lille, série H, fonds de Saint-Amand. — *Id.*, Bibliothèque nationale, nouv. acq. lat. 1219, p. 101; copie récente. — Collection Moreau, *Chartes et diplômes*, n° 49, fol. 91. — Indiqué dans le ms. lat. 12658, fol. 228.
Éd. Miraeus, *Opera diplomatica*, II, 1355. — Le Glay, *Revue des Opera diplomatica de Miraeus*, p. 104. — Migne, n° 50, col. 1139.
Cat. Robert, n° 73. — Jaffé-Loewenfeld, n° 6784 (4961).

CALIXTUS episcopus, servus servorum Dei, dilecto in Christo filio Bovoni, abbati venerabilis monasterii Sancti Amandi quod Helnonense dicitur, ejusque successoribus regulariter substituendis, in perpetuum [a]. Et divinis preceptis instruimur et apostolicis monitis informamur ut pro ecclesiarum statu impigro vigilemus affectu. Quamobrem, dilecte in Christo fili Bovo abbas, tuis petitionibus accommodamus assensum et Helnonense monasterium cui, Deo auctore, presides, ubi ejusdem beati Amandi corpus requiescere creditur, apostolice sedis privilegio

[a] *Christum*, ms.

communimus. Statuimus enim ut quecunque bona, quascunque possessiones idem locus concessione pontificum, liberalitate principum,
oblatione fidelium vel aliis justis modis in presenti possidet sive in
futurum, largiente Deo, juste atque canonice poterit adipisci, firma
vobis vestrisque successoribus et illibata sub beati Petri tuitione permaneant. In quibus hec propriis duximus nominibus annotanda : villam videlicet Helnonem cum appenditiis suis ab omni secularium dominio liberam, sicut a religiosis regibus Dagoberto, Pipino, Karolo,
Ludovico et comite Balduino cognoscitur emancipata. In pago Laudunensi, cellam Barisiacum cum famulis et appenditiis suis. In pago
Cameracensi, Braceolum, Novam villam, Halciacum cum appenditiis
suis. In pago Hainonensi, Guariniacum, Moncels, Scalpont cum appenditiis suis. In pago Ostrebatensi, Diptiacum, Ferinium, Scaldi-
nium, Lurcium, Rueth cum familia et appenditiis. In pago Tornacensi, Guillemiel, Frigidum montem, Hertinium, Bovinas, Rumam,
Spiere, Holten cum appenditiis suis. In pago Bracbatensi, Herinias,
Sein, Alenium, Warcinium, Anvinium, Securiacum, Vilare, Novas
domus, terras de Germinio, Millam, Rodam, Bacheroth cum appendiciis suis. In Flandriis, terras de Bonarda, de Roslare, de Ledda,
de Hardoia, de Guinguiniis, de Marchengen, de Lapiscura, de Hos-
cherca, de Berneian, de Lecca cum familia et appenditiis suis. In
Testerepo, alodium singulis annis solvens xxiii. In Brugis, capellam
Sancti Amandi; super flumen Mosam, villam Haringas cum familia,
ecclesia, cum appenditiis suis; super flumen Renum, terras de Sulla
et de Bobarga. Porro altaria, que in diversis parochiis possessione legitima possidetis, ab omni personatu libera vobis vestrisque successoribus in perpetuum servanda censemus, salvis nimirum consuetis
episcoporum vel episcopalium ministrorum obsoniis. In episcopatu
Noviomensi, altare de Sancto Martino, altare de Cella, de Rongi, de
Ruma, de Guillemiel, de Frigido monte, de Hertinio, de Marchengen, de Guinguinis, de Bernean, de Sedelengien, de Bichengen, de
Ledda. In episcopatu Laudunensi, cellam Barisiaci cum altari Sancti
Remigii. In episcopatu Cameracensi, altare de Nova villa cum appenditiis suis; altare de Guariniaco, de Scalponz, de Guarciniaco cum
appenditiis suis; de Vilari, de Anvinio, de Lonbisiaco. In Attreba-
tensi, altare de Bulcinio, de Masteng, de Helemma, de Lurcio, de
Scaldinio cum appenditiis suis; de Rueth, de Ditiaco cum appenditiis

suis; de Bulciniolo, decimam anguillarum apud Bulceng et piscatorem unum in vivario. Quicquid preterea libertatis, quicquid tuitionis et immunitatis per auctentica predecessorum nostrorum sancte memorie MARTINI et PASCHALIS secundi, Romanorum pontificum, privilegia monasterio vestro collatum; quicquid etiam venerabilis fratris nostri Rodulphi, Remensis archiepiscopi, scripto ad petitionem illustris memorie nepotis nostri comitis Balduini de injustis consuetudinibus quas prepositus ville abdicavit, de duobus diebus trium generalium placitorum relaxatis, de obstaculo apud Tuns, de divisione silve Sancti Amandi et silve prefati comitis Balduini paterna provisione indultum est, vobis vestrisque successoribus confirmamus. Decernimus ergo ut nulli omnino hominum liceat idem cenobium temere perturbare aut ejus possessiones auferre vel ablatas retinere, minuere vel temerariis vexationibus fatigare, sed omnia integra conserventur, eorum pro quorum sustentatione et gubernatione concessa sunt, usibus omnimodis profutura. Obeunte te, nunc ejus loci abbate, vel tuorum quolibet successorum, nullus ibi qualibet surreptionis astutia seu violentia preponatur, nisi quem fratres communi consensu vel fratrum pars consilii sanioris de suo vel alieno, si oportuerit, collegio, secundum Dei timorem et beati Benedicti regulam elegerint, a dyocesano episcopo sine exactione et pravitate qualibet ipsius et clericorum ejus per Dei gratiam consecrandum. Missas sane publicas in eodem monasterio per episcopum fieri vel stationes aut ordinationes aliquas celebrari preter abbatis ac fratrum voluntatem, omnimodis prohibemus, ne in servorum Dei recessibus, popularibus occasio prebeatur ulla conventibus. Ad hec adicimus ut nulli persone facultas sit idem monasterium invadere vel vim invasionis inferre, quandiu ejusdem monasterii fratres regulariter vivere et abbati regulariter electo secundum sanos usus Ecclesie obedire curaverint. Si qua igitur in futurum ecclesiastica secularisve persona hanc nostre constitutionis paginam sciens contra eam temere venire temptaverit, secundo terciove commonita, si non satisfactione congrua emendaverit, potestatis honorisque sui dignitate careat reamque se divino judicio existere de perpetrata iniquitate cognoscat et a sacratissimo corpore ac sanguine Dei et Domini Redemptoris nostri Jesu Christi aliena fiat atque in extremo examine districte ultioni subjaceat. Cunctis autem eidem loco justa servantibus sit pax Domini nostri Jesu Christi, quatinus et hic fructum bone actionis percipiant et apud districtum judicem premia eterne pacis inveniant. Amen.

Ego Calixtus, catholice Ecclesie episcopus, ss.

Datum Belvaci per manum Grisogoni, sancte Romane Ecclesie diaconi cardinalis ac bibliothecarii, xii kalendas decembris, indictione xiii°, incarnationis Dominice anno m°.c°.xviiii°, pontificatus autem domni Calixti secundi pape anno primo.

106

20 novembre 1119.

Invitation à Raoul, évêque de Durham, à Raoul, évêque des Orcades, à Jean, évêque de Glasgow, et à tous les évêques d'Écosse d'obéir à Thurstin, archevêque d'York.

Éd. *Haddan and Stubbs, *Councils*, II, 1, 196. — *Monastic. angl.*, 1ʳᵉ éd., III, 145; 2ᵉ éd., VIII, 1186. — Migne, n° 51, col. 1141.
Cat. Robert, n° 74. — Jaffé-Loewenfeld, n° 6748 (4962).

CALIXTUS episcopus, servus servorum Dei, venerabilibus fratribus R[ADULFO] Dunelmensi, R[ADULFO] Orcadensi, J[OHANNI] Glesguensi et universis per Scotiam episcopis, Eboracensis ecclesie suffraganeis, salutem et apostolicam benedictionem. Ad hoc, disponente Deo, sedis apostolice cura nobis commissa est ut ecclesiarum omnium sollicitudinem gerere debeamus. Eapropter divine destinationi vestre metropolis Eboracensis ecclesie paterna benignitate compassi sumus et venientem ad nos venerabilem fratrem T[urstinum], ipsius electum, benigne suscepimus atque in archiepiscopum, cooperante Domino, consecravimus. Pallei quoque insigne, pontificalis videlicet officii plenitudinem, secundum consuetudinem apostolice sedis ei concessimus. Non enim fratribus nostris rationabile visum est ut pro illa confratris nostri R[adulfi], Cantuariensis archiepiscopi, querimonia vacare diucius Eboracensis debeat ecclesia; precipue cum frater idem frequenter ab apostolica sede commonitus nullam ei in causa hac voluerit reverentiam exhibere. Vestre igitur fraternitati presentium litterarum auctoritate precipimus ut predictum fratrem nostrum T[urstinum] tanquam metropolitanum vestrum diligere et honorare attentius pro-

curetis eique in posterum, omni occasione seposita, debitam obedientiam et reverentiam deferatis.

Datæ Belvaci, xii kalendas decembris.

107

Entre le 20 et le 27 novembre 1119.

Calixte recommande à Osten et Siward, rois de Norvège, Raoul,
élu évéque des Orcades.

Éd. *Haddan and Stubbs, *Councils*, II, 1, 196. — *Monastic. angl.,* 1ʳᵉ éd., III, 145; 2ᵉ éd., VIII,
1186. — Migne, n° 52, col. 1142.
Cat. Robert, n° 75. — Jaffé-Loewenfeld, n° 6786.

Calixtus episcopus, servus servorum Dei, dilectis filiis Aistano et
Siwardo, Norwegiæ regibus, salutem et apostolicam benedictionem.
Ab ipso fidei christianæ principio ecclesiæ Dei per principum muni-
ficentiam in temporalibus excreverunt et Dominus quidem honorificantes se honorificabit et eorum potentiam abundancius dilatabit.
Eapropter, filii in Christo charissimi, dilectionem vestram literis apostolicis visitantes, rogamus vos et admonemus in Domino ut filium
nostrum Orcadensem episcopum, canonice, ut accepimus, electum
et a metropoli sua Eboraca secundum Ecclesiæ consuetudinem consecratum, benigne suscipiatis, ab injuria defendatis et in episcopatu
suo manere quietius faciatis.

108

20 novembre 1119.

Ordre à tous les évéques d'Écosse de reconnaître pour leur métropolitain Thurstin,
archevéque d'York, qui aura seul le droit de consacrer ou faire consacrer les
évéques dans leurs églises.

Éd. *Haddan and Stubbs, *Councils*, II, 1, 192, d'après «Reg. alb. Ebor., I, 50 bv.
Cat. Jaffé-Loewenfeld, n° 6787.

Calixtus episcopus, servus servorum Dei, universis per Scotiam

episcopis [Ebor.] ecclesiæ suffraganeis, salutem et apostolicam benedictionem. Gravis quædam et periculosa in vestris partibus dicitur
vigere præsumptio, ut, videlicet, metropolitano et aliis coepiscopis in-
consultis, alter ab altero in episcopum consecretur. De qua nimirum præsumptione quid magna synodus Nicena diffinierit, ex quarto
ejus capitulo diligenter attendite. Ait enim : « Episcopum convenit maxime quidem ab omnibus qui sunt episcopis ordinari; si autem hoc
difficile fuerit aut propter instantem necessitatem aut propter itineris
longitudinem, tribus tamen omnimodis in idipsum convenientibus,
absentibus quoque pari modo decernentibus et per scripta consen-
tientibus, tunc ordinatio celebretur. Firmitas autem eorum quæ ge-
runtur per unamquamque provinciam metropolitano tribuatur episcopo. » Et infra, capitulo sexto, illud generaliter clarum est quod si
quis [contra] metropolitani sententiam fuerit factus episcopus, hunc
magna synodus definivit episcopum esse non oportere. Et Laodi[c]en-
sis concilii capitulo, [metropolitani sententia], et eorum episcoporum
qui circumcirca sunt, provehantur ad ecclesiasticam potestatem. Item
in secundi Cartaginensis concilii capitulo xxxviii : « Forma antiqua
servabitur, ut non minus quam tres sufficiant, qui fuerint a metropolitano destinati ad episcopum ordinandum. » Item Anicius papa,
universis episcopis Galliarum scribens, dicit : « Comprovinciales episcopi, si necesse fuerit, a tribus jussu archiepiscopi consecrari possunt. »
Et Innocentius Victorio, Roth[om]agensi episcopo : « Extra conscien-
tiam metropolitani episcopi nullus ordinare præsumat episcopum, ne
furtivum beneficium præstitum videatur. » Apostolica igitur auctoritate
præcipimus ut nullus deinceps in ecclesiis vestris in episcopum nisi a
metropolitano vestro Eboracensi archiepiscopo aut ejus licentia consecretur. Porro fraternitati vestræ præcipiendo mandamus ut venerabili fratri nostro Turstino per Dei gratiam, tanquam beati Petri manibus, in Eboracensem archiepiscopum consecrato, omni occasione
seposita, canonicam obedientiam deferatis, sicut temporibus Gerardi,
ejusdem ecclesiæ archiepiscopi, a domino prædecessore sanctæ memoriæ Paschale papa mandatum est. Obedientes vos monitis nostris misericordia divina custodiat et ad vitam perducat æternam.

Data Belvaci, xii kalendas decembris.

109

22 novembre 1119.

Délimitation du diocèse d'Arras, auquel sont soumises toutes les abbayes y situées,
et confirmation de quelques biens de l'évêque Robert.

Ms. *Cartulaire de l'église d'Arras*, du xiiiᵉ siècle, ms. lat. 9930 de la Bibliothèque nationale,
fol. 48.
Cat. Jaffé–Loewenfeld, n° 6788.

Calixtus episcopus, servus servorum Dei, venerabili fratri Roberto, Atrebatensi episcopo, ejusque successoribus canonice substituendis, in perpetuum. Domnum predecessorem nostrum sancte memorie papam Urbanum ad restaurationem Atrebatensis ecclesie intendisse, tam ipsius quam successorum ejus Paschalis et Gelasii pontificum collata eidem Atrebatensi ecclesie privilegia manifestant. Qui profecto in antiquum episcopalis dignitatis statum eam ex integro reformantes, apostolice sedis auctoritate sanxerunt ut proprium futuris temporibus episcopum sortiatur. Eorundem igitur patrum vestigia nos pari desiderio subsequentes, predictam ecclesie Atrebatensis restitutione[m] presentis privilegii robore stabilimus. Porro quicquid ei beatus Remigius contulit et quicquid antiquis temporibus, dum episcopali dignitate polleret, eam possidere constiterit, ratum tibi tuisque successoribus permanere censemus. In quibus nominatis archidiaconias duas, quarum una Atrebatensis, altera dicitur Obstrevandensis, prefate ecclesie confirmamus, et illos omnino limites inter Atrebatensem et Cameracensem ecclesias fore precipimus quos antiquitus fuisse vel scriptorum monimentis vel territoriorum direptione vel certis aliquibus indiciis constat, ut, annuente Deo, ecclesiarum pax nulla occasione turbetur et que pro fidelium salute statuta sunt, perhenni tempore inconvulsa stabilitate persistant. Abbatias igitur que infra Atrebatensis episcopatus limites site sunt, videlicet Sancti Vedasti de Nobiliaco, Sancte Ritrudis Marcianensis, Sancti Petri Hannoniensis, Sancti Salvatoris Aquicinensis, Sancti Vindiciani de Monte Sancti Eligii, Sancte Ragenfredis de Dunnio, Sancte Marie de Strummo et monasterium Sancti Petri de Betunia tibi tuisque successoribus subjectas esse et eorum abbates vel abbatissas canonice obedire precipimus. Partem quoque decanie-de Vals, que infra limites Atrebatensis territorii sita est, scilicet ecclesias cum appenditiis earum, Atrebatensi ecclesie manere decernimus. Super hec juxta peticionem tuam tuis tuorumque successorum sumptibus providentes, adicimus ut custodiam altaris Sancte Marie Atrebatensis ecclesie et altaria Sancti Martini de Hinnino Rainardi, de Anvins, de Aïlues, de Merlicurt, de Armenteris, hospites quoque infra Atrebatem et molendinum et duos furnos et cambam unam et vivarium de Brones et terram arabilem pertinentem ad dominicatum episcopi Atrebatensis, et Mareolum cum omnibus appenditiis suis, videlicet hospitibus, molendinis cum piscatorio, furno, terra arabili, silva et molendinum de Hoscheufol Atrebatensis episcopus in manu sua teneat. Subsidium ergo judicii obtestatione precipimus ut nulli omnino facultas sit hoc nostrum et predecessorum nostrorum constitutum infringere aut Atrebatensem ecclesiam dignitatis sue privilegio spoliare, sed firmum ei semper illibatumque, Domino auxiliante, servetur. Nemini etiam liceat ipsam ecclesiam temere perturbare aut ejus possessiones auferre vel ablatas retinere, minuere vel temerariis vexationibus fatigare, sed omnia integra conserventur, tam tuis quam clericorum et pauperum usibus profutura. Si qua igitur in futurum ec[c]lesiastica secularisve persona hanc nostre constitutionis paginam sciens contra eam temere venire temptaverit, secundo terciove commonita, si non satisfactione congrua emendaverit, potestatis honorisque sui dignitate careat reamque se divino [judicio] existere de perpetrata iniquitate cognoscat et a sacratissimo corpore ac sanguine Dei et Domini Redemptoris nostri Jesu Christi aliena fiat atque in extremo examine districte ultioni subjaceat. Cunctis autem eidem loco justa servantibus sit pax Domini nostri Jesu Christi, quatinus et hic fructum bone actionis percipiant et apud districtum judicem premia eterne pacis inveniant. Amen.

Datum Belvaci per manum Grisogoni, sancte Romane Æcclesie diaconi cardinalis ac bibliothecarii, x° kalendas decembris, indictione xiiiª, incarnationis Dominice anno M°.C°.XVIII°, pontificatus autem domni Calixti secundi pape anno primo.

110

27 novembre 1119.

*Confirmation des possessions du prieuré de Saint-Martin-des-Champs, de Paris,
qui est placé sous la protection du Saint-Siège.*

Mss. *Original aux Archives nationales, L, 224, n° 3. — *Cartulaire de Saint-Martin-des-Champs,*
du xii° siècle, ms. lat. 10977, fol. 44. — Collection Baluze, n° 53, p. 212. — Recueil Afforty,
à la Bibliothèque de Senlis, t. XIII, p. 621; copie du xviii° siècle.
Éd. Marrier, *Monasterii regalis Sancti Martini de Campis Parisiensis historia,* p. 166.— Duchesne,
Histoire de tous les cardinaux françois, II, 78. — *Bullarium sacri ordinis Cluniacensis,* p. 39.
— Migne, n° 53, col. 1142.
Cat. Robert, n° 76. — Jaffé-Loewenfeld, n° 6789 (4964).

CALIXTUS episcopus, servus servorum Dei, dilecto in Christo filio
MATHEO, priori monasterii Sancti Martini quod de Campis dicitur,
salutem et apostolicam benedictionem. Sicut injusta poscentibus nullus est tribuendus effectus, sic legitima desiderantium non est differenda petitio. Proinde nos, dilecte in Christo fili MATHEÆ prior, tuis
petitionibus annuentes, Beati Martini monasterium cui, auctore Deo,
ex venerabilis fratris nostri Pontii, Cluniacensis abbatis, institutione
presides, presentis decreti auctoritate munimus, statuentes ut quemadmodum cetera Cluniacensis cenobii membra semper sub apostolice
sedis tutela permaneat. Cuncta etiam que in presenti xiii° indictione
eidem loco pertinere videntur, quieta vobis semper et integra permanere sancimus, videlicet : in pago Parisiacensi decimam ejusdem prefati monasterii Sancti Martini et altare et decimam de Callevio. In
suburbio Parisiace urbis, æcclesiam Sancti Jacobi cum parochia;
prope monasterium Sancti Martini, capellam Sancti Nicholai. Infra
urbem, in vico qui dicitur Judeorum, furnum quendam, et ad magnum
pontem dua molendina; ecclesiam Sancti Dionisii de monte Martyrum
cum capella que ad Sanctum Martyrium appellatur; Nusiellum villam
cum æcclesia et atrio et omnibus appendiciis suis; Rusiacum villam,
quam dedit Anselmus dapifer; apud Taverniacum et Turnum et Mon-
cellum, hospites et vineas et census et silvam Castanearum, ex dono
Oddonis, comitis de Corbolio, et aliam silvam de Castaneis juxta eandem sitam; ecclesiam de Eriniaco; apud Pontisaram, castrum, de
dono regio, et Radulfi Delicati et Garnerii Silvanect[e]nsis hospites,

censum et terras; apud vallem Joiaci terram, censum et hospites, ex
dono cujusdam monachi Berengarii, concedente Osmundo de Calvo
monte, et villam Castaneum cum æcclesia et decima, et terram de
Puteolis et altare de Fontaneto; altare, æcclesiam, atrium et decimam
de Esquem; altare, atrium et decimam de Campiniaco; æcclesiam de
Doomonte cum appendiciis suis; altare de Ermenonvilla, æcclesiam
de Duniaco et molendina et cętera quę ibi sunt Sancti Martini; apud
Pontem Ebali, curtem et terras; Ceurentum villam cum appendiciis
suis et æcclesiam ejusdem villę, cum capella et decima de Livriaco;
Bonzeias cum æcclesia et appendiciis suis; apud Nuseium siccum,
terram et censum, et apud Clicci terram et censum, et Pantinum cum
æcclesia et appendiciis suis, et Roveredum cum circumadjacentibus
terris. Apud Luvram in Parisiaco, æcclesiam cum atrio; apud Gorna-
cum castrum, monasterium Sanctę Marię cum omnibus appendiciis
suis; villam Nuseium cum omnibus appendiciis suis; Mairolas cum
æcclesia et appendiciis suis; decimam de Attiliaco; villam Confluentiam
cum æcclesia et appendiciis; apud Sanctum Marcellum, terram quam
dedit Cleopas monachus; apud Victriacum villam, domum, torcular,
vineas et censum; apud Villam Judeam, hospites, terram et censum et
molendinum de Arcoilo; apud Clamardum, æcclesiam, terram, vineas
et censum; apud Sanctum Clodoaldum, terram quę Alnetus dicitur
cum appendiciis suis; in Monte Savias et Monte Martyrum, torcularia
et vineas. In Carnotensi pago, æcclesiam de Bonella cum atrio et
hospitibus et omnibus appendiciis suis; Ursonis villam cum æcclesia
et appendiciis suis; Bolovillam cum appendiciis suis, et Escun et Pla-
cemontem et villam Goviolum cum æcclesia et decima; apud Mun-
dum villam hospites et terras; apud Capellam, hospites et terras; Ro-
denis villam cum æcclesia et appendiciis suis; apud Carnotum, in
burgo Sancti Caralni, hospites et censum; apud villam quę Tabulas
dicitur, censum denariorum et decimam de berceriis; apud Crispe-
rias, æcclesiam et decimam et hospites; villam Boult, Sanctum Hyla-
rium cum æcclesia et appendiciis suis; gordum de Pitiaco; apud Me-
dendam, de transverso per aquam de singulis navibus tres obolos, ex
dono Gervasii dapiferi et concessione Philippi regis; apud Miliacum
castrum et Contiacum, decimum diem in redditu pedagii, partem videlicet prefati Gervasii. In Aurelianensi pago, Hyemvillam cum æcclesia et tota parochia de Puteacio et decimum mercatum cum omni-

bus appendiciis suis, et altare de Nova villa. In Senonensi pago,
æcclesiam et atrium de Pringi et Vovas; apud Conam, æcclesiam et
atrium cum appendiciis suis. In Meldensi pago, Anetum villam cum
æcclesia et atrio et appendiciis suis. In Suessionensi pago, villam quę
Sancta Gemma dicitur, cum æcclesia et appendiciis suis, et terram
de Monte Aldonis. In Laudunensi pago, Disiacum villam et alodium
de Brianna cum appendiciis suis. In Noviomensi pago, æcclesiam de
castro quod Capi dicitur, cum appendiciis suis; altare de Heldicurte
et altare de Revelone. In Ambianensi pago, æcclesiam de Ligniaco
cum appendiciis suis; apud Arenas castrum, æcclesiam Beatę Marię
cum appendiciis suis; apud Ruam, Vertunum et Waben, redditus salis
et aquarias piscium. In Taruanensi pago, altare de Feurentiaco cum
appendiciis suis. In Belvacensi pago, apud Bellum montem, æcclesiam
Sancti Leonorii cum appendiciis suis, et decimam de Mediana curte;
apud Nusiacum, terram et censum; apud Mervacum villam, altare,
atrium et decimam cum appendiciis suis, et altare Sancti Audomari
cum appendiciis suis; apud Belvacum, æcclesiam Sancti Pantaleonis;
apud Montiacum Sanctę Opportunę, æcclesiam ejusdem sanctę cum
appendiciis suis. In Silvanectensi pago, monasterium Sancti Nicholai
de Aciaco cum appendiciis suis; apud Sorvillare, æcclesiam, atrium,
decimam et hospites. In Anglia, apud Londoniam, terram censualem
et hospites, ex dono Radulfi de Tuin et concessione Heinrici regis;
apud castrum Barnastabale, æcclesiam cum appendiciis suis, et cętera
quę predecessorum nostrorum sanctę memorię Urbani pape et Paschalis secundi privilegiis continentur. Quęcunque preterea a quibuslibet de suo jure eidem loco collata sunt vel in futurum conferri contigerit, firma semper et illibata permaneant, tam a te quam ab aliis
qui per Cluniacenses abbates eidem loco prepositi fuerint, possidenda,
regenda ac perpetuo disponenda. Decernimus ergo ut nulli omnino
hominum liceat idem cenobium temere perturbare aut ejus possessiones auferre vel ablatas retinere, minuere vel temerariis vexationibus
fatigare, sed omnia integra conserventur, eorum pro quorum sustentatione ac gubernatione concessa sunt, usibus omnimodis profutura.
Si qua igitur in futurum æcclesiastica secularisve persona hanc nostrę
constitutionis paginam sciens contra eam temere venire temptaverit,
secundo tertiove commonita, si non satisfactione congrua emendaverit, potestatis honorisque sui dignitate careat reamque se divino ju-

dicio existere de perpetrata iniquitate cognoscat et a sacratissimo corpore ac sanguine Dei et Domini Redemptoris nostri Jesu Christi aliena fiat atque in extremo examine districtę ultioni subjaceat. Cunctis autem eidem loco justa servantibus sit pax Domini nostri Jesu Christi, quatenus et hic fructum bonę actionis percipiant et apud districtum judicem premia æternę pacis inveniant. Amen.

(R.) Ego Calixtus, catholicę Æcclesię episcopus, ss. (M.)

Datum apud Sanctum Dionisium per manum Grisogoni, sanctę Romanę Ecclesię diaconi cardinalis ac bibliothecarii, v kalendas decembris, indictione xiiiᵃ, incarnationis Dominicę anno м°.c°.xviiiiᵒ, pontificatus autem domni Calixti secundi pape anno primo.

(Lacs de soie brune; la bulle n'existe plus.)

111

4 décembre 1119.

Confirmation des possessions et des privilèges de l'abbaye Notre-Dame d'Étampes, notamment interdiction à d'autres d'enterrer, sans le consentement de l'abbé et des chanoines, les paroissiens de l'abbaye.

Éd. *Fleureau, Les antiquitez de la ville et du duché d'Estampes, p. 91. — Menault, Morigny, son abbaye, sa chronique et son cartulaire, 2ᵉ partie, p. 14. — Migne, n° 54, col. 1145. — Alliot, Cartulaire de Notre-Dame d'Étampes, p. 9 (analyse).
Cat. Robert, n° 78. — Jaffé-Loewenfeld, n° 6790 (4965).

Calixtus [episcopus], servus servorum Dei, dilectis filiis Pacano abbati et Beatæ Mariæ Stampensis ecclesiæ canonicis, tam præsentibus quam futuris, in posterum. Officii nostri nos hortatur auctoritas ut ecclesiarum quieti attentius providere et suum cuique jus integrum conservare, in quantum permiserit Dominus, debeamus. Siquidem clamores vestros accepimus adversus eos qui parochianos vestros sine assensu vestro sepelire contumaciter præsumebant. Vestris igitur et charissimi filii nostri Ludovici, gloriosi Francorum regis, precibus incitati, ad ecclesiæ vestræ quietem et libertatem per Dei gratiam conservandam, statuimus et auctoritate apostolica prohibemus ne cuiquam præter assensum vestrum parochianos vestros, milites seu alios, liceat sepelire. Præterea vobis vestrisque successoribus in perpetuum confirmamus ecclesiam Sancti Basilii et molendinum in burgo situm et cætera omnia quæ concessione pontificum, liberalitate regum, oblatione fidelium vel aliis justis modis ecclesia vestra in præsenti possidet vel in futurum, largiente Domino, juste atque canonice poterit adipisci. Nulli ergo hominum facultas sit ausu temerario vestram ecclesiam perturbare aut vestras bonas consuetudines immutare, possessiones auferre vel ablatas retinere, minuere vel temerariis vexationibus fatigare, sed omnia integra conserventur, eorum pro quorum sustentatione ac gubernatione concessa sunt, usibus omnimodis profutura, salva Senonensis archiepiscopi reverentia. Si qua igitur in futurum ecclesiastica sæcularisve persona hanc nostræ constitutionis paginam sciens contra eam temere venire tentaverit, secundo tertiove commonita, si non satisfactione congrua emendaverit, potestatis honorisque [sui] dignitate careat reamque se divino judicio existere de perpetrata iniquitate cognoscat et a sacratissimo corpore ac sanguine Dei ac Domini Redemptoris nostri Jesu Christi aliena fiat atque in extremo examine districtæ ultioni subjaceat. Cunctis ergo eidem loco justa servantibus [sit] pax Domini nostri Jesu Christi, quatenus et hic fructum bonæ actionis percipiant et apud districtum judicem præmia æternæ pacis inveniant.

Datum Senonis per manum Grisogoni, sanctæ Romanæ Ecclesiæ diaconi cardinalis ac bibliothecarii, ii nonas decembris, indictione xii, incarnationis Dominicæ anno m c xix, pontificatus autem domini Calixti II papæ anno i.

112

4 décembre 1119.

Confirmation des possessions et des privilèges de l'église de Saint-Corneille et Saint-Cyprien de Compiègne.

Mss. *Cartulaire blanc de Saint-Corneille de Compiègne*, du xiiie siècle, aux Archives nationales, LL, 1622, fol. 30 v°. — Copie du *Livre rouge de Saint-Corneille*, ms. lat. 9171, du xviie siècle, fol. 1. — Collection Moreau, *Chartes et diplômes*, n° 49, fol. 98. — Fragment d'un *Cartulaire de Saint-Corneille*, du xiiie siècle, à la Bibliothèque de Compiègne, fol. 1. — Copie de ce fragment, nouv. acq. lat. 2197, fol. 1.
Éd. Robert, app., p. xliii.
Cat. Robert, n° 77. — Jaffé-Loewenfeld, n° 6791.

Calixtus episcopus, servus servorum Dei, dilectis in Christo filiis

Odoni decano et canonicis Compendiensis ecclesie, tam presentibus quam futuris, in perpetuum. Justis votis assensum prebere justisque petitionibus aures accomodare nos convenit, qui licet indigni justicie custodes atque precones in excelsa apostolorum principum Petri et Pauli specula positi, Domino disponente, conspicimur. Quamobrem, karissimi in Christo filii, tam vestris quam illustris et gloriosi filii nostri Ludovici, Francorum regis, petitionibus annuendum censuimus, ut Compendiensem Beatorum Cornelii et Cipriani ecclesiam, in qua omnipotenti Domino militatis, apostolice sedis privilegio muniremus. Idem enim locus[a], prout veterum munimentorum series manifestat, specialiter ad sedem apostolicam pertinere et in Romane Ecclesie jure cognoscitur permanere. Per presentis igitur privilegii paginam apostolica auctoritate statuimus, ut quecumque bona, quecumque possessiones concessione pontificum, liberalitate regum vel oblatione fidelium aut aliis justis modis ad eandem videntur ecclesiam pertinere et quecumque in futurum, largiente Deo, poterit adipisci, firma vobis vestrisque successoribus et illibata permaneant. Preterea quieti vestre attentius providentes, antiquas et inconcussas ecclesie vestre consuetudines confirmamus, ut videlicet si quis vobis vel[b] ecclesie vestre ausu temerario injuriosus extiterit aut res vestras distraxerit et canonice monitus satisfacere contempserit, liceat vobis in eum excommunicationis proferre sententiam et satisfacienti absolutionis gratiam indulgere. Porro excommunicatus, donec resipuerit, ab omnibus devitetur[c]. Antiquam etiam libertatem illibatam servari vobis et vestre ecclesie cupientes, statuimus ut, extra capitulum vestrum, nullius nisi Romani pontificis et ejus legati cogamini subire judicium, sed vestra negotia in capitulo ventilata decani et fratrum judicio terminentur, quatenus, prestante Deo, quemadmodum a parochialibus servitiis ex antiqua ordinatione immunes existitis, ita etiam sub apostolice sedis protectione ab omnium episcoporum seu aliarum quarumlibet personarum ditione atque gravamine liberi maneatis. Vestra itaque interest, filii in Christo karissimi, ita in omnipotentis Dei servitio insudare, ita in Romane Ecclesie unitate atque obedientia permanere ut hac semper inveniamini gratia digniores. Si qua igitur

---

[a] Le cartulaire LL, 1622 est mutilé à partir de ce mot jusqu'à *inconcussas*. — [b] Al. *et.* — [c] Al. *evitetur*.

in futurum ecclesiastica secularisve persona hanc nostre constitutionis
paginam sciens contra eam temere venire temptaverit, secundo tertiove commonita, si non satisfactione congrua emendaverit, potestatis
honorisque sui dignitate careat reamque se divino judicio existere de
perpetrata iniquitate cognoscat et a sacratissimo corpore ac sanguine
Dei et Domini Redemptoris nostri Jesu Christi aliena fiat atque in
extremo examine districte ultioni subjaceat. Cunctis autem eidem ecclesie justa servantibus sit pax Domini nostri Jesu Christi, quatenus
et hic fructum bone actionis percipiant et apud districtum judicem
premia eterne pacis inveniant. Amen.

. (R.) Ego Calixtus, catholice Ecclesie episcopus, ss. (M.)

Datum Senonis per manum Grisogoni, sancte Romane Ecclesie
diaconi cardinalis et bibliothecarii, II nonas decembris, indictione XIII°,
incarnationis Dominice anno M°.C°.XVIII°, pontificatus autem domni
Calixti secundi pape anno primo.

113

5 décembre 1119.

*Invitation à Josseran, évêque de Langres, de faire rendre par les abbés de Mo-
lême et de Moutier-Saint-Jean au monastère de Saint-Pierre-le-Vif de Sens
certaines possessions qu'ils lui avaient enlevées.*

Mss. *Chronique de Clarius de Sens*, ms. 179 de la Bibliothèque d'Auxerre, du XII° siècle, fol. 121.
— *Id.*, ms. 315 de la Bibliothèque d'Orléans, du XIII° siècle, fol. 192. — *Epist. Roman. pontif.*,
ms. lat. 16996, fol. 360.
Éd. D'Achery, *Spicilegium sive collectio veterum aliquot scriptorum*, II, 483. — *Rec. des hist. des
Gaules et de la France*, XIV, 207. — Mansi, *Concil.*, XXI, 196. — Migne, n° 79, col. 1146.
Cat. Robert, n° 79. — Jaffé-Loewenfeld, n° 6792 (4966).

CALIXTUS episcopus, servus servorum Dei, venerabili fratri JOSCE-
RANNO, Lingonensi episcopo, salutem et apostolicam benedictionem.
Arnaldi abbatis et fratrum monasterii Sancti Petri Vivi querelam accepimus quod eis Molismensis et Reomensis abbates quasdam possessiones jamdiu a Beati Petri monasterio possessas injuste abstulerunt.
Unde fraternitati tue precipimus ut, longa dilatione seposita, canonicam eis justiciam facias, nec monasterio eidem obesse permittas, quod

secundum antiquam terrę consuetudinem instrumenta sine impressione sigilli composita declarantur.

Datum Senonis, nonis decembris.

114

7 décembre 1119.

Ordre aux religieux de Saint-Vivant de Vergy de recevoir, sous peine d'interdit, un prieur de l'ordre de Cluny dans leur monastère avant la Saint-Thomas prochaine.

Éd. *Bullarium sacri ordinis Cluniacensis*, p. 41. — *Rec. des hist. des Gaules et de la France*, XV, 232. — Migne, n° 56, col. 1146.
Cal. Robert, n° 80. — Jaffé-Loewenfeld, n° 6793 (4967).

CALIXTUS episcopus, servus servorum Dei, Verziacensis monasterii monachis et familiæ, salutem, si obedierint, et apostolicam benedictionem. Carissimi filii nostri Petri, Cluniacensis abbatis, et fratrum ejus querelam accepimus quod recipere priorem de Cluniacensi monasterio recusetis, cum locus vester jam per triginta fere annos priorem tantum de domo eadem habuerit; in quo profecto magnum vobis et vestræ generare ecclesiæ detrimentum. Cum enim paci et religioni intendere debeatis, in dissensione et scandalo permanetis. Per præsentia igitur scripta vobis præcipiendo mandamus ut usque festum proximum beati Thomæ priorem de Cluniacensi recipiatis cœnobio ejusque debitam, sicut hactenus factum est, obedientiam præbeatis. Alioquin nos ex tunc ecclesiarum vobis introitum interdicimus et in vestro monasterio divina prohibemus officia celebrari.

Datum Altissiodori, VII idus decembris.

115

11 décembre 1119.

Calixte invite Benoît, évêque de Lucques, à protéger les personnes qui viennent le trouver ou qui s'en retournent d'auprès de lui. Il lui recommande l'église et le prieur de Saint-Frédien.

Ms. *Ms. 115 de la Bibliothèque de Lucques, du xvi° siècle, fol. 23 v°.
Éd. Baluze, *Miscellanea*, IV, 588. — Migne, n° 57, col. 1146.
Cat. Robert, n° 81. — Jaffé-Loewenfeld, n° 6794 (4968).

Calixtus episcopus, servus servorum Dei, venerabili fratri B., Lucano episcopo, salutem et apostolicam benedictionem. Sicut aliis jam litteris dilectioni tuę mandavimus, nos te sicut fratrem in Christo carissimum diligere et, in quantum permiserit Dominus, honorare optamus. Rogamus autem fraternitatem tuam ut, secundum datam tibi a Deo prudentiam, ejus Æcclesiam precipue hoc studeas tempore adjuvare et ad nos venientes vel a nobis redeuntes personas patriam illam secure conduci facias; rogamus preterea dilectionem tuam ut filium nostrum A., priorem Sancti Fridiani, et ejus ecclesiam pro beati Petri reverentia et dilectione nostra studeas amplius diligere et juvare. Idem enim locus specialiter beati Petri tutela et protectione consistit et nos deesse ei nec possumus nec debemus.

Datum Altisiodori, iii idus decembris.

116

a3 décembre 1119.

Confirmation des statuts de l'ordre de Cîteaux.

Mss. **Privilèges de l'ordre de Cîteaux*, ms. 352 de la Bibliothèque de Dijon, de la fin du xive siècle, fol. 135. — Copie du xve siècle, aux Archives départementales de la Seine-Inférieure, G, 1504. — *Monasticon benedictinum*, ms. lat. 12663, fol. 8. — *Epist. Roman. pontif.*, ms. lat. 16996, fol. 354.
Ed. Collectio quorumdam privilegiorum ordinis Cisterciensis, ... Divione, per Petrum Mellinger, M CCCC XCI. — Henriquez, *Regula, constitutiones et privilegia ordinis Cisterciensis*, p. 38 et 52. — Manrique, *Annales Cistercienses*, I, 115. — Féjer, *Codex diplomaticus Hungariæ ecclesiasticus et civilis*, II, 61. — Cocquelines, *Bullarum*, II, 166. — Yepes, *Cronica general de la orden de San Benito*, VII, app., p. 6. — Mansi, *Concil.*, XXI, 190. — Guignard, *Analecta Divionensia*, X, xxvii. — Migne, n° 58, col. 1147.
Cat. Robert, n° 82. — Jaffé-Loewenfeld, n° 6795 (4969).

Calixtus episcopus, servus servorum Dei, carissimis in Christo filiis Stephano, venerabili Cisterciensis monasterii abbati, et ejus fratribus, salutem et apostolicam benedictionem. Ad hoc in apostolice sedis regimen, Domino disponente, promoti conspicimur, ut, ipso prestante, religionem augere et que recte atque ad salutem animarum statuta sunt, nostri debeamus auctoritate officii stabilire. Idcirco, filii in Christo carissimi, petitioni vestre caritate debita impertimur assensum et religioni vestre paterno congratulantes affectu, Dei operi quod cepistis manum nostre confirmationis apponimus. Siquidem consensu et deliberatione communi abbatum et fratrum monasteriorum vestrorum et episcoporum, in quorum parrochiis eadem monasteria continentur, quedam de observatione regule beati Benedicti et de aliis nonnullis que ordini vestro et loco necessaria videbantur, capitula statuistis. Que nimirum ad majorem monasterii quietem et religionis observantiam auctoritate sedis apostolice petitis confirmari. Nos ergo vestro in Domino profectui gaudentes, capitula illa et constitutionem auctoritate apostolica confirmamus et omnia imperpetuum rata permanere decernimus, illud nominatim omnimodis prohibentes ne abbatum aliquis monachos vestros sine regulari commendatione suscipiat. Si qua igitur ecclesiastica secularisve persona nostre confirmationi huic et constitutioni vestre temeritate aliqua obviare presumpserit, tanquam religionis et quietis monastice perturbatrix auctoritate beatorum Petri et Pauli et nostra, donec satisfaciant, excommunicationis gladio feriatur. Qui vero conservator extiterit, omnipotentis Dei et apostolorum ejus benedictionem et gratiam consequatur. Interdicimus autem ne quis conversos laicos vel professos vestros ad habitandum suscipiat.

Ego Calistus, catholice Ecclesie episcopus, confirmavi et s.

Datum Sedeloci per manum Grisogoni, sancte Romane Ecclesie diaconi cardinalis ac bibliothecarii, x kalendas januarii, indictione xiiii, incarnationis Dominice anno m.c.xix, pontificatus autem domni Calixti secundi pape anno i.

117

29 décembre 1119.

Approbation de l'accord fait au sujet du droit paroissial dans la ville de Beaune entre les chanoines de Notre-Dame de Beaune et les religieux de Saint-Étienne de Dijon par Humbauld, archevêque de Lyon, Étienne, évêque d'Autun, et Josseran, évêque de Langres.

Ms. Original aux Archives départementales de la Côte-d'Or, à Dijon, série G, 336, fonds du chapitre collégial de Notre-Dame de Beaune.
Éd. *Pflugk-Harttung, *Acta pontificum Romanorum inedita*, I, 115.
Cat. Jaffé-Loewenfeld, n° 6796.

CALIXTUS episcopus, servus servorum Dei, dilectis filiis BERTRANNO decano et canonicis ecclesie Sancte Marie de Belna, salutem et apostolicam benedictionem. Officii nostri nos hortatur auctoritas pro universarum ecclesiarum statu satagere et que recte statuta sunt, stabilire. Siquidem inter vos et Sancti Stephani monachos de jure parochiali castri Belne controversia diu fuerat agitata, unde venerabiles fratres nostri Humbaldus, Lugdunensis archiepiscopus, et Stephanus Eduensis et Gotherannus Lingonensis episcopi affectione debita condolentes, controversiam omnem diligentius audierunt. Novissime causa undique plenius indagata et ab utraque parte quod eorum exequeretur judicium gratuita securitate accepta, pacem inter vos per Dei gratiam et concordiam statuerunt, quam nostre quoque auctoritatis robore una vobiscum predictus frater noster. Eduensis

episcopus petiit, stabiliri. Nos ergo et ecclesiarum paci et quieti propensius intendentes et petitioni vestrę benignius annuentes, pacem
illam et concordiam auctoritate sedis apostolicę confirmamus et illibatam futuris temporibus conservari decernimus, sicut in predictorum
fratrum cyrographo continetur. Si quis autem, confirmationis hujus
tenore cognito, temere, quod absit, ei obviare presumpserit, honoris
et officii sui periculum patiatur aut excommunicationis ultione plectatur, nisi presumptionem suam digna satisfactione correxerit.

Ego Calixtus, catholicę Æcclesię episcopus, confirmavi et ss.

Datum Educ per manum Grisogoni, sanctę Romanę Ecclesię diaconi cardinalis ac bibliothecarii, IIII kalendas januarii, indictione XIII,
incarnationis Dominicę anno M C XX, pontificatus autem domni Calixti
secundi pape anno primo.

(Lacs de soie rouge; la bulle n'existe plus.)

118

1119.

*Confirmation des possessions et des droits de l'église d'Aire, qui est placée
sous la protection du Saint-Siège.* (Authenticité très douteuse.)

Ms. Collectanea plurimorum titulorum capituli Ariensis, ms. de 1573, conservé dans les Archives
du chapitre d'Aire, actuellement à Arras.
Éd. *Rouyer, Recherches historiques sur le chapitre de l'église collégiale de Saint-Pierre d'Aire, dans
les Mémoires de la Société des antiquaires de la Morinie, X (1858), 313.
Cat. Jaffé-Loewenfeld, n° 7092.

CALIXTUS episcopus, servus servorum Dei, dilectis in Christo filiis
JOHANNI, Ariensis ecclesiæ preposito, ejusque fratribus religiosam vitam in Dei servitio servaturis cunctisque eorum successoribus ibidem
Deo in perpetuum servituris. Religiosis desideriis ea benivolentia nos
annuere convenit ut fidelis quisque et Deo militare desiderans tanto
ferventius ad studium piæ devotionis excitetur, quanto benignius ad
quæsitam gratiam apostolicæ tuitionis et confirmationis admittitur.
Dignum namque valde est ut venerabilium locorum apostolica potissimum sede jura firmentur, et inde universa ad utilitatem servorum Dei
et ad conservandam libertatem et quietem sanctæ professionis eorum

tam in exterioribus quam in spiritualibus congrua et necessaria invio-
labili stabilitate fulciantur, unde totius religionis divina autoritate
sumpsit exordium et gubernationis principatum habebit in perpetuum.
Quapropter, karissime fili, postulante te per confratrem nostrum Johannem, Morinensem episcopum, ut prefatam ecclesiam cui tu, Deo
disponente, prepositus esse dignosceris, sub tutelam apostolicæ sedis
susciperemus, quatenus sub amplexu sedis Romanæ universalis matris
Ecclesiæ tam in bonis temporalibus quam in gratia spirituali cresceret
atque proficeret liberiorque ab omni humana infestatione consisteret,
equitatem voluntatis tuæ considerantes, hujusmodi privilegia eidem
ecclesiæ et tibi universisque ejusdem loci servitoribus presenti autori-
tatis nostræ decreto concedimus atque firmamus. Primum quidem ut
locus ille in Dei servitio ad refugium et subsidium quorumcumque fidelium constitutus in sua semper stabilitate permaneat, nec ulli unquam potestati seculari aut ecclesiasticæ cum destruere vel de statu
suo mutare liceat. Deinde statuimus ut nulli regum vel imperatorum,
marcionum, ducum, comitum, antistitum vel quacumque dignitate
predito aut cuiquam alii de his quæ eidem loco venerabili a quibuslibet hominibus de proprio jure donata sunt seu in futurum, Deo
miserante, collata fuerint, sub cujuslibet occasionis specie minuere
vel auferre et suis usibus applicare liceat; sed universa quæ ab egregiæ memoriæ Balduino, Flandrensium quondam comite, et ejus uxore
Athela, ecclesiæ predictæ fundatoribus, seu a quibuslibet fidelibus
oblata sunt vel offerri contigerit, ad sustentationem canonicorum ibidem Deo et sancto Petro apostolorum principi servientium tam a te
quam ab eis qui in tuo officio locoque successerint, perenni tempore
illibata et sine inquietudine aliqua et ab omni justitia seculari absoluta
volumus ac decernimus possideri. Preterea concedimus et confirmamus ecclesiæ Ariensi in honore beati Petri apostolorum principis constitutæ ecclesias et cetera quæ Morinorum episcoporum concessione
possidet, oblationes et decimas totius parochiæ Sancti Petri; de capella comitis modium frumenti et xxviii bustel avenæ; de pomerio
comitis decimam pomorum; de vivario comitis decimam anguillarum;
de Waselau decimam de pullis equarum, carnem unius vaccæ, cer-
vum in festo Sancti Petri; ecclesiam de Melemodio cum decimis et
oblationibus; ecclesiam de Papingehem cum decimis et oblationibus;
capellam Sancti Quintini cum decimis et oblationibus et terræ quin-

quaginta sex dies in Kerseka; decimam de Gomelingahem et decem dies terræ; unam ovium berquariam in territorio Bergensi, in villa quæ vocatur Tetingehem, annis singulis quadraginta libras persolventem et nichil servitii nisi ejusdem ecclesiæ fratribus debentem; villam etiam dimidiam quæ vocatur Baisiu; duas partes decimæ ecclesiæ ac silvæ de villa quæ vocatur Maisieres; villam quæ vocatur Wail cum molendinis omnibus in eadem villa constitutis, ita ut in eadem villa infra possessionem canonicorum aut in propria terra ad incommodum eorum nulli omnino molendinum statuere liceat; terram etiam cultam et incultam ad villas supradictas pertinentem cum silva plurima; ortos canonicorum circa atrium Ariensis ecclesiæ; ortos sex in parochia de Papingehem, unde kalendis octobris prepositus ecclesiæ Sancti Petri canonicis suis novem solidos persolvit; duos hospites in Mallingehem; septimam partem de villa quæ vocatur Kernes; unum molendinum cum uno hospite in villa quæ vocatur Blandeca, utrumque ab omni potestate laicorum absolutum; duos etiam servos in eadem villa, Walterum et Ingelfridum; ortum unum in villa quæ vocatur Witernes; ortum etiam unum in villa quæ vocatur Blessy et dies terræ tres et in insula de Blessel iterum dies terræ tres. Si qua sane ecclesiastica secularisve persona hanc nostræ constitutionis paginam sciens contra eam temere venire presumpserit, potestatis honorisque sui dignitate careat reamque se divino judicio existere de perpetrata iniquitate cognoscat et a sacratissimo corpore ac sanguine Dei et Domini Redemptoris nostri Jesu Christi, quatenus et hic fructum bonæ actionis percipiant et apud districtum judicem præmia æternæ pacis inveniant. Amen.

Actum est hoc incarnationis Dominicæ anno millesimo centesimo xviii, indictione xii, pontificatus autem domini papæ Calixti secundi anno i, Ludovico, rege Francorum, concedente; Karolo, Flandrensium comite, et comitissa Clementia concedentibus : his testibus, Roberto, Betuniensium advocato; Eustachio, Morinorum advocato; Balduino de Uson; Rogero, castellano de Insula; Manassa, comite de Gisnes; Rainardo, castellano de Bruborg; Theodorico, castellano de Dikesmue; Theobaldo de Ipre; Evrardo, castellano de Aria; Onulfo de Locres; Engelberto de Aria; Roberto Greco et aliis pluribus.

119

1119.

Jean de Senevoy obtient du pape Calixte II, à cause des services rendus par lui au Saint-Siège, la permission de porter la tiare pour cimier de ses armes. (Indication d'un document faux.)

Ms. *Collection Villevieille, à la Bibliothèque nationale, ms. fr. 26294, titres originaux, n° 786, au mot SENEVOY.

120

3 janvier 1120.

Confirmation à l'église de Trèves de la qualité de métropole des églises de Metz, de Toul et de Verdun; permission à Bruno, archevêque de Trèves, de faire usage du pallium.

Ms. *Original aux Archives de l'État, à Coblentz.
Éd. Brower et Masenius, *Antiquitates et annales Trevirenses*, II, 16. — Hontheim, *Hist. Trevir. diplomatica*, I, 504.— Beyer, *Urkundenbuch zur Geschichte des Mittelrheins*. — Migne, n° 60, col. 1148.
Cat. Robert, n° 85. — Jaffé-Loewenfeld, n° 6798 (4970).

CALIXTUS episcopus, servus servorum Dei, venerabili fratri BRU-NONI, Treverensi archiepiscopo, salutem et apostolicam benedictionem. Dignitatem vel ecclesiis vel personis per autentica predecessorum nostrorum privilegia traditam, nos quoque inconvulsam, prestante Deo, volumus conservari. Illud igitur dignitatis, illud honoris quod Treverensi ecclesie ac predecessoribus tuis a sede apostolica est collatum, nos ejusdem sedis auctoritate, cooperante Domino, stabilimus et legitimum perpetuum permanere sancimus, ut videlicet Treverensis ecclesia super tres civitates Metim, Tullum et Virdunum metropolis habeatur et ipsarum civitatum episcopi eam matrem ac magistram, salva in omnibus Romane Ecclesie auctoritate ac reverentia, recognoscant. Porro tibi tuisque legitimis successoribus, frater in Christo karissime, usum pallei confirmamus et ex apostolice sedis liberalitate cum nacco per constitutas ecclesie stationes equitare atque ante vos

crucem deferri concedimus, sicut et predecessores nostros tuis constat
predecessoribus concessisse. Ad hęc adicientes decernimus ut quascunque possessiones, quęcunque bona vestra ecclesia vel in presenti legitime possidet vel in futurum, largiente Deo, juste atque canonice
poterit adipisci, quieta semper et integra conserventur. Vestra itaque
interest ita matrem vestram Ecclesiam Romanam diligere, ita ei obedientes existere, ut accepta semper inveniamini gratia digniores. Si
qua sane in futurum ecclesiastica secularisve persona nostrę hujus
confirmationis paginam sciens contra eam temere venire presumpserit,
honoris et officii sui periculum patiatur aut excommunicationis ultione
plectatur, nisi presumptionem suam digna satisfactione correxerit.

(R.) Ego Calixtus, catholicę Æcclesię episcopus, ss. (M.)

Ego Lambertus, Hostiensis æcclesiæ episcopus, ss.

Datum Cluniaci per manum Grisogoni, sanctę Romanę Ecclesię
diaconi cardinalis ac bibliothecarii, m nonas januarii, indictione xiiiᵃ,
incarnationis Dominicę anno m°.c°.xx°, pontificatus autem domni Calixti secundi pape anno primo.

(Lacs de soie brune; la bulle n'existe plus.)

121

3 janvier 1120.

*Bruno, archevêque de Trèves, est dispensé de toute obéissance aux légats,
s'ils ne sont pas a latere.*

Mss. *Original aux Archives de l'État, à Coblentz. — Martène, *Ancedota*, ms. lat. 11894, fol. 76.
— *Epist. Roman. pontif.*, ms. lat. 16991, fol. 189.
Éd. Martène et Durand, *Vet. script.*, I, 660. — Calmet, *Histoire ecclésiastique et civile de Lorraine*,
II, pr., 264. — Hontheim. *Historia Trevirensis diplomatica*, I, 504. — Beyer, *Urkundenbuch
zur Geschichte des Mittelrheins*, I, 501. — Migne, n° 59, col. 1148.
Cat. Robert, n° 84. — Jaffé-Loewenfeld, n° 6799 (4971).

Calixtus episcopus, servus servorum Dei, venerabili fratri Bru-
noni, Treverensi archiepiscopo, salutem et apostolicam benedictionem.
Consuetudo sedis apostolicę persuadet et ipse rationis ordo exposcit ut
sapientes religiosasque personas et in Romanę Ecclesię unitate atque
obedientia devotius existentes honorare amplius ac diligere debeamus.

I.   12

Proinde, frater karissime, postulationi tuę clementer annuimus et personam tuam dilectionis brachiis amplectentes eam a cujuslibet legati potestate absolvimus, nisi forte a nostro latere dirigatur. Confidimus enim in Domino, quia de sapientia et religione tua et Deo et Ecclesię honor magnus utilitasque proveniet.

Datum Cluniaci, iii nonas januarii.

122

3 janvier 1120.

Ordre de conserver l'hôpital fondé à Coblentz par Bruno, archevêque de Trèves.

Ms. *Copie du xiv° siècle aux Archives de l'État, à Coblentz, ms. n° 16.
Éd. Günther, *Codex diplomaticus Rheno-Mosellanus*, I, 69. — Beyer, *Urkundenbuch zur Geschichte des Mittelrheins*, I, 502.
Cat. Robert, n° 86. — Jaffé-Loewenfeld, n° 6800.

CALIXTUS episcopus, servus servorum Dei, venerabili fratri Bru-NONI, Treverensi archiepiscopo, salutem et apostolicam benedictionem. Devotionis tue peticiones benigne admisimus et hospitalem domum, quam tuis impensis Confluentie ante Sancti Florini ecclesiam construxisti, per decreti presentis paginam apostolice sedis protectione munimus, statuentes ut domus eadem quieta semper et libera conservetur. Nulli ergo omnino hominum liceat idem xenodochium temere perturbare, depredationes illic vel assultus facere aut ejus possessiones auferre vel ablatas retinere, minuere vel temerariis vexationibus fatigare, sed omnia, que vel a te vel ab aliis fidelibus de proprio jure aut jam oblata sunt aut in futurum offerri contigerit, integra conserventur, peregrinorum ac pauperum usibus profutura. Si quis autem, quod absit, huic nostro decreto contraire temptaverit, donec satisfecerit, ecclesiastice subjaceat ultioni. Quicumque vero ipsam domum et in ea Domino servientes fovere suisque rebus honorare curaverit, omnipotentis Dei et apostolorum ejus benedictionem et gratiam consequatur.

Datum Cluniaci, iii nonas januarii, indictione xiii°.

123

3 janvier 1120.

Ordre à Udalric, évêque de Constance, de rendre aux religieux de Schaffouse une propriété qui leur avait été enlevée par la force.

Ms. *Ms. 55 de la Ministerial Bibliothek de Schaffouse, du XIIe siècle, fol. 184.
Éd. Neugart, *Codex diplom. Alem.*, II, 46. — *Quellen zur Schweizer Geschichte*, III, 1, 85. —
 Meyer, *Thurgauisches Urkundenbuch*, p. 36. — Migne, n° 62, col. 1149.
Cat. Robert, n° 87. — Jaffé-Loewenfeld, n° 6801 (4973).

Calixtus episcopus, servus servorum Dei, venerabili fratri Uo[dal-
nico] episcopo et canonicis Constantiensis ecclesie, salutem et apostolicam benedictionem. Scafhusenses fratres agitatam diu querimoniam repetere non desistunt. Conqueruntur enim quod predium a
Tötone illo eis oblatum per violentiam auferatis. Precipimus ergo dilectioni vestre ut eis aut predium ipsum in pace et quiete reddatis
aut si quid in eo juris habere confiditis, oportuno loco et tempore ad
exequendam justiciam veniatis. Verumtamen illud nobis honestius et
utilius videretur, si quisque quod suum est, sine scandalo et sicut
fratres condecet, obtineret. Etsi enim Töto ille in apostoliam lapsus
sit et contra honorem Dei et salutem anime sue retrorsum abierit,
nulla tamen racione permittitur ut ea que libere ac sponte obtulerat,
debuerit abstulisse.

Data Cluniaci, III nonas januarii.

124

3 janvier 1120.

Confirmation des possessions et des privilèges de l'abbaye Saint-Sauveur de Schaffouse.

Mss. Original et copies du XIIe et du XIIIe siècle aux Archives cantonales de Schaffouse.
Éd. Eccard, *Corp. hist. med. ævi*, II, 229. — *Quellen zur Schweizer Geschichte*, III, 1, 85. —
 Pflugk-Harttung, *Acta*, I, 116. — Migne, n° 63, col. 1150.
Cat. Robert, n° 88. — Jaffé-Loewenfeld, n° 6802 (4974).

Calixtus episcopus, servus servorum Dei, dilecto in Christo filio

Alberto, Scaphusensi abbati, ejusque successoribus regulariter substituendis, in perpetuum. Commissi nobis officii nos hortatur auctoritas pro ecclesiarum statu satagere et que recte statuta sunt stabilire.
Proinde, fili in Christo karissime, Alberte abba, tuis per karissimum
fratrem nostrum Brunonem, Treverensem archiepiscopum, petitionibus annuendum censuimus, ut venerabile Salvatoris monasterium
cui, Deo auctore, presides, quod videlicet ab Everhardo, quondam
comite, apud villam Scaphusam sub honore omnium sanctorum edifi-
catum et beato Petro in jus perpetuum oblatum est, ad exemplar predecessorum nostrorum sancte memorie Gregorii septimi et Urbani secundi, pontificum Romanorum, apostolice sedis privilegio muniremus.
Per presentis igitur privilegii paginam apostolica auctoritate statuimus
ut quecumque possessiones, quecumque bona eidem monasterio vel a
predicto Everhardo sive Burchardo comitibus vel aliis fidelibus de suo
jure oblata sunt aut in futurum, Domino largiente, offerri vel quibuslibet justis modis acquiri contigerit, firma tibi tuisque successoribus
et illibata permaneant. Nulli ergo omnino hominum liceat prefatum
cenobium temere perturbare vel ejus possessiones seu res ceteras auferre, ablatas retinere, minuere vel temerariis vexationibus fatigare,
sed omnia integra conserventur, eorum pro quorum sustentatione ac
gubernatione concessa sunt, usibus omnimodis profutura. Obeunte te,
nunc ejus loci abbate, vel tuorum quolibet successorum, nullus ibi
qualibet surreptionis astutia seu violentia preponatur, nisi quem fratres communi consensu vel fratrum pars consilii sanioris secundum
beati Benedicti regulam elegerint. Chrisma, oleum sanctum, consecrationes altarium seu basilicarum, ordinationes clericorum et cetera
ad episcopale officium pertinentia ab episcopo Constantiensi, in cujus
estis diocesi, accipietis, si tamen catholicus est et gratiam et communionem apostolice sedis habuerit et si ea gratis ac sine pravitate
voluerit exhibere. Alioquin liceat vobis catholicum quem malueritis
adire antistitem, et ab eo consecrationum sacramenta suscipere. Sepulturam quoque ipsius monasterii liberam omnino esse decernimus,
ut eorum qui illic sepeliri deliberaverint, devotioni et extreme voluntati, nisi forte excommunicati sint, nullus obsistat. Sane cellas Beate
Agnetis in Scaphusa et Beate Marie in Guachinhusin occasione qualibet a monasterii vestri proprietate per te vel successores tuos vel
per quemlibet alium subtrahi vel alienari et earum bona temere aut

violenter auferri vel imminui penitus prohibemus, et si qua forte
ablata sunt, sub divini obtestatione judicii reddi precipimus. Mansuro
preterea in perpetuum decreto sancimus, ut nulli omnino viventium
liceat in vestro monasterio aliquas proprietatis condiciones, non hereditarii juris, non advocatię, non investiture, neque cujuslibet potestatis quę libertati et quieti fratrum noceat, vendicare, sed abbas
cum fratribus advocatum sibi, quem perspexerit utiliorem, instituat
et, si oportuerit, amoto eo, alium iterum providebit. Laicos seu clericos seculariter viventes ad conversionem suscipere nullius episcopi
vel prepositi contradictio vos inhibeat. Porro decimas quę a laicis
detinentur, pertinentes ęcclesiis quas habetis vel habebitis, si eas recuperare, annuente Domino, potueritis, vestris perpetuo usibus man-
cipandas absque omni episcoporum contradictione censemus, salva
episcopali reverentia. Illud etiam capitulo presenti subjungimus ut
nulli episcoporum facultas sit, sine Romani pontificis licentia, loca
vestra vel monachos interdictioni vel excommunicationi subicere. Ad
indicium autem perceptę a Romana Æcclesia libertatis auri unciam
quotannis Lateranensi palatio persolvetis. Si qua igitur deinceps ęcclesiastica secularisve persona hujus privilegii paginam sciens contra
eam temere venire templaverit, secundo terciove commonita, si non
satisfactione congrua emendaverit, potestatis honorisque sui dignitate
careat reamque se divino judicio existere de perpetrata iniquitate cognoscat et a sacratissimo corpore et sanguine Dei ac Domini Redemptoris nostri Jesu Christi aliena fiat et in extremo examine districtę
ultioni subjaceat. Cunctis autem eidem loco justa servantibus sit pax
Domini nostri Jesu Christi, quatenus et hic fructum bonę actionis
percipiant et apud districtum judicem premia ęternę pacis inveniant.
Amen. Amen. Amen.

(R.) Ego Calixtus, catholicę Ecclesie episcopus, ss. (M.)

Datum Cluniaci per manum Grisogoni, sanctę Romanę Ecclesię
diaconi cardinalis ac bibliothecarii, iii nonas januarii, indictione xiii,
incarnationis Dominicę anno m c xx, pontificatus autem domni Calixti
secundi papę anno primo.

(Lacs de soie rouge; la bulle existe.)

125

3 janvier 1120.

Permission à Hugues, évêque d'Auxerre, d'établir des chanoines réguliers et des moines dans les églises où il y a des clercs séculiers et d'accorder à des chanoines réguliers ou à des religieux certaines églises que des laïques détenaient injustement.

Ms. *Copie dans un acte de 1123 aux Archives départementales de l'Yonne, à Auxerre, série H, 1043.
Éd. Rec. des hist. des Gaules et de la France, XV, 232. — *Gallia christiana,* instr. 108. — Lebeuf, *Mémoires ecclésiastiques,* éd. Challe et Quantin, IV, pr., 23. — Quantin, *Cartulaire de l'Yonne,* I, 251. — Migne, n° 64, col. 1152.
Cat. Robert, n° 89. — Jaffé-Loewenfeld, n° 6803 (4975).

Calixtus episcopus, servus servorum Dei, venerabili fratri Hugoni, Antisiodorensi episcopo, salutem et apostolicam benedictionem. Religiosis fratrum nostrorum desideriis non solum favere, sed ad ea ipsorum debemus animos incitare. Desideras siquidem, frater karissime, ut quedam episcopatus tui ecclesie ad honorem Dei per ejus gratiam regulariter ordinentur. Nos itaque bone voluntati tue paterno congratulantes affectu, tibi licentiam indulgemus in commissis tibi ecclesiis, in quibus videlicet clerici seculares sunt, canonicos regulares vel monachos religiosos de ecclesiis parrochie tue ordinandi. Preterea magnam de tua religione fidutiam obtinentes, liberam tibi, dictante justitia, concedimus facultatem conferendi ecclesiis regularium fratrum, canonicorum sive monachorum in tua parrochia existentium ecclesias quasdam, quas injuste laici consueverant obtinere. Ad hec fraternitati tue canonicam majoris ecclesie ordinationem ac dispositionem, nec non et ceterarum episcopatus tui ecclesiarum auctoritate sedis apostolice confirmamus, ut videlicet tam ecclesie quam monasterio debitam tibi tanquam patri et magistro reverentiam prorsus exibeant, sicut etiam tuis catholicis predecessoribus exibuisse noscuntur. Si quis autem adversus hec audaci temeritate proruperit, donec satisfecerit, ecclesiastice subjaceat ultioni.

Data Cluniaci, iii nonas januarii, indictione xiii.

126

5 janvier 1120.

Confirmation des biens et des privilèges de l'abbaye de Cheminon qui avait été rendue au Saint-Siège par Guillaume, évêque de Châlons-sur-Marne; imposition aux moines d'un cens annuel de dix sous, monnaie châlonnaise.

Mss. *Cartulaire de Cheminon*, du XIIᵉ siècle, aux Archives départementales de la Marne, à Châlons-sur-Marne, fol. 21 vᵒ. — Collection Baluze, nᵒ 269, fol. 118. — Collection de Champagne, nᵒ 14, fol. 33.
Éd. Gallia christiana, X, instr. 162. — *Rec. des hist. des Gaules et de la France*, XV, 233. — De Barthélemy, *Recueil des chartes de l'abbaye de Notre-Dame de Cheminon*, p. 47. — Migne, nᵒ 65, col. 1152.
Cat. Robert, nᵒ 90. — Jaffé-Loewenfeld, nᵒ 6804 (4976).

CALIXTUS episcopus, servus servorum Dei, ALARDO abbati et ejus fratribus in ecclesia Beati Nicholai regularem vitam professis, tam presentibus quam futuris, in perpetuum. Locum vestrum et Beati Nicholai ecclesiam in silva Luviz confrater noster bone memorie Richardus, Albanensis episcopus, tunc apostolice sedis in partibus illis vicarius, ab edificationis exordio, sicut ex scripto ejus comperimus, in apostolice sedis possessionem jusque suscepit, ecclesiam et atrium benedixit et ab omnium episcoporum jure emancipavit : quod et domnus predecessor noster sancte memorie PASCHALIS papa decreti sui auctoritate firmavit. Cum autem nos in Galliarum partibus pro Ecclesie servicio moraremur, coram nobis et fratribus nostris apud Belvacum a te querimonia facta est, pro eo quod frater noster Guillelmus, Cathalaunensis episcopus, locum ipsum in ejus parrochia constitutum vehementius infestaret. Unde fratres nostri, qui nobiscum aderant, eundem episcopum caritate debita convenerunt ut aut ab infestatione illa desisteret, aut si se in causa hac pregravatum crederet, plenariam a nobis justiciam accepturus, quiete atque pacifice gravamen suum exponeret. Tunc ille, tanquam vir religiosus et sapiens, accepto fratrum suorum qui secum erant consilio, ad honorem Dei et apostolice sedis reverentiam, si quid minus in predicti loci et ecclesie oblatione fuerat se completurum episcopali benignitate respondit. In nostra ergo et fratrum nostrorum Cononis Prenestini, Lamberti Hostiensis, Leodegarii Vivariensis, Clarembaldi Silvanectensis et Petri Belvacensis episcoporum, et cardinalium Bosonis Sancte Anastasie et Johannis Sancti Grisogoni presbiterorum; Petri Sanctorum Cosme et Damiani; Gregorii Sancti Angeli; Grisogoni Sancti Nicholay, et Romani Saucte Marie in Porticu diaconorum, presentia idem venerabilis frater Guillelmus, Cathalaunensis episcopus, sepedictum locum et ecclesiam Sancti Nicholai in silva Luviz, in jus proprium et omnimodam libertatem beato Petro et ejus Ecclesie Romane concessit, et in manu nostra omnem deinceps calumniam inde refutavit. Nos vero ejus dulcedinem ac benivolentiam attendentes, tam ipsi quam ipsius catholicis successoribus, clericorum ad sacros ordines promotiones, chrismatis et olei dationem, si gratis ac sine pravitate voluerint exhibere, concessimus : alioquin liceat vobis catholicum quem malueritis adire antistitem et ab eo eadem sacramenta suscipere. Sane de presbitero qui populum regere debebit, statuimus ut a canonicis electus episcopo presentetur, et ab eo curam animarum suscipiat eique inde rationem reddat et vocatus ad sinodum ejus vadat. Universa igitur, prout superius distincta sunt, nos auctoritate sedis apostolice confirmamus et illibata futuris temporibus conservari sancimus. Preterea predicti domni nostri PASCHALIS pape vestigia subsequentes, vite canonice ordinem quem secundum beati Augustini regulam professi estis, cooperante Domino, roboramus et ne cui post professionem exhibitam proprium quid habere neve sine abbatis vel congregationis[*] licentia claustri cohabitationem deserere liceat, interdicimus. Obeunte te, nunc ipsius loci abbate, vel tuorum quolibet successorum, nullus ibi qualibet subreptionis astucia seu violentia preponatur, nisi quem fratres communi consensu vel fratrum pars consilii sanioris secundum Dei timorem providerint regulariter eligendum; electus a Romano pontifice confirmetur. Sepulturam quoque ipsius loci liberam esse censemus, ut eorum qui illic sepeliri deliberaverint devotioni et extreme voluntati, nisi forte excommunicati sint, nullus obsistat. Porro terra circa ecclesie vestre ambitum sita, sicut in scripto Hugonis comitis continetur, tota usque ad Cotem, Calcis Furnum, vallem Rainaldi, campum Durfosson, viam Barrensem Sancti Verani super aqua Chimeron, styrpam Fulchradi, extremum rivulum Braidis, francvadum quod est in aqua Brosson et ultra sedem Hilduini, quantum est jactus baliste, et

[*] Vel congregationis a été ajouté après coup.

totam terram Culmontis cum aqua et lignis seu ceteris usibus, sic in
vestro semper jure ac successorum vestrorum quieta et libera conservetur, ut nulli liceat hominum preter vestram illic voluntatem operis
aliquid exercere, nec episcopis vel quibuslibet ecclesiarum ministris
facultas sit de ipsius terre frugibus, que domus vestre laboribus coli-
tur, decimas aut terragium exigere vel molestias irrogare : villam etiam
adjacentem in ea que a predicto comite concessa et scripto firmata est
libertate permanere decernimus. Ad hec universa predia et bona que
vel in presentiarum legitime possidetis vel in futurum concessione pontificum, liberalitate principum vel oblatione fidelium juste atque canonice poteritis adipisci, firma vobis vestrisque successoribus et illibata
permaneant; in quibus ecclesiam Sancte Ocildis cum omnibus ad eam
pertinentibus proprio duximus nomine annotandam. Nulli ergo omnino
hominum liceat sepedictam ecclesiam temere perturbare aut ejus possessiones auferre vel ablatas retinere, minuere vel temerariis vexationibus
fatigare, sed omnia conserventur integra, eorum pro quorum sustentatione et gubernatione concessa sunt, usibus omnimodis profutura.
Ad indicium autem juris ac possessionis Romane Ecclesie, nec non et
libertatis vestre, x Cathaulaunensis monete solidos quotannis Lateranensi palatio persolvetis. Si qua igitur in futurum ecclesiastica secularisve persona hanc nostre constitucionis paginam sciens contra eam
temere venire temptaverit, secundo terciove commonita, si non satisfactione congrua emendaverit, potestatis honorisque sui dignitate careat
reamque se divino judicio existere de perpetrata iniquitate cognoscat
et a sacratissimo corpore ac sanguine Dei et Domini Redemptoris
nostri Jesu Christi aliena fiat atque in extremo examine districte ultioni
subjaceat. Cunctis autem eidem ecclesie justa servantibus sit pax Domini nostri Jesu Christi, quatinus et hic fructum bone actionis percipiant et apud districtum judicem premia eterne pacis inveniant.
Amen. Amen. Amen.

Ego Calixtus, catholice Ecclesie episcopus, ss.

† Ego Lambertus, episcopus Hostiensis, interfui et ss.

† Ego Petrus, diaconus cardinalis Sanctorum Cosme et Damiani,
interfui et ss.

† Ego Gregorius, diaconus cardinalis Sancti Angeli, interfui et ss.

† Ego Romanus, diaconus cardinalis Sancte Marie in Porticu, interfui et ss.

. Data Cluniaci per manum Grisogoni, sancte Romane Ecclesię diaconi cardinalis ac bibliothecarii, nonis januarii, indictione xiii, incarnationis Dominice anno m°.c°.xx, pontificatus autem domni Calixti secundi pape anno primo.

127

12 janvier 1120.

Confirmation des possessions et des privilèges de l'abbaye de Vézelay, qui est placée sous la protection du Saint-Siège, moyennant le payement annuel d'une livre d'argent.

Ms. *Epist. Roman. pontif.*, ms. lat. 16991, fol. 190.
Éd. Robert, app., p. xlvi.
Cat. Robert, n° 91. — Jaffé-Loewenfeld, n° 6805 (4977).

.. Calixtus episcopus, servus servorum Dei, dilecto filio Rainaldo, Vizeliacensis monasterii abbati, ejusque successoribus regulariter substituendis, in perpetuum. Cum universis Ecclesiæ filiis debitores ex commisso nobis officio existamus, illis tamen locis, quæ specialius ad jus Romanæ pertinere videntur Ecclesiæ, propensiori nos convenit studio imminere. Proinde domni ac prædecessoris nostri sanctæ memoriæ Paschalis papæ vestigia subsequentes, Beatæ Mariæ Magdalenæ Vizeliacense monasterium cui, Deo authore, præsides, quod ejus videlicet ab ejus fundatore, nobilis memoriæ Geraldo comite, et uxore ejus Berta, beato Petro oblatum est, protectione sedis apostolicæ communimus. Statuimus enim ut, obeunte te, nunc ejusdem loci abbate, vel tuorum quolibet successorum, nullus ibi qualibet surreptionis astutia seu violentia proponatur, nisi[a] quem fratres communi consensu vel fratrum pars consilii sanioris, Cluniacensium abbatum præcepto, quibus a sede apostolica locus idem commissus est, regulariter elegerint, a Romano pontifice vel a quolibet catholico episcopo, eorumdem abbatum consilio consecrandum. Sane consecrationem monasterii vestri et ecclesiarum quæ sunt in circumadjacenti villa, chrisma, oleum sanctum, ordinationes monachorum et clericorum, et cætera

. [a] *In*, ms.

ecclesiastica sacramenta vobis a quo malueritis episcopo suscipienda concedimus, qui apostolica fultus authoritate quod postulatur indulgeat. Ecclesiæ vero ejusdem monasterii per diversas provincias constitutæ et earum altaria ab episcopis, in quorum diocesi sunt, consecrentur, cimeteria benedicantur, sacerdotes et clerici ordinentur, chrisma et oleum suscipiatur, siquidem gratiam et communionem apostolicæ sedis habuerint, et si ea gratis ac sine pravitate voluerint exhibere. Alioquin pro eorum susceptione catholicum quem malueritis episcopum adeatis, qui similiter fultus apostolica auctoritate quod postulatur indulgeat. Porro diocesano episcopo in monasterio vestro, nisi forte ab abbate fuerit invitatus, nec stationes agere, nec missas liceat publicas celebrare, neque ullam in eodem cœnobio et circumadjacenti villa dominationem vel interdicendi habeat potestatem. Mansuro præterea in perpetuum decreto prohibemus ne abbatem vel monachos persona quælibet sæcularis ad curiam suam judicandos vel in causam ducendos vocet. Nec abbas vel monachi aut eorum homines ab ecclesia cui serviunt judicandi pro coacti susceptione judicii curias principum adeant aliquorum, neque per alicujus principis potestatem abbas cum hominibus Vizeliacensis ecclesiæ, si qua inter eos quærela emerserit, in causam intret, nec aliquis eos adversus abbatem defendere audeat vel tueri. Reus autem qui repertus in loco eodem fuerit, a nemine judicetur vel puniatur, nisi ab illis quibus id officii ab Ecclesia est indultum. Nec burgenses vel homines Vizeliacensis ecclesiæ, præter abbatem et monachos, quisquam principum ad suam curiam judicandos, distringendos puniendosve ire compellat. Nulla etiam omnino persona potestati mansionaticos in monasterio exigat, aut servis aut ancillis monasterii calumniam inferre vel ex eis portionem præsumat exigere. Ad hæc, fratrum quieti paterna sollicitudine providentes, sæpedicto monasterio authoritate apostolica confirmamus quæcumque prædictorum fundatorum seu quorumcumque fidelium collatione aut aliis justis modis cognoscitur possidere, et quæcumque in futurum, largiente Deo, juste atque canonice poterit adipisci. In quibus hæc propriis visa sunt nominibus annotanda : in episcopatu scilicet Eduensi, villa quæ dicitur Prissiacus cum ecclesia et decimis; Givriacus villa cum ecclesia et decimis; villæ quæ dicitur Vultumnacus, medietas cum omnibus ad eam pertinentibus; ecclesia de Saisiaco cum decimis; salvamentum villæ quæ dicitur Brecia, cum

justitia et districtione et integritate villæ; salvamentum villæ quæ dicitur Dormitiacus; ecclesia Sancti Andochii cum decimis; paratæ et
xenia quatuor ecclesiarum Sancti Petri, Sancti Christophori, Sancti
Leodegarii, Sancti Germani de Fontaneto; Frisia cum pertinentiis suis;
portagium Vizeliacensis. In Nivernensi, ecclesia Droiensis castri, ecclesia de Sarziaco cum decimis, terris et sylvis ibi acquisitis, ecclesia
de Viglianno cum cimiterio et villa adjacenti. In Bituricensi, ecclesia
de Capella Hugonis : in Cenomannensi, villa quæ dicitur Osiacus,
cum ecclesia et decimis; ecclesia quæ dicitur Osserens, cum omnibus
quæ a vobis in pago eodem acquisita sunt. In Pictavensi, ecclesia de
Burgunnio cum omnibus ad eam pertinentibus, tam infra Auribellum
castrum quam extra. In Autissiodorensi, Bassiacus villa cum ecclesia
et pertinentiis suis; ecclesia de Malliaco villa et Malliaco castro; fons
piscatorius de Arseo cum pertinentiis suis. In Senonensi, villa quæ
dicitur Campania, cum ecclesia et decimis; ecclesia de Campo Sevrais,
molendinum de Sed. In Belvacensi, ecclesiæ Bublis castri, quæ a
Romanis pontificibus domnis URBANO et PASCHALI Vizeliacensi ecclesiæ
scriptorum munimine confirmatæ sunt. In civitate Nivernensi, domus
cum capella Sancti Nicolai. Decernimus ergo ut nulli omnino hominum liceat idem cenobium temere perturbare aut ejus possessiones
auferre vel ablatas retinere, minuere vel temerariis vexationibus fatigare, sed omnia integra conserventur, eorum pro quorum sustentatione et gubernatione concessa sunt, usibus omnimodis profutura.
Illud quoque domni prædecessoris nostri sanctæ memoriæ URBANI papæ
capitulum in Arvernensi concilio editum confirmamus, ut videlicet
ecclesiarum seu capellarum vestrarum sacerdotes de plebis quidem
cura episcopis rationem reddant, abbati vero pro rebus temporalibus
ad monasterium pertinentibus debitam subjectionem exhibeant, et sic
sua cuique jura serventur. Ad indicium autem tam juris et ditionis
Romanæ Ecclesiæ quam libertatis vestræ, libram unam argenti quotannis Lateranensi palatio persolvetis. Si qua igitur in futurum ecclesiastica sæcularisve persona hanc nostræ constitutionis paginam sciens
contra eam temere venire tentaverit, secundo tertiove commonita, si
non satisfactione congrua emendaverit, potestatis honorisque sui dignitate careat reamque se divino judicio existere de perpetrata iniquitate
cognoscat et a sacratissimo corpore et sanguine Dei et Domini Redemptoris nostri Jesu Christi aliena fiat atque in extremo examine districtæ

ultioni subjaceat. Cunctis autem eidem loco justa servantibus sit pax
Domini nostri Jesu Christi, quatenus et hic fructum bonæ actionis
percipiant et apud districtum judicem præmia æternæ pacis inveniant.
Amen. Amen. Amen.

Ego Calixtus, catholicæ Ecclesiæ episcopus, ss.

Datum Trenorcii per manum Grisogoni, sanctæ Romanæ Ecclesiæ
diaconi cardinalis ac bibliothecarii, secundo idus januarii, indictione
decima tertia, incarnationis Dominicæ anno m c xx, pontificatus autem
domni Calixti secundi papæ anno primo.

128

1 4 janvier 1 1 2 0.

Calixte informe Bérard, évêque de Mâcon, et Gauthier, évêque de Chalon-sur-
Saône, qu'il a consacré l'église et béni le cimetière de Tournus.

Mss. *Epist. Roman. pontif.*, ms. lat. 16996, fol. 366 v°. — Collection Decamps, à la Bibliothèque
nationale, n° 13, fol. 202.
Éd. Chifflet, *Histoire de l'abbaye royale et de la ville de Tournus*, pr., p. 406. — Juenin, *Nouvelle*
histoire de l'abbaie royale de Saint-Filibert et de la ville de Tournus, pr., p. 148. — *Rec. des*
hist. des Gaules et de la France, XV, 233. — Mansi, *Concil.*, XXI, 205. — Migne, n° 67,
col. 1155.
Cat. Robert, n° 92. — Jaffé-Loewenfeld, n° 6806 (4978).

Calixtus episcopus, servus servorum Dei, venerabilibus B., Matisconensi et G., Cabilonensi episcopis, salutem et apostolicam benedictionem. Dilectioni vestræ notum fieri volumus quia nos nuper Trenortium venientes, abbatis et fratrum ejusdem loci petitionibus altaria
consecravimus, cimiterium benediximus ibique aquam benedictam
fundentes, terminos circumquaque poni præcepimus. Infra quos videlicet terminos, sicut per cruces juxta terræ consuetudinem distinctæ
sunt, captiones, deprædationes, assultus vel aliquid hujusmodi fieri et
prohibuimus et penitus prohibemus. Si quis igitur huic nostræ constitutioni contraire audaci temeritate præsumpserit, a divinis officiis,
donec satisfecerit, suspendatur. Quicumque vero observator extiterit,
omnipotentis Dei et apostolorum ejus benedictionem et gratiam consequatur.

Datum Matiscone, xix kal. februarii. indictione xiii.

129

14 janvier 1120.

Ordre aux chanoines de Mâcon d'excommunier ceux qui avaient dévasté
l'église de Montgouin.

Mss. Copie du *Cartulaire de Saint-Vincent de Mâcon*, aux Archives départementales de Saône-et-
Loire, à Mâcon. — *Id.*, ms. lat. 17086, p. 189. — *Epist. Rom. pontif.*, ms. lat. 16996,
fol. 376.
Éd. Severtius, *Chronologia historica successionis hierarchiæ archiantistitum Lugdunensis archiepisco-*
patus, II, 127. — *Rec. des hist. des Gaules et de la France*, XV, 234. — Mansi, *Concil.*, XXI,
214. — *Ragut, Cartulaire de Saint-Vincent de Mâcon*, p. 349. — Migne, n° 93, col. 1155.
Cat. Robert, n° 93. — Jaffé-Loewenfeld, n° 6807 (4979).

CALIXTUS episcopus, servus servorum Dei, dilectis filiis Matisconen-
sis ecclesie canonicis, salutem et apostolicam benedictionem. Villam
de Monte Gudino ad vestram ecclesiam pertinere et per presentes vestri ministerium dispensari audivimus. Ceterum milites quidam locum
illum occasione deprædantur, quos autoritate litterarum præsentium
commonemus ut a devastatione illa et inquietatione desistant. Quodsi
contemptores extiterint et ipsi et fautores eorum tamdiu ab ecclesiarum liminibus sequestrentur et in terris eorum divina officia interdicantur, preter infantium baptisma et morientium penitencias, donec
aut Lugdunensis archiepiscopi, de cujus parrochia idem locus est, aut
vestri episcopi judicio satisfaciant.
Data XIX kalendas februarii.

130

14 janvier 1120.

Calixte annonce à Adalbert, abbé de Schaffouse, qu'il a pris son monastère
sous sa protection.

Ms. *Ms. 55 de la Ministerial Bibliothek de Schaffouse, du XII° siècle, fol. 184.
Éd. Neugart, *Cod. dipl. Alem.*, II, 46. — *Quellen zur Schweizer Geschichte*, III, 1, 88. — Meyer,
Thurgauisches Urkundenbuch, p. 37. — Migne, n° 69, col. 1156.
Cat. Robert, n° 94. — Jaffé-Loewenfeld, n° 6808 (4980).

CALIXTUS episcopus, servus servorum Dei, dilectis filiis A[DELBERTO],

Scafhusensi abbati, et ejus fratribus, salutem et apostolicam benedictionem. Suggerentibus nobis venerabili fratre nostro B[runone], Treverensi archiepiscopo, et Hu[gone] scholastico, ęcclesiam vestram et
bona ejus in beati Petri tutelam et protectionem suscipientes, scriptorum nostrorum munimine roboravimus et venerabili fratri nostro
O[dalrico], Constantiensi episcopo, super ea quę inter eum et vos
agitur querimonia, literas misimus. Idcirco nobis minus competens
visum est vestrę iterum ęcclesię per fratrem vestrum M. privilegium
destinare aut alias de eadem querimonia literas replicare. Illud autem
omnino petimus et rogamus ut pro nobis et pro catholicę Ecclesię
unitate orationes ad Deum assiduas effundatis et in illa, quę Christus
est, unitate attentius maneatis. Rogamus etiam, sicut aliis jam literis
rogavimus, ut nobis unum ex vestris fratribus dirigatis, qui et teuto-
nicam linguam noverit et latinam.

Data Matiscone, xviii kalendas februarii.

131

23 janvier 1120.

*Confirmation de la donation de l'église de Beaulieu et ses dépendances
à l'abbaye de Fontevraud.*

Ms. *Fragmenta historiæ Aquitanicæ, ms. lat. 12765, fol. 231.
Éd. De la Mure, Histoire ecclésiastique de Lyon, pr., p. 301. — Migne, n° 70, col. 1156.
Cat. Robert, n° 95. — Jaffé-Loewenfeld, n° 6809 (4981).

CALIXTUS episcopus, servus servorum Dei, dilectæ filiæ PETRONILLÆ,
abbatissæ monasterii Sanctæ Mariæ de Fonte Ebraudi, et ejus sororibus, salutem et apostolicam benedictionem. Quæ divini amoris intuitu a quibuscumque fidelibus de suo jure Dei ecclesiis offeruntur
inconvulsa debent illibataque servari. Siquidem carissimus filius noster, Lugdunensis ecclesiæ archidiaconus Throbardus[a] et camerarius
Chotardus, Pontius canonicus, nec non et viri nobiles Bonus par, cum
uxore sua Tubella[b] ac filiis, et Dalmacius[c], cum filiis suis Dalmacio
et Pontio, divina gratia inspirante, prædium suum qui antiquitus

---

[a] *Theotardus*, éd. — [b] *Tubelle*, éd. — [c] *Dalmaticus*, éd.

Mons Chotardi, nunc vero Pulcher locus appellatur, vestro monasterio contulerunt. [Volumus præterea et præcipimus quod dona quæ fecit Gandemarrus Carpinellus, annuente uxore, et Joanne fratre suo, pro remedio animarum suarum in provincia vocata de Fores integra in posterum remaneant et inconcussa[a]]. Quod nimirum donum venerabilis frater noster Humbaldus, Lugdunensis archiepiscopus, cum prædicto archidiacono nostra petiit authoritate firmari. Nos ergo eorum petitionibus annuentes prædicti prædii donationem cum ecclesia quæ in eo constructa est et cætera quæ a supradictis personis seu a quibuslibet aliis[b] de jure suo ei collata sunt aut in futurum, largiente Domino, conferri contigerit, præsentis scripti pagina vestro monasterio confirmamus. Nulli ergo omnino hominum liceat[c] supradictum locum et ea[d] quæ ad ipsum[e] pertinent a vestri cœnobii unitate ac subjectione subtrahere, possessiones ejus auferre vel ablatas retinere aut minuere, sed omnia integra conserventur, ancillarum Dei et pauperum usibus profutura.

Ego Calixtus, catholicæ Ecclesiæ episcopus confirmavi[f].

Datum Lugduni per manum Crysogoni, sanctæ Romanæ Ecclesiæ diaconi cardinalis ac bibliothecarii, x kalendas februarii, anno Dominicæ incarnationis mcxx, pontificatus autem domni Calixti pape II anno 1°.

132

3 février 1120.

Calixte mande à Atton, archevêque d'Arles, de faire mettre un terme aux dommages causés à la ville de Saint-Gilles par Guillaume Porcellet, Raynouard de Meynes et Guillaume, son frère, et ce sous peine d'excommunication.

Ms. *Bullaire de Saint-Gilles, ms. lat. 11018, fol. 42 v°.
Éd. Robert, app., p. L. — Goiffon, Bullaire de l'abbaye de Saint-Gilles, p. 59.
Cat. Robert, n° 96. — Jaffé-Loewenfeld, n° 6810.

CALIXTUS episcopus, servus servorum Dei, venerabili fratri ATONI,

---

[a] Ce qui est entre crochets n'est pas dans le ms. — [b] *Viris*, éd. — [c] *Facultas sit*, éd. — [d] *Ea* omis dans éd. — [e] *Eum*, éd. — [f] *Confirmavi* ajouté par éd.

Arelatensi archiepiscopo, salutem et apostolicam benedictionem. Fraternitatem tuam ignorare non credimus nos circa villam Sancti Egydii terminos, a nostris predecessoribus constitutos, nostra presentia confirmasse et in eorum violatores, tamquam in sacrilegos, ecclesiasticam sententiam dictavisse. Ceterum, sicut accepimus, parrochiani tui Guillelmus Porcellet, Rainoardus de Medenas et Guillelmus, frater ejus, contra statutum sedis apostolice, villam ipsam, transgressis terminis, depredati sunt. Unde fraternitati tue precipimus ut eos ad satisfactionem usque ad medium proxime quadragesime convenire et paterna studeas sollicitudine commonere. Quodsi contemptores extiterint, nos ex tunc et illos ab ecclesiarum omnium introitu sequestramus et in terris eorum divina omnia officia interdicimus, preter infantium baptisma et morientium penitentias.

Data Vienne, iii nonas februarii.

133

5 février 1120.

Félicitation à Marbode, évêque de Rennes, d'avoir exécuté la sentence d'excommunication lancée contre les religieux et l'abbé de Saint-Melaine.

Mss. *Copie de la fin du xii* ou du commencement du xiii* siècle, ms. 719 de la Bibliothèque d'Angers, fol. 137. — Collection Baluze, n° 39, fol. 74.
Ed. Baluze, *Miscellanea*, III, 14. — *Rec. des hist. des Gaules et de la France*, XV, 234. — Migne, n° 71, col. 1157.
Cat. Robert, n° 97. — Jaffé-Loewenfeld, n° 6811 (4982).

CALIXTUS episcopus, servus servorum Dei, venerabili fratri M[ARBODO], Redonensi episcopo, salutem et apostolicam benedictionem. Prudentie tue gratias agimus quod datam super abbatem Sancti Melanii et monachos pro contumatia sua excommunicacionis sentenciam firmiter hactenus observasti. Rogamus autem et precipimus ut et deinceps id ipsum facias, donec, canonicis secundum mandatum nostrum plenarie revestitis, abbas ipse cum monachis et cum canonicorum testificatione ad nos veniat et de contemtu nostro Ecclesie judicio satisfaciat.

Data Vienne, nonis februarii.

134

7 février 1120.

Confirmation des possessions de l'abbaye de Bonnevaux, qui est placée sous la protection du Saint-Siège.

Éd. *L'abbé U. Chevalier, Cartulaire de l'abbaye de Bonnevaux,* p. 2. — Manrique, *Annal. Cisterc.,* I, 94. — Migne, n° 72, col. 1157.
Cat. Robert, n° 98. — Jaffé-Loewenfeld, n° 6812 (4983).

CALIXTUS episcopus, servus servorum Dei, dilectis filiis JOHANNI, abbati [monasterii Sanctæ Mariæ] de Bona valle, [et ejus fratribus, tam præsentibus quam futuris, in perpetuum. Etsi nos universis Ecclesiæ filiis debitores ex apostolicæ sedis benevolentia existimamus, vobis tamen propensiori convenit charitatis studio providere. In Viennensis siquidem ecclesiæ adhuc regimine positi, sapientium ac religiosorum virorum consilio, locum vestrum elegimus et vos assensu charissimi filii nostri Stephani, Cisterciensis abbatis, de ipso venerabili ac religioso Cisterciensi monasterio assumptos in eo statuimus, ut ibi deinceps religionis monasticæ disciplina, protegente Domino, conservetur. Vestris igitur, filii in Christo charissimi, petitionibus annuentes, vos et prædictum] locum vestrum sub apostolicæ sedis tutela excipimus [et vestra omnia beati Petri patrocinio communimus. Confirmamus enim...
usuarium... in silvis Sibonis, militis de Bello visu... ex dono ipsius Sibonis et uxoris sue ac filiorum; ex dono Garini de Pineto et uxoris sue ac filiorum...; ex dono jamdicti Sibonis militis, uxoris et filiorum ejus, et Rostandi Ervuini et Brunonis consanguineorum..., usque ad terram Letaldi Peregrini, Guillelmi de Castellione et Silvionis, filii Berengarii..., et usque ad terram Sibonis Lunelli... et mulieris ejus Sore; ex dono Rostandi Crocelani et omnium fratrum ejus...; ex dono Letardi Peregrini et uxoris et filiorum ejus...; ex dono Rostandi de Colunces, uxoris et filiorum ejus; ex dono Silvionis, filii Berengarii, uxoris ejus et filiorum...; ex dono Melioris et fratris ejus Genisii, nec non ex matris eorum Adele...; ex dono Jarentonis de Clavaisone et uxoris ac filiorum ejus...; ex dono Guillelmi Hugonis et fratrum ejus Ademari, Lamberti..., de proprio censu castri quod vocatur Montilium. [Decernimus itaque ut nemini liceat vos et

vestrum monasterium temere perturbare aut possessiones ejus auferre
vel ablatas retinere, minuere vel temerariis vexationibus fatigare, sed
omnia integra et illibata conserventur, eorum pro quorum sustentatione ac gubernatione concessa sunt, usibus omnimodis profutura. Si
qua igitur in futurum ecclesiastica sæcularisve persona hanc nostræ
constitutionis paginam sciens contra eam temere venire tentaverit,
secundo tertiove commonita, si non congrua satisfactione emendaverit,
potestatis honorisque sui dignitate careat reamque se divino judicio
existere de perpetrata iniquitate cognoscat et a sacratissimo corpore
ac sanguine Dei et Domini Redemptoris nostri Jesu Christi aliena fiat
atque in extremo examine districtæ ultioni subjaceat. Cunctis autem
eidem loco justa servantibus sit pax Domini Jesu Christi, quatenus
et hic fructum bonæ actionis percipiant et apud districtum judicem
præmia æternæ pacis inveniant. Amen.

Ego Calixtus, Ecclesiæ catholicæ episcopus.]

Data Vienuæ per manum Grisogoni, sanctæ Romanæ Ecclesiæ diaco-
coni cardinalis ac bibliothecarii, vii idus februarii, indictione xiii, incarnationis Dominicæ anno m°.c°.xx°, pontificatus autem domni Calixti
secundi pape anno ii°.

135

1o février 1120.

*Invitation à Humbauld, archevêque de Lyon, de faire réprimer les dévastations
causées par Guichard de « Anton » et Guigues l'Enchaîné (« Incathenatus ») sur
le territoire de Montgouin.*

Mss. Copie du *Cartulaire de Saint-Vincent de Mâcon*, aux Archives départementales de Saône-et-
Loire, à Mâcon. — *Id.*, ms. lat. 17086, p. 189. — *Epist. Roman. pontif.*, ms. lat. 16996,
fol. 376 v°.
Ed. Severtius, *Chronologia historica....*, II, 127. — *Rec. des hist. des Gaules et de la France*, XV,
234. — Mansi, *Concil.*, XXI, 214. — *Ragut, Cartulaire de Saint-Vincent de Mâcon*, n° 583,
p. 350. — Migne, n° 73, col. 1158.
Cat. Robert, n° 99. — Jaffé-Loewenfeld, n° 6813 (4984).

Calixtus episcopus, servus servorum Dei, karissimo et venerabili
fratri Umbaldo, Lugdunensium archiepiscopo, salutem et apostolicam
benedictionem. Venerabilis fratris nostri B[erardi] episcopi et ecclesie

13.

Matiscensis ad nos querela pervenit, quod parrochiani tui, videlicet Wicardus de Anton et Guigo Incathenatus Matiscensi ecclesie in villa de Monte Gudini gravamen et injurias inferre non desinant, locum ipsum pravis exactibus affligentes. Unde fraternitati tue injungimus ut eos diligenter commoneas quatenus aut res ecclesie quietas liberasque dimittant aut in tua vel ipsius Matiscensis episcopi curia inde justitiam faciant. Quodsi contempserint, tu de eis tanquam de sacrilegis, plenam pro tui officii debito justiciam exequaris.

Data Vienne, iv idus februarii.

136

13 février 1120.

Confirmation des possessions et des privilèges de l'abbaye de Saint-Culgat, qui est placée sous la protection du Saint-Siège, et imposition d'une redevance annuelle d'un besant.

Éd. *Marca, Marca hispanica, col. 1253. — Migne, n° 74, col. 1159.
Cat. Robert, n° 100. — Jaffé-Loewenfeld, n° 6814 (4985).

CALIXTUS episcopus, servus servorum Dei, dilecto filio ROTLANDO, abbati venerabilis monasterii Sancti Cucuphatis, martyris Octavianensis, ejusque successoribus regulariter substituendis, in perpetuum. Religiosam vitam eligentibus apostolicum convenit adesse præsidium, ne forte cujuslibet temeritatis incursus aut eos a proposito revocet aut robur, quod absit, sacræ religionis infringat. Eapropter, dilecte in Domino fili ROTLANDE, tuis piis postulationibus clementer annuimus, et præfatum monasterium Sancti Cucuphatis martyris, quod ad jus et proprietatem beati Petri nullo medio pertinere dignoscitur, in quo divino mancipati estis obsequio, ad exemplar prædecessorum nostrorum SILVESTRI, JOHANNIS, BENEDICTI et URBANI papæ secundi, Romanorum pontificum, sub beati Petri et nostra protectione suscipimus et præsentis scripti privilegio communimus. Decernimus itaque ut monasterium præfatum, tam in capite quam in membris, et quascunque possessiones et quæcunque bona in præsenti possidet vel acquisiturum est, firma ei et integra sub jure et ditione beati Petri pleno jure per-

petuo conserventur, in primis statuentes ut ordo monasticus secundum
Deum et beati Benedicti regulam in eodem monasterio jugiter ob-
servetur; in quibus possessionibus et bonis hæc propriis nominibus
duximus exprimenda : locum ipsum in quo præfatum monasterium
situm est in villa ipsius cœnobii, et castrum Octovianum de Fruneto
vel de Aqua longa; item castro Ricarli vel de Cirtulo et de Sancto
Emeterio, vallem de Gausach et de Campiniano cum decimis et primitiis, aquis, terminis et montibus universis; alodia et possessiones de
Budigiis et de Aculione, sicut Oto abbas emit, et domum de Rivo
sicco cum possessionibus suis; alodia et possessiones cum aquis et
molendinis quæ sunt in castro de Rivo rubeo; monasterium Sanctæ
Cæciliæ de Monte Ferrato cum ecclesiis Sancti Felicis et Sancti Joannis de Vacarisses; monasterium Sancti Pauli extra muros Barcilonæ
cum alodio quod ibi obtulit Giribertus et uxor ejus; monasterium
Sancti Salvatoris de Breda cum podio de monte Sirtille; monasterium
Sancti Laurentii cum ecclesia Sancti Stephani in monte ejusdem et
cum ecclesia Sancti Stephani de Castella cum possessionibus dictorum
monasteriorum; ecclesiam Sancti Petri de Clarano, capellas Sancti
Petri et Sancti Severi integriter de Octaviano; ecclesiam Sancti Vincentii de Aqua alba cum ipsa dominicatura; ecclesias Sancti Stephani
et Sanctæ Mariæ Palatii de intra mœnia cum villare de Caberictibus
integriter et de villa Tort, et villam Sancti Stephani et Beatæ Mariæ
cum fabricis ejusdem et cum decimis et primitiis eisdem pertinentibus; capellam Sancti Genesii et Sanctæ Eulaliæ de Tapiolas cum
decimis et primitiis, et dominicaturam de Olzinellis cum decimo ejusdem et dominicaturam de valle Gregoria integriter; capellas Sancti
Cucuphatis de Rifano et Sancti Asiscli de Vilanzir et Sancti Martini et
Sancti Romani de monte Cathano, Sanctæ Margaritæ de Buada, cum
dominicaturis ipsarum; ecclesias Sancti Stephani de palatio Auzito,
Sancti Felicis de Castella, Sancti Sebastiani de Monte majori cum
ipso monte Sanctæ Mariæ de Toldello; Sancti Felicis de villa Mila-
nys cum dominicaturis ipsarum et cum decimis et primitiis; capel-
las Sanctæ Mariæ Fontis rubei cum alodio quod ibi obtulit Geraldus
Mironis; Sancti Ementerii, Sanctæ Mariæ de Gausach et Sancti
Laurentii de Fonte Calciato cum possessionibus ipsarum; ecclesias
Sanctæ Mariæ cum castro de Fels, Sanctæ Mariæ de Monasteriolo,
Sancti Petri de Masquefa cum castro de Sancta Cruce de Palatio,

Sanctæ Mariæ de Capellatiis, Sanctæ Mariæ de Aqua lata, Sanctæ Mariæ
de Clariana cùm castro et cum dominicaturis et cum decimis et pri-
mitiis pertinentibus dictarum ecclesiarum; capellas Sancti Silvestri de
Valzano, Sancti Cucuphatis de Moja, Sancti Cucuphatis de Garrigiis,
Sancti Benedicti de Spicellis, Sancti Stephani de Castelleto et Sancti
Petri de Vim cum dominicaturis, possessionibus et cum decimis et
primitiis ipsarum; ecclesias Sancti Juliani et Sanctæ Mariæ de Sancta
Oliva cum ipso castro, et Sancti Salvatoris; Sanctæ Mariæ de Cal-
derio cum ipso castro, cum stagnis et aquis, et Sancti Vincentii et
Bartholomæi de Albipryana cum ipso castro, cum terminis et possessionibus, decimis et primitiis ejusdem pertinentibus; ecclesias Sancti
Sepulcri et Sanctæ Mariæ de Amposta, et castrum de Ripa de Cas-
cayo cùm ecclesia, cum stagnis et aquis, villis, possessionibus universis, cum decimis et primitiis, cum Algena Dertosæ, ab aqua de
Uticona usque in extrema villa de Alcozer, sicut in instrumentis com-
missionum generalium continetur; capellas Sancti Martini, Sancti Felicis, Sancti Genesii, quæ sunt ad ipsam curtem de Fagio, et Sancti Felicis de castro fidelium cum dominicaturis ipsarum; ecclesias Sancti
Quirici et Sancti Petri de Cortentibus cum decimis et primitiis integriter et possessionibus; alodia et possessiones; denique hortos, vineas,
aquam in civitate Barcilonensi, et in dominicaturis de Provinciana,
de Sancto Baudilio, de Lupricato in plurimis locis, de Sancto Johanne
de Pinu, de Sanctis, de Sarriano, de Galiffa, de Duodecimo, de Cer-
vilione, hortos comitales, sicut dominus comes dimisit jamdicto monasterio; de Orta, de Palomar, de Bitulona cum manso abbatiali,
cum pariliatis ejusdem; dominicaturas de Massonis, de Gerunda, de
Corniliano, de Molleto, de Ficana, de Pedrenchs, cum capella de
palatio Auzito, castrum de Malleato, de Pulchro vicino, dominicaturas
de Plegamans, de Calidis, de Laura, de Castellar, de Minorisa, de
Ausona, de Gamisaus cum capella quæ ibi est; alodia et possessiones
quæ sunt in castro de Tarracia, in Lizano superiori et inferiori, in
Corrono superiori et inferiori, in Samalus, in Laraxa in pluribus
locis, in monte Cathano et in radicibus montis Cathani versus orien-
tem, juxta fluvium Bisaucii, et de alia parte versus meridiem et cir-
cium inter montem et villam Rafiam vel calciatam; alodia et possessiones de Turribus bisibus, de castro Fontis rubei, de Carol, de
Monte Priniana, de Monte acuto, de castro Viti, de Messana, de

Monte superbo, de castro Olerdulæ, alodia et possessiones sive pertinentia quæ sunt in episcopatu Barchinonensi, Gerundensi, Vicensi,
Minoricæ, Dertusensi cum universis ad monasterium pertinentibus
superius datis præfato monasterio. Confirmamus quoque decimas et
primitias, oblationes, defunctiones, redditus ad monasterium vestrum
pertinentes in supradictis ecclesiis vel extra, parrochiis, castris, domi-
niis sive in aliis locis quæ ante triginta annos monasterium vestrum
prædecessorum nostrorum, regum, comitum, episcoporum, clericorum
vel aliorum hominum concessione, largitione, donatione, emptione
et venditione (possidet), nos in perpetuum cum omnibus supradictis
vestris usibus omnino quietas, integras et immunes conservari censemus. Decernimus vero ut nulli omnino hominum liceat præfatum
monasterium vestrum temere perturbare aut invadere aut ejus possessiones auferre vel ablatas retinere vel injuste datas vel alienatas
suis usibus vendicare, minuere, vendere, male alienare vel temerariis
vexationibus fatigare, sed si quæ vero aliter quam dictum est factæ
fuerint, eas penitus irritas esse censemus. Statuimus vero ut nullus
unquam regum, nullus episcoporum, nullus hominum, in quolibet
ordine et ministerio sit constitutus, audeat moleste causis ejusdem
monasterii incumbere nec homines illorum per ullam causam distrin-
gere, sed, ut superius legitur, tibi tuisque successoribus detinendum
et Dei cum timore regendum. Sepulturam ejusdem loci liberam omnino esse decernimus, ut illorum qui illic sepeliri deliberaverint devotioni et extremæ voluntati, nisi forte excommunicati fuerint, nullus
obsistat. Obeunte te, nunc loci hujus abbate, vel tuorum quolibet successorum, nullus ibi qualibet subreptionis astutia præponatur, nisi
quem fratres communi consensu vel fratrum pars consilii sanioris secundum Dei timorem et beati Benedicti regulam elegerint. Electus
autem a diocesano episcopo consecretur, siquidem gratiam atque communionem apostolicæ sedis habuerit et si gratis ac sine omni pravitate vel aliquo dolo vel retentu id voluerit exhibere. Alioquin ad matrem suam Ecclesiam Romanam vel ad Romanum pontificem recurrat
aut ab alio quem maluerit episcopo catholico de speciali mandato
nostro sine aliquo strepitu consecretur. Eadem auctoritate de ordinationibus fratrum clericorum suorum, de chrismate, de oleo, de altarium sive basilicarum decernimus consecratione. Statuimus quod abbas
possit clericos suos interdicere, corrigere et excommunicare, si causa

evidens exstiterit, Deum tamen præ oculis habendo. Baptisma vero
assuetum monasterio et suis ecclesiis confirmamus. Et si abbas vel
monachus vel qualiscunque clericus vel laicus ipsius monasterii et
suis ecclesiis ab archiepiscopo vel a diocesano episcopo vel a quibus-
cunque præsulibus vel personis ecclesiasticis juste vel injuste interdictus vel excommunicatus fuerit, a nostra apostolica auctoritate exinde
permaneat absolutus. Decernimus itaque ut sicut idem monasterium
cum mœnibus suis specialiter beati Petri juris et proprietatis existit et
in eo hactenus est observatum, nulli nisi Romano pontifici fas sit
ipsum interdicto supponere aut excommunicationis vinculo innodare.
Ad indicium autem hujus a sede apostolica præstitæ protectionis et
debitæ libertatis, pro ecclesia Sancti Pauli singulis annis byzantium
unum Lateranensi palatio persolvetis. Si qua igitur in futurum ecclesiastica secularisve persona hanc nostræ constitutionis paginam sciens
contra eam temere venire tentaverit, secundo tertiove commonita, si
non satisfactione congrua emendaverit, potestatis honorisque sui dignitate careat reamque se divino judicio existere de perpetrata iniquitate
cognoscat et a sacratissimo corpore et sanguine Dei et Domini nostri
Jesu Christi aliena fiat atque in extremo examine districtæ ultioni
subjaceat. Cunctis autem eidem loco justa servantibus sit pax Domini
nostri Jesu Christi, quatenus et hic fructum bonæ actionis percipiant et
apud districtum judicem præmia æternæ pacis inveniant. Amen. Amen.
Amen.

Ego Calixtus, catholicæ Ecclesiæ episcopus, subscripsi.

Datum Romanis(*) per manum Grisogoni, sancte Romanæ Ecclesiæ
diaconi cardinalis ac bibliothecarii, xvii kalendas martii, indictione
xiii, anno incarnationis Dominicæ millesimo centesimo vicesimo, pontificatus autem domini Calixti II papæ anno secundo.

(*) *Romæ*, éd.

137

13 février 1120.

Confirmation des possessions de l'abbaye de Saint-André-le-Bas de Vienne.

Ms. Collection Baluze, n° 75, fol. 412. — Copie du xviii° siècle aux Archives départementales de l'Isère, à Grenoble, fonds de Saint-André, série H.
Ed. *Chevalier, Cartulaire de l'abbaye de Saint-André-le-Bas de Vienne,* n° 197, p. 142, d'après le cartulaire ms. ayant appartenu à feu M. Giraud. — Robert, app., p. L.
Cat. Robert, n° 101. — Jaffé-Loewenfeld, n° 6815.

CALIXTUS episcopus, servus servorum Dei, dilecto in Christo filio GALTERIO, abbati venerabilis monasterii Sancti Andree, quod infra menia Viennensis civitatis situm est, ejusque successoribus regulariter substituendis, in perpetuum. Justis votis assensum prebere justisque peticionibus aures accommodare nos convenit, qui, licet indigni justicie custodes atque precones, in excelsa principum apostolorum Petri et Pauli specula positi, Domino largiente, conspicimur. Propter quod, dilecte in Christo fili, GUALT[E]RII abbas, peticioni tue benignitate debita inpertimur assensum, et Beati Andree monasterium cui, Deo auctore, presides, protectione sedis apostolice communimus. Statuimus enim ut cenobium ipsum nulli alii nisi matrici ecclesie Viennensi subjaceat, neque deinceps jurisdictioni alterius ecclesie submittatur. Porro quecumque in presenti legitime possidet, presentis scripti pagina confirmamus, videlicet ecclesiam Sancti Petri inter Judeos, ecclesiam Sancte Marie ultra Jayram, villam de Marsino, mansum de Commennaico, Crisinciacum cum ecclesia, Gemmas cum ecclesia, Modiacum cum ecclesia, ecclesiam de Stabilino, Vitroscum cum ecclesia, ecclesiam Sancti Petri de Aysino cum capella de Pineto; ecclesiam Sancti Marcelli, ecclesiam Sancti Simphoriani cum capella de Septimo; ecclesiam Sancti Martini de Bocio cum capella de Mala valle; ecclesiam Sancti Romani de Masclatis, ecclesiam Sancti Andree de Humiliano cum capella de Larnataco, et parrochiam de Crosis et Valseriis, ecclesia(m) Sancti Christophori cum appendiciis suis; ecclesiam de Domaisino cum capella Sancti Laurentii de Castello ponte; ecclesiam de Preissino cum capella Sancte Marie, ecclesiam Sancti Laurentii de Chimillino, in valle Daine, ecclesiam Sancte Marie et Sancti

Baudelii. In Bellicensi episcopatu, ecclesiam Sancti Genesii, ecclesiam Sancti Mauritii cum capella de Conspectu Castello; ecclesiam Sancti Laurentii de Auriciacu, ecclesia(m) Sancti Johannis de Veray. In Gratianopolitano episcopatu, ecclesiam Sancti Johannis cum ecclesia Sancti Ursi; ecclesiam Sancti Germani cum ecclesia Sancti Petri de Albiniaco, cum capella de Meiolano Castello. In archiepiscopatu Lugdunensi, ecclesiam Sancti Martini de Lerisiaco et ecclesiam Sancti Laurentii cum omnibus predictarum omnium ecclesiarum pertinentiis. Quecumque preterea in futurum concessione pontificum, liberalitate principum, oblatione fidelium vel aliis justis modis poteritis adipisci, firma vobis vestrisque successoribus et illibata permaneant. Decernimus ergo ut nulli omnino hominum liceat idem monasterium perturbare aut ejus possessiones auferre vel ablatas retinere aut minuere, temerariis vexationibus fatigare, set omnia integre conserventur, eorum pro quorum sustentatione et gubernatione concessa sunt, usibus omnimodis profutura. Si qua igitur in futurum ecclesiastica secularisve persona hanc nostre constitutionis paginam sciens contra eam temere venire temptaverit, secundo terciove commonita, si non satisfactione congrua emendaverit, potestatis honorisque sui dignitate careat reamque se divino judicio existere de perpetrata iniquitate cognoscat et a sacratissimo corpore ac sanguine Dei et Domini nostri Jesu Christi Redemptoris aliena fiat atque in extremo examine districte ultioni subjaceat. Cunctis autem loco eidem justa servantibus sit pax Domini nostri Jesu Christi, quatenus et hic fructum bone actionis percipiant et apud districtum judicem premia eterne pacis inveniant. Amen.

(R.) Ego Calixtus, catholice Ecclesie episcopus, subscripsi. (M.)

Datum Romanis per manum Grisogoni, sancte Romane Ecclesie diaconis (sic) cardinalis ac bibliothecarii, xvii kalendas marcii, indictione xiii, incarnationis Dominice anno M°.C°.xx°, pontificatus autem domni Calixti secundi pape anno secundo.

138

14 février 1120.

Confirmation, à la demande de Pons, abbé de Cluny, des possessions et des droits du prieuré de Marcigny.

Ms. *Fragment aux Archives nationales, L, 224, n° 3, xvii° ou xviii° siècle.
Cat. Jaffé-Loewenfeld, n° 6816.

CALIXTUS episcopus, servus servorum Dei, karissimo in Christo filio Poncio, Cluniacensi abbati, ejusque successoribus regulariter substituendis, in perpetuo (*sic*)..........................
.... omnipotentis Dei et apostolorum ejus benedictionem et gratiam consequatur. Amen.

(R.) Ego Calixtus, catholice Ecclesie episcopus. (M.)

Datum Romanis in (*sic*) manu Grisogoni, sancte Romane Ecclesie diaconus (*sic*) cardinalis et bibliothecarius (*sic*), sexto decimo kalendas martii, indictione decima tertia, incarnationis Dominice anno millesimo centesimo vicesimo, pontificatus autem domini Calixti secundi pape anno (*sic*)[1].

[1] «L'extrait de l'autre part a été tiré sur l'original de la bulle du pape Calixte 2, par laquelle Sa Sainteté, à la prière de Pons, abbé de Cluny, successeur de saint Hugues, abbé de Clugny, fondateur du prieuré de Marcigny, confirme aux saintes religieuses dudit prieuré la possession des églises, chapelles, seigneuries, terres, droits et biens qu'elles possedoient ou acquerroient à l'avenir, lesquelles sont spécifiées en la présente bulle.»

139

15 février 1120.

Confirmation des possessions et des privilèges de l'église Saint-Jean de Besançon.

Ms. *Epist. Roman. pontif.*, ms. lat. 16996, fol. 360 v°.
Éd. Chifflet, *Histoire de l'abbaye royale et de la ville de Tournus*, pr., p. 379. — Cocquelines, *Bullarum*, II, 166. — Mansi, *Concil.*, XXI, 197. — Migne, n° 75, col. 1162.
Cat. Robert, n° 102. — Jaffé-Loewenfeld, n° 6817 (4986).

CALIXTUS episcopus, servus servorum Dei, dilectis filiis canonicis Bisuntinæ ecclesiæ Sancti Joannis evangelistæ, tam præsentibus quam futuris, in perpetuum. Sicut injusta poscentibus nullus est tribuendus effectus, sic legitima desiderantium non est differenda petitio. Quamobrem, carissimi in Christo filii, petitioni vestræ clementer annuimus et tam vos quam vestra omnia protectione sedis apostolicæ munientes, quæ in præsentiarum legitime possidere videmini, vobis vestrisque successoribus in perpetuum confirmamus, videlicet domos vestras, etc. Decernimus ergo ut nulli hominum liceat eamdem ecclesiam temere perturbare aut ejus possessiones auferre vel ablatas retinere, minuere vel temerariis vexationibus fatigare, sed omnia integra conserventur, eorum pro quorum sustentatione et gubernatione concessa sunt, usibus omnimodis profutura. Porro thesaurum vestræ ecclesiæ, nisi forte pro redemptione captivorum vel famis necessitate aut emptione terrarum, ab aliquo distrahi prohibemus. Sane vestris archipresbyteris et archidiaconis interdicimus ut ecclesias vestras et earum presbyteros seu clericos, præter archiepiscopi et totius capituli vestri commune consilium, interdictionis sententiæ subdere non præsumant. Præterea quieti vestræ ecclesiæ propensius intendentes et ejus servare justitiam cupientes, consuetudines quas Beati Stephani ecclesia ei ex antiquo debere cognoscitur et quæ continentur in libro qui nuncupatur Regula, confirmamus, ut videlicet in Purificatione beatæ Mariæ canonici Sancti Stephani ad processionem conveniant et cereos septuaginta duos exhibeant. In Cœna Domini, cum candelabris et majori cruce ad sancti chrismatis confectionem conveniant. In Sabbato sancto, sex li-

bras ceræ ad magnum cereum faciendum præbeant; canonicos quatuor
ad legendas quatuor lectiones et præter illos presbyterum canonicum
ad collectam. Ipso die Paschæ, brachium beati Stephani cum processione solenniter afferant. In sabbato Pentecostes, duos canonicos ad
legendas duas lectiones mittant et præter illos presbyterum canonicum
ad collectam. In messione et vindemia Poliaci, ceram quæ sufficiat. In
festo S. Stephani in augusto, vaccam vel quatuor solidos et modium
vini. In Ultrajurensi vindemia, ceram quæ sufficiat. Per totum annum, dum erit vinum in cellario Sancti Johannis, cubitum unum
candelæ in unoquoque sero tribuant. Si canonici simul cœnaverint,
candelam in cœna quantum fuerit; sin autem, unicuique canonico qui
moratur a Nigra porta usque ad antiquum murum, dimidium pedem
candelæ, præposito ulnam unam, decano similiter. In Nativitate Domini, sicut in Pascha, brachium sancti Stephani cum processione
solenniter afferant. De toto monte clerici seu laici decimam parochiæ
vestræ attribuant, laici tamen omnia jura parochialia ecclesiæ Sancti
Johannis Baptistæ persolvant. Si quando fit placitum Dei, oblatio inter Sancti Johannis et Sancti Stephani canonicos dividatur. Cœme-
terium Sancti Stephani, cum eleemosyna casati, utriusque ecclesiæ
commune permaneat. In receptione tam regum quam episcoporum,
clerici Sancti Stephani ad ecclesiam vestram cum sericis cappis veniant. In electione Bisuntini archiepiscopi, clerus et populus civitatis,
secundum antiquam ecclesiæ vestræ consuetudinem, in capitulo vestro
conveniant. Universas etiam consuetudines et tenores quos a tempore
Salinensis Hugonis, archiepiscopi vestri, usque ad tempus jam dicti
fratris nostri Hugonis, vestri similiter archiepiscopi, qui in Jerosolymitana peregrinatione defunctus est, vestra ecclesia tenuit et posse-
dit, ut deinceps integre quieteque teneat et possideat, firmitate perpetua stabilimus. Si qua igitur in futurum ecclesiastica secularisve
persona hanc nostræ confirmationis vel concessionis paginam sciens
contra eam temere venire tentaverit, secundo tertiove commonita, si
non satisfactione congrua emendaverit, potestatis honorisque dignitate
careat reamque se divino judicio existere de perpetrata iniquitate cognoscat et a sacratissimo corpore ac sanguine Dei et Domini nostri
Redemptoris Jesu Christi aliena fiat atque in extremo examine districtæ ultioni subjaceat. Cunctis autem eidem ecclesiæ justa servantibus sit pax Domini nostri Jesu Christi, quatenus et hic fructum

bonæ actionis sentiant et apud districtum judicem præmia æternæ pacis inveniant. Amen. Amen.

Ego Calixtus, catholicæ Ecclesiæ. episcopus, ss.

Datum Romanis, xv kalendas martii, indictione xiii, incarnationis Dominicæ anno mcxx, pontificatus autem domini Calixti II papæ anno secundo.

140

17 février 1120.

Ordre à l'archevêque, à l'archidiacre et aux clercs de Tolède de rendre, dans le délai de quarante jours, à l'abbaye Saint-Victor de Marseille l'église de Saint-Servand qui lui avait été enlevée.

Ms. *Cartulaire de Saint-Victor de Marseille*, du xiie siècle, aux Archives départementales des Bouches-du-Rhône, à Marseille, H, fol. 186.

Éd. *Guérard, *Cartulaire de l'abbaye de Saint-Victor de Marseille*, II, n° 810, p. 159. — Robert, app., p. lii.

Cat. Robert, n° 108. — Jaffé-Loewenfeld, n° 6818.

CALIXTUS episcopus, servus servorum Dei, venerabili fratri B., archiepiscopo, archidiacono et clericis Toletanę ecclesię, salutem et apostolicam benedictionem. Filii nostri R., Massiliensis abbatis querimonia pro Sancti Servandi ecclesia iterum et iterum nos pulsavit. Asserit enim ecclesiam ipsam, diu a Massiliensi monasterio quiete possessam, quasi quadam surreptione, domini nostri sancte memorie PASCHALIS papę temporibus, esse ablatam. Unde fraternitati vestrę mandamus ut, infra quadraginta dies post harum litterarum acceptionem, eidem abbati locum ipsum cum rerum ad se pertinentium integritate reddatis. Postea vero, si quis in eo juris aliquid sibi vendicare contendit, nos libenter ei quod justicia dictaverit, prestante Domino, faciemus.

Data Rotmanis, xiii kalendas marci.

141

17 février 1120.

Invitation à Adhémar, évêque de Rodez, de rétablir la paix entre l'abbé de Vabres et celui de Saint-Victor de Marseille, et ordre de lever l'interdit qui pesait sur l'église de Saint-Léons.

Ms. *Cartulaire de Saint-Victor de Marseille,* aux Archives départementales des Bouches-du-Rhône, H, fol. 186.
Éd. *Guérard, Cartulaire de l'abbaye de Saint-Victor de Marseille,* II, n° 811, p. 159. — Robert, app., p. LIII.
Cat. Robert, n° 104. — Jaffé-Loewenfeld, n° 6819.

CALIXTUS episcopus, servus servorum Dei, venerabili fratri ALDE-MANO, Rutenensi episcopo, salutem et apostolicam benedictionem. Super Vabrensi monasterio filius noster R., Massiliensis abbas, cum comissa sibi ecclesia clamat. Queritur enim quod locus idem injuste a subjectione Massiliensis monasterii sit abstractus. Unde sollicitudini tuę mandamus ut abbatem ipsius Vabrensis monasterii ex parte nostra diligenter convenias, quatenus aut cum Massiliensi abbate pacem et concordiam statuat, aut usque ad proximas octavas Pentecostes, pro ejusdem cause decisione, nostrę se presentię oferat. Volumus enim utramque partem, ita prestante Deo, suam obtinere justiciam, ut neutra deinceps pro eodem negocio fatigetur. Preterea fraternitati tuę injungimus ut datum super Sancti Leontii ecclesiam interdictum prorsus absolvas. Porro predicti Vabrensis monasterii abbatem ad hujus quoque negotii decisionem eodem tempore paratum fore convenias.

Data Rotmanis, XIII kalendas marcii.

142

18 février 1120.

Ordre aux archevêques d'Arles, d'Aix, d'Embrun et aux évêques de Provence de laisser à l'abbaye Saint-Victor de Marseille la libre jouissance de toutes les possessions qu'elle avait depuis trente ans et plus.

Mss. Cartulaire de Saint-Victor de Marseille, aux Archives départementales des Bouches-du-Rhône, H, fol. 186. — *Sancti Victoris bullarium*, du xv° siècle, ibid., H, 103, fol. 26 v°. — *Cartulaire de Saint-Victor*, formé par dom Le Fournier, au xviii° siècle, ibid., H, 23 ter, non paginé.
Éd. Belsunce, *Antiquité de l'église de Marseille*, I, 442. — *Guérard, Cartulaire de l'abbaye de Saint-Victor de Marseille*, II, n° 809, p. 158. — Migne, n° 76; col. 1164.
Cat. Robert, n° 106. — Jaffé-Loewenfeld, n° 6820 (4987).

CALIXTUS episcopus, servus servorum Dei, venerabilibus fratribus Arelatensi, Aquensi et Ebredunensi archiepiscopis et ceteris episcopis per Provinciam, salutem et apostolicam benedictionem. Massiliense monasterium ad Romanam specialiter Ecclesiam pertinere vestra, ut credimus, dilectio non ignorat. Quamobrem fraternitatem vestram rogamus et precipimus ut possessiones omnes quas locus idem per triginta et eo amplius annos tenuisse agnoscitur, quietas ei etiam in posterum dimittatis. Si quis autem juris quicquam in eis se habere confidit, sedem apostolicam adeat et nos ei plenariam, prestante Deo, justiciam faciemus.

Data Valentie, xii kalendas martii.

143

22 février 1120.

Confirmation des privilèges de l'abbaye de Cluny.

Mss. *A. Ms. lat. 1708, fol. 116 v°, copie de la fin du XII° siècle. — B. Collection Baluze, *Chartes*, 380, n° 3, copie du XIII° siècle. — C. Vidimus du 18 octobre 1413 aux Archives fédérales de Berne. — D. *Epist. Roman. pontif.*, ms. lat. 16996, fol. 369. — E. Collection Moreau, *Chartes et diplômes*, n° 50, fol. 190. — F. *Cartulaire de Souvigny*, du XVII° siècle, aux Archives départementales de l'Allier, à Moulins, p. 648.

Éd. Bibliotheca Cluniacensis, 573. — *Bullar. sacri ord. Cluniac.*, 38. — Duchesne, *Hist. de tous les cardinaux françois*, II, 69. — Mansi, *Concil.*, XXI, 208. — Cocquelines, *Bullarum*, II, 167. — *Fontes rerum Bernensium*, I, 368. — Migne, n° 77, col. 1164.

Cat. Robert, n° 106. — Jaffé-Loewenfeld, n° 6821 (4988).

Calixtus episcopus, servus servorum Dei, karissimo in Christo filio Poncio, Cluniacensi abbati, ejusque successoribus regulariter substituendis, in perpetuum. Religionis monasticę modernis temporibus speculum et in Galliarum partibus documentum Beati Petri Cluniacense monasterium ab ipso suę fundationis exordio sedi apostolicę in jus proprium est oblatum. Proinde Patres nostri sanctę recordationis Johannes XI^{mus}, item Johannes XVIIII, Agapitus II, Benedictus VI, item Benedictus VII, Leo VII, item Leo VIIII, Gregorius VI, item Gregorius VII, Alexander II, Stephanus, Victor III, Urbanus II, Paschalis II et Gelasius II, Ecclesię Romanę pontifices, locum ipsum singularis dilectionis ac libertatis prerogativa donarunt et universa ei pertinentia privilegiorum suorum sanctionibus munierunt. Statutum est enim ut ecclesię omnes, cimiteria, monachi, clerici et laici universi infra terminos habitantes qui sunt a rivo de Salnai et ab ecclesia Rufiaci et cruce de Lornant; a termino quoque molendini de Tornasach, per villam quę dicitur Varenna, cum nemore Burserio; a termino etiam qui dicitur Perois, ad rivum usque de Salnai, sub apostolicę tantum sedis jure ac tuicione permaneant. Neque ipsius Cluniacensis loci presbiteri aut etiam parochiani ad cujuslibet, nisi Romani pontificis et Cluniacensis abbatis, cogantur ire synodum vel conventum. Sane pro abbatis, monachorum seu clericorum infra predictos terminos habitantium ordinatione, pro crismatis confectione, pro sacri olei, ecclesiarum, altarium et cimiteriorum consecratione, Cluniacense monasterium quem maluerit ,antistitem convocet. Cluniacenses monachos

1. 14

ubilibet habitantes nulla omnino persona, preter Romanum pontificem
et legatum qui ad hoc missus fuerit, excommunicet aut interdicat.
Porro si monachus, clericus aut laicus, sive cujuslibet ordinis professionisve persona, nisi forte certa de causa excommunicata sit, Cluniacensium claustrorum mansiones elegerit, absque alicujus contradictione suscipiatur et que de suo jure attulerit libere a monasterio
habeantur. Altaria, cimiteria et decime Cluniacensium monachorum
et quecunque juris eorum sunt, a nemine auferantur vel minuantur.
De monachis aut monasteriis Cluniacensibus nulli episcoporum, salvo
jure canonico, si quod in eis habent, liceat judicare, sed ab abbate
Cluniacensi justicia requiratur. Quam si apud eum invenire nequiverit, ad sedem apostolicam recurratur. In abbatiis que cum suis abbatibus ordinationi Cluniacensis monasterii date sunt, videlicet Sancti
Marcialis Lemovicensis, Sancti Eparchie Engolismensis, Monasterii
novi Pictavis, Sancti Johannis Angeliacensis, monasterii Lesatensis,
Moysiacensis, Figiacensis et Sancti Egidii Nemausensis; in Arvernia;
Mauziacensis, Tiernensis, Menatensis; in episcopatu Eduensi, Vizeliacensis; in Autisiodorensi, Sancti Germani; in Cameracensi, Hu-
noldi curtis; in Rotomagensi, abbatia apud Ponteseram; in Tarver-
nensi, Sancti Bertini et Sancti Wlmari; in Italia, Sancti Benedicti
super Padum, sine Cluniacensis abbatis precepto nullatenus eligant.
Pro altaribus et ecclesiis sive decimis vestris nulli episcoporum facultas sit gravamen vobis aliquod aut molestias irrogare, sed sicut eorum
promissione quedam ex parte, quedam ex integro habuistis, ita et in
futurum habeatis. Ecclesiarum vestrarum decimas, que a laicis obtinentur, si secundum Deum eorum potestate subtrahere vestre religionis reverentia poterit, ad vestram et pauperum gubernationem
vobis liceat possidere. Decimas laborum vestrorum, pro quibus tam
vos quam alios monastice religionis viros inquietare episcopi consueverunt, illorum videlicet quos dominicaturas appellant, qui vestro
sumptu a monasteriis et cellarum vestrarum clientibus excoluntur, sine
omni episcoporum et episcopalium ministrorum contradictione deinceps quietius habeatis, qui vestra peregrinis fratribus et pauperibus
erogatis. Ecclesie omnes, que ubilibet posite sunt seu capelle vestræ
et cimiteria libera sint et omnis exactionis immunia, preter consuetam
episcopi paratam et justiciam in presbiteros, si adversus sui ordinis
dignitatem offenderint, liceatque vobis seu fratribus vestris in eccle-

siis vestris presbiteros eligere, ita tamen ut ab episcopis vel episcoporum vicariis animarum curam absque venalitate suscipiant. Quam si
comittere illi, quod absit, ex pravitate voluerint, tunc presbiteri, ex
apostolice sedis benignitate, officia celebrandi licentiam consequantur.
Ecclesiarum vestrarum consecrationes, si diocesani episcopi gratis
noluerint exhibere, a quolibet catholico suscipietis episcopo. Nec cellarum vestrarum ubilibet positarum fratres, pro qualibet interdictione
vel excommunicatione, divinorum officiorum suspensionem patiantur,
sed tam monachi ipsi quam etiam famuli eorum et qui se monastice
professionis devoverunt, clausis ecclesiarum januis, non admissis diocesanis, divine servitutis officia celebrent et sepulturæ debita peragant. Percussuram quoque proprii numismatis vel monetæ, quando-
cunque vel quandiu vobis placuerit, habeatis. Hec igitur omnia, sicut
a nostris predecessoribus constituta sunt, ita et nos auctoritate apostolica constituimus et presentis privilegii pagina confirmamus. Preterea,
fili in Christo karissime Poncı, quem nos in Vienensis ecclesie regimine
positi, nostris per Dei gratiam manibus in abbatem consecravimus, et
personam tuam et locum cui, Deo auctore, presides, totius dilectionis
visceribus amplectentes et quieti [1] vestre attentius providentes, hec
adicienda censuimus ut abbaciarum vestrarum electis nullus episcoporum sine commendaticiis Cluniacensis abbatis litteris, consecrationis vel ordinationis manus imponat. Alioquin et consecrator, tanquam
constitutionis apostolice prevaricator, graviori subjaceat ultioni et
consecrati electio sive ordinatio, donec apostolice sedi et Cluniacensi
monasterio satisfiat, irrita habeatur. Porro presbiteris parrochialium
ecclesiarum Sancte Marie et Sancti Oddonis Cluniacensium eiciendi et
suscipiendi in ecclesiam ex antiqua consuetudine penitentes et nup-
tiales cartas faciendi licentiam indulgemus, prohibentes tam Matisco-
nensem episcopum quam et alios super hoc vel super aliis quæ statuta
sunt vobis molestias in posterum irrogare. Si quis igitur ausu temerario impiaque presumptione contra Deum et sanctos ejus Apostolos
contraque animam suam hoc nostre apostolice auctoritatis privilegium
in aliquo infringere temptaverit, incunctanter se noverit apostolice maledictionis aculeo transpunctum, nostræ apostolice excommunicationis
telo perfossum, nostri etiam apostolici anathematis gladio transverbe-

[1] *Quietis*, A.

. ratum, nec nisi perdignam satisfactionem saluti pristine reparandum. Ei vero qui conservator extiterit, sit pax Domini nostri Jesu Christi, quatenus et hic fructum bonę actionis percipiat et apud districtum judicem præmia eternę pacis inveniat. Amen. Amen. Amen.

(R.) Ego Calixtus, catholicę Ecclesię episcopus, ss. (M.).

Data Valentię per manum Grisogoni, sanctę Romanę Ecclesię diaconi cardinalis ac bibliothecarii, viii kalendas marci, indictione xiii, incarnationis Dominicę anno mcxx°, pontificatus autem domni Calixti II pape anno secundo.

144

23 février 1120.

Confirmation à Cluny de la donation de Mont-Saint-Jean faite à Pons, abbé de Cluny, par Guillaume de Gourdon, et confirmation des privilèges de Mont-Saint-Jean. (Authenticité plus que douteuse.)

Ms. *L'abbé Salvat, Chroniques du Quercy, pr., p. 182, ms. 63 de la Bibliothèque de Cahors, du xviii° siècle.

CALIXTUS episcopus, servus servorum Dei, PONTIO, Cluniacensi abbati, charissimo in Christo filio, ejusque successoribus. Religio et honestas Cluniacensis monasterii cum Deo authore, penes quam inter mundi turbines Romanæ semper adhæsit Ecclesiæ et specialis dilectio qua personam tuam amplectimur quam universis Ecclesiæ regimine positis nostris manibus in abbatem per Dei gratiam consecravimus, nos vehementer urget petitionibus tuis aures accomodare et successorum tuorum saluti imposterum providere. Poscis enim ut, præter privilegia Romanorum antistitum quibus circumvallata atque munita Cluniacensis extitit ecclesia, locus Montis Sancti Joannis, quem tuis temporibus Guillermus de Gordonio, me præsente, Deo et sanctis apostolis Petro et Paulo tibi contulit speciali et propria scriptura, et contra inimicorum nequitiam nostra apostolica auctoritate muniatur. Nos vero, quia initio fundationis ejusdem loci interfuimus et quasi fundamentum crucem ibi figendo jecimus saluti illius, in eo conversantibus libentius providentes, sicut tunc præsentes vidimus et laudavimus, ita et nunc præsentes præsentis privilegii pagina confirmamus.

Decernimus atque præcepimus ut idem locus cum omnibus suis pertinentiis liber sit et omnis exactionis immunis, nec aliquis eum excommunicare vel interdicere audeat, nec potestatem habeat res ipsius
minuere vel gravamen aliquod vel molestias ei inferre. Si monachus
ejusdem loci extra regulam aliquid egerit, ab abbate Cluniacensi justitia requiratur; quam si apud illum invenire nequiverit, ante sedem
apostolicam recurrat. Porro si clericus ac laicus sive quælibet persona
ejusdem loci mansionem elegerit, absque alicujus contradictione suscipiatur et quæ de suo tulerit a monasterio liber habeatur. Si aliquis
metu mortis aut spe Cluniacensis adjutorii corpus suum ad sepelien-
dum eidem loco existimaverit, recipiatur et sepeliatur, destinata parrochiæ suæ debita eleemosina. Si peccator pœnitentiam et consilium
animæ suæ ab eodem quæsierit et confessus peccatum suum fuerit,
volumus et licentiam damus et quod ei injunctum fuerit a priori lau-
damus et confirmamus. Ecclesiam quoque illam sive altaria, si dioce-
sanus episcopus gratis conferre noluerit vel chrisma dare, a quolibet
catholico suscipiat episcopo. Si qua igitur persona hanc nostram constitutionem in aliquo infregerit, secundo tertioque commonita, sine
satisfactione congrua emendaverit, potestatis honorisque privata et in
extremo examine districtæ ultioni subjaceat. Constructoribus et bene-
factoribus ejusdem loci sit pax Domini nostri Jesu Christi, quatenus
et hic fructum bonæ actionis et in futuro præmia æternitatis retributionis percipiat. Illorum quoque animabus, quorum corpora eodem
cœmeterio sepulta fuerunt, quod videlicet sub præsentia nostri ab
episcopo Ostiensi benedici decrevimus; benedictionem et absolutionem
nostram concedimus et ut veniam et gratiam a Deo consequantur ipsius misericordiam invocamus. Amen.

Ego Calixtus, catholicæ Ecclesiæ episcopus.

Sancti Petri diaconus cardinalis Joannes de Cremon.

Datum Valentiæ per manum Grisogoni, dictæ ecclesiæ diaconi cardinalis ac bibliothecari[i], septimo kalendas martii, indictione xiii,
anno incarnationis Dominicæ 1120, pontificatus autem domini Calixti
papæ anno secundo.

145

25 février 1120.

Confirmation des privilèges et des droits métropolitains de l'église de Vienne sur les provinces ecclésiastiques de Bourges, Bordeaux, Auch, Narbonne, Aix et Embrun. — Cf. n° 25.

Mss. *Original aux Archives départementales de l'Isère, à Grenoble, série G, fonds de l'église de Vienne. — Copie de la fin du xvi° siècle, à la Bibliothèque de Grenoble, n° 1419, fol. 71: — *Vienna sancta*, ms. lat. 5662 de la Bibliothèque nationale, p. 168; copie de 1644. — *Epist. Roman. pontif.*, ms. lat. 16996, fol. 355.
Éd. Marca, *Dissertationes tres*, 360. — *Rec. des hist. des Gaules et de la France*, XV, 235. — Mansi, *Concil.*, XXI, 191. — Cocquelines, *Bullarum*, II, 169. — *Cartulaire de Saint-Vallier*, p. 11. — Migne, n° 78, col. 1167.
Cat. Robert, n° 107. — Jaffé-Loewenfeld, n° 6822 (4989).

Calixtus episcopus, servus servorum Dei, dilectis filiis Petro, decano, et canonicis sive clericis Viennensis ecclesię tam presentibus quam futuris, in perpetuum. Etsi ecclesiarum omnium cura nobis ex apostolicę sedis administratione immineat, Viennensi tamen ecclesię propensiori nos convenit caritatis studio providere. Ipsa enim primum, disponente Deo, sollicitudini nostrę commissa est et ad ejus regimen nos episcopalis gratiam consecrationis accepimus. Et communis igitur et singularis dilectionis debito incitati, matrem vestram, filii in Christo karissimi, sanctam Viennensem ecclesiam diligere, honorare et beati Petri patrocinio decrevimus confovere. Omnem itaque dignitatem et omnem munitionem ac libertatem quę vel per autentica predecessorum nostrorum Silvestri, Nykolai, Leonis, Gregorii et ceterorum pontificum Romanorum privilegia vel per imperatorum, regum, principum et ceterorum fidelium largitionem eidem ecclesię concessa est, nos quoque, auctore Deo, concedimus et presentis privilegii pagina confirmamus, ut videlicet super septem provincias primatum obtineat, super ipsam Viennensem, super Bituricam, Burdegalam, Ausionem quę Novempopulana dicitur, super Narbonam, Aquas, Ebredunum, et in eis Viennensis archiepiscopus Romani pontificis vices agat, synodales conventus indicat et negotia ecclesiastica juste canoniceque diffiniat. Porro illa sex oppida vel civitates, Gratianopolis videlicet, Valentia, Dia, Albovivarium, Geneva, Maurienna, in ejus tanquam in

proprię metropolitanę obedientia et subjectione permaneant. Darentasiensis autem archiepiscopus, licet aliquibus habeatur ex apostolicę
sedis liberalitate prelatus, Viennensi archiepiscopo tanquam primati
suo subjectus obediat. Sane in Salmoracensi archidiaconia consecrationes vel ordinationes et quicquid ad pontificale officium pertinet,
Viennensis ecclesia preter alicujus inquietationem seu diminutionem
habeat. Abbatia quoque Sancti Petri foras portam Vienne sita et infra
eandem urbem abbatię Sancti Andreę, una monachorum, altera sanctimonialium, abbatia Sancti Theuderii et abbatia Sanctę Marię de
Bona valle, quę, prestante Deo, nostris sumptibus et nostris est fundata laboribus, in jam sepedictę Viennensis ecclesię jure ac subjectione.
persistant. In ipsa etiam Romanensi ecclesia, quamvis Romanę se faciat libertatis, visis tamen predecessorum nostrorum privilegiis et
imperatorum preceptis, tam in secularibus quam et in regularibus
clericis et canonicis inibi ordinatis vel ordinandis, pontifices Viennenses omnem habere decernimus potestatem. Similiter in ecclesia
Beati Donati et Beati Valerii et in ecclesia Beati Petri de Campania et
Beatę Marię de Annonaico. Castra preterea quę per nos recuperata sunt
vel acquisita, scilicet Pompeiacum, Saxeolum et castrum de Mala valle
Viennensi ecclesię in perpetuum confirmamus. Cimiterium vero quod
domnus predecessor noster sanctę memorię PASCHALIS papa circa Beati
Mauricii ecclesiam consecravit, liberum esse sancimus, ut eorum qui
illic sepeliri deliberaverint, devotioni et extremę voluntati, nisi forte
excommunicati sint, nullus obsistat, salvo nimirum proprię jure parochię. Ad hęc, pro ampliori Viennensis ecclesię dilectione, ante Viennensem archiepiscopum per provinciam suam crucem deferri concedimus et Viennensem ecclesiam alicui subjacere legato, nisi cardinali
vel alii de Romana provincia, qui a Romani pontificis latere dirigitur,
prohibemus. Porro in ecclesiis quas in Viennensi episcopatu post as-
sumptum apostolicę sedis ministerium consecravimus, Viennensis archiepiscopus eandem quam ante habuerat interdicendi et ordinandi
habeat potestatem. Sane infra claustri ambitum, ubi clericorum mansiones continentur, nullus omnino laicorum deinceps habeat mansionem aut assultum vel rapinam facere seu corporalem cuilibet audeat
injuriam irrogare. Si qua igitur in futurum ecclesiastica secularisve
persona hanc nostrę confirmationis vel concessionis paginam sciens,
contra eam temere venire temptaverit, secundo tertiove commonita, si

non satisfactione congrua emendaverit, potestatis honorisque sui dignitate careat reamque se divino judicio existere de perpetrata iniquitate cognoscat et a sacratissimo corpore ac sanguine Dei et Domini Redemptoris nostri Jesu Christi aliena fiat atque in extremo examine districtę ultioni subjaceat. Cunctis autem eidem ecclesię justa servantibus sit pax Domini nostri Jesu Christi, quatenus et hic fructum bonę actionis percipiant et apud districtum judicem premia ęternę pacis inveniant. Amen. Amen. Amen.

(R.) Ego Calixtus, catholicę Æcclesię episcopus, ss. (M.)

Datum Valentie, V kalendas martii, indictione xiii^a, incarnationis Dominicę anno m.c°.xx°, pontificatus autem domni Calixti secundi pape anno secundo.

(Lacs de soie rouge; la bulle n'existe plus.)

146

27 février 1120.

Érection de l'église de Compostelle en métropole au lieu et place de l'église de Mérida.

Ms. *A. Cartulaire de Saint-Jacques de Compostelle, aux Archives du chapitre de la cathédrale, t. II, fol. 160; copie collationnée sur l'original en 1360. — B. Historia Compostellana, fol. 59 v°. Éd. Florez, España sagrada, XX, 292. — Migne, n° 79, col. 1168. Cat. Robert, n° 108. — Jaffé-Loewenfeld, n° 6823 (4990).

Calixtus episcopus, servus servorum Dei, venerabili fratri Didaco, Compostellano episcopo [a], salutem et apostolicam benedictionem. Omnipotentis Dei dispositione mutantur tempora et transferuntur regna. Hinc est quod magni quondam nominis nationes demissas et depressas, exiguas vero quandoque legimus exaltatas. Hinc est quod in quibusdam regionibus paganorum tyrannidem christiane potentie dignitas conculcavit [1]; in quibusdam iterum christiani nominis potestatem paganorum feritas occupavit, sicut et Emeritane civitati constat, peccatis exigentibus, accidisse. Cum enim inter nobiles Hys-

[1] Tirannide ... conculcatur, B.

[a] B porte en marge archiepiscopo.

paniarum civitates, et ipsa nobilis appareret, ita divina dispositione
mutatis temporibus Moabitarum sive Maurorum est tradita potestati,
ut in ea et pontificalis gloria et christiane fidei dignitas deperierit.
Ipse quoque suffraganee civitates, exceptis dumtaxat duabus, Colimbria videlicet et Salmantica [*], in quibus adhuc per Dei gratiam episcopalis cathedra perseverat, eadem tirannide occupate, a sua similiter
gloria exciderunt. Ceterum in mutatione hac, nos ex consueta sedis
apostolice dispensatione, juxta fratrum nostrorum consilium et honori
Dei et animarum saluti duximus providendum, ne aut illis Christianorum reliquiis, proprii capitis deesset unitas, aut tam nobilis ecclesie pontificalis omnino deperiret [1] auctoritas. Ob majorem igitur
beati Jacobi apostoli reverentiam, cujus glorioso corpore vestra ecclesia decoratur, et ob precipuam persone sue dilectionem, supplicante
nepote nostro Yldefonsso, Hyspaniarum rege, et fratribus nostris,
Hugone, Portugalensi episcopo, ac Pontio, Cluniacensi abbate, necnon
et Laurentio ecclesie vestre canonico, prefate metropolis dignitatem,
honorabili ac cleri et populi multitudine abundanti, Compostellane
sedi, auctore Deo, concedimus, ejusque suffraganeos qui vel modo
sedes proprias obtinent vel in futurum, Domino miserante, obtinue-
rint, tibi, karissime frater et coepiscope DIDACE, tuis successoribus
metropolitano jure ordinandos regendosque subicimus, et in civitatibus illis que proprios olim antistites habuerunt, si cleri et populi
multitudo et vota meruerint, episcopos ordinandi liberam vobis concedimus facultatem, donec, disponente Deo, Emeritana civitas chris-
tiano potentatui restituta, cardinalem meruerit antistitem obtinere.
Vestra [2] igitur interest ita deinceps Ecclesiam Romanam diligere, ita
in ejus obediencia et fidelitate persistere, ut ejus benivolentia et liberalitate archiepiscopi constituti, hujus gratia dignitatis inveniamini
digniores. Si qua ergo in futurum ecclesiastica secularisve persona
hanc nostre constitutionis paginam sciens contra eam temere venire
temptaverit, secundo tertiove commonita, si non satisfactione congrua
emendaverit, potestatis honorisque sui dignitate careat, reamque se
divino judicio existere de perpetrata iniquitate cognoscat et a sacratissimo corpore ac sanguine Dei et Domini Redemptoris nostri

---

[1] *Deperirit*, B. — [2] *Vestram*, B.

[*] *Exceptis duntaxat tribus, Colimbria videlicet et Salmantica atque Avila*, éd.

Jesu Christi aliena fiat, atque in extremo examine districte ultioni subjaceat. Obedientibus autem atque servantibus sit pax Domini nostri Jesu Christi, quatenus et hic fructum bone actionis percipiant et apud districtum judicem premia eterne pacis inveniant. Amen.

(R.) Ego Calixtus, catholice Ecclesie episcopus [ss.]. (M.)

† Ego Boso, presbyter cardinalis Sancte Anastasie [ss.].

† Ego Gregorius, presbyter cardinalis tituli Lucine [ss.].

† Ego Petrus, cardinalis tituli Sancte Susanne [ss.].

† Ego Gregorius, diaconus cardinalis Sancti Angeli [ss.].

† Ego Petrus, diaconus cardinalis Sancti Adriani [ss.].

Ego Romanus, subdiaconus sancte Romane Ecclesie [ss.].

Ego Gregorius, subdiaconus sancte Romane Ecclesie [ss.].

Datum Valentie per manum Grisogoni, sancte Romane Ecclesie diaconi cardinalis ac bibliothecarii, IIII. kalendas marci, indictione XIII^a, incarnationis Dominice anno M°.C°.XX°, pontificatus autem domni Calixti secundi pape anno secundo.

147

27 février 1120.

Calixte informe les évêques, les abbés, les clercs, etc., des provinces de Mérida et de Braga qu'il a institué pour son légat Diego, archevêque de Compostelle.

Ms. *Historia Compostellana, fol. 60.
Éd. Florez, España sagrada, XX, 295. — Migne, n° 80, col. 1170.
Cat. Robert, n° 110. — Jaffé-Loewenfeld, n° 6824 (4991).

CALIXTUS episcopus, servus servorum Dei, dilectis fratribus et filiis episcopis, abbatibus, clericis, principibus et ceteris fidelibus per Emeritanam et Bracarensem provincias constitutis, salutem et apostolicam benedictionem. Antiqua sedis apostolice institutio exigit et caritatis debitum nos compellit eos qui et prope et qui longe sunt positi visitare et saluti omnium sollicite providere. Quamobrem, filii in Christo karissimi, necessarium duximus venerabili fratri nostro D., Compostellano archiepiscopo, in partibus vestris vices nostras conmittere, qui una vobiscum que apud vos fiunt ecclesiastica negocia diligenter audiat et opportunitatibus vestris et ecclesiarum vestrarum sedula sustentatione provideat. Rogamus itaque universitatem vestram et precipimus ut eum tanquam vicarium nostrum reverenter suscipere atque debita ei humilitate obedire sicut beati Petri filii procuretis. Preterea cum opportunitas ecclesiastice utilitatis exegerit, ad ejus vocationem conveniatis et synodales cum eo conventus ad honorem Domini celebretis, quatenus collaborantibus vobis corrigenda corrigere et confirmanda possit per Dei gratiam confirmare.

Datum Valentie, III kalendas martii.

148

27 février 1120.

Calixte institue son légat, dans les provinces de Mérida et de Braga,
Diego, archevêque de Compostelle.

Ms. *Historia Compostellana*, fol. 60 v°.
Éd. Florez, *España sagrada*, XX, 292. — Migne, n° 81, col. 1170.
Cat. Robert, n° 109. — Jaffé-Loewenfeld, n° 6825 (4992).

CALIXTUS episcopus, servus servorum Dei, venerabili fratri DIDACO, Compostellano archiepiscopo, salutem et apostolicam benedictionem. Et personam tuam et commissam tibi ecclesiam quanta dilectionis gracia complectamur, operum exhibitio manifestat. Tibi enim super Emeritanam et Bracarensem provincias vices nostras commisimus et Beati Jacobi ecclesiam metropolitane dignitatis gloria decoravimus. Hortamur itaque fraternitatem tuam et monemus in Domino ut Romane Ecclesie beneficium recognoscas et injunctam tibi obedientiam, ita cooperante Deo, adimplere studeas, quatenus et illis quorum tibi cura commissa est salubriter providere et beati Petri semper possis gratiam promereri.

Datum Valentie, III kalendas martii.

149

2 mars 1120.

*Confirmation des possessions de l'église de Porto, qui est placée
sous la protection du Saint-Siège.*

Ms. *Cartulaire de Porto*, du xvi° siècle, conservé aux Archives du chapitre de Porto, fol. 2.
Éd. Ribeiro, *Dissertacões chronologicas e criticas sobre a historia de Portugal*, V, 5.
Cat. Robert, n° 111. — Jaffé-Loewenfeld, n° 6826 (4993).

CALIXTUS episcopus, servus servorum Dei, venerabili fratri HUGONI,
Portugalensis ecclesiæ episcopo, ejusque successoribus canonice substituendis, in perpetuum. Offitii nostri nos hortatur auctoritas pro
ecclesiarum statu satagere et quæ recte statuta sunt stabilire. Quam
ob rem nos, charissime in Christo frater et coepiscope HUGO, ad exemplar domini prædecessoris nostri sanctæ memoriæ PASCHALIS papæ,
dilectionis tuæ petitionibus benigno favemus affectu. Personam siquidem tuam et ecclesiam ipsam, quam Dei gratia regis, sub nostra
decrevimus tutella specialiter confovendam, ea libertate donantes, ut
nullius metropolitani, nisi Romani pontificis aut legati, qui ab ejus
latere missus fuit, subjectioni tenearis obnoxius, sed, remotis molestiis, commissæ tibi Ecclesiæ quietus immineas. Statuimus itaque quæcumque prædia, quamcumque diœcesim aut quaslibet possessiones
eadem ecclesia in presenti legitime possidet vel in futurum, largiente
Deo, poterit adipisci, firma tibi tuisque successoribus illibata permaneant: In quibus hæc propriis duximus nominibus annotanda, videlicet:
ecclesia Sancti Jacobi de Custodiis cum omnibus ad eam pertinentibus: quintanam ejusdem villæ cum pertinentiis suis; monasterium de
Rivo Zinto; ecclesiam de Olvar cum molendino et cæteris pertinentiis
suis; dotem ejusdem matricis ecclesiæ, quæ vulgo Cautu dicitur. Præterea quæ de antiquis parochiæ terminis, dum Portugalensis prostrata
jaceret ecclesia, ab aliis ecclesiis occupatum est, præcipimus, ut, authore Deo, eidem reintegretur ecclesiæ, quorum videlicet terminorum
distinctio horum finium continuatione distenditur : a fauce Ave flu-
minis, ut cadit in mare Occanum per ipsum fluvium sursum usque
in Avicelam fluvium; et per Avicelam ad Arcus Palumbarii. Inde ad
Antam de Zemone, inde per montem Egas ad montem Farinæ; inde

ad montem Maraonis; et per Maraonem ad Campianum fluvium, et
per ipsum fluvium sicut decurrit in Correcam et per Correcam in
Dorium flumen. Item trans Dorium flumen a fauce Arde per montem
Meda ad montem Naval, ubi nascitur fluvius Anthesiana, qui Anteana
dicitur, per ipsum fluvium, sicut descendit ad mare Oceanum; infra quos fines hic perhibentur monasteria continuata; monasterium
Sancti Zirtii de Ripa Ave; monasterium de Burgais; monasterium
de Rodentes; monasterium de Villarinho de Palumbario, de Antinu,
de Arnozo, de Villa Cova, de Zoloins de Frauxino, de Mancelis, de
Sanctis de Reali, de Varsio, de Villa nova episcopi; monasterium
de Palaciolo, monasterium Sancti Joannis, monasterium Anxedi, de
Suilhaes, de Inter ambos rivos, de Baucis, de Sitofeita, de Aquis
sanctis, de Masanariis, de Lessia, de Untano Sanctæ Marinæ, de
Portu Dorii, de Petroso. Hæc igitur et omnia alia monasteria vel
ecclesiæ, quæ intra predictos fines continentur, appostolica auctoritate præcipimus ut supradictæ Portugalensi ecclesiæ obedientiam
debitam justitiamque persolvant. Nulli ergo hominum liceat eandem
ecclesiam temere perturbare aut ejus possessiones auferre vel ablatas retinere, minuere vel temerariis vexationibus fatigare, sed omnia
integra conserventur, tam tuis quam clericorum et pauperum usibus
profutura. Si qua igitur in futurum ecclesiastica sæcularisve persona
hanc nostræ constitutionis paginam sciens contra eam temere venire
tentaverit, secundo tertiove commonita, si non satisfactione congrua
emendaverit, potestatis honorisque sui dignitate careat reamque se
divino judicio existere de perpetrata iniquitate cognoscat et a sacratissimo corpore et sanguine Dei et Domini Redemptoris nostri Jesu
Christi aliena fiat atque in extremo examine destrictæ ultioni subjaceat. Cunctis autem eidem ecclesiæ justa servantibus sit pax Domini
nostri Jesu Christi, quatinus et hic fructum bonæ actionis percipiant
et apud destrictum judicem præmium æternæ pacis inveniant. Amen.
Amen. Amen.

Ego Calixtus, catholicæ Ecclesiæ episcopus.

Datum Valentiæ per manum Grisogoni, sanctæ Romanæ Ecclesiæ
diaconi cardinalis ac bibliothecarii, sexto nonas martii, indictione
decima tertia, incarnationis Dominicæ anno millessimo centessimo
vigessimo, pontificatus autem domini Calixti secundi papæ anno secundo.

150

2 mars 1120.

Ordre à Gonzalve, évêque de Coïmbre, et à Jérôme, évêque de Salamanque,
d'obéir à Diego, archevêque de Compostelle.

Ms. *Historia Compostellana,* fol. 60.
Éd. Florez, *España sagrada,* XX, 294. — Migne, n° 82, col. 1170.
Cat. Robert, n° 112. — Jaffé-Loewenfeld, n° 6827 (4994).

CALIXTUS episcopus, servus servorum Dei, venerabilibus fratribus et coepiscopis G. Colimbriensi, J. Salmanticensi, salutem et apostolicam benedictionem. Commissi nobis officii auctoritas nos conpellit ut pro ecclesiarum omnium statu soliciti per Dei gratiam existamus. Idcirco, fratres karissimi, tam vobis quam vestris ecclesiis duximus providendum ut, secundum suffraganeorum episcoporum consuetudinem, caput ad quod debeatis recurrere habeatis. Porro sollicitudinem hanc venerabili fratri nostro et coepiscopo D. Compostellano providimus injungendam. Precipimus itaque fraternitati vestre ut ei super vos et reliquos vestre provincie episcopos et parrochias archiepiscopo ex liberalitate sedis apostolice constituto plenam deinceps obedientiam et reverentiam deferatis et Beati Jacobi Compostellanam ecclesiam matrem vestram in posterum cognoscatis.

Datum apud castrum Cristam, vi nonas martii.

151

4 mars 1120.

Ordre aux évêques, aux princes, aux comtes et aux chevaliers d'Espagne
de garder fidélité à Alphonse, fils du comte Raymond.

Ms. *Historia Compostellana,* fol. 64 v°.
Éd. Florez, *España sagrada,* XX, 316. — Migne, n° 84, col. 1171.
Cat. Robert, n° 113. — Jaffé-Loewenfeld, n° 6828 (4995).

CALIXTUS episcopus, servus servorum Dei, dilectis fratribus et filiis episcopis, principibus, comitibus, militibus et ceteris fidelibus per

Yspaniam, salutem et apostolicam benedictionem. Egregie memorie Ildefonsus rex, defuncto genero nobilis recordationis Raimundo comite, fratre nostro, filium ejus regem instituit et regnum ei per juramenta potentium stabilivit, prout vos ipsi certius cognovistis; postea vero ipsius pueri regis mater, predicti regis filia, cum eum coronari fecissent, alia juramenta prioribus contraria violenter extorsit et ad filii sui destructionem, materne pietatis oblita, conatus sui molimen intendit. Quod profecto quam impium sit et omni ratione contrarium, omnis ratione utens facile potest advertere. Nec puer enim avi sui beneficio tam irrationabiliter defraudari, nec mater adversus filium tanta debuit nequitia animari, ut per eam quod filio juraverant, ad aliud cogerentur. Apostolica igitur auctoritate precipimus ut pro sequentis juramenti extorsione, que a predicta regina facta est, nullus omnino dimittat quin filio ejus primum observet inviolabiliter juramentum. Cum enim post jusjurandum legitime factum, aliud fieri non debuerit quod postea contra illud extortum est minime observandum est.

Dat. Beveriis, IV nonas martii.

152

5 mars 1120.

Ordre à Pélage, évêque de Braga, de rendre, dans le délai de quarante jours, à Hugues, évêque de Porto, certaines églises qu'il lui avait enlevées.

Ms. *Livro 1ᵉ dos privilegios du Censual du chapitre de Porto, du XVIᵉ siècle, fol. 6 vᵒ.
Éd. Cunha, *Catalogos dos bispos do Porto*, II, 10. — Migne, nᵒ 85, col. 1172.
Cat. Robert, nᵒ 114. — Jaffé-Loewenfeld, nᵒ 6829 (4996).

Calixtus episcopus, servus servorum Dei, venerabili fratri P[elagio], Bracharensi episcopo, salutem et apostolicam benedictionem. Portugalensis episcopatus ecclesias, quas Bracharensis ecclesia usurpabat, dominus prædecessor noster sanctæ memoriæ Paschalis papa confratri nostro Hugoni, Portugalensi episcopo, secundum antiquam terminorum difinitionem, restituendas literarum suarum authoritate mandavit quod cum minime impleretur, ipse canonicam, tam super easdem ecclesias quam super contemptores, justitiam assecutus est. Qua

postea similiter audaci temeritate contempta, filius noster B., præs-
biter cardinalis, in partibus illis apostolicæ sedis legatus, graviorem,
sicut accepimus, inde in Burgensi concilio sententiam promulgavit.
Nos itaque, prædicti domini nostri vestigia subponentes, iterata sedis
apostolicæ præceptione, mandamus ut infra quadraginta dies, postquam ad te literæ istæ pervenerint, prædicto fratri nostro Hugoni,
Portugalensi episcopo, easdem ecclesias cum rerum suarum facias
integritate restitui. Alioquin nos ex tunc sæpedicti domini nostri et
legati sui sententia[m], æquitate canonica promulgatam, apostolicæ
sedis authoritate confirmatas, tibi pontificale offitium, donec ei satisfacias, interdicimus.

Dat. Beveris, tertio nonas martii.

153

11 mars 1120.

Confirmation des priviléges de l'église Sainte-Madeleine de Besançon.

Mss. *Original aux Archives départementales du Doubs, à Besançon, G, 1, n° 2, fonds de Sainte-
Madeleine. — Collection Moreau, *Cartulaire de Sainte-Madeleine de Besançon,* n° 876, fol. 1 (*).
— *Id.,* Bibliothèque de Besançon, fol. 1. — Fragment du xIII° siècle au British Museum, add.
Charters, 13539.
Éd. Robert, app., p. LIV. — Fragment dans *Mémoires et documents inédits de la Franche-Comté,* II,
317, et Migne, n° 86, col. 1172.
Cat. Robert, n° 115. — Jaffé-Loewenfeld, n° 6830 (4997).

CALIXTUS episcopus, servus servorum Dei, dilectis filiis canonicis
ecclesię Sanctę Marię Magdalenę apud Bisuntium constitutę tam
presentibus quam futuris, in perpetuum. Officii nostri nos hortatur

(*) Migne, n° 86, col. 1172, d'après les *Mémoires et documents inédits de la Franche-Comté,* II, p. 317; a publié un fragment très incomplet de ce privilège, mais dans ce fragment il y a le passage suivant qui ne se trouve pas dans l'original, ni dans le cartulaire de la Madeleine, ni dans le fragment du British Museum : « . . . redditus qui dicuntur Manaydæ in torculari Naal, foragium vestræ (?) quod expugnavistis duello contra Hubaldum de Abbans, terram ecclesiæ vestræ sive sit vestita vineis aut domibus, sive vacua sit, tres solidos censuales in placito generali ex dono Stephani vicecomitis, decimas parochiæ vestræ, sicut eas hactenus canonice possedistis, antiquas quoque et rationabiles consuetudines ipsius ecclesiæ ratas habere censemus. »

auctoritas pro ecclesiarum statu satagere et que recte statuta sunt
stabilire. Idcirco, filii in Christo karissimi, vestris petitionibus clementius annuentes, ad exemplar domni predecessoris nostri sancte
memorie ALEXANDRI pape, vobis vestrisque successoribus confirmamus
concessa a bone memorie Hugone Salinensi, Bisuntino archiepiscopo,
claustri vestri et domorum ei adherentium libertatem et conductum in
urbe, sicut in ejusdem archiepiscopi cyr[o]grapho (*) continetur. Confirmamus etiam possessiones que ab eodem fratre collate sunt, videlicet mansum Armarii capellani cum furno et appendiciis suis; terram
que dicitur de Calesia, que ad feudum coqui pertinebat, cum appendiciis suis; vicum ad caput vestre ecclesie, a parte orientis inter mansum Sibonis et Warnerii et mansum Oddonis; a parte occidentis,
vicum a porta ejusdem ci[vit]atis usque ad refectorium vestrum; a
porta meridiana, terram que est a porta Arenarum usque ad dormi-
torium canonicorum, sive sit vestita vineis aut domibus, sive vacua
sit; nemus quod Faylaz dicitur juxta urbem; porochiam (*sic*) de Ca-
rencey; ecclesiam Sancti Germani de Dimidia cum omnibus appendiciis suis; Sancti Leodegarii de Virey cum appendiciis suis; Sancti
Petri de Marnay cum omnibus appendiciis suis; Sancti Andre de
Chinivrey cum omnibus appendiciis suis; Sancti Pauli de Corchapun
cum omnibus appendiciis suis; Sancti Petri de Bosseris cum omnibus
appendiciis suis; Sancti Germani de Haans cum omnibus appendiciis suis; Sancti Martini de Saens cum omnibus appendiciis suis.
Bisuntii, ecclesiam Sancti Jacobi infra harenas cum appendiciis suis;
mansum Petri de Osma, mansum Johannis militis, Bisontici filii,
juxta puteum domni Dudini in campo Martis; mansum Abberici canonici cum furno; mansum Remigii supra Dubium; mansum Constantii
juxta molendinum; in vico Batentis, mansum quem dedit Adila, con-
junx Theolfi dapiferi, canonicis; mansum Girardi, ex dono Hugonis
dapiferi; mansum alium, ex dono Hugonis de Dulu; apud Curencey,
mansum unum, ex dono Aurifrisie de Rollens; apud Gonçans, mansum ex dono Magnonis militis; apud Viriacum, mansum, ex dono
Garini de Rupe; apud Saornacum, mansum, ex dono Aledie; apud
Chinivrey, mansum, ex dono Aymonis militis; apud Vigilias, prope
Rufiacum, mansum, ex dono Stephani canonici; apud Frasnyir, villam

---

(*) Les lettres entre crochets sont rongées dans l'original.

quę vocatur Monticulus, et mansum, quem dedit Pontius miles con-
servo; apud Vallantini, mansum Brunonis, ex dono Guidonis dapiferi
cum appendiciis suis. Quęcunque preterea e[c]clesia eadem in presenti
legitime possidet aut in futurum, largiente Deo, juste atque canonice
poterit adipisci firma vobis vestrisque successoribus et illibata permaneant. Decernimus ergo ut nulli omnino hominum liceat eandem
ecclesiam temere perturbare aut ejus possessiones auferre vel ablatas
retinere, minuere aut temerariis vexationibus fatigare, sed omnia integra conserventur, eorum pro quorum sustentatione et gubernatione
concessa sunt usibus omnimodis profutura, salva canonica ecclesię
Sancti Johannis Evangelistę et Bisuntini archiepiscopi reverentia. Si
qua igitur in futurum ecclesiastica secularisve persona hanc [n]ost[r]ę
constitutionis paginam sciens contra eam temere venire temptaverit,
secundo tertiove commonita, [nisi] satisfactione congrua emendaverit,
potestatis honorisque dignitate careat reamque se divino judicio existere de perpetrata iniquitate cognoscat et a sacratissimo corpore et
sanguine Dei et Domini Redemptoris nostri Jesu Christi aliena fiat
atque in extremo examine districtę ultioni subjaceat. Cunctis autem
vestrę prefatę ecclesię justa servantibus sit pax Domini nostri Jesu
Christi, quatenus et hic fructum bonę actionis percipiant et apud districtum judicem premia ęternę pacis inveniant.

     (R.) Ego Calixtus, catholice Ecclesie epicsopus, ss. (M.)

     Datum Vapinci, vᵒ idus martii, indictione xiiiᵃ, incarnationis Do-
minicę anno mᵒcᵒxxᵒ, pontifica[t]us autem domni Calixti secundi pape
anno secundo.

(Lacs de soie jaune; la bulle existe.)

154

11 mars 1120.

Confirmation des droits métropolitains de l'église d'York et permission
à l'archevêque Thurstin de porter le pallium.

Mss. *A. Ms. Lansdowne CCCCII, au British Museum, du xive siècle, fol. 112 v°. — B. Ms. Har-
leian, *ibid.* 1808, du xve siècle.
Éd. The priory of Hexham, its chroniclers, endowments and annals, vol. I, dans les *Publications of*
the Surtees Society, XLIV, illustrative documents, p. x.
Cat. Jaffé-Loewenfeld, n° 6831.

CALIXTUS episcopus, servus servorum Dei, venerabili fratri TURSTINO,
Eboracensi archiepiscopo, ejusque successoribus canonice substituendis, in perpetuum. Caritatis bonum est proprium gaudere·provectibus
aliorum, unde· et Apostolus tunc ait : *Vivimus, si vos statis in Domino*,
et iterum, *Que est enim nostra spes aut gaudium, aut corona glorie ?*
Nonne vos ante Dominum nostrum Jesum Christum ? Hoc igitur caritatis
debito provocamur et apostolice sedis auctoritate compellimur honorem debitum fratribus exhibere et sancte Romane Ecclesie dignitatem
pro suo cuique modo ceteris ecclesiis impertiri. Proinde, karissime
frater, coepiscope TURSTINE, tibi tuisque successoribus et per·vos Eboracensi ecclesie, cui, cooperante Deo, per manus nostre impositionem
preesse cognosceris, imperpetuum confirmamus universos Eboracensis
metropolis suffraganeos et quicquid parochiarum vel episcopali vel
metropolitano jure ad eandem cognoscitur ecclesiam pertinere. Pallei
quoque usus pontificalis, videlicet plenitudinem officii fraternitati tue
ex liberalitate sedis apostolice confirmamus diebus illis qui in ecclesie vestre privilegiis distinguntur. Antiquam[a] preterea Eboracensis
ecclesie dignitatem integram conservari, auctore Domino, cupientes,
et predecessorum nostrorum sancte recordationis URBANI, PASCHALIS et
GREGORII, Romanorum pontificum, sententiis adherentes, auctoritate
apostolica prohibemus ne ulterius aut Cantuariensis archiepiscopus ab
Eboracensi professionem quamlibet exigat, aut Eboracensis Cantuariensi exhibeat; neque, quod quondam penitus a beato Gregorio pro-

---

[a] Dans B, le texte commence au mot *Antiquam.*

hibitum est, ullo modo Eboracensis Cantuariensis ditioni subjaceat;
sed juxta ejusdem patris constitutionem ista inter eos honoris distinctio in perpetuum conservetur, ut prior habeatur qui prior fuerat
ordinatus. Sane si Cantu[a]riensis archiepiscopus ab Eboracensi electo
consecrationis manum subtraxerit, quam videlicet juxta ecclesiarum
suarum morem ab Honorio, apostolice sedis pontifice, institutum
invicem sibi debent, liceat eidem Eboracensi secundum communem
Ecclesie consuetudinem et predicti patris nostri Gregorii sanctionem
et domini nostri sancte memorie Paschalis pape mandatum, a suis
suffraganeis consecrari. Ad hec antiquas libertatis consuetudines et
possessiones, quas vel in presenti legitime obtinetis, vel in futurum,
largiente Deo, juste poteritis adipisci, Eboracensis ecclesie presentis
privilegii auctoritate firmamus, statuentes ut nullus eas auferre vel
minuere vel temerariis audeat vexationibus infestare, sed omnia integra conserventur, eorum pro quorum sustentatione [et] gubernatione concessa sunt, usibus omnimodis profutura. Illud quoque capitulo presenti subjungimus ut ecclesie Sancti Andree Haugustaldensis,
Sancti Johannis Beverlacensis, Sancti Wilfridi de Rypun, Sancte
Marie de Suthwille, Sancti Oswaldi de Gloucestra (a) cum omnibus
earum possessionibus et libertatis consuetudinibus, vobis vestrisque
successoribus, nec non et Eboracensi ecclesie, integre semper et
quiete permaneant. Si qua igitur in futurum ecclesiastica secularisve
persona hanc nostre constitutionis paginam sciens contra eam temere
venire temptaverit, secundo tertiove commonita, si non satisfactione
congrua emendaverit, potestatis honorisque sui dignitate careat reamque se divino judicio existere de perpetrata iniquitate cognoscat et
a sacratissimo corpore et sanguine Dei et Domini Redemptoris nostri
Jesu Christi aliena fiat atque in extremo examine districte ultioni subjaceat. Cunctis autem eidem ecclesie justa servantibus sit pax Domini
nostri Jesu Christi, quatenus et hic fructum bone actionis percipiant
et apud districtum judicem premia eterne pacis inveniant. Amen.

Ego Calixtus, catholice Ecclesie episcopus.

Ego Cono, Prenestinus episcopus.

Ego Lambertus, Ost[i]ensis episcopus.

Ego Boso, presbyter cardinalis Sancte Anastasie.

(a) De Gloucestra répété A.

Ego Gregorius, presbyter tituli Sancte Lucine.

Ego Petrus, presbyter cardinalis tituli Sancte Susanne.

Ego Petrus, diaconus cardinalis Sanctorum Cosme et Damiani.

Ego Petrus, diaconus cardinalis Sancti Adriani.

Data Vapinci, per manum Grisogoni[a], sancte Romane Ecclesie diaconi cardinalis ac bibliothecarii, v°[1] idus martii, indictione XIII, incarnationis Dominice anno M° C° XX°, pontificatus autem domni Calixti secundi pape anno secundo.

155

Entre le 11 et le 15 mars 1120.

*Stubbs, *Actus pontif. Ebor.*, dans *Histor. anglic. script.* X, II, 1718.
Cat. Jaffé-Loewenfeld, n° 6832.

Misit autem dominus papa domino regi [Anglorum, Henrico] literas de ejus [Turstini, archiepiscopi Eboracensis] receptione.

156

1119-1120. Avant le 19 mars.

Bulle pour les religieuses de Saint-Sixte de Plaisance.

*Pflugk-Harttung, *Acta*, II, 224. — Cf. la bulle du 7 mars 1121.
Cat. Jaffé-Loewenfeld, n° 6797.

[1] *Vero*, A.

[a] *Grisigorii*, ms.

157

15 mars 1120.

Confirmation des possessions et des privilèges de l'abbaye Saint-Hilaire de Carcassonne, qui est placée sous la protection du Saint-Siège.

Mss. *Collection Baluze, n° 81, fol. 58. — Collection Doat, n° 71, fol. 302. — Notes de dom Chantelou, ms. lat. 13845, fol. 122.
Éd. Robert, app., p. lvi. — Fragment dans Mahul, *Cartulaire de Carcassonne*, V, 68.
Cat. Robert, n° 116. — Jaffé-Loewenfeld, n° 6833.

CALIXTUS episcopus, servus servorum Dei, dilecto filio UDALGERIO, abbati monasterii Sancti Ilarii, quod in Carcassonensi parrochia situm est, ejusdem[que] successoribus regulariter substituendis, in perpetuum. Sicut injusta poscentibus nullus est tribuendus effectus, sic legitima desiderantium non est differenda petitio. Proinde, carissime in Christo fili UDALGUERI abbas, tuis petitionibus clementius annuentes, Beati Ilarii monasterium cui, Deo auctore, præsides, cum omnibus ad ipsum pertinentibus, protectione sedis apostolicæ communimus. Statuimus enim ut possessiones et bona omnia, quæ idem monasterium in præsenti legitime possidet aut in futurum, largiente Deo, juste poterit adipisci, firma tibi semper tuisque successoribus et illibata permaneant. In quibus hæc propriis duximus nominibus annotanda : villas videlicet Campi Liberi, Sancti Saturnini, Podii Salmonis, Corneliani, Bracie, Gardie, Carentiani, Capprariæ, Villæ Basini, Villaris de Bella, Ferrarias, Garri, Nicolarias, Cusciacum cum ecclesiis, decimis et omnibus ad easdem ecclesias pertinentibus; ecclesia Sanctæ Mariæ de Venantio cum parte villæ; villam de Venatianum; villa Sancti Ilarii cum ecclesiis; ecclesia Sancti Martini de Limoso cum decimis et appenditiis suis; partes villarum de Salzinco, Maclinco, Flaciano, Pomario, Barino, Vilaldrico, Sancto Adriano. Decernimus ergo ut nulli omnino hominum liceat prædictum monasterium temere perturbare, ejus possessiones auferre vel ablatas retinere, minuere vel temerariis vexationibus fatigare, sed omnia integra conserventur, eorum pro quorum sustentatione et gubernatione concessa sunt usibus profutura, salva Carcassonensis episcopi canonica reverentia. Chrisma a Carcassonensi suscipietis episcopo, si quidem gratiam atque com-

munionem apostolicæ sedis habuerit ac si gratis ac sine pravitate voluerit exhibere. Alioquin liceat vobis accipere a catholicis episcopis,
in quorum diocesibus vestræ ecclesiæ continentur. Obeunte te, nunc
ejus loci abbate vel tuorum quolibet successorum, nullus ibi qualibet
surreptionis astutia seu violentia præponatur, nisi quem fratres communi consensu vel fratrum pars consilii sanioris, secundum Dei timorem ac beati Benedicti regulam, providerint eligendum. Si qua igitur
in futurum ecclesiastica secularisve persona hanc nostræ constitutionis
paginam sciens contra eam temere venire tentaverit, secundo tertiove
commonita, sine satisfactione congrua emendaverit, potestatis honorisque [a] sui dignitate careat reamque se divino judicio existere de
perpetrata iniquitate cognoscat et a sacratissimo corpore ac sanguine
Dei et Domini Redemptoris nostri Jesu Christi aliena fiat atque in extremo examine districte ultioni subjaceat. Cunctis autem eidem loco
justa [b] servantibus sit pax Domini nostri Jesu Christi, quatenus et hic
fructus bonæ actionis percipiant et apud districtum judicem præmia
æternæ pacis inveniant. Amen. Amen. Amen.

  Ego Calixtus, catholicæ Ecclesiæ episcopus, confirmavi.

  Datum Ebreduni, idibus martii, indictione decima tertia, incarnationis Dominicæ anno millesimo centesimo vicesimo, pontificatus autem domini Calixti secundi papæ anno secundo.

158

19 mars 1120.

Confirmation des possessions de l'abbaye de Saint-Blaise dans la Forêt-Noire.

Ms. *Original aux Archives de l'État, à Carlsruhe.
Éd. Gerbert, *Historia Nigræ Silvæ*, III, 49. — *Wirtembergisches Urkundenbuch*, I, 344. — Migne
n° 282, col. 1336.
Cat. Robert, n° 1 (actes faux). — Jaffé-Loewenfeld, n° 6834 (ccccvii).

CALIXTUS episcopus, servus servorum Dei, dilecto filio RUSTINO, abbati monasterii Sancti Blasii, quod in Constantiensi episcopatu, in loco
videlicet qui Nigra Silva dicitur, situm est, ejusque successoribus regu-

[a] *Honoribusque* dans A. — [b] *Loco justa* manque dans A.

lariter substituendis, in perpetuum. Ad hoc nos, disponente Domino, in apostolicę sedis servitium promotos agnoscimus, ut ejus filiis auxilium implorantibus efficaciter subvenire, tueri ac protegere, prout Dominus dederit, debeamus. Unde oportet nos venerabilibus locis manum protectionis extendere et servorum Dei quieti attentius providere. Proinde tuis, dilecte in Christo fili Rustine, postulationibus clementius annuentes, comisso tuo regimini Beati Blasii monasterio, salva Constantiensis episcopi reverentia, confirmamus cellam de silva Swarzwalt a sancto Reginberto constructam, cum omnibus possessionibus, ecclesiis, prediis et terris ad eam pertinentibus. Ad hęc specialiter ecclesiam Nallingin, ab Anshelmo nobili viro monastério tuo, cum suarum dimidietate decimarum nuper donatam, tibi confirmamus. Æcclesiam ipsam Sneisane ab Erlewino comite cum medietate decimarum delegatam; ecclesiam quoque Batemaringin, a quodam Arnolfo, cum dimidiis partibus decimarum concessam; item ecclesias Berowa, Nunchilcha, Omingin, a fundatoribus earum cum suarum portionibus decimarum legitime traditas, tibi ac successoribus tuis apostolica auctoritate firmamus. In his ergo et in aliis quas habetis ecclesiis, decernimus ut nulli omnino hominum liceat prefatum monasterium temere perturbare vel quibuslibet vexationibus fatigare, salva tamen episcopali justicia ac reverentia. Confirmamus etiam dispositionem illam, quam filius noster carissimus imperator Heinricus de vestri cenobii advocatia constituit, ut videlicet in advocati electione abbas liberam habeat potestatem, cum fratrum suorum consilio, talem eligere, quem ad defendendam monasterii libertatem bonum et utilem cognoverit. Qui non pro terreno commodo, sed Dei amore ac peccatorum venia et ęternę beatitudinis mercede, advocatiam ipsam bene habere cupiat et tractare. Si autem, calumniator potius quam advocatus existens, monasterii bona pervaserit, et semel, secundo terciove commonitus, non emendaverit, abbas habeat facultatem alium sibi utiliorem statuere advocatum. Ad indicium autem nostrę tuitionis et concesse vestro monasterio libertatis, aureum unum quotannis Lateranensi palatio persolvetis. Si quis igitur, decreti hujus tenore cognito, temere, quod absit, contraire temptaverit, honoris et officii sui periculum patiatur aut excommunicationis ultione plectatur, nisi presumptionem suam digna satisfactione correxerit. Amen. Amen. Amen.

(R.) Ego Calixtus, catholicę Æcclesię episcopus. (M.)

Ego Cono, Prenestinus episcopus, ss.

Ego Boso, presbiter cardinalis tituli Sanctę Anastasię, ss.

Ego Lambertus, Hostiensis episcopus, ss.

Ego Johannes, presbiter cardinalis tituli S. Grisogoni, ss.

Datum Laterani per manum Grisogoni, sanctę Romane Æcclesię diaconi cardinalis ac bibliothecarii, xiiii kalendas aprilis, indictione xii, Dominice incarnationis anno m°c°xx°, pontificatus autem domni Calixti secundi pape anno i. Amen. Amen.

(Lacs de soie jaune; la bulle existe.)

159

28 mars 1120.

Confirmation de la règle, des possessions et des privilèges de l'église d'Oulx.

Ms. Copie du cartulaire imprimé de l'église d'Oulx, ms. 1166 de la Bibliothèque de Grenoble, p. 3.

Éd. *Ulciensis ecclesiæ chartarium*, p. 2. — *Miscellanea di storia italiana*, XX, 560.

Cat. Robert, n° 117. — Jaffé-Loewenfeld, n° 6835 (4998).

Calixtus episcopus, servus servorum Dei, dilecto filio Arberto, præposito canonicæ quæ dicitur ad Plebem martyrum, ejusque successoribus canonice substituendis, in perpetuum. Præceptum Domini habemus : *Intrate per angustam portam, quia angusta via est quæ ducit ad vitam.* Quia igitur, carissime in Christo fili Arberte præposite, per divinæ gratiæ aspirationem una cum fratribus tuis, ut angustam portam ingredi valeatis, sub regularis vitæ disciplina omnipotenti Domino deservire proposuistis, nos votis vestris paterno congratulamur affectu. Vitæ namque canonicæ ordinem quem professi estis, præsentis privilegii auctoritate firmamus, et ne cui post professionem exhibitam proprium quid habere, neve sine præpositi vel congregationis licentia de claustro discedere liceat, interdicimus et tam vos quam vestra omnia sedis apostolicæ protectione munimus. Vobis itaque vestrisque successoribus in eadem religione permansuris ea omnia perpetuo possidenda sancimus, quæ in præsentiarum concessione pontificum, liberalitate principum, oblatione fidelium vel aliis justis modis pro com-

munis vitæ sustentatione possidere videmini : videlicet in episcopatu
Taurinensi, ecclesiam Beatæ Mariæ de Revel cum capellis suis; ecclesiam Beati Johannis de Plebe cum titulis suis; ecclesias de valle
Clusionis, ecclesiam scilicet de Mentol, de Fenestrellis, de Uscello,
de Prato Gellato; in villa Sesa ecclesiam Sancti Johannis; in villa
Ulcio ecclesiam Sanctæ Mariæ; in villa Beollario ecclesiam Sancti
Michaelis; ecclesias Sanctæ Mariæ et Sancti Hyppoliti de Bardo-
nesca, Sancti Johannis de Salaberta, Sanctæ Mariæ de Calmonte;
in Ebredunensi, ecclesiam Sanctæ Mariæ de Briancione cum capellis suis; Sancti Theorfredi, Sancti Marcellini de Salla, Sancti Martini
de Caireria cum capellis suis, Sancti Stephani de valle Jarentona,
Sancti Pelagii de Nevasca; in Vapincensi, ecclesiam Sancti Laurentii
de Bello monte cum ecclesiis parochialibus et capellis; in episcopatu
Gratianopolitano, omnes ecclesias quæ sunt sitæ a lacu usque ad col-
lem qui dicitur Altariolum; ecclesia Sancti Petri de Avelanz, Sanctæ
Agnetis de Gardenco, Sanctæ Mariæ de Comerio, Sancti Petri, Sancti
Georgii; in valle Navisii ecclesia Sancti Johannis; in Pascherio ecclesia Sancti Christophori cum capellis suis; in Diensi, ecclesiam Sanctæ
Mariæ de Seinart; in Viennensi, ecclesiam Sancti Donati cum ecclesiis
ad se pertinentibus. Quæcumque præterea in futurum, largiente Deo,
juste atque canonice poteritis adipisci, firma vobis vestrisque successoribus et illibata permaneant. Decernimus ergo ut nulli omnino
hominum liceat eamdem ecclesiam temere perturbare aut ejus possessiones auferre, minuere vel temerariis vexationibus fatigare, sed
omnia integra conserventur, eorum pro quorum sustentatione et gubernatione concessa sunt, usibus omnimode profutura. Obeunte te,
nunc ejus loci præposito, vel tuorum quolibet successorum, nullus
ibi qualibet surreptionis astutia seu violentia præponatur, nisi quem
fratres communi consensu vel fratrum pars consilii sanioris secundum
Dei timorem providerint regulariter eligendum. Chrisma, oleum sanctum, consecrationes altarium seu basilicarum et ordinationes canonicorum a diocesano suscipietis episcopo, si quidem gratiam atque
communionem apostolicæ sedis habuerit et si ea gratis ac sine pravitate voluerit exhibere. Alioquin catholicum quem malueritis antistitem adeatis, qui apostolica fultus auctoritate quod postulatur indulgeat. Si qua igitur in futurum ecclesiastica sæcularisve persona hanc
nostræ constitutionis paginam sciens contra eam temere venire ten-

taverit., secundo tertiove commonita, si non satisfactione congrua emendaverit, potestatis honorisque sui dignitate careat reamque se divino judicio existere de perpetrata iniquitate cognoscat et a sacratissimo corpore ac sanguine Dei et Domini Redemptoris nostri Jesu Christi aliena fiat atque in extremo examine divinæ ultioni subjaceat. Cunctis autem prædictæ ecclesiæ justa servantibus sit pax Domini nostri Jesu Christi, quatenus et hic fructum bonæ actionis percipiant et apud districtum judicem præmia æternæ pacis inveniant. Amen.

(R.) Ego Calixtus, catholicæ Ecclesiæ episcopus. (M.)

Datum Astis per manum Grisogoni, sanctæ Romanæ Ecclesiæ diaconi cardinalis ac bibliothecarii, v idus aprilis, indictione xiii, incarnationis Dominicæ anno m c xx, pontificatus autem domini Calixti papæ anno ii.

160

28 mars 1120.

Ordre à Amédée, évêque de Maurienne, de rendre, dans le délai de quarante jours, l'église Notre-Dame de Suze à Albert, prévôt de l'église d'Oulx.

Ms. Copie du cartulaire imprimé de l'église d'Oulx, ms. 1166 de la Bibliothèque de Grenoble, p. 146.
Éd. *Ulciensis ecclesiæ chartarium*, p. 108. — *Mémoires de l'Académie de Savoie*, 2ᵉ série, IV, 339.
Cat. Robert, nᵒ 118. — Jaffé-Loewenfeld, nᵒ 6836 (4999).

Calixtus episcopus, servus servorum Dei, venerabili fratri A., Moriennensi episcopo, salutem et apostolicam benedictionem. Cum apud villam Ulcium essemus, filius noster Arbertus, ejusdem loci præpositus, te præsente, in nostra et fratrum nostrorum audientia super ecclesia Sanctæ Mariæ de Secusia querelam deposuit. Et nos ergo causam illam in pace atque concordia statuere cupientes, juxta petitionem tuam eidem præposito usque ad kal. maias terminum dedimus, in quo habito cum fratribus tuis consilio debitam ei justitiam exhiberes. Verum quia ad secundum mandatum nostrum minime factum est, fraternitati tuæ præcipimus ut infra quadraginta dies, postquam litteras præsentes acceperis, prædicto filio nostro ecclesiam ipsam cum pertinentiis suis restituas, salva Moriennensis ecclesiæ justitia, si qua est. Alioquin nos ex tunc in eadem ecclesia Beatæ Mariæ divina omnia prohibemus officia celebrari.

Datum Astis, v kalendas aprilis.

161

7 avril 1120.

Ordre à Silvion, archidiacre de Vienne, de rendre aux chanoines de Vienne leurs revenus qu'il s'était appropriés.

Ms, Collection Baluze, n° 75, fol. 356 v°.
Éd. *Chevalier, *Cartulaire de l'abbaye de Saint-André-le-Bas de Vienne,* supplément, n° 75, p. 287.
—Robert, app., p. lxv.
Cat. Robert, n° 166. — Jaffé-Loewenfeld, n° 6837.

Calixtus episcopus, servus servorum Dei, dilecto filio S[ilvioni], Viennensi archidiacono, salutem et apostolicam benedictionem. Significatum nobis est quod, post dicessum nostrum, ecclesie condaminas, ad mensam fratrum que constitute fuerant, in usus tuos assumseris; unde dilectioni tue precipimus ut omnino eas, sicut statutum est, mense fratrum integras quietasque dimittas; alioquin nos dimittere non poterimus, quin, prestante Deo, canonicam inde justiciam faciamus.

Datum Melaci, vii idus aprilis.

162

8 avril 1120.

Lettre à Gui, évêque de Coire, qui voulait se démettre, à cause de son grand âge, de ses fonctions épiscopales, pour l'exhorter à les conserver. Il est dispensé de faire le voyage de Rome et ses envoyés sont attendus, parmi lesquels l'abbé de Reichenau.

Ms. *Ms. Ottoboni, n° 3008, fol. 82 v°.
Éd. Ewald, *Noues Archiv,* III, 179.
Cat. Jaffé-Loewenfeld, n° 6838.

Calixtus episcopus, servus servorum Dei, venerabili fratri W[idoni],

Curiensi episcopo, salutem et apostolicam benedictionem. Sicut ex karissimi fratris nostri J., presbyteri cardinalis, relatione didicimus, fraternitas tua multos annos in Dei Æcclesia fideliter et utiliter militavit.
Unde non solum episcopale onus te subterfugere non concedimus,
verum etiam ut pro tua et populi tui salute amplius insistere debeas
prorsus hortamur. Benedictionem apostolicam et peccatorum indulgentiam quam postulasti, tanquam fratri karissimo tibi mandamus.
Nos per Dei gratiam festinamus ad Urbem et qua[m]vis presentari te
conspectui nostro vellemus, tamen ad presens id fieri posse diffidimus.
Porro fideles nuntios tuos quam cicius poteris ad nos dirigas. Abbatem quoque Augensem vel tales nuntios qui pro eo respondeant venire
ad nos ex parte nostra precipias : alioquin nos ejus in obedientiam
ultione debita prosequemur.

Data Terdone, vi idus aprilis.

<hr>

163

11 avril 1120.

Confirmation des possessions et des privilèges de l'église de Monza,
qui est placée sous la protection du Saint-Siège.

Ms. *Original aux Archives du chapitre de Monza.
Éd. Giulini, *Memorie di Milano,* V, 555. — Frisi, *Memorie storiche di Monza e sua corte,* II, 48.
— Migne, n° 89, col. 1173.
Cat. Robert, n° 119. — Jaffé-Loewenfeld, n° 6839 (5000).

CALIXTUS episcopus, servus servorum Dei, dilecto in Christo filio GUIL-
LELMO, Modoeciensi archipresbytero, ejusque successoribus canonice
substituendis, in perpetuum. Sicut injusta poscentibus nullus est tribuendus effectus, sic legitima desiderantium non est differenda petitio.
Idcirco, dilecte fili GUILLELME archipresbiter, ecclesiam Beati Johannis
Baptiste cui, Deo auctore, preesse cognosceris, sub apostolice sedis
tutelam excipimus et cum omnibus ad eam pertinentibus beati Petri
patrocinio communimus. Idem enim locus a nobilis memorie Teode-
linda regina constructus, amplis etiam honoribus, possessionibus et
thesauro ditatus, veneratione dignus habetur et celebris. Per presentis
igitur privilegii paginam apostolica auctoritate statuimus ut quecum-

que bona, quascumque possessiones, concessione pontificum, liberalitate principum, oblatione fidelium vel aliis justis modis in presenti
possidet aut in futurum, largiente Deo, juste atque canonice poterit
adipisci, firma tibi tuisque successoribus et illibata permaneant. In
quibus hęc propriis visa sunt nominibus exprimenda : monasterium
videlicet Sancti Petri de Cremella cum ecclesia Sancti Sisinni; ecclesia Sancti Johannis de Blutiaco, Sancti Georgii de Coltiaco, Sancti
Johannis de Castro Martis. In Vellate, ecclesię Sanctę Marię et Sancti
Fidelis; ecclesia Sancti Juliani de plebe Colonia cum cappellis suis;
ecclesia Sancti Eusebii. In Sexto, ecclesia Sancti Alexandri, Sancti
Michahelis et Sancti Salvatoris; ecclesia Sancti Martini, Sancti Petri,
Sancti Michahelis, Sancti Salvatoris, Sanctę Agathę, Sancti Donati,
Sancti Mauricii, Sancti Georgii et ecclesia Sancti Alexandri, Sancti
Eugenii de Concuretio. Nulli ergo omnino hominum facultas sit ves-
tram ecclesiam temere perturbare aut ejus possessiones auferre vel
ablatas retinere, minuere vel temerariis vexationibus fatigare, sed
omnia integra et illibata conserventur, eorum pro quorum sustentatione et gubernatione concessa sunt, usibus omnimodis profutura.
Sane illa feudorum beneficia, quę venerabilis frater noster Jordanus,
Mediolanensis archiepiscopus, vestrę ecclesię in prenominatis ecclesiis ad communem fratrum sustentationem concessit, vobis vestrisque
successoribus auctoritate apostolica confirmamus, statuentes ut nulli
omnino liceat ea deinceps a communi fratrum utilitate auferre, subtrahere vel modis quibuslibet immutare. Ad vestram preterea et ecclesię vestrę quietem, institutiones et consuetudines confirmamus, quę
in ecclesia vestra vel in cappellis ad eam pertinentibus rationabili
deliberatione quiete hactenus habitę cognoscuntur. Si qua igitur in
futurum ecclesiastica secularisve persona hanc nostrę constitutionis
paginam sciens contra eam temere venire temptaverit, secundo tertiove commonita, si non satisfactione congrua emendaverit, potestatis
honorisque sui dignitate careat reamque se divino judicio existere de
perpetrata iniquitate cognoscat et a sacratissimo corpore ac sanguine
Dei et Domini Redemptoris nostri Jesu Christi aliena fiat atque in
extremo examine districtę ultioni subjaceat. Cunctis autem vestrę ecclesię justa servantibus sit pax Domini nostri Jesu Christi, quatenus
et hic fructum bonę actionis percipiant et apud districtum judicem
premia eternę pacis inveniant. Amen. Amen. Amen.

(R.) Ego Calixtus, catholicę Ecclesię episcopus, ss. (M.)

Datum Terdone per manum Grisogoni, sanctę Romanę Ecclesię diaconi cardinalis et bibliothecarii, III idus aprilis, indictione XIII, incarnationis Dominice anno M°.C°.XXI°, pontificatus autem domni Calixti secundi pape anno II°.

(La bulle n'existe plus.)

164

11 avril 1120.

*Mon. Germ. hist., Script., XX, 42.
Cat. Jaffé-Loewenfeld, n° 6840.

« ... In eadem quoque civitate [Terdona] et festivitate de ramis palmarum Guazo, clericus de Orco et Mediolanensis ecclesie lector, accepit cartam a pontifice [Calixto] et cardinalibus subscriptam, confirmantem ipsius Guazonis conjugium esse legiptimum... »

165

11 avril 1120.

Confirmation des possessions et des privilèges de l'abbaye Saint-Pierre « in Coelo aureo » de Pavie. (Faux.)

Mss. A. Registrum magnum, aux Archives municipales de Plaisance, du XIIIe siècle, p. 230. — B. Registrum parvum, ibid., p. 167. — C. Copie du XIIIe siècle, aux Archives de l'État, à Milan. — D. Copie du XIVe siècle, ibid. — Chronique de San Pietro in Coelo aureo, à la Bibliothèque de l'Université de Pavie, p. 28 (avec la date de 1123).
Éd. *Pflugk-Harttung, Acta, II, p. 219.
Cat. Jaffé-Loewenfeld, n° 6841.

CALIXTUS episcopus[a], servus servorum Dei, dilecto in Christo filio BALDUINO, venerabili abbati monasterii Sancti Petri, quod dicitur Celum aureum, positum juxta Ticinensem urbem, et per te in cunctis

[a] Episcopus, omis C.

successoribus tuis [*] abbatibus, in perpetuum. Desiderium quod religiosorum prepositorum et sanctorum locorum stabilitate pertinere monstratur, sine aliqua est, Deo auctore, dilatione [1] perfitiendum, et quotiens in sue utilitatis commodis nostrorum assensum et solite apostolice auctoritatis exposcitur presidium, ultro benignitatis intuitu nos convenit subvenire, et rite pro integra securitate et ratione solidare, ut ex hoc nobis quoque premium [2] a conditore omnium Deo in sideriis arcibus conscribatur. Et ideo, quia postulastis a nobis ut prefatum monasterium apostolice auctoritatis serie muniremus, et omnia pertinencia ejus, perhenni jure ibidem inviolabiliter permanenda, confirmaremus et, ut absque omni jugo seu ditione cujuscumque persone constare nostri privilegii pagina, sicut olim fuit, corroboraremus. Propterea tuis flexis precibus per hujus nostre auctoritatis privilegii statuentes, decernimus ut, propter amorem [3] sancti Petri, cujus honori dicatus est locus, et propter tuum gratissimum famulatum, quem circa nos exibuisti, et quam maxime, quia a nostra apostolica sede consecratus est, confirmamus et corroboramus tibi tuisque successoribus usum dalmatice, sandalium cum udonibus, hoc est licinis [4] sive pedulibus, necnon cirothecarum, et etiam licentiam in itinere feriendi [5] tintinabulum in capella, sicut hactenus ista tu tuique antecessores ex apostolica auctoritate antecessorum nostrorum habere meruistis, et cuncta loca urbana vel rustica, id est cortes, massas, salas, castella, casales, omnes possessiones, quas in diversis partibus monasterium Sancti Petri continere videtur in Tuscia, in comitatu Florentino, curtem Campi cum suis pertinentiis; curtem Granianum cum suis pertinentiis; prope curtem Campi, ecclesiam unam cum suis pertinentiis; in Linare curtem cum suis pertinentiis et cum ecclesia; in ipso Linare aldiones decem; in Olgia curtem unam cum suis pertinentiis; infra civitatem Florentiam curtem unam cum ecclesia et casa cum tribus caminatis, et uno solario, et duobus ortis, et omnibus aliis suis pertinentiis; in Ramiano curtem unam cum suis pertinentiis; in Gallinone curticellam unam; in Blaude manentem unum; in Fesule curtem unam; in Frontellum curtem unam; in Cellule curtem

---

(1) *Auctoritate dilatore*, A. — (2) *Quoque potissimum*, C. — (3) *Honorem*, B. — (4) *Licinibus*, C. — (5) *Ferendi*, C.

(*) *Tuis*, omis B.

unam cum suis pertinentiis; in Saniano curtem unam; in Casentino
curtem unam; in Maurana curtem unam; in Mediana curtem unam;
in Sancto Genesio ecclesiam Sancti Christofori cum pertinentiis suis;
in Sizana curtem unam cum suis pertinentiis; curtem Tartilensem
cum suis pertinentiis; curtem Olenam [1], prope plebem Sancti Viti
sitam, et quidquid in Decimo Manisso, in Maurano, in fine Flo-
rentie, in Vallia, in Sufficuana [2], in Orbamula [3] prope montem
Sancti Martini, et juxta plebem Sancte Marie, et in Longobardia
curtem unam, que Alpe plana dicitur, cum plebe una; idem ecclesia
Sancti Petri inibi fundata, cum decem ecclesiis ad eandem curtem
pertinentibus, cum territoriis et finibus per preceptum Liuprandi regis per singula loca denuntiantis [4], et decimas de terris, que quocumque modo inibi laborate fuerint, cum servis et ancillis, cum omni
honore; et ecclesiam Sancti Michaelis, idem monasterium de Brosono,
alias quoque curtes, que Lardiriacus et Villa Rasca dicuntur, cum
ecclesiis inibi fundatis, una Sanctorum Gervasii et Protasii dicitur,
altera Sancti Vincentii; et Pascarolum cum ecclesia Sancti Augustini,
et in Spiraco ecclesia Sancte Marie, alia Sancti Olderici cum omni
honore exiente vel habente de [5] hominibus vel de terris cum omni
bona ratione, et mansa, que in Rovorri [6] jacent cum ecclesia inibi
fundata, et cortem [7] Cressiani cum ecclesia inibi fundata, Turine, et
in Gerenciano [8] capellam unam que dicitur Sancti Martini, Turae,
Muzae, Vetegnano cum alia capella Sancti Michaelis, et in Casteno
capella una cum terris, pratis, vineis, silvis cum omnibus [9] suis pertinentiis, et in Tavernasco ecclesia una cum suis pertinentiis, cum
servis et ancillis, cum omni honore, et in [10] Macignano quinque mansos cum pratis, cum vineis et silvis, sediminibus, cum omnibus suis
pertinentiis, cum omni honore, et in Rizolo [11] villa una cum duobus
molendinis et [*] cum omni honore, et [12] Rognano et Vilet [13] et Ore-
gloso et Vignolo et Sancto Petrono Zevenzano, et villa una, que dicitur Sancti Columbani, cum omni honore [14], omnia in integrum, et
tutam Campaniam, que est juxta Papiam, sicut est determinata, omnia

---

[1] *Elenam*, C. — [2] *Fussicuana*, C. — [3] *Orbamula*, C. — [4] *Denuntiatis*, C. —
[5] *Cum*, C. — [6] *Rovurori*, C. — [7] *Curte*; C. — [8] *Gerenzano*, C. — [9] *Terris et
pratis et cum omnibus*, C. — [10] *Pertinentiis et in*, C. — [11] *Pertinentiis et in Rozalo*, C.
— [12] *Et in*, C. — [13] *Et in Lezo*, C. — [14] *Honore et totam*, C.

[*] *Et*, omis A B.

in integrum, cum ecclesia una, ibi hedificata, que Sancta Sophia dicitur, cum silvis, pratis, pascuis, piscationibus, gressibus et ingressibus, cum omni[1] honore, et vada ad piscandum, que sunt in Ticino, in rivo Poloni; morasca seu vadum quod dicitur Landelinami, Costam, Teveredum, et aliud quod dicitur Sexete, Mascum cum illo medio, quod ad Sepem dicitur, et illud, quod Adonella dicitur, seu etiam illa vada, que sunt in Pado[2], habentia priorem terminum a loco qui nominatur Popula pagano et pertingencia usque ad locum, qui dicitur Capud asini, ex utraque parte Padi cum insulis positis juxta predictam piscationem, vel quicquid ab antiquo tempore per antiquorum regum seu imperatorum donationem obtinuit vel Padus invasit aut in futurum irruperit eidem sancto loco Corthimus, confirmando[3] confirmamus eidem monasterio ecclesiam Sancti Viti, Sancti Adriani, Sancti Gregorii, et medietatem Sancti Filiberti, et ecclesiam Sancti Faustini et Sancti Andree, que est infra monasterium, et possessiones[4] quas habere videtur in Laudensi comitatu, ecclesia una cum solario et sedimina infra civitatem, et illud quod habuit ecclesia[*] in Brembio, et in Sucugnano[5], et in Mairao[6], et in Sancto Martino in strata, et in Masalengo, et in Livuraga[7], et Flumbium cum ecclesiis duabus, et ecclesiam Sancti Marcellini[8] prope Maletum et in Isella, et in Bretonico, et in Plazano, et in Augnanello, et in Bagnolo, et cortes que videntur esse in comitatu Parmensi, casale Sancti Petri cum capella inibi fundata in honore sancti Siri[9] cum servis et ancillis inibi habitantibus, cum[10] omni honore, et Grumum cum capella inibi fundata in honore Sancte Marie, et castellum Aicardi cum capella que dicitur Sancta Maria ad curtes, et tres casales cum molendino uno, et casale Aribaldi[11], et casale Scindes[12], et casale Ori, Pairola, Soranvia cum ecclesiis, et in Caneto, et in Formigaira; in episcopatu Cremonensi, ecclesia una que dicitur Sancta Maria in Panigale[13], et villa una que Mula dicitur cum omni honore, et in Rivatella, et in Prai, et in episcopatu Brixie[14], Cervino et Assere et Cinbergo et Idole et Darigno[15], et in episcopatu Oltrenti, ville due

---

[1] *Dicitur cum omni*, C. — [2] *Ticino et in Pado*, C. — [3] *Padi confirmando*, C. —
[4] *Andree et possessiones*, C. — [5] *Succugnago*, C. — [6] *Marao*, B. — [7] *Laiviraga*,
B. — [8] *Marcelicii*, B. — [9] *Syiri*, B. — [10] *Ancillis et cum*, C. — [11] *Airibaldi*, C. —
[12] *Scindex*, C. — [13] *De Panigaria*, C. — [14] *Brisie*, C. — [15] *Derigno*, C.

[*] *Ecclesia*, omis C.

Salliane et Malliane cum omni honore, et castrum quod dicitur Pao-
nem, sicut est determinatum cum ecclesiis duabus, cum aquis, piscationibus, molendinis, cum omni [1] honore, et ecclesia una que dicitur
Sancta Maria in terra Grevis [2], cum terris cultis et incultis, aquis,
molendinis, piscationibus, portum in Tannar, et in Brumia et Ovilia [2] cum duabus ecclesiis, cum omni honore [3], pratis, vineis, silvis,
omnia in integrum. In [4] episcopatu Astensi, villa que dicitur Mon-
tanar, cum ecclesia una Sancti Georgii, cum omni honore, et medietatem loci qui dicitur Monti, cum servis et ancillis, cum omni honore;
in [4] comitatu Albiganensi, cortem Diane, et omnia que infra ipsam
civitatem et extra que ad ipsum monasterium videntur pertinere [a] cum
omni honore; in [4] episcopatu Terdonensi, Casale [5] cum ecclesia una
inibi fundata in honore sancti Augustini [6], cum pratis et vineis, silvis,
pascuis, gressibus et ingressibus cum omni [6] honore, et in Castello
novo et Musclano [b], et in Selvano, et in Atiano, et in Sala et medietatem ville que Bosco dicitur et medietatem urbe, et totum ritortum, et
in Solariolo [7] ubi dicitur Riturbum, et in Vigeria, et in Coriana, et
mons qui dicitur Somarius, et in ponte Coirono, et in episcopatu
Placentino villa una, que dicitur Roxoni, cum ecclesia inibi fundata,
cum omni honore, et in Lucano [8], et in Montedonnico, et ad Ulmo,
et in episcopatu Novarie, ad locum qui dicitur Camera ecclesiam unam,
et in Sexago [9], et in Farra, et in Oxola ecclesia una, cum villa que dicitur Inisendo, et Auergunt, et Avilla, et in Valenzasca, et in Antigodio,
et medietatem de Murae, et in monte Crestes, et in Devero et Affimule,
et ubi dicitur Asello cum ecclesia una inibi fundata, et in Campi,
et in Ascanallo, et Anavaglo, et in Toxa piscaria una, et Ammumo, et
in [10] episcopatu Vercellensi, ecclesia una, cum villa que dicitur Pau-
mino, et in Monteferrato ecclesiam unam; Partengo [11], et Sanctum
Supplicem cum castello et villa [12] cum servis et ancillis, cum pratis,
silvis, vineis, pascuis, gressibus et ingressibus, cum omni honore [12],
et ea que sunt in valle Bulberia, villa [c] que dicitur in Puplisaxeo;

---

(1) *Duabus cum omni*, C. — (2) *Gravi cum suis pertinentiis et Ovilia*, C. — (3) *Honori
et in*, C. — (4) *Et in*, C. — (5) *Caselle*, A. — (6) *Augustini cum omni*, C. — (7) *Solai-
rolo*, C. — (8) *Luzano*, C. — (9) *Sexagno*, B. — (10) *Dicitur Inisendo et in*, C. —
(11) *Pacengo*, C. — (12) *Villa cum omni honore*, C.

(a) *Pertinere*, omis C. — (b) L. *in Usclano.* — (c) *Villa*, omis C.

Plozo, cum capella inibi fundata in honore sancti Petri, cum [1] montibus, gressibus et ingressibus, cum omni honore [1], cum fotro et al-
bergaria, omnia in integrum, et intraturam abbatis; et in [1] episcopatu Turinensi, ecclesia una in honore Sancti Silvestri cum suis
adjacentiis et pertinentiis cum omni honore, et villa una que dicitur
Teboleto cum ecclesia una [2] Sancti Georgii, cum omni honore, cum
suis adjacenciis et pertinenciis, et Casale grasso [3] cum suis omnibus
adjacenciis et pertinenciis cum omni honore [3]; et in episcopatu Cumano, ecclesia una non longe a Bellizona, que Sancta Maria in Pri-
masca [4] dicitur, et in Leventina, et in Beligno cum omni honore, et
in valle Mazaatiga [5], et Alocarno [6], et in Gambarogna, et Acalavada
ecclesie due, una in honore Sancte Marie, alia in honore [7] Sancti Augustini cum omni honore, cum servis et ancillis, cum omni districto,
cum albe[r]gariis, et in Tervixago cum omni honore, et in Aze-
mundo [8] cum honore omni, et in Aci et in Civelg [9], et in Cassiano,
et in alio Caxiano, et in Maglace ecclesiam unam in honore [a] sancte
Juliane, et in Blagugno, et in Thelamo [10], cum omni honore, et in [10]
Mendrice cum servis et ancillis, cum districto, omnia in integrum; et
in [10] archiepiscopatu Mediolanensi, non longe a loco qui dicitur Gor-
gonzola [11], ecclesia una que dicitur [b] Sancte Juliane cum suis pertinenciis, et aliam ecclesiam in loco Travalglo [12] in honore [c] sancti
Salvatoris cum VII mansibus [13], pratis, vineis, cum omni [13] honore,
cum terris cultis et incultis, et in [13] Balax, et in Ispira, et in Bren-
dane [14], et in Besozola VII mansos cum molendino uno [15], cum servis et
ancillis, cum silvis, gressibus et ingressibus, cum investitutionibus,
cum albergariis, cum omni honore, et in [15] Scanno III mansos, et in
Gazaa cum servis et ancillis, cum omni honore [16], cum districto, omnia in integrum; et in [16] episcopatu Astensi supranominato, ecclesiam unam, in loco qui dicitur Cavagnasco in honore sancti Petri, et
in supradicta villa Rasca III [17] ecclesias, firmamus omnia supradicta

---

[1] *Cum omni honore et in*, C. — [2] *Una que dicitur*, C. — [3] *Honore et Casale grasso
cum omni honore*, C. — [4] *Primisca*, B. — [5] *Mazaalingua*, C. — [6] *Alocaru(n)*, AB. —
[7] *Honore et in Trivixago et in*, C. — [6] *Zemundo*, B. — [9] *Eiveig*, B. *Cuvegl*, C. —
[10] *Telemo et in Mendrice cum omni honore et in*, C. — [11] *Gorguzola*, A. *Gorgunzola*, C.
— [12] *Travaglo*, B. *Stravaglo*, C. — [13] *Mansis cum omni honore et in*, C. — [14] *Bernade*,
C. — [15] *Uno et in*, C. — [16] *Honore et in*, C. — [17] *Sunt tres*, C.

[a] *In honore*, omis C. — [b] *Que dicitur*, omis C. — [c] *In honore*, omis C.

predia, culta vel inculta, cum decimis et primitiis, colonis et colonabus, servis et ancillis et aldionibus, que ab aliquibus fidelissimis
christianis eidem monasterio concessa sunt vel que etiam per alia
munimina ad eundem parvum locum pertinere videntur, cum magna
securitate quietus debeas possidere et per te universi successores tui
abbates in perpetuum, ita ut nullus unquam successorum nostrorum
pontificum, nullus etiam imperator, rex, dux, marchio, comes et vicecomes, et preterea archiepiscopus, episcopus vel alia aliqua magna
parvaque persona ipsum monasterium de prefatis omnibus rebus et
de propriis laboribus, in quacumque parte laboraverint vel laborare
fecerint, ipsi monachi decima[s] alicui non tribuant, nisi tantum pauperibus. Hec omnia, sicut prediximus, nullus clericorum vel laicorum audeat devastare, molestare vel inquietare monachos prefati
cenobii, nec non sub divini judicii promulgatione, confirmatione et
anathematis interdictione corroborantes decernimus ut nullus episcopus seu quilibet sacerdotum, sicut prediximus, in eodem venerabili cenobio pro aliqua ordinatione seu pro sinodo sive consecratione
ecclesie presbiterorum vel diaconorum missarumque celebratione, nisi
ab abbate ejusdem loci invitatus fuerit, venire presumat, set liceat
monachis ipsius loci, cujuscumque voluerint honoris gradum suscipere, ubicumque libitum fuerit, et ecclesias in suo jure hedificare
liceat. Abbates namque, qui consecrandi erunt, de ipsa congregatione cum consilio fratrum communiter ad benedicendum atque consecrandum nobis nostrisque successoribus deferantur. Baptismum
sane in eodem venerabili loco vel in aliis ecclesiis sibi subjectis, sacratissimo tempore pasche, sicut hactenus solitum est, celebrari statuimus. Crisma quoque et oleum sanctum vel que ad sacrum ministerium pertinent, a quocumque petierint presule, nostra auctoritate
possint suscipere. Quod nunc seu in futuris temporibus firmum et inviolabile maneat, nostro privilegio confirmamus ad honorem Dei et
sancti Petri, nec non sanctissimi Augustini, cujus sacratissimum corpus in vestra ecclesia digno reconditum est honore, eo videlicet modo,
quo fuit temporibus Li[u]prandi regis, ipsius loci servatoris, qui sacrum corpus ejusdem sancti Augustini detulit ad eandem ecclesiam
et recondidit illic temporibus Leonis, sancte recordationis pape, ceterorumque regum nostrorumque predecessorum pontificum. Si quis
autem temerario ausu, quod fieri non credimus, contra hujus nostre

apostolice confirmationis seriem agere tentaverit, sciat se esse male-
dictum a Deo Patre et Filio Spirituque sancto et a beato Petro, apostolorum principe, et a trecentis decem et octo patribus simulque a
sanctis omnibus. Quid plura? Omnes maledictiones, que in veteri et
nova continentur lege, veniant super eum a celesti sede proculsique
anathema maranatha. Qui vero custos et observator hujus nostri privilegii extiterit, benedictionis gratiam et vitam eternam a Domino
consequi mereatur. Anno ab incarnatione Domini nostri Jesu Christi
MCXXI.

(R.) Johannes, cancellarius et sacerdos.

Johannes, sacerdos et cardinalis.

Petrus, sacerdos et cardinalis.

Albertus, sacerdos et cardinalis. (M.)

Datum Lateranensi, III idus aprilis, anno domni Calixti II pape,
indictione XIII.

166

16 avril 1120.

*Confirmation des possessions et des privilèges du monastère Saint-Sauveur
de Pavie, qui est placé sous la protection du Saint-Siège.*

Ms. *Original aux Archives de l'État, à Milan.
Éd. Margarini, *Bullarium Casinense,* II, 135. — Migne, n° 90, col. 1174.
Cat. Robert, n° 120. — Jaffé-Loewenfeld, n° 6842 (5001).

CALIXTUS episcopus, servus servorum Dei, dilecto in Christo filio
JOHANNI, abbati venerabilis monasterii quod dicitur Domini Salvatoris
secus Papiam, ejusque successoribus regulariter substituendis, in perpetuum. Officii nostri nos hortatur auctoritas pro ecclesiarum statu
satagere et que recte statuta sunt stabilire. Quamobrem, dilecte in
Christo fili JOHANNES abbas, postulationi tue clementer annuimus et
Domini Salvatoris monasterium cui, Deo auctore, presides, cum omnibus ad ipsum pertinentibus, ad exemplar predecessorum nostrorum
sancte memorie JOHANNIS, BENEDICTI et PASCHALIS, Romanorum pontificum, sub tutela apostolice sedis excipimus, quod videlicet monasterium Adeleis, augusta imperatrix, suis impensis renovatum, sua nihil-

ominus liberalitate ditasse cognoscitur. Presentis igitur privilegii auctoritate statuimus ut queque bona, queque predia urbana sive rustica, culta seu inculta, queque possessiones, utensilia vel ornamenta
vel a prefata augusta vel ab aliis fidelibus de suo jure eidem monasterio collata sunt sive in futurum concessione pontificum, liberalitate
principum vel oblatione fidelium juste atque canonice poterit adipisci, firma tibi tuisque successoribus et illibata permaneant. Decernimus ergo ut nulli omnino hominum liceat idem cenobium temere
perturbare aut ejus possessiones sive res, utensilia vel ornamenta
auferre vel ablatas retinere, minuere vel temerariis vexationibus fatigare, sed omnia integra conserventur, eorum pro quorum sustentatione et gubernatione concessa sunt, usibus omnimodis profutura.
Nec decime reddituum predicti monasterii Domini Salvatoris ab ullius
ecclesie presule vel ministris exigantur. Obeunte te, nunc ejus loci
abbate, vel tuorum quolibet successorum, nullus ibi qualibet surreptionis astutia seu violentia preponatur, nisi quem fratres communi
consensu vel fratrum pars consilii sanioris secundum Dei timorem et
beati Benedicti regulam elegerint. Electus autem ad Romanum pontificem consecrandus accedat. Chrisma, oleum sanctum, consecrationes
altarium sive basilicarum, ordinationes monachorum seu canonicorum
vestrorum, qui ad sacros fuerint ordines promovendi, a quibus malueritis catholicis accipietis episcopis. Porro in illis monasterii ecclesiis baptismum celebrari permittimus, ubi preteritis temporibus celebratum cognoscitur. Missas sane publicas in eodem monasterio celebrari
aut stationem sive ordinationem aliquam preter abbatis voluntatem
ab episcopo quolibet fieri prohibemus. Ad hec dalmatice, sandaliorum,
nec non cyrothecarum usum tibi tuisque successoribus juxta predecessorum nostrorum statuta concedimus et absque omni jugo seu ditione cujuscumque persone ipsum cenobium liberum permanere sancimus ut soli sancte Romane et apostolice Ecclesie subditum habeatur.
Si qua igitur in futurum ecclesiastica secularisve persona hanc nostre
constitutionis paginam sciens contra eam temere venire temptaverit,
secundo tertiove commonita, si non satisfactione congrua emendaverit, potestatis honorisque sui dignitate careat reamque se divino
judicio existere de perpetrata iniquitate cognoscat et a sacratissimo
corpore ac sanguine Dei et Domini Redemptoris nostri Jesu Christi
aliena fiat atque in extrema examine districte ultioni subiaceat. Cunc

iis autem eidem loco justa servantibus sit pax Domini nostri Jesu Christi, quatenus et hic fructum bonę actionis percipiant et apud districtum judicem premia ęterne pacis inveniant. Amen.

(R.) Ego Calixtus, catholicę Ecclesiæ episcopus, ss. (M.)

Datum Placentie per manum Grisogoni, sanctę Romanę Æcclesię diaconi cardinalis ac bibliothecarii, xvi° kalendas maii, indictione xiii°, incarnationis Dominicę anno m°c°xxi°, pontificatus autem domni Calixti secundi pape anno ii°.

(Lacs de soie rouge et jaune; la bulle n'existe plus.)

167

21 avril 1120.

Confirmation des possessions du monastère de Saint-Paul d'Argon, qui est placé sous la protection du Saint-Siège.

Éd. *Lupi, *Codex diplomaticus Bergomatis,* II, 907.
Cat. Migne, n° 91. — Robert, n° 121. — Jaffé-Loewenfeld, n° 6843 (5002).

CALIXTUS episcopus, servus servorum Dei, dilectis filiis ALBERTO priori et monachis monasterii Sancti Pauli apud Argon, salutem, etc. Sicut injusta poscentibus nullus est tribuendus effectus, sic legitima desiderantium non est differenda petitio. Vestris ergo petitionibus, filii in Christo carissimi, annuentes, ad exemplar domni prædecessoris nostri sanctæ memoriæ PASCHALIS papæ, locum vestrum cum omnibus ad ipsum pertinentibus, sicut et cetera monasterii Cluniacensis membra, sub apostolicæ sedis tutela excipimus et beati Petri patrocinio communimus. Statuimus enim ut quecunque prædia, quecunque bona in presenti xiii indictione ad cellam vestram legitime pertinere noscuntur, quecunque etiam ei offerri vel aliis justis modis adquiri contigerit, vobis vestrisque successoribus quieta semper et illibata permaneant, sub abbatis Cluniacensis obbedientia et dispositione servanda. In quibus hæc visa sunt exprimenda vocabulis : capella Sancte Mariæ de Argon, curtis de Saruico cum tribus capellis; capella de Cliziano cum pertinentiis ejus; capella de Paratico, Sancti Michaelis de Soucino, Sancti Petri de Umbriana, etc., Sanctæ Trinitatis de

Crema, Sanctæ Mariæ de Cremusiauo, Sancti Petri de Vailate, Sancti
Nicolai de Farinate, Sancti Fabiani et Sancti Martini cum pertinentiis
earum; predium de Catiago, Pucdilianum cum capellis suis. In Agu-
tiano, capella Sanctæ Mariæ et Sancti Petri et Sancti Dalmatii cum
pertinentiis suis; ecclesia Sancti Andree in castro de Briniano et due
extra castrum; ecclesia Sancti Michaelis de Lemine et Sancti Faustini, Sancti Johannis de Monticello, Sancti Vincentii de Turre et
Sancti Cassiani, Sancti Fidelis de Valtellina cum omnibus ad predictas
capellas pertinentibus. Decernimus ergo ut nulli hominum liceat eandem temere perturbare vel ejus possessiones auferre vel temerariis
vexationibus fatigare, sed omnia integra conserventur, eorum pro quorum sustentatione et gubernatione concessa sunt, usibus omnimodis
profutura. Si qua igitur in futurum ecclesiastica secularisve persona
hanc nostre constitutionis paginam sciens contra eam temere venire
temptaverit, secundo tertiove commonita, si non satisfactione congrua
emendaverit, potestatis honorisque sui dignitate careat reamque se
divino judicio existere de perpetrata iniquitate cognoscat atque a sacratissimo corpore et sanguine Dei Domini et Redemptoris nostri Jesu
Christi aliena fiat et in extremo examine districtæ ultioni subjaceat.
Cunctis autem eidem loco justa servantibus sit pax Domini nostri
Jesu Christi, quatenus hic fructum bone actionis et apud districtum
judicem premia eternæ pacis percipiant. Amen. Amen.

- (R.) Ego Calixtus, catholicæ Ecclesiæ episcopus. (M.)

Datum Placentiæ per manum Grisogoni, sancte Romanæ Ecclesiæ
diaconi cardinalis ac bibliothecarii, xi kalendas maii, indictione XIII,
incarnationis Dominicæ anno MCXXI, pontificatus autem domni Calixti II papæ anno II.

168

23 avril 1120.

Confirmation des possessions et des privilèges de l'église Saint-Évase de Casal.

Éd. *De Conti, Notizie storiche di la città di Casale, I, 334. — Migne, n° 92, col. 1176. Cat. Robert, n° 122. — Jaffé-Loewenfeld, n° 6844 (5003).*

Calixtus episcopus, servus servorum Dei, dilecto filio Gerardo præposito et ejus fratribus in ecclesia Sancti Evasii regulariter viventibus, tam præsentibus quam futuris, in perpetuum. Desiderium quod ad religiosum propositum [a] et animarum salutem pertinere monstratur, auctore Deo, sine aliqua est dilatione complendum. Proinde nec petitioni vestræ [b] benignitate debita impartimur assensum. Vitæ namque canonicæ ordinem quem professi estis præsentis privilegii auctoritate [c] firmamus, et ne cui post professionem exhibitam proprium quid [d] habere vel sine præpositi vel congregationis licentia de claustro discedere liceat interdicimus et tam vos quam vestra omnia sedis apostolicæ protectione munimus. Vobis itaque vestrisque successoribus in eadem religione per Dei gratiam permansuris omnia perpetuo possidenda sancimus, quæ in præsentiarum pro communis vitæ sustentatione legitime [e] possidere videmini. Quæcumque etiam in futurum concessione pontificum, liberalitate principum, oblatione fidelium vel aliis justis modis poteritis adipisci, firma vobis vestrisque successoribus et illibata permaneant. Nec præpositorum alicui facultas sit ecclesiæ predia personis secularibus in feudum dare vel quibuslibet ingeniis alienare. Decernimus ergo ut nulli omnino hominum [f] liceat eandem Beati Evasii ecclesiam temere [g] perturbare, claustri vestri domus invadere aut ejus possessiones auferre vel ablatas retinere, minuere vel temerariis vexationibus fatigare, sed omnia integra conserventur, eorum [h] pro quorum sustentatione ac gubernatione concessa sunt, usibus

[a] *Præpositum, éd.*
[b] *Vestra, éd.*
[c] *Auctoritatem, éd.*
[d] *Quod, éd.*

[e] *Legittimo, éd.*
[f] *Homini, éd.*
[g] *Timere, éd.*
[h] *Eorumque, éd.*

omnimodis profutura. Sane clericos seculariter viventes ad præpositi vestri conversionem suscipere nullius episcopi vel præpositi contradictio vos inhibeat. Illud præterea omnimodis interdicimus ne quis militum seu quarumlibet secularium personarum de rebus ejusdem ecclesiæ seu rusticorum, ad ipsius ecclesiæ parochias pertinentium, decimas auferre præsumat, sed in vestros seu ecclesiæ vestræ usus justa san[c]tiones canonicas conferantur. Vobis quoque vestrisque successoribus in catholicæ[a] veritatis unitate permanentibus id concedimus facultatis[b] ut si aliquando Vercellensi ecclesie catholicus defuerit episcopus, chrisma, oleum sanctum, ordinationes clericorum a quo malueritis catholico suscipiatis episcopo, conservata in posterum catholici episcopi debita reverentia. Ad hæc adjicientes vobis licentiam indulgemus in duabus ecclesie vestre festivitatibus fidelibus ad eam convenientibus competentem remissionem de peccatis per annos singulos faciendis. Si qua igitur in futurum ecclesiastica sæcularisve persona hanc nostræ constitutionis paginam sciens contra eam temere venire temptaverit, secundo tertiove commonita, si non satisfactione congrua emendaverit, potestatis honorisque [sui] dignitate careat reamque se divino judicio existere de perpetrata iniquitate cognoscat et a sacratissimo corpore ac sanguine Dei et Domini Redemptoris nostri Jesu Christi aliena fiat atque in extremo examine districtæ ulcioni subjaceat. Cunctis autem eidem ecclesiæ justa servantibus sit pax Domini nostri Jesu Christi, quatenus et hic fructum bone actionis percipiant et apud districtum judicem præmia æternæ pacis inveniant. Amen.

Ego Calixtus, catholicæ Ecclesiæ episcopus, ss.

Datum Placentiæ per manum Grisogoni, sanctæ Romanæ Ecclesiæ diaconi cardinalis ac bibliothecarii, ix kalendas maii, indictione[c] xiii, incarnationis Dominicæ anno mcxxi, pontificatus autem domni Calixti secundi papæ anno ii.

---

[a] *Catholicas*, éd. — [b] *Facultates*, éd. — [c] *Indicatione*, éd.

169

23 avril 1120.

Concession à Obert, évêque de Crémone, et à ses successeurs du droit de consacrer les abbés de Saint-Pierre de Crémone.

Ms. *Ms. XL, 1, de la Bibliothèque Barberine, sans indication de fol.
Éd. Ughelli, *Italia sacra*, IV, 600. — Migne, n° 93, col. 1177.
Cat. Robert, n° 123. — Jaffé-Loewenfeld, n° 6845 (5004).

Calixtus episcopus, servus servorum Dei, venerabili fratri Oberto, Cremonensi episcopo, salutem et apostolicam benedictionem. Et tuam et ecclesiæ tuæ atque civitatis fidelitatem ac devotionem, frater carissime, cognoscentes, consueta sedis apostolicæ benignitate specialiter vos decrevimus honorare. Quamobrem dilectionis tuæ petitionibus annuentes, abbatis monasterii Sancti Petri, quod in civitate tua situm est, consecrationem tibi et successoribus tuis ex apostolicæ sedis liberalitate concedimus, salvo nimirum in omnibus jure, censu et reverentia sanctæ Romanæ cui, Deo auctore, deservimus, Ecclesiæ. Tua itaque interest, frater carissime, ita in concessione hac Romanæ Ecclesiæ benignitatem cognoscere, ut apud eam in posterum majora etiam possis per Dei gratiam obtinere. Si quis autem hujus concessionis nostræ paginam sciens contra eam temere venire temptaverit, nisi presumptionem suam digna satisfactione correxerit, honoris et officii sui periculum patiatur aut excommunicationis ultione plectatur.

Dat. apud Roncum Veterem, viii kalendas maii.

170

12 mai 1120.

Confirmation des possessions du monastère de Saint-Saturne, en Sardaigne, soumis à l'abbaye Saint-Victor de Marseille.

Mss. *Original aux Archives départementales des Bouches-du-Rhône, fonds de Saint-Victor, II, 1, liasse 79, n° 386. — *Cartulaire de Saint-Victor,* du xiiᵉ siècle, fol. 45 vᵉ, *ibid.* — *Sancti Victoris bullarium,* II, 103, fol. xxvi, *ibid.* — *Cartulaire de Saint-Victor,* formé par dom Le Fournier, II, 23 *ter,* du fonds de Saint-Victor, non paginé. — *Anecdota,* ms. lat. 11894, fol. 73.
Éd. Martène, *Veter. script.,* I, 657. — Guérard, *Cartulaire de l'abbaye de Saint-Victor de Marseille,* II, n° 850, p. 241.
Cat. Robert, n° 124. — Jaffé-Loewenfeld, n° 6846 (5005).

CALIXTUS episcopus, servus servorum Dei, dilecto filio PHILIPPO, priori monasterii Sancti Saturni, quod in insula Sardinia, in Caralitana parochia, situm est, ejusque successoribus regulariter substituendis, in perpetuum. Sicut injusta poscentibus nullus est tribuendus effectus, sic legitima desiderantium non est differenda peticio. Quamobrem, dilecte in Christo fili PHILIPPE prior, tuis peticionibus clementius annuentes, Beati Saturni monasterium cui, Deo auctore, presides, in beati Petri tutelam suscipimus et contra pravorum hominum nequitiam protectione sedis apostolicę communimus. Statuimus enim ut ecclesię, possessiones et bona omnia, quę, vel ex nobilis recordationis Constantini judicis et matris ejus Verę atque filii ejus Mariani dono, vel Karalitanorum pontificum bonę memorię Ugonis, Gualfredi, necnon et venerabilis fratris nostri Guillelmi concessione aut aliorum fidelium oblatione, monasterio eidem legitime collata sive adquisita sunt aut in futurum, largiente Deo, juste atque canonice offerri adquirive contigerit, firma ei semper et illibata permaneant. In quibus hęc propriis duximus nominibus annotanda : ecclesias videlicet Sancti Evisi de Nuras, Sancti Petri de Piscador, Sancti Luciferi de Pao, Sanctę Marię de Vineis, Sanctę Marię de Sabol, Sanctę Marię de Leens, Sancti Petri de Serra, Sancti Andreę, Sanctę Marię de Gip, Sanctę Ananię de Portu, Sanctę Marię de Portu salis, Sancti Elię de Monte, Sanctę Victorię de Nuraxi, Sanctę Marię de Arcu, Sancti Petri de Ponte, Sancti Ambrosii de Uta, Sanctę Barbarę de Aqua frigida, Sanctę Marię de Margamin, Sancti Petri de Ruina,

Sancti Salvatoris de Bagnaira, Sanctę Lucię de Civita, Sancti Evisi de Quarto et Sancti Luxurii de Mara, cum servis et ancillis, saltibus, vineis, pratis et omnibus pertinentiis earum. Decernimus ergo ut nulli judici, regi vel marchioni, neque ulli omnino hominum liceat idem monasterium temere perturbare aut ejus possessiones auferre vel ablatas retinere, minuere vel temerariis vexationibus fatigare, sed omnia integra conserventur, eorum pro quorum sustentatione et gubernatione concessa sunt, usibus omnimodis profutura, salva Karalitani archiepiscopi reverencia canonica. Ad hęc adicientes, medietatem decimarum Karalitani judicis eidem monasterio confirmamus, sicut ex prefati Constantini judicis donatione collata et Karalitanorum pontificum concessione firmata est, et sicut in predicti fratris nostri Guillelmi archiepiscopi cyrographo continetur. Preterea statuentes censemus ut predictum Beati Saturni monasterium sub Massiliensis cenobii potestate ac jurisditione in perpetuum perseveret, sicut hactenus cognoscitur permansisse, neque ulli penitus facultas sit ipsum ab ejus obedientia vel subjectione subtrahere. Ad indicium autem perceptę a Romana Ecclesia tuitionis, aureos duos per annos singulos Lateranensi palatio persolvetis. Si qua igitur in futurum ecclesiastica secularisve persona hanc nostrę constitutionis paginam sciens contra eam temere venire temptaverit, secundo tertiove commonita, si non satisfactione congrua emendaverit, potestatis honorisque sui dignitate careat reamque se divino judicio existere de perpetrata iniquitate cognoscat et a sacratissimo corpore ac sanguine Dei et Domini Redemptoris nostri Jesu Christi aliena fiat atque in extremo examine districtę ultioni subjaceat. Cunctis autem eidem monasterio justa servantibus sit pax Domini nostri Jesu Christi, quatenus et hic fructum bonę actionis percipiant et apud districtum judicem premia ęternę pacis inveniant. Amen. Amen. Amen.

(R.) Ego Calixtus, catholicę Æcclesię episcopus, ss. (M.)

Data Pisis per manum Grisogoni, sanctę Romanę Ecclesię diaconi cardinalis ac bibliothecarii, iiii° idus maii, indictione xiii°, incarnationis Dominicę anno m°c°xxi°, pontificatus autem domni Calixti secundi pape anno ii°.

(Lacs de soie rouge et jaune; la bulle n'existe plus.)

171

14 mai 1120.

Lettre à l'évêque de Pampelune l'informant qu'à la demande du roi d'Aragon l'excommunication prononcée contre Étienne, évêque de Huesca, qui avait chassé Raymond, évêque de Barbastro, a été levée.

Éd. *Lamberto de Zaragoza (Ramon de Huesca), *Teatro historico de las iglesias del regno de Aragon*, VI, 448, et IX, 468.—Aynsa, *Fundacion, excelencias, grandezas y cosas memorables de Huesca*, 318. — Migne, n° 242, col. 1300.
Cat. Robert, n° 306. — Jaffé-Loewenfeld, n° 6847 (5153).

Calixtus episcopus, S., Pampilonensi episcopo. In Oscitanum episcopum nos excommunicationis sententiam dederamus, pro eo quod venerabilem fratrem nostrum R., Basbastrensem episcopum, de sede propria sine audientia et judicio expulit et ad nos commonitus venire contempsit. Postea vero Aragonensis regis precibus inclinati, eum absolvimus, ita tamen ut in manu fratris nostri G., Lascarrensis episcopi, securitatem faceret, quod usque ad Purificationis beatæ Mariæ octavas nostro se conspectui presentaret. Ceterum, sicut sperabamus, minime adhuc venit. Nos vero ipsius sequi contumaciam nequaquam volentes, sed apostolice sedis moderamine incedentes, usque ad proximas B. Martini octavas inducias ei dedimus. Tue igitur fraternitati mandamus atque precipimus ut cum eodem fratre nostro G., Lascarrensi episcopo, eum diligenter commoneas, quatenus usque ad predictum terminum nostro conspectui se presentet et satisfaciat. Quod et si nunc contempserit, nos eandem in eum ex tunc sententiam excommunicationis reducimus et eam vos nuntiare ac firmiter tenere, sancti Spiritus gratia cooperante, mandamus.

Datis (*sic*) Pisis, pridie idus maii.

172

14 mai 1120.

Confirmation de l'accord entre Benoît, évêque, les chanoines de Saint-Martin de Lucques, d'une part, et les chanoines de Saint-Frédien, d'autre part.

Ms. Original aux Archives du chapitre de Lucques, AA; 46.
Éd. *Pflugk-Harttung, *Acta*, II, p. 222.
Cat. Jaffé-Loewenfeld, n° 6848.

CALIXTUS episcopus, servus servorum Dei, venerabili fratri BENE-
DICTO, Lucano episcopo, et canonicis Beati Martini, salutem et apostolicam benedictionem. Officii nostri cura nos admonet de medio fratrum scandala tollere et pacis stabilitatem ecclesiis reformare. Eapropter
operam dedimus contentionem que inter vos et Beati Frigdiani canonicos agebatur, equitatis moderatione decidere et in statum concordie
revocare. Ex fratrum itaque nostrorum, episcoporum et cardinalium,
qui nobiscum erant, consilio constituimus, ut in festivitate beati
Martini, beati Reguli et secunda feria Pasche prior Sancti Frigdiani
cum sex fratribus ad majorem Beati Martini ecclesiam pro reverentia
ipsius conveniant et missarum intersit sollempniis, in ejusdem vero
Sancti Frigdiani ecclesia major missa predictis diebus minime celebretur. Porro Gregorianis et aliis trium dierum letaniis intersint, in Cena
[Domi]ni antiqua majoris ecclesie consuetudo de campanarum sonitu
teneatur. Canonici majoris ecclesie, qui ad sepelienda in ecclesia
Sancti Frigdiani mortuorum corpora invitati convenerint, tertiam
[par]tem oblationum in missa quam celebraverint, accipient, verum
parochianos suos, majores videlicet personas, predictus . . . .
fratribus suis, ut Beati Martini canonici invitentur, sine fraude et malo
ingenio commonebit. Aliis autem statutis . . . . Sancti Martini oblationes solito more accipient, sane pro Beati Frigdiani reverentia et pro baptismi celebratione . . . . [mo]re solito cereus
benedicatur. Pro religionis vero quiete fratres ejusdem loci ad stationes seu alias processiones ire . . . . [com]pellantur.
Priorem regulariter eligendi et clericos ad conversionem venientes
suscipiendi predicti fratres [habeant f]acultatem. Hanc profecto concordiam, ex communi fratrum nostrorum deliberatione statutam, nos

auctoritate [apostolica confirmam]us, et a parte alterutra, salvo in ceteris utriusque ecclesię privilegio, cum tenore ac robore firmiter observari precipimus. Si quis igitur pacis hujus et concordie constitutionem sciens temere, quod absit, obviare presumpserit, honoris et officii sui periculum patiatur aut excommunicationis ultione plectatur, nisi presumptionem suam digna satisfactione correxerit. Amen. Amen. Amen.

✠ Ego Calixtus, catholicę Æcclesię episcopus, ss.

† Ego Deusdedit, cardinalis presbiter tituli Sancti Laurentii in Damaso, ss.

† Ego Petrus, cardinalis presbiter tituli Sanctę Susannę, ss.

† Ego Johannes, presbiter cardinalis tituli Sancti Grisogoni, ss.

† Ego Petrus, diaconus cardinalis Sanctorum Cosme et Damiani, ss.

† Ego Gregorius, diaconus cardinalis Sancti Angeli, ss.

† Ego Petrus, diaconus cardinalis Sancti Adriani, ss.

Datum Pisis per manum Grisogoni, sancte Romanę Ecclesię diaconi cardinalis ac bibliothecarii, II idus maii, indictione XIII, incarnationis Dominicę anno MCXXI, pontificatus autem domni Calixti secundi pape anno II.

173

21 mai 1120.

Calixte décide que le monastère de Sexto continuera à être soumis aux prieurs des Camaldules.

Ms. *Original aux Archives de l'État, à Florence.
Éd. Mittarelli, *Annales Camaldulenses,* III, app., p. 283. — Migne, n° 96, col. 1178.
Cat. Robert, n° 126. — Jaffé-Loewenfeld, n° 6849 (5006).

CALIXTUS episcopus, servus servorum Dei, dilecto in Christo filio [JOHANNI], Camaldulensium fratrum priori, salutem et apostolicam benedictionem. Que religionis prospectu statuta sunt firma debent perpetuitate servari. Siquidem domnus predecessor noster sanctę memorię PASCHALIS papa Sextense monasterium, quod videlicet beati Petri juris est et in solius apostolicę sedis tutela et dispositione existit, tibi, karissime in Christo JOHANNES prior, tuisque successoribus regendum

disponendumque commisit, ut ibi per curam vestram et studium monastici ordinis disciplina, cooperante Domino, servaretur. Idem enim
locus, et in spiritualibus et temporalibus admodum diminutus, in religionis statum reformari posse per vos potissimum videbatur. Nos
ergo et tuis ac fratrum tuorum petitioni clementius annuentes et predicti loci meliorationi et apud Deum et apud homines propensius intendentes, quod a predicto domno nostro factum est, auctore Domino,
confirmamus, et prefatum Sextense Sancti Salvatoris monasterium sub
tuo tuorumque successorum regimine, dispositione ac subjectione futuris temporibus permanere decernimus. Unde liberam vobis concedimus facultatem et secundum congregationis vestre consuetudinem
abbatem in loco ipso per Dei gratiam statuendi et monasterium in
spiritualibus et temporalibus disponendi omnem que cenobio eidem
a nostris predecessoribus concessa est, libertatem, prestante Domino,
confirmantes, salvo in omnibus apostolice sedis jure ac reverentia.
Confidimus enim in Domino, quia per instantiam vestram et solici-
tudinem sepedictus locus et in religionis monastice disciplinam refor-
mabitur et rerum temporalium accipiet incrementum. Si quis igitur
pagine hujus tenore cognito, temere, quod absit, contraire temptaverit, honoris et officii sui periculum patiatur aut excommunicationis
ultione plectatur, nisi presumptionem suam digna satisfactione correxerit.

✠ Ego Calixtus, catholice Ecclesie episcopus, ss.

† Ego Lambertus, Hostiensis episcopus, ss.

† Ego Deusdedit, cardinalis presbiter tituli Sancti Laurentii in Damaso, ss.

† Ego Johannes, presbiter cardinalis tituli Sancti Grisogoni, ss.

† Ego Petrus, cardinalis presbiter tituli Sancte Susanne, ss.

† Ego Petrus, diaconus cardinalis Sanctorum Cosme et Damiani, ss.

† Ego Gregorius, diaconus cardinalis Sancti Angeli, ss.

† Ego Petrus, diaconus cardinalis Sancti Adriani, ss.

Datum Vulterris per manum Grisogoni, sancte Romane Ecclesie
diaconi cardinalis ac bibliothecarii, xii kalendas junii, indictione xiii*,
incarnationis Dominice anno m°cxxi°, pontificatus autem domni Calixti
secundi pape anno ii°.

(Lacs de soie brune; la bulle existe encore.)

174

21 mai 1120.

*Confirmation des possessions de l'abbaye de Notre-Dame de Morrone,
qui est placée sous la protection du Saint-Siège.*

Ms. *Copie du xii* siècle, aux Archives de l'archevêché de Pise, n° 261.
Éd. Muratori, *Antiquitates italicæ medii ævi*, III, 1131.— Mittarelli, *Annales Camaldulenses*, III,
    app., p. 285. — Migne, n° 97, col. 1179.
Cat. Robert, n° 127. — Jaffé-Loewenfeld, n° 6850 (5007).

Calixtus episcopus, servus servorum Dei, dilecto filio Gerardo, abbati monasterii Sancte Marie de Morrona, [ejusque success]oribus regulariter substituendis, in perpetuum. Et divinis preceptis instruimur et
apostolicis monitis informamur ut pro ecclesiarum statu impigro vigilemus affectu. Proinde, dilecte in Christo fili Gerardæ abbas, petitionibus tuis clementer annuimus et Beatę Marię monasterium cui, Deo
auctore, presides, cum omnibus ad ipsum pertinentibus sub tutela
sedis apostolicę suscipientes, beati Petri, cujus juris[esse c]ognoscitur,
patrocinio communimus. Per presentis igitur privilegii paginam eidem
monasterio in perpetuum confirmamus universa quę ei aut a nobis...
Ugicione comite et filiis ejus Ugolino, Rainerio, Lotherio et Bolga-
rino, aut ab aliis quibus fidelibus legitime collata vel concessa sunt...
[cas]tellum de Vivario, cum Pantano et aliis pertinentiis ejus; possessiones de Morrona, de castello de Sojana, de Negotiana, de ... o
alto, de Massa, de monte Gemmulę. Quecumque preterea in futurum,
largiente Deo, idem monasterium juste atque canonice poterit adipisci, firma tibi tuisque successoribus et illibat[a permaneant]. Nulli
ergo omnino hominum liceat sepedictum monasterium temere perturbare aut ejus possessiones auferre vel ablatas retinere, minuere
vel temerariis vexationibus fatigare, sed omnia integra conserventur,
eorum pro quorum [sustenta]tione et gubernatione concessa sunt usibus omnimodis profutura. Si qua igitur in futurum ecclesiastica secularisve persona hanc nostrę constitutionis paginam sciens contra eam
temere venire temptaverit, secundo tertiove commonita, si non satisfactione congrua emendaverit, potestatis honorisque [sui] dignitate
careat reamque se divino judicio existere de perpetrata iniquitate co-

gnoscat et a sacratissimo corpore ac sanguine Dei et Domini Redemptoris nostri [Jesu] Christi aliena fiat atque in extremo exanime (*sic*)
dictricte ultioni subjaceat. Cunctis autem eidem loco justa servantibus sit pax Domini nostri Jesu Christi, [q]uatenus et hic fructum
bone actionis percipiant et apud districtum judicem premia æterne
pacis inveniant. Amen.

Ego Calixtus, catholice Ecclesie episcopus, ss.

† Ego Lambertus, Hostiensis episcopus, ss.

[Ego] Petrus, cardinalis presbyter tituli Sancte Susanne, ss.

Ego Joannes, presbiter cardinalis tituli Sancti Grisogoni, ss.

[Datum] Vulterris per manum Grisogoni, sancte Romane Ecclesie
diaconi cardinalis ac bibliothecarii, xii kalendas junii, indictione xiii,
incarnationis Dominice anno M° . . . xi, pontificatus autem domni Calixti secundi pape anno ii°.

175

7 juin 1120.

*Lettre de Calixte à Roger, évêque de Volterra, lui rappelant qu'il a consacré
son église épiscopale; il accorde la rémission de partie de leur pénitence à ceux
qui viendront la visiter pendant l'anniversaire de la dédicace.*

Mss. Original et copie aux Archives du chapitre de Volterra.
Éd. *Pflugk-Harttung, *Acta*, II, p. 223.
Cat. Jaffé-Loewenfeld, n° 6851.

CALIXTUS episcopus, servus servorum Dei, venerabili fratri R[OGERIO],
Vulterano episcopo, salutem et apostolicam benedictionem. Nuper ad
Urbem festinantes, cum per partes Tuscie pro Ecclesie servicio transi-
remus, ad civitatem tuam cum fratribus nostris devenimus. Ubi a dilectione tua plurimum exorati, xiii kalendas junii episcopalem Vul-
terane civitatis ecclesiam in honore beate et gloriose Dei genitricis
semperque virginis Marie nostris tamquam beati Petri manibus, largiente Domino, consecravimus. Cui etiam ecclesie pro fidelitate tua et
servicio hactenus Ecclesie Romane impenso, hanc dilectionis prerogativam concessimus ut quicumque fideles anniversario ipsius con-
secracionis die usque ad octavas ejus per annos singulos ad eundem

locum devote convenerint, remissionem viginti dierum de penitenciis
suis per misericordissimam sancti Spiritus gratiam consequantur. Si
quis autem ad eandem ecclesiam venientes vel ab ea redeuntes in
personis vel rebus ledere aut molestare presumpserit et commonitus
satisfacere infra xl dies contempserit, excommunicacionis sentencię
subjacebit. Tu itaque, frater in Christo karissime, sicut et facis, in
Romane Ecclesię obedientia persevera, quatenus et nunc de accepto
beneficio gratuleris et in futuro de largiori sedis apostolice liberalitate, Domino prestante, congaudeas.

Datum Laterani, vii idus junii.

176

11 juin 1120.

*Lettre de Calixte à Étienne, son légat à Trèves, lui annonçant
son arrivée à Rome.*

Éd. *Brower et Masenius, *Antiquit. et annal. Trevir.*, II, 16. — Hontheim, *Histor. Trevir. dipl.*,
I, 506. — Migne, n° 98, col. 1180.
Cat. Robert, n° 128. — Jaffé-Loewenfeld, n° 6852 (5008).

Celare te, fili, non possumus quod Longobardiæ Tusciæque re-
gionem sine ullo tumultu, quin etiam magna usi felicitate peragra-
vimus, et tertio nonas junii ad Urbem, Domino bene favente, propius
accessimus. Cæterum fratres nostri episcopi et cardinales cum toto
clero ac nobilitate populoque extra Urbem obviam nobis progressi,
summis honoribus exceperunt. Et Frigii quidem, corona capiti nostro
imposita, gaudentes exultantesque per Viam sacram ad Lateranense
palatium usque sollemni nos ritu prosecuti sunt; ubi postquam, authore Deo, bene ac secure fuimus, Petrus Leonis in magno hominum
omnis ordinis cœtu, clientelaribus sese sacramentis Ecclesiæ nobisque
devinxit. Similiter a præfecto et fratribus ejus, necnon a Leone Fran-
gipane totaque illa gente, Stephano Northmannoque factum. Neque ab
horum sese studiis, impigra parendi voluntate, Petrus Columna cæte-
rique nobiles Romanorum secrevere. Itaque ob hæc tam prospere ac
feliciter gesta, laudes gratiasque Deo Domino nostro quam amplissimas

agas velim et in istis ubi commoraris jam regionibus, ut rem Ecclesiæ sustentes atque amplifices, viribus, quantum poteris, connitere.

177

22 juin 1120.

Privilèges accordés à Aynard de Clermont, à cause des services
rendus à l'Église par lui et ses ancêtres. (Faux.)

Ms. Copie du xviii° siècle, sur parchemin et en double exemplaire, aux Archives départementales de la Drôme, à Valence.
Éd. *Chevalier, *Cartulaire de l'abbaye de Saint-André-le-Bas de Vienne,* supplément, n° 74, p. 283.
— Robert, app., p. lviii.
Cat. Robert, n° 129. — Jaffé-Loewenfeld, n° 6853.

CALIXTUS episcopus, servus servorum Dei, dilecto et charo in Christo filio nobili AYNANDO, domino de Clermont, salutem et apostolicam benedictionem. Nos, Dei gratia, nullis nostris meritis ad apostolicum culmen evecti, nostri pastoralis officii esse ducimus communem omnium Christianorum curam agere eoque nostra omnia referre studia et consilia, ut singulorum rite perpensis meritis et demeritis, boni sua præmia, id est spirituales nostras gratias consequantur, mali vero debitis pœnis et justis anathematis fulminationibus plectantur. Cum primum nos Deus Opt. M. Romanæ præesse Ecclesiæ voluit, ea etiam pollere authoritate jussit quæ ad utrumque justitiæ munus, tum in compensando dilectissimi filii nostri Aynardi insigni zelo et amore, tum in vindicanda Bourdini perfidia ejusdemque ab Ecclesia catholica nefaria et pertinaci discessione, valeret. Et quamquam non sine summo nostro dolore factum sit, ut adversus eum traditæ nobis a Deo potestatis gladium distrinxerimus, fuit tamen haud mediocre nobis solatium quod eodem tempore sic nos Deus amarit et nec dilectissimo nostro Aynardo sui in nos significandi obsequii occasio defuerit, nec nobis vicissim ut illi propensissimam voluntatem et tam bene navatæ operæ haud immemorem testaremur. Pro eo quo proavi ejus de Ecclesia catholica semper arserunt bene merendi desiderio, numquam innumeris ejusdem Ecclesiæ donis et gratiis caruit nobilis domus, nullum unquam idoneum tempus abire permissum est, quominus ab eis Ecclesia, cum juvari

posset, strenue juvaretur. Enimvero Sibaudus, pater Aynardi nostri,
et Aynardus tanto animi ardore Viennensis ecclesiæ deffensionem atque
propugnationem susceperunt, ut non opibus nec sanguine quidem suo
pepercerint. At patrum suorum strenuam virtutem et amorem non
modo æquavit Aynardus noster, sed tantopere superavit, ut quod illi
private in ecclesiam Viennensem opis contulerunt valde infra beneficia
ab hoc in universam Ecclesiam et sanctam apostolicam sedem collata
reperiatur. Nos enim cum, relicto Galliarum secessu, in hanc Urbem
reducere vellet, nec eo usque destitit copiis et pecuniis juvare, donec
tutum in sanctam sedem apostolicam receptum haberemus, qui conatus non pœnarum et laboris expers extitit; neque enim cessabat inter
ea schismaticus, Germanicarum ope legionum, summopere enitens ea
omnia proferre impedimenta quæ tum iter nostrum, tum adventum
in Urbem remorarentur. Nunc insigni illius opera restituti et pacifice
in Urbe commorantes, cum sciamus opus esse et maxime necessarium
ut rebus suæ ditionis præsens consulat patriamque repetat a qua, ut
nos in nostram restitueret, sponte exulavit, contra officii nostri rationem esse duximus, si dignam tali beneficio gratiam referre neglige-
remus. Et quoniam ejusmodi beneficia temporalibus gratiis rite com-
pensari nequeunt, volumus spiritualia munera quæ aliis dignitate
præstant impendere. His de causis, primum nos eum ejusque familiam
totam apostolicis benedictionibus impense cumulamus. Dein, omnia
considerantes pericula quæ amore Dei et sanctorum apostolorum Petri et Pauli accensus subire non renuit et labores quos exantlavit,
permittimus ut sanctissima eorumdem apostolorum corpora, nec non
omnium sanctorum resque omnes sacro cultui destinatas, exceptis
dumtaxat quæ ad conficiendum Christi Domini sacratissimum corpus
et sanguinem usui sunt vasis, manibus contrectare et palpare jure suo
possit, et quoniam excessus meriti omnem adimit Ecclesiæ Dei dignæ
remunerationis potestatem, ideo volumus apud posteros ejus memoriam
facti illustri monumento conservari facimusque omnes et singulos ex
illustri Aynardi prosapia nascituros, quibus jura primogenitorum com-
petent, ejusdem gratiæ et in æternum duraturi privilegii compotes :
ea tamen lege, ut nostros antea vel successorum nostrorum pedes religiose deosculati fuerint. Quia vero sub illius militaribus signis nostra
dignitas quasi sub certo azilo stetit inviolata, volumus etiam ut dilectus filius noster nostræ dignitatis insignibus minime careat. Itaque

sancimus in posterum ut, relicto gentilitio stemmate quod hactenus sole supra verticem montis irradianti conspicuum habuit, novum ipse et liberi ejus assumant, binisque ex argento clavibus in purpureo æquore fulgentibus sua scuta et arma nobilitent. Neque his contenti, jus insuper concedimus papalis regni sive pontificiæ thiaræ, quæ stemmati præfigatur et summa in casside quasi supremæ dignitatis apex constituatur, ut omnibus palam fiat charissimum filium nostrum ejusque posteros ad tutelam et patrocinium sanctæ sedis apostolicæ pertinere. Sed quoniam labente eorum qui nobis successuri sunt pontificum memoria fieri posset, ut magna supradictorum privilegiorum parte liberi ejus expoliarentur, nos, huic oblivioni et incommodo præcaventes, volumus ut quivis suorum nepotum ditionem Claromontanensem possessurus, cum in procinctu fuerit, ad deosculandum pedes summi pontificis, tunc in eadem qua nunc nos sessuri cathedra, easdem illas voces et verba pronunciet quæ olim Christo Domino dominus Petrus, ut fidem suam comprobaret, protulit : *Etiamsi omnes te negaverint, ego non te negabo :* quo solum prævio obsequio, fas sit ei sacras reliquias manibus contingere. Permittimus etiam, charissimi filii nostri precibus annuentes, ut supradicta privilegia et concessæ gratiæ ad fratrem Sibaudum ejusque liberos pertineant, ea scilicet lege ut jus præfigendæ gentilitio stemmati thiaræ ei soli competat qui ditionem Claromontanensem jure primogeniti possidebit, ne tam clarum et nobile decus cum multis habeatur commune. Non deerat charissimo filio nostro amor et desiderium, ut a nobis antequam schisma omnino tolleretur non discederet, sed nos invitum et renuentem, quo melius de summa rerum suarum statuat et a popularibus suis periculum hostium illam diuturnæ absentiæ captantum arceat, remittimus. Iterum igitur apostolicas in eum benedictiones abunde congerimus, Deoque Optimo Max. sanctisque apostolis Petro et Paulo, quorum partes tam fortiter et animose tutatus est, ut in suam recipiant singularem tutelam commendamus, precantes interim ut post hujus mortalis vitæ feliciter decursum stadium, ad meliorem in cœlo et feliciorem vitam pervenire mereatur. Amen.

    Calixtus, episcopus Ecclesiæ catholicæ.

    † Joannes, presbiter cardinalis Sancti Chrisogoni, ss.

    † Guydo, presbiter cardinalis Sanctæ [B]albinæ, ss.

    † Gregorius, diaconus cardinalis Sancti Angeli, ss.

† Petrus, diaconus cardinalis Sanctorum Cosmæ et Damiani, ss.
† Roscemanus, diaconus cardinalis Sancti Georgii in Velabro, ss.

Datum in Laterano per manus Chrisogoni, sanctæ Romanæ Ecclesiæ cardinalis et bibliothecarii, indictione 13, anno incarnati Verbi 1120, pontificatus domini nostri Calixti papæ secundi.

178

25 juin 1120.

Absolution accordée à Éginon, abbé de Saint-Udalric et de Sainte-Afra d'Augsbourg, qui avait reçu la bénédiction d'Hermann, évêque interdit.

Éd. *Khamm, Hierarchia Augustana, III, 2ᵉ partie, 233. — Monum. Germ. hist., Scriptores, XII, 466.
Cat. Robert, n° 130. — Jaffé-Loewenfeld, n° 6854 (5009).

CALIXTUS episcopus, servus servorum Dei, dilecto filio EGINONI, abbati monasterii Sancti Udalrici et Sanctæ Afræ, salutem et apostolicam benedictionem. Labore multo et fatigatione apostolicæ sedis misericordiam et pro te et pro tuis fratribus adivisti. Et tu abbatis benedictionem, et quidam fratrum tuorum ordinis promotionem ab Herimanno, cum interdictus esset, Augustensi episcopo, acceperunt. Ejus tamen interdictum ipse cum eisdem fratribus, prout asseris, ignorabas; et postquam vobis notum factum est, ab ejus obedientia discessistis. Multa etiam pro Ecclesiæ unitate atque servitio passi estis et inimicis ejus usque ad hæc tempora fideliter atque viriliter restitistis. Nos itaque tam tuis, dilecte in Christo fili EGINONE abbas, quam fratris nostri Maguntini archiepiscopi petitionibus annuentes, et commissæ tibi ecclesiæ paterna sollicitudine providentes, te in abbatis regimine permanere, et prædictos fratres tuos, si alias digni sunt, acceptos ordines obtinere et ad alios promoveri, ex consueta sedis apostolicæ benignitate ac dispensatione concedimus, ita tamen ut fratres ipsi deinceps in Ecclesiæ unitate et obedientiæ tuæ devotione permaneant. Dignum est enim ut qui pro se beato Petro tantis et diutinis exposuere laboribus et per ignorantiam excesserunt, beati Petri benedictione donentur et de benignitatis ejus plenitudine consolationem misericorditer consequantur.

Data Laterani, 7 kalendas julii.

179

25 juin 1120.

Calixte loue Othon, comte palatin, du repentir qu'il éprouve d'avoir combattu le pape Pascal; il lui ordonne de bâtir une église et lui recommande Azzon, évêque d'Acqui, qui était envoyé en Allemagne.

Ms. *Original aux Archives royales, à Munich.
Éd. *Monumenta Boica*, X, 283. — Hundt, *Urkunden des Klosters Indersdorf*, I, 1. — Migne, n° 181, col. 1248.
Cat. Robert, n° 225. — Jaffé-Loewenfeld, n° 6855 (5092).

CALIXTUS episcopus, servus servorum Dei, illustri viro O[TTONI], comiti palatino, salutem et apostolicam benedictionem. Dolere te ac vehementer tristari audimus eo quod in illa regis expeditione fueris, in qua domnus noster sanctę memorię PASCHALIS papa nimis crude-liter captus fuit. Non tamen captioni aut retentioni ejus consilium seu auxilium prebuisti. Unde gaudemus valde et omnipotenti Deo gratias agimus quod cor tuum sancti Spiritus visitatione ad penitentiam in-clinavit. Ut autem de bono in melius proficias atque in Ecclesię uni-tate semper et obedientia perseveres, in remissionem tibi peccatorum tuorum injungimus ecclesiam regularium fratrum construere, que ad honorem Dei et salutem animę tuę sub beati Petri et ejus Romanę Ecclesię jure ac ditione in perpetuum debeat permanere. Per hoc enim et omnipotentis Dei gratiam et nostrum poteris consilium et auxilium optinere. Karissimum fratrem et consanguineum nostrum, A[ttonem], Aquensem episcopum, quem in partes vestras direximus, nobilitati tuę commendamus, rogantes ut ei pro beati Petri reverentia ducatum et si qua alia necessaria fuerint, prebeas.

Data Laterani, vii° kalendas julii.

(Lacs de chanvre; la bulle existe.)

180

16 juillet 1120.

*Nouvel ordre à Silvion, archidiacre de Vienne, de rendre aux chanoines
de l'église de Vienne les revenus qu'il s'était appropriés.*

Ms. Collection Baluze, n° 75, fol. 357.
Éd. *Chevalier, *Cartulaire de l'abbaye de Saint-André-le-Bas de Vienne*, supplément, n° 76, p. 267.
— Robert, app., p. lxv.
Cat. Robert, n° 186. — Jaffé-Loewenfeld, n° 6856.

Calixtus episcopus, servus servorum Dei, karissimo in Christo filio
Sil[vioni] archidiacono, salutem et apostolicam benedictionem. Viennensis ecclesie canonicorum iteratam querelam accepimus, quod condaminas que ad communem utilitatem canonicorum spectant, adhuc violenter retineas; unde iterum dilectionem tuam monemus atque
precipimus ut condaminas ipsas predictis canonicis sine dilatione restituas; quodsi infra quadraginta dies post harum literarum acceptionem alterum istorum adimplere contempseris, nos ex tunc locum
cori, capituli et refectorii apostolica auctoritate tibi penitus interdicimus. Miramur etiam quod, ut audivimus, familiam nostram vexare
et vilipendere cotidie studeas; non certe juste contra nos agis, quia
quicquid es a nobis est et a nobis tuus est honor auctus.

Datum Preneste, xvii kalendas augusti.

181

9 août 1120.

*Confirmation des donations d'églises faites à l'abbaye du Mont-Cassin
par Gonnier et Hélène, sa femme.*

Ms. *Original aux Archives du monastère du Mont-Cassin.
Éd. Gattula, *Historia abbatiæ Casinensis*, 1, 425. — Cocquelines, *Bullarum*, II, 169. — Migne,
n° 99 et 100, col. 1181.
Cat. Robert, n° 131. — Jaffé-Loewenfeld, n° 6857 (5010).

Calixtus episcopus, servus servorum Dei, karissimis in Christo filiis

Girardo, Casinensis monasterii abbati, et ejus fratribus tam presentibus quam futuris, in perpetuum. Et commissi nobis officii sollicitudo deposcit et paternę karitatis benignitas nos compellit ut ęcclesiarum omnium providere necessitatibus debeamus. Verumtamen locis illis et personis, quę specialius ac familiarius Romanę adherent Æcclesię, quęque amplioris religionis et dignitatis gratia pręminent, porpensiori nos convenit affectionis studio imminere. Eapropter, filii in Christo karissimi, petitioni vestrę non inmerito annuendum censuimus, ut in Sardinię partibus de beati Petri oblatione sustentationi vestrę subsidium aliquod conferamus. Per presentis igitur scripti auctoritatem vobis vestrisque successoribus perpetua stabilitate concedimus ęcclesias illas, quas vir nobilis domicellus Gunnari una cum uxore sua Helena beato Petro cognoscitur contulisse, ecclesias scilicet Sancti Petri de Nugulbi, Sancti Nykolai de Nugulbi, Sancti Helię de Sitin et Sancti Petri de Nurci cum pertinentiis suis, ut de ipsarum redditibus, prout facultas ministraverit, indumenta semper Casinensi conventui preparentur, salvo nimirum censu quattuor solidorum denariorum Papiensium singulis annis Lateranensi palatio persolvendo. Sane possessiones et dona omnia quę pręfatus Gunnari beato contulit Benedicto vel collaturus est, apostolicę sedis munimine confirmamus, statuentes ut illa omnia similiter in vestimentorum vestrorum preparatione in perpetuum conserventur. Si quis igitur in futurum judex, domicellus aut ęcclesiastica quęlibet secularisve persona, decreti hujus tenore cognito, prędictas ęcclesias et cęteras pręfati Gunnari oblationes auferre vel minuere aut a constituta vestimentorum Casinensis conventus preparatione subtrahere vel mutare pręsumpserit, potestatis honorisque sui dignitate careat reamque se divino judicio existere de perpetrata iniquitate cognoscat et a sacratissimo corpore ac sanguine Dei et Domini Redemptoris nostri Jesu Christi aliena fiat atque in extremo examine districtę ultioni subjaceat. Cunctis autem qui observatores extiterint beatissimi patris nostri Benedicti precibus, omnipotentis Dei et apostolorum ejus Petri et Pauli gratia et benedictio et peccatorum remissio tribuatur. Amen.

(R.) Ego Calixtus, catholicę Æcclesię episcopus, ss. (M.)

Datum Beneventi per manum Grisogoni, sanctę Romanę Ecclesię diaconi cardinalis ac bibliothecarii, vᵒ idus augusti, indictione xiiiᵃ, incarnationis Dominice anno m°.c°.xxi°, pontificatus autem domni Calixti secundi pape anno ii°.

(Lacs de soie jaune; la bulle existe encore.)

182

10 août 1120.

Remerciements à Gonnier, à Hélène, sa femme, et à leurs filles
pour les présents qu'ils ont faits au Mont-Cassin.

Mss. *Regestum Petri diaconi, n° 3 des mss. du Mont-Cassin (olim 902), fol. xxxii. — Copie, n° 4, ibid., fol. 43 v°.*
Éd. Gattula, *Hist. abbat. Casin.*, I, 426. — Migne, n° 101, col. 1182.
Cat. Robert, n° 182. — Jaffé-Loewenfeld, n° 6858 (5011).

Calixtus episcopus, servus servorum Dei, illustri viro Gunnani et uxori ejus Helene, filiabus suis Vera et Susanna, salutem et apostolicam benedictionem. Audivimus de vobis quod, divina gratia inspirati, quedam beato Benedicto ejusque Casinensis (*sic*) monasterio de vestris facultatibus contuleritis. Unde gratias vobis agimus atque omnipotentis Dei misericordiam deprecamur ut beati Benedicti precibus ex hoc et in futuro dignam vobis mercedem restituat. Rogamus autem et in peccatorum vobis remissionem injungimus ut in eo quod cepistis constantius maneatis; non enim cepisse virtutis est, sed perfecisse, et qui perseveraverit usque in finem, hic salvus erit. Sic quidem nos et ecclesiis (*sic*) et donum quod eidem monasterio a vobis factum est apostolice sedis auctoritate confirmavimus, prohibentes ne quis illum subtrahere, diminuere aut in posterum sine Casinensium fratrum consensu audeat commutare, sed eorundem fratrum indumenta quietum semper illibatumque permaneat.

Datum Beneventi, iiii° idus augusti.

183

10 août 1120.

Ordre à Roger, évêque de Volterra, de veiller à la conservation des biens donnés au Mont-Cassin par Gonnier et Hélène, sa femme.

Mss. **Regestum Petri diaconi*, fol. xxxii. — Copie, fol. 43 v°.
Éd. Gattula, *Hist. abbat. Casin.*, I, 426. — Migne, n° 102, col. 1182.
Cat. Robert, n° 133. — Jaffé-Loewenfeld, n° 6859 (5012).

CALIXTUS episcopus, servus servorum Dei, venerabili fratri R[OGE-
RIO], Vulterrano episcopo, apostolice sedis legato, salutem et apostolicam benedictionem. Quam specialiter, quam precipue monasterium
Casinense ad protectionem Romane spectet Ecclesie tuam non credimus latere notitiam. Idcirco fraternitatem tuam rogamus et precipimus ut donum quod beato Benedicto ejusque monasterio ab illustri
viro domicello [a] Gunnari et uxoris (*sic*) ejus Helene [b] factum est pro
beati Benedicti reverentia, quietum atque ab omni infestatione liberum
facias permanere. Nos enim donum ipsum scripti nostri assertione firmavimus et ecclesias quasdam ex ipsis Gunnari et uxoris ejus Helene
oblatione ad beatum Petrum pertinentes jam dicto Casinensi monasterio ex apostolice sedis liberalitate concessimus. Nolumus ergo ut
per quorumlibet violentiam subtrahantur seu infestentur, sed omnia
quiete ac [c] libere ad fratrum indumenta Casinensium conserventur ce-
terasque ecclesias seu possessiones quas beatus Benedictus in Sar-
dinie partibus obtinet, sollicitudini tue adtentius commendamus.

Datum Beneventi, quarto idus augusti.

[a] *Domicello*, ms. — [b] *Helena*, ms. — [c] *Hac*, ms.

184

Août 1120.

Ordre à Gauthier, évêque de Maguelone, de laisser les frères du Saint-Sépulcre
posséder en paix l'église du Sauveur « de Rubo ».

Éd. *De Rozière, *Cartulaire de l'abbaye du Saint-Sépulcre de Jérusalem,* p. 73. — Migne, n° 135,
col. 1209.
Cat. Jaffé-Loewenfeld, n° 6860. — Cf. bulle du 29 mai 1121.

185

24 septembre 1120.

A la demande de Robert, évêque d'Aversa, Calixte ordonne que l'église d'Aversa
sera soumise directement à l'Église de Rome.

Mss. *Vidimus, du 10 mai 1298, dans le Registre de Boniface VIII, 4° année, pièce CCI, aux Archives du Vatican. — Ms. XL, 2, de la Bibliothèque Barberine, à Rome; copie informe du
xvii° siècle.
Éd. Ughelli, *Italia sacra,* I, 486. — Migne, n° 103, col. 1183.
Cat. Robert, n° 134. — Jaffé-Loewenfeld, n° 6861 (5013).

CALIXTUS episcopus, servus servorum Dei, venerabili fratri Ro-
BERTO, Aversano episcopo, ejusque successoribus canonice substituendis, imperpetuum. Sicut ex fratrum relatione comperimus, qui causam plenius cognoverunt, ab ipso fere sui principio Aversana ecclesia
Romane familiariter adhesit Ecclesie, unde Romana sibi Ecclesia eam
tanquam specialem filiam specialiter vendicavit et in ea episcopos tanquam et in aliis suis specialibus ecclesiis ordinavit. Siquidem dominus
predecessor noster sancte memorie LEO papa nonus primum ibi episcopum, Azolinum videlicet, consecravit. Porro URBANUS Guimundum,
GELASIUS Robertum episcopos consecrarunt. Quorum nos auctoritatem
et vestigia subsecuti, predictam Aversanam ecclesiam in solius Romane
Ecclesie subjectione decrevimus conservandam. Apostolica igitur auctoritate statuimus et perpetua stabilitate sancimus ut eadem Aversana
ecclesia in Romane deinceps Ecclesie unitate atque obedientia perseveret eique soli tanquam suffraganea metropolitane sue subjecta sit,
ita quod in ea per Romani semper pontificis manum episcopus conse-

cretur. Nulli ergo omnino hominum facultas sit predictam Aversanam
ecclesiam a Romane Ecclesie unitate ac speciali subjectione subtrahere aut quod a nobis statutum est occasione qualibet immutare, sed
firmum et inviolabile futuris temporibus conservetur. Nemini etiam
liceat eandem ecclesiam temere perturbare aut ejus possessiones auferre vel ablatas retinere, minuere vel temerariis vexationibus fatigare,
sed omnia integra conserventur, tam tuis quam clericorum et pauperum usibus profutura. Si quis igitur in crastinum archiepiscopus aut
episcopus, imperator aut rex, princeps aut dux, comes, vicecomes,
judex, castaldo aut cujuscunque dignitatis ecclesiastice secularisve persone hujus decreti paginam sciens, contra eam temere venire temptaverit, secundo tertiove commonita, si non satisfactione congrua emendaverit, potestatis honorisque sui dignitate careat reamque se divino
existere judicio de perpetrata iniquitate cognoscat atque a sacratissimo corpore et sanguine Dei ac Domini nostri Jesu Christi aliena
fiat et in extremo examine districte ultioni subjaceat. Cunctis autem
hanc nostram constitutionem servantibus sit pax Domini nostri Jesu
Christi, quatenus et hic fructum bone actionis percipiant et apud
districtum judicem premia eterne pacis inveniant. Amen. Amen.
Amen.

[Ego Calixtus, catholicæ Ecclesiæ episcopus.

Ego Petrus, Portuensis episcopus, consensi et subscripsi.

Ego Robertus, presbyter cardinalis tituli Sanctæ Sabinæ, consensi.

Ego Benedictus, presbyter cardinalis . . . . . consensi et subscripsi.

Ego Anastasius, cardinalis presbyter tituli Sancti Clementis, subscripsi.

Ego Desiderius, presbyter cardinalis Sanctæ Praxedis, consensi et
subscripsi.

Ego Joannes, presbyter cardinalis tituli Sancti Grisogoni, subscripsi.

Ego Joannes, presbyter cardinalis tituli Sancti Eusebii, subscripsi.

Ego Petrus, presbyter cardinalis Sancti Marcelli, subscripsi.

Ego Petrus, presbyter cardinalis Sanctæ Mariæ Ara cœli.

Ego Petrus, presbyter cardinalis.

Ego Romoaldus, diaconus cardinalis Sanctæ Mariæ in Via lata[a].

---

[a] Les souscriptions sont tirées d'Ughelli.

Ego Stephanus, diaconus cardinalis Sanctæ Mariæ de Scola græca.]

Datum Beneventi per manum Grisogoni, sancte Romane Ecclesie diaconus (*sic*) cardinalis ac bibliothecarii, vm kalendas octobris, indictione xiii, incarnationis Dominice anno m°c.xxi, pontificatus autem domini Calixti secundi pape anno secundo.

186

28 septembre 1120.

Confirmation des possessions et des droits de l'église de Raguse et concession du pallium à l'archevêque Gérard.

Ed. *Farlatus, *Illyricum sacrum*, VI, 60. — Fejér, *Cod. dipl. Hung.*, VII, v. 91. *Cat.* Robert, n° 104. — Jaffé-Loewenfeld, n° 6862 (5014).

Callixtus episcopus, servus servorum Dei, venerabili fratri Geraldo, Ragusiæ civitatis antistiti, nostris per Dei gratiam manibus consecrato, ejusque successoribus canonice substituendis, in perpetuum. De Domini sapientia scriptum est quod pertingit a fine usque ad finem fortiter et disponit suaviter. Hujus dispositione beato Petro ejusque Romanæ Ecclesiæ concessus est totius Ecclesiæ principatus, ut per hujus constantiam infirmitas fratrum confirmetur et per ejusdem tutelam et protectionem diffusæ per orbem ecclesiæ muniantur. Eapropter, frater in Christo charissime Geralde, quem nostris, tamquam beati Petri, manibus in Ragusiæ civitatis archiepiscopum per Dei gratiam consecravimus, nos qui, licet indigni, beati Petri locum obtinere conspicimur, petitioni tuæ clementer annuimus et ad exemplar prædecessorum nostrorum sanctæ memoriæ Zachariæ, Benedicti et Paschalis, sanctam Ragusaeorum ecclesiam præsentis privilegii pagina communimus. Statuimus enim ut parochiæ omnes, quas ecclesia eadem præteritis temporibus possedisse dignoscitur, tibi tuisque successoribus junctæ in futurum et integræ conserventur, videlicet Zachulmiæ regnum et regnum Servuliæ Tribuniæque regnum, civitas quoque Catharinensis seu Rosæ, Butuanensis, Avvarorum, Ulcinatensis, Schodrinensis [a], Drivastensis, Polatensis cum abbatiis, ecclesiis et paro-

_____

[a] *Scodriensis*, Fejér.

I. 18

chiis earum. Pallii vero usum ex apostolicæ sedis liberalitate tibi concedimus intra ecclesiam tantum, illis diebus qui perantiquis Ecclesiæ nostræ privilegiis distinguuntur; consecrationem tamen successorum tuorum nobis nostrisque successoribus reservantes in perpetuum. Porro decimæ, possessiones, prædia seu cætera bona, quæ in præsenti ad eandem ecclesiam pertinent, in ecclesiis, in villis, in colonis seu colonabus, in agris vel aquis vel aliis rebus diœcesanæ seu proprietariæ dispositionis, et omnia quæ in futurum, liberalitate principum vel oblatione fidelium, juste poteris adipisci, firma vobis semper et illibata permaneant. Decernimus ergo ut nulli hominum liceat eandem ecclesiam temere perturbare aut ejus possessiones auferre vel ablatas retinere, minuere vel temerariis vexationibus fatigare, sed omnia integre conserventur, tam tuis quam clericorum et pauperum usibus profutura. Tuis igitur interest, frater charissime, in prosperis te humilem exhibere et in adversis, si quando evenerint, cum justitia erectum, amicum bonis, perversis contrarium; nullius unquam faciem contra veritatem suscipias; nullius unquam faciem pro veritate loquentem premas. Misericordiæ operibus juxta virtutem substantiæ insistas et tamen insistere etiam supra virtutem cupias, infirmis compatiens, bene valentibus congaudens, aliena damna propria deputans, de alienis gaudiis tanquam de propriis exultans, in corrigendis vitiis pie fervens, in fovendis virtutibus auditorum animos demulcens, in ira judicium sine ira tenens, in tranquillitate autem severitatem justæ censuræ non deserens. Hæc est enim accepti ministerii dignitas, quam si sollicite servaveris, quod foris accepisse ostenderis, intus habebis. Sancta Trinitas fraternitatem tuam dexteræ suæ protectione custodiat, ut ministerium tuum fideliter impleas et cum populo tibi commisso, duce Domino, ad finem qui non finitur pervenias.

(R.) Ego Callixtus, catholicæ Ecclesiæ episcopus.

Datum Beneventi per manum Chrysogoni, sanctæ Romanæ Ecclesiæ diaconi cardinalis ac bibliothecarii, 4 kalendas octobris, indictione xiv, incarnationis Dominicæ mcxxi, pontificatus autem domini Callixti secundi papæ anno secundo.

187

28 septembre 1120.

Ordre aux évêques de la Dalmatie supérieure d'obéir à Gérard, archevêque de Raguse, comme à leur métropolitain.

Éd. *Farlatus, *Illyricum sacrum*, VI, 62. — Fejér, *Cod. dipl. Hung.*, VII, v, 94. Cat. Robert, n° 186. — Jaffé-Loewenfeld; n° 6863 (5015).

Callixtus episcopus, servus servorum Dei, omnibus episcopis superioris Dalmatiæ seu Diocleæ, salutem et apostolicam benedictionem. Omnis admonitio salutaris, quam Domino credimus aspirante contingere, in mercedem proficit monitoris et moniti. Et ideo nos hoc libenter arripimus, quoniam placere Deo nostro non solum nostris, sed et omnium fratrum consacerdotumque nostrorum actibus festinamus. In nostram nempe recurrit gratiam, si ecclesiæ sic regantur ut nullus querimoniis aditus reseratur. Sit igitur dilectioni vestræ, fratres carissimi, dulcis et jucunda præceptio, quam, sedis apostolicæ auctoritate servata, caritatis gratia manere noscatis. Nec vobis aliquid juris credatis imminui, si tam præsentibus quam futuris rebus videatis, ne illicitis præsumptionibus reseretur aditus, præcaveri. Exigente hoc a nobis Domino, qui apostolicæ dignitatis beatissimo apostolo Petro primatum pro fidei suæ remuneratione commisit, universalem Ecclesiam in fundamenti ipsius soliditate constituens, necessitatem sollicitudinis, quam habemus cum his qui nobis collegii caritate juncti sunt, sociamus. Annuentes igitur petitionibus carissimi filii et fratris nostri Gerardi, quem nostris tanquam beati Petri manibus Ragusiæ civitati archiepiscopum per Dei gratiam consecravimus, et ad exemplar prædecessorum nostrorum eandem ecclesiam privilegii nostri pagina communivimus, statuentes ut omnes parochias, quas præteritis temporibus possedisse cognoscitur, eidem archiepiscopo quiete in futurum et integre conserventur. Insuper ad confirmationem privilegiorum vicem nostram ei commisimus in eisdem tantum episcopatibus, qui in privilegiis suis leguntur, videlicet in regno Zacolmi et regno Serviliæ Tribuniæque regno, civitate quoque Catharinensi seu Rosæ, Budua-

18.

nensi, Avarorum, Ulcinatensi, Liciniatensi, Scodrinensi[a]; Drivastensi
et Pollatensi cum abbatiis, ecclesiis et parochiis earum; cui in his,
quæ ad ecclesiasticam pertinent disciplinam, ut dilectio vestra pareat,
admonemus. Non enim tam illi obtemperabitis quam nobis qui hoc illi
pro nostra sollicitudine per illam provinciam cognoscimus commisisse.
Ad synodum quicumque evocatus fuerit, occurrat, nec congregationi
se deneget, in qua ad Deum pertinentes causas noverit esse tractandas.
Quidquid causarum; ut assolet, inter consacerdotes evenerit ejus, cui
vicem nostram commisimus, examini reservetur, ut illo sub timore
Dei præsule omnis ambiguitas finiatur. Nihil in ejus aut nostram
contra hæc quæ constituimus præsumatur injuriam, ejus nobis relatione, si quid referendum fuerit, innotescat. Ita enim vos ad illius jus
pertinere volumus, ut ad vos vestrarum ecclesiarum pertinent sacerdotes. Qui ergo jure sibi debito uti cupiunt, apostolicæ sedis auctoritate concessa per suam contumaciam imminuere non nitantur. Ut vero
vestræ dilectioni ecclesiæ ordinatio suæ permittitur sacerdotum, ita
fratrem et coepiscopum nostrum Gerardum de ordinando antistite volumus consulatis, cui episcoporum consecrationem statuimus reser-
vari, ut eo inquisitore atque custode, cum certus licentiæ modus
imponitur, ecclesiasticæ disciplinæ in omnibus ordo servetur. Bene
valete.

Ego Callixtus, catholicæ Ecclesiæ episcopus.

Data Beneventi per manum Chrysogoni, sanctæ Romanæ Ecclesiæ
diaconi cardinalis ac bibliothecarii, iv kalendas octobris, indictione
xiv, incarnationis Dominicæ anno mcxxi, pontificatus autem Callixti II
papæ anno ii.

[a] *Scodriensi*, Fejér.

188

10 octobre 1120.

Confirmation des possessions et des droits du monastère de Saint-Pierre
sur le mont Vulturne.

Ms. *Ms. 8030 de la Bibliothèque du Vatican, fol. 9; copie du xvii° ou du xviii° siècle, d'après «Arch.
secr. Capitolii, J.LXIII».
Éd. Mabillon, *Annales ordinis S. Benedicti*, VI, 641. — *Archivio della Società Romana di storia
patria*, X, 243. — Migne, n° 106, col. 1184.
Cat. Robert, n° 187. — Jaffé-Loewenfeld, n° 6804 (5016).

CALIXTUS episcopus, servus servorum Dei, dilecto filio MANSONI, abbati venerabilis monasterii Sancti Petri, quod in monte Vulture apud
criptam Beati Michaelis archangeli situm est, ejusque successoribus
regulariter substituendis, in perpetuum. Cum universis per orbem
ecclesiis debitores ex commissi nobis administratione officii existamus,
illorum tamen locorum protectioni propensiori nos convenit studio
imminere que ad jus proprium sancte Romane cui, Deo auctore, deservimus, Ecclesie noscuntur specialius pertinere. Quamobrem, dilecte
in Christo fili MANSO abbas, petitioni tue clementer annuimus et Beati
Petri Vulturense monasterium cui, Deo auctore, presides, ad predecessorum nostrorum exemplar, sedis apostolice munimine confovemus.
Statuimus enim ut cenobium ipsum et abbates ejus et monachi nulli
alii, nisi Romane et apostolice sedi, cujus est jus et proprietas, sint
subjecti. Nec alicui episcoporum liceat in eodem loco aut in cellis ejus
aliquid constituere aut ordinare quod sacris canonibus aut nostro huic
statuto refragari videatur, nec eis fas sit, si pregravati Romanam sedem appellaveritis, aliquam, sub occasione judicii, violentiam, nisi
ante Romanum pontificem vel ejus legatum vobis aut successoribus
vestris inferre. Per presentis etiam privilegii paginam tibi tuisque legitimis successoribus et per vos eidem monasterio confirmamus ecclesiam
Sancti Andree de [Oc]tov[ia]no cum castello suo; castellum de Monticulo cum ecclesiis suis; villam que dicitur Aqua tincta; cellam Sancte
Marie de Luco, ecclesiam Sancti Nikolai de Vite alba, Sancte Christi-
ine, Sancti Laurentii in Rapulla, Sancti Nikolai, Sancte Marie de

Monte, Sancti Georgii, Sancte Barbare, Sancti Apollinaris in ipso Monte. In Melfia, ecclesiam Sancti Antonini, Sancti Nikolai, Sancti Eustachii, Sancti Martini, Sancti Petri de Berula, Sancti Felicis de Fuciano, Sancti Faviani trans Aufidum, Sancti Jacobi, Sancti Laurentii, Sancti Stephani sub Cisterna; item Sancti Marciani trans Aufidum. In Labello, ecclesiam Sancte Barbare, Sancti Marci, Sanctorum Joannis et Pauli et omnium Sanctorum. In territorio Spinacioli, ecclesiam Sancte Trinitatis in Catuna, Sancte Marie de Ulmeto, Sancte Marie in Edera et Sancti Egidii. In Andro, ecclesiam Sancti Salvatoris, Sancti Nikolai. In Gurgo, ecclesiam Sancti Salvatoris. In Paciano, ecclesiam Sancti Angeli cum olivetis et trapetis. In Baro, ecclesiam Sancti Mathei et Leuci. In Arbore longa, ecclesiam Sancti Angeli. In territorio Salpitano, ecclesiam Sancti Nikolai de Varisento, Sancti Theodori, Sancti Martini, ecclesiam Sancti Stephani in Plancaro, Sancte Marie de Calavio cum omnibus earum pertinentiis. In monte Melone, ecclesiam Sancti Andree. Quecunque preterea vel in presenti xiii indictione sepedictum cenobium concessione pontificum, liberalitate principum, oblatione fidelium vel aliis justis modis possidet aut in futurum poterit adipisci, firma tibi tuisque successoribus et illibata permaneant. Decernimus ergo ut nulli omnino hominum liceat idem monasterium temere perturbare aut ei subditas possessiones auferre vel ablatas retinere, minuere vel temerariis vexationibus fatigare, sed omnia integra conserventur, eorum pro quorum sustentatione ac gubernatione concessa sunt, usibus omnimodis profutura. Obeunte te, nunc ejus loci abbate, vel tuorum quolibet successorum, nullus ibi qualibet surreptionis astutia seu violentia preponatur, nisi quem fratres communi consensu vel fratrum pars consilii sanioris secundum Dei timorem et beati Benedicti regulam elegerint, a Romano pontifice consecrandum. Oleum sanctum et consecrationes altarium sive basilicarum, ordinationes cujuscumque professionis vel ordi[nis clericorum ab episcopis, in quorum diocesibus estis, accipietis, si ea] [a] impendere gratis et sine pravitate voluerint, et si gratiam atque communionem apostolice sedis habuerint. Alioquin liceat vobis a quo malueritis catholico episcopo consecrationis sacramenta percipere. Ad hec helemosynas, que gratis monasterio pro vivis vel mortuis offeruntur a vobis

---

[a] Ce qui est entre crochets est remplacé par des points dans le ms.

[suscipiendas] (*) absque omni episcoporum molestia et contradictione censemus. Ad indicium autem supradicte proprietatis et percepte a Romana Ecclesia libertatis, auri unciam quotannis Lateranensi palatio persolvetis. Si qua igitur in futurum ecclesiastica secularisve persona hanc nostre constitutionis paginam sciens contra eam temere venire temptaverit, secundo tertiove commonita, si non satisfactione congrua emendaverit, potestatis honorisque sui dignitate careat reamque se divino judicio existere de perpetrata iniquitate cognoscat et a sacratissimo corpore ac sanguine Dei et Domini Redemptoris nostri Jesu Christi aliena fiat atque in extremo examine districte ultioni subjaceat. Cunctis autem eidem loco justa servantibus fiat pax Domini nostri Jesu Christi, quatenus et hic fructum bone actionis percipiant et apud districtum judicem premia eterne pacis inveniant. Amen. Amen. Amen.

(R.) Ego Calixtus, catholice Ecclesie episcopus, ss. (M.)

Ego Petrus, Portuensis episcopus, ss.

Ego Joannes, presbyter cardinalis tituli Sancti Grisogoni, ss.

Datum Beneventi per manum Grisogoni, sancte Romane Ecclesie diaconi cardinalis ac bibliothecarii, vi idus octobris, indictione xiv, incarnationis Dominice anno m° c° xx°, pontificatus autem domni Calixti secundi pape anno ii°.

189

16 octobre 1120.

Ordre aux archevêques, aux évêques, aux abbés et aux fidèles des provinces de Bourges, de Bordeaux, d'Auch, de Tours et de Bretagne d'obéir à Girard, évêque d'Angoulême, institué légat.

Mss. *Copie du xii° siècle, sur un feuillet de garde du ms. 228 de la Bibliothèque d'Angers. — *Epist. Roman. pontif.*, ms. lat. 16996, fol. 373.
Éd. Marca, *De concordia sacerdotii et imperii*, II, 185. — *Rec. des hist. des Gaules et de la France*, XV, 237. — Mansi, *Concil.*, XXI, 213. — Migne, n° 107, col. 1186.
Cat. Robert, n° 138. — Jaffé-Loewenfeld, n° 6865 (5017).

CALIXTUS episcopus, servus servorum Dei, dilectis fratribus et filiis

---

(*) Ce qui est entre crochets est remplacé par des points dans le ms.

archiepiscopis, episcopis, abbatibus, principibus et ceteris tam clericis quam laicis per Bituricensem, Burdegalensem, Auscitanam; Turonensem et Britanniam provincias constitutis, salutem et apostolicam benedictionem. Et Patrum precedentium institutio exigit et fraterne caritatis debitum nos compellit ut providere salubriter universis Æcclesie filiis, auxiliante Domino, procuremus. Verum, quia ubique presentes esse aut per nos ipsos cuncta exercere non possumus, fratres nostros, quos nimirum oportunos credimus, in partem nostre sollicitudinis evocamus. Eapropter venerabili fratri nostro G[ERARDO], Engolismensi episcopo, nostras in partibus vestris vices duximus committendas; quemadmodum et dominus predecessor noster sancte memorie Pascalis papa commisisse cognoscitur. Confidimus enim in Domino, quia ipse ministerium hoc ad honorem Dei et salutem vestram, sancto cooperante Spiritu, fideliter ministrabit. Rogamus itaque universitatem vestram, monemus atque precipimus ut ei, tanquam vicario nostro, humiliter pareatis, et cum oportunitas ecclesiastice utilitatis exegerit, ad vocationem ejus unanimiter convenire et sinodales cum eo conventus solenniter celebrare curetis, quatenus communi deliberatione corrigenda corrigere et confirmanda possit, auctore Domino, confirmare.

Datum Beneventi, xvii° kalendas novembris.

190

6 novembre 1120.

Confirmation des possessions de l'église de Trani dépendante seulement du Saint-Siège et concession du pallium à Bysancius, archevêque de Trani.

Ms. *Original aux Archives du chapitre de Trani.
Éd. Prologo, *Le carte che si conservano nello archivio del capitolo metropolitano della città di Trani (dal IX secolo fino all' anno 1266)*, p. 72.
Cat. Jaffé-Loewenfeld, n° 6866.

CALIXTUS episcopus, servus servorum Dei, venerabili fratri BISANTIO, Tranensi archiepiscopo, ejusque successoribus canonice substi[tu]endis, in perpetuum. Dignitatem ecclesiis vel personis predecessorum nostrorum privilegiis attributam, nos quoque inconcussam volumus, auctore Domino, conservari. Eapropter, karissime in Christo frater BIZANTI,

Tranensis archiepiscope, petitioni tuę per communem filium Baia-
lardum, sedis nostrę diaconum cardinalem, clementer aunuimus, et
sanctam Tranensem ecclesiam cui, Deo auctore, presides, ad exemplar
predecessorum nostrorum, auctoritate sedis apostolicę communimus.
Per presentis igitur privilegii paginam tibi tuisque successoribus in
perpetuum confirmamus quicquid dignitatis et quicquid parochiarum
ad Tranensis archiepiscopatus ecclesiam cognoscitur pertinere, urbem
videlicet Tranensem, Coratum, Andrem, Barulum, Vigilias cum omnibus pertinentiis suis et ecclesiis constructis intus et foris; monasterium
Sanctę Marię de Monte, quod in territorio Tranensis civitatis situm
est, cum aliis monasteriis et ecclesiis ad predicta loca pertinentibus,
et quęcunque alia ad vestram ecclesiam juste atque canonice pertinere
noscuntur. Pallei etiam usum tibi tuisque successoribus in festivitatibus illis habendum concedimus quę Romanę Ecclesię concessione
distinctę sunt, scilicet Nativitatis Domini, sancti Stefani, Epifania
Domini, Cena Domini, Sabato sancto, Resurrectione, Ascensione,
Pentecoste, Nativitate sancti Johannis Baptiste, in natale omnium
apostolorum, tribus festivitatibus sanctę Marię, commemoratione omnium sanctorum, in consecratione LXXIII ecclesiarum, altarium et clericorum, in diebus confessorum, quorum corpora in tua ecclesia requiescunt. Cujus nimirum pallei volumus te per omnia genium vendicare.
Hujus siquidem indumenti honor humilitas atque justitia est. Tota
ergo mente fraternitas vestra se exhibere festinet in prosperis humilem et in adversis, si quando eveniunt, cum justitia erectam, amicam
bonis, perversis contrariam, nullius unquam faciem contra veritatem
suscipiens, nullius unquam faciem pro veritate loquentem premens,
misericordię operibus juxta virtutem substantię insistens et tamen insistere etiam supra virtutem cupiens. Hęc est, frater carissime, pallei
accepti dignitas, quam si sollicite servaveris, quod foris accepisse ostenderis intus habebis. Preterea confirmamus ut idem Tranensis archiepiscopatus cum parochiis, sicut ex predecessorum nostrorum privilegiis institutum est, perpetuo sine diminutione permaneat et Romanę
tantum Ecclesię subjectus in perpetuum cum omni dignitate sua et
integritate persistat. Sancta Trinitas fraternitatem tuam glorificet, sua
protectione circumdet et ad finem qui non finitur pervenire concedat.
Amen.

(R.) Ego Calixtus, catholicę Ecclesię episcopus, ss. (M.)

Data Troje per manum Grisogoni, sanctę Romane Ecclesię diaconi cardinalis ac bibliothecarii, viii° idus novembris, indictione xiii°, incarnationis Dominicę anno m° c° xxi°, pontificatus autem domni Calixti secundi pape anno ii.

(Lacs de soie rousse; la bulle existe.)

191

29 novembre 1120.

Confirmation des possessions et des privilèges de l'abbaye Sainte-Sophie de Bénévent, qui est placée sous la protection du Saint-Siège.

Ms. *Ms. 4939 de la Bibliothèque du Vatican, du xii° siècle.
Éd. Ughelli, *Italia sacra*, VIII, 104, et X, 505. — Cocquelines, *Bullarum*, II, 170.
Cat. Robert, n° 139. — Jaffé-Loewenfeld, n° 6867 (5018).

Calistus episcopus, servus servorum Dei, dilecto in Christo filio Johanni, abbati monasterii venerabilis Sancte Sophię intra Beneventum siti, ejusque successoribus regulariter promovendis, imperpetuum. In apostolice sedis administratione, divina disponente clementia, constituti, necesse habemus omnes quidem ecclesias beati Petri patrocinio confovere et ipsarum quieti paterna sollicitudine providere. Verumptamen locis illis et personis que devotius ac specialius Romanę adherent Ecclesię, quęque amplioris religionis gratia preminent, propensiori nos convenit studio subvenire. Quamobrem, karissime in Christo fili Johannes abbas, postulationi tue clementer annuimus et Sanctę Sophię cenobium, ad cujus regimen nos te, auctore Deo, nostris, tanquam beati Petri manibus, consecravimus, sub tutela et jurisdicione sedis apostolicę, sicut hactenus mansit, perpetuo permanere, presentis pagine auctoritate sancimus, ut videlicet soli Romanę Æcclesię subditum, ab omni ecclesiarum seu personarum jugo liberum habeatur. Preterea predecessorum nostrorum vestigiis insistentes, universa que privilegiis eorum, ad ejusdem monasterii immunitatem vel possessionem, tuis sunt predecessoribus attributa, tibi tuisque successoribus regulariter promovendis presenti privilegio contribuimus. Cellas quoque seu ecclesias aut villas que a predecessoribus tuis predicto

videntur cenobio juste ac rationabiliter acquisite, possidendas imperpetuum confirmamus : id est ecclesiam Sancti Benedicti, que dicitur
Xenodochium, Sancti Johannis, Sancte Eufemie, Sancti Petri, que
dicitur Trasari, Sancte Marię Rotunde intra ipsam civitatem Beneventi; ecclesiam Sanctę Marię, Sancti Petri, Sancti Nicolai, Sancti
Herasmi, Sancti Marciani, Sanctę Sophię, Sancti Angeli foras eandem
civitatem; in Pantano, ecclesiam Sancti Benedicti, Sancti Vitalis,
Sancti Mercurii; apud Olivolam, Sancti Angeli, Sancte Marię de
Scolcaturii cum pertinentiis; in Vado Azara, Sancti Benedicti; in
Faffone, Sancti Valentiniani; apud Votum, Sancti Felicis cum terris
suis; in Cornito, Sancti Silvestri; in Duobus rivis, Sancte Marię; in
Parituli, Sancti Marciani; in Ventecano, Sancti Martini; in Cuajano,
Sancti Petri; in Pazano, Sancti Nycolai. Item Beneventi, Sancti Stephani in Palearia, Sancte Marie de Lucernara, et curtes duas Sanctę
Marię in Sableta, Sanctę Marię in Templana; in civitate Triana, Sancti
Angeli cum cellis suis, Sancti Stephani; in Fromari, Sancti Gregorii;
in Esclę, Sancti Angeli in Plesco; in Alipergo, ecclesias Sancte Marie,
Sancti Angeli, Sancti Petri, Sancti Marci, Sancti Johannis, Sancti
Laurentii, Sancta Lucia; in Casale Alvulo, Sancta Maria, Sancti Johannis; in Calisi, Sancte Marię; in territorio Tamari, Sancti Marcelli;
apud Reginum, Sancte Marię; in Cufferano, Sancti Mauri, Sancti
Johannis; in Asculo, Sancti Petri, Sancti Desiderii; in Iliceto, Sancti
Effrem; in Morteto, Sancti Petri; apud Trolam, Sancti Mercurii; apud
Bivinum, Sancti Martini; in Biferno, monasterium Sancti Angeli cum
cellis suis; in Petra, Sancti Augeli, Sancte Trinitatis; in Petra Frindi,
Sancti Agnelli, Sancti Petri in Balneo; in Valle Luparia, Sancte
Crucis; in Limosano, Sancti Martini; in Mutulę, Sancti Martini in
Stonis, Sancti Archangeli, Sancti Stephani in via Tarentina; in Matera, Sancti Angeli; in Alisis, Sancti Mercurii, Sancte Marie, Sancti
Marci, Sancti Silvestri, Sancte Marie Garoini abbatis; apud Sanctam
Agathem, Sancti Adjutoris; apud Montem virginem, Sancti Adjutoris;
in Trevento, Sancti Laurentii; apud Luceriam, Sancti Stephani; apud
Matalonam, Sancti Martini; in Paline, Sancti Abundi; in Caloferline,
Sancti Mercurii, Sancte Reparate et Sancti Stephani; in Galo Noceto,
Sancti Magni, Sancti Helie, Sancti Stephani, Sancte Crucis, Sancti
Martini, Sancti Symeonis; in Galo Pollucis, Sancti Johannis; in Fernibus Ianiensis, Sancte Marię; in Galo Affle, Sancti Archangeli; in

Olicino, Sancte Marie; in Melanica, Sancte Marie; in civitate Drago-
nara, Sancti Benedicti; apud Camas, Sancti Lulini; in Avellino, Sancti
Germani, Sancte Marię; in Bellula in Caudis, Sancti Angeli; in Pa-
lumbara, monasterium Sancti Angeli cum cellis suis; in Neapolim,
Sancte Crucis; in Sexula, Sancti Michaelis; in Tocco, Sancti Angeli;
in Monte folianensi, Sancti Menne cum ecclesiis suis, Sancti Marcialis
et Sancti Angeli; in Petra Sturmini, casas et silvas et curtem de La-
pillo et ecclesiam Sancti Bartholomei; in Collina, Sancti Bartholomei
et curtem de Noriano, Sancti Petri de magna luce; apud Rederim,
Sancti Martini; in Alarino, Sancte Marie; in Gildone, in Monte malo,
Sancti Felicis; in Fertore, Sancti Viti ad Balbam; apud Montes, Sancti
Marci; in Fossa cerca, Sancti Stephani; ad Furculas calidinas, Sanctam
Jerusalem (?) [Jerl]; in Monte vici, Sancti Sosii; in territorio Campi
leti, Sancta Lucia; juxta civitatem Forentinam, monasterium Sancti
Salvatoris cum aliis ecclesiis ad ipsum pertinentibus, id est Sancti
Leonis intra predictam civitatem, et Sancti Petri de Viciano et Sancti
Stephani cum villa que dicitur Francisca; monasterium Sancti Nycolai
in monte Sfelizo cum aliis ecclesiis ad ipsum pertinentibus; Sancti
Petri foras civitatem Brestiam; Sancti Martini intra Cannetum; Sancti
Georgii extra Cannetum; in territorio Rodi, Sancte Barbare; in civi-
tate veteri Sepina, Sancte Marie cum cellis suis, Sancti Jacobi, Sancte
Marię extra urbem, Sancti Adjutoris et medietatem Sancti Silvestri,
Sancti Georgii; apud Vaccariciam, Sancti Aroncii, Sancti Benedicti;
in Sambucetto, Sancte Marie; apud Trosam, Sancti Nycolai; in casali
Petre secte, Sancti Johannis; in Buticella, Sancti Viti; in Portula,
Sancti Viti; in Cerrito, Sancti Martini; in Clusano, Sancti Christofori, castellum Farneti cum pertinentiis suis; Urbianum cum pertinentiis suis; Ripas longas cum pertinentiis suis; Castellum vetus cum
pertinentiis suis; villam Leocubantis et ecclesiam Sancti Donati cum
universis earum pertinentiis mobilibus et immobilibus; heremitarum
Sancti Onufrii de Gualdo Mazocke cum omnibus suis pertinentiis. Per
presentis itaque privilegii paginam apostolica auctoritate [a] statuimus,
ut quecumque hodie idem cenobium juste possidet, queque in futurum
concessione pontificum, liberalitate [b] principum seu oblatione [c] fidelium juste canoniceque poterit adipisci, firma tibi tuisque successoribus

---

[a] *Apostolicam auctoritatem*, ms. — [b] *Liberalitatem*, ms. — [c] *Oblationem*, nis.

et illibata permaneant. Decernimus ergo ut nulli omnino hominum
liceat idem cenobium temere perturbare aut ejus possessiones auferre
seu ablatas [a] retinere, minuere vel temerariis vexationibus fatigare,
sed omnia integre conserventur, eorum pro quorum sustentatione ac
gubernatione concessa sunt, usibus omnimodis profutura. Obeunte
autem te, nunc ejus loci abbate, vel tuorum quolibet successorum,
nullus ibi qualibet subreptionis astutia vel violentia preponatur, nisi
quem fratres communi consensu vel fratrum pars consilii sanioris secundum Dei timorem et beati Benedicti regulam elegerint a Romano
pontifice consecrandum. Chrisma, oleum sanctum, consecrationes altarium sive basilicarum, ordinationes monachorum qui ad sacros ordines promovendi ab episcopis, in quorum diocesibus estis, accipietis,
siquidem gratiam et communionem apostolice sedis habuerint et si
gratis [b] ea et sine pravitate impenderint. Si quis vero horum obsti-
terit, liceat vobis a quocunque volueritis episcopo que predicta sunt
sacramenta percipere. Si qua igitur ecclesiastica secularisve persona
hanc nostre constitutionis paginam sciens temere contra eam venire
temptaverit, secundo tertiove commonita, si non satisfactione congrua
emendaverit, potestatis honorisque sui dignitate careat reamque se
divino judicio existere de perpetrata iniquitate cognoscat et a sacratissimo corpore et sanguine Dei et Domini Redemptoris nostri Jesu
Christi aliena fiat atque in extremo examine districte ultioni subjaceat.
Cunctis autem eidem loco juste (sic) observantibus sit pax Domini nostri Jesu Christi, quatenus et hic fructum bone actionis percipiant et
apud districtum judicem premia eterne pacis inveniant. Amen. Amen.
Amen.

Ego Calixtus, catholice Ecclesie episcopus.

Datum Beneventi per manum Grisogoni, sancte Romane Ecclesie
diaconi cardinalis ac bibliothecarii, iii° kalendas decembris, indictione xiiii°, incarnationis Dominice anno m°c°xxi°, pontificatus autem
domni Calixti secundi pape anno ii°.

[a] *Oblatas*, ms. — [b] *Gratius*, ms.

192

1ᵉʳ décembre 1120.

Confirmation des possessions et des privilèges du Désert de San Gavino (ancienne Turrita).

Éd. *Tromby, *Storia critico-cronologica diplomatica del patriarca S. Brunone e del suo ordine Cartu-* *siano,* III, app., p. 171.
Cat. Robert, n° 140. — Jaffé-Loewenfeld, n° 6869 (5020).

CALISTUS episcopus, servus servorum Dei, dilecto in Christo filio LAMBERTO, priori Eremi, ejusque fratribus tam præsentibus quam futuris in perpetuum, salutem et apostolicam benedictionem. Præceptum Domini habemus : *Intrate per angustam portam, quia angusta via est quæ ducit ad vitam.* Quia igitur vos, o filii in Christo charissimi, per divinam gratiam aspirati, mores vestros sub regularis vitæ disciplina coercere, et ut angustam valeatis ingredi portam, communiter secundum sanctorum Patrum institutionem omnipotenti Domino deservire proposuistis, nos votis vestris paterno congratulamur affectu. Unde etiam petitioni vestræ benignitate debita impertimur assensum et prædecessorum meorum sanctæ memoriæ URBANI et PASCHALIS, Romanorum pontificum, vestigiis insistentes, vestræ religionis propositum præsentis privilegii auctoritate firmamus. Statuimus enim ut locus ille in quem divina inspiratione ad omnipotentis Dei servitium convenistis, a jugo, potestate, injuria, molestia omnium hominum omnino liber, cum tota sylva et monte, terra, aqua in spatium unius leucæ in omni parte adjacenti, in vestra omnimodis et successorum vestrorum dispositione permaneat, sicut a nobilis memoriæ Rogerio comite condonatus et ab eisdem prædecessoribus nostris confirmatus est. Nemini intra prædictum spatium liceat pascuæ, agriculturæ seu piscationis aut lignorum occasione aut quacumque ex causa, vobis aut vestris successoribus injuriam aut molestiam irrogare, sed totum secundum voluntatem vestram possideatis, disponatis, ordinetis et erogetis. Porro si quo episcopalis officii indigueritis, ad quem potissimum vicinorum antistitum volueritis recurrendi præsenti decreto liberam licentiam indulgemus. Vestræ præterea quieti in posterum providentes confirmamus vobis ecclesiam Sanctæ Mariæ de Jeragio, Omnium Sanctorum de

Baduloto, Sancti Joannis de Cucu, Sanctæ Constantinæ de Harena, Sancti Michaelis de Paterano cum omnibus pertinentiis eorum, et locum qui dicitur Arsafia, ubi antiquitus monasterium fuerat, cum omnibus prædiis et possessionibus ad illum pertinentibus, ubicumque sint, a supradicto egregiæ memoriæ Rogerio comite in ecclesiæ vestræ dedicatione locus idem oblatus est; villanos quoque de Stilensi territorio, qui super Arsafiæ possessiones commanent. In territorio Squillacensi, casale Arunchum cum omnibus suis pertinentiis, et villanos ejusdem casalis. Similiter etiam et villanos pertinentes ad Montaurum et Olivianum, cujuscumque sit artis vel negotii vel marinarii, quos idem paulo ante obitus sui diem loco vestro per chirographum obtulisse cognoscitur. Decimarum quoque usum ex vestris vel villanorum vestrorum laboribus, vestri juris esse censemus. Et si qua rusticorum vestrorum offensa contigerit, in vestra tantum manu eorum omnis correctio maneat. Nec ullus se de his quæ ad vos pertinent, sine vestra voluntate, occasione aliqua intromittat, quatenus omnipotentis Dei speculationi liberis mentibus insistatis et ad ejus faciei dulcedinem, ipso præstante, pervenire valeatis. Ad hæc adjicientes decernimus ut nulli omnino hominum liceat locum vestrum temere perturbare aut ejus possessiones ubilibet positas auferre vel ablatas retinere vel temerariis vexationibus fatigare, sed omnia quæ vel a prædicto Rogerio comite aut a nobilis memoriæ duce Rogerio vel ab aliis fidelibus de jure proprio data sunt, aut in futurum, largiente Domino, dari offerrive (ª) contigerit, firma vobis vestrisque successoribus et illibata permaneant. Si qua sane ecclesiastica sæcularisve persona hanc nostræ constitutionis paginam sciens contra eam venire temptaverit, secundo tertiove commonita, si non satisfactione congrua emendaverit, potestatis honorisve sui dignitate careat reamque se divino judicio existere de perpetrata iniquitate cognoscat et a sacratissimo corpore ac sanguine Dei et Domini Redemptoris nostri Jesu Christi aliena fiat atque in extremo examine districtæ ultioni subjaceat. Cunctis autem eidem loco justa servantibus sit pax Domini nostri Jesu Christi, quatenus et hic fructum bonæ actionis percipiant et apud districtum judicem præmia æternæ retributionis invenia[n]t. Amen.

(R.) Ego Calistus, catholicæ Ecclesiæ episcopus.

(ª) *Offerre, éd.*

Ego Petrus, Portuensis ecclesiæ episcopus.

Ego Robertus, cardinalis presbyter tituli Sanctæ Sabinæ.

Ego Joannes, tituli Sancti Chrysogoni presbyter cardinalis.

Ego Odaldus, presbyter cardinalis tituli Sanctæ Balbinæ.

Ego Gregorius, diaconus cardinalis Sancti Angeli.

Datum Capuæ per manum Grisogoni [a], sanctæ Romanæ Ecclesiæ diaconi cardinalis ac bibliothecarii, kalendis decembris, indictione xiii, incarnationis Dominicæ anno m.c.xxi, pontificatus autem domini Calisti II papæ anno ii.

193

3 décembre 1120.

Ordre à Vulgrin, archevêque de Bourges, de renvoyer du monastère Notre-Dame de Charenton les religieuses qui y avaient été établies irrégulièrement et d'y faire rentrer les anciens chanoines.

Mss. *Martène, *Anecdota*, ms. lat. 11894, fol. 80. — Collection Baluze, n° 79, p. 18. — *Epist. Roman. pontif.*, ms. lat. 16991, fol. 193. — *Cartulaire de l'archevêché de Bourges*, aux Archives départementales du Cher, à Bourges, fol. 198; copie du xviii° siècle.

Éd. Martène et Durand, *Vet. script.*, I, 664. — *Rec. des hist. des Gaules et de la France*, XV, 249. — Migne, n° 111, col. 1189.

Cat. Robert, n° 141. — Jaffé-Loewenfeld, n° 6870 (5021).

CALIXTUS episcopus, servus servorum Dei, venerabili fratri V[ULGRINO], Bituricensi archiepiscopo, et canonicis Sancti Stephani, salutem et apostolicam benedictionem. Prædecessorem tuum Leodegarium archiepiscopum apud ecclesiam Sanctæ Mariæ de Carentonio regulares instituisse canonicos domini prædecessoris nostri sanctæ memoriæ papæ PASCHALIS privilegium manifestat, sanctimonialibus quæ ibi fuerant, propter minus honestam earum conversationem expulsis atque in aliis religiosis monasteriis collocatis. Cæterum post ipsius obitum, quidam fratrum vestrorum canonicorum Sancti Stephani, cum laicorum favore, regulares illos canonicos expulerunt et sanctimoniales illas ad eamdem ecclesiam introduxerunt. In quo perfecto et religiosa prædecessoris tui constitutio et reverenda prædecessoris nostri confir-

[a] *Grisogononi*, éd.

matio annullata est. Mandamus itaque dilectioni tuæ atque præcipimus ut, sanctimonialibus illis eductis, prædictos canonicos ad ecclesiam reducatis et quiete ac pacifice in canonici disciplina ordinis
permanere faciatis. Quodsi forte aut sanctimoniales egredi aut vos canonicos reducere nolueritis, nos et illis et illarum fautoribus ecclesiarum introitum interdicimus atque locum ipsum divinis carere officiis præcipimus, donec mandati nostri sententia impleatur.

Datum apud Sanctum Germanum, iii nonas decembris.

194

4 décembre 1120.

*Calixte recommande au peuple et au clergé de Bourges Vulgrin,
leur archevêque, à qui il a conféré le pallium.*

Ms. *Copie du xviii⁰ siècle, aux Archives départementales du Cher, à Bourges, fonds de Saint-
Étienne.
Cat. Jaffé-Loewenfeld, n° 6870 a.

Calixtus episcopus, servus servorum Dei, clero et populo Bituricensi, salutem et apostolicam benedictionem. Divine dispositionis prudentia in administratione sedis apostolice constituti, universis Ecclesie
filiis existimus debitores. Quamobrem, karissimi in Christo filii, petitioni vestre clementer annuimus et venerabilem fratrem nostrum Vul-
grinum, archiepiscopum vestrum, quem ad nos cum quorumdam fratrum presentia et litterarum vestrarum testimonio direxistis, debita
benignitate suscepimus. Porro electionem ejus et consecrationem, tam
ex vestris quam ex fratrum nostrorum Claromontensis, Autisiodorensis
et Nivernensis episcoporum litteris, canonicam perpendentes, quod de
fratre ipso factum fuerat, apostolice sedis auctoritate firmamus. Antiquam preterea vestre ecclesie dignitatem illibatam servari per Dei
gratiam cupientes, palleum eidem fratri, pontificalis videlicet officii
plenitudinem, largiti sumus, quo nimirum uti debebis diebus illis qui
in vestre ecclesie privilegiis distinguntur. Vestram itaque universitatem
apostolice salvationis alloquio visitantes, rogamus vos, monemus atque
precipimus ut eum reverenter suscipiatis, honorem ei debitum et obedientiam deferatis et in omnibus eatenus adesse curetis, quatenus et

vos de ipso et ipse de vobis in conspectu Domini Dei nostri gaudium
et felicitatis eterne gloriam mereamini.

Datum apud Sanctum Germanum, ii nonas decembris.

194 bis

4 décembre 1120.

*Calixte recommande aux évêques suffragants de Bourges de reconnaître pour leur
métropolitain Vulgrin, archevêque de Bourges, et d'avoir pour lui obéissance
et respect.*

Ms. *Ms. de la Bibliothèque de Clermont-Ferrand, coté ms. Auvergne, R, 11, fol. 134 v°, de la fin
du xiiᵉ siècle; à la suite du Grégoire de Tours, *Super miraculis sanctorum.*

KALIXTUS episcopus, servus servorum Dei, dilectis fratribus Bituricensis ecclesiæ suffraganeis episcopis, salutem et apostolicam benedictionem. Venerabilis frater noster Vulgrinus, archiepiscopus vester,
cum ecclesie sue litteris et fratribus ad nos venit ut quod cause ipsius deesse videbatur, nos ex liberalitate sedis apostolice compleremus.
Quem nos paterne benignitatis affectione suscepimus et electionem
ejus diligentius inquirentes, eum a clero electum et a populo expe-
titum, honoratorum consensu, comperimus. Porro ex litteris fratrum
nostrorum Autisiodorensis et Nivernensis episcoporum, qui et ipsi
interfuerunt, didicimus eum ex consensu nostro, convocatis etiam Turonensi et Aurelianensi episcopis, a confratre nostro Claromontensi
episcopo, ad quem ex antiquo Bituricensis archiepiscopi consecratio
specialiter pertinet, consecratum. Omnia igitur in eo per Dei gratiam
plenaria et laudabilia reperientes, ei usum pallei juxta consuetudinem
predecessorum suorum concessimus. Rogamus itaque fraternitatem
vestram atque precipimus ut ei deinceps tanquam metropolitano proprio reverentiam et obedientiam impendatis.

Datum apud Sanctum Germanum, ii nonas decembris.

195

4 décembre 1120.

Mss. *Mémoires de Bretagne*, ms. fr. 22325, p. 76, d'après le *Cartulaire de Saint-Melaine*, fol. 208.
— Indication dans les mss. fr. 22356, fol. 6 v°, et 22357, fol. 8.
Éd. Robert, app., p. LXI.
Cat. Robert, n° 142. — Jaffé-Loewenfeld, n° 6871.

CALIXTUS sua bulla confirmat Radulfo, abbati Sancti Melanii, omnes possessiones quæ concessæ fuerunt suæ abbatiæ, nec non ad petitionem Radulfi, Tregerensis episcopi, quasdam ecclesias ..... ecclesiam Sanctæ Trinitatis Guingampensis et quod in ecclesia Beatæ Mariæ Guingampensis et in toto Tregerensi episcopatu possidebat.

Data apud Sanctum Germanum, anno incarnationis 1121, pontificatus vero Calixti II°.

196

15 décembre 1120.

Ordre aux clercs de l'église Notre-Dame de Suse de rendre, sous peine d'excommunication, dans le délai de quarante jours, ladite église à Albert, prévôt d'Oulx, qui en avait été chassé.

Ms. Copie du *Cartulaire* imprimé de l'église d'Oulx, ms. 1166 de la Bibliothèque de Grenoble, p. 151.
Éd. *Ulciensis eccl. chartar.*, p. 111.
Cat. Robert, n° 143. — Jaffé-Loewenfeld, n° 6872 (5022).

CALIXTUS episcopus, servus servorum Dei, clericis ecclesiæ Sanctæ Mariæ Secusiensis, salutem et apostolicam benedictionem. Miramur de vobis quod litterarum nostrarum perceptione commoniti obedire penitus contempsistis. Etenim nos præcepisse meminimus ut filio nostro Arberto, Ulciensi præposito Sancti Laurentii, ecclesiam Sanctæ Mariæ Secusiensis, de qua violenter expulsus fuerat, restituere deberetis. Quod minime, uti accepimus, adimplestis, immo, mandatum nostrum derisui habentes, aliam juxta ecclesiam erexistis, in qua divina officia celebratis. Præcipimus ergo ut infra quadraginta dies, postquam lit-

teras præsentes acceperitis, prædicto præposito et ejus fratribus præfatam Sanctæ Mariæ ecclesiam cum suis pertinentiis restituatis. Alioquin nos ex tunc et in illa Beati Petri ecclesia divina prorsus celebrari
officia prohibemus et vos ab ecclesiarum omnium introitu, donec sa-
tisfeceritis, sequestramus.

Datum Romæ apud Sanctum Petrum, xviii kalendas januarii.

197

15 décembre 1120.

*Défense à Aubin, abbé de Notre-Dame de la Roe, de s'emparer
de l'église Saint-Nicolas de Craon, qui appartenait à l'abbaye de Vendôme.*

Ms. *Bulles pour l'abbaye de Vendôme, ms. lat. 10402 de la Bibliothèque nationale, du xiiᵉ siècle,
fol. 82 rᵒ.
Éd. Robert, app., p. cli.
Cat. Robert, nᵒ 143 A. — Jaffé-Loewenfeld, nᵒ 6873.

CALIXTUS episcopus, servus servorum Dei, dilecto filio ALBINO abbati
et capitulo Sanctę Marię de Bosco, salutem et apostolicam benedictionem. Vindocinense monasterium specialiter ad beati Petri jus pertinere cognoscitur. Idcirco nos oportet majori sollicitudine providere
ne quis jura illius audeat usurpare. Siquidem nobis significatum est
quod ecclesiam Sancti Nicholai, sitam in castello Credonensi et ad jus
predicti monasterii pertinentem, vestrę moliamini summittere potestati. Presentibus igitur litteris fraternitati vestrę precipimus ut ab
intencione cessetis, neque ad predictam Beati Nicolai ecclesiam vel ad
ejus pertinencias occupacionis manum extendere presumatis.

Dat. Romę apud Sanctum Petrum, xviii kalendas januarii.

198

15 décembre 1120.

Invitation à Geoffroy, évêque de Chartres, de faire rendre à l'abbaye de Ven-
dôme des possessions qui lui avaient été enlevées par trois de ses diocésains et
par le comte de Vendôme.

Ms. *Copie du XIIe siècle, dans le ms. 44 de la Bibliothèque de Vendôme, fol. 11 v°.
Éd. Bouchet, *Bulletin de la Société archéologique du Vendômois*, 1884, XXIII, 35.
Cat. Jaffé-Loewenfeld, n° 6873 a.

CALIXTUS episcopus, servus servorum Dei, venerabili fratri G[AU-
FRIDO], Carnotensi episcopo, salutem et apostolicam benedictionem.
Karissimi filii nostri Gaufridi, Vindocinensis abbatis, querelam accepimus quod quidam parrochiani tui Rainaldus, videlicet de Turre,
Wlgrinus, frater Bartholomei, et Goffridus Burrellus possessiones ad
ejus monasteria pertinentes depredati sunt. Unde fraternitatem tuam
monemus atque precipimus ut eos et ablata restituere et deinceps
a monasterii persecucione omnino compellas. Quodsi contemptores
extiterint, de eis et eorum complicibus plenam justiciam prosequaris.
Rogamus preterea dileccionem tuam et precipimus ut, si comes Vindocinensis res ejusdem monasterii auferre vel perturbare presumpserit
et canonice commonitus obedire contempserit, tu ex actoritate nostra
in ipsum et infractores ipsius ecclesiasticę ulcionis sentenciam proferas
atque in terris ipsius, donec satisfecerit, divina officia interdicas. Siquidem monasterium ipsum ad beati Petri jus specialiter pertinet et
nos ei in suis oportunitatibus deesse nec possumus nec debemus.
Datum Romę apud Sanctum Petrum, xviii° kalendas januarii.

199

17 décembre 1120.

Confirmation des possessions de l'abbaye Saint-Pierre de Vierzon,
qui est placée sous la protection du Saint-Siège.

*Mss. *Cartulaire de Vierzon*, ms. lat. 9865 de la Bibliothèque nationale, du xii° siècle, fol. 1. —
Monastic. benedict., ms. lat. 12691, fol. 106. — Indication dans le ms. lat. 12742, p. 170,
mais avec la date du 1er janvier 1122.
Éd. Robert, app., p. lxii.
Cat. Robert, n° 144. — Jaffé-Loewenfeld, n° 6874.

CALISTUS episcopus, servus servorum Dei, dilecto filio HERBERTO,
abbati monasterii Sancti Petri Virsionensis, ejusque successoribus regulariter substituendis, in perpetuum. Pie postulatio voluntatis effectu
debet prosequente conpleri, quatenus et devotionis sinceritas laudabiliter enitescat et utilitas postulata vires indubitanter assumat. Quia
igitur dilectio tua ad sedis apostolice portum confugiens, ejus tuitionem devotione debita requisivit, nos supplicationi tue clementer annuimus et Beati Petri Virsionense monasterium cui, Deo auctore,
presides, cum omnibus ad ipsum pertinentibus, in beati Petri tutelam
protectionemque suscipimus. Per presentis itaque privilegii paginam
apostolica auctoritate statuimus ut quecumque bona, quascumque possessiones idem cenobium in presenti quarta decima indictione legitime possidet aut in futurum, largiente Deo, juste atque canonice
poterit adipisci, firma tibi tuisque successoribus et illibata permaneant. In quibus hec propriis duximus nominibus annotanda, videlicet ecclesiam Sancti Germani de Tanologio, Sancti Martini de Ma-
riaco et Sancti Obtati de Dovero, Sancti Pauli de Luriaco, Sancte
Marie de Noviaco, Sancti Ursini de Orciaco, Sancti Martini de Vo-
serone et ecclesiam de Prulliaco et de Quinciaco cum appendiciis
earum; ecclesiam Sancte Marie de castro Virsionensi cum capellis ad
eam pertinentibus. Decernimus ergo ut nulli omnino hominum liceat
idem cenobium temere perturbare aut ejus possessiones auferre vel
ablatas retinere, minuere vel temerariis vexationibus fatigare, sed
omnia integra conserventur, eorum pro quorum sustentatione et gubernatione concessa sunt, usibus omnimodis profutura, salva canonica

Bituricensis episcopi reverencia. Obeunte te, nunc ejusdem loci abbate, vel tuorum quolibet successorum, nullus ibi qualibet surreptionis astucia seu violencia preponatur, nisi quem fratres communi consensu vel fratrum pars consilii sanioris, secundum Dei timorem et
beati Benedicti regulam, providerint eligendum. Si qua igitur in futurum ecclesiastica secularisve persona hanc nostre constitutionis paginam sciens contra eam temere venire temptaverit, secundo terciove
conmonita, si non satisfactione congrua emendaverit, potestatis honorisque sui dignitate careat reamque se divino judicio existere de
perpetrata iniquitate cognoscat et a sacratissimo corpore ac sanguine
Dei et Domini Redemptoris nostri Jesu Christi aliena fiat atque in
extremo examine districte ultioni subjaceat. Cunctis autem eidem cenobio justa servantibus sit pax Domini nostri Jesu Christi, quatenus et
hic fructum bone actionis percipiant et apud districtum judicem premia eterne pacis inveniant. Amen. Amen.

(R.) Ego Calixtus, catholice Ecclesie episcopus. (M.)

Data Rome apud Beatum Petrum per manum Grisogoni, sancte
Romane Ecclesie diaconi cardinalis ac bibliotecarii, vi°.x⁰ kalendas
januarii, indictione quarta decima, incarnationis Dominice anno millesimo centesimo vicesimo primo, pontificatus autem donni Calixti
pape anno secundo.

200

18 décembre 1120.

*Lettre aux évêques, aux abbés, aux religieux, aux clercs, aux comtes, aux
chevaliers, à la comtesse de Clermont, etc., par laquelle Calixte accorde sa
bénédiction et une indulgence partielle à ceux qui secourront l'abbaye de
Lérins. (Faux.)*

Éd. *Extrait de l'exemplaire unique d'une *Vie de saint Honorat de Lérins*, imprimée à Venise en
1501, fol. 91, et appartenant à M. Ferdinand Denis.
Cat. Jaffé-Loewenfeld, n° 6875.

Calixtus episcopus, servus servorum Dei, omnibus episcopis sive
abbatibus, monachis atque clericis cunctisque comitibus et totius mi-
litie optimatibus seu Claromontensi comitisse omnique populo chris-

tiano, salutem et apostolicam benedictionem. Lyrinense monasterium,
quod est juris beati Petri, audivimus multotiens vastatione Sarracenorum destructum. Unde hortamur dilectionem vestram ut eidem loco
adjutorium faciatis. Porro si quis ei secundum posse suum adjutorium
fecerit, meritis beate Virginis Marie, matris Dei, et apostolorum Petri
et Pauli, omniumque sanctorum et martyrum qui in supradicta requiescunt insula quingentorum, omnipotentis Dei gratiam et nostram
benedictionem consequi mereantur atque tertiam partem penitentie
peccatorum que confessi fuerint eis condonamus.

Data decimo quinto kalendas januarii, anno nostri pontificatus secundo.

201

31 décembre 1120.

*Calixte donne à Diego, archevêque de Compostelle, des détails sur son arrivée à
Rome et sur son voyage à Bénévent et dans la Pouille. Il lui recommande son
neveu le roi Alphonse.*

Mss. *Historia Compostellana*, fol. 61 v°. — Ms. C 81 de la Bibliothèque nationale de Madrid, fol. 62.
Éd. Florez, *España sagrada*, XX, 309. — Migne, n° 114, col. 1190.
Cat. Robert, n° 146. — Jaffé-Loewenfeld, n° 6877 (5024).

CALIXTUS episcopus, servus servorum Dei, venerabili fratri D., Compostellano archiepiscopo et sancte Romane Ecclesie legato, salutem et
apostolicam benedictionem. Speciali fraternitati tue statum nostrum
et que circa nos sint, pro dilectionis affectu decrevimus specialiter
indicare. Nos siquidem, postquam in Urbe honorificentissime suscepti
fuimus, in Beneventanas partes et inde in Apuliam usque Barum des-
cendimus. Apulie ducem, Capue principem et alios comites et barones terre in homigium et fidelitatem suscepimus. Ad Urbem postea
prospere redeuntes, Beati Petri ecclesiam, quam fideles nostri de inimicorum manibus liberaverant, visitavimus, super altare Beati Petri
missarum solempnia celebravimus et in eadem ecclesia presbyterorum, diaconorum et subdiaconorum ordinationes, largiente Domino,
fecimus. Nunc secure atque pacifice per Dei gratiam in Lateranensi
palatio permanemus. Rogo itaque, frater karissime, ut matrem tuam

Romanam Ecclesiam sicut bonus filius diligas, adjuves et sustentes. Sane dilectissimum nepotem nostrum Ildefonsum regem dilectioni tue attentius commendamus, rogantes ut eum, secundum datam tibi a Domino sapienciam, consiliari studeas et juvare. Per hoc enim personam tuam nos precipue diligemus et in tuis de peticionibus libentius audiemus. Preterea presentium latorem D. abbatem amore nostro amplius habeas conmendatum.

Datum Laterani, ii kalendas januarii.

202

1120.

Confirmation des privilèges du monastère Saint-Pierre et Saint-Paul de Cantorbéry.

Éd. *Chronica W. Thorn*, dans Twysden, *Historiæ anglicanæ scriptores X*, II, 1797. — Migne, n° 115, col. 1191.
Cat. Robert, n° 147. — Jaffé-Loewenfeld, n° 6878 (5025).

..... Sicut monasterium apostolorum Petri et Pauli Cantuariense in initio nascentis christianæ religionis apud regnum anglicum in monasticæ religionis observantia extitit primum, ita in posterum cum omnibus ad se pertinentibus ab omni maneat servicio liberum, ab omni mundiali strepitu inconcussum, nec ecclesiasticis conditionibus seu angariis vel quibuslibet obsequiis secularibus ullo modo subjaceat aut ullis canonicis juribus serviat... Illud adicientes ut liceat vobis pro divini servitii celebratione, cum vobis placuerit, signa ecclesiæ vestræ pulsare. Illam præterea turpem arietum, panum et potus extortionem ab eodem monasterio penitus removemus, quam ibi Sanctæ Trinitatis monachi ex quadam quasi consuetudine sibi vendicare contendunt...

203

1120.

Invitation à Raoul, archevêque de Cantorbéry, de ne pas inquiéter le monastère de Saint-Pierre et Saint-Paul de cette ville, notamment par des levées de moutons, de pain et de boisson.

Éd. *Chronica W. Thorn, dans Twysden, Historiæ anglicanæ scriptores X, 11, 1797. — Migne, n° 116, col. 1191.
Cat. Robert, n° 148. — Jaffé-Loewenfeld, n° 6879 (5026).

CALIXTUS, etc., Beatorum apostolorum Petri et Pauli, etc. Cæterum, sicut accepimus, vos eam tardis signorum suorum pulsationibus et indecenti arietum et panum et potus extortione gravatis, quod omnino et sanctorum Patrum institutionibus et prædecessorum nostrorum privilegiis adversatur. Quamobrem præsentibus litteris fratres in eadem ecclesia servientes in sanctorum festivitatibus quorum reliquiæ apud eos sunt, signa pulsare cum voluntate permittatis. Indignum est enim ut ecclesia tanta Romanorum pontificum libertate donata, hujusmodi debeat exactionibus subjacere...

204

1120.

A la demande de Pons, abbé de Cluny, Calixte prend le monastère de Marcigny sous la protection du Saint-Siège.

Éd. *Bullar. sacri ord. Cluniac., 41.
Cat. Robert, n° 150. — Jaffé-Loewenfeld, n° 6883.

CALIXTUS episcopus, servus servorum Dei, carissimo in Christo filio PONTIO, Cluniacensi abbati, ejusque successoribus, etc. Desideras siquidem, frater carissime, et suppliciter postulas ut Marcigniacense monasterium, quod videlicet a prædecessore tuo sanctæ memoriæ beato Hugone abbate in prædio parentum suorum constructum est, apostolicæ sedis patrocinio muniamus. Cui profecto postulationi tanto

libentius accommodamus auditum, quanto sexus ille fragilior, qui ad
Dei servitium ibi congregatus est, majori cognoscitur auxilio indi-
gere, etc.

205

1120.

Privilège pour l'abbaye Saint-Mahé de Finelerre.

Éd. *Robert, app., p. LXIV.
Cat. Robert, n° 151. — Jaffé-Loewenfeld, n° 6882.

Radulphus, anno 1120, a Calixto, summo pontifice, requisivit quatenus monasterium cum omnibus ad ipsum pertinentibus sub tutelam apostolicæ sedis excipiat. Quod ipse libenter et copiose admisit
sub minaci repugnantium acerrima a sacratissimo corpore et sanguine
Dei et Domini Redemptoris nostri Jesu Christi.

206

1119-1121.

*Permission à Pons, abbé de Cluny, de recevoir dans les monastères de son
ordre tous ceux qui demanderont à y être admis, pourvu qu'ils ne soient pas
excommuniés.*

Mss. *Ms. lat. 17049, p. 605; copie du XIIᵉ siècle. — Collection Doat, n° 128, fol. 309 vᵒ.
Éd. Robert, p. LXVI.
Cat. Robert, n° 215. — Jaffé-Loewenfeld, n° 6883.

CALIXTUS episcopus, servus servorum Dei, karissimo in Christo filio
PONTIO, Cluniacensi abbati, ejusque successoribus regulariter substituendis. Si monachus, clericus aut laicus sive cujuslibet ordinis
professionisve persona, nisi forte certa de causa excommunicata sit,
Cluniacensium claustrorum mansiones elegerit, absque alicujus contradictione suscipiatur et quę de suo jure attulerit, libere a monasterio habeatur.

207

2 janvier 1121.

*Confirmation de la donation de l'église de Notre-Dame de Selves
à l'abbaye de Lérins par Pierre, évêque de Porto.*

Mss. Cartulaire de l'abbaye de Lérins, du XIIIᵉ siècle, aux Archives départementales des Alpes-
Maritimes, à Nice, n° 253, fol. 135. — Copie moderne, par M. l'abbé Tisserand, nouv. acq.
lat. 1155, fol. 272.
Éd. *Robert, app., p. LXIV. — Moris et Blanc, *Cartulaire de l'abbaye de Lérins,* p. 302.
Cat. Robert, n° 152. — Jaffé-Loewenfeld, n° 6884.

Calixtus episcopus, servus servorum Dei, dilecto filio Petro, abbati
monasterii Sancti Honorati Lyrinensis, salutem et apostolicam benedictionem. Que religionis intuitu rationabiliter statuuntur, inconvulsa
debent stabilitate servari. Eapropter nos, dilecte fili Petre abbas, petitioni tue clementer annuimus et concessionem tibi tuisque successoribus a venerabili fratre nostro Petro, Portuensi episcopo, de ecclesia Sancte Marie de Silva factam hujus scripti pagina confirmamus.
Statuimus enim ut eadem ecclesia sub tua et tuorum successorum dis-
posicione atque regimine in posterum conservetur, salva nimirum episcopali obedientia et reverentia.
Datum Laterani, IIII nonas januarii, indictione XIIIᵃ.

208

2 janvier 1121.

*Indulgence promise à tous ceux qui défendront l'abbaye de Lérins
contre les infidèles jusqu'à la Saint-Michel.* (Faux.)

Éd. *Extrait de l'exemplaire unique d'une *Vie de saint Honorat de Lérins,* imprimée à Venise en
1501, fol. 92, et appartenant à M. Ferdinand Denis.
Cat. Jaffé-Loewenfeld, n° 6885.

Calixtus episcopus, servus servorum Dei, dilectis in Christo filiis
proceribus, nobilibus, militibus et ceteris fidelibus, salutem et apostolicam benedictionem. Lyrinenses fratres missis ad nos litteris humi-

liter rogaverunt ut monasterium eorum, quod beati Petri juris est, apostolice sedis presidio defendere deberemus. Sarraceni enim, ut dicitur, cum maxima galearum et aliarum navium multitudine, in proximo ad partes illas venire minantur. Et nos ergo et predictum monasterium servare cupientes et animarum vestrarum saluti attentius providentes, statuimus ut quicunque in eodem loco propriis sumptibus usque ad beati Michaelis festum permanserint, eandem peccatorum remissionem que Jerosolymam proficiscentibus data est per sancti Spiritus gratiam consequantur. Vestram itaque universitatem apostolica benedictione visitantes, rogamus vos in Domino et monemus ut pro amore Dei et beati Petri reverentia ita prevatum (*sic*) locum defendere studeatis, quatenus Omnipotentis gratiam et peccatorum vestrorum indulgentiam habeatis.

Data Laterani, quarto nonas januarii, indictione decima quarta.

<hr />

209

3 janvier 1121.

*Calixte enlève aux archevêques de Pise le droit de consacrer
les évêques de Corse.*

Ms. Liber jurium reipublicæ Genuensis, ms. de l'Athénée royal de Gênes, coté A, fol. 49 v°. — Id., ibid., B, fol. 16.
Éd. Ughelli, *Italia sacra*, IV, 853. — Mansi, *Concil.*, XXI, 269. — Cocquelines, *Bullarum*, II, 171. — *Historiæ patriæ monumenta*, Lib. jur. Gen., I, 21. — Analecta juris pontificii, 11° série, 96° livr., 438. — Migne, n° 118, col. 1192.
Cat. Robert, n° 153. — Jaffé-Loewenfeld, n° 6886 (5028).

CALIXTUS episcopus, servus servorum Dei, dilectis fratribus et coepiscopis per insulam Corsice constitutis eorumque successoribus, in perpetuum. Nec facilitati, nec injusticie deputandum est, si quandoque pro rerum necessitate diverso licet modo aliqua disponantur. Romana enim Ecclesia, omnium mater et caput ab ipso capite nostro Domino Jesu Christo constituta, ecclesiarum omnium et populorum paci et saluti debet dispensationis sue moderamine providere. Quamobrem nos qui, licet indigni, Domino disponente, apostolice administrationis curam gerimus, que vel a nobis vel a predecessoribus nostris minori cautela et consilio facta sunt, ne forte aliis exemplum obstinantie pre-

beamus, in statum decrevimus meliorem per Dei gratiam reformare.
Felicis siquidem memorie dominus predecessor noster Urbanus papa,
multis et gravibus necessitatibus coarctatus, pro dilectione atque servitio a Pisana ecclesia et civitate Romane Ecclesie habundanter ac frequenter impenso, eamdem ecclesiam ex liberalitate sedis apostolice disposuit honorare, unde consecrationem episcoporum Corsicane insule
Pisano antistiti, collata pallei dignitate, concessit. Super qua nimirum concessione inter Pisanos et Januenses gravis oriebatur dissen-
sio. Ipsi etiam Corsicani episcopi ad Pisani antistitis consecrationem
accedere penitus recusabant. Hanc profecto discordiam, predictus dominus Urbanus papa vehementer timens et gentis vestre lamentationi,
que diu episcopalis offitii administratione caruerat, debita benignitate
componens, eorumdem episcoporum consecrationem ad Romanum pontificem revocavit et in sua potestate retinuit. Ex tunc toto tam ipsius
quam successoris sui sancte memorie Pascalis pape tempore Corsicani episcopi a Romano tantum pontifice consecrati sunt, licet Pisani
sepenumero ejusdem domini Pascalis pape aures pro negotio isto pul-
saverint. Postea vero pie recordationis papa Gelasius, pari ac majore
etiam necessitate compulsus et ab eisdem Pisanis expetitus, predicti
pontificis Urbani statuta concessionis sue privilegio renovavit. Cujus
nos vestigia subsecuti, cum ad Pisanam ecclesiam venissemus, devotionem populi et cleri attendentes et eorum peticioni clementius annuentes, id ipsum favoris nostri assertione firmavimus. Unde tanta
inter Pisanos et Januenses crevit discordia ut depredationes et bella et
multa sanguinis effusio facta sint. Hujus quoque occasione discordie
tanta Sarracenis accessit audacia ut Ytalie fines tutius invadentes,
nonnulla in maritimis loca gladio et igne vastaverint multosque viros,
mulieres et parvulos captivos adduxerint. In ipsa etiam urbe Romana
tam cleri et populi turbatio facta est adeo ut ante ipsum beati Petri
corpus, in pleno quem celebravimus conventu, hujus rei revocationem
pene omnis clerus et populus postulassent, eo quod Romana Ecclesia detrimentum in predictorum episcopatuum amissione patiebatur et
tocius scandali et guerre causa et seminarium videbatur. In eodem
etiam conventu clerici et laici ejusdem insule cum litteris adfuere, id
ipsum a nobis suppliciter postulantes. Causa igitur inter fratres diebus plurimis ventilata diligenterque discussa, comuni episcoporum,
cardinalium et clericorum atque nobilium Romanorum deliberatione

cum non parvo populi favore sancitum est concessionem illam non
debere in posterum efficaciam obtinere, quia et ad Romane Ecclesie
detrimentum extra Urbem cum paucis facta fuerat et multa inde, ut
dictum est, scandala et pericula procedebant. Ad honorem igitur omnipotentis Dei et sanctorum apostolorum Petri et Pauli cum episcoporum et cardinalium et clericorum conventu apostolica auctoritate statuimus ut consecratio episcoporum Corsicane insule a Romano tantum
pontifice futuris temporibus celebretur, prohibentes vos ac successores
vestros vel Pisano vel cuilibet alii episcopo vel archiepiscopo subjacere,
sed in solius Romani pontificis obedientia et subjectione atque consecratione in perpetuum maneatis. Si qua igitur in futurum ecclesiastica
secularisve persona hanc nostre constitutionis paginam sciens contra
eam temere venire temptaverit, secundo tertiove commonita, si non
satisfactione congrua emendaverit, potestatis honorisque sui dignitate
careat reamque se divino judicio existere de perpetrata iniquitate cognoscat et a sacratissimo corpore ac sanguine Dei et Domini Redemptoris nostri Jesu Christi aliena fiat atque in extremo examine districte
ultioni anathematis subjaceat. Cunctis autem eamdem constitutionem
servantibus sit pax Domini nostri Jesu Christi, quatenus et hic fructum
bone actionis percipiant et apud districtum judicem premia eterne
pacis inveniant. Amen. Amen. Amen.

Scriptum per manum Gervasii, scriniarii regionarii et notarii sacri
palatii.

Ego Calixtus, catholice Ecclesie episcopus, ss.

† Ego Crescentius, Sabinensis episcopus, ss.

† Ego Petrus, Portuensis episcopus, ss.

† Ego Vitalis, Albanus episcopus, ss.

† Ego Bonifatius, presbiter cardinalis tituli Sancti Marci, ss.

† Ego Robertus, presbiter cardinalis Sancte Sabine, ss.

† Ego Gregorius, presbiter cardinalis tituli Sancte Prisce, ss.

† Ego Desiderius, presbiter cardinalis Sancte Praxedis, ss.

† Ego Johannes, presbiter cardinalis Sancti Chrysogoni, ss.

† Ego Petrus, presbiter cardinalis tituli Sancti Marcellini, ss.

† Ego Sigizo, presbiter cardinalis Sancti Sixti, ss.

† Ego Benedictus, presbiter cardinalis Sancte Eudoxie, ss.

† Ego Johannes, presbiter cardinalis Sancte Cecilie, ss.

† Ego Divizo, cardinalis tituli Sancti Equicii, ss.

. † Ego Thebaldus, presbiter cardinalis tituli Pammachii, ss.

† Ego Rainerius, presbiter cardinalis tituli Sanctorum Marcellini et Petri, ss.

† Ego Deusdedit, presbiter cardinalis tituli Sancti Laurentii in Damaso, ss.

† Ego Gregorius, presbiter cardinalis tituli Lucine, ss.

† Ego Hugo, presbiter cardinalis tituli Apostolorum, ss.

† Ego Johannes, presbiter cardinalis tituli Sancti Eusebii, ss.

† Ego Amico, presbiter cardinalis tituli Sancte [Crucis] in Jerusalem, ss.

† Ego Gregorius, diaconus cardinalis Sancti Eustachii, ss.

† Ego Romualdus, diaconus cardinalis ecclesie Sancte Marie in Via lata, ss.

† Ego Aldo, diaconus cardinalis Sanctorum Sergii et Bacchi, ss.

† Ego Romanus, diaconus cardinalis Sancte Marie in Porticu, ss.

† Ego Stefanus, diaconus cardinalis Sancte Marie Scole grece, ss.

† Ego Jonathas, diaconus cardinalis Sanctorum Cosme et Damiani, ss.

† Ego Gualterius, diaconus cardinalis Sancti Theodori, ss.

† Ego Girardus, diaconus cardinalis Sancte Lucie, ss.

Datum Laterani per manum Chrysogoni, sancte Romane Ecclesie diaconi cardinalis ac bibliothecarii, iii nonas januarii, indictione xiiii, incarnationis Dominice anno m c xxi, pontificatus autem domni Calixti secundi pape anno ii.

210

3 janvier 1121.

Confirmation des biens et des privilèges de l'abbaye de la Sainte-Trinité et Saint-Michel de Brodolo, qui est placée sous la protection du Saint-Siège.

Ms. *Copie de 1301 au Musée germanique, à Nuremberg.
Éd. Wattenbach, *Neues Archiv*, XII, 409.
Cat. Jaffé-Loewenfeld, supplément, n° 6886 a.

CALIXTUS episcopus, servus servorum Dei, dilecto filio FALETRO,

abbati monasterii Sancte Trinitatis et Sancti Michaelis quod in Venc-
cie partibus in loco qui Brundulus dicitur, situm est ejusque successoribus regulariter substituendis, in perpetuum. Sicut injusta poscentibus nullus est tribuendus effectus, sic legitima desideranium non
est differenda peticio. Proinde, dilecte in Christo fili FALETRE abbas,
peticioni tue clementer annuimus et Brundulense monasterium cui;
Deo auctore, præsides, apostolice sedis privilegio communimus. Statuimus enim ut locus idem, juxta prædecessorum constitutionem, sub
beati Petri tutela et proteccione liber in perpetuum conservetur. Nec
episcopus nec persona quælibet ecclesiastica secularisve præsumat te
vel successores tuos ad concilium cogere aut in vos vel monachos
excommunicationis vel interdictionis sententiam promulgare. Porro
universa quæ ubilibet aut in presenti legitime possidens [aut in] futurum, largiente Deo, juste atque canonice potueris adipisci, firma tibi
tuisque successoribus et illibata permaneant. Nulli ergo omnino hominum liceat idem monasterium temere perturbare aut ejus possessiones auferre vel ablatas retinere, minuere vel temerariis vexacionibus
infestare, sed omnia integra conserventur, eorum pro quorum susten-
tacione et gubernacione concessa sunt, usibus omnimodis profutura,
salva Metamocensis episcopi antiqua refeccionis consuetudine semel
in singulis trienniis persolvenda, sicut in antiquis ejusdem cenobii
privilegiis continetur. Chrisma, oleum sanctum, consecraciones altarium sive basilicarum, ordinaciones monachorum qui ad sacros fuerint
ordines promovendi, a diocesano accipietis episcopo, siquidem communionem et gratiam apostolice sedis habuerit et si ea g[ratis] ac sine
pravitate voluerit exhibere. Alioquin pro eorundem sacramentorum
suscepcione catholicum, quem malueritis antistitem adeatis, qui apostolice sedis fultus auctoritate quod postulatur indulgeat. Si quis igitur
in futurum patriarcha, archiepiscopus vel episcopus aut ecclesiastica
quelibet secularisve persona hanc nostre constitucionis paginam sciens
contra eam temere venire templaverit, secundo tertiove commonita,
si non satisfacione congrua emendaverit, potestatis honorisque sui dignitate careat reamque se divino judicio existere de perpetrata iniquitate cognoscat et a sacratissimo corpore ac sanguine Dei et Domini
Redemptoris nostri Jesu Christi aliena fiat atque in extremo examine
districte ulcioni subjaceat. Cunctis autem eidem loco justa servantibus sit pax Domini nostri Jesu Christi, quatenus et hic fructum

bone accionis percipiant et apud districtum judicem premia eterne pacis inveniant. Amen.

(R.) Ego Calixtus, catholice Ecclesie episcopus. (M.)

Datum Laterani per manum Criscoboni, sancte Romane Ecclesie diaconus (*sic*) cardinalis bibliothecharius (*sic*), iiii nonas januarii, indictione xiiii, incarnationis Dominice m.c.xxi., pontificatus autem domini Calixti secundi papæ anno ii.

211

5 janvier 1121.

Confirmation des possessions de l'église Saint-Laurent de Gênes.

Éd. *Ughelli, Italia sacra, IV, 852. — Cocquelines, Bullarum, II, 172. — Migne, n° 119, col. 1194.
Cat. Robert, n° 155. — Jaffé-Loewenfeld, n° 6887 (5029).

CALIXTUS episcopus, servus servorum Dei, dilectis filiis VILLANO præposito et canonicis matricis ecclesiæ Beati Laurentii Januensis, tam præsentibus quam futuris, in perpetuum. Bonis secularium studiis non tantum favere, sed ad ea ipsorum debemus animos incitare, qui pro nostri officii debito saluti omnium providere compellimur. Marianus siquidem, Calaritanus judex, tam animæ suæ remedio quam pro sui restitutione honoris, vestræ Beati Laurentii matricis ecclesiæ sex juris sui curtes, videlicet Quartum, Arsemina, Caput terræ, Sepullum, Aquam frigidam, Fontana de Eugas cum omnibus ad ea pertinentibus obtulit. Ex quibus postea tres sibi, consensu vestro, accipiens, sex alias videlicet Sebathus, Paudus, Baral, Tracasali, Fercella, Sanctam Victoriam de Villa Pupulci, ubi dicitur Tereste cum omnibus pertinentiis suis pro contracambio earum trium, scilicet Quarti, Caput terræ et Aquæ frigidæ, ecclesiæ vestræ restituit, ita tamen ut vestra ecclesia detrimentum in eodem contracambio pateretur, tres priores collatas sibi curtes cum pertinentiis suis sine calumnia et contradictione acciperet. Hanc nimirum oblationem atque concessionem nos dilectionis vestræ precibus annuentes, auctoritate sedis apostolicæ confirmamus et ratam in perpetuum manere sancimus. Confirmamus etiam vobis ecclesiam Sancti Joannis Arseminæ cum ecclesiis

suis et cæteris ad eam pertinentibus, quæ nobis a venerabili fratre
nostro Guillelmo, Calaritano archiepiscopo, tradita et scripti sui munimine confirmata est, ipso judice cum uxore sua Pretiosa et con-
sanguineis parentibus collaudante et instantius exorante. Quæcumque
præterea vestra ecclesia in præsenti legitime obtinet vel in futurum,
largiente Deo, juste atque canonice poterit adipisci, firma vobis vestrisque successoribus semper et illibata decernimus conservari. Nulli
ergo omnino hominum liceat vestram ecclesiam temere perturbare aut
ejus possessiones auferre vel ablatas retinere, minuere vel temerariis
vexationibus fatigare, sed omnia integra conserventur, eorum pro quorum sustentatione concessa sunt, usibus omnimodis profutura. Si quis
igitur nostræ confirmationis hujus tenore cognito, temere, quod absit,
contraire tentaverit, honoris et officii sui periculum patiatur et excommunicationis ultione plectatur, nisi præsumptionem suam digna satisfactione correxerit.

Ego Calixtus, catholicæ Ecclesiæ episcopus, ss.

Datum Laterani per manum Chrysogoni, sanctæ Romanæ Ecclesiæ
diaconi cardinalis ac bibliothecarii, nonis januarii, indictione xiv, incarnationis Dominicæ anno мcxxi, pontificatus autem domini Callixti II
papæ anno ii.

212

5 janvier 1121.

Confirmation de la primatie de l'église de Lyon.

Mss. *Vidimus du 10 avril 1449 aux Archives départementales du Rhône, à Lyon; fonds du chapitre métropolitain, arm. chan., vol. 13, n° 1. — Id., ibid., copie du xv° siècle.
Éd. Recueil des principaux titres produits dans l'instance; titres produits par l'archevêque de Lyon,
p. 5; ibid., et fonds de l'archevêché, G, 1. — Indication dans Bréquigny, Table chronologique
des diplômes, chartes, etc., II, 500.
Cat. Migne, n° 120, col. 1195. — Robert, n° 155. — Jaffé-Loewenfeld, n° 6888 (5030).

CALIXTUS episcopus, servus servorum Dei, karissimo et venerabili
fratri UMBALDO, Lugdunensi archiepiscopo, ejusque successoribus canonice substituendis, in perpetuum. Eterni Patris filius, Dominus noster Jesus Christus, licet apostolis omnibus post resurrectionem suam
parem tribuat potestatem et dicat: *Sicut misit me pater et ego mitto vos,*

20.

accipite Spiritum sanctum, ut tamen unitatis vinculum demonstraret, unitatis ejusdem originem ab uno incipientem sua auctoritate disposuit. Hoc erant utique ceteri apostoli quod fuit Petrus, sed exordium ab unitate proficiscitur, ut Ecclesia Christi una monstretur, quam unam profecto Ecclesiam in Cantico eciam canticorum Spiritus sanctus ex persona Domini designat, dicens : *Una est columba mea perfecta mea, una est matri sue electa genitrici sue.* Hanc Ecclesie unitatem patres nostri vendicare ac tenere inviolabiliter cupientes, divini dispensacione consilii diversos in ea gradus et diversos ordines statuerunt. Unde juxta priscam ipsarum urbium dignitatem, primates archiepiscopi et episcopi constituti sunt, quoniam universalitas alia non poterat racione subsistere, nisi magnus eam differencie ordo servaret. Nos ergo qui, licet indigni, et apostolice sedis administracione universe per orbem Ecclesie providere compellimur, suam cuique conservare decrevimus ecclesie dignitatem. Sanctorum igitur Patrum vestigia subsequentes, constitutum antiquitus Lugdunensis ecclesie primatum presentis decreti pagina confirmamus et, salva in omnibus apostolice sedis auctoritate ac reverencia, te, karissime frater UMBALDE archiepiscope, ac successores tuos primatus jure quatuor decernimus preesse provinciis, ipsi videlicet Lugdunensi, Rothomagensi, Turonensi et Senonensi, ut hec nimirum provincie condignam Lugdunensi commisse tibi ecclesie obedienciam solvant et honorem quem Romani pontifices reddendum scriptis propriis prefixerunt, cooperante Deo, devote humiliterque exhibeant. Universa preterea que in presenti vestra ecclesia legitime possidet vel in futurum, largiente Deo, juste atque canonice poterit adipisci, firma tibi tuisque successoribus et illibata permaneant. Nulli ergo omnino hominum facultas sit sepedictam Lugdunensem ecclesiam temere perturbare aut ejus possessiones aufferre vel ablatas retinere, minuere vel temerariis vexacionibus fatigare, sed omnia integra conserventur, tam tuis quam clericorum et pauperum usibus profutura. Si qua igitur in futurum ecclesiastica secularisve persona hanc nostre constitucionis paginam sciens contra eam temere venire temptaverit, secundo terciove commonita, si non satisfactione congrua emendaverit, potestatis honorisque sui dignitate careat reamque se divino judicio existere de perpetrata iniquitate cognoscat et a sacratissimo corpore et sanguine Dei et Domini Redemptoris nostri Jesu Christi aliena fiat atque in extremo examine districte ultioni subjaceat. Cunctis autem eidem loco justa servantibus sit pax Domini nostri Jesu Christi, quatenus et hic fructum bone actionis percipiant et apud districtum judicem premia eterne pacis inveniant. Amen.

(R.) Ego Calixtus, catholice Ecclesie episcopus, ss. (M.)

† Ego Crescencius, Sabinensis episcopus, ss.

† Ego Petrus, Portuensis episcopus, ss.

† Ego Bonifacius, presbiter cardinalis Sancti Marci tituli, ss.

† Ego Johannes, presbiter cardinalis Sancte Cecilie, ss.

† Ego Aldo, diaconus cardinalis Sanctorum Sergii et Bachi, ss.

† Ego Theobaldus, presbiter cardinalis tituli Pammachi, ss.

† Ego Rainerius, presbiter cardinalis tituli Sanctorum Petri et Marcellini, ss.

† Ego Petrus, cardinalis presbiter tituli Sancte Susanne, ss.

† Ego Johannes, presbiter cardinalis tituli Sancti Eusebii, ss.

† Ego Sigisto, presbiter cardinalis tituli Sancti Sixti, ss.

† Ego Lambertus, Hostiensis episcopus, ss.

† Ego Gregorius, presbiter cardinalis tituli Lucine, ss.

† Ego Johannes, presbiter cardinalis tituli Sancti Grisogoni, ss.

† Ego Vitalis, Albanus episcopus, ss.

† Ego Deusdedit, presbiter cardinalis tituli Sancti Laurencii in Damaso, ss.

† Ego Petrus, presbiter cardinalis tituli Sancti Marcelli, ss.

Datum Laterani per manum Grisogoni, sancte Romane Ecclesie diaconi cardinalis ac bibliothecarii, nonis januarii, indictione xiiiª, incarnationis Dominice anno mºcxxiº, pontificatus autem domini Calixti secundi pape anno ii.

213

7 janvier 1121.

Confirmation des droits métropolitains et des possessions de l'église de Ravenne.

Mss. Original aux Archives de l'archevêché de Ravenne, A, 42. — Copie du xvie siècle à la Bibliothèque du Vatican, ms. 3752, p. 10.
Éd. *Monumenti istorici della Romagna*, série II, *Carte*, I, 40. — Migne, n° 121, col. 1195.
Cat. Robert, n° 156. — Jaffé-Loewenfeld, n° 6889 (5031).

CALIXTUS episcopus, servus servorum Dei, venerabili fratri GUAL-TERIO, Ravennantium ecclesie archiepiscopo, ejusque successoribus canonice substituendis, in perpetuum. Etsi universe per orbem ecclesie unus thalamus Christi sint, sancta tamen Romana Ecclesia inter omnes divina obtinuit dispositione primatum. Et quidem multi sepe adversus eam conatus sui molimina intenderunt, sed que caput omnium et magistra celesti fuerat beneficio instituta, dignitatis sue non potuit privilegio denudari. Olim profecto Ravennantium ecclesia contra eam calcaneum erigens, multas ei persecutiones intulit atque aliis nonnullis ecclesiis perversi scismatis fomitem ministravit; verumtamen, cum divine placuit majestati, ad matris sue Romane Ecclesie unitatem atque obedientiam humiliter remeavit. Iniquitatem namque suam illius filii recognoscentes delicta patrum corrigere probaverunt qui, preteritis temporibus, per tyrannidem regiam, presules, regibus placentes, acceperant, demum secundum sanctiones canonicas Deo placentem episcopum elegerunt et, scismate abdicato, in catholice congregationis gremium repedarunt. Unde domnus predecessor noster sancte memorie papa GELASIUS eidem Ravennantium ecclesie omnem restituit dignitatem, quam videlicet ante divisionis tempora sedis apostolice largitione possederit. Omnes etiam metropolis illius episcopatus, quos ad ejus nequitiam deprimendam apostolica sibi sedes assumpserat, paterna ei benignitate concessit. Et nos ergo divine Trinitatis unitati gratias referentes que per sue caritatis spiritum divisa conjungit et multas in se animas unam facit predicti domni nostri restitutionem, presentis privilegii pagina confirmamus sane, tibi, reverendissime frater GUALTERI archiepiscope, tuisque successoribus in Romane Ecclesie subjectione atque obedientia permanentibus, salvo nimirum in omnibus apostolice sedis jure atque auctoritate, concedimus episcopatus Emilie provincie, id est Placentie, Parme, Regii, Mutine et Bononie, Ferrarie, Adrie, Comaclii, Imole, Faventie, Forolivii, Fori Pompilii, Bobii, Cesene, Ficocle. Preterea confirmamus vobis exarcatum Ravenne, qui Romane Ecclesie juris est, et monasteria Sancti Adalberti et Sancti Illari seu altera monasteria et possessiones ad vestram ecclesiam pertinentes per autentica privilegia ab antecessoribus nostris et a catholicis regibus tradita. Pomposiani quoque monasterii curam religioni tue, salvo Ecclesie nostre jure, committimus, ut regulari discipline per tuam industriam reformetur. Nulli ergo omnino hominum facultas sit vestram Ravennatem ecclesiam temere perturbare aut ejus possessiones auferre vel ablatas retinere, minuere vel temerariis vexationibus fatigare, sed omnia integre conserventur, tam tuis quam clericorum et pauperum usibus profutura. Si qua igitur in futurum ecclesiastica secularisve persona hanc nostre constitutionis paginam sciens contra eam temere venire temptaverit, secundo tertiove commonita, si non satisfactione congrua emendaverit, potestatis honorisque sui dignitate careat reamque se divino judicio existere de perpetrata iniquitate cognoscat et a sacratissimo corpore ac sanguine Dei et Domini nostri Jesu Christi aliena fiat atque in extremo examine districte ultioni subjaceat. Cunctis autem eidem ecclesie justa servantibus sit pax Domini nostri Jesu Christi, quatenus et hic fructum bone actionis percipiant et apud districtum judicem premia eterne pacis inveniant. Amen.

Scriptum per manum Rainerii, scriniarii regionarii et notarii sacri palatii.

(R.) Ego Calixtus, catholice Ecclesie episcopus, ss. (M.)

† Ego Crescentius, Sabinensis episcopus, ss.

† Ego Petrus, Portuensis episcopus, ss.

† Ego Lambertus, Hostiensis episcopus, ss.

† Ego Vitalis, Albanus episcopus, ss.

† Ego Desiderius, presbiter cardinalis tituli Sancte Praxedis, ss.

† Ego Deusdedit, presbiter cardinalis tituli Sancti Laurentii in Damaso, ss.

† Ego Gregorius, presbiter cardinalis tituli Lucine, ss.

† Ego Ugo, tituli Sanctorum Apostolorum presbiter cardinalis, ss.

† Ego Joannes, presbiter cardinalis tituli Sancti Eusebii, ss.

† Ego Bonifatius, tituli Sancti Marci presbiter cardinalis, ss.

† Ego Benedictus, tituli Eudoxie presbiter cardinalis, ss.

† Ego Divizo, presbiter cardinalis tituli Equitii, ss.

† Ego Johannes, presbiter cardinalis tituli Sancte Cecilie, ss.

† Ego Teobaldus, presbiter cardinalis tituli Panmachii, ss.

† Ego Rainerius, cardinalis presbiter tituli Sanctorum Petri et Marcellini, ss.

† Ego Robertus, presbiter cardinalis tituli Sancte Sabine, ss.

† Ego Gregorius, presbiter cardinalis tituli Sancte Prisce, ss.

† Ego Petrus, presbiter cardinalis tituli Sancte Susanne, ss.

† Ego Joannes, presbiter cardinalis tituli Sancti Grisogoni, ss.

† Ego Amico, presbiter cardinalis tituli Hierusalem, ss.

† Ego Petrus, presbiter cardinalis tituli Sancti Marcelli, ss.

† Ego Sigizo, presbiter cardinalis tituli Sancti Sixti, ss.

† Ego Gregorius, diaconus cardinalis ecclesiæ Sancti Eustachii, ss.

† Ego Romoaldus, diaconus cardinalis ecclesie Sancte Marie in Via lata, ss.

† Ego Aldo, diaconus cardinalis Sanctorum Sergi et Bacchi, ss.

† Ego Petrus, diaconus cardinalis Sancti Adriani, ss.

† Ego Romanus, diaconus cardinalis Sancte Marie in Porticu, ss.

† Ego Stephanus, diaconus cardinalis Sancte Marie Sedis gratie, ss.

† Ego Jonatas, diaconus cardinalis ecclesie Sanctorum Cosme et Damiani, ss.

† Ego Gualterius, diaconus cardinalis ecclesie Sancti Theodori, ss.

† Ego Girardus, diaconus cardinalis ecclesie Sancte Lucie, ss.

Datum Laterani per manum Grisogoni, sancte Romane Ecclesie diaconi cardinalis ac bibliothecarii, vii idus januarii, indictione xiiii, incarnationis Dominice anno m°.c°.xxi°, pontificatus autem domni Calixti secundi pape anno ii°.

214

9 janvier 1121 (*al.* 28 décembre 1120).

*Donation à l'abbaye de Cluny de l'église Saint-Théodore de la Roche-Beaucourt,
diocèse de Périgueux.*

Mss. *Collection Moreau, *Chartes et diplômes*, n° 50, fol. 190; copié par Lambert de Barive,
d'après l'original, le 13 février 1780. — *Epist. Roman. pontif.*, ms. lat. 16996, fol. 368 v°. —
Collection de Périgord, n° 77, fol. 119.
Éd. *Biblioth. Cluniac.*, 581. — Mansi, *Concil.*, XXI, 207. — Cocquelines, *Bullarum*, II, 182. —
Migne, n° 113, col. 1189.
Cat. Robert, n° 145. — Jaffé-Loewenfeld, n° 6876 (5023).

Calixtus episcopus, servus servorum Dei, karissimo in Christo filio
Pontio, Cluniacensi abbati, ejusque successoribus regulariter substituendis, in perpetuum. Religionis monastice modernis temporibus
speculum et in Galliarum partibus documentum Beati Petri Cluniacense monasterium ab ipso sue fundationis exordio sedi apostolice in
jus proprium est oblatum. Proinde Patres nostri sancte recordationis
Johannes undecimus et alii ad nostra tempora pontifices Ecclesie Romane locum ipsum singularis dilectionis ac libertatis prerogativa donarunt et universa ei pertinentia privilegiorum suorum sanctionibus
munierunt. Propterea, fili in Christo karissime Ponti, quem nos in
Viennensis ecclesie regimine positi, nostris per Dei gratiam manibus
in abbatem consecravimus et personam tuam et locum cui, Domino
auctore, presides, totis dilectionis visceribus amplectentes et quieti
vestre et ecclesiarum vestrarum attentius providentes, ecclesiam Sancti
Theodori de Rochabovecourt cum omnibus pertinentiis suis, laudan-
tibus ipsius ecclesie clericis, a venerabili fratre nostro Willelmo, Petragoricensi episcopo, tibi et ecclesie Cluniacensi humiliter et devote
donatum, auctoritate apostolica tam tibi quam successoribus tuis perpetuis temporibus confirmamus et presentis privilegii pagina committimus. Si quis igitur ausu temerario impiaque presumptione contra
Deum et sanctos ejus apostolos, contra animam suam hoc nostre
apostolice auctoritatis privilegium in aliquo infringere temptaverit,
incunctanter se noverit nostre apostolice maledictionis aculeo transpunctum, nostre apostolice excommunicationis telo perfossum, nostri
etiam apostolici anathematis gladio transverberatum, nec nisi per

dignam satisfactionem saluti pristine reparandum. Ei vero qui conservator extiterit, sit pax Domini nostri Jesu Christi, quatinus et hic fructum bone actionis percipiat et apud districtum judicem premium eterne pacis inveniat. Amen. Amen. Amen.

Ego Calixtus, catholice Ecclesie episcopus, ss.

Datum Laterani per manum Grisogoni, sancte Romane Ecclesie diaconi cardinalis [ac] bibliothecarii, v° idus januarii, indictione xv, incarnationis Dominice anno m°.c°.xx°.ii°, pontificatus autem domni Calixti secundi pape anno vero iiii^to.

215

14 janvier 1121.

Rétablissement de l'évêché de Tretaberne en Calabre.

Ms. *Copie du xvie siècle à la Bibliothèque du Vatican, ms. 4936, fol. 37. — Martène, *Anecdota*, ms. lat. 11894, fol. 83. — *Epist. Roman. pontif.*, ms. lat. 16991, fol. 194.
Éd. Martène et Durand, *Vet. script.*, 1, 669. — Ugbelti, *Italia sacra*, IX, 365. — Migne, n° 122, col. 1195.
Cat. Robert, n° 157. — Jaffé-Loewenfeld, n° 6890 (5032).

Calixtus episcopus, servus servorum Dei, venerabili fratri Joanni, Trium Tabernarum episcopo, nostris per Dei gratiam manibus consecrato, ejusque successoribus canonice substituendis, in perpetuum. Et synodalium decretorum autoritas et pontificalium gestorum series manifestat sæpe sedi apostolice licuisse conjungere disjuncta et conjuncta disjungere et sedes etiam sedibus pro ratione temporum commutare. Olim siquidem Trium Tabernarum ecclesia tanquam sedes propria proprium cognoscitur episcopum habuisse, verum quia, peccatis exigentibus, clero et populo destituta est, episcopalis conservari non potuit[a]. Unde universarum per orbem ecclesiarum Romana mater Ecclesia Squillacensi eam ecclesiæ conjunxit. Sane temporibus nostris divinæ placuit majestati locum illum misericorditer visitare et cleri et populi multitudine reparata, in statum pristinum remeare. Nos

[a] Sed quia propter Saracenorum violentiam episcopalem sedem conservare non potuit, ad Romanam Ecclesiam pro habendo episcopo confugit.

itaque divinę cooperatores gratiæ existere cupientes, habito fratrum
nostrorum consilio, per carissimum fratrem nostrum cardinalem Desiderium presbiterum, quem ad partes illas direximus, totius rei oportunitate diligenter inspecta et populi petitione et cleri electione ac
comitis cæterorumque honoratorum consensu, cardinalem in eam episcopum nostris per Dei gratiam manibus consecravimus. Apostolica
igitur autoritate precipimus et legitimum perpetuum presentis privi-.
legii pagina stabilimus ut predicta Trium Tabernarum ecclesia proprium deinceps episcopum habeat, cujus dispositione et providentia,
juxta sanctorum Patrum instituta, per omnipotentis Dei gratiam gu-
bernetur. Porro tibi tuisque successoribus, carissime frater et coepiscope JOANNES, eandem parrochiam confirmamus cum oppidis, villis
et pertinentiis suis, videlicet Taberna, Catanzario, Rocca, Tiriolo et
Lamato, Simiano, Barbaro, Candeto, Castello de Maleto et Sellia.
Confirmamus etiam tibi donum gloriosi comitis Goffredi, scilicet villanos centum cum terris et vineis apud Catanzarium et molendinum
unum et possessiones omnes et villanos et molendinum quas, quos et
quod Guillelmus Carbonelli in predicti cardinalis manu ecclesie reddidit. Item ex dono Jordani Caprioli villanos triginta cum ducentis
modiis terre et quinque millibus pedum vinearum. Quęcunque preterea ecclesia vestra liberalitate[a] principum, oblatione fidelium vel
aliis justis modis in presenti possidet aut in futurum, largiente Deo,
poterit adipisci, firma tibi tuisque successoribus et illibata permaneant.
Decernimus ergo ut nulli omnino hominum facultas sit hanc nostram
episcopalis dignitatis restitutionem mutare vel sepedictam ecclesiam
temere perturbare, possessiones ejus auferre vel ablatas[b] retinere,
minuere vel temerariis vexationibus fatigare, sed omnia integra serventur, tam tuis quam clericorum et pauperum usibus profutura. Si
qua igitur in futurum ecclesiastica secularisve persona hanc nostrę
constitutionis paginam sciens contra eam temere temptaverit, secundo
tertiove commonita, si non satisfactione congrua emendaverit, potestatis honorisque sui dignitate careat reamque se divino judicio de
perpetrata iniquitate cognoscat et a sacratissimo corpore et sanguine
Dei et Domini Redemptoris nostri Jesu Christi aliena fiat atque in
extremo examine districte ultioni subjaceat. Cunctis autem eidem loco

---

[a] *Libertate*, ms. — [b] *Illatas*, ms.

jusla servantibus sit pax Domini nostri Jesu Christi, quatenus et hic
fructum bonę actionis percipiant et apud districtum judicem premia
æternę pacis inveniant. Amen.

(R.) Ego Calixtus, catholice Ecclesię episcopus, ss. (M.)

Ego Crescentius, Sabinensis episcopus, ss.

Ego Petrus, Portuensis episcopus, ss.

Ego Vitalis, Albanus episcopus, ss.

Ego Bonifacius, presbiter cardinalis tituli Sancti Marci, ss.

Ego Benedictus, presbiter cardinalis tituli Sanctę Eudoxiæ[a], ss.

Ego Joannes, presbiter cardinalis tituli Sancte Cecilię, ss.

Ego Gregorius, presbiter cardinalis tituli Sancte Prisce, ss.

Ego Divizo, presbiter cardinalis tituli Sancti Equitii, ss.

Ego Theobaldus, presbiter cardinalis tituli Sancti Pammachii[b], ss.

Ego Ranerius, presbiter cardinalis tituli Sanctorum Marcellini et
Petri, ss.

Ego Desiderius, presbiter cardinalis tituli Sancte Praxedis, ss.

Ego Petrus, sancte Romane Ecclesie presbiter cardinalis tituli Sancte
Susannę, ss.

Ego Deusdedit, presbiter cardinalis tituli Sancti Laurentii in Damaso, ss.

Ego Gregorius, presbiter cardinalis Sancte Lucine, ss.

Ego Joannes, presbiter cardinalis tituli Sancti Grisogoni, ss.

Ego Amelius, presbiter cardinalis Sancte Crucis in Jerusalem, ss.

Ego Sigizo, [presbiter cardinalis Sancti Sixti], ss.

Ego Joannes, presbiter cardinalis tituli Sancti Eusebii, ss.

Ego Robertus, presbiter cardinalis tituli Sancte Sabine, ss.

Ego Romoaldus, diaconus cardinalis tituli Sancte Marie in Via latina (sic), ss.

Ego Aldo, diaconus cardinalis tituli Sanctorum Sergi et Bacchi, ss.

Ego Petrus, diaconus cardinalis tituli Sancti Adriani, ss.

Ego Romanus, diaconus cardinalis Sancte Marie in Porticu, ss.

Ego Jonatas[c], diaconus cardinalis Sanctorum Cosme et Damiani, ss.

Ego Gualterius, diaconus cardinalis Sancti Theodori, ss.

Datum Laterani per manum Grisogoni[d], sancte Romane Ecclesie

---

[a] *Aidarie*, ms.; *Eudoxiæ*, en marge. — [b] *Paimachi*, ms. — [c] *Johanathas*,
ms. — [d] *Grisoni*, ms.

diaconi cardinalis ac bibliothecarii, xviii cal. februarii, indictione xiiiª, incarnationis Dominice anno м°c°xxi°, pontificatus autem domni Calixti pape II anno iiª.

216

22 janvier 1121.

Confirmation des biens de l'abbaye des Saints-Philippe et Jacques de Heiligenforst, qui est placée sous la protection du Saint-Siège.

Ms. *Original à la Bibliothèque de l'Université de Heidelberg, I, n° 214.
Éd. Würdtwein, *Nova subsid. diplom.*, VII, 43. — Grandidier, *Histoire d'Alsace*, II, 240. — Migne, n° 122, col. 1197.
Cat. Robert, n° 158. — Jaffé-Loewenfeld, n° 6891 (5033).

Calixtus episcopus, servus servorum Dei, dilecto filio Bertholfo, abbati monast[er]ii(*) quod in honore sanctorum apostolorum Philippi et Jacobi et sancte Walpurgæ virginis constructum est in Argentinensi episcopatu, in loco videlicet qui Sacra Silva dicitur, ejusque successoribus regulariter substituendis, in posterum. Religiosis desideriis dignum est facilem prebere consensum, ut fidelis devotio celer[em] sortiatur effectum. Quamobrem nos, dilecte in Christo fili Bertholfe abbas, petitioni tue clementer annuimus et monasterium [c]ui, Deo auctore, presides, quod beato Petro et ejus sancte Romane Ecclesie sub annuo unius aurei censu oblatum et ad honorem omnipotentis Dei et sanctorum apostolorum Philippi et Jacobi et sancte Walpurge virginis dedicatum est, ad exemplar domni predecessoris nostri s[anct]e memorie Paschalis pape, protectione sedis apostolice communimus. Statuimus enim ut universa que a religiosis principibus Frederico duce et Petro, ejusdem loci fundatoribus [vel] ab aliis fidelibus de suo jure monasterio eidem collata sunt aut in futurum, largiente Deo, dari, offerri vel aliis justis modis adquiri contigerit, quieta vobis vestrisque successor[ibus et] illibata permaneant. Nulli ergo omnino hominum liceat eundem locum temere perturbare aut ejus possessiones

_____

(*) Le parchemin est endommagé dans plusieurs endroits; les mots manquants ont été mis entre crochets.

auferre vel ablatas retinere, minuere vel temerariis vexationibus fatigare, sed omnia integra conserventur, eorum pro quorum sustentatione et gubernatione concessa sunt, usibus omnimodis profutura.
Sane fructuum vestrorum seu animalium decimas, sin[e] episcoporum
vel episcopalium ministrorum contradictione, xenodochio vestro red-
dendas possidendasque sancimus, nec advocatus alius, nisi qui ab
abbate cum fratribus assumptus fuerit, eidem monasterio asciscatur.
Sepulturam quoque loci ipsius omni[no] liberam esse decernimus, ut
eorum qui illic sepeliri deliberaverint devotioni et extremę voluntati,
nisi forte excommunicati sin[t], nullus obsistat. Consecrationes altarium, ordinationes monachorum qui ad sacros ordines fuerint promovendi, ab episcopo i[n c]ujus diocesi estis, accipietis, siquidem
gratiam atque [commu]nionem apostolicę sedis habuerit et si ea gratis
ac sine pravitate voluerit exhibere. Alioquin liceat vobis catholicum
quem malueritis adire antistitem et ab ipso eadem s[ac]ram[e]nta
suscipere, qui apostolicę sedis fultus auctoritate quod postulatur indulgeat. Si qua igitur in futurum ecclesiastica secularisve persona
hanc nostrę constitutionis pa[ginam] sciens contra eam temere venire
temptaverit, secundo tertiove commonita, si non satisfactione congrua
emendaverit, potestatis honorisque sui dignitate careat reamque se
d[ivino judicio] existere de perpetrata iniquitate cognoscat et a sacratissimo corpore ac sanguine Dei et Domini Redemptoris nostri Jesu
Christi aliena fiat atque in extremo examine districtę ultioni [sub]ja-
c[e]at. Cunctis autem sepe dicto monasterio justa servantibus sit pax
Domini nostri Jesu Christi, quatenus et hic fructum bonę actionis
percipiant et apud districtum judicem premia ęternę pacis inveniant.
Amen. Amen. Amen.

(R.) Ego Calixtus, catholicę Ecclesię episcopus, ss. (M.)

Datum Laterani per manum Grisogoni, sanctę Romanę [Ec]clesię
diaconi cardinalis ac bibliothecarii, xi° kalendas februarii, indictione
xiiiª, incarnationis Dominicę anno m°.c°.xxi°, pontificatus autem domni
Calixti secundi pape anno ii°.

217

4 février 1121.

Calixte écrit à Gui, évêque de Coire, pour lui donner des détails sur son arrivée à Rome et sur ses voyages à Bénévent, dans la Pouille et sur son retour à Rome.

Ms. *Ms. Ottoboni, n° 3008, fol. 83.
Éd. Borgia, *Breve istoria del dominio temporale delle sede apostolica nelle due Sicilie*, app., p. 47. — Watterich, *Pontificum Romanorum vitæ*, II, 141. — Ewald, dans *Neues Archiv*, III, 180. — Migne, n° 124, col. 1198.
Cat. Robert, n° 159. — Jaffé-Loewenfeld, n° 6892.

CALIXTUS episcopus, servus servorum Dei, venerabili fratri W[IDONI], Curiensi episcopo, salutem et apostolicam benedictionem. Quia speciali te affectione diligimus, statum nostrum et que circa nos sunt specialiter tibi notificare curamus. Nos postquam in Urbe honorificentissime suscepti fuimus et Beati Petri ecclesiam et ceteras Urbis ecclesias de inimicorum manibus, auxiliante Domino, liberavimus, nostris fidelibus invitati Beneventum perreximus, ubi ducem Apulie, principem Capue ac ceteros barones et capitaneos terre in hominium et fidelitatem nostram recepimus. Inde in Apuliam et usque Barum pro Æcclesie servicio descendentes, pacem et treugam Dei per totam terram illam statuimus. Post hec ad Urbem reversi, Beati Petri ecclesiam visitavimus et in ea presbyterorum, diaconorum et subdiaconorum ordinationes, largiente Domino, fecimus, et ad Lateranense palacium honorifice redeuntes, Dominice Nativitatis festum, juxta predecessorum nostrorum consuetudinem, sollempniter celebravimus. In quo nimirum palacio secure nunc et quiete, auctore Domino, permanemus. Pro his omnibus, frater in Christo karissime, nobiscum omnipotenti Deo gratias agas, et sicut hactenus fecisse cognosceris, in Romane Æcclesie obedientia perseverans, ejus utilitatem atque servicium instantius opereris. Personam tuam nos libenti animo videremus, ideoque rogamus ut, si securitatem itineris habere potueris, ad nos studeas, duce Domino, pervenire.

Datum Laterani, II nonas februarii.

218

11 février 1121.

Confirmation de la concession de l'église de Bornehem à l'abbaye d'Afflinghem.

Éd. *Miraeus, *Opera diplomatica historica*, I, 171. — Cocquelines, *Bullarum*, II, 173. — Migne, n° 125, col. 1199.
Cat. Robert, n° 160. — Jaffé-Loewenfeld, n° 6893 (5035).

CALIXTUS episcopus, servus servorum Dei, dilecto filio FULGENTIO, abbati Afflligimensis monasterii, quod ad honorem beati Petri, apostolorum principis, in Cameracensi diœcesi situm est, ejusque successoribus regulariter substituendis, in perpetuum. Quæ religionis intuitu statuuntur inconvulsa debent stabilitate servari. Siquidem venerabilis frater noster Burgardus, Cameracensis episcopus, consilio et assensu archidiaconorum ac reliquorum ecclesiæ suæ, consilio etiam et hortatu venerabilis fratris nostri Rodulphi, Remensis archiepiscopi, sicut in eorum missis ad nos litteris continetur, nec non et rogatu et supplicatione Sifridi, Bornhemensis abbatis, et fratrum suorum Afflligimensi monasterio Bornhemensem commisit ecclesiam, ut in ea deinceps monastici ordinis disciplina per Dei gratiam habeatur. Olim quidem in loco eodem ordo fuerat canonicus institutus; sed, guerris supervenientibus, tanta paupertatis inopia coarctatus est ut neque ordinem canonicum conservare neque per se in ecclesiastica posset honestate persistere. Nos itaque tam prædictorum fratrum quam et sororis nostræ Clementiæ, Flandriensium comitissæ, quæ ipsius loci dispensatrix est, petitionibus annuentes et de religione vestra plurimum confidentes, prædictæ Bornhemensis ecclesiæ commissionem præsentis privilegii pagina confirmamus, statuentes ut, auctore Deo, in Afflligimensis monasterii unitate ac subjectione, sub regula monasticæ disciplinæ in perpetuum perseveret, ita nimirum libera et quieta, sicut antea in ordine canonico fuerat, cum altaribus de Havesdune, Hingem, Kereberga, Rimenham, Merbecloa et cum omnibus quæ in præsenti legitime possidet vel in futurum, largiente Deo, juste atque canonice poterit adipisci. Nulli ergo omnino hominum facultas sit præfatam Bornhemensem ecclesiam a dispositione vel subjectione vestri monas-

terii removere seu qualibet occasione subtrahere, possessiones ejus
auferre vel temerariis vexationibus fatigare, sed ita sub vestro monasterio maneat, sicut a prædicto fratre nostro Burgardo, diœcesano
episcopo, constitutum et ipsius chirographo confirmatum est. Si qua
igitur in futurum cujuslibet dignitatis ordinisve persona nostræ hujus
confirmationis paginam sciens contra eam temere venire tentaverit,
honoris et officii sui periculum patiatur aut excommunicationis ultione
plectatur, nisi præsumptionem suam digna satisfactione correxerit. Qui
vero conservator exstiterit, Dei omnipotentis et apostolorum Petri et
Pauli benedictionem et gratiam consequatur. Amen.

Ego Calixtus, catholicæ Ecclesiæ episcopus, laudavi.

Datum apud Sanctum Petrum per manum Chrysogoni, sanctæ
Romanæ Ecclesiæ diaconi cardinalis et bibliothecarii, III kalendas
februarii, indictione XIV, incarnationis Dominicæ anno millesimo
centesimo vicesimo primo, pontificatus autem domni Calixti II papæ
tertio.

<hr>

219

4 mars 1121.

Confirmation des possessions et des privilèges de l'église de Modène.

Mss. *Original et copie du XIII° siècle, aux Archives du chapitre de Modène.
Éd. Muratori, *Antiq. Ital.*, V, 351. — Tiraboschi, *Memorie storiche Modenesi*, II, 91. — Savioli,
Annali Bolonesi, I, II, 169. — Ughelli, *Italia sacra*, II, 117. — Migne, n° 126, col. 1200.
Cat. Robert, n° 161. — Jaffé-Loewenfeld, n° 6894 (5036).

CALIXTUS episcopus, servus servorum Dei, venerabili fratri DODONI,
Mutinensi episcopo, ejusque successoribus canonice substituendis, in
perpetuum. Sicut injusta poscentibus nullus est tribuendus effectus,
sic legitima desiderantium non est differenda petitio. Tuis igitur, frater
in Christo karissime DODO episcope, precibus annuentes, ad perpetuam
sanctæ cui, Deo auctore, presides, Mutinensis ecclesiæ pacem ac stabilitatem, presentis decreti auctoritate sancimus ut universi Mutinensis episcopatus fines quieti deinceps omnino et integri tam tibi quam
tuis successoribus conserventur. Qui nimirum fines his distinctionibus
distenduntur, videlicet a terminis illis qui Lucanum et Pistoriensem

episcopatus a Mutinensi dividunt usque ad flumen illud quod appellatur Burana et usque ad terminum illum qui Mutia vocatur atque
inde usque ad illum terminum qui Bononiensem episcopum a vestro episcopatu disjungit, ex altera vero parte usque ad terminos qui
episcopatum Mutinensem a Regino discernunt. Ecclesiarum vero que
infra hos terminos continentur consecrationes, clericorum promotiones, decimas et oblationes secundum sanctorum canonum constitutiones tibi tuisque successoribus concedimus et confirmamus, precipue in plebe Sancte Marie de Bodruntio, que est in curte Sicci, et
in cappellis ejus; in omnibus ecclesiis que sunt in castro et in curte
Solarie et in plebe Roncalie et in cappellis ejus; in omnibus ecclesiis
de Ponte ducis, in ecclesia de Camurana, in ecclesiis et curte Cur-
tiole, in ecclesia de Scoplano, in ecclesia Sancti Petri in Sicula et in
ecclesiis que sunt in castro et curte Panciani, de Leonensi abbatia et
in omnibus ecclesiis que sunt in plebe Rubiani. Quecumque preterea
bona, quascumque possessiones quas in presenti legitime possidetis
vel in futurum, largiente Deo, juste atque canonice poteritis adipisci,
firma tibi tuisque successoribus et illibata permaneant. Decernimus
ergo ut nulli omnino episcoporum facultas sit infra predictos fines sine
tuo vel successorum tuorum consensu ecclesiam consecrare, chrisma
conficere aut clericos ordinare, preter ecclesias et clericos de castro et
burgo Nonantule. Nulli etiam hominum liceat vestram ecclesiam temere
perturbare aut ejus possessiones auferre vel ablatas retinere, minuere
vel temerariis vexationibus fatigare, sed omnia integra conserventur,
tam tuis quam clericorum et pauperum usibus profutura. Sane de
presbiteris qui per parochias ad monasteria pertinentes in ecclesiis
constituuntur, predecessoris nostri sancte memorie Urbani secundi
pape sententiam confirmamus, statuentes ne abbates in parochialibus
ecclesiis quas tenent, absque episcoporum consilio, presbiteros collocent, sed episcopi parochie curam cum abbatum consensu sacerdoti
committant, ut ejusmodi sacerdotes de plebis quidem cura episcopo
rationem reddant, abbati vero pro rebus temporalibus ad monasterium
pertinentibus debitam subjectionem exhibeant, et sic sua cuique jura
serventur. Si qua igitur in futurum ecclesiastica secularisve persona
hanc nostre constitutionis paginam sciens contra eam temere venire
templaverit, secundo tertiove commonita, si non satisfactione congrua
emendaverit, potestatis honorisque sui dignitate careat reamque se

divino judicio existere de perpetrata iniquitate cognoscat et a sacra-
tissimo corpore ac sanguine Dei et Domini Redemptoris nostri Jesu
Christi aliena fiat atque in extremo examine districte ultioni subjaceat.
Cunctis autem vestre ecclesie justa servantibus sit pax Domini nostri
Jesu Christi, quatenus et hic fructum bone actionis percipiant et apud
districtum judicem premia eterne pacis inveniant. Amen. Amen. Amen.

(R.) Ego Calixtus, catholice Æcclesie episcopus, ss. (M.)

† Ego Crescentius, Sabinensis episcopus, ss (a).

† Ego Petrus, Portuensis episcopus, ss.

† Ego Vitalis, Albanus episcopus, ss.

† Ego Divizo, Tusculanus episcopus, ss.

† Ego Bonifacius, tituli Sancti Marci presbiter cardinalis, ss.

† Ego Robertus, cardinalis presbiter tituli Sancte Sabine, ss.

† Ego Gregorius, cardinalis presbiter tituli Sancte Prisce, ss.

† Ego Theobaldus, presbiter cardinalis tituli Sancti Pammachii, ss.

† Ego Rainaldus, presbiter cardinalis Sanctorum Marcellini et Petri, ss.

† Ego Desiderius, presbiter cardinalis tituli Sancte Praxedis, ss.

† Ego Gregorius, presbiter cardinalis tituli Sancte Lucine, ss.

† Ego Deusdedit, tituli Sancti Laurentii presbiter cardinalis, ss.

† Ego Georgius, presbiter cardinalis tituli Sancte Suxane, ss.

† Ego Johannes, tituli Sancti Crisogoni presbiter cardinalis, ss.

† Ego Sigizo, presbiter cardinalis tituli Sancti Sixti, ss.

† Ego Romoaldus, diaconus cardinalis Sancte Marie in Via lata, ss.

† Ego Jonatas, diaconus cardinalis tituli Sanctorum Cosme et Damiani, ss.

† Ego Girardus, diaconus cardinalis Sancte Lucie, ss.

† Ego Jacinthus, sancte Romane Ecclesie subdiaconus et subdiaconorum prior, ss.

† Ego Romanus, sancte Romane Ecclesie subdiaconus, ss.

† Ego Ugo, Romane Ecclesie subdiaconus, ss.

Data Laterani per manum Crisogoni, sancte Romane Ecclesie diaconi cardinalis ac bibliothecarii, iiii nonas marcii, indictione xiiii,

---

(a) A partir de cet endroit, l'original est mutilé; le texte de la fin est donné
d'après la copie du xiiiᵉ siècle.

incarnationis Dominice anno MCXXI, pontificatus autem domni Calixti secundi pape anno III.

220

7 mars 1121.

Calixte décide que la communauté d'hommes établie dans l'abbaye Saint-Sixte de Plaisance suivra la règle de la Chaise-Dieu; il prend l'abbaye sous la protection du Saint-Siège et en confirme les possessions et les droits.

Ms. Copie collationnée, du 30 mars 1734, dans le ms. 7949 de la Bibliothèque du Vatican, p. 224.
Éd. *Pflugk-Hartlung, *Acta*, II, 224.
Cat. Jaffé-Loewenfeld, n° 6895.

CALIXTUS episcopus, servus servorum Dei, dilecto in Christo filio ODDONI, abbati venerabilis monasterii Sancti Sixti quod Placentie situm est, nostris per Dei gratiam manibus consecrato, ejusque successoribus regulariter substituendis, in perpetuum. Divine dispositionis judicio in Beati Sixti monasterio quod Placentie situm est, ordo monasticus longo vero tempore perturbatus est. Ibi enim sanctimoniales prius femine per annos plurimos habitarunt. Sed cum, abjecta regularis ordinis disciplina, per vitiorum precipitia defluxissent, dominus predecessor noster sancte memorie PASCHALIS papa, sapientium ac religiosorum et precipue illustris recordationis comitisse Matildis consilio et favore, in loco eodem viros pro feminis ordinavit et te, dilecte in Christo fili ODDO, in abbatem illis preposuit. In qua nimirum ordinatione quiete aliquamdiu permansistis, sed post predicte obitum comitisse, quia obedire Deo magis quam Dei Ecclesie adversariis volebatis, alie rursus moniales, vobis expulsis, per regis voluntatem subintrarunt. Has profecto mutationes nos diligentius inquirentes et super eis ad invicem cum nostris fratribus conferentes, communi deliberatione decrevimus debere predicti domini nostri provisionem firmam et inviolabilem custodiri et scriptum illud quod a nobis, in ultramontanis partibus adhuc positis, a parte monialium subreptum est, in nullo umquam ei prejudicium irrogare. Apostolica igitur auctoritate statui-

mus ut perpetuis deinceps temporibus in jam dicto Beati Sixti monasterio servorum Dei virorum congregatio sub regularis ordinis observatione secundum Casę Dei religionem ac monasticam consuetudinem
perseveret. Ipsum vero locum et universa ad eum pertinentia sub apostolicę sedis tutela et protectione servanda censemus a quarumlibet
infestantium molestiis libera, sicut a predecessoribus nostris Romanę
Ecclesię pontificibus noscitur institutum. Statuimus etiam ut universa
predia vel possessiones quas Angelberga imperatrix, ejusdem monasterii fundatrix, illuc contulisse cognoscit[ur] et quęcumque villę, fa-
milię, cellę, ecclesię seu reliquę possessiones ad ipsum monasterium
legitime per presentem indictionem quartam decimam sive in futurum
concessione pontificum, liberalitate principum vel oblatione fidelium
juste atque canonice poterit adipisci, firma tibi tuisque successoribus
et illibata permaneant. Decernimus ergo ut nulli omnino hominum
liceat idem monasterium perturbare aut ejus possessiones auferre vel
ablatas retinere vel injuste diutius suis usibus vindicare, minuere vel
temerariis vexationibus fatigare, sed omnino integra conserventur, tam
vestris quam pauperum et peregrinorum usibus profutura. Obeunte
te, nunc ejus loci abbate, vel tuorum quolibet successorum, nullus ibi
qualibet surreptionis astutia seu violentia preponatur, nisi quem fratres
communi consensu vel fratrum pars consilii sanioris de suo, si potuerit
idoneus inveniri, collegio, secundum Dei timorem et beati Benedicti
regulam providerint eligendum. Quodsi persona in monasterio ipso
talis non fuerit, de Casę Dei cenobio eligatur, quamdiu videlicet illic
monastici ordinis disciplina, Domino prestante, viguerit; electus a
Romano benedicatur pontifice. Quicquid preterea libertatis seu dignitatis a predecessoribus nostris supradicto monasterio per authentica
privilegiorum scripta concessum est, nos quoque presentis privilegii
auctoritate concedimus et ratum haberi per tempora futura censemus.
Si qua igitur in futurum ecclesiastica secularisve persona hanc nostrę
constitutionis paginam sciens contra eam temere venire temptaverit,
secundo tertiove commonita, si non satisfactione congrua emendaverit, potestatis honorisque sui dignitate careat reamque se divino
judicio existere de perpetrata iniquitate cognoscat et a sacratissimo
corpore ac sanguine Dei et Domini Redemptoris nostri Jesu Christi
aliena fiat, atque in extremo examine districte ultioni subjaceat.
Cunctis autem eidem loco justa servantibus sit pax Domini nostri Jesu

Christi, quatenus et hic fructum bonę actionis percipiant et apud districtum judicem premia eternę pacis inveniant. Amen.

Scriptum per manum Gervasii, regionarii scriniarii ac notarii sacri palatii.

Ego Calixtus, catholicę Ecclesię episcopus, ss.

Datum Laterani per manum Grysogoni, sancte Romane Ecclesie diaconi cardinalis ac bibliothecarii, nonis martii, indictione xiiii, incarnationis Dominicę anno m c xxi, pontificatus autem domni Calixti secundi pape anno iii.

221

14 mars 1121.

Calixte recommande au prieur de Saint-Frédien de Lucques les chanoines réguliers de Latran qui, ayant dû, au moment de la persécution, quitter Rome, y retournaient.

Ms. *Ms. 115 de la Bibliothèque de Lucques, fol. 19.
Éd. Baluze, *Miscellanea*, IV, 587. — Migne, n° 127, col. 1201.
Cat. Robert, n° 162. — Jaffé-Loewenfeld, n° 6896 (5037).

CALIXTUS episcopus, servus servorum Dei, dilecto filio A., priori Sancti Fridiani, salutem et apostolicam benedictionem. Placuit fratribus nostris episcopis et cardinalibus ut regulares canonici, qui a domino predecessore nostro felicis memorię PASCHALI papa in Lateranensi fuere ęcclesia constituti et, postea, persecutione cogente, cesserunt, nunc, quiete reddita, in locum ipsum per Dei gratiam reducantur. Unde nos eis nostras litteras dirigentes ad eamdem jussimus ęcclesiam, omni remota occasione, reverti. Tua itaque sollicitudo ita eos juvare atque ita eis in hoc pro amore Dei et nostra dilectione studeat subvenire, quatenus a Deo in Dei gratias merearis et nos petitiones tuas, cum opportunum fuerit, libentius admittamus.

Datum Laterani, ii idus martii.

222

29 mars 1121.

Confirmation des possessions et des privilèges de l'abbaye Saint-Clément de Peschiera.

Ms. *Cartularium monasterii Casauriensis*, du xii⁰ siècle, ms. lat. 5411 de la Bibliothèque nationale, fol. 245.

Éd. Muratori, *Rerum italicarum scriptores*, II, 881. — Coequelines, *Bullarum*, II, 175. — Migne, n° 128, col. 1201.

Cat. Robert, n° 163. — Jaffé-Loewenfeld, n° 6897 (5038).

Calixtus episcopus, servus servorum Dei, dilecto in Christo filio Gisoni, abbati venerabilis monasterii Sancti Clementis, quod in insula Piscariensi situm est, ejusque successoribus regulariter substituendis, in perpetuum. Apostolicę sedis auctoritate debitoque compellimur pro universarum ecclesiarum statu satagere et earum maxime quieti quę specialius eidem sedi adherent ac tanquam jure proprio subjecte sunt, auxiliante Domino, providere. Eapropter petitionibus tuis, fili in Christo karissime Giso, non immerito annuendum censuimus ut monasterium Beati Clementis cui, Deo auctore, preesse cognosceris, ubi videlicet gloriosissimum corpus ejusdem martyris requiescere credimus, sicut in domni predecessoris nostri papę Leonis privilegio continetur, sedis apostolice auctoritate muniremus. Mansuro igitur in perpetuum decreto statuimus ut quascunque possessiones, quęcunque bona idem monasterium in presenti legitime possidet, firma tibi tuisque successoribus et illibata permaneant. In quibus hęc propriis duximus nominibus exprimenda : in comitatu scilicet Teatino, castrum Insulę, monasterium Sancti Nycolai in Caramanico cum cellis et cęteris ad idem monasterium pertinentibus; ecclesiam Sanctę Crucis, ecclesiam Sancti Martini ad Guttam, ecclesiam Sancti Johannis, ecclesiam Sancti Cesidii, monasterium Sanctę Trinitatis de Lapidaria, ecclesiam Sanctę Marię in Pesile, Sancti Angeli, Sancti Cesidii, Sancti Bartholomei de Orta et castrum Fare. In comitatu Balbensi, monasterium Sanctę Trinitatis cum pertinentiis suis: in comitatu Pinnensi, castrum Alanne, Bectorrita, Castellione, Olibula, Corvaria, Pesclu, Roccam de Soti, Petram iniquam cum ęcclesiis et pertinentiis suis.

In eodem comitatu, monasterium Sancti Desiderii et ecclesiam Sancti Quirici cum pertinentiis suis. In comitatu Abrutino, monasterium Sancti Clementis cum castellis, videlicet Castro vetere, Sancto Vetere, Guardia cum ecclesiis et villis ad predictum monasterium pertinentibus. Quecunque preterea in futurum concessione pontificum, liberalitate principum, oblatione fidelium vel aliis justis modis poteritis adipisci, firma tibi tuisque successoribus et integra conserventur. Decernimus ergo ut nulli omnino episcopo vel comiti aut prorsus alicui hominum facultas sit prefatum monasterium temere perturbare aut ejus possessiones auferre vel ablatas retinere, minuere vel temerariis vexationibus fatigare aut ei aliquas exactiones inponere, sed omnia integra conserventur, eorum pro quorum sustentatione et gubernatione concessa sunt, usibus profutura. Si qua igitur in futurum ecclesiastica secularisve persona hanc nostre constitutionis paginam sciens contra eam temere venire temptaverit, secundo tertiove commonita, si non satisfactione congrua emendaverit, potestatis honorisque sui dignitate careat reamque se divino judicio existere de perpetrata iniquitate cognoscat et a sacratissimo corpore ac sanguine Dei et Domini Redemptoris nostri Jesu Christi aliena fiat atque in extremo examine districte ultioni subjaceat. Cunctis autem eidem loco justa servantibus sit pax Domini nostri Jesu Christi, quatinus et hic fructum bone actionis percipiant et apud districtum judicem premia eterne pacis inveniant. Amen.

Scriptum per manum Gervasii, scriniarii regionarii et notarii sacri palatii.

(R.) Ego Calixtus, catholice Æcclesie episcopus, ss. (M.)

Datum Laterani per manum Grisogoni, sancte Romane Æcclesie diaconi cardinalis ac bibliothecarii, IIII kalendas aprilis, indictione XIIIa, incarnationis Dominice anno M°.C°.XXI°, pontificatus autem domni Calixti secundi pape anno IIII.

223

3o mars 1121.

Calixte permet à Othon d'Iringe de construire une église et un monastère à Beurberg et il met le nouveau monastère sous la protection du Saint-Siège, moyennant le don annuel à la basilique Saint-Laurent d'une aube avec son amict.

Mss. *Original aux Archives royales, à Munich. — *Épist. Roman. pontif.*, ms. lat. 16996, fol. 371 v°.
Éd. Monum. Boica, VI, 4o3. — Mansi, *Concil.*, XXI, 211. — Coequelines, *Bullarum*, II, 176. — Migne, n° 129, col. 1203.
Cat. Robert, n° 164. — Jaffé-Loewenfeld, n° 6898 (5039).

CALIXTUS episcopus, servus servorum Dei, nobili et illustri viro OTTONI de castro Iringi, salutem et apostolicam benedictionem. Devotionem tuam spectavimus quia prædium tuum Puribergh, ubi ecclesiam in honorem apostolorum Petri et Pauli edificare desideras, in qua videlicet regulares fratres in omnipotentis Dei servitio communiter conversentur, beato Petro ejusque Romanç Ecclesiç obtulisti. Eandem itaque oblationem nos ad honorem Dei et animç tuç suscipientes, locum ipsum beati Petri patrocinio communimus. Statuimus enim ut nullus eum occupare, nullus ibi assultus facere vel molestias ausu temerario audeat irrogare, sed omnia quç vel a te jam collata sunt vel in futurum de suo jure a quibusque fidelibus conferentur, quieta et integra sub apostolicç sedis munimine conserventur, ita tamen ut exinde pro censu singulis quatriennariis alba cum amictu Lateranensi basilicç Beati Laurentii persolvatur. Statuimus etiam ut deinceps neque tibi neque alicui heredum tuorum facultas sit se in predicti loci advocatiam ingerere, sed juxta fratrum electionem et liberam voluntatem, advocatus ibi per Dei gratiam statuatur. Idipsum et de prelato loci decernimus observandum. Si quis autem huic nostre constitutioni temere, quod absit, contraire temptaverit, honoris et officii sui periculum patiatur aut excommunicationis ultione plectatur, nisi presumptionem suam digna satisfactione correxerit. Qui vero locum ipsum et fratres in eo Domino servientes juvare suisque rebus honorare curaverint, omnipotentis Dei et apostolorum ejus Petri et Pauli bene-

dictionem et gratiam et peccatorum suorum veniam consequantur.
Amen.

(R.) Ego Calixtus, catholicę Ecclesię episcopus, conlaudans confirmavi.

Datum Laterani per manum Grisogoni, sanctę Romanę Ecclesię
diaconi cardinalis ac bibliothecarii, III kalendas aprilis, indictione XIV,
incarnationis Dominice anno M C XXI, pontificatus autem domni Calixti
secundi papæ anno tertio.

(Lacs de soie rouge; la bulle existe encore.)

<hr>

224

3o mars 1121.

Confirmation des biens et des privilèges de l'église Notre-Dame
et Sainte-Gauburge de Furnes.

Éd. *Miraeus, *Opera diplomatica et historica*, III, 33. — Migne, n° 13o, col. 1204.
Cat. Robert, n° 165. — Jaffé-Loewenfeld, n° 6899 (5040).

CALLIXTUS episcopus, servus servorum Dei, dilectis filiis FROMOLDO,
Furnensi præposito, et ejus fratribus in ecclesia Sanctæ Genitricis Dei
Mariæ ac Sanctæ Walburgis Deo servientibus, salutem et apostolicam
benedictionem. Justis votis assensum præbere justisque petitionibus
aures accommodare nos convenit. Quia igitur dilectio vestra ad apostolicæ securitatis portum confugiens, ejus tuitionem devotione debita expetivit, nos supplicationi vestræ clementer annuimus et Sanctæ
Mariæ seu Beatæ Walburgis Furnensis ecclesiam cum omnibus ad
eam pertinentibus, sub tutela apostolicæ sedis excipimus et per eam
sæcularium omnium, propitiante Domino, renovemus (*sic*). Per præsentis igitur privilegii paginam apostolica authoritate statuimus ut
quæcumque prædia, quæcumque bona vel a catholicis Flandriæ principibus eidem ecclesiæ donata vel aliorum fidelium legitimis donationibus collecta (*sic*) sunt et quæcumque in præsentiarum juste possidet,
quieta ei et integra conserventur; quorum partem propriis nominibus
subnotavimus : videlicet centum mensuras terræ apud Polinchova,
septuaginta sex ex berquaria Mengeri et XXIV ex berquaria Reingeri;

xxx et sex mensuras terræ ex berquaria Sigeri, mensuras terræ apud
Sandeshove ex berquaria . . . Quas omnes terras nobilis memoriæ comitissa Gertrudis, affirmante nepote suo Balduino comite, filio Roberti
junioris, in præbendas quatuor fratrum vestrorum obtulit; xii mensuras terræ ex berquaria Reingeri ad lumen ecclesiæ; xxxvi mensuras
terræ ex berquaria Hagaberni apud Sandeshove, ex dono præfatæ
comitissæ et consensu nepotis ejus comitis Balduini ad usum fratrum
et ad lumen ecclesiæ; xl mensuras terræ ex viscanissa ex berquaria
Gerardi ad præbendam unius fratris. Decimam quoque septem parochiarum, id est Binanburgh, Butanburgh, Wulpen, Duncapella, Ra-
mescapella, Ingeri capella, Parevis, sicut modo est, vel si per terram
novam creverit, unam libram de lardario comitis; item in viscanissa,
ad restaurandam ecclesiam, prædictam unam berquariam, scilicet Na-
basce. . . et apud Sandeshove unam berquariam in farina . . . Ex
quibus singulis annis solvuntur quinquaginta libræ. Inde ad regendas
scholas annuatim quinque libræ; ad prælationem apud Dunckerkam,
vaccariam cum xxv vaccis et novem mensuras terræ. Quæcumque præterea in futurum concessione pontificum, liberalitate principum, oblatione fidelium vel aliis justis modis vestra ecclesia poterit adipisci,
firma semper ad communem usum fratrum et illibata permaneant.
Decernimus ergo ut nulli omnino hominum liceat eandem ecclesiam
temere perturbare aut ejus possessiones auferre vel ablatas retinere,
minuere aut temerariis vexationibus fatigare, sed omnia integra conserventur, eorum pro quorum sustentatione et gubernatione concessa
sunt, usibus omnimodis profutura. Sepulturam quoque ejusdem loci
omnino liberam esse censemus, ut eorum qui illic sepeliri deliberaverint, devotioni extremæ voluntatis, nisi forte excommunicati sint,
nullus obsistat. Sane præpositus, non alius, vestro collegio præponetur,
nisi qui communi consensu vestræ ecclesiæ fuerit cum Dei timore pro-
visus. Hanc igitur apostolicæ benignitatis prærogativam vobis impendimus ut ecclesia vestra ab omni episcopalis exactionis debito libera
permaneat liceatque vobis ut, si quando episcopalis parochia a divinis
fuerit officiis interdicta, clausis januis, divina celebrare officia. Porro
clericis qui sedulis ecclesiæ vestræ servitiis intra ambitum claustri
existunt, cum justitiæ ratione authoritas quoque vestra prospexit, ut
pro excessibus suis intra idem claustrum correctionis jura percipiant.
Si qua ergo in futurum ecclesiastica sæcularisve persona hanc nostræ

constitutionis paginam sciens contra eam venire tentaverit, secundo
tertiove commonita, si non satisfactione congrua emendaverit, potestatis honorisque sui dignitate careat reamque se divino judicio existere
de perpetrata iniquitate cognoscat et a sacratissimo corpore ac sanguine Dei et Salvatoris nostri Jesu Christi aliena fiat atque in extremo
examine districtæ ultioni subjaceat. Cunctis autem eidem ecclesiæ justa
servantibus sit pax Domini nostri Jesu Christi, quatenus et hic fructum
bonæ actionis percipiant et apud districtum judicem præmia æternæ
pacis inveniant. Amen. Amen. Amen.

Ego Callixtus, catholicæ sedis episcopus.

Datum Laterani per manum Chrysogoni[a], sanctæ Romanæ Ecclesiæ
diaconi cardinalis ac bibliothecarii, ɪɪɪ kalendas aprilis, indictione xɪv,
incarnationis Dominicæ anno millesimo centesimo vigesimo, pontificatus autem domini Callixti II papæ anno secundo.

225

6 avril 1121 ou 1122.

*Invitation à Gui, évêque de Côme, de faire rendre à Gui, évêque de Coire, le
château de Muri que ses diocésains, les habitants de Chiavenna, lui avaient
enlevé.*

Ms. *Ms. Ottoboni 3008, fol. 83.
Cat. Jaffé-Loewenfeld, n° 6965.

Calixtus episcopus, servus servorum Dei, venerabili fratri W[ɪᴅᴏɴɪ],
Cumano episcopo, salutem et apostolicam benedictionem. Pro confratre nostro Widone, Curiensi episcopo, alia jam tibi vice scripsisse
meminimus, ut parrochianos tuos Clavennates, qui ei castrum Muri
auferunt, ab eadem infestatione compesceres. Ceterum, sicut accepimus, in sua illi adhuc nequicia perseverant. Quamobrem presentibus
litteris iterum fraternitatem tuam rogamus et monemus ut predictos
parrochianos tuos commoneas quatenus castrum ipsum episcopo reddant et deinceps quietum dimittant. Quod si contempserint, tu in eos

---

.*) *Chrysologi*, éd.

lanquam sacrilegos ex mandato nostro canonicam pro tui officii debito, donec satisfaciant, sentenciam proferas. Preterea dilectioni tuę notum facimus nos prospere per Dei gratiam et honorifice in Lateranensi palacio permanere. Laboribus tuis paterna affectione compatimur, et in his que nobis significare volueris libenter fraternitati tue consilium quod poterimus et auxilium, prestante Domino, conferemus.

Datum Laterani, v111° idus aprilis.

226

6 avril 1121.

Nouveau refus à Gui, évêque de Coire, de le laisser se démettre de ses fonctions épiscopales.

Ms. *Ms. Ottoboni 3008, fol. 83.
Éd. Ewald, *Neues Archiv*, III, 179.
Cat. Jaffé-Loewenfeld, n° 6900.

CALIXTUS episcopus, servus servorum Dei, venerabili fratri W[idoni], Curiensi episcopo, salutem et apostolicam benedictionem. De bona voluntate tua et devotione quam erga matrem tuam sanctam Romanam geris Æcclesiam fraternitati tue gratias agimus. Porro peticioni tuę quam desuper episcopalis oneris allevatione facere voluisti, nullum omnino prebere possumus vel debemus assensum. Immo quanto amplius administrationem hanc pro sanctę conversationis quietę conspiceris recusare, tanto instantius eam tibi ad honorem Dei debemus injungere. Apostolica igitur tibi auctoritate in remissionem tuorum precipimus peccatorum ut episcopale ministerium, sicut fidelis et Deo placens minister, per ejus gratiam studeas exercere, quatenus viam mandatorum Domini, abjecta prorsus dubitatione, percurrens cum Apostolo dicere merearis : *Bonum certamen certavi, cursum consummavi, fidem servavi; de reliquo reposita est mihi corona justiciæ, quam reddet mihi Dominus in illa die justus judex.* Optimus Dominus beatorum apostolorum Petri et Pauli precibus sua te protectione custodiat et a peccatorum vinculis absolutum ad vitam perducat et gloriam sempiternam.

Data Laterani, v111 idus aprilis.

227

17 avril 1121.

Confirmation, sur la demande de Jean, cardinal-prêtre du titre de Saint-Chrysogone, des possessions et des privilèges de son église.

Éd. *Monsignanus, *Bullarium Carmelitanum plures complectens summorum pontificum constitutiones ad ordinem fratrum beatissimæ semperque Virginis Dei genitricis Mariæ de Monte Carmelo spectantes*, I, 517.

Cat. Jaffé-Loewenfeld, n° 6901.

CALIXTUS episcopus, servus servorum Dei, dilecto filio JOANNI, presbitero cardinali de titulo Sancti Chrysogoni, ejusque successoribus canonice substituendis, in perpetuum. Cum ecclesiis omnibus debitores ex apostolicæ sedis auctoritate ac benevolentia existamus, venerabilibus tamen locis quæ infra nostram Romanam urbem sive apud trans Tyberim continentur, propensiori nos convenit affectionis studio imminere. Eapropter, dilecte in Christo fili JOANNES presbiter cardinalis, petitioni tuæ clementer annuimus, et quamquam extra prædecessorum nostrorum consuetudinem videatur, propter novas tamen laicorum improbitates sive clericorum insolentiam, Beati Chrysogoni ecclesiam cui, Domino auctore, præsides, præsentis privilegii pagina communimus. Tibi enim tuisque successoribus et per vos eidem ecclesiæ in perpetuum confirmamus ecclesias et capellas quæ infra ejusdem Beati Chrysogoni parochiam continentur, videlicet ecclesiam Sancti Salvatoris de Curte, quæ etiam Felix Aquila nuncupatur; ecclesiam Sanctæ Bonosæ, Sanctæ Agathæ et Sancti Stephani cum pertinentiis earum, ut quidquid dignitatis, quidquid reverentiæ, quidquid parochialis juris matrix ecclesia in suis habet ecclesiis et capellis, hoc vos et in istis per Dei gratiam habeatis, tam in ordinationibus clericorum per easdem ecclesias convocandorum, sive ad ecclesiasticos ordines promovendorum, quam in scrutiniis, baptismatibus, processionibus et in criminalium quæ publica sunt, judiciis. De prædicta quidem Salvatoris ecclesia in nostra et fratrum nostrorum præsentia quæstio mota est, eo quod ejusdem Salvatoris clerici tibi et ecclesiæ tuæ debitam exhibere obedientiam recusarent. Cæterum productis a te in medium ecclesiæ tuæ monumentis, in altero quidem quod a prædecessore nos-

tro felicis memoriæ Joanne XV editum fuerat, comperimus, sæpedictam
Salvatoris ecclesiam in fundo ecclesiæ vestræ sub censu annuo constitutam; in altero vero quod dominus noster piæ recordationis Urbanus
papa secundus constituerat, evidenter definitum agnovimus clericos
prædictæ ecclesiæ Salvatoris debere vobis et ecclesiæ vestræ scrutinium,
baptisma, processiones et reliqua parochialia jura, sicut proprio titulo exhibere. Hanc nos controversiam diligentius perscrutantes et
prædecessorum nostrorum statuta sollicite indagantes, ejusdem domini
nostri Urbani papæ judicium ex communi fratrum nostrorum episcoporum et cardinalium, abbatum et totius conventus deliberatione,
apostolica auctoritate firmavimus et ratum in perpetuum manere decrevimus. Nullus ergo episcopus, nullus cardinalis, nullus abbas, nullus archipresbyter in prædicti Beati Chrysogoni titulo, in cappellis et
territoriis earum parochialia sibi jura audeat vendicare, nec abbatum
alicui facultas sit parochianos vestros, nisi forte ab eis deliberatum
sit, in suis ecclesiis sepelire. Quodsi viventes adhuc religionis intuitu
apud eos sepeliri deliberaverint, cum ipsorum quoque clericorum
præsentia, salva matricis ecclesiæ justitia, tumulentur. Ad hæc adjicientes, tibi tuisque successoribus et per vos vestræ ecclesiæ perpetuo
confirmamus casale de Maliana cum turri, vineis, agris cultis et incultis, pratis, silvis, aquis et aquarum decursibus; vineas quas in Mar-
cello et in Petra papæ possidetis cum pratis et aliis pertinentiis suis;
molam quam in flumine Tyberis habetis, et quartam partem alterius
molæ, et omnia quæ tam in domibus quam in aliis possessionibus in
præsenti juste et canonice possidetis, sive in futurum, largiente Domino, poteritis adipisci. Decernimus ergo ut nulli omnino hominum
liceat honores, bona sæpefatæ ecclesiæ vestræ vendere, in feudum
dare aut ab eadem ecclesia modis quibuslibet alienare, ipsam ecclesiam temere perturbare aut ei possessiones auferre vel ablatas retinere, minuere vel temerariis vexationibus infestare, sed omnia integra conserventur, eorum pro quorum sustentatione et gubernatione
concessa sunt, usibus omnimodis profutura. Si qua igitur in futurum
ecclesiastica secularisve persona hanc nostræ constitutionis paginam
sciens contra eam temere venire tentaverit, secundo tertiove commonita, si non satisfactione congrua emendaverit, potestatis honorisque
dignitate careat reamque se divino judicio existere de perpetrata iniquitate cognoscat et a sacratissimo corpore et sanguine Dei et Domini

Redemptoris nostri Jesu Christi aliena fiat atque in extremo examine districtæ ultioni subjaceat. Cunctis autem eidem ecclesiæ jura servantibus sit pax Domini nostri Jesu Christi, quatenus et hic fructum bonæ actionis percipiant et apud districtum judicem præmia æternæ pacis inveniant. Amen. Amen. Amen.

† Ego Calixtus, catholicæ Ecclesiæ episcopus.

† Ego Crescentius, Sabinensis episcopus.

† Ego [Lambertus], Hostiensis episcopus.

† Ego Cono, Prænestinus episcopus.

† Ego Vitalis, Albanensis episcopus, interfui.

† Ego [Divizo], Tusculanus episcopus, interfui.

† Ego Robertus, presbiter cardinalis tituli Sanctæ Sabinæ, interfui.

† Ego Gregorius, cardinalis Sanctæ Priscæ, interfui.

† Ego Joannes, presbiter cardinalis Sanctæ Ceciliæ, interfui.

† Ego Theobaldus, presbiter cardinalis tituli Sancti Sixti, interfui.

† Ego Rainerius, cardinalis tituli SS. M., interfui.

† Ego Desiderius, presbiter cardinalis.

† Ego . . . ., presbiter cardinalis.

† Ego Benedictus, presbiter cardinalis, interfui.

† Ego Ugo, presbiter cardinalis Sanctorum Apostolorum.

† Ego Petrus, presbiter cardinalis tituli Sanctæ Susannæ, interfui.

† Ego Amico, presbiter cardinalis tituli Sanctæ Crucis in Jerusalem, interfui.

† Ego Petrus, presbiter cardinalis Sancti Marcelli, interfui.

† Ego [Sigizzo], presbiter cardinalis Sancti Sixti, interfui.

† Ego Benedictus, presbiter cardinalis.

† Ego Corradus, presbiter cardinalis.

† Ego Sasso, presbiter cardinalis Sancti Stephani.

† Ego Ubaldus, presbiter cardinalis tituli Sanctæ Sabinæ.

† Ego Joannes, presbiter cardinalis.

† Ego Petrus, presbiter cardinalis tituli Sancti Sixti.

† Ego Romualdus, diaconus cardinalis ecclesiæ Sanctæ Mariæ in Via lata.

† Ego Aldo, diaconus cardinalis Sanctorum Sergii et Bacchi.

† Ego Theobaldus, diaconus cardinalis Sanctæ Mariæ novæ.

† Ego Gregorius, diaconus cardinalis Sancti Angeli.

† Ego Petrus, diaconus cardinalis Sancti Adriani.

† Ego Romanus, diaconus cardinalis ecclesiæ Sanctæ Mariæ in Porticu, interfui.

† Ego Jonathas, diaconus cardinalis Sanctorum Cosmę et Damiani.

Datum Laterani per manum Ridolphi, sanctæ Romanæ Ecclesiæ diaconi cardinalis ac bibliothecarii, 15 kalendas maii, indictione 14, incarnationis Dominicæ MCXXII, pontificatus autem domini Calixti II papæ anno tertio.

228

27 avril 1121.

Annonce au clergé et aux fidèles de France de la prise de la ville de Sutri et de la capture de l'antipape Bourdin.

Ms. *Epist. Roman. pontif.*, ms. lat. 16996, fol. 356.
Éd. Baluze, *Miscellanea*, I, 146. — *Rec. des hist. des Gaules et de la France*, XV, 238. — Mansi, *Concil.*, XXI, 280. — Migne, n° 131, col. 1205.
Cat. Robert, n° 167. — Jaffé-Loewenfeld, n° 6902 (5041).

CALIXTUS episcopus, servus servorum Dei, dilectis fratribus et filiis archiepiscopis, episcopis, abbatibus, prioribus et cæteris tam clericis quam laicis beati Petri fidelibus per Gallias constitutis, salutem et apostolicam benedictionem. Quia dereliquit populus legem Domini et in judiciis ejus non ambulabat, visitavit Dominus in virga iniquitates eorum et in verberibus peccata eorum. Paternæ tamen conservans viscera pietatis, de sua confidentes misericordia non relinquit. Diu siquidem peccatis exigentibus, per illud Teutonicorum regis idolum, Burdinum videlicet, fideles Ecclesiæ conturbati sunt et alii quidem capti sunt, alii usque ad mortem carceris maceratione afflicti sunt. Nuper autem festis paschalibus celebratis, cum peregrinorum et pauperum clamores ferre penitus non possemus, cum Ecclesiæ fidelibus ab Urbe digressi sumus et tamdiu Sutrium obsedimus, donec divina potentia et supradictum Ecclesiæ inimicum Burdinum, qui diabolo nidum ibidem fecerat et locum ipsum omnino in nostram tradidit potestatem. Rogamus itaque caritatem vestram ut pro tantis beneficiis

I.   22

una nobiscum Regi regum gratias referatis et in catholicæ Ecclesiæ
obedientia et servitio constantissime maneatis, retributionem debitam
in præsenti et in futuro ab omnipotente Domino per gratiam ejus re-
cepturi. Rogamus etiam ut has litteras alter alteri præsentari, omni
remota negligentia, faciatis.

Datum Sutrii, quinto kalendas maii.

229

9 mai 1121.

*Confirmation de la règle et des privilèges des chanoines de l'église Saint-Jean
et Saint-Martin de Berchtesgaden.*

Mss. *Original aux Archives royales, à Munich. — *Epist. Roman. pontif.,* ms. lat. 16996,
fol. 372 v°.
Éd. Hund, *Metropolis Salisburgensis,* II, 157. — Féjér, *Codex diplom. Hungariæ,* II, 64. —
Mansi, *Concil.,* XXI, 212. — Migne, n° 132, col. 1206.
Cat. Robert, n° 168. — Jaffé-Loewenfeld, n° 6903 (5042).

CALIXTUS episcopus, servus servorum Dei, dilectis filiis EBERQUINO
preposito et ejus fratribus in ecclesia Sanctorum Johannis et Martini,
que in Salzburgensi pago, in loco videlicet qui Perchtgeresgadem dicitur, sita est, regularem vitam professis, tam presentibus quam futuris, in perpetuum. Preceptum Domini habemus : *Intrate per angustam portam, quia angusta via est, quæ ducit ad vitam.* Quia ergo vos,
o filii in Christo karissimi, per divinam gratiam aspirati, mores vestros sub regularis vitę disciplina coercere et ut angustam ingredi valeatis portam, communiter secundum sanctorum Patrum constitutionem
omnipotenti Domino deservire proposuistis, nos votis vestris paterno
congratulamur affectu. Unde etiam petitioni vestrę benignitate debita
impertientes assensum, religionis propositum presentis privilegii auctoritate firmamus. Statuimus enim ut nulli omnino hominum liceat
vitę canonicę ordinem quam professi estis in vestra ecclesia immutare.
Nemini etiam professionis vestrę facultas sit alicujus levitatis instinctu
vel artioris religionis obtentu, sine prepositi vel congregationis licentia, de claustro discedere. Quodsi discesserit, nullus eum episcoporum,
nullus abbatum, nullus monachorum sine communium litterarum

cautione suscipiat, quamdiu videlicet in ecclesia vestra canonici ordinis tenor, Domino prestante, viguerit. Sane juris ecclesiastici sacramenta a diocesano suscipietis episcopo, si quidem gratiam atque communionem apostolicę sedis habuerit et si ea gratis ac sine pravitate voluerit exhibere. Alioquin liceat vobis pro eorundem sacramentorum susceptione catholicum quem malueritis adire antistitem. Porro loci vestri advocatiam sine preposili et fratrum consensu aut a fundatorum heredibus aut a quibuslibet aliis occupari omnimodis prohibemus. Nulli ergo omnino hominum facultas sit predictam ecclesiam temere perturbare aut ejus possessiones auferre vel ablatas retinere, minuere aut temerariis vexationibus fatigare, sed omnia integra conserventur, eorum pro quorum sustentatione et gubernatione concessa sunt, usibus omnimodis profutura. Ad indicium autem perceptę hujus a Romana Ecclesia libertatis, aureum unum quotannis Lateranensi palatio persolvetis. Si qua ergo in futurum ecclesiastica secularisve persona hanc nostrę constitutionis paginam sciens contra eam venire temptaverit, secundo terciove commonita, si non satisfactione congrua emendaverit, potestatis honorisque sui dignitate careat reamque se divino judicio existere de perpetrata iniquitate cognoscat et a sacratissimo corpore ac sanguine Dei et Domini Redemptoris nostri Jesu Christi aliena fiat atque in extremo examine districte ultioni subjaceat. Cunctis autem eidem loco justa servantibus sit pax Domini nostri Jesu Christi, quatenus et hic fructum bone actionis percipiant et apud districtum judicem premia ęternę pacis inveniant. Amen.

(R.) Ego Calixtus, catholicę Æcclesię episcopus, ss. (M.)

Datum Laterani per manum Grisogoni, sanctę Romanę Ecclesię diaconi cardinalis ac bibliothecarii, vii° idus maii, indictione xiiiiª, incarnationis Dominicę anno m°.c°.xxii°, pontificatus autem domni Calixti secundi pape anno iii°.

(Lacs de soie rouge; la bulle existe encore.)

230

18 mai 1121.

Confirmation des privilèges de l'abbaye de Tournus.

Mss. *Epist. Roman. pontif.*, ms. lat. 16996, fol. 367. — Collection Decamps, n° 13, fol. 211.
Éd. Chifflet, *Hist. de l'abbaye royale et de la ville de Tournus*, pr., p. 409. — Juenin, *Nouvelle hist. de Tournus*, pr., p. 148. — Mansi, *Concil.*, XXI, 205. — Cocquelines, *Bullarum*, II, 176. — Migne, n° 133, col. 1207.
Cat. Robert, n° 169. — Jaffé-Loewenfeld, n° 6904 (5043).

CALIXTUS episcopus, servus servorum Dei, dilecto filio FRANCONI, Trenorciensi abbati, ejusque successoribus regulariter substituendis, in perpetuum. Venerabilia et Deo dicata loca tanto enixius juvare nos convenit et fovere quanto specialius eorum nobis cura et sollicitudo divina dispositione noscitur imminere. Propter quod, carissime in Christo fili FRANCO abbas, petitioni tuæ aures nostras affectu debitæ benignitatis inclinamus. Et quoniam Trenorciense monasterium singulariter ad beati Petri, cujus juris est, spectat custodiam et quæ nunc habetur ecclesia, nostris per Dei gratiam manibus consecrata est, locum eumdem singulari apostolicæ sedis patrocinio communimus. Præsentis igitur decreti autoritate statuimus ut nulli deinceps episcoporum facultas sit pro altaribus et ecclesiis sive decimis vel etiam omnibus ad hæc rite pertinentibus, quæ ante interdicta antecessoris nostri sanctæ memoriæ URBANI papæ vobis cognita possedistis seu post episcoporum concessione acquisistis, gravamen aliquod irrogare, sed sicut eorum permissione quædam ex parte, quædam ex integro habuistis, ita et in futurum perenniter habeatis. Ipsarum quoque quas nunc habetis ecclesiarum decimas, quæ a laicis obtinentur, si eorum potestati subtrahere vestræ religionis reverentia potuerit, ad vestram et pauperum sustentationem vobis liceat possidere. Quæcumque præterea in futurum, largiente Domino, juste poteritis adipisci, firma vobis vestrisque successoribus et illibata permaneant. Ad hæc adjicimus ut idem locus, in quo beati Valeriani martyris et sancti Filiberti confessoris corpora requiescunt, ab omni jugo sæcularis potestatis liber in posterum conservetur. Nec episcopo liceat cujuscumque diœcesis eumdem locum excommunicationis vel absolutionis vel cujuslibet dispositionis occasionibus perturbare aut cruces seu quaslibet exactiones novas burgo et cæteris monasterii possessionibus irrogare. Si qua igitur in futurum ecclesiastica sæcularisve persona hanc nostræ constitutionis paginam sciens contra eam temere venire tentaverit, secundo tertiove commonita, si non satisfactione congrua emendaverit, potestatis honorisque sui dignitate careat reamque se divino judicio existere de perpetrata iniquitate cognoscat et a sacratissimo corpore et sanguine Dei et Domini Redemptoris nostri Jesu Christi aliena fiat atque in extremo examine districtæ ultioni subjaceat. Cunctis autem eidem loco justa servantibus sit pax Domini nostri Jesu Christi, quatenus et hic fructum bonæ actionis percipiant et apud districtum judicem præmia æternæ pacis inveniant. Amen. Amen. Amen.

Ego Calixtus, catholicæ Ecclesiæ episcopus, ss.

Datum Albæ per manum Grisogoni, sanctæ Romanæ Ecclesiæ diaconi cardinalis ac bibliothecarii, xv kalendas junii, indictione xiv, incarnationis Dominicæ anno mcxxii, pontificatus domni Calixti papæ II anno iii.

231

18 mai 1121.

Confirmation des possessions et des privilèges de l'abbaye de Tournus.

Ms. *Epist. Roman. pontif.*, ms. lat. 16996, fol. 137 v°.
Éd. Chifflet, *Hist. de l'abbaye royale et de la ville de Tournus*, pr., p. 407. — Juenin, *Nouvelle hist. de Tournus*, pr., p. 149. — Mansi, *Concil.*, XXI, 206. — Migne, n° 134, col. 1208.
Cat. Robert, n° 170. — Jaffé-Loewenfeld, n° 6905 (5044).

Calixtus episcopus, servus servorum Dei, dilecto filio Franconi, Trenorciensi abbati, ejusque successoribus regulariter substituendis, in perpetuum. Venerabilia et Deo dicata loca tanto enixius juvare nos convenit et fovere quanto specialius eorum nobis cura et sollicitudo divina dispositione cognoscitur imminere. Propter quod, carissime in Christo fili Franco abbas, petitioni tuæ aures nostras affectu benignitatis debite inclinamus. Et quoniam Trenorciense monasterium singulariter beati Petri, cujus juris est, spectat custodiam et quæ nunc habetur ecclesia, nostris per Dei gratiam manibus consecrata est,

locum eumdem singulari apostolicæ sedis patrocinio communimus.
Præsentis igitur decreti auctoritate statuimus ut cimiterium quod juxta
idem monasterium benediximus, quietum semper ac liberum habeatur.
Porro salvitatis et securitatis termini, qui per positas in spatioso monasterii circuitu cruces distincti sunt, ita firmi omnino et inviolabiles
conserventur, ut nulli prorsus facultas sit infra eos deprædationes vel
assultus facere aut temeritate qualibet graviores cuiquam injurias
irrogare. Sane definitionem quæ inter vestrum et Beati Florentii
monasterium de ecclesiis Sanctæ Crucis et Sancti Nicolai a domno
prædecessore nostro sanctæ memoriæ URBANO papa Turoni facta est,
autoritate sedis apostolicæ confirmamus. Ad hæc, universa quæ vestrum monasterium aut in præsenti decima quarta indictione legitime
possidet aut in futurum, largiente Deo, juste atque canonice poterit adipisci, per præsentis scripti paginam tibi tuisque successoribus
in perpetuum roboramus. In quibus hæc duximus nominibus exprimenda, videlicet in episcopatu, etc. Decernimus ergo ut nulli omnino
hominum liceat vestrum cœnobium temere perturbare aut ejus possessiones auferre vel ablatas retinere, minuere aut temerariis vexationibus fatigare, sed omnia integra conserventur, eorum pro quorum sustentatione et gubernatione concessa sunt, usibus omnimodis
profutura. Si qua igitur in futurum ecclesiastica sæcularisve persona
hanc nostræ confirmationis paginam sciens contra eam temere venire
tentaverit, secundo tertiove commonita, si non satisfactione congrua
emendaverit, potestatis honorisque sui dignitate careat reamque se divino judicio existere de perpetrata iniquitate cognoscat et a sacratissimo corpore et sanguine Dei et Domini Redemptoris nostri Jesu
Christi aliena fiat atque in extremo examine districtæ ultioni subjaceat. Cunctis autem eidem loco justa servantibus sit pax Domini
nostri Jesu Christi, quatenus et hic fructum bonæ actionis percipiant
et apud districtum judicem præmia æternæ pacis inveniant. Amen.
Amen. Amen.

Ego Calixtus, catholicæ Ecclesiæ episcopus, ss.

Datum Albæ per manum Chrysogoni, sanctæ Romanæ Ecclesiæ
diaconi cardinalis ac bibliothecarii, xv kalendas junii, indictione xiv,
incarnationis Dominicæ anno MCXXII, pontificatus autem domini Calixti II papæ anno tertio.

232

24 mai 1121.

Concession de privilèges à Aynard de Clermont, en récompense de ses services au Saint-Siège. (Fausse. Voir aussi la bulle du 22 juin 1120.)

Mss. Ms. 7157 de la Bibliothèque du Vatican, p. 71. — Collection Moreau, n° 797, fol. 50.
Éd. *Pflugk-Harttung, *Acta*, II, 227.
Cat. Jaffé-Loewenfeld, n° 6906.

CALIXTUS episcopus, servus servorum Dei, dilectissimo in Christo filio AYNARDO Clarimontis, salutem et apostolicam benedictionem. Ad apostolicæ dignitatis apicem, licet indigni, dignatione divinæ majestatis assumpti, omnium christianorum curam vigili sedulaque solertia gerere ac intimæ considerationis oculo singulorum discernere merita et proinde deliberationis statera librare debemus, ut quos justi rigor examinis dignos ostenderit, temporalibus et spiritualibus attollamus favoribus, quos autem reos, pœnis debitis reprimamus et anathematis vinculo innodemus. Dominus noster Jesus Christus eodem tempore, quo nos ad Ecclesiæ Romanæ gubernacula traxit hasque justitiæ partes illustre exercendi rationem impertitus est, tam in dilectissimi in Domino filii Einardi, domini Clarimontis, zelo insigni compensando, quam in errore et obduratione Burdini puniendis. Certe, etsi multo cum animi dolore, potestate nobis ab Altissimo concessa, in istius schismatici animadversione utemur, maximum tamen nobis est solatium quod divina majestas dicto clarissimo filio pietatem erga Romanam Ecclesiam semper in familiam suam benedictiones et præmia ejusdem attraxere ipsorum fervor in Domino, nullam illi subveniendi occasionem præterire sinens Sybaldus, Eynardi pater, eque ac Aynardus, non solum fortitudinem et zelum majorem equavit, sed taliter superavit ut nulla eorum universæ ecclesiæ et sanctæ sedi apostolicæ comparari posset. Qui enim suis copiis et expensis nos de Gallia huc usque ducens superavit pericula, donec in divi Petri sanctam sedem nos restituerit. Quod quidem difficiliter operatus est : schismaticus enim imperator diutius multis obstaculis et profectionem nostram et adventum in Urbem impedire conatus est, nunc autem quod ejus fortitudine Romam pacificam incolimus quodque ipsum sua dominia repetentem cernimus, quæ, ut nobis restitueret nostra, deseruerat, credimus esse gratitudinis nostræ tantum officium recompensare, et quia simile beneficium temporalia superat munera, spiritualibus utemur et honorificis. Quapropter, si benedictionem cumulo in ipsum et familiam largito, quia zelo in Deum et principes apostolorum, Petrum et Paulum, commotus tam arduæ et forti susceptioni se dedit, corporum eorum simul ac omnium in sanctorum et generaliter omnium rerum sacrarum, exceptis tamen vasibus, sacratissimo corpore et sanguine Domini sacrificio servientibus, tactum permittimus. At, quia sancta Dei Ecclesia tali semper beneficio tenebitur, volumus ut ej[u]s posteri in perpetuum eodem potiantur privilegio, scilicet tamen postea, quam nobis vel illi successorum nostrorum, qui in domini Petri sede sedebit, pedes osculati fuerint, et quoniam ejus insign[i]a nostræ dignitatis extitere volumus [a], dictum clarissimum filium ejusdem præclarissima obtinere signa. Quodque sole super montem, sub quo ipse et majores sub fortitudine claruere, deposito, hic in futurum et successores duabus argenteis clavibus in campo rubro insignia decorent, sperantes eos non minus feliciter sub divi Petri auspiciis bellaturos. Statuentes præterea regnum papale seu thiaram eorum culmini imponi, ut nota adeo illustri dictum clarissimum filium et successores sub sanctæ sedis apostolicæ protectione esse, omnes doceant. Et quia ejus posteri maximam beneficii partem amittere possent, si de nostrorum memoria deleretur, statuimus ad huic casui occurrendum quod illorum successor, qui erit dominus Clarimontis, in perpetuum osculandis pedibus illius nostrum, qui tunc sedebit, dicat eadem verba quæ dominus Petrus Domino Jesu Christo in fidei testimonium pronuntiavit : *Etiamsi omnes te negaverint, nunquam te negabo,* volentes his tantum peractis tactum reliquiarum permitti. Volumus præterea, quia dictus clarissimus filius hoc nos rogavit, eadem ipsi concessa in Sibaldum fratrem et posteros ejus valere, ea tamen lege quod ille solus, qui dominus Clarimontis ordine primogenituræ extiterit, insignis regnum papale imponere possit, ne similis honor universæ familiæ communicetur. Zelus et pietas dicti dilectissimi filii, ut nos ad schismatis extinctionem comitaretur, eum inducebat, sed nos, ipsius et subditorum bono providentes, noluimus ejus diuturniori absentia ipsos inimicis imminentibus exponi.

[a] *Volumen,* ms.

Renuentem ergo dimittimus et apostolicis benedictionibus in eum iteratis, Dei et apostolorum suorum Petri et Pauli singulari cura[e], quorum tam strenue causas amplexus est, committi optamus, ut, peregrinatione in hoc mundo feliciter peracta, æternæ beatitudinis fructus percipere valeat. Amen.

Ego Calixtus, catholicæ Ecclesiæ episcopus.

† Ego Joannes, presbyter cardinalis Sancti Chrisogoni.

† Ego Guido, presbyter cardinalis Sanctæ Balbinæ.

233

25 mai 1121.

Délimitation et confirmation de la paroisse de la basilique Constantinienne.

Mss. A. *Bullaire de Latran,* du xviii° siècle, aux Archives du chapitre de Saint-Jean de Latran, p. 6. — B. Ms. 75, du xiv° siècle, p. 20, *ibid.* — C. Ms. 8034 de la Bibliothèque du Vatican, du xvii° siècle, fol. 18.
Él. *Pflugk-Harttung, *Acta,* II, 232.
Cat. Jaffé-Loewenfeld, n° 6907.

CALIXTUS episcopus, servus servorum Dei, dilectis filiis SABE[1] et SILVIO[2], rectoribus venerabilis basilice Salvatoris, que dicitur Constantiniana, corumque successoribus, in perpetuum. Cum ecclesiis omnibus debitores ex apostolice sedis auctoritate ac benevolentia existamus, venerabilibus tamen locis que infra nostram Romanam urbem continentur, propensiori nos convenit affectionis studio imminere. Eapropter, dilecti in Christo filii SABA et SILVI, rationabilibus vestris precibus annuentes, ad instar domni predecessoris nostri sancte memorie PASCHALIS pape, parochiam totam ad eandem basilicam Salvatoris mundi pertinentem, videlicet ab ecclesia Sancti Nicolai de Forma per [a] viam que venit a Sancto Stephano in Cælio monte, et usque ad supradictam nostram basilicam Salvatoris, et a porta monasterii Sanctorum quatuor Coronatorum descendente per clivum in via ma-

---

(1) *Sabbæ*, B. — (2) *Silci*, C.

[a] La partie comprise entre *per viam* inclusivement jusqu'à *dinoscitur* inclusivement manque dans C.

jori, et exinde per stradam ex utraque parte usque ad campum Lateranensem, et revolvente supra ecclesiam Sanctorum Marcellini et Petri usque ad ecclesiam Sancti Bartholomei de Capite Merulane et deinde ad Sanctum Danielem et exinde descendente ad portam Urbis et revertente ante ecclesiam Sancti Nicolai de Hospitali ad supradictam basilicam Salvatoris [confirmamus]. Statuimus itaque et auctoritate sedis apostolicæ stabilimus ut parochia ipsa deinceps nulli alii ecclesie vel monasteriis aut piis locis de spiritualibus atque divinis rebus teneatur penitus respondere, sed quiete ac libere sub prefate basilice Salvatoris jure, nomine parrochiali imperpetuum maneat, salvo tamen jure hereditario, quod infra supradictos fines prefatis ecclesiis vel monasteriis aut piis locis pertinere dinoscitur. Ad hec confirmamus [1] vobis vestrisque successoribus et per vos vestre ecclesie integram pedicam unam ad salem faciendum cum fossatis suis et cum omnibus suis pertinentiis, positam in campo Hostiensi in loco qui vocatur Furcella. Porro hec et universa que in presenti quarta decima indictione juste ad eamdem noscuntur basilicam Salvatoris pertinere, presentis privilegii pagina confirmamus. Quecumque etiam in futurum, largiente Deo, juste atque canonice vestra ecclesia poterit adipisci, quieta vobis et iis qui post vos [2] successerint, et illibata permaneant. Decernimus ergo ut nulli omnino hominum liceat honores et bona prefate ecclesie vestre vendere, in feudum dare aut ab eadem ecclesia modis quibuslibet alienare, ipsam ecclesiam temere perturbare aut ejus possessiones auferre vel ablatas retinere, minuere vel temerariis vexationibus [3] infestare, sed omnia integra conserventur, eorum pro quorum substentatione et [4] gubernatione concessa sunt, usibus omnimodis profutura. Si qua igitur in futurum [5] ecclesiastica secularisve persona hanc nostre constitutionis paginam sciens contra eam temere venire temptaverit, secundo tertiove commonita, si non satisfactione congrua emendaverit, potestatis honorisque sui dignitate careat reamque se divino judicio existere de perpetrata iniquitate cognoscat et a sacratissimo corpore ac sanguine Dei et Domini Redemptoris nostri Jesu Christi aliena fiat atque in extremo examine districte ultioni subjaceat. Cunctis autem eidem ecclesie justa servantibus sit pax Domini

---

[1] *Perpetuo confirmamus*, C. — [2] *Nos*, B. — [3] *Temeritatis infestationibus*, C. — [4] *Ac*, C. — [5] *In futurum igitur*, B; *in futurum*, omis C.

nostri Jesu Christi, quatenus et hic fructum bone actionis percipiant et apud districtum judicem premia eterne pacis inveniant. Amen. Amen. Amen.

(R.) Ego Calixtus, catholice Ecclesie episcopus, ss. (M.)

† Ego Crescentius, Sabinensis episcopus, ss.

† Ego Petrus, Portuensis episcopus, ss.'

† Ego Lambertus, Ostiensis episcopus, ss.

† Ego Cono, Prenestinus episcopus, ss.

† Ego Divizo, Tusculanus episcopus, interfui et ss.

† Ego Vitalis, Albanus episcopus, interfui et ss.

† Ego Bonifacius, presbiter cardinalis tituli Sancti Marci, interfui et ss.

† Ego Benedictus, presbiter cardinalis tituli Eudoxie, interfui et ss.

† Ego Gregorius, presbiter cardinalis tituli Sancte Prisce, interfui et ss.

† Ego Theobaldus, presbiter cardinalis tituli Pamachii, subscripsi et interfui.

† Ego Corradus, presbiter cardinalis tituli Pastoris, ss.

† Ego Deusdedit, presbiter cardinalis tituli Sancti Laurentii in Damaso, interfui et ss.

† Ego Gregorius, presbiter cardinalis tituli Lucine, interfui et ss.

† Ego Hugo, presbiter cardinalis tituli Apostolorum, ss.

† Ego Petrus, presbiter cardinalis tituli Sancte Susanne, interfui et ss.

† Ego Amico, presbiter cardinalis tituli Sancte [Crucis in] Jerusalem, interfui et ss.

† Ego Petrus, presbiter cardinalis tituli Calixti, ss.

† Ego Theobaldus, diaconus cardinalis Sancte Marie nove, ss.

† Ego Gregorius, diaconus cardinalis Sancti Angeli, ss.

† Ego Petrus, diaconus cardinalis Sancti Adriani, ss.

† Ego Romanus, diaconus cardinalis ecclesie Sancte Marie in Porticu, interfui et ss.

† Ego Jonatas, diaconus cardinalis Sanctorum Cosme et Damiani, ss. [*].

Datum Laterani per manus Grisogoni, sancte Romane Ecclesie dia-

_____

[*] Toutes les souscriptions sont omises dans C.

coni cardinalis ac bibliothecarii[a], viii kalendas junii, indictione xiii, incarnationis Dominice anno m cxxii, pontificatus autem domni Calixti pape II anno iii.

<hr>

234

29 mai 1121.

Invitation à Gauthier, évêque de Maguelone, de juger le différend qui s'était élevé entre les frères du Saint-Sépulcre et les religieux d'Aniane, au sujet de l'église Saint-Sauveur « de Rubo ».

Mss. Ms. 7241 de la Bibliothèque du Vatican, du xiv° siècle, fol. 36. — *Epist. Roman. pontif.*, ms. lat 16991, fol. 196.
Éd. *De Rozière, *Cartulaire de l'église du Saint-Sépulcre de Jérusalem*, p. 73.
Cat. Robert, n° 171. — Jaffé-Loewenfeld, n° 6908 (5045).

CALIXTUS episcopus, servus servorum Dei, venerabili fratri G[ALTERO], Magalouensi episcopo, salutem et apostolicam benedictionem. Pro ecclesia Salvatoris de Rubo, ad sepulcrum Jherosolymitanum pertinente, augusto preterito, ad fraternitatem tuam litteras nostras direximus, ut Jherosolymitanos fratres eam quiete faceres, dictante justicia, possidere. Porro, sicut accepimus, quia ex ignorantia nomen Sancte Marie de Rubo in litteris continebat[ur] eisdem, nullam inde fratres per te habere justiciam potuerunt. Unde presentibus litteris fraternitati tue mandamus ut causam eorumdem fratrum et Anianensium monachorum diligenter audias et eam, Domino cooperante, definias, quatinus suam queque pars justiciam consequatur. Nolumus enim quod Jherosolymitana ecclesia per alicujus occasionem nominis in jure suo detrimentum quodlibet patiatur.

Data apud Castrum Arenarium, iiii kalendas junii.

(a) Les mots *per manus* jusqu'à *bibliothecarii* inclusivement manquent dans C.

235

Avant juin 1121.

Ordre à Alpherade, abbesse de Notre-Dame de Capoue, de se présenter devant le pape le 9 juin, pour s'expliquer d'avoir enlevé l'église Notre-Dame de Cingle à l'abbaye du Mont-Cassin.

Mss. *Regestum Petri Diaconi*, fol. 31. — Id., copie du xɪvᵉ siècle, ibid., fol. 42. — Cf. *Mon. Germ. hist.*, Script., VII, 797.
Cat. Robert, n° 149. — Jaffé-Loewenfeld, n° 6868 (5019).

CALIXTUS episcopus, servus servorum Dei, dilecte in Christo filie abbatisse Capuani monasterii Sancte Marie, salutem et apostolicam benedictionem. In Casinensis abbatis querimonia super Cinglensi ecclesia subterfugium querere jam videris. Ecce enim, secundis transactis terminis, ad judicium non venisti, neque personas pro te rationabiles direxisti. In his tamen omnibus nos actenus tibi et monasterio tuo pepercimus, sed diutius cause hujus discussionem protendere non valemus. Litterarum ergo presentium tibi auctoritate precipimus ut, omni occasione postposita, proxima quinta feria post octavas Pentecostes nostro te conspectui representes aut tales pro te personas dirigas, que vice tua negotium hoc sufficienter valeant pertractare. Alioquin nos Casinensi abbati de predicta Cinglensi ecclesia restitutionem, cooperante Domino, faciemus.

236

Avant juin 1121.

Ordre au comte Rainulfe de ne pas mettre empêchement à la démarche auprès du pape d'Alpherade, abbesse de Notre-Dame de Capoue, au sujet de l'église de Cingle, qui, sinon, sera rendue à l'abbé du Mont-Cassin.

Mss. *Regestum Petri Diaconi*, fol. 31. — Id., copie, fol. 42.

CALIXTUS episcopus, servus servorum Dei, dilecto filio illustri comiti R., salutem et apostolicam benedictionem. Nuper pro abbatissa

Capuani monasterii Sancte Marie nos missis litteris exorasti. Et nos quidem petitioni tue assensum prebuimus et terminum ei proximam quintam feriam post octavas Pentecostes dedimus. Mandamus itaque dilectioni tue ut nullum super hoc impedimentum facias quin nego- tium illud eo tempore decidatur. Nisi enim abbatissa termino con- stituto ad nos venerit aut personas pro se idoneas miserit, nos Casi- nensi abbati de Cinglense ecclesia restitutionem, cooperante Domino, faciemus, quoniam abbatis querimoniam diutius ferre non possumus.

237

1 4 juin 1 1 2 1.

Confirmation des possessions et des privilèges de l'église de Vérone.

Ms. *Original aux Archives du chapitre de Vérone, cal. 3, n° 1.
Éd. Ughelli, *Italia sacra*, V, 772. — Migne, n° 136, col. 1210.
Cat. Robert, n° 172. — Jaffé-Loewenfeld, n° 6909 (5046).

CALIXTUS episcopus, servus servorum Dei, dilectis filiis THEBALDO, archipresbitero et ceteris Veronensis ecclesie canonicis, tam presenti- bus quam futuris, in perpetuum. Sicut injusta poscentibus nullus est tribuendus effectus, sic legitima desiderantium non est differenda petitio. Proinde, dilecti in Christo filii, petitionibus vestris clemen- tius annuentes, tam vos quam vestra omnia protectione sedis aposto- lice communimus. Statuimus enim ut quecumque predia, quecumque bona, quascumque possessiones in presenti legitime possidetis sive in futurum, largiente Deo, juste atque canonice poteritis adipisci, firma vobis vestrisque successoribus et illibata permaneant. In quibus hec propriis duximus nominibus annotanda : ecclesia videlicet Sancti Georgii, Sancti Johannis Baptiste, Sancti Andree, Sancti Clementis, Sancte Cecilie, Sancti Faustini, Sancti Firmi in Capella et Sancti Pauli in burgo; ecclesias Sancti Johannis Baptiste, Sancti Petri in Cornario et Sancti Johannis in Quintiano; castrum de Pruno cum capellis et reliquis pertinentiis suis; castrum Grivane, Marciane et Puliani, Biunde, Porcile et Calmasinum cum capellis et ceteris perti- nentiis eorum; Villam Quinti et locum qui dicitur Villa, cum capellis earum. Decernimus ergo ut nulli omnino hominum liceat vestram

ecclesiam temere perturbare aut ejus possessiones auferre vel ablatas retinere, minuere vel temerariis vexationibus fatigare, sed omnia
integre conserventur, eorum pro quorum sustentatione et gubernatione concessa sunt, usibus omnimodis profutura. Ad hęc adicientes
censemus ut distributionem beneficiorum canonice vestre nullus impedire, inquietare vel sibi audeat vindicare, sed, sicut preteritis temporibus constituta et predecessorum nostrorum privilegiis roborata est,
ita et in posterum, auxiliante Deo, firma et inviolabilis perseveret.
Nulli etiam vestrum facultas sit beneficia quę capituli solent largitione
distribui, de alterius manu suscipere, sed pristina in eis consuetudo
futuris temporibus conservetur. Presenti preterea decreto sancimus ut
si personæ idoneæ in ecclesia vestra reperte fuerint, nullus de alia
vobis ecclesia in archipresbiterum vel archidiaconum preferatur. Quod
si archipresbiterum vel archidiaconum uno simul tempore obire contigerit, donec alii substituantur, eorum vices in beneficiorum distri-
butionibus per prepositum suppleant, quemadmodum et in collatis
ecclesię vestre predecessorum nostrorum privilegiis continetur. Si qua
igitur in futurum ecclesiastica secularisve persona hanc nostre constitutionis paginam sciens contra eam temere venire temptaverit, secundo tertiove commonita, si non satisfactione congrua emendaverit,
potestatis honorisque sui dignitate careat reamque se divino judicio
existere de perpetrata iniquitate cognoscat et a sacratissimo corpore ac
sanguine Dei et Domini Redemptoris nostri Jesu Christi aliena fiat
atque in extremo examine districtę ultioni subjaceat. Cunctis autem
sepefate ecclesię vestrę justa servantibus sit pax Domini nostri Jesu
Christi, quatenus et hic fructum bonę actionis percipiant et apud districtum judicem premia eternę pacis inveniant. Amen. Amen. Amen.

(R.) Ego Calixtus, catholicę Ecclesię episcopus, ss. (M.)

Datum in territorio Palianensi, xviii julii, indictione xiiia, incarnationis Dominice anno m°.c°.xxi°, pontificatus autem domni Calixti secundi pape anno iii, per manum Grisogoni, diaconi et cancellarii
sanctę apostolicę sedis.

(La bulle, appendue à une cordelette moderne, existe encore.
L'original est en très mauvais état.)

238

15 juin 1121.

Confirmation des possessions de l'église de Veroli.

Mss. Original et copie aux Archives du chapitre de Veroli.
Éd. *Pflugk-Harttung, *Acta*, II, 225.
Cat. Jaffé-Loewenfeld, n° 6910.

CALIXTUS episcopus, servus servorum Dei, venerabili fratri LETO, Berulano episcopo, ejusque successoribus canonice substituendis, in perpetuum. Apostolicę sedis auctoritate debitoque compellimur pro universarum ecclesiarum statu satagere et quę recte statuta sunt, auxiliante Domino, stabilire. Eapropter, karissime in Christo frater et coepiscope LETE, tuis petitionibus annuentes, sanctam Berulanam ecclesiam cui, Deo auctore, presides, ad exemplar predecessorum nostrorum felicis memorię URBANI et PASCHALIS secundi pontificum, apostolicę sedis auctoritate munimus. Statuimus enim ut bona omnia et possessiones, quas ecclesia eadem in presenti legitime possidet, sive in futurum, largiente Deo, juste atque canonice poterit adipisci, firma tibi tuisque successoribus et illibata permaneant. In quibus hęc propriis duximus nominibus exprimenda : vallem scilicet de Lutrana cum affinibus suis; Lacum cum pertinentiis suis; Astianum, Mundezanum, Pastinam, Paternum, Casale, Criptas Anselmi, Canianum cum earum pertinentiis; ecclesiam Sanctę Crucis, Sancti Stephani et Sancti Viti cum pertinentiis earum; ecclesiam Sanctę Marię quę dicitur Rotunda, Sancti Archangeli, Sanctę Marię de Paritis, Sanctorum Cosmę et Damiani cum pertinentiis earum; molendinos duos in Masena; ecclesiam Sanctę Marię ibidem cum pertinentiis suis; ecclesiam Sancti Angeli de Forma cum silvis et territoriis suis; ecclesiam Sancti Johannis in territorio Frusinonensi, quę juxta flumen Cosam sita est, cum omnibus ad ipsam pertinentibus et cum casali integro; lacum de Maniano cum suis pertinentiis et cum ei adjacenti hereditate; ecclesiam Sancti Nykolai et quicquid in territorio Turricis per autentica cartarum monumenta eidem Berul[anę] ecclesię pertinere cognoscitur; quicquid etiam de suo jure a filiis Peregrini, Girino videlicet, Miro et Zita, Pere-

grino et Ottone et a Johanne Capharo, a Datiano et uxore ejus
Maria, a Tebaldo, cognato ipsius Datiani, et a Benedicto, filio Ba-
ronis, et uxore ejus, et Landone, filio Ardingi, acquisitum est, firmum vobis et inviolabile conservetur, salvo in omnibus jure atque servitio quod ex integro Romanę debetur Ecclesię. Universam preterea
Berulanam parochiam tam tibi quam tuis successoribus regendam ac
disponendam, largiente Domino, concedimus et confirmamus : ipsam
videlicet Berulanam civitatem cum omnibus adjacentibus ecclesiis intus vel foris; Frusinonem cum omnibus adjacentibus ecclesiis; oppi-
dum Turricis cum ecclesiis suis; Ripas cum ecclesiis suis et monasterio Sancti Silvestri; Pophen cum ecclesiis Sanctę Marię, Sancti Petri
et Sanctę Columbę et omnibus aliis; Larnariam cum ecclesiis suis
et monasterio Sanctę Marię; castrum cum ecclesia Sancti Stephani,
Sancti Andreę et Sancti Benedicti et monasterio Sancti Angeli de Me-
ruleta et cum ecclesia Sancti Petri et Sancti Nykolai et omnibus aliis;
Montem nigrum cum ecclesiis suis; Fabrateriam cum finibus, pertinentiis et ecclesiis suis; Ceperanum cum ecclesia Sancti Paterniani,
Sanctę Marię, Sancti Johannis, Sancti Magni, Sancti Nykolai et Sancti
Blasii et omnibus aliis; Cannetum cum canonica Sancti Petri et ecclesia Sancti Johannis; Castellum novum, Stranguila gallum cum
ecclesiis suis; Carpinum cum ecclesiis suis; Montem Sancti Johannis
cum ejusdem nominis monasterio; ecclesiam Sanctę Pudentianę, ecclesias Sancti Petri de Arenula, Sancti Nykolai de Civitella cum
omnibus aliis; Babucum cum ecclesia Sancti Leucii et Sanctę Marię
et omnibus aliis. Hęc itaque omnia tuę tuorumque successorum dispo-
sitioni perpetuo subesse censemus. In monasterio Sanctorum Johannis
et Pauli, quicquid ad antiquum Berulani episcopi jus canonice pertinet, integrum vobis perpetuo servari sancimus, salva nimirum nostrę
sanctę Romanę Ecclesię reverentia. Ad hęc per presentis [privi]legii
paginam apostolica auctoritate decernimus ut nulli omnino hominum
liceat eandem ecclesiam temere perturbare aut ejus possessiones auferre vel ablatas retinere, minuere vel temerariis vexationibus fatigare, sed omnia integra conserventur, tam vestris quam clericorum
et pauperum usibus omnimodis profutura. Si qua igitur in futurum
ecclesiastica secularisve persona hanc nostrę constitutionis paginam
sciens contra eam temere venire temptaverit, secundo tertiove commonita, si non satisfactione congrua emendaverit, potestatis hono-

IMPRIMERIE NATIONALE.

risque sui dignitate careat reamque se divino judicio existere de perpetrata iniquitate cognoscat et a sacratissimo corpore ac sanguine Dei et Domini Redemptoris nostri Jesu Christi aliena fiat atque in extremo examine districtȩ ultioni subjaceat. Cunctis autem eidem ecclesiȩ justa servantibus sit pax Domini nostri Jesu Christi, quatenus et hic fructum bonȩ actionis percipiant et apud districtum judicem premia eternȩ pacis inveniant. Amen. Amen. Amen.

(R.) Ego Calixtus, catholicȩ Æcclesiȩ episcopus, ss. (M.)

† Ego Divizo, Tusculanus episcopus, ss.

† Ego Deusdedit, presbyter cardinalis tituli Sancti Laurentii, ss.

† Ego Othaldus, presbyter cardinalis tituli Sanctæ Balbinæ, ss.

† Ego Aldo, diaconus cardinalis Sanctorum Sergii et Bachi, ss.

† Ego Gualterius, diaconus cardinalis Sancti Theodori, ss.

Datum in territorio Pallianensi per manum Grisogoni, sanctȩ Romanȩ Ecclesiȩ diaconi cardinalis ac bibliothecarii, xvii kalendas julii, indictione xiiii, incarnationis Dòminicȩ anno m c xxii, pontificatus autem domini Calixti secundi pape anno iii.

(Lacs de soie brune; la bulle n'existe plus.)

239

21 juin 1121.

Calixte engage Diego, archevêque de Compostelle, à forcer à l'obéissance les évêques de Coïmbre, de Lucena et de Mondognedo, qui ne voulaient pas lui obéir; mais il entend que l'église de Braga conserve sa liberté.

Ms. *Historia Compostellana*, fol. 67.
Éd. Florez, *España sagrada*, XX, 336. — Migne, n° 136, col. 1210.
Cat. Robert, n° 173. — Jaffé-Loewenfeld, n° 6911 (5047).

CALIXTUS episcopus, servus servorum Dei, venerabili fratri D., Compostellano archiepiscopo, salutem et apostolicam benedictionem. Dignitatem et honorem tibi et Compostellane ecclesie pro bono et utilitate concessimus; si fratres illi tuis nolunt obedire mandatis, nos gravamur. Et tu quidem jam de ipsis justitiam ex parte fecisti. Hortamur tamen fraternitatem tuam ut Colinbriensem, Lucensem et

Minduniensem, seu alios episcopos, iterum diligenter commoneas, quatenus tibi studeant obedire humiliter. Quod nisi infra quadraginta dies post commonitionem tuam fecerint, nos ex tunc datam in eos a te sentenciam, donec satisfaciant, auctore Domino, confirmamus. De Bracarensi autem caritati tue taliter respondemus : Sicut in partibus nostris fama est, et sicut in missis ad nos per P., canonicum et capellanum tue ecclesie, litteris ostendisti, ecclesiam Bracarensem opprimere et tibi ejus dignitatem vindicare nimium concupiscis. Idcirco ejusdem fratris in parte hanc inobedientiam toleramus, donec tu ipse, auxiliante Deo, aut per vos ipsos ad nostram presentiam veniatis aut sufficientes pro vobis in causa hac nuncios transmitatis. Terminum autem presentationis hujus sequentis anni nativitatem beati Johannis Baptiste deliberavimus. Predictum nuncium tuum pro te fideliter laborasse cognovimus, dilectioni tue commendamus, rogantes ut cum pro amore nostro de charo deinceps habeas chariorem.

Datum in territorio Tiburtino, xi kalendas julii.

240

21 juin 1121.

Ordre à Diego, archevêque de Compostelle, d'annuler le mariage d'un certain Giraud qui avait épousé la cousine de sa première femme.

Ms. *Historia Compostellana*, fol. 76.
Éd. Florez, *España sagrada*, XX, 381. — Migne, n° 138, col. 1211.
Cat. Robert, n° 174. — Jaffé-Loewenfeld, n° 6912 (5048).

Calixtus episcopus, servus servorum Dei, venerabili fratri D., Compostellano archiepiscopo, salutem et apostolicam benedictionem. Frater iste, quem ad nos misisti, Giraldus viva nobis voce narravit quod cum muliere quadam rem diu habuerit. Post aliquantum vero temporis uxorem duxit, que prioris mulieris consanguinea in gradu tertio reperta est. Quodsi se causa sic habet, fratribus nostris visum est ut uxorem illam debeat prorsus dimittere. Cum enim illicitas omnino contraxerit nuptias, licitum postea potuisse consequi matrimonium non videtur.

Datum in territorio Tiburtino, xi kalendas julii.

23.

241

21 juin 1121.

Ordre à Atton, archevêque d'Arles, à Foulques, archevêque d'Aix, à Bérenger, archevêque de Narbonne, et à Gauthier, évêque de Maguelone, d'excommunier Alphonse, comte de Toulouse, et ses compagnons, si, dans le délai de quarante jours, ils ne faisaient pas réparation à l'abbaye de Saint-Gilles des torts qu'ils lui avaient causés.

Ms. *Bullaire de Saint-Gilles,* ms. lat. 11018, fol. 49 v°.
Éd. Ménard, *Histoire de Nismes,* I, pr., 30. — *Rec. des hist. des Gaules et de la France,* XV, 239.
— Goiffon, *Bullaire de l'abbaye de Saint-Gilles,* p. 59.
Cal. Robert, n° 175. — Jaffé-Loewenfeld, n° 6913 (5049).

CALIXTUS episcopus, servus servorum Dei, venerabilibus fratribus et coepiscopis ATONI Arelatensi, [FULCONI] Aquensi, BERENGARIO Narbonensi et GALTERIO Magalonensi, salutem et apostolicam benedictionem. Abbatis et fratrum Sancti Egydii querelam accepimus quod Ildefonsus comes, parrochianorum vestrorum Raimundi de Balcio, Elesiari de Castrias, Guillelmi Rainoaldi de Mezenas, consilio et auxilio, ecclesiam et burgum Sancti Egydii armata manu invaserit, incendia ibi et homicidia fecerit et burgenses ad perjurium contra monasterii fidelitatem coegerit. Rogamus itaque fraternitatem vestram atque monemus ut comitem et alios ex parte nostra diligentius moneatis quatinus monasterium et burgum abbati et fratribus liberum quietumque dimittant et comes castrum noviter ad destructionem ville constructum destruat et eidem monasterio de ablatis rebus et de illatis injuriis vestro judicio satisfaciat. Quodsi infra XL dies post litterarum nostrarum acceptionem minime adimpleverint, nos in eos excommunicationis sententiam, donec satisfaciant, promulgamus et in eorum terris divina omnia officia et sepulturam, preter infantium baptisma et morientium penitentias, interdicimus, loca etiam ad quecunque ipsi pervenerint, quamdiu in eis fuerint, a divinis omnino precipimus vacare officiis.

Data in territorio Tiburtino, XI kalendas julii.

242

22 juin 1121.

Ordre à Raymond, évêque d'Uzès, à Amélius, évêque de Toulouse, et à Jean, évêque de Nîmes, d'excommunier le comte Alphonse si, dans le délai de quarante jours, il ne réparait pas les torts qu'il avait causés à l'abbaye de Saint-Gilles.

Ms. *Bullaire de Saint-Gilles*, ms. lat. 11018, fol. 48.
Éd. Ménard, *Histoire de Nismes*, I, pr., 30. — *Rec. des hist. des Gaules et de la France*, XV, 239.
— Goiffon, *Bullaire de l'abbaye de Saint-Gilles*, p. 63. — Migne, n° 140, col. 1212.
Cat. Robert, n° 176. — Jaffé-Loewenfeld, n° 6914 (5050).

Calixtus episcopus, servus servorum Dei, venerabilibus fratribus Raimundo Uzeticensi, [Amelio] Tolosano et Johanni Nemausensi episcopis, salutem et apostolicam benedictionem. Quot mala, quot perturbationes et injurias Ildefonsus comes monasterio Sancti Egydii fratribusque intulerit, tanto ipsi melius nostis quanto propius habitatis. Unde nostris cum studuimus litteris commonere quatenus ablata restituat et monasterium cum burgo et aliis pertinentiis suis abbati et fratribus liberum et quietum dimittat et castrum quod ad ejusdem ville destruxionem construxit, destruat. Si hoc infra quadraginta dies post earundem litterarum acceptionem adimplere curaverit, Deo gratias referamus : alioquin ex tunc in personam et consiliarios ejus excommunicationis sententiam, Domino cooperante, proferimus et in terris eorum divina omnia officia et sepulturam, preter infantium baptisma et morientium penitentias, interdicimus. Loca etiam ad quecunque ipsi pervenerint, quamdiu in eis fuerint, a divinis omnino precipimus vacare officiis. Mandamus igitur fraternitati vestre ut hanc datam a nobis sententiam et annuncietis et, donec comes satisfecerit, per totas vestras observari parochias faciatis.

Datum in territorio Tiburtino, x kalendas julii.

243

22 juin 1121.

Menace d'excommunication contre Raymond des Baux, Guillaume de Sabran, Elzéar de Castries, Raymond de Castlar et Guillaume Raynouard qui avaient, avec le comte Alphonse, inquiété l'abbaye de Saint-Gilles.

Ms. *Bullaire de Saint-Gilles*, ms. lat. 11018, fol. 48 v°.
Éd. Ménard, *Histoire de Nismes*, I, pr., 30. — *Rec. des hist. des Gaules et de la France*, XV, 239.
  — Goiffon, *Bullaire de l'abbaye de Saint-Gilles*, p. 61. — Migne, n° 141, col. 1213.
Cat. Robert, n° 177. — Jaffé-Loewenfeld, n° 6915 (5051).

CALIXTUS episcopus, servus servorum Dei, nobilibus viris RAIMUNDO de BAUTIO, GUILELMO de SABRANO, ELESIARO de CASTRIAS, RAMONI de CASTLAR et GUILELMO RAINOARDI, salutem et apostolicam benedictionem. Relatum nobis est quod Ildefonsus comes suggestione vestra et auxilio ecclesiam et burgum Sancti Egydii armata manu invaserit, incendia ibi et homicidia fecerit et burgenses ad perjurium contra monasterii fidelitatem coegerit : que nimirum omnia magnum vestrarum generant periculum animarum. Per presentia igitur scripta vobis precipiendo mandamus ut eundem comitem sollicite moneatis quatinus, infra quadraginta dies post nostrarum acceptionem litterarum, ecclesiam et burgum Sancti Egydii abbati fratribusque liberum omnino et quietum dimittat. Quodsi comes et vos nostro huic contempseritis obedire mandato, nos in eum et in vos excomunicationis et in terris vestris interditionis sententiam, auctore Domino, promulgamus.

Data in territorio Tiburtino, x kalendas julii.

244

22 juin 1121.

Calixte délie les habitants de Saint-Gilles du serment de fidélité qu'ils avaient été forcés de prêter au comte Alphonse de Toulouse.

Mss. *Original à la fabrique de l'église de Saint-Gilles. — *Bullaire de Saint-Gilles,* ms. lat. 11018, fol. 49.

Éd. Ménard, *Histoire de Nismes,* I, pr., 30. — *Rec. des hist. des Gaules et de la France,* XV, 240. — Goiffon, *Bullaire de l'abbaye de Saint-Gilles,* p. 62. — Migne, n° 142, col. 1213.

Cat. Robert, n° 178. — Jaffé-Loewenfeld, n° 6916 (5052).

Calixtus episcopus, servus servorum Dei, dilectis in Christo filiis burgensibus monasterii Sancti Egidii majoribus et minoribus, salutem et apostolicam benedictionem. Nulli vestrum ignotum credimus quod Beati Egidii monasterium cum omnibus ad ipsum pertinentibus Romane Ecclesie juris sit et sub beati Petri et apostolice sedis tutela et protectione consistat. Quamobrem quicunque vos et locum ipsum offendit, nos prorsus offendit, et vestra injuria in sedem cognoscitur apostolicam redundare. Comperimus siquidem A. comitem vos ad juramentum contra fidei firmitatem et contra monasterii fidelitatem per violentiam compulisse. Unde nos et animarum vestrarum saluti et monasterii utilitati sollicitudine debita providentes, vos ab illius juramenti obligatione absolvimus. Porro juramentum illud vos inviolabiliter observare precipimus quod prius abbati et monasterio feceratis.

Datum in territorio Tiburtino, x calendas julii.

245

22 juin 1121.

Ordre à Alphonse, comte de Toulouse, de cesser d'inquiéter l'abbaye de Saint-Gilles et de s'en rapporter, pour la restitution des biens qu'il lui avait enlevés, au jugement d'Atton, archevêque d'Arles, de Bérenger, archevêque de Narbonne, et de Gauthier, évêque de Maguelone.

Ms. *Bullaire de Saint-Gilles, ms. lat. 11018, fol. 47.*
Éd. Ménard, Histoire de Nismes, I, pr., 29. — Rec. des hist. des Gaules et de la France, XV, 239. — Goiffon, Bullaire de l'abbaye de Saint-Gilles, p. 62.
Cat. Robert, n° 179. — Jaffé-Loewenfeld, n° 6917 (5053).

CALIXTUS episcopus, servus servorum Dei, dilecto filio ILDEFONSO, illustri comiti, salutem et apostolicam benedictionem. Raimundus filius noster, Ugo abbas et fratres monasterii Sancti Egydii, quod beati Petri juris est, contra te vehementius conqueruntur, quod ecclesiam et burgum Sancti Egydii armata manu invaseris, incendia ibi et homicidia feceris et burgenses ad perjurium contra monasterii fidelitatem coegeris. Queruntur etiam quia juxta terminos a nostris predecessoribus positos et a nobis firmatos, castrum quoddam ad destructionem ville construxeris. Super his omnibus miramur nos nimium et gravamur, quippe locus idem cum omnibus pertinentiis suis ad sedem tantum apostolicam spectare cognoscitur, et nos bonam de tua indole fiduciam habebamus. Monemus ergo nobilitatem tuam atque precipimus ut infra quadraginta dies, postquam litteras presentes acceperis, ecclesiam et burgum Sancti Egydii abbati et fratribus liberum omnino quietumque dimittas, castrum illud destruas et de ablatis rebus ac sacrilegio perpetrato fratrum nostrorum et coepiscoporum Atonis Arelatensis, Berengarii Narbonensis et Galterii Magalonensis judicio satisfacias. Quodsi contemptor extiteris, nos Romane Ecclesie monasterium destrui nullatenus patientes, ex tunc in personam tuam et in eos, quorum consilio mala hec facta sunt, excommunicationis sententiam promulgamus et in tota terra vestra divina officia et sepulturam, preter infantium baptisma et morientium penitentias, auctoritate sancti Spiritus interdicimus.

Datum in territorio Tiburtino, x kalendas julii.

246

Juin 1121.

Ordre à Pélage, archevêque de Braga, de rendre à l'archevêque de Compostelle le fief de Saint-Jacques qu'il détenait injustement.

Ms.? Ms. Dd 47, du xviiᵉ siècle, à la Bibliothèque nationale de Madrid.
Mention dans Florez, *España sagrada*, XX, 340. — Migne, n° 144, col. 1214.
Cat. Robert, n° 180. — Jaffé-Loewenfeld, n° 6918 (5054).

247

5 juillet 1121.

Calixte recommande à Diego, archevêque de Compostelle, un chevalier, nommé Gui, qui allait à Saint-Jacques.

Ms. *Historia Compostellana, fol. 67.
Éd. Florez, *España sagrada*, XX, 339. — Migne, n° 146, col. 1215.
Cat. Robert, n° 182. — Jaffé-Loewenfeld, n° 6920 (5056).

CALIXTUS episcopus, servus servorum Dei, venerabili fratri D., Compostellano archiepiscopo, salutem et apostolicam benedictionem. Miles iste fidelis noster Guido votum habuit beatissimi Jacobi apostoli ecclesiam visitandi. Rogamus itaque dilectionem tuam ut quandiu ibi fuerit, eum pro amore nostro commendatum habeas. Si qua vero nobis significare volueris, ei fideliter commitere poteris.

Datum Laterani, iii non. julii.

248

6 juillet 1121.

Confirmation du genre de vie et des possessions des frères du Saint-Sépulcre.

Mss. Ms. 7241 de la Bibliothèque du Vatican, fol. 7 v°. — *Epist. Roman. pontif.*, ms. lat. 16991, fol. 197.
Éd. *De Rozière, Cartulaire de l'église du Saint-Sépulcre de Jérusalem*, p. 16.
Cat. Robert, n° 183. — Jaffé-Loewenfeld, n° 6921 (5057).

CALIXTUS episcopus, servus servorum Dei, dilectis in Christo filiis GERARDO priori et ejus fratribus in ecclesia Sancti Sepulcri regularem vitam professis, tam presentibus quam futuris, in perpetuum. Preceptum Domini habemus : *Intrate per angustam portam, quia angusta est via que ducit ad vitam.* Quia igitur vos, o filii in Christo karissimi, per divinam gratiam aspirati, mores vestros sub regularis vite disciplina cohercere, et, ut angustam valeatis ingredi portam, communiter secundum sanctorum Patrum institutionem omnipotenti Domino deservire proposuistis, nos votis vestris paterno congratulamur affectu; unde etiam peticioni vestre benignitate debita impercientes assensum, religionis propositum presentis privilegii auctoritate firmamus. Statuimus enim ut nulli omnino hominum liceat vite canonice ordinem, quem professi estis, in vestra ecclesia commutare, sed firmus atque inviolabilis, auctore Deo, futuris temporibus conservetur. Presentis preterea decreti stabilitate vobis vestrisque successoribus in eadem religione mansuris ea omnia perpetuo possidenda sancimus, que in presentiarum pro communis victus sustentatione concessione pontificum, liberalitate principum, oblatione fidelium vel aliis justis modis videmini obtinere : videlicet medietatem cunctarum oblationum que ad sepulcrum Domini offeruntur; oblationes quoque crucis; decimas Jerosolimitane civitatis et locorum adjacentium, exceptis decimis funde, et dimidiam partem beneficii a rege pro cambio episcopatus Bethleemitici tradito, quemadmodum omnia in bone memorie Arnulphi patriarche concessionis et confirmationis pagina distinguntur; ex ipsius etiam patriarche concessione ecclesiam Sancti Petri in Joppen cum honoris et dignitatis sue integritate, et ecclesiam Sancti Lazari cum appendiciis suis. Ad hec universa que in futurum, largiente

Deo, juste atque canonice poteritis adipisci, quieta vobis vestrisque successoribus et integra conserventur. Decernimus ergo ut nulli omnino hominum liceat ecclesiam temere perturbare aut ejus possessiones auferre vel ablatas retinere, minuere vel temerariis vexationibus fatigare; sed omnia integra conserventur, eorum pro quorum sustentatione et gubernatione concessa sunt, usibus omnibus omnimodis profutura. Si qua igitur in futurum ecclesiastica secularisve persona hanc nostre constitutionis paginam sciens contra eam temere venire temptaverit, secundo terciove commonita, si non satisfactione congrua emendaverit, potestatis honorisque sui dignitate careat reamque se divino judicio existere de perpetrata nequitate cognoscat et a sacratissimo corpore et sanguine Dei et Domini Redemptoris nostri Jesu Christi aliena fiat atque in extremo examine districte ultioni subjaceat. Cunctis autem eidem loco justa servantibus sit pax Domini nostri Jesu Christi, quatenus et hic fructum bone actionis percipiant et apud districtum judicem premia eterne pacis inveniant. Amen.

Scriptum per manum Gervasii, scriniarii regionarii et notarii sacri palatii.

Datum Laterani per manum Grisogoni, sancte Romane Ecclesie diaconi cardinalis ac bibliothecarii, ii nonas julii, indictione xiiii, incarnationis Dominice anno m° c° xxii°, pontificatus autem domini Calixti II pape anno iii [a].

---

[a] A la suite de cette date, il y a dans le ms. : *Quatenus et hic fructum bone actionis percipiant et apud districtum judicem premia eterne pacis inveniant. Amen. Dat. Laterani, xviii kalendis madii.* M. de Rozière croit que ce fragment est à la suite d'un autre acte que le copiste aura négligé de transcrire. (Note 2, p. 17, du *Cartulaire de l'église du Saint-Sépulcre de Jérusalem*.)

249

6 juillet 1121.

Calixte annonce à l'archevêque de Césarée, aux évêques, aux abbés, aux prieurs de la Palestine et au roi Baudouin qu'il a envoyé le pallium à Guarmond, patriarche de Jérusalem.

Mss. Ms. lat. 7241 de la Bibliothèque du Vatican, fol. 6 v°. — *Epist. Roman. pontif.*, ms. lat. 16991, fol. 197.
Éd. *De Rozière, *Cartulaire de l'église du Saint-Sépulcre de Jérusalem*, p. 14.
Cat. Robert, n° 184. — Jaffé-Loewenfeld, n° 6922 (5058).

CALIXTUS episcopus, servus servorum Dei, dilectis in Christo fratribus et filiis et Cesariensi archiepiscopo et ceteris episcopis, abbatibus, prioribus per Jerosolimitanam provinciam constitutis, illustri quoque atque karissimo filio et consanguineo nostro B[ALDUINO] regi, principibus, baronibus, clero et populo Jerosolimitano, [salutem] et apostolicam benedictionem. Defuncto venerabili fratre nostro Ar[nulfo], bone memorie patriarcha, in confratris nostri Guar[mundi] electione vos unanimiter convenisse, tam ex missis a vobis litteris quam ex certa sapiencium ac religiosorum legatorum vestrorum narratione comperimus et gavisi sumus; unde etiam petitioni vestre assensum libenter prebuimus, et, licet preter consuetudinem Romane Ecclesie videretur, et nos cause hujus executionem legato nostro venerabili fratri P[etro], Portuensi episcopo, injunxissemus, ob Dominici tamen sepulcri reverentiam et dilectionem nostram per legatos ipsos palleum non distulimus destinare, in quo nimirum predicto fratri nostro pontificalis seu patriarchalis officii plenitudinem tribuimus, integritatem ei et commisse sibi Jerosolimitane ecclesie dignitatis et potestatis auctoritate apostolica confirmantes, ut deinceps illi facultas sit concilia et episcopales consecrationes, sancto cooperante Spiritu, celebrandi. Ad vos igitur scripta presentia dirigentes, universitatem vestram rogamus et rogantes monemus ut in matris vestre Romane Ecclesie unitate atque obedientia firmi et stabiles maneatis; ipsa enim per Dei gratiam multo filiorum suorum sanguine vestram ecclesiam liberavit, et ipsa pro vobis cotidie in ultramontanis et citramontanis partibus elaborat. Sane supradictum fratrem nostrum patriarcham ves-

trum diligere, honorare atque humilitate debita curetis et obedientia
venerari, ut per curam ejus et sollicitudinem salutem in vobis omnipotentis Dei misericordia operetur, quatenus et vos de eo gaudium et
ipse de vobis coronam in eterni judicis examine mereatur. Dominus
noster Jesus Christus, qui diebus nostris locum pedum suorum glori-
ficare dignatus est, beatorum apostolorum Petri et Pauli precibus sua
vos protectione custodiat, de inimicis suis vobis victoriam tribuat; a
peccatorum vinculis vos absolutos ad vitam perducat et gloriam sempiternam.

Dat. Laterani, ii nonas julii.

250

6 juillet 1121.

*Ordre à Guarmond, patriarche de Jérusalem, de ne pas permettre au chantre et
au sous-chantre de l'église du Saint-Sépulcre de vivre dans leurs propres mai-
sons et de laisser célébrer indifféremment par tous l'office divin.*

Mss. Ms. 7241 de la Bibliothèque du Vatican, fol. 36. — *Epist. Roman. pontif.*, ms. lat. 16991,
  fol. 199.
Éd. *De Rozière, *Cartulaire de l'église du Saint-Sépulcre de Jérusalem*, p. 72.
Cat. Robert, n° 185. — Jaffé-Loewenfeld, n° 6923 (5059).

CALIXTUS episcopus, servus servorum Dei, venerabili fratri GUAR-
[MUNDO], Jherosolymitano patriarche, salutem et apostolicam benedictionem. In Dominici sepulcri ecclesia quiddam dissensionis audivimus
emersisse; pro ea cantor et succentor, in domibus suis quasi seculariter manentes, regularium fratrum choro presideant et ad libitum
suum per quamcunque personam de divinorum officiorum celebratione
precipiant. Quod quam indecens, quam absurdum et quam regularium honestati et quieti contrarium sit, facile prudentia tua potest advertere. Itaque sollicitudini tue injungimus eos diligentius comonere
ut aut cum fratribus in claustro maneant et ministeria sua honeste,
sicut decet, per seipsos impleant, aut religiosos fratres a gravedine
oneris hujus expediant; alioquin nos inhonestatem hanc diutius pati
nequibimus, quin eam ab illa venerabili Dei domo penitus expellamus.
Satis enim cantori et succentori potest sufficere, si eis in seculari con-

versatione manentibus cantorie beneficium dimitatur, et religiosi fratres libere .per seipsos de divinis officiis celebrandis debite karitatis
unanimitate disponant.

Dat. Laterani, ii nonas julii.

251

2'i juillet 1121.

*Calixte remercie Marc, clerc vénitien, d'avoir fait don à Saint-Pierre de ses pos-
sessions, moyennant une redevance annuelle d'un besant, et il lui envoie la
première pierre pour les fondements d'une église qu'il devait construire.*

Éd. Cornelius, *Ecclesiæ Venetæ*, V, 158. — *Ughelli, *Italia sacra*, V, 1238. — Migne, n° 150,
col. 1218.
Cat. Robert, n° 187. — Jaffé-Loewenfeld, n° 6924 (5060).

CALIXTUS episcopus, servus servorum Dei, dilecto filio MARCO clerico,
salutem et apostolicam benedictionem. Charissimus[a] et venerabilis frater et legatus noster Petrus, Portuensis episcopus, missis litteris significavit nobis te possessiones tuas per manus suas beato Petro ejusque
Romanæ Ecclesiæ obtulisse sub censu annuo unius byzantii. Ubi videlicet ecclesiam ædificare desideras, in qua sub jure ac dominio beati
Petri regulares canonici conversentur. Et nos ergo devotionem tuam
et desiderium approbantes, oblationem ipsam suscepimus, et pro te
omnipotenti Domino supplicamus, ut bonum quod cœpisti opus, ad
honorem suum et salutem tuam te faciat consummare. Propterea la-
pidem quem in fundamento illius ecclesiæ ponere debeas, mittimus,
in eo tibi nostrum consensum et gratiam indulgentes.

Datum Aversæ, viii kalendas augusti.

[a] *Clarissimus*, éd.

252

4 octobre 1121.

Invitation à Bérenger, archevêque de Narbonne, à Jean, évêque de Nîmes, et à Gauthier, évêque de Maguelone, d'avertir Alphonse, comte de Toulouse, de mettre en liberté, sous peine d'excommunication, l'abbé de Saint-Gilles, qu'il avait fait prisonnier.

Ms. *Bullaire de Saint-Gilles, ms. lat. 11018, fol. 5o.
Éd. Ménard, *Histoire de Nismes*, I, pr., 3o. — *Rec. des hist. des Gaules et de la France*, XV, 236.
— Goiffon, *Bullaire de l'abbaye de Saint-Gilles*, p. 64. — Migne, n° 151, col. 1218.
Cat. Robert, n° 188. — Jaffé-Loewenfeld, n° 6925 (5061).

Calixtus episcopus, servus servorum Dei, venerabilibus fratribus Berengario, Narbonensi archiepiscopo, et suffraganeis ejus Johanni Nemausensi et Galterio Magalonensi episcopis, salutem et apostolicam benedictionem. Relatum nobis est quod comes Ildefonsus filium nostrum Hugonem, abbatem Sancti Egydii, de monasterio traxerit et ad castrum de Belcayra violenter ductum sub juramenti extorsione Cluniacum ire coegerit, ita videlicet ut nisi per ejusdem licentiam deinceps abbas ad Beati Egydii monasterium minime revertatur. Quo[d] nimirum quam grave sit prudentia vestra facile potest advertere : et profecto si tantum facinus impune dimittitur, graviora ex eo in futurum poterunt in majoribus etiam personis pericula evenire. Precipimus ergo fraternitati vestre ut eundem comitem moneatis quatenus abbatem a juramento illo prorsus absolvat atque ad monasterium redire absque inquietatione permittat, et predictum Beati Egydii monasterium, quod Romane Ecclesie juris est, cum omnibus rebus suis omnino liberum quietumque dimittat. Quodsi adversus abbatem vel locum ipsum comes calumniam gerit, nos ei libenter suo tempore justiciam faciemus. Sane si contemptor extiterit, vos vice nostra et ipsum ab ecclesiarum liminibus separate, et in tota ejus terra, in civitatibus et castellis divina omnia officia interdicite, preter infa[n]tium baptisma et morientium penitentias.

Data Melfie, iiii nonas octobris.

253

7 octobre 1121.

Calixte écrit à son légat Boson d'engager la reine Urraca à mettre en liberté
Diego, archevêque de Compostelle, dans le délai de quarante jours.

Ms. *Historia Compostellana*, fol. 68.
Éd. Florez, *España sagrada*, XX, 341. — Migne, n° 152, col. 1219.
Cat. Robert, n° 189. — Jaffé-Loewenfeld, n° 6926 (5062).

CALIXTUS episcopus, servus servorum Dei, venerabili dilecto in Christo
filio B[osoni], presbytero cardinali, apostolice sedis legato, salutem et
apostolicam benedictionem. Sepe tibi scripsisse meminimus voluntatem fratrum nostrorum esse ut ad eos quantocius remeares. Verumtamen quia emergencia negotia nos compellunt, adhuc tibi quedam
pro temporis oportunitate injungimus, per que oportet te diutius in-
morari. Significatum siquidem nobis est qui[a] nobilis memorie Ildefonsi regis filia, U[rraca] regina, karissimum fratrem nostrum D.,
Compostellane ecclesie archiepiscopum et nostrum etiam in provinciis
quibusdam legatum, dolo et prodicione quadam cepit cumque castella ecclesie cum honoribus in illius dare potestatem coegerit, neque
tamen sic eum a captione dimiserit. Quod profecto piaculum nullatenus
a Dei est Ecclesia tolerandum. Nosti enim a Domino de sacerdotibus
dictum : *Qui vos spernit, me spernit; et qui tangit vos, tangit pupillam*
oculi mei. Presentibus igitur litteris dilectioni tue precipimus ut eandem reginam, remota dilatione, conmoneas quatinus predictum fratrem nostrum liberum omnino dimitat, castella et honores ecclesie
cum sua integritate restituat et de tanta presumptione Deo ejusque
Ecclesie satisfaciat. Quod nisi infra quadraginta dies post commonitionem tuam adimpleverit, sollicitudo tua, convocatis aliis fratribus et
episcopis, in eam et in fautores ejus excommunicationis sententiam
proferat et in tota ejus terra divina omnia officia, preter infancium
baptisma et morientium penitentiam, interdicat, donec quod tam pessime factum est, Ecclesie judicio plenarie corrigatur.

Datum Melfie, nonis octobris.

254

7 octobre 1121.

Calixte écrit à Bernard, archevêque de Tolède, d'engager la reine Urraca à mettre en liberté Diego, archevêque de Compostelle, dans le délai de quarante jours.

Ms. *Historia Compostellana*, fol. 68 v°.
Éd. Florez, *España sagrada*, XX, 342. — Migne, n° 153, col. 1219.
Cat. Robert, n° 190. — Jaffé-Loewenfeld, n° 6927 (5063).

CALIXTUS episcopus, servus servorum Dei, venerabili fratri B[ernardo], Toletano archiepiscopo, apostolice sedis legato, salutem et apostolicam benedictionem. Egregie memorie Ildefonsi regis filiam, U[rracam] reginam, manus suas ad novum et pessimum facinus extendisse audivimus et vehementius contristati sumus. Significatum nobis est siquidem quod karissimum fratrem nostrum Didacum, Compostellane ecclesie archiepiscopum et nostrum etiam in quibusdam provinciis legatum, dolo et prodicione quadam ceperit, eumque castella ecclesie cum honoribus in illius dare potestatem coegerit, neque tamen sic eum a captione dimiserit. Quod profecto piaculum nullatenus a Dei est Ecclesia tolerandum. Nosti enim a Domino de sacerdotibus dictum : *Qui vos spernit, me spernit; et qui tangit vos, tangit pupillam oculi mei.* Presentibus ergo litteris fraternitati tue precipimus ut eandam reginam, remota dilatione, conmoneas quatenus predictum fratrem nostrum liberum omnino dimittat, castella et honores ecclesie cum sua integritate restituat et de tanta presumptione Deo ejusque Ecclesie satisfaciat. Quod nisi infra quadraginta dies post conmonitionem tuam adimpleverit, fraternitas tua, convocatis aliis fratribus et coepiscopis, in eam et in fautores ejus excommunicationis sentenciam proferat et in tota ejus terra divina omnia officia, preter infancium baptisma et moriencium penitentias, interdicat, donec quod tam pessime factum est, Ecclesie judicio plenarie corrigatur.

Datum Melfie, nonis octobris.

IMPRIMERIE NATIONALE

255

7 octobre 1121.

Calixte informe les archevêques et évêques d'Espagne des lettres qu'il a écrites à Boson, son légat, et à Bernard, archevêque de Tolède, et leur enjoint d'excommunier, sur leur ordre, la reine Urraca et de frapper ses terres d'interdit.

Ms. *Historia Compostellana*, fol. 68 v°.
Éd. Florez, *España sagrada*, XX, 343. — Migne, n° 154, col. 1220.
Cat. Robert, n° 191. — Jaffé-Loewenfeld, n° 6928 (5064).

CALIXTUS episcopus, servus servorum Dei, venerabilibus fratribus archiepiscopis et episcopis per Yspaniam, salutem et apostolicam benedictionem. Quociens nova et viris catholicis non ferenda per alicujus nequiciam oriuntur, manu sunt celeri exstirpanda, ne vires in posterum, quod absit, summant; ad que sollicitiores existere nos oportet, quoniam, licet indigni, Dei et Christi ejus locum in Ecclesia obtinemus. Significatum siquidem nobis est quod U[rraca] regina karissimum fratrem nostrum D[idacum], Compostellanum archiepiscopum et nostrum etiam in quibusdam provinciis legatum, dolo et proditione quadam ceperit eumque castella ecclesie cum honoribus dare in illius potestatem coegerit, neque tamen sic eum a captione dimiserit. Quod profecto piaculum nullatenus a Dei est Ecclesia tolerandum. Presentibus itaque litteris vobis precipiendo mandamus ut quando vel a fratre nostro B[ernardo], Toletano archiepiscopo, vel a filio nostro B[osone], presbytero cardinali, quibus hanc causam commisimus, vocati fueritis, remota dilatione, in unum convenire curetis, et eorum consilio in eandem reginam et in fautores ejus excommunicationis sententiam proferatis et in tota ejus terra divina omnia, preter infantium baptisma et morientium penitentias, interdicatis officia, donec predictum fratrem nostrum liberum prorsus dimittat, castella et honores ecclesie restituat et de tanta presumptione Deo ejusque Ecclesie satisfaciat.

Datum Melfie, nonis octobris.

256

7 octobre 1121.

Ordre à la reine Urraca de mettre en liberté Diego, archevêque de Compostelle, dans le délai de quarante jours.

Ms. *Historia Compostellana, fol. 68 v°.
Éd. Florez, *España sagrada*, XX, 344. — Migne, n° 155, col. 1221.
Cat. Robert, n° 192. — Jaffé-Loewenfeld, n° 6929 (5065).

CALIXTUS episcopus, servus servorum Dei, illustri regine U., salutem et apostolicam benedictionem. Nisi gravissimam presumptionem tuam corrigere summa cum festinatione curaveris, omnino tibi timendum est ne Dei judicio gravissime feriaris. Etenim manus tuas in Dei et Christi ejus vicarium, venerabilem fratrem nostrum, Compostellane ecclesie archiepiscopum et nostrum in provinciis quibusdam legatum, diceris extendisse, cui etiam amicitiam securitatemque promiseras. Cum scriptum sit de sacerdotibus per prophetam : *Nolite tangere christos meos, et in prophetis meis nolite malignari,* et iterum ipse Dominus dicit : *Qui vos tangit, tangit pupillam oculi mei,* ex nobis ipsis perpendere possumus quantum nequitia hec et omnipotenti debeat Domino displicere, qui vel lesionem quamlibet in oculorum nostrorum pupillis absque gravi non possumus angustia tolerare. Ne igitur timenda illa divini judicii sententia feriaris, litterarum tibi presencium auctoritate precipimus ut predictum fratrem nostrum, remota dilatione, liberum prorsus dimittas, castella ecclesie cum honoribus quos abstulisti, restituas et de tanto facinore Deo ejusque Ecclesie humiliter satisfacias. Alioquin pro certo cognoveris quoniam qui sacerdotem suum oculi sui pupillam constituit, super te graviter ulciscetur, et nos per nos ipsos et per fratres nostros, ipso auxiliante, tam de persona tua quam de factoribus et de tota terra tua, eam justitiam faciemus quod alii exemplo tuo in posterum talia non presument.

Datum Melfie, nonis octobris.

257

7 octobre 1121.

*Calixte informe Alphonse, roi d'Espagne, de son retour à la guérison et l'invite
à user de son influence pour faire mettre en liberté Diego, archevêque de
Compostelle.*

Ms. *)*Historia Compostellana*, fol. 68 v°.
Éd. Florez, *España sagrada*, XX, 345. — Migne, n° 156, col. 1221.
Cat. Robert, n° 193. — Jaffé-Loewenfeld, n° 6930 (5066).

Calixtus episcopus, servus servorum Dei, karissimo nepoti suo IL.,
strenuo et glorioso Hispaniarum regi, salutem et apostolicam benedictionem. Omnipotenti Deo et Domino nostro Jesu Christo gracias agimus, qui nos egritudine gravissima laborantes, secundum miseratio-
num suarum multitudinem, pristine restituit sanitati; gracias etiam ei
referimus quia infra Urbem et extra Urbem necnon et per totam Ita-
liam fideles Ecclesie ita nobis uniti sunt, quod omnes nostre parent
humiliter voluntati. Verumtamen unum est super quod vehementissime
contristamur, quoniam, sicut audivimus, mater tua U[rraca] regina,
nec Deum timens, nec beatissimo apostolo ejus Jacobo reverentiam
exhibens, in Dei et Christi ejus vicarium venerabilem fratrem nostrum,
D., Compostellanum archiepiscopum et nostrum etiam in provinciis
quibusdam legatum, te presente, manus suas sacrilega presumptione
extendit. Quanto autem dilectionis affectu idem frater noster te amplexus fuerit et quo te olim amore educaverit, tua non debet nunc
oblivisci nobilitas. Noveris etiam Dominum in Evangelio dicere : *Ego
diligentes me diligo, et honorificantes me honorificabo.* Si ergo predictus
fraterna pueritia personam tuam dilexit, si eam in quantum potuit su-
blimavit et si per te multa et gravia perpessus est, tu eum, fili karissime, diligas et honores et per te ac per fideles tuos omnino studeas
ut a captione [h]ac liber penitus dimittatur, quatenus exemplo hoc
persone alie te amplius diligant, vehementius de tua bonitate confi-
dant et se libentius pro tuo servitio defatigent. De cetero dilectionem
tuam rogamus ut sepe nobis statum et incolumitatem tuam litteris et
nuntio intimare procures, quia si juvare te sufficienter non possumus,
tuo tamen successui congaudemus. Etenim te, tanquam karissimum ac

specialem Ecclesie filium et tanquam carnem nostram, vera dilectione diligimus, et nostrum tibi consilium et auxilium libentissime ministrabimus. Omnipotens Dominus beatorum apostolorum suorum Petri et Pauli, necnon et Jacobi precibus, ad honorem suum et tuam salutem, personam tuam et regnum conservet et te ad vitam pervenire faciat sempiternam.

Datum Melfie, nonis octobris.

Litteras alias quas matri tue mittimus, ei per tuum facias nuncium presentari.

258

3 novembre 1121.

Calixte accorde à Bernard, archevêque de Tolède, et à ses successeurs la primatie sur toutes les églises d'Espagne et confirme les possessions de l'église de Tolède.

Mss. *Bullaire de Tolède*, du xvᵉ siècle, ms. lat. 12925 de la Bibliothèque nationale, fol. 12 v°. — *Liber privilegiorum ecclesie Toletane*, du xvᵉ siècle, aux Archives de la cathédrale de Tolède, fol. 89. — Ms. 623 de la Bibliothèque Vallicellane, à Rome, du xviᵉ siècle, fol. 62 v°. — *Epist. Roman. pontif.*, ms. lat. 16996, fol. 376 v°.
Éd. Mansi, *Concil.*, XXI, 216. — Aguirre, *Collectio maxima conciliorum omnium Hispaniæ et novi orbis*, V, 44. — Migne, n° 157, col. 1222.
Cat. Robert, n° 194. — Jaffé-Loewenfeld, n° 6931 (5067).

CALIXTUS episcopus, servus servorum Dei, venerabili fratri BERNARDO, Toletano primati, ejusque successoribus canonice substituendis, in perpetuum. Postquam superne miserationis dignacio insignem quondam et inter Hispaniarum urbes magni nominis civitatem Toletanam, studio et labore gloriose memorie regis Ildefonsi de Sarracenorum tiranide liberavit, domni predecessores nostri sancte recordacionis URBANUS et PASCUALIS, Ecclesie Romane pontifices, ejusdem civitatis ecclesiam pristine studuerant restituere dignitati. Unde, karissime frater et coepiscope B[ERNARDE], palleum tibi, pontificalis videlicet officii plenitudinem, conferentes, in totis Hispaniarum regnis primatem te privilegiorum suorum sancionibus statuerunt, sicut predecessores tuos, predicte urbis pontifices, constat extitisse. Quorum nimirum patrum nostrorum vestigiis insistentes, tam tuis quam et karissimi nepotis nostri Ildefonsi regis precibus duximus annuendum ut, autore Domino [a], eundem tibi tuisque successoribus honorem et per nos Toletane ecclesie confirmemus. Apostolica igitur auctoritate statuimus ut per universa Hispaniarum regna primatus obtineas dignitatem. Verum personam tuam in manu nostra propensiori gracia retinentes, censemus ut solius Romani pontificis judicio ejus causa, si qua fuerit, decidatur. Te itaque universi Hispaniarum presules primatem respicient, etc., [et ad te, si quid inter eos quæstione dignum exortum fuerit, referent, salva tamen in omnibus Romanæ Ecclesiæ auctoritate, et salvis metropolitanorum privilegiis singulorum. Sane Toletanam ecclesiam præsentis privilegii stabilitate munimus, Complutensem ei parochiam cum terminis suis, necnon et ecclesias omnes atque diœceses, quas jure proprio antiquitus possedisse cognoscitur, confirmantes; episcopales præterea sedes Ovetum, Legionem, Palentiam, eidem Toletanæ ecclesiæ, tanquam metropoli, subditas esse decernimus. Reliquas vero, quæ antiquis ei temporibus subjacebant, cum Dominus omnipotens Christianorum restituerit potestati suæ dignatione misericordiæ, ad caput proprium referendas decreti hujus auctoritate sancimus. Porro illarum diœceses civitatum, quæ, Sarracenis invadentibus, metropolitanos proprios amiserunt, eo tenore vestræ subjicimus ditioni, ut, quoad sine propriis exstiterint metropolitanis, tibi, ut proprio, debeant subjacere, salvo tenore privilegii quod a nobis Compostellanæ ecclesiæ pontifici est collatum. Si quæ autem metropoles in statum fuerint proprium restitutæ, suo quæque diœcesis metropolitano restituatur, ut sub proprii pastoris regimine super divini collatione beneficii glorietur. Si qua igitur in futurum ecclesiastica secularisve persona hanc nostræ constitutionis paginam sciens, etc.] [b].

Ego Calixtus, catholice Ecclesie episcopus, ss.

Datum Mantie (l. Matere) per manum Grisogoni, sancte Romane Ecclesie diachoni cardinalis [ac] bibliothecarii, III nonas novembris, indictione xv, incarnacionis Dominice anno M°c°xxii°, pontificatus autem domni Calixti II pape anno III°.

259

3 novembre 1121.

Bernard, archevêque de Tolède, est institué légat dans toute l'Espagne, excepté pour les provinces de Braga et de Mérida.

Ms. *Epist. Roman. pontif.*, ms. lat. 16996, fol. 377 v°.
Éd. Mansi, *Concil.*, XXI, 210. — Aguirre, *Collectio maxima conciliorum*, V, 44. — Migne, n° 158, col. 1223.
Cat. Robert, n° 195. — Jaffé-Loewenfeld, n° 6932 (5068).

Pro bonitate tua et antiqua Toletanæ ecclesiæ nobilitate domnus prædecessor noster sanctæ memoriæ Paschalis papa et personam tuam et eamdem commissam tibi ecclesiam spiritualiter honoravit : unde suum te vicarium in partibus Hispaniarum constituit et sedis apostolicæ legationem tibi honorifice commendavit. Et nos circa te benignitatem et gratiam attendentes, pari te dilectione amplectimur et honorificentia honoramus, eandem tibi legationem totam, cooperante Domino, tribuentes, exceptis nimirum Bracarensi et Emeritana metropoli. Ad ejusdem quoque patris nostri exemplar, omnes tibi ecclesias cum possessionibus et redditibus suis concedimus et confirmamus, quas ipse idem dominus et pater noster cognoscitur concessisse; salvo tamen in omnibus jure et dominio Romanæ Ecclesiæ, necnon censu annis ei singulis persolvendo. Tui enim de cætero est, frater Bernarde, ita supradictam matrem tuam Ecclesiam Romanam diligere, ita, licet remotioribus partibus, venerari, ut ejus semper gratia et magnificentia dignior habearis.

Datum Mantiæ, III nonas novembris.

260

3 novembre 1121.

*Ordre aux archevêques, évêques, abbés, prévôts, clercs et fidèles d'Espagne
d'obéir à Bernard, archevêque de Tolède.*

Mss. Original aux Archives de la cathédrale de Tolède. — *Bullaire de Tolède*, ms. lat. 12925,
fol. 32 v°. — *Liber privilegiorum ecclesie Toletane,* fol. 102. — Ms. C 23 de la Bibliothèque
Vallicellane, fol. 80. — *Epist. Roman. pontif.*, ms. lat. 16996, fol. 378.
Éd. Mansi, *Concil.*, XXI, 216. — Aguirre, *Collectio maxima conciliorum*, V, 45. — Migne, n° 160,
col. 1224.
Cat. Robert, n° 196. — Jaffé-Loewenfeld, n° 6933 (5069).

Calixtus episcopus, servus servorum Dei, venerabilibus fratribus
archiepiscopis et episcopis, abbatibus, prepositis necnon et ceteris, tam
clericis quam laicis, per Yspaniam constitutis, salutem et apostolicam
benedictionem. Noticiam vestram latere non credimus quod domni
predecessores nostri sancte recordationis Urbanus et Pascalis, Ecclesie
Romane pontiffices, karissimum fratrem nostrum B[ernardum], Tole-
tanum primatem, afectione precipua dilexerunt et tamquam specialem filium honoraverunt, etc. [Etenim ei suas vices in vestris partibus committentes, legatum eum sedis apostolicæ statuerunt. Et nos
ergo eamdem ei dilectionem et eamdem gratiam exhibentes, nostras
ei vices nostramque similiter legationem duximus committendam. Rogamus igitur universitatem vestram, monemus atque præcipimus ut
ei sicut legato nostro humiliter obedire et synodales cum eo ad vocationem ejus celebrare conventus, cum ecclesiasticæ utilitatis causa exegerit, procuretis quæ, parante Domino, corrigenda corrigere, et confirmanda communibus auxiliis confirmare[a].]
Datum Mantie, III nonas novembris.

[a] Ce qui est entre crochets n'est pas dans le ms. 12925.

261

3 novembre 1121.

Ordre aux évêques d'Oviédo et de Léon d'obéir à Bernard,
archevêque de Tolède.

Mss. *Bullaire de Tolède*, ms. lat. 12925, fol. 34 v°. — Ms. C 23 de la Bibliothèque Vallicellane,
  fol. 81 v°.
Éd. Mansi, *Concil.*, XXI, 216. — Aguirre, *Collectio maxima conciliorum*, V, 45. — Migne, n° 159,
  col. 1224.
Cat. Robert, n° 197. — Jaffé-Loewenfeld, n° 6934 (5070).

CALIXTUS episcopus, servus servorum Dei, venerabilibus fratribus
Ovetensi et Legionensi episcopis, salutem et apostolicam benedictionem. Predecessor noster sancte memorie URBANUS papa, antiquam Toletane ecclesie nobilitatem cognoscens ejusque paupertati compasciens,
Ovetensem et Legionensem ecclesias archiepiscopo Toletano concessit
et scripti sui auctoritate firmavit. Ad cujus exemplar nos predicte ecclesie decrevimus, auxiliante Domino, providere. Monemus itaque fraternitatem vestram atque precipimus ut Toletano archiepiscopo atque
primati, tamquam metropolitano proprio, reverenciam et obedienciam impendatis.

Datum Mantie, iii nonas novembris.

262

10 novembre 1121.

L'église Saint-Jean de Besançon est définitivement instituée cathédrale [a].

Ms. *Original aux Archives départementales du Doubs, à Besançon, fonds du chapitre de Saint-
Jean.
Éd. Pflugk-Hartlung, *Acta*, I, 117.
Cat. Jaffé-Loewenfeld, n° 6935.

CALIXTUS episcopus, servus servorum Dei, venerabili fratri ANSERICO

[a] Le parchemin de cette bulle est rongé en plusieurs endroits. Les lettres ou mots manquants ont été restitués d'après le texte d'une bulle du 19 mars 1122, conçue à peu près dans les mêmes termes.

archiepiscopo, Manasse decano, Stephano archidiacono, Stephano thesaurario, Hugoni archidiacono et ceteris Bisuntine ecclesie Beati Johannis [apostoli et evangeliste] canonicis, salutem et apostolicam benedictionem. Decessorum statuta, sicut legitima et justa successorum convenit custodire, ita debet etiam malefacta salubri provisione corrigere. Eapropter nos surreptionem illam, que domino [predecessori nostro sancte memor]ie Paschali pape a clericis Sancti Stephani de maternitatis judicio facta est, ad veritatis et justitie curavimus ordinem revocare. Inter vos enim et canonicos Sancti Stephani super episcopali cathedra et ecclesiastica maternitate longo jam fuerat tempore agi[tata discordia. Siquidem can]onici Sancti Stephani ecclesiam suam matricem antiquitus extitisse, sed propter ejus destructionem episcopos ad Beati Johannis ecclesiam secessisse, prout poterant, allegabant. Econtra vos ecclesiam vestram per longa temporum spatia episcopalem sedem sine interruptione legi[tima possedisse, scriptorum] memoria et veterum virorum atestationibus firmabatis. Hec profecto discordia, cum ad predicti domini nostri audientiam pervenisset, nostro eam commisit examini finiendam eoque ipsius vices illis in partibus gereremus, ita videlicet, ut si cano[nici Sancti Stephani quinque] idoneis probare testibus possent, quod post redintegrationem ecclesie sue infra annos triginta super querela hac questionem fecissent, per quam illorum videretur interrupta retentio, scilicet vel ante antistitem suum vel ante Romane [legatum Ecclesie in comm]uni audientia hac probatione perfecta, privilegia eorum robur proprium obtinerent et episcopalis sedes apud Beati Stephani ecclesiam haberetur, alioquin vos a querela hac liberi maneretis et episcopalem teneretis sedem, sicut prius tenueratis. Eandem [quoque ipsius negotii decisi]onem usque ad tunc proximam beate Marie Assumptionem idem dominus a nobis perfici consummariquee precepit. Nos ejus obedientes mandatis, adhibitis fratribus nostris et coepiscopis, Gaucerando Lugdunensi, Hugone Gratianopolitano, Leodegario Vivariensi, Berardo [Matisconensi], Stephano Eduensi, Gualterio Cabillonensi, Gauceranno Lingonensi, Pontione Bellicensi, Guidone Gebennensi, Guilinco Sedunensi et Pontio, abbate Cluniacensi, cum decem et septem abbatibus atque aliis religiosis viris apud Trenortium utramque [partem] convenimus. Ubi, cum pars vestra justitie sue allegationes ostenderet, nos probationis exequutionem a predicto domino constitutam, a Sancti Stephani canonicis [requisi] vimus,

qui vix tandem testes aliquot, nec tamen idoneos, produxerunt; alius
enim pro commisso perjurio sive turpi nativitate, alius pro sacrilegio,
alius pro pretii conductione, alius pro excommunicatione, qua diu al-
ligatus fuerat, reprobatus est. Sic prefati Beati St[ephani ca]nonici,
jam suę partis causam defendere penitus non valentes, a probatione
proposita in conspectu omnium defecerunt. Tunc ex communi fratrum
judicio definitum est vestram Beati Johannis ecclesiam debere maternitatis prerogativam imperpetuum obtinere. [Unde nos] una cum eis
eandem vestram ecclesiam ex tunc a querela illa liberam fore decrevimus, episcopalem in ea sedem permanere irrefragabiliter statuentes.
Auctoritate insuper apostolica, in cujus vocati partes sollicitudinis
fueramus, sub anathematis [obligation]e precepimus ut nullus eam
ulterius clericus sive laicus inde inquietare aut inquietanti favorem
presumeret ministrare. Hac promulgata ex communi deliberatione sententia, canonici Sancti Stephani ad nos secretius accesserunt, [ut con-
stituen]dę inter vos et ipsos pacis diem prefigeremus suppliciter postulantes. In quorum verbis nos nichil doli, nichil prorsus versutię
opinantes, supplicationi eorum annuimus et diem eis, uti postulave-
rant, constituimus. Mox ipsi a nobis, fraudis inito consil[io, disceden-
tes un]um ex fratribus suis, Petrum scilicet de Moneta, ad predictum
predecessorem nostrum furtim et nobis nichil omnino tale opinan-
tibus, direxerunt. Is, postquam se curię presentavit, multa ferens et
nonnulla confingens, mendacia inter cętera suggerere domino aus[us
est, nos de predicto] negotio nichil fecisse, neque in ejus exequutionem
obedire mandato sedis apostolicę voluisse. In hęc figmenta discedens
et rursus ad curiam rediens, reliquos secum deceptores adduxit; congregatis eis, discussio quasi a principio facta est. Novissim[e quedam
illarum] personarum, quę tam celebri, ut predictum est, judicio re-
probatę fuerant, necnon et alię nequaquam idonę ad prefatam pro-
bationem admissę sunt. Duo ex clericis vestris, quos pro jam dicti confirmatione judicii miseramus, advenerant, sed cum omnia, quę acta
fuer[ant, diligenter expone]rent, proficere nullatenus potuerunt. Canonici quippe Sancti Stephani ita jam curiam totam figmentorum suorum
fallaciis et assentationum blandimentis asperserant, ut, aliis nullum
in ea locum habentibus, ipsi scriptum maternitatis acceperint. [Post
aliquantum] tamen temporis illorum fraudem idem dominus et recognovisse assererit et super ea vehementius doluisse, unde etiam tibi,

karissime frater archiepiscope Ansenice, per sui auctoritatem scripti liberam contulit facultatem episcopalia in qua velles ecclesia peragendi. P[ostea vero qu]am nos in apostolicę sedis administrationem divina fuimus gratia constituti, vos aures nostras super eadem querimonia iterum atque iterum propulsastis. Nos autem supradictam deceptionem, necnon et causam omnem plenius cognoscentes, utpote qui ab ipso pueriti[e nostre tempor]e in illis educati partibus fuimus et nostris totius rei veritatem oculis vidimus, utramque partem ad nostram secundo presentiam convocavimus. Vos, ut mandatum fuerat, convenistis, sed illi se, nullis premissis excusationibus, subtraxerunt. Tertia tandem [vocatione] terminum tam eis quam vobis in beati Lucę festivitate prefiximus, sed in parte altera etiam hac vice contempti sumus. Cum enim vos presentes fueritis et per quindecim dies in curia permanentes, terminum transieritis, illi nec venerunt nec responsal[es aliquos] transmiserunt. Quamobrem fratribus nostris episcopis et cardinalibus, necnon et archiepiscopis, episcopis et abbatibus, qui nobiscum aderant, visum est Beati Stephani canonicos diffugium petivisse, ne coram nobis negotium tractaretur, qui et ipsorum dolositatem et justitię vestrę pu[ritatem certiss]ime sciebamus. Ex communi ergo eorundem fratrum nostrorum consilio, illud maternitatis scriptum, quod per tantę fraudis versutiam sepedicto domino nostro surreptum est, apostolica auctoritate cassamus, statuentes ut nullum robur, nullam in posterum vim prorsus obt[ineat, sed] in tota Bisuntinę civitatis parochia sola Beati Johannis ecclesia omnem episcopalis sedis et matricis ecclesię possideat futuris temporibus dignitatem, quam priscis cognoscitur temporibus possedisse. Porro consuetudines omnes, quas ecclesia Sancti Stephani a tempore Hugonis Salinensis, bonę memorię Bisuntini archiepiscopi, usque ad tempora fratris nostri Hugonis, qui in Jerusolimitana peregrinatione defunctus est, tam in spiritualibus quam in temporibus ecclesię vestrę persolvit, quietę vobis deinceps et eidem vestrę ecclesię persolvantur. Ad hęc absolutionem, quę tam a te, karissime in Christo frater et coepiscope Ansenice, quam et ab Humbaldo, Lugdunensi archiepiscopo, super juramento illo clericis utriusque ecclesię facta et a nobis, dum adhuc in partibus ultramontanis essemus, confirmata est, presentis quoque decreti pagina roboramus et ratam perpetuo manere decernimus, auctoritate sedis apostolicę statuentes et omnimodis precipientes ut neque vos Sancti

Stephani canonicos, neque ipsi aut quęlibet persona vos ulterius super juramento illo presumat impetere. Si nostrę igitur sanctioni huic Beati Stephani canonici audaci presumptione contraire temptaverint, tibi, dilecte in Christo frater ANSERICE, Bisuntine archiepiscope, tuisque catholicis successoribus licentiam damus de personis eorum et de ipsa etiam ecclesia, cooperante Deo, donec satisfecerint, justitiam exequendi. Si qua etiam in futurum ecclesiastica secularisve persona hanc nostrę constitutionis paginam sciens contra eam temere venire temptaverit, secundo tertiove commonita, si non satisfactione congrua emendaverit, potestatis honorisque sui dignitate careat reamque se divino judicio existere de perpetrata iniquitate cognoscat et a sacratissimo corpore ac sanguine Dei et Domini Redemptoris nostri Jesu Christi aliena fiat atque in extremo examine districtę ultioni subjaceat. Cunctis autem eidem Beati Johannis ecclesię justa servantibus sit pax Domini nostri Jesu Christi, quatenus et hic fructum bonę actionis percipiant et apud districtum judicem premia ęternę pacis inveniant. Amen. Amen. Amen.

(R.) Ego Calixtus, catholicę Ecclesie episcopus, ss. (M.)

† Ego Divizo, Tusculanus episcopus, ss.

† Ego Robertus, cardinalis presbiter tituli Sancte Sabine, ss.

† Ego Deusdedit, cardinalis presbiter tituli Sancti Laurentii, ss.

† Ego Ugo, cardinalis presbiter tituli Apostolorum, ss.

† Ego Johannes, tituli Sancti Grisogoni presbiter cardinalis, ss.

† Ego Petrus, cardinalis presbiter tituli Sancti Marcelli, ss.

Datum Tarenti per manum Grisogoni, sanctę Romanę Ecclesię diaconi cardinalis ac bibliothecarii, iiii idus novembris, indictione xv, incarnationis Dominicę anno M C XXII, pontificatus autem domni Calixti secundi pape anno III.

(Lacs de soie rouge; la bulle n'existe plus.)

263

9 décembre 1121.

Confirmation de la réunion des évéchés de Noyon et de Tournai.

Mss. *Cartulaire du chapitre de Noyon*, du commencement du XIIIᵉ siècle, aux Archives départementales de l'Oise, à Beauvais, G 1884, fol. 41. — Ms. lat. 9771, fol. 143; copie de dom Brial.
Éd. Marlot, *Metrop. Rem. historia*, II, 277. — Miraeus, *Opera diplomatica et historica*, II, 1157. — *Rec. des hist. des Gaules et de la France*, XV, 242. — Migne, n° 161, col. 1225.
Cat. Robert, n° 198. — Jaffé-Loewenfeld, n° 6936 (5071).

CALYXTUS episcopus, servus servorum Dei, karissimo in Christo filio LUDOVICO, illustri et gloriosissimo Francorum regi, salutem et apostolicam benedictionem. Patres tui gloriose memorie Francorum reges, postquam per omnipotentis Dei misericordiam christiane fidei rudimenta perceperunt, Romanam Ecclesiam devotione precipua coluerunt, nec satis eis visum est matrem suam suis tantum temporibus venerari, sed ejus reverentiam, obedientiam et affectum suis etiam posteris, jure quodam hereditario, reliquerunt. Unde divine inspirationis gratia factum est ut et tu qui, ex eadem regali descendens progenie, in regni ejus regimine successisti, in morum quoque probitate succedens, et in devotione supradicte matris tue heres ingenuus permaneres. Hoc et nos diebus nostris experti sumus, hoc et tota Romana pene Ecclesia recognoscit. Eapropter petitiones tuas, fili karissime, clementer admittere ac personam tuam et regnum specialius, auctore Deo, decrevimus honorare. Postulas siquidem ut antiquam Noviomensis ac Tornacensis parrochiarum unitatem auctoritatis nostre robore confirmemus. Multa siquidem et magna inter utramque ecclesiam terrarum spatia continentur, et suum queque, ut asserunt, posset antistitem obtinere. Sed quoniam dilectionis tue habundantia nos compellit, petitioni huic facilem impertimur assensum. Noviomensis igitur et Tornacensis ecclesiarum et parrochiarum unitatem, a nostris predecessoribus inconvulsam usque ad hec tempora conservatam, presentis decreti pagina confirmamus et ratam in perpetuum permanere decernimus, auctoritate apostolica statuentes ut utrique ecclesie unus tantum presit episcopus; verumtamen caput et episcopalis dignitatis sedes Noviomi futuris temporibus habeatur. In hiis omnibus confratrem nostrum,

Lambertum episcopum, sollicitiorem existere volumus, et sic per Dei gratiam utrique ecclesie providere, ut neutra pastoralis officii et doctrine gratia defraudetur. Si qua igitur in futurum ecclesiastica secularisve persona hanc nostre institutionis paginam sciens contra eam temere venire temptaverit, secundo terciove commonita, si non satisfactione congrua emendaverit, potestatis honorisque sui dignitate careat reamque se divino judicio existere de perpetrata iniquitate cognoscat et a sacratissimo corpore ac sanguine Dei et Domini Redemptoris nostri Jesu Christi aliena fiat atque in extremo examine districte ultioni subjaceat. Cunctis autem eam servantibus sit pax Domini nostri Jesu Christi, quatenus et hic fructum bone actionis percipiant et apud districtum judicem premia eterne pacis inveniant. Amen. Amen. Amen.

Ego Calyxtus, catholice Ecclesie episcopus, laudans ss.

Datum Neocastri per manum Grisogoni, sancte Romane Ecclesie diaconi cardinalis ac bibliothecarii, v idus decembris, indictione xv, incarnationis Dominice anno m°c°xx°ii°, pontificatus autem domni Calyxti secundi pape anno iii.

264

21 décembre 1121.

Lettre de Calixte à Pierre, évêque de Squillace, l'informant qu'il a consacré l'évêque de Tretaberne, et il lui ordonne de rendre à ce dernier des possessions qui avaient été enlevées à son église, notamment Rocca Falluca.

Mss. *Copie de la *Chronique de Robert Biscard*, ms. 4936 de la Bibliothèque du Vatican, du xvie siècle, fol. 40 v°. — Ms. XL, 4 de la Bibliothèque Barberine, à Rome, fol. 183 v°.
Éd. Liverani, *Spicilegium Liberianum*, p. 598. — Pflugk-Harttung, *Acta*, II, 227.
Cat. Jaffé-Loewenfeld, n° 6937.

Calixtus episcopus, servus servorum Dei, venerabili fratri Petro, Squillacensi episcopo, salutem et apostolicam benedictionem. Sicut tu ipse nosti, nos in Trium Tabernarum diocesi, secundum antiquam consuetudinem, per Dei gratiam episcopum consecravimus. Unde oportet quod ipsius parrochie partes que propter pastoris absentiam distracte fuerant, in ejusdem episcopi redeant potestatem. Eapropter fraternitati tue mandamus atque precipimus ut castrum quod Rocca

Falluca dicitur, quod ad ejus parrochiam pertinet, eidem Trium Tabernarum episcopo reddas cum omnibus pertinentiis suis [et] quietum dimittas.

Datum Catanzarii, xii calendas januarii.

265

21 décembre 1121.

Ordre à Hugues le Rouge, au clergé et au peuple de Rocca Falluca d'obéir à Pierre, évêque de Squillace.

Ms. *Copie de la Chronique de Robert Biscard, ms. 4936 de la Bibliothèque du Vatican, fol. 40 v°.
Éd. Liverani, Spicilegium Liberianum, p. 598.
Cat. Jaffé-Loewenfeld, n° 6938.

CALIXTUS episcopus, servus servorum Dei, dilectis in Christo filiis HUGONI RUBEO, clero et populo de Rocca, salutem et apostolicam benedictionem. Dilectionem vestram latere non credimus quod venerabilem fratrem nostrum Johannem, episcopum Trium Tabernarum, consecravimus totamque dio[ce]sem, sicut antiquitus fuerat constituta, ei commisimus. Vos autem, occasione fratris nostri Squillacensis episcopi, reverentiam ei non exhibetis, neque sicut proprio episcopo ei defertis. Eapropter ex paterna vobis affectione mandamus ut de omni, de cœtero occasione postposita, obedientiam et reverentiam[a] sicut proprio pastori exhibeatis. Alioquin nos plenariam de vobis justitiam, auctore Deo, faciemus.

Datum Catanzarii, duodecimo calendas januarii.

---

[a] Le ms. porte *rusurressionem* peut-être pour *submissionem; reverentiam* est le mot constamment usité.

266

23 décembre 1121.

Confirmation des possessions et des privilèges de l'église de Melito.

Él. *Bisogni, *Hipponii seu Vibonis Valentiæ vel Montis leonis Ausoniæ civitatis accurata historia*, p. 84. — Capialbi, *Memorie per servire alla storia della s. chiesa Militese.* — Ughelli, *Italia sacra*, I, 951. — Migne, n° 162, col. 1227.
Cat. Robert, n° 199. — Jaffé-Loewenfeld, n° 6939 (5072).

CALLIXTUS episcopus, servus servorum Dei, venerabili fratri[a] GAU-
FRIDO, Militensi episcopo, suisque successoribus canonice substituendis, in perpetuum. Officii nostri nos hortatur auctoritas[b] pro ecclesiarum statu sollicitos esse et quæ recte statuta sunt stabilire. Proinde,
charissime in Christo frater GAUFRIDE episcope, tuis petitionibus annuentes et prædecessorum nostrorum sanctæ memoriæ GREGORII VII et
URBANI II, Ecclesiæ Romanæ pontificum, statuta firmantes, præsentis
privilegii stabilitate sancimus ut Militensis ecclesia sub jure sedis apostolicæ specialiter[c] perseveret, omnesque successores tui, quemadmodum et prædecessores tui, per manus Romani pontificis consecrentur.
Authoritate apostolica etiam confirmamus ut Bibonensis in Militensem translata, sicut prædictorum prædecessorum nostrorum privilegiis
decretum est, maneat in perpetuum : addentes etiam ut Tauranensis
ecclesia, quæ, peccatis accolarum exigentibus, desolata est, in diœcesim Militensem[d] cedat, et Militensi deinceps episcopo subjecta permaneat, ut una utriusque, Bibonensis scilicet et Tauranensis, ecclesia
diœcesis habeatur, et deinceps Militensis vocabulo nuncupetur. Nulli
ergo omnino hominum liceat eandem Militensem ecclesiam temere
perturbare aut ejus possessiones auferre vel ablatas retinere, minuere
vel temerariis vexationibus fatigare, sed universa quæ concessione pontificum, liberalitate[e] principum, oblatione fidelium vel aliis justis
modis aut præsenti possidet aut in futurum, largiente Domino, poterit adipisci, firma tibi tuisque successoribus et illibata permaneant,
præsertim quæ ad Bibonensem et Tauranensem ecclesias, sive in pos-

---

[a] *Patri*, éd. — [b] *Hortamur authoritate*, éd. — [c] *Specialis*, éd. — [d] *Militensis*, éd. — [e] *Libertate*, éd.

I   25

sessione, sive in regimine juste visa sunt pertinere. Si qua igitur in futurum ecclesiastica secularisve persona hanc nostre constitutionis paginam sciens contra eam temere venire tentaverit, secundo tertiove commonita, si non satisfactione congrua emendaverit, potestatis honorisque sui dignitate careat reamque se divino judicio existere de perpetrata iniquitate cognoscat et a sacratissimo corpore et sanguine Dei et Domini Redemptoris nostri Jesu Christi aliena fiat atque in extremo examine districtæ ultioni subjaceat. Cunctis autem mandata Ecclesiæ justa servantibus sit pax Domini nostri Jesu Christi, quatenus et hic fructum bonæ actionis percipiant et apud districtum judicem præmia æternæ pacis inveniant. Amen. Amen.

Ego Callixtus, catholicæ Ecclesiæ episcopus.

Datum Laterani per manum Grysogoni, catholicæ Romanæ Ecclesiæ diaconi cardinalis ac bibliothecarii, 10 kalendas januarii, indictione 15, incarnationis Dominicæ anno 1122, pontificatus autem domni Callixti II anno III.

267

28 décembre 1121.

Bulle adressée à tous les fidèles et dans laquelle sont relatées les démarches faites par le pape pour le rétablissement de la paix entre Guillaume, duc d'Italie, et Roger, comte de Sicile; la dédicace de l'église de Catanzaro, etc.

Mss. *Ms. XL, 4 de la Bibliothèque Barberine, à Rome, du xvii⁰ siècle, p. 182. — Ms. 4936 de la Bibliothèque du Vatican, fol. 39.
Éd. Ughelli, *Italia sacra*, IX, 367.—Liverani, *Spicilegium Liberianum*, p. 596. — Migne, n° 163, col. 1227.
Cat. Robert, n° 200. — Jaffé-Loewenfeld, n° 6940 (5073).

CALIXTUS episcopus, servus servorum Dei, universis Ecclesie fidelibus, salutem et apostolicam benedictionem. Notum sit omnibus sancte matris Ecclesie fidelibus atque orthodoxis hoc presens scriptum quandoque cernentibus vel legentibus seu audientibus, presentiam nostram secundo episcopatus nostri, anno vero ab incarnatione Domini m°c°xx°ii°, indictione xv⁰, reformande pacis causa inter Guillelmum, ducem Italiẹ, et Rogerium, Siciliẹ comitem, partes Calabriẹ adventasse et apud Neocastrum prefata causa per quindecim et eo amplius dies moram fecisse, et inde per Catanzarium reditum habuisse ibique ecclesiam in honorem Sancte Marie, matris Domini, et apostolorum principum Petri et Pauli, cum pluribus episcopis et cardinalibus nostris, quorum nomina subscripta sunt, propriis manibus per Dei gratiam dedicasse et caput et dignitatem episcopatus totius parrochie et pertinentie Trium Tabernarum ipsius ecclesie concessisse et confirmasse. Cui quidem ecclesie, ex parte et auctoritate Dei et beate Marie, genitricis ejus, apostolorum principum Petri et Pauli, assensu et confirmatione episcoporum et cardinalium, qui nobiscum interfuerunt, tale munus misericordie et remissionis contulimus et concessimus ut omnes, quorum corpora in cimiterio ejusdem ecclesie suo voto sepellirentur, nisi in excommunicatione et absque confessione morirentur, ab omnibus peccatis suis ipsa hora absolverentur, et extorres infernalium cruciatuum et perpetue gehenne redderentur et prime resurrectionis participes esse mererentur. Addidimus quoque, nutu Dei et consensu episcoporum et cardinalium et auctoritate apostolice dignitatis et ecclesiastice potestatis, ut omnes qui ad annualia festa dedicationis prefate ecclesie, que per octo dies celebranda decrevimus, scilicet a festivitate Innocentium usque ad eorundem octavam, devote venirent, unum annum remissionis criminalium peccatorum et tertiam venialium unde confessi essent vel infra octavas confiterentur, supradicta auctoritate consequerentur et obtinerent. Universos autem qui eidem ecclesie suas elemosinas largiti et largituri sunt ipsamque defensuri sive augmentaturi, nec minuituri, ex parte Dei, et auctoritate sancte Dei genitricis Marie et apostolorum principum Petri et Pauli et nostri benedicimus ac in nostris orationibus recipimus.

(R.) Ego Calixtus, catholice Ecclesie episcopus, ss. (M.)

† Ego Lambertus, Hostiensis episcopus atque cardinalis.

† Ego Clinitius, Tusculanus episcopus atque cardinalis.

† Ego Crescentius, Sabinensis episcopus atque cardinalis.

† Ego Petrus, Portuensis episcopus atque cardinalis.

† Ego Vitalis, Albanensis episcopus atque cardinalis.

† Ego Barensis archiepiscopus.

† Ego Radulphus, Rheginus archiepiscopus.

† Ego Gregorius, Sancte Severine archiepiscopus.

† Ego Asca, Aquiensis archiepiscopus.

† Ego Goffredus, Mexane episcopus.

† Ego Augerius, Catanensis episcopus.

† Ego Velardus, Agrigentinus episcopus.

† Ego Rainaldus, Militensis episcopus.

† Ego Henricus, episcopus Neocastri.

† Ego Petrus, Squillacensis episcopus.

† Ego Radulphus, Martiran. episcopus.

† Ego Petrus, Malven. episcopus.

† Ego Joannes, Anglion. episcopus.

† Ego Girardus, Potentie episcopus.

† Ego Joannes, Catacensis episcopus.

† Ego W., Alberti. episcopus.

† Ego Polichronius, Genecocastrensis episcopus.

† Ego Gervasius, Unbriacensis episcopus.

† Ego Leontius, Geracensis episcopus.

† Ego Nicolaus, Sancti Angeli Militensis ecclesie abbas.

† Ego Ubertus, Sancte Ephon. abbas.

† Ego Lambertus, magister Heremit.

† Ego Rogerius, Sancti Juliani abbas.

† Ego Bonifacius, presbyter cardinalis tit. S. Marci.

† Ego Benedictus, presbyter cardinalis tituli Sancte Eudoxie.

† Ego Joannes, cardinalis tituli Sancte Cecilie.

† Ego Gregorius, presbyter cardinalis tituli Sancti Equitii.

† Ego Theobaldus, presbyter cardinalis tituli Pamachii [a].

† Ego Ranerius, presbyter cardinalis tituli Sanctorum Marcellini et Petri.

† Ego Desiderius, presbyter cardinalis tituli Sancte Praxedis.

† Ego Petrus, sancte Romane Ecclesie presbyter cardinalis tituli Sancte Prisce.

† Ego Divizo, presbyter cardinalis tituli Sancti Equitii.

† Ego Deusdedit, presbyter cardinalis tituli Sancti Laurentii in Damaso.

† Ego Gregorius, presbyter cardinalis tituli Sancte Lucine.

† Ego Joannes, presbyter cardinalis tituli Sancti Grisogoni.

† Ego Amico, presbyter cardinalis tituli Sancte Crucis in Jerusalem.

---

[a] *Pramachii*, dans le ms.

† Ego Sigizo, presbyter cardinalis tituli Sancti Sixti.

† Ego Petrus, presbyter cardinalis tituli Sancti Marcelli.

† Ego Johannes, presbyter cardinalis tituli Sancti Eusevii.

† Ego Robertus, presbyter cardinalis tituli Sancte Sabine.

† Ego Romoaldus, diaconus cardinalis tituli Sancte Marie in Via lata [a].

† Ego Aldo, diaconus cardinalis Sanctorum Sergii et Bacchi [b].

† Ego Petrus, diaconus cardinalis Sancti Adriani.

† Ego Romanus, diaconus cardinalis Sancte Marie in Porticu.

† Ego Jonathas, diaconus cardinalis Sanctorum Cosme et Damiani.

† Ego Gualterius, diaconus cardinalis Sancti Theodori.

Datum Catanzarii per manum Grysogoni, sancte Romane Ecclesie diaconi cardinalis ac bibliothecarii, v [kalendas januarii, indictione xv, anno Dominice incarnationis 1122], pontificatus autem domni Calixti II pape anno quarto.

268

1121.

Réprimandes à Alpherade, abbesse de Notre-Dame de Capoue, qui avait négligé de se présenter à la convocation à elle adressée, et ordre de rendre au monastère du Mont-Cassin l'église de Cingle.

Mss. *Ms. 522 de l'abbaye du Mont-Cassin, du xiiᵉ siècle, p. 232. — *Regestum Petri diaconi,* ms. du xivᵉ siècle, *ibid.,* nº 51.

Éd. Thaner, dans le *Neues Archiv,* IV, 404.

Cat. Robert, nº 205. — Jaffé-Loewenfeld, nº 6941 (5073 a).

(C)ALIXTUS episcopus, servus servorum Dei, dilecte in Christo filie A., abbatisse Capuani monasterii Sancte M., salutem et apostolicam benedictionem. Pro controversia que de ecclesia Sancte M. de Cingla inter te et Casinenses fratres longo tempore agitatur, nostras ad te frequenter litteras misimus et tres tibi jam terminos constituimus, sed neque ad nos ipsa venisti neque juxta preceptum nostrum sufficientes

[a] *Via latina,* dans le ms. — [b] *Georgii,* dans le ms.

pro te ad decisionem causę nuntios direxisti. In quo profecto non justitiam expectare, sed dissimulationibus quibusdam et occasionibus tempus infinitum (videbaris) velle protrahere. Casinenses autem fratres cum in omnibus terminis parati ante nostram presentiam convenissent, demum in Apostolorum octavis, uti utrique parti mandatum fuerat, convenerunt, suam justitiam instanter postulantes. Unde nobis et fratribus nostris rationabile visum est ut deinceps dilationis vel absentie tue occasione Casinenses fratres non debeant manere possessione Cinglensis ecclesie spoliati. Non enim qui possessa re spoliatus est, juxta legum instituta et sanctorum canonum sanctionem ad juris cogitur actionem accedere. Ex fratrum itaque nostrorum judicio dilectioni tuę precipiendo mandamus ut, infra viginti dies postquam litteras presentes acceperis, Casinenses fratres de predicta Cinglensi ecclesia, salva monasterii tui justitia, in integrum reinvestias. Interim ejusdem ecclesię res quas spoliationis tempore habuit, a te vel a tuis hominibus minime auferatur (*l.* auferantur).

269

1121.

Attribution à Bertrand, évêque de Bazas, de l'église de Casteljaloux, qui avait été donnée à l'évêque d'Agen par Gérard, évêque d'Angoulême, légat du pape, lors de la délimitation des diocèses de Bazas et d'Agen.

Chronicon Vazatense, dans Archives historiques de la Gironde, XV, 25.

« ..... Rursus ad componendam contentionem inter Bertrandum, episcopum Vazatensem, et Adelbertum, episcopum Agennensem, de finibus utriusque episcopatus Agennensis et Vazatensis, Engolismensis episcopus, sedis apostolicæ legatus, vocatis vicinioribus proceribus, Stephano de Calvimonte et Raymundo de Bouglon, designat limites in favorem episcopi Agennensis, sed Bertrando ad sedem apostolicam appellanti, Calixtus papa ecclesiam de Castro Gelosio, Agennensi adjudicatam ab episcopo Engolismensi, restituit anno 1121. »

270

6 janvier 1122.

Ordre à Hugues le Rouge, seigneur de Rocca Falluca et de Tiriolo,
de prêter obéissance à Jean, évêque de Tretaberne, sous peine d'interdiction.

Ms. *Copie de la *Chronique de Robert Biscard*, ms. 4936 de la Bibliothèque du Vatican, fol. 42 v°.
Éd. Liverani, *Spicilegium Liberianum*, p. 598.
Cat. Jaffé-Loewenfeld, n° 6942.

CALIXTUS episcopus, servus servorum Dei, nobili viro HUGONI RUBEO, salutem et apostolicam benedictionem. Sæpe dilectionem tuam missis litteris commonuimus ut venerabili fratri nostro Trium Tabernarum episcopo, ad quem duo castra tua Rocca et Tiriolum pertinent, reverentiam et obedientiam tanquam proprio episcopo exhiberes. Tu autem usque adhuc mandato nostro minime obedisti. Iterum ergo atque iterum per presentia tibi scripta precipimus ut, omni timore sive Squillacensis episcopi sive Rogerii comitis et omni excusatione commota, predictum fratrem nostrum, Trium Tabernarum episcopum, pastorem proprium recognoscas eique humiliter deinceps ac reverenter omnes ipsorum locorum homines facias obedire, quippe melius est Deo obedire quam hominibus. Si autem ad proximæ quadragesimæ initium mandato nostro huic non obedieris, nos ex tunc et persone tue in locis omnibus ecclesiarum introitus interdicimus et in supradictis Rocca scilicet et Tiriolo divina celebrari officia, præter infantium baptisma et morientium penitentias, donec satisfactionem congruam feceris.

Datum Russani, viii idus januarii.

271

15 janvier 1122.

*Ordre à Alexandre, roi d'Écosse, d'obéir à Thurstin, archevêque d'York, et dé-
fense de laisser les évêques de son royaume se consacrer entre eux sans la permission du métropolitain.*

Mss. *A. Ms. Cott., Cleop. C. IV, au Musée britannique, du xv⁰ siècle, fol. 20. — B. Ms. Harléien,
1808, *ibid.*, fol. 56 v⁰. — C. Ms. Cott., Claudius B. III, *ibid.*, fol. 131. — D. *Reg. alb. Ebor.*,
p. I, fol. 51, et III, fol. 57.
Éd. Haddan and Stubbs, *Councils and ecclesiastical documents relating to Great Britain and Ireland*, II, 1, 205. — *Monastic. Angl.*, 1ʳᵉ éd., III, 146 et 147; 2ᵉ éd., VIII, 1187 et 1188. —
Wilkins, *Concilia magnæ Britanniæ et Hiberniæ*, I, 481. — Migne, n° 164, col. 1229.
Cat. Robert, n° 201. — Jaffé-Loewenfeld, n° 6943 (5074).

CALIXTUS episcopus, servus servorum Dei, illustri et glorioso Scottorum regi A[LEXANDRO], salutem et apostolicam benedictionem. Pro
episcoporum, qui in tuo sunt regno, presumptione atque pro venerabilis
fratris Thursttini, Eboracensis archiepiscopi, negotio, alias ad te jam
litteras misimus, nec exauditi sumus[a], sed in nullo apud te usque adhuc uti comperimus. Quamobrem nobilitatem tuam literarum presentium visitatione in Domino commonentes, precipimus ut regni tui
episcopos sese invicem consecrare, absque metropolitani licentia, nullatenus permittas. Cum autem ecclesiarum opportunitas exegerit, ad
metropolitanum suum, Eboracensem videlicet archiepiscopum[b], electi
reverenter accedant, et aut per ejus manum, aut, si necessitas ingrue-
rit, per ejusdem licentiam consecrationem accipiant. Cui nimirum archiepiscopo et illos et teipsum tanquam patri et magistro humiliter
obedire, apostolica authoritate precipimus.

Datum Tarenti, xviii kalendas februarii.

[a] *Sed in nullo . . . comperimus*, ajouté par C et D. — [b] B omet *videlicet metropolitanum Eboracensem archiepiscopum*.

272

15 janvier 1122.

Ordre à Jean, évêque de Glasgow, d'obéir à Thurstin, archevêque d'York.

Éd. *Haddan and Stubbs, *Councils*, II, 1, 20, d'après le «Reg. alb. Ebor.», p. I, fol. 51. — *Monasticon. Anglic.*, 1ʳᵉ éd., III, 147; 2ᵉ éd., VIII, 1188. — Migne, n° 165, col. 1230.
Cat. Robert, n° 202. — Jaffé-Loewenfeld, n° 6944 (5075).

CALIXTUS episcopus, servus servorum Dei, venerabili fratri JOANNI, Glesguensi episcopo, salutem et apostolicam benedictionem. Eboracensis ecclesie postulatione a domino predecessore nostro sancte memorie PASCHALE papa in episcopum consecratus es. Quam profecto benignitatem cum humiliter recognovisse debueris, in tantam, uti accepimus, superbiam elevatus es, ut metropolitano tuo, Eboracensi archiepiscopo, nec pro nostro etiam precepto professionem volueris exhibere. Contemtus hujus pertinaciam nos diutius pati non posse pro certo cognoveris. Propter quod repetita tibi preceptione precipimus ut Eboracensem ecclesiam, in cujus capitulo, tanquam ejus suffraganeus, electus es, non ut ingratus filius, recognoscas matrem tuam et venerabili fratri nostro T., metropolitano tuo, professionem exhibeas; alioquin sententiam quam ipse in te canonica equitate protulerit, nos, auctore Deo, ratam habebimus.

Data Tarenti, xviii calendas februarii.

273

15 janvier 1122.

Ordre à tous les évêques d'Écosse d'obéir à Thurstin, archevêque d'York.

Mss. *Ms. Cott., Cleop. C. IV, au Musée britannique, du xvᵉ siècle, fol. 20 v°. — Ms. Harléien, 1808, *ibid.*, fol. 56 v°.
Éd. Haddan and Stubbs, *Councils*, II, 1, 205, d'après le «Reg. alb. Ebor.», p. I, fol. 51 v°. — Wilkins, *Concilia magnæ Britanniæ et Hiberniæ*, I, 481. — Migne, n° 166, col. 1230.
Cat. Robert, n° 203. — Jaffé-Loewenfeld, n° 6945 (5076).

CALIXTUS episcopus, servus servorum Dei, dilectis in Christo fratribus universis per Scociam episcopis, Eboracensis ecclesie suffraganeis, salutem et apostolicam benedictionem. Nostris jamdudum literis universitatem vestram nos monuisse meminimus, ut venerabili fratri nostro Thurstino, Eboracensi archiepiscopo, reverenciam et obedienciam deferatis. Ceterum, sicut nobis significatum est, vos usque adhuc id facere neglexistis. Eapropter, iterata vobis apostolice sedis preceptione, mandamus ut, omni occasione seu dissimulatione seposita, predictum fratrem nostrum, Eboracensis ecclesie archiepiscopum, metropolitanum vestrum impositum cognoscatis, eique reverenciam et obedientiam impendatis. Porro ecclesiarum electi ad eum pro consecrationis suscepcione tanquam metropolitanum suum accedant, nec alter alterum sine ipsius licencia consecrare presumat. Et hujusmodi [enim] consecratio irrita erit, et nos dimittere non poterimus quin canonicam inde justiciam, prestante Domino, faciamus.

Datum Tarenti, xviii kalendas februarii.

274

26 janvier 1122.

Confirmation de la concession de l'église de Cergy faite à l'abbaye de Saint-Denis par le roi Louis VI.

Ms. *Cartulaire de Saint-Denis*, du xiii° siècle, aux Archives nationales, LL. 1156, fol. 84.
Cat. Jaffé-Loewenfeld, n° 6946.

CALIXTUS episcopus, servus servorum Dei, dilectis in Christo filiis ADE, abbati monasterii Sancti Dyonisii, quod in territorio Parisiensi situm est, et ejus fratribus, salutem et apostolicam benedictionem. Bonis secularium studiis non tantum favere, sed ad ea ipsorum debemus animos incitare. Siquidem karissimus filius noster, Ludovicus, illustris et gloriosus Francorum rex, ecclesiam de Ciridiaco cum omnibus ad eam pertinentibus vestro monasterio dereliquit et assertionis sue scripto firmavit. Hoc ipsum nostro quoque firmari munimine postulavit. Et nos ergo, tam ejusdem filii nostri quam vestris peticionibus clementius annuentes, eandem ecclesiam vobis vestrisque successoribus et per vos vestro monasterio in perpetuum confirmamus, auctoritate apostolica statuentes ut in posterum cum omnibus pertinentiis suis in jurisditione vestri monasterii, Domino auxiliante, permaneat. Si quis autem nostre confirmationi huic temere contraire temptaverit, officii sui periculo et ultioni ecclesiastice subjacebit. Qui vero conservator extiterit, omnipotentis Dei et apostolorum ejus Petri et Pauli benedictionem et gratiam consequatur.

Datum apud Aquam vivam, vii kalendas februarii, indictione prima [*], incarnationis Dominice anno m°.c°.xx.ii [*], pontificatus autem domni Calixti secundi pape anno iii.

275

28 janvier 1122.

Confirmation des possessions de l'abbaye Saint-Germain-des-Prés.

Mss. *Original aux Archives nationales, L. 224, n° 2. — *Epist. Roman. pontif.*, ms. lat. 16991, fol. 205. — Indication dans le ms. lat. 12838, *Histoire de Saint-Germain-des-Prés*, par J. Dubreul, fol. 100.
Éd. Bouillard, *Histoire de l'abbaye de Saint-Germain-des-Prez*, pr., p. 35. — Migne, n° 167, col. 1230.
Cat. Robert, n° 204. — Jaffé-Loewenfeld, n° 6947 (5077).

Calixtus episcopus, servus servorum Dei, dilecto filio Hugoni, abbati monasterii Sancti Germani de Pratis, quod secus Parisiensem civitatem situm est, ejusque successoribus regulariter substituendis, in perpetuum. Pię postulatio voluntatis effectu debet prosequente compleri, quatenus vires indubitanter assumat. Quia igitur dilectio tua, ad sedis apostolicę portum confugiens, tuitionem ejus devotione debita requisivit, nos supplicationi tuę clementer annuimus et Beati Germani monasterium cui, auctore Deo, presides, cum omnibus ad ipsum pertinentibus sub beati Petri tutelam protectionemque suscipimus. Per presentis itaque privilegii paginam tibi tuisque successoribus in perpetuum confirmamus omnem honorem, omnem dignitatem et omnem etiam libertatem, quę per autentica sedis apostolicę privilegia vel regum scripta vestro monasterio collata est. Statuimus etiam ut

---

[*] Le chiffre de l'indiction et la fin de celui de l'année de l'incarnation sont entièrement effacés.

quęcumque bona, quęcumque possessiones concessione pontificum, liberalitate regum, oblatione fidelium vel aliis justis modis ad vestram ecclesiam pertinent, et quęcumque in futurum, largiente Deo, juste atque canonice poteritis adipisci, firma vobis vestrisque successoribus et illibata permaneant. In quibus hęc propriis duximus nominibus annotanda : videlicet in pago Pictavensi, ecclesiam Sancti Germani de Nentriaco; in pago Bituricensi, ecclesiam de Catherigiaco cum aliis ecclesiis quas vestrum monasterium possidet. Decernimus ergo ut nulli omnino hominum liceat vestram ecclesiam temere perturbare aut ejus possessiones auferre vel ablatas retinere, minuere vel temerariis vexationibus infestare, sed omnia integra conserventur, eorum pro quorum sustentatione et gubernatione concessa sunt, usibus omnimodis profutura. Ad hec mansuro in perpetuum decreto sancimus, ut in gravaminibus vestris liceat vobis libere sedem apostolicam appellare. Si qua igitur in futurum ecclesiastica sęcularisve persona hanc nostrę constitutionis paginam sciens contra eam temere venire temptaverit, secundo tertiove commonita, si non satisfactione congrua emendaverit, potestatis honorisque sui dignitate careat reamque se divino judicio existere de perpetrata iniquitate cognoscat et a sacratissimo corpore ac sanguine Dei et Domini Redemptoris nostri Jesu Christi aliena fiat atque in extremo examine districte ultioni subjaceat. Cunctis autem eidem loco justa servantibus sit pax Domini nostri Jesu Christi, quatenus et hic fructum bonę actionis percipiant et apud districtum judicęm premia ęternę pacis inveniant. Amen. Amen. Amen.

(R.) Ego Calixtus, catholicę Ecclesię episcopus, ss. (M.)

Datum Botonti per manum Grisogoni, sanctę Romanę Ecclesię diaconi cardinalis ac bibliothecarii, v kalendas februarii, indictione xv, incarnationis Dominicę anno м°.с°.xxii°, pontificatus autem domni Calixti secundi pape anno iii°.

276

Janvier-février 1122.

Ordre à Alpherade, abbesse de Notre-Dame de Capoue, de rendre à l'église de Cingle les livres et les autres choses qu'elle lui a enlevés et de rendre ladite église au Mont-Cassin. Un délai de vingt jours lui est accordé pour accomplir cet ordre; en attendant, l'administration de son monastère lui est enlevée.

Mss. *Ms. 522 de l'abbaye du Mont-Cassin, p. 196. — *Regestum Petri diaconi, ibid.,* n° 50.
Éd. Thaner, dans le *Neues Archiv*, IV, 404.
Cat. Jaffé-Loewenfeld, n° 6948 (5078).

CALIXTUS episcopus, servus servorum Dei, A., abbatissę monasterii Sanctę M., salutem et apostolicam benedictionem. De negotio Cinglensis ecclesię tot et tanta jam tibi scripsimus, ut si esse obediens voluisses, nequaquam plura scribere oporteret. Dum nos paterna te benignitate ac mansuetudine toleramus, tu, nostram in derisu patientiam habens, nichil eorum quę tibi pręcipimus satagis adimplere. Sicut enim comperimus, non solum Cinglensem ecclesiam Casinensibus fratribus juxta mandatum nostrum restituere noluisti, verum etiam ad nostram injuriam et contemptum libros et res alias ejusdem ecclesię asportasti. Pręsentes igitur ad te litteras dirigentes, apostolica tibi auctoritate pręcipimus ut nichil deinceps de Cinglensis ecclesię rebus auferas, sed, omni occasione vel dissimulatione postposita, ecclesię ipsi quę per te ablata sunt reddas eandemque ecclesiam cum omnibus rebus suis fratribus Casinensis monasterii Beati B. restituas. Si autem nunc quoque contemptrix existens, mandatum nostrum hoc infra xx^ti post harum litterarum acceptionem dies minime adimpleveris, nos ex tunc in Cinglensi ecclesia divina officia interdicimus. Porro tibi omnem monasterii pręlationem potestate auctoritatis apostolicę prohibemus, quoadusque pręphatam restitutionem cum integritate adimpleas et nobis de nostro contemptu plenarie satisfacias.

FIN DU TOME PREMIER.